Die dritte Stufe

CHRISTOPH STEVEN

Copyright © 2021 Christoph Steven
c/o Agentur Kreativschufter
Kulturstraße 96
47055 Duisburg

Webseite: https://www.christophsteven.de
E-Mail: info@christophsteven.de

Alle Rechte vorbehalten.

ISBN: 9798740352169

INHALT

1	Seite 1
2	Seite 6
3	Seite 13
4	Seite 21
5	Seite 28
6	Seite 32
7	Seite 41
8	Seite 56
9	Seite 63
10	Seite 77
11	Seite 88
12	Seite 95
13	Seite 111
14	Seite 134
15	Seite 145
16	Seite 148
17	Seite 162
18	Seite 177
19	Seite 186
20	Seite 205
21	Seite 218
22	Seite 226
23	Seite 243
24	Seite 251
25	Seite 268
26	Seite 274
27	Seite 280

DIE DRITTE STUFE

28	Seite 295
29	Seite 316
30	Seite 330
31	Seite 336
32	Seite 349
33	Seite 357
34	Seite 383
35	Seite 395
36	Seite 399
37	Seite 410
38	Seite 416
39	Seite 422
40	Seite 439
41	Seite 448
42	Seite 459
43	Seite 470
Das Buch der Blätter (Leseprobe)	
1	Seite 475
2	Seite 478

1

Ich erkenne ihre Stimme sofort. Da ist dieser energische Tonfall, geradlinig und selbstbewusst, aber gleichzeitig klingt sie seltsam gebrochen, als hätte Maria die Nacht durchgemacht, zu viel geraucht und getrunken. „Scheiße", schnappe ich auf. Einige unverständliche Flüche folgen, noch einmal „Scheiße!", dass es durch den ganzen Hausflur hallt. Vor dem Türspion sind Haare zu erkennen, klatschnass, die sie demonstrativ vor das Guckloch hält. Mit einer Plastiktüte wedelt sie in meinem Sichtfeld herum.

Als ich langsam die Tür öffne, stößt sie sie ruckartig auf, sodass ich fast das Gleichgewicht verliere, und tritt ohne Gruß in meine Wohnung. Ich ertappe mich dabei, wie ich überlege, ob sie wohl lange bleiben wird, weil sie eigentlich stört. Abrupt bleibt sie stehen und berührt beiläufig meinen rechten Arm.

„Du hast es aber eilig", will ich sagen, doch sie kommt mir zuvor.

„Eigentlich bin ich zu spät, ich wollte schon früher kommen." Sie fährt sich mit einer Hand durch die nassen Haare, schnieft und hastet an mir vorbei. „Wo ist denn hier die Küche?"

Ich trete von einem Fuß auf den anderen. Was mache ich jetzt? Was kann ich ihr sagen? Wie so oft reagiere ich zu langsam, denn Maria hat die Küche offenbar gefunden und ist schon wieder neben mir, in den Händen zwei kleine Gläser, zur Hälfte gefüllt.

Sie unterdrückt ein Lachen, wirkt fast schüchtern, als sie mir zuprostet. „Wodka", sagt sie.

Ich beobachte ihren Mund, während sie am Glas nippt, dann klackt sie auffordernd mit ihrem Glas gegen meines. Hastig schütte ich den Wodka hinunter, kann ein Husten nicht unterdrücken.

Sie prustet los. „Der ist gut, oder? Ein beschissenes Abschiedsgeschenk", faucht sie und fährt sich mit dem linken Arm über die Stirn.

„Wirklich gut", entfährt es mir, obwohl ich noch nie in meinem Leben Wodka getrunken habe. „Ein Abschiedsgeschenk?"

„Hier, komm, noch einen."

Irgendetwas arbeitet in ihr, das merke ich. Sie hat noch immer dieselbe helle Kinderstimme, die mir in den Seminaren gleich auffiel, so sehr, dass ich mich sogar zu dieser zierlichen Frau mit den schwarzen Haaren umdrehte und feststellen musste, dass die Tiefe ihrer Gedanken nichts mit ihrem jungen Gesicht zu tun hatte.

Und jetzt steht sie hier im Flur meiner Wohnung, tippelt nervös auf und ab und wirft immer wieder hektische Blicke hinüber zum Wohnzimmerfenster, von dem aus man zwei Stockwerke tief auf die Straße schauen kann.

„Gott, wie ich dieses Zeug jetzt brauche." Ein dritter Wodka landet in ihrem Glas. Ein, zwei nachdenkliche Blicke, dann schnell hinunter damit.

„Du bist durch den Regen gelaufen", bemerke ich überflüssigerweise, „und du hast geweint, oder?"

„Heute ist wirklich ein Scheißtag. An einem solchen Tag sollte man besser nicht aufwachen, sondern vorher sterben, weg sein, einfach tot, weißt du?" Plötzlich bricht ihre Stimme. Sie versenkt den Blick in das leere Glas.

Sicher hat sie bald genug, kommt es mir in den Sinn. Dazu dieser Blick, von dem ich nicht weiß, wie ich ihn einordnen soll. Vielleicht müsste ich einen Arm um sie legen, sie sanft an mich ziehen und ihr die Tropfen aus dem Gesicht wischen, aber irgendetwas hält mich zurück. Ich stehe stocksteif da, während Maria sich sammelt, als müsse sie dafür eine große Anstrengung aufbringen. Nichts ist mehr übrig von ihrer energischen Unbekümmertheit. Mit dem Handrücken wischt sie sich über die Augen, und ich starre auf die zarten Konturen ihres Gesichts, das ich am liebsten berühren möchte.

Abrupt dreht sie sich um und läuft zu dem großen Fenster im Wohnzimmer, zieht hastig die Gardine zur Seite und starrt nach draußen, nur einen Moment, als überlege sie, ob sie das Fenster öffnen soll, doch dann kommt sie wieder zurück und lehnt sich mit dem Rücken an die Wand. „Hast du Zigaretten?"

Noch immer stehe ich an derselben Stelle im Flur, während Maria sich durch meine Wohnung bewegt, als wäre sie hier zu Hause und ich ein Besucher, der gerade gehen will.

„Ich rauche nicht, das weißt du."

„Natürlich." Sie berührt mit zwei Fingern meine Wange. Wie klein ihre Hände sind. Wie bei einem Kind. „Ein Leben ganz und gar ohne Drogen", fügt sie hinzu. „Sich nur nicht verlieren. Immer alles unter Kontrolle behalten."

Die Ironie in ihrer Stimme ist unüberhörbar, und wahrscheinlich stichelt sie auch. Ich wünschte, ich wäre schlagfertig, doch ich bin einfach zu langsam.

Endlich legt sie ihre rote Fleecejacke ab, die für die derzeitigen Temperaturen viel zu warm ist. Sie wirft mir einen abschätzigen, etwas mitleidigen Blick zu. „Aber du stehst ja eher auf geistige Ekstase, wenn ich das richtig sehe."

Warum hat sie diese Schärfe in ihrer Stimme? „Du studierst doch auch Philosophie", entgegne ich.

„Ach, diese Philosophieseminare, all diese großen Geister ... Pah! Außerdem masturbiere ich in den Seminaren." Sie schüttelt leicht den Kopf. „Nun sei nicht so schockiert. Bestimmt erregt es dich, wenn du dir vorstellst, wie eine Frau es sich selbst macht und höchste Lust empfindet, während die Männer um sie herum Kant oder Hegel interpretieren. Der deutsche Idealismus und eine Frau in Ekstase – eine tolle Kombination, findest du nicht? Was glaubst du, warum mich der Bierthaler immer so durchdringend ansieht? Manchmal drängt er mich sogar, etwas zu sagen."

Sie kommt einen Schritt auf mich zu, tänzelt an mir vorbei und bleibt an der Tür zum Arbeitszimmer stehen. „Weil ich mich gerade selbst gefickt habe. Wenn ich etwas sage, ist da der Kitzel der Lust, ganz frisch. Ich muss meine Stimme kontrollieren, weil ich sonst stöhne oder laut aufschreie, verstehst du? Und das ist die Kunst – es so zu machen, dass die anderen nichts mitbekommen, und dann seine ganze Geilheit in die Wortbeiträge legen. Los, komm, darauf trinken wir." Geübt schwenkt sie die Flasche, schielt durch das Glas nach der Flüssigkeit und teilt den kärglichen Rest zwischen uns auf. „Auf die Onanie in der Philosophie!"

Tapfer lächelnd proste ich ihr zu. Sie schwankt, fällt fast um, stützt sich aber geschickt an der Wand ab. Sie nuschelt etwas von Schwierigkeiten, aber als ich etwas sagen will, unterbindet sie es mit einer energischen Handbewegung und taumelt mir entgegen, um mir mit einer Hand den Mund zu verschließen. Ich küsse ihre Handfläche, will sie näher an mich heranziehen, doch sie wendet sich rasch ab, hält sich wieder an der Wand fest und sieht mich mit einer Mischung aus Erstaunen und Erschrecken an.

Wieder diese Blicke zum Wohnzimmerfenster. Ist das Angst in ihrem Gesicht? Jetzt stürzt sie zum Fenster, öffnet es und sieht nach unten.

„Was suchst du?", frage ich.

Hektisch dreht sie sich um, als hätte sie etwas von mir zu befürchten.

„Was ist denn los, Maria? Warum bist du hier?"

Sie sieht mich an, als hätte sie mich nicht verstanden. „Später, Jonas, später." Ein angedeutetes Lächeln, ein paar langsame Bewegungen – dann steht sie neben mir und legt mir eine Hand auf die Schulter. „Nicht jetzt, okay?"

Ich nicke, obwohl mir ihre Antwort nicht gefällt. Sie lässt sich auf die schwarze Ledercouch fallen, die mitten im Wohnzimmer steht, streckt sich darauf aus und schließt die Augen. Vielleicht sollte ich auf einer Antwort bestehen. Warum ist sie hier und was hat das alles zu bedeuten? Aber sie ist anscheinend eingeschlafen.

„Maria", sage ich leise.

Sie blinzelt und streckt die rechte Hand aus, zieht mich zu sich. Ich setze mich neben sie. Ihre Hände zittern, und aus ihrem Mund läuft ein dünner Speichelfaden. Ich ziehe ein Taschentuch aus der Hosentasche und wische ihn damit ab. Maria schließt die Augen. Einige Tränen rollen ihre Wangen hinunter.

„Schlaf hier, wenn du willst", sage ich. „Warte." Ich stehe auf, sprinte zum Kleiderschrank, ziehe eine Decke heraus und decke sie sanft damit zu.

„Du bleibst doch bei mir, oder?", murmelt sie. Es klingt wie ein Flehen. „Und bitte … bitte behalt das Fenster im Auge."

„Was ist denn mit dem Fenster?"

Sie wird wieder unruhig, wie eine Kranke, bei der ein Anfall kurz bevorsteht.

„Beobachte einfach. Falls dir was auffällt …" Die letzten Worte kann ich kaum noch verstehen. Wieder klammert sie sich an meinen Arm, zieht mich zu sich. „Geh nicht weg, hörst du? Nicht weggehen."

2

Ich erwache vom Knallen einer Tür. Oder vielleicht ist auch etwas auf den Boden gefallen und in tausend Teile zersprungen. Meine Finger haben sich in das Oberbett verkrallt. Der Wecker ist neben das Bett auf den Boden gepoltert. Verfluchter trockener Mund, diese sperrig-rissigen Lippen, dazu Kopfschmerzen. Warum schwitze ich nur immer so stark, wenn ich schlafe? Mein Kopf möchte wegsacken, zurück in das noch warme Nachtkissen. Ich öffne mühsam die Augen, taste mich langsam mit dem Blick vor, vom Nachttisch zu den flirrenden Rotbrocken des Teppichs, den hell angeleuchteten Lamellen der Jalousie ausweichend, suche vergehende Flecken von Dunkelheit, koste sie aus wie labende Rinnsale einer noch existierenden Kühle angesichts der zu erwartenden Tropenhitze. Und als die Augen sich wieder schließen wollen, als stünde ein großes Schwindelgefühl kurz bevor, gerät die Zimmertür langsam in Bewegung.

„Jonas?", höre ich, leise und rücksichtsvoll. Dann, lauter werdend: „Bist du wach?" Wieder die Augen schließen. Eine Hand schützend an den Kopf halten. „Ich sehe bestimmt furchtbar aus", warne ich kaum hörbar. Vor zehn bin ich eigentlich nicht ansprechbar. Iris schlägt nicht mehr am Vormittag bei mir auf, seit ich ihr mal einfach nicht geöffnet und sie stattdessen durch die Sprechanlage beschimpft habe.

Nur noch einmal die Augen schließen und sich für einen Moment zurückfallen lassen, einmal schlucken, zweimal, sich langsam hinsetzen. Ich fixiere die Zimmertür, die mir unendlich weit entfernt vorkommt. Ja, da steht jemand. Erkennen kann ich Marias Gesicht nicht genau, es ist verschwommen wie ihre gesamte Gestalt.

Sie unterbricht meine Überlegungen. „Können wir gleich zur Uni fahren?", fragt sie und schiebt die halb geöffnete Tür weiter auf, sodass das grelle Licht vom Korridor in mein dunkles Schlafzimmer eindringen kann. „Jonas?"

„Zur Uni?" Meine Stimme ist ein heiseres Flüstern.

„Ja. Ich muss da was holen – falls es noch da ist."

***

Da hinten sehe ich einige bekannte Gesichter, die ich aber nicht weiter beachte, denn Maria ist schon vom Fahrrad abgestiegen, kaum, dass ich angehalten habe. Sie könnte wenigstens warten, bis ich das riesige Schloss um Fahrradständer und Reifen gewuchtet habe. Mir klebt das T-Shirt am Rücken, und mein Kopf dürfte hochrot sein, so wie er sich anfühlt. Immer wieder fallen mir die langen Haare ins Gesicht. Keine zehn Pferde bringen mich normalerweise bei dieser Hitze aus der Wohnung. Alles verdunkeln, nackt auf dem Bett liegen und eiskalte Getränke – nur so lässt sich die Temperatur ertragen. Dazu den Sekunden nachspüren, wie sie träge in Minuten verenden, wie schließlich der Tod auch die Minuten erwischt und langsam Stunde um Stunde den Tag zerstört, bis die Helligkeit endlich besiegt ist und die Abendkühle echsenhaft in die Wohnung kriecht. Wenn der Tag gestorben ist, kann ich mich endlich lebendig fühlen.

DIE DRITTE STUFE

„Warte!", rufe ich Maria nach, schiebe mich an flanierenden Körpern vorbei, hetze über den breiten Asphaltweg, stoße fast an die Infotafel, schon jetzt schnaufend. Sofort machen sich die Kopfschmerzen wieder bemerkbar. Ein kurzer Blick auf das Asta-Gebäude, dann schnell weiter, zehn, zwanzig Schritte, und ich stehe vor dem Gebäude 24.53. Instinktiv schaue ich nach oben in die zweite Etage. Steht dort nicht jemand an einem der Fenster? Aber die Sonne scheint mir genau ins Gesicht, sodass ich blinzeln und die Hand über die Augen halten muss.

Maria steuert auf Gebäude 24.52 zu, will natürlich zur theoretischen Philosophie. Ein letzter Spurt, und geschmeidig, fast katzenhaft, gleitet sie durch die Tür, ist schon im Treppenhaus, während ich vorwärtstaumle, mühsam versuche, meinen Atem zu kontrollieren, immer noch genervt, dass ich so schnell aus der Form geraten bin.

Abgestandene Luft schlägt mir entgegen. Oben verschwinden gerade Marias dunkle Haare hinter der Glastür zur zweiten Etage. Scheiße, warum hat sie es nur so eilig? Nervös flattert eine fette Motte über meinem Kopf, während ich weiter vorwärtsstolpere. Trockene, stickige Luft hinter der Glastür. Ich presse eine Hand auf den Bauch, versuche, mein durchgeschwitztes T-Shirt und die scheußlichen, an den Kopf geklebten Haare zu ignorieren. Da hinten ist sie.

Immer noch nach Luft ringend schließe ich zu ihr auf. Ich wage kaum zu atmen, als wir einen Raum betreten und Maria wie selbstverständlich die Tür wieder schließt.

„Kein Wort", flüstert sie und legt einen Finger an ihre Lippen.

Mitten im Zimmer zwei braune Bürostühle, an der gegenüberliegenden Wand ein rechteckiger Tisch mit einer bauchigen Vase. An der Wand links neben mir große, auf Pappe aufgezogene Poster, eine Übersicht über die Philosophen der Antike, des Mittelalters und der Neuzeit. Kein PC, kein Laptop, keine Tastatur und kein Bildschirm.

DIE DRITTE STUFE

Immerhin gibt es ein Telefon, das aber unter dem Tisch steht. Das Kabel wurde aus der Wand gerissen. Auf der rechten Seite ein Gemälde, auf dem ein nackter muskulöser Mann abgebildet ist, der mich mit einem Blick aus gelben, glühenden Augen durchbohren will, abwartend, lauernd. Hinter dem Mann eine Felswand oder vielleicht auch nur Dunkelheit. Irgendetwas sehr Dunkles, Monströses hat sich hinter ihm aufgebaut, ein Wesen mit Flügeln vielleicht. Mich überkommt ein Frösteln. Ich will wegsehen, doch ich kann mich nur schwer von diesem durchdringenden Blick abwenden.

Maria steuert direkt auf das Gemälde zu. „Wenn jemand kommt – wir haben uns verlaufen", erklärt sie leise, „obwohl ich glaube, dass es dann schon zu spät ist. Es darf einfach niemand reinkommen. Hier, schließ sicherheitshalber ab." Sie wirft mir einen einzelnen Schlüssel zu.

Ein leichtes, metallisches Klacken ertönt, als ich den Schlüssel im Schloss herumdrehe. Sekunden später wird die Türklinke hinuntergedrückt, jemand stemmt sich dagegen, schlägt schließlich gegen die Tür, dass ich aufzucke.

Ich sehe Hilfe suchend zu Maria hinüber. „Was ist jetzt?", forme ich tonlos mit den Lippen.

Sie legt erneut den Finger an den Mund. Noch einmal ein krachendes Geräusch, wie von einer Faust. Nicht bewegen, denke ich, keinen Laut. Beiläufig fällt mein Blick auf das hässliche Metallregal direkt neben dem Fenster, das fast bis zur Decke reicht und einen Teil des Fensters verdeckt. Nicht einmal zehn Bücher sind auf den Regalflächen verteilt, die meisten einfach abgelegt oder lieblos aufeinandergestapelt.

„Professor, es ist so weit", kommt es von der Tür. „Schnell, machen Sie auf!" Die Stimme ist beherrscht, aber laut. Unnachgiebiges, forderndes Klopfen folgt und erneut ein Schlag gegen die Tür.

DIE DRITTE STUFE

Blut wird von innen gegen meine Wangen gezogen. Hinter meinen Augen entsteht ein verwirrender Druck. Ich zerreiße das Papiertaschentuch in der rechten Hosentasche und versuche, tief durchzuatmen. Die glühenden Augen des Mannes auf dem Gemälde bohren sich in meine Schädeldecke. Gleich werde ich mich übergeben müssen, ganz sicher, und dann ist alles vorbei.

Maria steht immer noch mitten im Zimmer, umklammert die Lehne eines Bürostuhls.

„Hallo!", ruft jetzt der Mann an der Tür. „Sie können jetzt nicht mehr zurück. Om…" Plötzlich bricht die Stimme ab. Stille.

Sekunden, Minuten verrinnen. Maria ergreift meine rechte Hand, drückt sie fest, starrt aber gleichzeitig auf die Tür, als könne sie sich jeden Moment öffnen und als hätten wir dann noch eine Chance zu fliehen. Ich schüttle langsam den Kopf und zeige auf die Tür, deute mit zwei Fingern an, dass wir gehen sollten.

Sie hebt abwehrend beide Hände. „Nein, Jonas." Ihre Stimme ist so leise, dass ich sie kaum verstehe. „Wir müssen es riskieren", flüstert sie etwas lauter.

„Was denn?", frage ich konsterniert. Wenn jetzt noch jemand vor der Tür ist, hat er mich bestimmt gehört.

„Du schaffst das, Jonas", sagt Maria, dreht sich um und geht mit schnellen Schritten auf das Gemälde zu. Mit spitzen Fingern nimmt sie von der Wand und stellt es auf den Boden. „Früher haben sie einen Safe benutzt", erklärt sie, „aber jetzt nicht mehr, das ist unser Glück."

Ein ziemlich großes, hässliches Loch ist in die Wand eingelassen, rechteckig, stümperhaft, als hätte jemand erst vor Kurzem etwas schnell aus der Wand herausgehackt. Ich gehe einen Schritt näher heran. Zuerst fallen mir die kleinen Stücke Putz auf, die vorn am Rand liegen. Direkt dahinter ist ein schäbiger alter Pappkarton mit schwarzen Flecken an der Seite. Deutlich sind Zeichen auf der Oberfläche zu erkennen – zwei schwarze Punkte und darunter ein waagerechter Strich.

DIE DRITTE STUFE

Keine Buchstaben. Kein Schriftzug. Nur diese drei Symbole:

Maria schiebt den Kopf in das Loch, als wäre es ein Gasofen und als wollte sie das Gas einatmen, um sich umzubringen. Blitzschnell zieht sie den Karton aus dem Loch, öffnet den Deckel einen Spaltbreit und nimmt einen braunen Umschlag heraus. Sie schüttelt ihn, und es raschelt.

„Also ist es noch da?", bemerke ich.

Statt zu antworten, schiebt sie den Karton zurück und hängt das Gemälde wieder darüber. „Schließ auf", befiehlt sie und deutet auf die Tür.

Ich gehorche. Schnell bin ich nicht, aber dann reiße ich mit einem Ruck die Tür auf, stecke vorsichtig den Kopf hinaus. Niemand in der Nähe. Beiläufig fällt mein Blick auf ein kleines Schild neben der Tür. „01.25" lese ich.

„Und jetzt weg!", bellt Maria, spurtet an mir vorbei auf den Flur, und im selben Moment fällt ihr der Umschlag aus der Hand. Einmal bin ich schneller als sie und hebe ihn auf. Banknoten kommen mir entgegen, Fünfzig- und Hunderteuroscheine, und nicht gerade wenige. „Geld? Du wolltest hier Geld abholen? Deshalb sind wir hier?", blaffe ich sie an.

Maria zögert einen Moment, öffnet den Mund wie ein Fisch, der an die Oberfläche gekommen ist, bewegt aber gleichzeitig blitzschnell die rechte Hand nach vorn und entreißt mir den Umschlag. „Bist wohl doch zu langsam", kommentiert sie die Aktion mit selbstsicherem Grinsen.

„Maria, was machen wir hier? Und was soll das?", fahre ich sie an.

„Lange kann es nicht mehr dauern", erklärt sie und drängt mit schnellen Schritten den Flur entlang.

Verwirrt stolpere ich hinter ihr her. „Was kann nicht mehr lange dauern?", frage ich, als ich neben ihr ankomme.

„Dass aus Weiß Schwarz wird, Jonas", presst Maria hervor. Dann lacht sie so laut, dass ich erschrecke und fast gegen ein schwarzes Brett pralle.

3

Endlich ist der klebrige Schweiß abgespült. Alle Fenster in der Wohnung sind verdunkelt, und im Arbeitszimmer brummt ein Standventilator, der uns die Illusion von Kühle vermittelt. Maria liegt mit halb geschlossenen Augen auf der Luftmatratze, die ich im Keller aufgetrieben habe, Arme und Beine ausgestreckt wie ein Engel im Schnee, neben sich einige CDs aus meiner Sammlung. Es gibt keinen Grund, nervös zu sein, doch ich kann kaum ruhig im Türrahmen stehen bleiben, wage mich ein paar Schritte vor, dränge mich hinter die Luftmatratze und reiße das Fenster auf. Nur einen Moment den Kopf ins Freie halten, den Verkehrslärm aufsaugen, einige hastige Beobachtungen. Keine Brise. Tod. Stille. Bewegungslosigkeit. Selbst die Fliegen auf der Fensterbank wirken erschöpft, kein summendes Kopulieren, keine wilden Zweierbewegungen.

Als ich mich wieder umdrehe, sitzt Maria im Schneidersitz und klopft auf den Platz neben sich.

„Wo ist der Umschlag mit dem Geld?", frage ich so ruhig wie möglich, als ich mich setze.

DIE DRITTE STUFE

Maria antwortet nicht, sondern nimmt eine der CDs aus der Hülle und hält sie ins Licht der sinnloserweise angeknipsten Stehlampe. Ich hätte große Lust, die Lampe mit einem Tritt zur Seite zu befördern, Marias Hand fest zu umgreifen und mit lauter Stimme von ihr Klarheit zu fordern. Sie soll mir endlich sagen, was los ist. Natürlich tue ich nichts dergleichen, sitze stattdessen abwartend und kerzengerade neben ihr, die Hände fest auf den Oberschenkeln wie ein Pennäler, der gleich zu einer Prüfung hereingerufen wird.

„Sie spiegeln, guck mal", flötet sie wie ein Kind, dreht die CD und hebt sie hoch, bis Lichtsplitter auf der Oberfläche reflektiert werden, fährt langsam mit den Fingern in die aufflackernde Helligkeit, dreht die CD wieder, lehnt sich zurück und hält sie sich wie einen Sichtschutz vor die Augen. Sie lacht kurz auf. „Alles ist gebrochen, zerrissen. Siehst du? Schau genau hin." Die letzten drei Worte spricht sie langsam, gedehnt, hält mir die CD vors Gesicht.

Dann wieder dieser umschattete Blick, hochgezogene Schultern, als würde es sie frösteln. Gleichzeitig lächelt sie über das ganze Gesicht. Dabei haben wir an der Uni nur einige Stunden in der Cafeteria verbracht, über Lyotard und sein Verständnis der für die Postmoderne charakteristischen Metaerzählungen geredet, die uns beiden gleichermaßen manieristisch erschienen. Wir haben versucht, Poppers Wissenschaftstheorie zu verstehen, uns gewundert, dass Popper so vehement das induktive Schließen kritisierte, und fanden beide das Seminar über die Philosophie der Mathematik und der Naturwissenschaften spannend. Nichts Großes also. Oder doch, und ich habe es nicht gemerkt?

„Ach, Jonas." Ein scheuer, vorsichtiger Blick trifft mich von der Seite.

Ich greife ihren rechten Arm und ziehe ihn in meine Richtung. „Das Geld!", insistiere ich.

„Aua", ruft sie mit gespieltem Entsetzen.

DIE DRITTE STUFE

Nur ein Blick in ihre wunderschönen großen Augen, und mein Ärger verfliegt. „Entschuldigung", murmele ich, obwohl es nicht nötig gewesen wäre.

Irgendwo tickt eine Uhr, gedämpft dringen Stimmen und Autogeräusche durchs Fenster. Ich suche das Zimmer ab, überlege, wie viel Zeit Maria nach unserem Eintreffen hatte, um das Geld zu verstecken. Sie wird es doch nicht bei sich tragen? Antworten wären super. Verstehen. Rationalität. Ich begreife sie einfach nicht. Woher hat sie den Schlüssel für Raum 01.25? Und wer war der Mann vor der Tür?

„Ist dir das Gemälde aufgefallen, als du das Geld geholt hast? Dieser nackte Mann? Unheimlich, findest du nicht?", frage ich sie.

Maria sieht mich verwirrt an. „Der Mann?", murmelt sie. „So genau habe ich gar nicht hingesehen."

„Diese Augen. Ich habe noch nie solche Augen auf einem Gemälde gesehen."

„Es ist doch nur ein Bild", wiegelt Maria ab. „Es hängt halt über dem Loch."

„Und dieser Karton?", bohre ich weiter. „Die Zeichen auf der Oberfläche haben doch bestimmt etwas zu bedeuten. Sind sie eine Art Code?"

„Nein. Vielleicht, ich weiß nicht." Sie umklammert mit einer Hand die Luftmatratze.

„Lass uns zurückgehen und nachschauen", schlage ich vor.

„Bist du verrückt? Es war doch so schon schlimm genug!"

„Aber wir haben den Raum nicht genau untersucht. Vielleicht finden wir noch weitere Zeichen."

„Ich habe, was wir brauchen."

„Das Geld."

„Zeichen, Jonas. Es geht um Zeichen." Die Antwort kommt wie selbstverständlich, als würde sie mir gleich alles erzählen, aber einen Moment später verdunkeln sich ihre Gesichtszüge.

„Was für Zeichen?", will ich wissen. „Und warum hast du so große Angst?"

„Wir werden sie kriegen, Jonas. Ich erzähl es dir noch. Ich werde..." Sie spricht so laut, dass ich zusammenzucke. Dann blickt sie plötzlich hektisch über ihre Schulter, springt ruckartig auf, läuft ans Fenster und wirft dabei die Wasserflasche neben der Luftmatratze um, die polternd gegen ein Schreibtischbein rollt. Sie ignoriert das Geräusch, reißt das schwarze Tuch zur Seite, öffnet das Fenster und hält den Kopf nach draußen, zieht ihn aber gleich zurück. Sie runzelt die Stirn, konzentriert, presst die Mundwinkel zusammen. „Bin ich von unten zu sehen?" Sie klammert sich mit beiden Händen am Fensterbrett fest.

„Ich glaube nicht", antworte ich.

Zögerlich beugt sie sich wieder nach draußen, schüttelt den Kopf, bohrt die Fingernägel der linken Hand in ihren rechten Arm. „Scheiße. Wenn sie nun ... Rotes Auto, rotes ... Kapitän. Der Kapitän!" Sie malt mit dem Finger unsichtbare Linien in die Luft, stützt sich am Fensterrahmen ab. „Wahrscheinlich sind sie schon unterwegs", keucht sie. „,Pass auf, Maria, pass gut auf dich auf!' So was sagt man doch nicht ohne Grund. Und natürlich wissen sie jetzt ..." Ihre Stimme überschlägt sich, sie fährt sich ein paar Mal mit der Hand über den Kopf, setzt sich wieder, steht auf und rennt erneut zum Fenster.

„Von hier oben würde man den doch sehen, oder? Der würde auffallen, aber garantiert", murmelt sie, sieht sich hektisch im Zimmer um, ohne mich zu beachten, und beugt sich so weit aus dem Fenster, dass ich schon aufspringen und sie zurückziehen will, aber im nächsten Moment steht sie wieder in der Mitte des Zimmers und geht mit halb geschlossenen Augen einfach an mir vorbei.

Mit zwei Schritten bin ich am Fenster. Die Häuser ducken sich unter der Glocke aus schwüler Luft zusammen. Ich betrachte die gegenüberliegenden Häuser, will Menschen, Gesichter entdecken, irgendetwas

DIE DRITTE STUFE

Konkretes, von mir aus auch Silhouetten im Schatten, gedimmte Wohnungslampen, doch da ist nichts, was Marias Gefühle erklären könnte. Auch weiter unten sieht alles normal aus, keine verdächtigen Bewegungen, und Gefahren schon gar nicht. Rote Autos gibt es schließlich genug. Wovor nur hat Maria solche Angst? Warum spricht sie immer nur in Andeutungen?

Als ich mich umdrehe, steht sie mit weit ausgebreiteten Armen da. „So groß", sagt sie und geht ein paar Schritte. „Solche Autos werden heute gar nicht mehr gebaut. Aber er fährt. Ja, er fährt wirklich. Und wie er fährt. Rot, rot, sooo rot." Sie schließt die Augen, und ein paar Tränen rollen ihre Wangen hinunter, die sie aber sofort wegwischt.

Jetzt sollte ich neben sie treten, den Arm um sie legen, doch ich rühre mich nicht von der Stelle, presse die Hände starr an die Hüften.

„Und an den Stoßstangen ... Blut. Sie haben ...", sagt sie mit erstickter Stimme und verstummt. Endlich schaut sie mich an, flehentlich, tritt zögerlich auf mich zu, mit einem schüchternen Lächeln.

Bloß nicht zu ungeduldig werden, denke ich. „Ruhig", versuche ich es, „ganz ruhig." Ich brumme etwas von Sicherheit, füge hinzu, dass ich ihr helfen werde, aber die Worte wirken hölzern wie Phrasen, die nichts und alles bedeuten können.

Maria knetet ihre Finger, dreht sich um die eigene Achse, entdeckt, dass ich am Fenster stehe, bemüht sich, konzentriert einige Schritte auf dem weichen Teppich zu gehen, nickt mir zu und ordnet schließlich einige ihrer wirr herabhängenden Haarsträhnen.

„Also, was ist los?", frage ich.

Der kindliche Ausdruck ist aus ihrem Gesicht verschwunden. Sie bleibt in der Mitte des Zimmers stehen. „Niemand kann dich schützen, wenn Omega hinter dir her ist", flüstert sie, macht noch einen Schritt nach vorn und stolpert über die Luftmatratze. „,Wir sind erwacht', hieß es immer. Das hat Omega gesagt. Niemand hat jemals

Omega gesehen, aber er war immer da. Wir wussten es." Sie tippt sich mit dem Zeigefinger an die Stirn. „Er war hier drin."

Ich weiß nicht, was ich dazu sagen soll, also schweige ich. Ich bin hellwach, obwohl ich sonst am späten Nachmittag zwei Tassen Kaffee brauche, um mich auf den Rest des Tages zu konzentrieren.

Entnervt schüttele ich den Kopf. „Aber, also ich meine…" Ich halte mir die Hände an den Kopf. „Wofür ist denn nun das Geld? Und woher stammt es?"

Sie sieht mich für einen Moment durchdringend an und fischt dann eine Zigarette aus einem silbernen Edelstahletui. Zitternd versucht sie, die Zigarette anzuzünden, doch das Plastikfeuerzeug funktioniert nicht. Sie schüttelt es ein paar Mal, versucht es erneut und schleudert es dann entnervt auf den Boden. „Du denkst wirklich, mir ginge es nur um das Geld, oder?", bricht es lautstark aus ihr heraus. Heftig gestikuliert sie mit den Händen und lässt sie wie aufgeregte Vögel durch die Luft fliegen. Automatisch weiche ich einen Schritt zurück. „Dieses verdammte Geld! Ist es das, was du denkst? Die will nur ihre Kohle, um sich was zu kaufen. Ja? Denkst du so von mir?"

Sinnlos, auf solche Bemerkungen zu antworten. Mit jeder Äußerung macht man alles nur noch schlimmer. Ein-, zweimal hatte ich mich bei Iris zu Beteuerungen hinreißen lassen, etwas zu erklären versucht, aber Iris drehte dann erst richtig auf und sprach einmal sogar zwei Tage lang nicht mit mir.

Marias Nasenflügel zittern. Sie geht zum Schreibtisch, lässt sich erschöpft in den Bürostuhl fallen, stützt sich mit beiden Händen auf dem Tisch ab und fixiert mich. Vielleicht sollte ich weg von hier, raus aus diesem Zimmer, runter auf den Bürgersteig, und dann einfach weiter auf der wie mit einem Lineal gezogenen langen Straße bis zu deren Ende. Feige, ja, ich bin feige, ziehe mich gern zurück, hasse Konflikte und flüchte vor Aggressionen. Von lautem Reden bekomme ich Kopfschmerzen.

„Scheiße, Mann, das ist so scheiße!" Marias Augen sind weit aufgerissen. „Davon weißt du sicher nichts, du mit deinen Büchern", fährt sie mich an.

„Was? Warum? Ich will ja was tun."

„Warum bin ich überhaupt zu dir gekommen? Was soll ich hier?" Überhastet läuft sie ins Wohnzimmer und packt einige Sachen in eine Plastiktüte. Ich laufe ihr nach wie ein Schaf. „Ich muss hier raus!", faucht sie, ohne mich anzusehen. „Und lass mich bloß in Ruhe."

„Komm, sei vernünftig." Ein flaues Gefühl breitet sich in meinem Magen aus, und ich will ihr sagen, dass ihre Worte mich wie Nadeln treffen.

„Vernünftig, ja? Was glaubst du, wie das aussieht, wenn Menschen vernünftig sind? Schau dich um. Diese Welt ... Wir müssen ... Ach, komm mir nicht mit dieser Scheißvernunft!" Ganz sicher kann das Ehepaar in der Wohnung oben sie hören.

Ich stehe verloren neben dem Couchtisch, will auf sie zugehen, doch sie wirft mir einen giftigen Blick zu.

„Maria, bleib doch", sage ich. Am liebsten würde ich ihr erzählen, wie gern ich ihr helfen würde und dass ich letzte Nacht aufgestanden und zur Wohnzimmertür gegangen bin, um auf ihren Atem zu lauschen. Doch sie ist schon an der Wohnungstür, schleudert mir noch irgendetwas mit einem schluchzenden Unterton an den Kopf, was ich nicht verstehe.

„Maria!", rufe ich ihr nach, doch da ist die Tür schon ins Schloss gefallen.

Wie ein angeschossenes Tier laufe ich vom Wohnzimmer ins Arbeitszimmer und von dort in die Küche, bleibe im Korridor stehen, schiele auf die Wohnungstür, höre auf Geräusche, bin schließlich am Wohnzimmerfenster, von wo ich die ganze Straße überblicken kann. Irgendwo da unten ist sie, doch ich kann

DIE DRITTE STUFE

mich nicht einmal daran erinnern, welche Farbe ihre Jacke hat. Verdammt noch mal, was bin ich nur für ein Idiot.

Unten vor der Haustür steht jedenfalls niemand. Langsam lasse ich den Blick über die Straße gleiten, fixiere verschiedene Personen, achte auf Autotüren, die geöffnet werden, auf Frauen, die am Straßenrand stehen bleiben. Nichts. Maria ist weg, spurlos verschwunden.

Beiläufig fällt mein Blick auf die andere Straßenseite. Der riesige Wagen, der fast die gesamte Fläche des Bürgersteigs vor dem Coskun-Supermarkt blockiert, ist nicht zu übersehen. Und lackiert ist er in einem flammenden, gefährlichen, zerstörerischen Rot.

4

Direkt an den Eisenbahngleisen führt ein kleiner Trampelpfad hinter einigen Mehrfamilienhäusern vorbei. Schilfhohe Gräser werden von der Nachtluft durcheinandergewirbelt, und in einiger Entfernung glühen zwei Augen, kommen unerbittlich näher. Früher haben wir uns einfach bäuchlings auf die Schienen gelegt, ein Ohr auf die Gleise gepresst und die feinen Vibrationen aufgenommen, bis sie sich in ein nagendes Summen verwandelt haben, das immer lauter wurde. Hatte Iris nicht immer eine Münze dabei, die sie auf ein Gleis legte? Und zögerte Terzan nicht jedes Mal, wenn wir vor dem heranrauschenden Zug aufsprangen? Manchmal zerrte Iris ihn noch vom Bahndamm weg, als ich längst in Sicherheit war, mich hingeworfen hatte, um nicht von den Fahrgästen gesehen zu werden, was Teil unseres Spiels war.

„Es lebe der Tod!", schrie Terzan dann, während der Zug nur einen Meter neben ihm vorbeidröhnte, und ballte die Faust in Richtung der träge aus dem Zug glotzenden Reisenden, weil er wieder nicht liegen geblieben war, es erneut geschafft hatte. Und wer weiß, was er gemacht hätte, wenn wir nicht dabei gewesen wären. Iris ging sogar manchmal abends an den Bahngleisen spazieren, um sich zu entspannen, wie sie behauptete, aber in Wirklichkeit war sie auf der Suche nach Terzan, weil sie meinte, ihn noch rechtzeitig von den Gleisen wegziehen zu müssen, wenn er mal wieder mit blutunterlaufenen Augen draußen herumlief, ziellos, wenn ihm alles egal war.

„Trostlos", das war noch eine der harmlosesten Beschreibungen für die Gegend. Aber sie war für uns gerade richtig, weit weg von engen Kinderzimmern mit Hochbetten und in die Ecke gequetschten Fernsehern, weg von der immer gleichen Ankunft des Vaters am Abend, der Stille vor dem Fernseher und den Geräuschen der barsch auseinandergefalteten Zeitung beim Abendessen.

Hier kann uns niemand finden, so dachten wir damals. Terzan drehte uns immer wieder eine neue Zigarettenmarke an, wobei ich irgendwann nicht mehr glaubte, dass es wirklich Zigaretten waren, doch bis heute will er nicht zugeben, dass er uns Joints untergejubelt hat. Iris rauchte die Dinger mit einer stoischen Ruhe, die mich manchmal auf die Palme brachte, weil sie sich keine Gedanken über die Gefahren machte. „Na, wieder mal zu viel gedacht?", spöttelte sie dann und lachte so hemmungslos, dass ihr Kopf nach hinten kippte, und mehr als einmal war ich überzeugt, dass unsere Beziehung für sie ein großer Spaß war und ich ein Idiot, den man nicht ernst nehmen konnte.

Giftgelbe Schierlingspflanzen werden von verdreckten Bahnleuchten angepixelt, drüben flattern zerrissene Zeitungsschnipsel im Wind, die sich aus dem Gleisbett befreien und dahintrudeln, wie Selbstmörder der herannahenden Eisenbahn ungestüm ihren Tod ankündigen, senkrecht über den Eisenbahnschienen.

Zwischendurch schaue ich auf das Smartphone. Ist es nicht doch auf lautlos geschaltet? Aber da ist kein Anruf von Maria. Keine Nachricht. Nichts.

DIE DRITTE STUFE

Vor mir ist das Gras platt getreten wie damals, als wir, wie um den Geräuschen der Züge zuvorzukommen, die Böschung empor hasteten und oben erschöpft liegen blieben, die Gesichter vielleicht näher beieinander als zuvor, und ich überlegte, ob ich Iris liebte und Iris wohl doch Terzan bevorzugte. Vielleicht schaffe ich es noch bis vorn um die Häuserecke, bevor der Zug kommt, und niemand wird mich sehen. Dann bleibe ich unerkannt wie damals.

***

„Jonas!"

Ich hatte zweimal leicht mit den Fingerknöcheln gegen das Fenster geklopft, danach lauter werdend eine Staccatofolge, schließlich mit der Handfläche geschlagen, dass ich schon glaubte, dass das Glas zerspringen könnte. Das war unser geheimes Zeichen.

„Entschuldige, ich habe nicht aufgeräumt", sagt Iris, als sie mich einlässt. „Meine Eltern sind nicht da, weißt du", fügt sie erklärend hinzu. „Du siehst fertig aus." Sie lächelt.

Es ist ein ganz und gar warmes Lächeln, das konnte sie schon immer, bei dem ich mich in ihre Arme fallen lassen möchte, was mir aber immer noch verdammt schwerfällt. Am liebsten würde ich heulen, mir von ihr über den Kopf streicheln lassen und dazu ihre Stimme hören, die perfekt zu ihrem Lächeln passt – beruhigend, entspannend. Doch ich presse nur die Hände in die Hüften, gehe einen Schritt auf sie zu, zögere, lasse dann doch eine Umarmung zu.

„Was ist passiert?"

Es ist eine einfache Frage, die ich nur beantworten müsste. Aber kann ich ihr alles erzählen? Soll ich Iris zur Mitwisserin machen? Unsere Jugend kommt nicht wieder, und wenn wir damals auch zusammenhielten wie Pech und Schwefel, so ist mir Iris heute manchmal fremd, und ich weiß gar nicht, ob ich Terzan überhaupt noch treffen will. Konsequenterweise müsste ich diese Kontakte beenden, doch dann steht Iris plötzlich vor meiner Wohnungstür, wir schlafen miteinander, und da ist wieder dieses Gefühl, dass es so weitergehen könnte. Dass ich gar nicht viel tun muss, es einfach geschehen lassen kann.

Einen Moment schweige ich, und dann erzähle ich doch fast alles bis ins Detail und erwähne auch, dass Maria einfach aufgebrochen ist und sich nun vielleicht in großer Gefahr befindet.

Iris nickt bedächtig. „Du weißt also nichts", fasst sie zusammen, und ich überlege, ob sie mir einen Vorwurf machen will.

Sekunden vergehen, während irgendwo eine unsichtbare Uhr tickt. Draußen flackern Autoscheinwerfer. Vollmond, denke ich, als ich am Himmel die hässliche weiße Kugel mit den schwarzen Flecken entdecke, vor die sich gerade dünne Wolkengirlanden schieben. Der Mond bleibt auf seltsame Art sichtbar wie durch eine durchsichtige Plane.

„Du bist ganz blass im Gesicht." Iris fährt mir sanft übers Haar.

Es ist unnötig, viele Erklärungen zu geben und sie auch noch mit den Bildern zu belasten, den Sorgen und meinen Gedanken daran, ob Maria überhaupt noch am Leben ist. Wenn ich früher nicht weiterwusste, zog ich mich auf den großen schwarzen Ledersessel in meiner Wohnung zurück, tätschelte die aufgerissenen Armlehnen, sog den eigenartigen Gestank des Sessels ein und ließ mich tief ins Polster hineinfallen, zog die Beine an den Körper und warf mir noch eine Decke über die Beine. Verschwinden. Einfach unsichtbar werden. Aber damals ging es nur um eine Seminararbeit. Dies hier ist anders. Unbekannt und viel gefährlicher.

„Warum bist du hier?" Iris steht am Fenster und schirmt mit ihrem Körper das eindringende Mondlicht ab.

„Alles ist so diffus. Rätselhaft. Und ich hasse Andeutungen", erwidere ich.

„Ich weiß. Du willst alles wissen."

„Maria ist plötzlich da und dann wieder verschwunden."

„Warum kommt sie gerade zu dir?" Iris zieht einen Kugelschreiber aus der Hosentasche und klopft damit gegen die Fensterbank, erst langsam, dann schneller werdend, bis ich zu ihr gehe und ihre Hand festhalte. „Du bist wirklich nervös, oder?", fragt sie mich. „Aber wenn es dich beruhigt, kann ich mich mal umhören."

„Bei euch in der Redaktion?"

„Ja. Außerdem habe ich einige Kontakte, die mir schon früher geholfen haben."

Ich ziehe die Augenbrauen hoch. „Was glaubst du denn, was du finden kannst?"

„Es muss doch irgendwas passiert sein, weshalb Maria zu dir gekommen ist", erwidert Iris.

„Aber wenn du nicht weißt, wonach du suchst, wie kannst du dann etwas finden?"

„Das ist bei manchen Artikeln auch so. Manchmal weiß ich gar nicht, wie sich so ein Artikel entwickelt." Sie zuckt mit den Achseln. „Und dieses Auto?", fährt sie fort. „Sehr auffällig, wenn du mich fragst, und schon alt, wenn Maria sagt, dass es ‚noch fährt'. Also ein altes Auto, das aussieht wie ein Straßenkreuzer?"

„Maria hat etwas von einem Kapitän erzählt, aber das waren bestimmt nur wirre Fantasien."

„Nicht unbedingt." Iris legt erst den linken Zeigefinger an ihren Mund, dann die ganze Hand.

„Jemand, der sich Kapitän nennt, vielleicht?"

„Warum sollte jemand, der so ein großes Auto fährt, sich selbst als Kapitän bezeichnen, Jonas?"

„Vielleicht, weil so ein Auto wie ein Schiff ist?"

Sie schüttelt den Kopf. „Hast du jemanden gesehen? Warum bist du nicht am Fenster geblieben?"

Richtig, ich hätte weiterbeobachten sollen. Wie dumm von mir! Krampfhaft überlege ich, ob mir jemand aufgefallen ist, aber so aufmerksam war ich einfach nicht.

„Na ja, einen Grund wird es geben, dass dieses Auto da stand. Vielleicht hat jemand auf Maria gewartet." Sie sieht mich aufmerksam an.

„Reine Spekulation", stoße ich hervor, bereue die Worte aber sofort, da Iris sie als Vorwurf verstehen könnte.

„Maria ... Sag mal, gefällt sie dir eigentlich?" Iris geht zum kleinen Schreibtisch in der Mitte des Zimmers und drückt den Kuli so fest auf einen Zettel, dass die Spitze bestimmt durch das Papier hindurch in den Tisch eindringt und eine deutliche Wunde hinterlässt.

„Wir haben uns ein paar Mal an der Uni getroffen, einige Seminare zusammen besucht, in der Cafeteria diskutiert. Geredet halt", erkläre ich.

Iris dreht mir den Rücken zu, strafft die Schultern und fingert am Kuli herum, den sie immer noch in der Hand hat. Schließlich hält sie ihn so in beiden Händen, als wollte sie ihn durchbrechen. „Es ist nur ...", murmelt sie kaum hörbar.

„Aber wenn du jemanden fragen könntest ..." Ich gehe zu ihr und berühre mit meinen Lippen sanft ihren Hals.

Langsam dreht sie sich um, nimmt meine Hände und legt sie um ihre Hüften. „Klar. Wie früher. Weißt du noch?"

„Das war einmal, Iris, und die Vergangenheit kommt nicht zurück."

„Vielleicht doch."

„Dann müssten wir auch Terzan Bescheid sagen."

Sie löst sich von mir und läuft zu dem Bett am anderen Ende des Zimmers, setzt sich auf die Bettkante. „Er streunt hier manchmal herum."

„Nach so vielen Jahren?"

„Ist leider nicht immer ansprechbar. Du solltest ihn mal anrufen."

Ich überlege, wann ich zuletzt mit Terzan gesprochen habe.

DIE DRITTE STUFE

„Iris, Terzan und Jonas. Wie in alten Tagen." Sie zieht mich langsam zu sich heran und führt meine rechte Hand an ihren Mund, küsst die Finger und zieht die Hand dann hinunter über ihren Bauch, bis sie zwischen ihren Beinen angekommen ist, wo sie damit langsam auf und ab reibt, bis ich ihren Kitzler spüren kann.

Unwillkürlich muss ich schlucken. Wahrscheinlich sehe ich idiotisch aus, viel zu verkrampft, und wie so oft überlasse ich ihr die Initiative. Wieder ist da diese charakteristische Mischung aus Schwäche und Verwirrtheit, die gleich verschwinden wird, aber warum möchte ich am liebsten zurück auf den Balkon, über den ich gekommen bin, und warten, bis ich wieder einen klaren Gedanken fassen kann? Am liebsten würde ich Iris bitten, nicht immer „Fick mich!" zu rufen, wenn ich in sie eindringe, aber die Gelegenheit dazu ist schon verpasst, und ich murmele nur noch verwirrt „Was?", aber Iris legt kopfschüttelnd einen Finger auf meine Lippen.

.

5

Fast hätte ich sie nicht wiedererkannt. Die Haare fallen ihr wirr über die Augen, und sie hat sich keine Mühe gegeben, die Tränen abzuwischen. Ihre Wangen sind gerötet wie nach einer großen Aufregung oder einem lautstarken Streit. Sie sitzt an der Theke im Charley's und dreht sich immer wieder um, sieht mich aber nicht sofort und fährt sich mit zitternden Händen durchs Haar.

Direkt vor ihr stehen zwei Kerzen auf der Theke, darüber ein Fernseher. Ich stutze einen Moment, als mein Blick auf die von der Decke baumelnden Schuhe fällt. An der Wand neben der Theke prangt ein überlebensgroßes Schwarzweißposter mit dem Schriftzug „Bonjour Jazz" – melancholische Musiker mit Blasinstrumenten und Schlagzeug, die gedankenverloren vor sich hinstarren.

Erst als ich ihren Namen sage, dreht Maria sich um, sieht mich für einen Moment entgeistert an und kehrt dann zu ihrem Drink an der Bar zurück. Der Barkeeper spricht leise mit ihr und schenkt ihr noch einen Wodka ein. Erneut wendet sie sich um, scheint mich endlich zu erkennen, sieht mich von der Seite an, murmelt etwas von

DIE DRITTE STUFE

einem Fahrrad, rutscht dann vom Barhocker und fällt mir um den Hals.

„Jonas, Jonas, Jonas, lass uns einfach verschwinden, nur weg hier", lallt sie. Meine Güte, wie viel hat sie schon getrunken?

„Ich glaube, wir sollten lieber ein Taxi nehmen."

„Ta-t-t-aaxii" stottert sie: „Wir haben ja Geld. Geld, mehr als genug!", schreit sie plötzlich so laut, dass einige Gäste zu uns herübersehen. „Ihm ist es scheißegal." Von einem Moment auf den anderen ist ihre Stimme bemerkenswert fest.

„Wem ist es scheißegal?", frage ich so ruhig wie möglich.

„Dem Kapitän, dem verfluchten." Sie ist einen Moment still, fährt dann stockend fort: „Aber was hatte ich auch anderes erwartet?" Ihre Hand zittert, während sie immer wieder versucht, das Glas an einer bestimmten Stelle auf dem Tresen abzustellen.

„Maria, bitte." Ich lege eine Hand auf ihren Kopf, versuche, mich zwischen sie und das Glas zu schieben, das sie sich jetzt direkt vor das Gesicht hält und anstarrt.

„Ob ich noch lebe, was meinst du? Sehe ich aus wie eine Lebende? Oder bin ich schon tot? Alle, die ausgestiegen sind, sind tot." Wieder dieses stockende Sprechen, dann macht sie eine ruckartige Bewegung nach vorn, als müsste sie sich im nächsten Moment übergeben. „Scheiße, Jonas!" Zögerliche Handbewegungen, sie fährt mir mit der rechten Hand langsam über den Kopf. „Er hat mich einfach angerufen, und …"

„Wer?"

Sie stockt, als wäre sie nicht sicher, ob ihr der Name wieder einfällt. „Sie finden mich, hat er gesagt", stammelt sie. Ein Lächeln, unverstellt, und dann fällt sie mir wieder um den Hals, kneift aber die Augen zusammen und schreckt im selben Moment vor mir zurück, als hätte sie ein Gespenst gesehen. „Zurück, weg. Ich brauche …", stottert sie und formt mit zwei Fingern einen Revolver.

„Peng, mitten in den Kopf, verstehst du?", bellt sie mir ins Gesicht. „Und das nur so – einfach so."

Sie versucht ein, zwei Schritte zu gehen, klammert sich an den Tresen, bleibt stehen, betrachtet mich. „So ist es besser, so kann ich dich besser sehen. Ich will dir ja nicht wehtun, verstehst du? Ich will dich nicht verletzen." Wie klar ihre Worte auf einmal sind, so deutlich, als hätte sie gar nichts getrunken. Sie murmelt etwas von Männern, die sie verletzt habe, weil sie ihr zu nahe gekommen seien. Sie lächelt überraschend, streicht sich selbstvergessen durch die Haare, schließt die Augen, als müsste sie sich besonders stark konzentrieren, kommt näher an mein Gesicht, als müsste sie überprüfen, wer ich bin.

„Jonas. Ich bins – Jonas", versuche ich ihr zu helfen, wiederhole es klar und deutlich und versuche jeden Buchstaben auszusprechen.

Sie atmet tief ein und aus, klammert sich mit einer Hand an meine Schulter, steht mit durchgedrücktem Kreuz ruhig und konzentriert da. „Das ist gut, weißt du. Aber weißt du, ob du es auch wirklich bist?" Ein heiseres, kehliges Lachen entfährt ihr, bei dem sie den Kopf zurückwirft. „Vielleicht bist du jemand anders. Omega. Bist du Omega? Jeder könnte Omega sein, auch einer von den Leuten hier in der Kneipe."

„Omega? Den hast du schon ein paar Mal erwähnt", sage ich.

„Er ist verletzt. Er hat irgendetwas an der rechten Hand, habe ich da unten ein paar Mal gehört." Sie schüttelt gedankenverloren den Kopf, hakt sich bei mir unter, während ich ihre Getränke bezahle, und schließlich staksen wir geradewegs auf den Ausgang zu. Sie kann kaum einen Fuß vor den anderen setzen und sackt immer wieder weg und schleudert mir mehrmals „Scheißegal, oder?" entgegen. Ich kann kaum selbst das Gleichgewicht halten, stolpere, weil ich sie auffangen muss, wünsche mir, dass sie irgendwie die Füße benutzen könnte, was verdammt schwierig ist. Nach einigen Metern ziehe ich sie und schleife sie förmlich über den Boden. Aufmerksame Blicke treffen mich, interessierte, neugierige. Nur einen Schritt noch, dann sind wir an der Tür, die ich mit dem Fuß aufstoße, und katapultiere Maria in das Taxi, das direkt vor der Tür im Halteverbot wartet.

6

Im Seestern staut sich schwüle, stickige Luft. Ich spüre den Schweiß unter meinen Achseln. Es fühlt sich an, als würde es gleich unglaublich stinken. Ich habe schon eine große Flasche Wasser in mich hineingeschüttet, während Iris unverständlicherweise bei diesem Wetter grünen Tee trinkt. Wir sitzen in kalten, hellbraunen Ledersesseln, denen ich mit meinen feuchten Händen ein obszönes Quietschen entlocken kann.

„Maria?", fragt Iris und sieht mich abwartend an.

„Schläft sicher noch. Ich habe ihr meine Handynummer dagelassen."

„Sie wohnt jetzt bei dir, oder?" Iris führt die Teetasse zum Mund und beißt in den Porzellanrand.

Ich fingere an meinem Hals herum und räuspere mich. „Fürs Erste. Du kannst dir nicht vorstellen, wie fertig ..."

„Gut, dass du ihr hilfst", unterbricht sie mich und stellt die Tasse wieder auf der Untertasse ab, ohne etwas getrunken zu haben.

„Terzan?", versuche ich das Thema zu wechseln.

„Ja, er kommt. Hat er jedenfalls gesagt." Sie nimmt hastig das eingepackte Stück Zucker von der Untertasse und reißt fahrig an dem Papier herum.

Ich überlege, ob ich mir wünsche, dass Terzan womöglich nicht kommt, weil er den Termin vergessen hat.

„Hey jo, Jonas, was geht?"

Ich zucke zusammen. Es ist Terzans altvertraute, dunkle Stimme, sein direkter, unverstellter Blick.

„Terzan, alles klar?", bringe ich gepresst hervor.

Er hält mir seine geöffnete Hand entgegen, damit ich einschlagen kann, murmelt „Gimme five" und klatscht auch Iris' Hand ab. „Junge, alles easy? Ich bin total abgefuckt."

Immer noch diese Sprüche und die verdammte Selbstsicherheit. Terzan zieht immer alles auf sich – Blicke, Komplimente, Lächeln, Frauen. Und dazu diese verdammte Leichtigkeit.

„Ist gut, dass ich dabei bin, oder? Ihr könnt froh sein. Das ist doch schon mal was." Er strahlt. Klar, was sonst? Er ist immer noch schlaksig, hat diese großen, fröhlich wirkenden Augen, schwarze Haare, und es ist schwer zu sagen, wie alt er eigentlich ist. Er würde ohne weiteres als Zwanzigjähriger durchgehen.

Eine Bedienung nähert sich. Ich will sie mit einem Handzeichen verscheuchen, doch die junge Frau steht schon neben Terzan, notiert, dass er ein Red Bull verlangt, und unterdrückt ein Glucksen, will den Mund öffnen, aber Terzan schüttelt den Kopf und fuchtelt mit den Armen, worauf die Kellnerin abzieht.

„Wieder wie früher", feixt Terzan. „Jetzt guck doch nicht so böse. Hey – wir beide, weißt du noch, was wir alles gemacht haben?" Er zögert bei den letzten Worten. Seine Stimme klingt, als wäre er ein wenig erschrocken, was mich wiederum etwas beruhigt.

„Damals." Ich zwinge mir ein Lächeln ab, klopfe ihm sogar auf die Schulter, aber gut fühle ich mich nicht dabei.

DIE DRITTE STUFE

***

Zehn Minuten später habe ich Terzan erzählt, was ich bisher mit Maria erlebt habe. Er pfeift leise durch die Zähne. „Sehr mysteriös und rätselhaft."

Ich fasse mir an den Hals und strecke die Hände in einer hilflosen Geste aus. „Also, wohin ist Maria gestern verschwunden? Warum ist sie ins Charley's gegangen? Hat sie dort jemanden getroffen? Wo sind die Leute, die angeblich hinter ihr her sind? Beobachten sie uns? Und dann der Hinweis auf diesen Omega. Wer ist das? Wozu dieses Geld? Es ist – verrückt."

„Omega ist der letzte Buchstabe im griechischen Alphabet, also geht es vielleicht um irgendein Ende?", schlägt Terzan vor.

„Wie bei Alpha und Omega, hm, aber was machen wir mit dieser Information?" Ich starre in die Kaffeetasse und puste auf die schwarze Flüssigkeit, bis unruhige See entsteht. „Weiß soll zu Schwarz werden, nicht zu vergessen", füge ich hinzu. „Schon dieser Satz ist …" Ich fahre mir mit einer Hand durch die Haare. „… Unsinn. Und mir gehen diese Symbole nicht aus dem Kopf."

„Welche Symbole?", fragt Terzan.

„Die auf diesem Karton in Raum 01.25." Ich schiebe eine Serviette in die Tischmitte, hole einen Kugelschreiber aus meiner Hosentasche und zeichne zwei dicke Punkte auf die Serviette. Darunter ziehe ich einen waagerechten Strich:

Terzan und Iris betrachten die Zeichen skeptisch.

DIE DRITTE STUFE

Iris schließt die Augen, und ich sehe etwas Feuchtigkeit auf ihren geschlossenen Lidern glänzen. „Und du glaubst, dass es was zu bedeuten hat?"

„Drei Zeichen, zwei Personen." Terzan klopft mit einer Selbstgedrehten gegen die Tischkante. „Die Punkte. Und eine dritte, die ihnen untergeordnet ist – der Strich darunter." Er rupft die Zigarette auseinander und lässt die Trümmer über dem Aschenbecher hinabrieseln.

Ich nicke anerkennend. „Warum steht das Symbol dann auf einem schäbigen Karton mit Geld darin?"

„Jemand sollte bezahlt werden?" Iris stellt die Ellbogen auf den Tisch und stützt den Kopf auf die ineinander verschränkten Hände.

„Das überzeugt mich nicht", bemerke ich.

Iris winkt den Kellner heran und bestellt eine Flasche Wasser.

„Du wolltest recherchieren", sage ich.

„Ja. Pass auf, dieser Name ..." Sie beugt sich über den Tisch, sodass ich ihren Kaffee-Atem riechen kann, und ihre frischgewaschenen Haare.

„Omega?"

„In Frankfurt wurden zwei Drogenkuriere ermordet. In ihren Taschen fand sich nur ein Zettel mit einem griechischen Buchstaben."

„Omega?", rufe ich aus.

Sie nickt bedeutsam.

„Darüber habt ihr in der Rundschau berichtet?", fragt Terzan.

„Nein, es war eine Agenturmeldung."

„Frankfurt ist weit weg. Ich sehe da keinen Zusammenhang."

Terzan zieht die Augenbrauen so hoch, dass es für einen Moment aussieht, als würden sie weiter die Stirn emporwandern.

„Hast du noch mehr rausgefunden?", frage ich leise.

„Ich habe in Frankfurt angerufen. Wir haben zusammen studiert, und ..." Sie kratzt sich mit einem

Finger am Hals. „... Wolfgang hat sehr gute Kontakte, auch zur Frankfurter Polizei. Irgendwas ist da in Bewegung."

„In Bewegung – was bedeutet das?", fragt Terzan.

„Die Leute haben Angst. Also ... Drogenkuriere, Obdachlose. Menschen verschwinden. Wolfgang hat mit Leuten gesprochen. Jemand habe sie geholt, wird gesagt."

„Das klingt nach reiner Fantasie. So was gibt es in verschiedenen Kulturen. Um Kinder zu erschrecken. Wer nicht brav ist, den holt der Schwarze Mann", sage ich.

Iris wiegt den Kopf. „Es wurden Namen genannt. Wolfgang hat recherchiert und mit Zeugen gesprochen. Einige Leute verschwanden tatsächlich, meist Obdachlose. Ein Zeuge will einen der Verschwundenen wiedergetroffen haben. Der sei völlig verwirrt gewesen, habe etwas von Dunkelheit erzählt und will angeblich in der Unterwelt gewesen sein. Es gab dazu auch einen Artikel in der FAZ, groß aufgemacht auf der Titelseite."

„So what? Was steckt wirklich dahinter? Einem Zeitungsartikel kann man ja nicht so viel entnehmen." Für einen Moment wirkt Terzan nachdenklich, scheint den Ernst der Situation wirklich zu begreifen, aber er muss nur einmal die Augen zusammenkneifen, dann kehrt die jugendliche Leichtigkeit in sein Gesicht zurück.

„Das war ja nicht nur ein Artikel in der Zeitung. Es gab eine Reportage im Hessenreport. Die würden ja nicht darüber berichten, wenn das nicht stimmen würde. Die Polizei hat ja auch ermittelt, und es gibt Vernehmungsprotokolle, in denen immer wieder ein Mann erwähnt wird, der über große Macht verfügen soll. Seinen Namen wollte niemand aussprechen, und so oft die ermittelnden Beamten auch nachfragten – niemand sagte was Konkretes. Manche waren so verängstigt, dass sie anfingen zu schreien, wenn sie über den Mann erzählen sollten. Sie glauben, dass er mitten unter ihnen sei und niemand sie vor ihm schützen könne." Iris malt mit einem Finger kleine Kreise auf die Tischdecke.

„Siehst du einen Zusammenhang zu dem, was Maria erzählt hat?", frage ich.

„Wolfgang hat da noch weiter recherchiert. Er hat Leute aufgespürt einen sogar, der in dieser Organisation war", erwidert Iris. „Bei einem aber ... der Mann kann nicht mehr sprechen, weil ihm die Zunge herausgeschnitten wurde, er hat aber ein Zeichen auf ein Stück Papier gemalt, ein Symbol, nämlich den griechischen Buchstaben Omega. Und es sollen noch weitere Zettel mit diesem Symbol aufgetaucht sein."

„Und was hat dieser Wolfgang herausgefunden?"

„Omega ist also der Mann, dessen Namen die anderen Zeugen nicht aussprechen wollten?" Terzan trinkt einen Schluck aus der Red-Bull-Dose.

Iris nickt. „Wolfgang ist sich da sicher."

Ich presse die Hände aneinander, als wäre mir kalt. „Also ist Omega eine Person, deren Namen niemand ausspricht und die unglaublich mächtig sein soll. Hört sich für mich nach einem Mythos an, wie eine Legende, eine dieser Urban Legends."

„Aber warum hätte Maria diesen Namen erwähnt, wenn es den Mann gar nicht gibt?", fragt Iris.

„Richtig, aber wer weiß, ob damit dieselbe Person gemeint ist oder ..."

„Und niemand kennt ihn", unterbricht Iris mich hastig, „das hat Wolfgang auch gesagt."

Siedendheiß durchfährt es mich. „Sie haben Omega nicht gesehen. Niemand, hat sie gesagt." Ich hebe eine Hand, als könnte ich so besser sprechen.

„Also, womit haben wir es denn nun zu tun?", fragt Terzan. „Verdammte Scheiße, wer ist das? Und was macht er überhaupt?" Noch nie habe ich gehört, dass Terzan „verdammte Scheiße" gesagt hat.

„Jemand, der sehr mächtig ist", sage ich. „So mächtig, dass er ..., obwohl das nicht sein kann."

„Angst. Auf der Straße haben die Leute Angst, hat Wolfgang noch gesagt." Iris fährt mit einer Hand über die Tischkante.

„Was ist mit diesem Raum in der Uni, in dem ich war? Hast du dazu etwas gefunden?" Ich tappe nervös mit den Fingern auf der Tischdecke herum.

„Ich bin die Meldungen der letzten Wochen durchgegangen – einfach alles im Zusammenhang mit der Heinrich-Heine-Universität. Was merkwürdig ist: An der Uni scheint es mehrere ungewöhnliche Veranstaltungen gegeben zu haben."

„Was denn? Vorlesungen? Seminare?"

„Um was es ging, weiß ich nicht", erwidert Iris, „aber die Veranstaltungen trugen den Zusatz ‚ad multam noctem'."

„Und das bedeutet?", fragt Terzan.

„Bis tief in die Nacht." Als Iris spricht, treffen Sonnenblitze auf ihr Gesicht und überziehen die wie mit Kissen gepolsterten Wangen mit wächsernem Weiß.

„Aber wie kann jemand, ich meine, diese Veranstaltungen müssen doch ... mit der Uni ..." Ich bin total perplex.

„Es waren Sonderveranstaltungen der theoretischen Philosophie."

„Oh!", entfährt es mir.

„Und wie bist du darauf gestoßen?" Terzan presst einen Zeigefinger an die Red-Bull-Dose, sodass eine kleine Delle entsteht.

„Die Termine gehören zu einer Veranstaltungsreihe mit dem Titel ‚Was ist der Mensch?' Auf der Uni-Website tauchen sie als Praxisseminare über die nächtliche Philosophie des Menschen auf. Sie tragen den Zusatz ‚zugangsbeschränkt'."

„Man musste sich also dafür anmelden", sage ich. „Bei wem?"

„Das geht aus den Unterlagen nicht hervor. Aber es wird ein Raum 01.25 erwähnt."

„Dann musste man sich wohl da anmelden", spekuliert Terzan.

„Nein, ich war ja mit Maria da. Da war nichts, es kann sich nicht einmal um ein normales Büro handeln. Das Zimmer wirkte wie ein Abstellraum."

„Moment." Iris hebt die rechte Hand. „Das ist noch nicht alles. Ich habe Leute über diese Veranstaltungen befragt. Merkwürdigerweise ist kein Raum oder Hörsaal angegeben, in dem sie stattgefunden haben, also habe ich mich ein bisschen umgehört." Sie setzt die Flasche an den Mund und trinkt einen großen Schluck Mineralwasser. „Irgendjemand muss ja etwas wissen, dachte ich. Zumindest in der theoretischen Philosophie." Sie räuspert sich. „Ich habe dann mit einem Pförtner gesprochen, der sich an eine der Veranstaltungen erinnerte. Jedenfalls hatte er ein Plakat dazu gesehen."

„Was stand drauf?", frage ich gespannt.

„Zunächst mal der Name eines sehr populären Blogs im Internet. Leider konnte er nicht sagen, wie der lautet, aber da war noch etwas anderes." Sie hält inne, streicht sich durchs Haar und fährt fort: „Auf dem Bild, das sehr unheimlich und voller Dunkelheit gewesen sein soll, war ein Mann abgebildet, sitzend, so als würde er auf etwas warten, und er starrte einen irgendwie an. Das hat der Pförtner jedenfalls so gesagt. Daran konnte er sich genau erinnern."

„Von diesen Plakaten wird es doch irgendwo noch ein Exemplar geben", bemerkt Terzan.

„Nein, eben nicht, denn sie wurden wohl während der Veranstaltung abgenommen und verschwanden komplett."

„Dunkelheit? Ein Bild mit einem Mann, der einen anstarrt?" In meinem Magen macht sich ein flaues Gefühl bemerkbar.

„Woran denkst du?", fragt Iris.

„Das Gemälde in Raum 01.25, das würde passen." Wenn ich daran zurückdenke, läuft es mir immer noch eiskalt den Rücken hinunter. „Aber warum gerade dieses Bild?" Ich schüttele verwirrt den Kopf.

„Irgendetwas passiert da, Jonas", fährt Iris fort, „irgendetwas ‚Großes', so hat es der Pförtner gesagt. Ein Student, der regelmäßig diese Veranstaltungen besucht, hätte es jedenfalls so ausgedrückt und dabei ganz glänzende Augen bekommen. Dann meinte er noch, dass sich jetzt endlich etwas ändern würde. Der Student hätte davon gesprochen, dass der Mensch ‚endlich seine wahre Bestimmung finden' werde, so habe er es formuliert. Und der Pförtner sagte noch, dass er Angst gehabt hätte. Große Angst."

7

Maria fixiert mich, sodass ich automatisch den Blick abwende, nach irgendetwas Interessantem suche, aber mein Flur ist unmöbliert. Nicht einmal ein Schuhschrank befindet sich dort, auch kein Schlüsselkasten, nur nackte, dunkelblaue Farbe, an der Decke eine schmucklose Hängeleuchte mit einem Schirm aus Holzstäben, über die weißer Stoff gespannt ist. Das Licht wird davon dermaßen abgeschirmt, dass einem nicht ganz klar ist, ob man wirklich eine Wohnung betritt. „Höhle" nannte Iris meine Wohnung immer.

Ich stehe zwei Schritte von Maria entfernt, kratze mit den Fingernägeln an der Wand, lausche auf die unverständlichen Sätze, die aus dem Hausflur zu uns hereinwehen.

„Heute Morgen, nachdem ich aufgewacht bin – das war, als hätte sich etwas ausgeklinkt." Maria zieht langsam an ihrer Zigarette. „Getrennt. Ich war weg, obwohl ich noch da war."

Weil ich die Stirn runzle, bricht sie ab und redet nicht weiter.

„Weg? Wie meinst du das?"

„Das war genau wie mit Rico. Wir haben uns unterhalten. Stundenlang. Ich redete, als wäre Rico gar nicht da." Sie saugt an ihrer Zigarette, als hätte ein Henker sie ihr als letzten Wunsch gewährt. „Ich lag auf dem Bauch auf dem Boden", fährt sie mit deutlich leiserer Stimme fort, sodass ich erst Mühe habe, sie zu verstehen, „und Rico lag auf mir. ‚Jetzt hast du dich wieder weggemacht', kommentierte er dann mein Geplapper, und ich spürte genau, wie sich das anfühlte, weg zu sein, obwohl ich noch da war und alles um mich herum wahrnahm."

Ihr Gesicht ist furchtbar ernst, sehr blass, als wäre sie aus einer langen Ohnmacht erwacht und wüsste nicht, wo sie sich befindet. Sämtliche kindlichen Züge sind daraus verschwunden.

„Wie ist das – weg zu sein? Weg … aus der Welt? Ich verstehe nicht." Als ich unsinnigerweise die Hände hinter den Kopf legen will, stoße ich gegen die Deckenlampe, und im Halbdunkel des Flurs wird Marias Gesicht von der hin und her schwingenden Lampe mit gelben Mustern überzogen, als wären kleine Tiere von oben auf sie herabgefallen.

„Nein, nicht wirklich weg, die schreckliche Realität war ja noch da, alles, womit wir leben müssen, aber diese Leere war weg, Jonas, diese Leere, die ich immer gespürt habe in meinem Leben, vielleicht, indem ich alles gesagt habe, alles von innen nach außen gebracht habe. Nur in diesen Momenten konnte ich zu mir sagen: ‚Ich bin gut, gut genug'. Sofort warf ich Rico dann von mir herunter und sprang auf, fröhlich, rief, schrie: ‚Ich bin gut, gut genug!' so oft ich konnte, obwohl der Satz falsch klang, so falsch."

„Rico ist …?", frage ich.

„Mein Bruder. Bonding nannte er diese Technik. ‚Wir können es wirklich miteinander aushalten, lange und immer', pflegte er zu sagen. Rico hat mir immer alles gesagt, er hat mir Sachen gekauft, beschrieben, wie ich gehen, sprechen und was ich essen soll. Rico erklärte mir alles, wir probierten es, spielten Situationen durch. Ich spielte Maria, und Rico erklärte, was ich falsch gemacht hatte und besser machen sollte. Manchmal verschwand er nachts, und wenn ich dann aufwachte, rief ich ihn sofort an, damit er zurückkam und in der Wohnung blieb. Natürlich kam er."

„Und ohne Rico?" Ich starre auf die Wohnungstür, hinter der der Hausflur in unwirklicher Stille liegt.

„Es ist auch so schon schwer genug. Ich muss mich wehren, gegen diesen Druck an den Schläfen, aber das stimmt auch nicht. Eigentlich weiß ich gar nicht, wogegen ich mich wehren muss. Kein Gefühl hilft, kein Gedanke, so viel ich auch in mich hineinhorche. Dann habe ich auf einmal Lust, die Wohnung zu zertrümmern, eine Axt zu nehmen und alles kurz und klein zu hacken, immer wieder auf die Dinge einzuschlagen, bis sie tot sind und mich nicht mehr belästigen. Ich spüre, wie leicht das in diesem Moment ist, es genügt schon eine winzige Bewegung. Aber einen Augenblick später weiß ich, dass ich es nicht tun werde."

Sie sieht mich auffordernd an, aber ich kann ihr nicht folgen. Die Gedanken sind zu verwirrend, und ich habe auch wenig Lust, noch weiter mit ihr über diese Gefühle zu sprechen. Mir schwirrt auch so schon der Kopf.

„Hast du Rico getroffen? Warst du deswegen im Charley's? Warum bist du gestern einfach weg?", frage ich sie.

Maria wirft den Kopf in den Nacken und lacht kurz und abgehackt auf, leicht abschätzig. „Das habe ich wirklich gedacht." Sie schlägt sich mit der rechten Hand hart gegen die Stirn, aber ich ziehe ihre Hand weg.

„Was hast du gedacht?", hake ich ruhig nach.

„Dass ich zurückkann – zu Rico. Dass er mich aufnehmen würde, nach allem."

„Habt ihr euch getroffen?"

Sie knetet unruhig die Hände. „Ich habe ihn angerufen. Wir wollten uns treffen, aber er hat mir nur einen Boten geschickt, der mir etwas mitteilen sollte."

Ich bemühe mich, meine Ungeduld zu unterdrücken. Maria kommt zwei Schritte auf mich zu, nimmt meine rechte Hand, führt sie sanft an ihre linke Wange und beugt sich mit dem Kopf so weit nach vorn, dass ich einen warmen Luftzug am Hals spüre, als sie ausatmet.

„Er ist nicht gekommen. Dieser Bote ist einfach nicht aufgetaucht. Nicht einmal das. Niemand. Sie haben mich einfach versetzt", zischt sie, „einfach nichts …"

„Vielleicht war es zu gefährlich", versuche ich zu beschwichtigen.

„Ja, wahrscheinlich war es das."

Sie dreht sich um, geht zurück zur Wohnungstür und lehnt sich mit dem Kopf gegen das Holz. Als ich ihr von hinten eine Hand auf den Kopf lege, fährt sie blitzschnell herum und hebt die Hände, als wollte sie mir im nächsten Moment den Hals zudrücken. „Wenn ich jetzt in ein anderes Zimmer gehe, läufst du mir dann nach?", fährt sie mich an.

„Ich verspreche, es nicht zu tun."

Einen Moment später hastet sie in die Küche, und dann höre ich, wie die Tür zum Arbeitszimmer krachend ins Schloss fällt. Jetzt verkriecht sie sich sicher wieder auf der alten Luftmatratze, zieht sich die Decke über den Körper und liegt stundenlang still.

Unruhig tigere ich vor der Tür des Arbeitszimmers auf und ab, überlege, ob sie sie wieder abgeschlossen hat, aber ich habe nicht gehört, dass ein Schlüssel im Schloss umgedreht wurde. Ob ich einfach öffnen und sie fragen soll? Doch vielleicht kippt sie dann um oder beschimpft mich. Also lieber wieder die Hand von der Türklinke nehmen, mich gegen die Tür lehnen, ein Ohr gegen das Holz.

Ich runzle die Stirn, lausche angestrengt, doch ich höre nichts, nur Stille, als wäre Maria gestorben.

***

„Es kamen immer Neue. Männer mit glasigen Augen, die torkelten, stanken, manchmal noch eine Flasche Jägermeister in der Hand hielten, Selbstgespräche führten wie Wahnsinnige. Wenig Frauen. Es waren überhaupt kaum Frauen dabei, obwohl die schreien konnten, viel lauter als die Männer, durchdringender, dass einem schlecht werden konnte."

Maria schließt gequält die Augen, und Asche fällt von der Zigarette in ihrer Hand auf den Boden. Die Küche kommt mir wie ein Käfig vor.

„Sie kamen dann zu den anderen, die eng zusammengedrängt in den Zimmern saßen und irgendetwas von einem medizinischen Experiment faselten, für das sie Geld bekommen sollten. Das hat Rico ihnen jedenfalls erzählt, aber immer wieder breit gegrinst." Sie lacht trocken. „Diese Menschen. Warum …?" Sie stockt, hält sich mit der rechten Hand am Kühlschrank fest.

Nervös schlage ich die Arme um den Bauch und stütze mich am Küchentisch ab. Geduld ist wirklich nicht meine Stärke. Bei Wartezeiten werde ich fahrig, und selbst bei kurzen Verzögerungen im Supermarkt oder im Straßenverkehr umklammere ich mit den Händen irgendeinen Gegenstand, bis meine Knöchel weiß werden. „Todesmuster" nannte Iris dieses Verhalten und erzählte mir etwas von der Lebensschwelle, die ich noch nicht überschritten hätte.

Doch allzu ungeduldig darf ich nicht werden, die Situation ist kompliziert genug. Und viel hat Maria ja bisher nicht erzählt. „Wo war das?", frage ich so normal wie möglich.

„Irgendwo in Frankfurt. Unten … in der Dunkelheit. Sie sind lange mit mir durch die Stadt gefahren, bis ich nicht mehr wusste, wo ich war. Die Gebäude sahen alle gleich aus. Ich war müde."

„Und wohin haben sie dich gebracht?"

DIE DRITTE STUFE

„Unter die Erde. Wir sind eine Treppe runter." Sie kneift die Augen zusammen, dreht den Kopf zur Seite. „Da ... war eine Tür – oder, Moment – irgendetwas im Boden, wo wir eingestiegen sind, dann ging es direkt in die Dunkelheit, und ... Mein Gott!"

Sie hält für einen Moment inne. Ich betrachte ihre schönen großen Augen, die ins Leere starren und die sie dann ein paar Mal schließt und wieder öffnet. „Licht von Taschenlampen, Tunnel. Wir sind durch große Tunnel gelaufen. Es war jede Menge Platz. Ich wusste gar nicht, dass es solche Tunnel unter der Erde gibt." Sie tastet sich an der Wand neben dem Kühlschrank entlang. „Kalt, eisig kalt war es. Und dann diese Dunkelheit. Ein unbeschreiblicher Gestank."

„Und wer ... Ich meine, wohin haben sie dich gebracht?"

„Ich wollte stehen bleiben und mich hinsetzen, doch ich wurde weitergezerrt, stolperte dann irgendwann einfach vorwärts."

„Wie lange seid ihr gelaufen?"

„Ich weiß nicht, eine Stunde? Die Decken wurden niedriger. Durch einige Gänge mussten wir kriechen ... einfach weiter ... ‚ein Umweg', haben sie gesagt, ‚das ist sicherer'. Wir sind einfach weiter, bis ich diese Geräusche hörte, Lärm, der durch die Gänge hallte."

„Geräusche? In diesen unterirdischen Gängen?", frage ich.

„Ja, als würde irgendeine Kreatur da unten leben. Kein Mensch. Ich höre diese Geräusche jetzt noch. Es war ein Geräusch wie ein ... also, ein Grollen, ein dumpfes, tiefes Grollen. Ich kann es nicht besser beschreiben." Sie sieht, dass sie noch eine Zigarette in der Hand hat, geht zum Fenster, öffnet es und wirft sie hinaus. „Heiß. Mann, es ist immer noch so heiß", sagt sie und streckt eine Hand nach draußen, als würde sie sie in irgendetwas eintauchen.

„Und wo war das genau? Unten?" Ich trete unruhig von einem Fuß auf den anderen.

Maria dreht sich um, schließt das Fenster und versenkt die Hände in den Hosentaschen. „Wir sind durch eine große Tür – eigentlich mehr wie ein Tor – und einer meiner Begleiter murmelte etwas von einem unbekannten Bereich und dass man mich jetzt nicht mehr finden würde, wenn ich weitergehe."

„Und Rico – war der auch dabei?"

„Ich sollte ihn da unten treffen."

„Du solltest mit ihm zusammenarbeiten?"

„Ja, eine neue Arbeit, die genau richtig für mich wäre. Und da ich ja gut war, ‚richtig gut', wie er immer wieder ausgerufen hat, richtig laut, verstehst du, wäre das genau richtig für mich. Ich war endlich gut. Nichts mehr zu spüren von diesen …" Sie sieht sich in der Küche um, als wüsste sie nicht, wo sie sich befindet, zeigt auf die weiße Wand. „Da unten – dieses Weiß in den Räumen … Ich …", stottert sie und schluchzt.

„Hier bist du in Sicherheit", versuche ich sie zu beruhigen.

„Und ich bin doch gut, oder? Ich sage es mir immer wieder und wieder. Ich bin gut."

Ich nicke und wische mir die schweißnassen Hände an der Hose ab. „Diese Arbeit. Hast du nicht gefragt, was es war?"

„Ich sollte die Leute … also, bei den Neuen bleiben, aber dass das so … Und die …" Sie schweigt, senkt den Kopf und starrt vor sich auf den Boden. „Manchmal denke ich, da bewegt sich was, das ist … da unten. Da waren diese Schatten von den Lampen, und manchmal … war es, als würde sich der Boden … bewegen."

„Wo war das? In Frankfurt, unten in der …?"

„Ja, unten. Und als wir da hinter dem Tor … Da waren gleich diese Schreie zu hören und mir war klar, dass wir da sind. Rico hat später gesagt, dass sie nicht meinetwegen schreien, obwohl ich das nie behauptet habe. Ich war da, um das zu verhindern, verstehst du? Ich! Ich, Maria, war deshalb da unten."

„Und dann haben sie dir gesagt, was du … also, ich meine, du musst dann doch jemanden getroffen haben. Sicher haben sie dich informiert."

Sie drückt die Hände gegen ihre Schläfen, lehnt sich nach vorn, schüttelt den Kopf. „Ich kann mich nicht mehr an alles erinnern. Manches ist weg, wie gelöscht. Da war … ja, ich habe dann da unten gearbeitet. Und dieses Zimmer – mein Zimmer … Die Wände sind so weiß. Dieses Weiß. Ein Weiß, wie ich es noch nie gesehen habe." Sie hält inne, starrt auf die grüne Tür des Kühlschranks. „Es war überall, der Raum war so weiß, dass ich mich übergeben musste. Ich rannte immer von einer Wand zur anderen, schaute die Decke an, den Boden, das Bett, den schäbigen Tisch und die Stühle – alles weiß!"

„Was genau hast du da gemacht? Was war deine Aufgabe?"

„Ich musste bei den Neuen bleiben. Erst haben sie mich immer angestarrt, oder durch mich durch, als wäre ich gar nicht vorhanden, befahlen mir dann, wegzugehen und sie alleinzulassen. Doch ich blieb, habe ihnen gut zugeredet, mit ihnen Obst gegessen, sie freundlich angelächelt, war so charmant, wie ich nur konnte. Manche von den Leuten waren furchtbar ehrgeizig, wollten zeigen, was sie können oder mehr über die Versuche erfahren, doch ich konnte ihnen nichts erzählen, weil ich selbst kaum etwas wusste. Ich erklärte ihnen, dass sie nur Geld bekommen würden, wenn sie mit mir reden, was gar nicht stimmte, oder … vielleicht haben sie auch überhaupt kein Geld bekommen."

Sie stockt, legt den Kopf in den Nacken und starrt gegen die Decke. „Ich weiß es nicht mehr. Manchmal dachte ich mir Ratespiele aus. Ganz einfach waren die, jeder konnte mitmachen und erfolgreich sein, lachen, sich freuen. Nach und nach gefiel es ihnen, sich mit mir zu unterhalten, etwas aus meinem Leben zu erfahren, und manche haben versucht, meine Hände zu halten, obwohl sie am ganzen Körper zitterten. Andere haben meinen

Kopf berührt, als müssten sie mir gut zureden oder als wäre ich in Gefahr, und sagten, ich solle auf mich aufpassen, denn ich hätte ja noch so viel vor mir, das ganze Leben, und ich solle es nicht wegwerfen."

Langsam begreife ich, dass Marias Aufgabe darin bestand, Leuten, die nichts wussten und nichts erfuhren, die Ängste zu nehmen. Völlig verwahrloste Menschen nahmen an Experimenten teil, und indem Maria sie anlächelte, sie auf andere Gedanken brachte, gaben sie auch den letzten Widerstand auf. Genial, denn wenn es eine Frau gibt, die auf entwaffnende Art Menschen verzaubern kann, dann ist es Maria.

„Und nach den Experimenten?"

Sie zögert, läuft unruhig durch die Küche, bleibt schließlich am Küchenfenster stehen und klammert sich mit beiden Händen am Fenstersims fest, als stünde sie vor einem Fenster mit Gitterstäben. „Ich habe viele kaum wiedererkannt."

Als sie sich umdreht, hat sie Tränen in den Augen. „Sie hatten die Augen weit aufgerissen, einige schrien und mussten beruhigt werden oder erzählten etwas von einem anderen Ort, an dem sie gewesen seien, von Armen, die nach ihnen gegriffen hätten, und dann zeigten sie wie zum Beweis ihre Gliedmaßen, die kleine Wunden aufwiesen, was natürlich von den Stichen kam."

Langsam kann ich keinen Punkt mehr im Raum sehen, an dem ich Halt finden kann. Alles erscheint mir schwankend, macht mich nervös, und ich überlege, wie ich mich beruhigen kann. „Worum ging es bei den Versuchen?", frage ich, um überhaupt etwas zu sagen.

„Irgendetwas mit dem Bewusstsein, was genau, weiß ich nicht. Ich habe es auch nicht erfahren. Rico hat mich nur angegrinst und mir gesagt, dass ich es früh genug erfahren werde." Sie geht langsam zum Küchentisch, dreht einen der Stühle um und lässt sich auf den Sitz fallen.

„Bewusstsein? Bewusstseinsverändernde Drogen vielleicht?"

„Ich weiß es nicht."

„Und dann hast du …", beginne ich, spreche aber nicht weiter, weil ich sie nicht unnötig beunruhigen will.

„Pedro. Sie haben ihn einfach getötet. Einfach so." Sie hebt die Arme und lässt sie wieder fallen.

„Nur ihn, oder noch andere?"

„Manchmal kommen sie nachts zu mir, abgetrennte Köpfe mit diesen Gesichtern. Und das Blut, das aus Pedros Kopf spritzt – ich sehe es. Und wenn sie nun alle …?" Noch eine Pause.

„Du bist ausgestiegen?"

„Bei denen kann man nicht einfach aufhören, hat Rico erklärt. Er wollte eine andere Arbeit für mich finden, vielleicht irgendwo außerhalb des Labors, murmelte noch was von einer Grenze und dass es ja nur um die ginge. ‚Rico, was ist das hier?', habe ich ihn immer wieder gefragt. ‚Deine große Chance', hat er geantwortet, aber seine Stimme klang müde. ‚Du hast uns beide in Gefahr gebracht, weißt du das? Ist dir das klar?', waren seine Worte."

Maria verstummt, und als sie wie beiläufig den rechten Ärmel ihres Sweatshirts hochschiebt, sehe ich am Arm mehrere Verletzungen, wahrscheinlich von kleinen Schnitten mit einem Messer.

„Verlassen. Ich war so weg, so einsam, Jonas." Sie kratzt sich über die verletzten Stellen, lacht, als eine Wunde wieder zu bluten beginnt, und schiebt mechanisch den Stoff über die Wunde. „So weiß ich, dass ich noch da bin", kommentiert sie mit matter Stimme. „Verletzungen tun nicht so weh. Das ist nichts." Ihr Lächeln gerät zur Grimasse. „Ansonsten ist da ja doch nur diese Leere."

Gut, dass niemand sie so sieht. Diese Verletzungen und dazu der abwesende Blick, und wie sie jetzt die Augen aufreißt wie nach einer besonderen Anstrengung. Man würde sie wegsperren, womöglich für immer.

„Aber ich konnte nicht weggehen. Rico hätte mich zurückgewiesen. Ich musste dableiben, verstehst du, Jonas?

Was sollte ich allein in einer Wohnung? Allein in der Welt? Ich bin eine Versagerin. Ich darf nicht allein glücklich werden. Ich mache alles falsch, alles, Jonas, wirklich alles. Rico ist mein Bruder, mein Held, und ich durfte ihn auf keinen Fall enttäuschen."

Ich schüttele heftig den Kopf. „Das stimmt doch überhaupt nicht!"

„Rico hat mir immer gesagt, wer ich bin. Mein Charakter, und was für eine Persönlichkeit ich habe."

„Er hat dir gesagt, wer du bist? Ich verstehe nicht."

„Wer bin ich denn schon, Jonas? Wer bin ich, dass ich etwas über mich sagen könnte?" Sie hält ein Streichholz an eine Zigarette, obwohl sie gerade erst eine angezündet hat, und drückt die Zigarette dann im Aschenbecher aus.

„Hat nicht jeder Mensch ein Selbstbild, eine Vorstellung von sich?"

Sie schüttelt vehement den Kopf. „Ich bin kaputt, zerstört von Anfang an. Nur mit Rico, verstehst du ... Ich hatte nichts, nur Leere. Da ist ja doch diese große Leere in mir, Jonas, in die ich immer wieder hineintauche. Diese Leere ist überall, sie steht neben mir. Ich spüre sie im Supermarkt, in der Fußgängerzone, wo doch so viele andere Menschen sind, und niemand bemerkt mich, als wäre ich unsichtbar. Warum tun die mir das an? Warum sehen sie mich nicht? Nur Rico hat mich immer wieder ... Deshalb musste ich bei ihm bleiben, sonst hätte ich mich verloren, ich wäre nicht mehr Maria gewesen, sondern ein Niemand, ein Nichts."

Ich nicke zögerlich, obwohl ich nicht verstehe, was sie mir sagen will. „Aber trotzdem bist du hier. Du hast Rico doch verlassen."

Ihr treten erneut Tränen in die Augen, die sie schnell wegwischt. Sie dreht sich um, damit ich ihr Gesicht nicht sehen kann. „Er wollte, dass sich nichts ändert", bringt sie mit unterdrückter Stimme hervor. „Ich weiß nicht, wie viele von den Leuten sie getötet haben, nur so zum Spaß. ‚Das kann ich nicht, Rico', habe ich ihm gesagt. Rico hat mich gar nicht verstanden. ‚Schwesterchen, du übertreibst. Du siehst etwas, was es nicht gibt', hat er gesagt, und ‚Wir helfen den Menschen, die zu uns kommen'."

„Wie bist du da rausgekommen?"

„Ohne Kurt hätte ich es nicht geschafft."

„Kurt?"

„Einer der Männer, die draußen gearbeitet haben. Ich habe nicht gefragt, was er gemacht hat und er hat es mir nicht gesagt."

„Wie hat er dich rausgebracht?"

Sie steht auf und geht nervös in der Küche auf und ab, starrt an die Wand, legt den Kopf in den Nacken. „Diese Bilder, sie kommen, und manchmal sind sie überall." Wie mühsam sie die Worte formuliert, dazu die Hände bewegt, als würde sie etwas suchen. „Sie sind so … wirr, ich verstehe sie nicht. Tot. Die Menschen, die ich da sehe, sind immer tot. Was habe ich …? Ich bin schuld. Wieso habe ich das zugelassen, dass sie getötet wurden? Ich hätte …"

Ich stehe langsam auf und stelle mich neben sie – falls ich sie auffangen muss. „Maria", sage ich leise, „Maria", noch einmal, etwas lauter.

Sie spielt mit einer Haarsträhne. „Einer hatte keine Finger mehr an der rechten Hand. Wie kommt das? Was ist da passiert?" Ich antworte nicht. „Jonas, kannst du es mir sagen? Was?", wispert sie. „Was ist mit seinen Fingern passiert? Nur noch …"

„Ich denke, dass sie ihm die Finger abgeschnitten haben."

„Abgeschnitten, einfach so." Sie fixiert den Küchentisch, doch ich bin sicher, dass sie ihn nicht sieht.

Der Hass, den ich empfinde, ist neu für mich. Keine wohlgeordneten Gedanken mehr, keine Logik, keine abstrakten Vorstellungen, keine wohlklingende Theorie. Aber er tut gut. Der Hass ist besser, eindeutiger, und er befreit mich mit einem Schlag von jeglichem Zaudern und von der Unsicherheit, dass sich Maria an den Falschen gewandt hat.

„Jonas, hilf mir", beschwört sie mich. „Hilf mir."

Ich nehme ihre Hände, umarme sie und drücke sie fest an mich. Beiläufig greift sie in ihre linke Hosentasche. „Moment", stammelt sie. „Was ..." Langsam zieht sie einen zerknitterten Zettel hervor. „Wie kommt der denn ...?", murmelt sie.

„Hast du dir was notiert?", frage ich.

Sie faltet den Zettel auseinander. „Schon wieder."

Ich muss das Papier nicht einmal in die Hand nehmen, um die Symbole aus Raum 01.25 zu erkennen. „Diesmal sind es nur Punkte", bemerke ich konsterniert und tippe mit einem Finger auf jeden der abgebildeten vier kreisförmigen Zeichen, die nebeneinander angeordnet sind.

„Wie kommt das dahin?" Maria zieht die Augenbrauen hoch, und ihre Hände zittern. Sie tritt einen Schritt zurück.

„Vielleicht hat dir jemand den Zettel in die Tasche gesteckt?"

„Aber wo?" Sie taumelt zur Küchentür und umklammert den Türrahmen.

„Im Charley's?"

„Ich habe da nicht mit vielen Leuten geredet, aber – vielleicht."

Ich nicke ihr aufmunternd zu.

„Es kann überall gewesen sein. Jemand hat mich abgelenkt."

„Hast du keine Idee, wer es gewesen sein könnte?"

Sie öffnet und schließt die Augen, einmal, zweimal, macht ein, zwei Schritte, steht dann wieder vor mir. „Reiner", brummt sie in den Stoff meines Hoodies. „Wir gehen zu Reiner und den anderen."

„Wer ist Reiner?"

DIE DRITTE STUFE

„Ein Riese. Ihm habe ich zuerst von Omega erzählt. Omega wollte immer das Licht in die Welt bringen, das hat jedenfalls Rico gesagt."

„Omega? Immer dieser Omega. Wer ist das denn nun?", frage ich wohl etwas zu schroff, denn Maria löst sich abrupt von mir.

„Niemand. Omega ist eigentlich kein ... Also eigentlich wussten wir nichts über ihn, nicht einmal, wie er aussieht", erklärt sie.

„Aha? Niemand weiß, wie er aussieht? Wie kann das bitteschön sein? Ihr habt für jemanden gearbeitet, den ihr nie kennen gelernt habt, ihr wusstet nichts über ihn?", frage ich ungeduldig. „Vielleicht gibt es ihn gar nicht?"

Ihr Gesicht ist blass. Sie sieht aus wie aus einer langen Ohnmacht erwacht.

„Omega steht über allem. Der ist so mächtig, das können wir uns gar nicht vorstellen. Auch wenn er nie da war, er war immer überall und konnte jederzeit einen von uns vernichten, einfach so."

„Vielleicht weiß er, dass ich hier bin, und tötet mich, wenn er mich findet", flüstert sie so leise, dass ich sie kaum verstehe, geht zwei Schritte in Richtung Küchentisch und macht Anstalten, sich umzudrehen, zeigt aber stattdessen zitternd auf einen Schatten an der Wand, verliert das Gleichgewicht, kann sich aber gerade noch am Küchentisch abstützen.

Ich gehe zu ihr und nehme ihren Arm. „Ich verstehe das nicht, ich meine, ist er denn ... also, wenn er jemand ist, der das Licht in die Welt bringen will ...", frage ich zögerlich. Lichtbringer, überlege ich – das lateinische Wort dafür ist doch Luzifer.

Marias Augen verengen sich zu zwei verstörenden Schlitzen. Sie stolpert in den Flur und schaltet die Lampe aus. Im Dunkel sehe ich ihre Zigarette noch einmal aufglimmen, dann verschwindet sie, und ich kann nicht erkennen, wohin sie gegangen ist, starre auf den dunklen Flur und versuche mir Omega als gefallenen Engel

54

vorzustellen. „Luzifer", murmele ich vor mich hin. Wurden Luzifer nicht traditionellerweise große, fledermausähnliche Flügel zugeschrieben? Dunkelheit. Flügel. Ein gefallener Engel. Natürlich, ich erinnere mich genau. Große schwarze Flügel. Sie waren nicht genau zu erkennen gewesen, und ich habe sie für Dunkelheit gehalten, für Schwärze, undurchdringliche Schwärze. Jetzt weiß ich, wo ich den gefallenen Engel schon einmal gesehen habe. Und im selben Moment weiß ich, dass ich den Ort unbedingt noch einmal aufsuchen muss.

8

Überhastet steige ich vom Fahrrad ab, sacke zur Seite, taumele, kann mich aber im letzten Moment abfangen und hieve das Vorderrad in den Fahrradständer. In meinem Kopf dröhnt es, dazu grelles Licht wie Nadelstiche. Dann laufe ich los.

Bereits nach einigen Schritten mache ich schlapp. Ich setze mich auf eine Bank vor der Uni-Bibliothek, springe aber sofort wieder auf. Über meinem Kopf schlängeln sich kaum sichtbare Wolkengirlanden, die von einem leichten Wind auseinandergerissen werden. Dazwischen sind Lichtkringel zu sehen wie gelb-rote Fieberblasen, die langsam auf die Erde herabtropfen. Ungeduldig suche ich nach dem Asta-Gebäude. Warum sind nur gerade jetzt so viele Leute unterwegs? Ich stoße, haste, renne ein paar Meter, kämpfe mich vorbei an erstaunten und verstörten Gesichtern. Leute, ich hab es eilig. Mensch, geht doch zur Seite oder lauft doch wenigstens schneller!

Meine Beine werden langsamer, als gäbe es hier einen geheimen Luftwiderstand. Aber dann schaffe ich es doch bis vor das Asta-Gebäude. Noch mehr grelles Sonnenlicht. Nur noch einige Schritte, den Schweiß im Gesicht ignorieren. Die Scheiben von Gebäude 24.53 leuchten in grellem Gelb. Ich muss die Hand vor die Augen halten, um überhaupt etwas sehen zu können.

Kurz verschnaufen, jetzt nur keinen Kommilitonen treffen, der mit mir reden will. Im Treppenhaus lauert abgestandene Hitze wie das Sekret eines Kokons, das mich daran hindert, möglichst schnell in die zweite Etage zu kommen. Hinter der Glastür immer noch dieselbe trockene Luft, die mir jetzt leichte Ekelgefühle verursacht. Da hinten am Ende des Flurs muss es sein. 01.23, 01.24, ja, 01.25. Da ist das kleine Schild neben der Tür. Direkt daneben ein Name: Prof. Hans Keune. Ich klopfe, und als alles still bleibt, drücke ich die Klinke hinunter. Die Tür ist nicht verschlossen, und so schleiche ich in das Zimmer. Vor dem Fenster steht ein altmodischer Schreibtisch, groß und klobig, in der Mitte des Raums ein einfacher Bürotisch mit zwei Stühlen, auf dem Tisch ein Laptop, aufgeklappt, als hätte jemand seinen Arbeitsplatz nur kurz verlassen.

Wo ist das Metallregal mit den lieblos abgelegten Büchern? Wo sind die Plakate zur Geschichte der Philosophie? Und erst recht keine Spur von dem Gemälde, so intensiv ich auch die Wände absuche. Keine Spur davon. Ich hatte fest damit gerechnet, den gefallenen Engel hier wiederzufinden. Dann hätte ich das Licht identifizieren können, wie ich es mir gestern vorgestellt habe, und auch die fledermausähnlichen Flügel, die Luzifer angeblich haben soll.

Und natürlich ist auch das hässliche Loch in der Wand verschwunden. Verflucht, wie? Was ist das hier? Also zurück in den Flur. Kein Zweifel, es ist Raum 01.25.

„Wollen Sie zu meiner Sprechstunde?"

Der etwa 40-jährige Mann mit wachen braunen Augen, der neben mir aufgetaucht ist, steht leicht gebeugt. Er trägt ein braunes Jackett und eine schwarz-weiße Krawatte. Sein Kopf ist etwas nach vorn geneigt, als wollte er mir zuhören, ganz freundlich. Mit einer Hand umklammert er eine Kaffeetasse.

Ich komme mir vor wie ein Dieb, der gerade mit seiner Beute abhauen will.

„Nein, nein, ich … Eigentlich …", stammele ich.

Der Mann drängt sich an mir vorbei durch die Tür und bleibt an dem kleinen Tisch stehen, auf dem er die Kaffeetasse abstellt. Der kleine Finger seiner rechten Hand ist seltsam abgespreizt, als wäre er gebrochen, und auch die längliche Narbe auf dem Handrücken der rechten Hand ist nicht zu übersehen.

„Eigentlich suche ich etwas." Meine Stimme klingt seltsam mechanisch.

Der Mann neigt den Kopf nach links, lächelt beinahe süffisant, als wüsste er genau, wer ich bin. Ich müsste mich dringend hinsetzen oder mich wenigstens gegen die Wand lehnen. Der Professor steht da wie ein großes Tier, das mit seinem Körper das durch das Fenster eindringende Sonnenlicht abschirmt. Als er sein Gewicht von dem einen Fuß auf den anderen verlagert, blitzen Sonnenstrahlen wie verwirrende Trugbilder vor meinem Gesicht auf. Reflexartig kneife ich die Augen zu und halte mir eine Hand vors Gesicht.

Rückzug, kommt es mir in den Sinn. Ich sollte mich schleunigst davonmachen. „Ich dachte, hier ist das Zimmer von Professor Rauner", versuche ich es mit einer Erklärung, „aber … vielleicht war Herr Rauner früher mal hier?" Verdammt, meine Stimme zittert. Jeder Idiot merkt, dass ich mir das gerade ausgedacht habe.

Der Professor sieht mich fragend an. Als er sich beiläufig an die Stirn fasst, ist ein kreisrundes Muttermal unterhalb seines Haaransatzes zu erkennen, das an den Rändern hässlich ausgefranst ist, als hätte jemand darin herumgestochert. „Ich habe diesen Raum seit vier Jahren", sagt er. „Niemand war oder ist sonst hier, auch nicht an den Tagen, an denen ich nicht an der Uni bin."

„Dann habe ich mich geirrt, falscher Raum. Entschuldigung." Ich zwinge mich zu lächeln.

„Vielleicht kommen Sie trotzdem in meine Vorlesung über die Dekonstruktion der Rationalität. Darin geht es um kritische Positionen wider eine Totalisierung der Vernunft."

„Dekonstruktion?", frage ich. Dann fällt mir ein, wovon Iris erzählt hat. „Ist das dieses Seminar ‚Was ist der Mensch?' Ich wäre ...", schiebe ich schnell hinterher, aber meine Stimme ist verdammt leise.

„Das ist das Problem der Moderne." Keine Ahnung, ob der Professor verstanden hat und jetzt so tut, als hätte er nichts gehört. Er dreht den Kopf leicht nach rechts, und seine Augen werden plötzlich starr, als wollte er mich genauer betrachten. „Diese Vernunft", erwidert er. „Bisher glaubte man fälschlicherweise, Erkenntnis könne aus dem Verstand gewonnen werden, weil wir mit dem Verstand verlässliche Aussagen über die Wirklichkeit machen können. Dieses Diktat des Verstandes und die damit verbundene Bewertung durch die Vernunft sind zu kritisieren. Es muss – es *wird* zu einer Dekonstruktion der Vernunft kommen. Und dann wird diese Welt anders werden."

Ein eigenartiges Frösteln überkommt mich. Ich versuche zu rekonstruieren, was mir Iris erzählt hat. In meinem Philosophiestudium habe ich jedenfalls etwas anderes gelernt. „Aber wie gewinnt man sichere Erkenntnisse, wenn nicht durch logisches Denken?", frage ich.

„Durch eine Verdopplung, eine Verschiebung, eine Veränderung des gesamten Denkens." In den Augen des Professors blitzt es. „Die neuen Erkenntnisse habe ich als ein Erwachen bezeichnet. Erwachen. Wir sollten alle erwachen", fügt er hinzu. „Einige Menschen sind schon erwacht, und es werden immer mehr."

„Das Denken soll wieder spekulativer werden? Wie lässt sich das denn dann begründen?" Ich taste hinter meinem Rücken mit einer Hand nach dem Türrahmen und umklammere ihn.

"Nur überkommene Wahrheiten zerstören, mehr nicht." Professor Keune reibt sich die Hände und fährt sich durch das drahtige Haar.

"Erwachen?", frage ich mit belegter Stimme. "Wovon? Die Menschen sind doch ..."

"Ja, viele sind nicht erwacht, verstehen Sie? Und das hat keine religiöse Komponente. Es hängt mit der Frage zusammen ‚Was ist der Mensch? Was könnte der Mensch sein?' Also wenn Sie ..." Er verschränkt die Hände hinter dem Rücken.

Also geht es doch um diese Veranstaltungen, von denen Iris erzählt hat. "Ähm, ja, was ist der Mensch? Hört sich interessant an. Dazu habe ich irgendwo was gelesen ... einen Aushang oder eine Notiz." Noch immer habe ich meine Stimme kaum unter Kontrolle.

Professor Keune geht einen Schritt auf mich zu, bleibt dann abrupt stehen und verzieht die Mundwinkel. "Einen Aushang? Mm, in dieses Seminar kommen Sie nur nach persönlicher Anmeldung. Ich wüsste nicht, dass irgendwo ein Aushang zu finden ist, auch nicht hier am schwarzen Brett."

"Aber man kann sich doch hier in diesem Raum anmelden, es ist doch noch nicht zu spät?", plappere ich los. Eine Sekunde später merke ich, dass ich einen Riesenfehler gemacht habe, denn wenn es keinen Aushang zum Seminar gibt, auf dem auf diesen Raum hingewiesen wird, kann ich ja eigentlich gar nicht von diesem Seminar wissen.

Professor Keune nickt langsam, aber jede Bewegung seines Kopfes kommt mir vor wie eine Bedrohung.

Ich lache, zucke mit den Schultern. "Aber wahrscheinlich war das ein anderes Seminar ..., das, von dem ich den Aushang gesehen habe. Da habe ich mich wohl geirrt. Ein Irrtum, Sie verstehen?" Ich erschrecke, weil ich einige Wörter ohne Pause ineinanderschiebe und mich gleichzeitig zu lachen bemühe. Alles ins Lächerliche ziehen, zu einem Scherz erklären, damit kommt man ja oft durch, zumindest können das viele, aber ich habe dieses Verhalten immer gehasst. Jetzt bin ich selbst einer dieser Idioten.

„Wie Ihr Aufenthalt hier in meinem Büro, richtig? Sie scheinen zu Irrtümern zu neigen, habe ich recht?", maßregelt der Professor mich mit schneidender Stimme.

„Ja, ähm, das war schon immer mein Problem, ja. Bei mir wird die Fehlerhaftigkeit des Menschen besonders deutlich, sie zeigt sich und ich verstecke sie nicht. So bin ich." Ich weiß nicht, woher ich diesen Satz nehme. Ein Gottesgeschenk!

Die eisige Miene des Professors entspannt sich. Er nimmt die Kaffeetasse vom Tisch und nippt daran.

„Und dieses Seminar ... das klingt wirklich interessant." Jetzt bloß nicht mit einem Satz alles kaputt machen.

„Versuchen Sie es einfach im nächsten Semester. Vielleicht klappt es, obwohl ich es mir nicht ..." Keune stellt die Tasse zurück auf den Tisch und deutet auf die Tür seines Zimmers. „Draußen warten sicher noch einige Studenten, wenn Sie also ..."

Ich gehe unsicher einen Schritt rückwärts, stoße gegen den Türrahmen, drehe mich abrupt um, trete auf den Flur und schließe langsam die Tür hinter mir.

Erst einmal durchatmen. Ich kann es immer noch nicht glauben. Ich war doch erst vor Kurzem hier, und jetzt gibt es das alles hier nicht mehr? Ich kontrolliere noch einmal die Nummer des Raums, berühre ungläubig das Schild mit dem Namen des Professors und renne dann einfach los, den lang gestreckten Flur entlang, durch die Glastür ins Treppenhaus, die Treppe hinunter, vorbei an den träge hochsteigenden Kommilitonen, ins Erdgeschoss, wo ich ins Männer-WC stürze, mich am Waschbecken festhalte, den Kopf unter den Wasserhahn halte und mir das eiskalte Wasser übers Gesicht laufen lasse. Schließlich erfrische ich auch Hände und Arme, bis es mich von der Kälte schaudert und ich erschrocken feststelle, dass der ganze Boden vor dem Waschbecken überflutet ist.

9

Das Wohnzimmer sieht aus wie nach einem Einbruch. Als hätte jemand etwas gesucht. Der Marmortisch lehnt an der Wand neben der Tür, die Ledercouch steht vor dem Fernseher und der Schaukelstuhl liegt auf der Seite. Mitten im Zimmer ist eine hässliche Doppelmatratze ausgebreitet, auf der sich Maria rekelt und mir zur Begrüßung die Arme entgegenstreckt, neben ihr Kissen und Decken.

„Maria!", rufe ich erschrocken. Ich schüttle konsterniert den Kopf und zeige auf die Matratze. „Was ist das? Woher hast du die denn?"

„Vom Sperrmüll. Ich *musste* sie mitbringen."

Sie sieht mich aus verhangenen Augen an. Ich rümpfe die Nase, erschnüffle faulige Gerüche und deute vorwurfsvoll auf den großen roten Fleck auf der Matratze, von dem ich lieber nicht wissen will, woher er stammt.

„Liebe, gute Matratze", beginnt Maria einen Singsang und streichelt über den Stoff. „Sie ist schön, oder?" Dann steht sie auf, räumt die angebrochene Wasserflasche und die zerknitterte Zeitung zur Seite, stellt die Matratze hin und umarmt sie. „Begrüß Jonas, komm, sei lieb." Sie schaut mich erwartungsvoll an. „Matratze, das ist Jonas. Jonas, das ist Matratze."

Ich hebe lahm eine Hand, und Maria streichelt über die Oberfläche der Matratze. „Rot und schwarz, findest du nicht?"

Ich versuche, die Farben der Matratze zu identifizieren. „Auf jeden Fall nicht weiß."

„Ja", stimmt Maria mir zu. „Weiße Matratzen sind scheußlich, sie fressen dich auf, wenn du schläfst, oder dringen in deine Träume ein."

Sie legt die Matratze wieder hin, lässt sich darauf nieder, und ich nehme neben ihr Platz. Sie sieht verdammt zufrieden aus.

„Das stinkt nach Keller, findest du nicht?" Mein Blick fällt auf den angebissenen Apfel auf der Fensterbank. Ich springe auf und reiche ihn Maria.

„Danke", murmelt sie kaum hörbar, beißt sich in die Unterlippe, als sie sich den Apfel in den Mund schiebt. Sie dreht ihn herum, um mir die rote Stelle zu zeigen. Blut tropft von ihrem Kinn auf die Matratze. „Schmeckt nach Tod", kommentiert sie meinen verstörten Blick.

Schnell ziehe ich ein Taschentuch aus der Hosentasche und tupfe ihre Unterlippe ab, bis sie nicht mehr blutet.

Belustigt lässt sie es geschehen, aber plötzlich sackt ihr der Kopf in den Nacken, und sie starrt an die Wohnzimmerdecke. „Dieses verdammte Weiß", murmelt sie. „Ich werde noch ..."

Ich ziehe mein Taschentuch ein letztes Mal über ihre Lippen.

Maria fährt mit der Zunge über die Wunde. „Das hast du gut gemacht", flötet sie.

„‚Aus Weiß wird Schwarz' hast du neulich gesagt." Sie sieht mich fragend an. „Als wir in der Uni waren, in diesem Raum – Raum 01.25." Ob ich Maria von meinem Erlebnis heute Morgen erzählen soll? Vielleicht weiß sie etwas damit anzufangen. Doch dann verwerfe ich den Gedanken.

„Weiß soll zu Schwarz?", murmelt sie.

„Warum hast du das gesagt?"

„Weiß. Ich hasse Weiß. Es war überall da unten."

„Aber du bist hier nicht ... da unten", erwidere ich zögerlich. „Und warum war es weiß, wo du warst?"

„Tische, Stühle, Wände, alles wurde weiß gestrichen, alle anderen Farben mussten weg", antwortet sie und sieht mich mit großer Ernsthaftigkeit an. „Auf Weiß können sich so viele andere Farben abbilden", fährt sie fort. „Mir gefällt, dass dein Flur dunkelblau ist und die Küche dunkelgelb. Aber die weißen Wände im Arbeitszimmer und hier ..."

„Und Schwarz? Warum Schwarz?"

„Alles wird vom Schwarz verschluckt. Alles wird das Schwarz verschlucken, irgendwann, selbst Omega, hoffe ich."

„Omega. Immer dieser Omega."

„Er ist überall, Jonas, glaub mir, du kennst ihn ja nicht."

„Kennst du ihn denn? War er da unten?"

„Keiner kennt ihn, doch er ist da – immer", erwidert sie vollkommen wie selbstverständlich.

„Und dieser Schlüssel? Woher hattest du den Schlüssel für diesen Raum?"

Sie setzt sich aufrecht hin und faltet die Hände. „Ich habe aufgepasst. Rico hatte ihn, und ..."

„Warum dieser Raum? Nummer 01.25, das habe ich gesehen. Das ist das Büro eines Professors, richtig?"

Maria kichert. „Das sollen sie ja glauben. Das ist es auch. Es war immer so normal, wenn die sich getroffen haben. Ich meine – diese Organisation ..."

„Die haben sich in Raum 01.25 getroffen?" Ich greife zur Wasserflasche, öffne sie und trinke einen Schluck. „Bah, das ist pisswarm!" Vor Schreck spritze ich einen Teil des Wassers auf mein T-Shirt.

„Ich war nicht dabei. Ich sollte diesen Raum organisieren. Rico war zufrieden mit mir, richtig zufrieden, weißt du?" Sie flüstert die letzten Worte.

„Treffen. Hm. Was wurde auf diesen Treffen besprochen? Und wer war da?" Ich wische mir mit dem Handrücken über den Mund.

„Keine Ahnung. Sie wollten wohl in Düsseldorf ... Rico hat nicht viel erzählt, obwohl er immer dabei war. Ich habe ihn jedes Mal gefragt, auch zu diesem Raum, aber er hat nichts gesagt, und wir sind dann sofort zurück nach Frankfurt. Aber diese Bilder ... Es ist alles so lückenhaft. Das strengt mich an." Sie legt die Hände an den Kopf.

„Aber", entgegne ich und wische meine schweißnassen Hände an der Matratze ab, „dieses Labor ist unterirdisch, und dann ist da ein Mann, den niemand kennt, und von dem niemand weiß, wie er aussieht. Das wirkt so ... verrückt." Ich starre in das Sonnenlicht, das durch die Fenster hereinschießt, bis ich Kopfschmerzen bekomme. „Wie ist das möglich, Maria? Niemand da in Frankfurt weiß etwas davon?"

„Ja, genau." Sie breitet die Arme aus. „Omega hatte Helfer, andere, die ..." Sie kneift die Augen zusammen, als könnte sie dadurch irgendetwas deutlicher sehen. „Aber dieses Labor, da wurden ..."

„Drogen. Du hast erzählt, dass sich die Menschen verändert haben. Das muss schrecklich gewesen sein."

„Sie haben etwas bekommen. Ein bläuliches Pulver oder eine Tablette, ich weiß nicht mehr. Es standen immer vier oder fünf Leute in weißen Kitteln um diesen Glaskasten herum, und da mussten die Leute rein. Wenn ich mich nur an alles wieder erinnern könnte." Sie stützt sich auf der Matratze ab, als wollte sie aufstehen, lässt sich dann zurückfallen. „Manchmal ist da gar nichts, Jonas, aber Omega will, dass es alle haben – die ganze Menschheit. Aber wie ist das möglich? Ein beschissenes blaues Pulver, das lässt sich doch nicht ..."

„Drogen lassen sich nicht einfach so verbreiten, in der Menge", überlege ich laut, „es sei denn, es gibt da noch was, also zusätzlich. Einen Zusatzstoff. Wie ein Virus."

„Das wäre möglich. Ja, Jonas, ja." Ihre Stimme überschlägt sich, und sie kratzt sich wieder die Haut an der Lippe auf, fährt dann mit einem Fingernagel über ihren Handrücken. Sie dreht sich hektisch um, zeigt auf das Fenster und stammelt etwas, was ich nicht verstehe.

Als ich ihre Hand berühre, um sie zu beruhigen, ist diese ganz kalt. Ich massiere die Hand langsam. „Maria, wie wäre es mit einem Ausflug?"

Sie springt auf, hüpft auf der Matratze herum. „Ja, bitte, ja. Das wäre toll!", ruft sie und klatscht aus lauter Vorfreude in die Hände. Sie rennt ins Arbeitszimmer, klaubt ihre Fleecejacke vom Stuhl, will sie überstreifen, findet jedoch den einen Ärmel nicht sofort, zappelt wild und kommt wieder zurück ins Wohnzimmer, direkt in meine weit geöffneten Arme.

„Verflixt, was ist das?" Sie schüttelt die widerspenstige Jacke, lacht mich an und lehnt den Kopf schutzsuchend an meine Schulter.

Ich helfe ihr mit dem Ärmel und streichle ihr über den Kopf. Sie ist still, wird ruhig, und wir stehen ein, zwei Minuten aneinandergeschmiegt.

„Lass uns sofort gehen, auf der Stelle", kräht sie, befreit sich aus meinen Armen und ist einen Augenblick später schon an der Wohnungstür. „Ausflug, Ausflug, ein Ausflug", wiederholt sie. Ihre Stimme ist noch kindlicher als sonst, beinahe unbeschwert fröhlich, und ich beeile mich, fische Schlüssel und Portemonnaie aus der Kommode im Schlafzimmer, und dann sind wir auch schon draußen.

***

Im Bus Richtung Innenstadt versteckt Maria sich hinter einer Sonnenbrille. Es ist aber nicht zu übersehen, dass sie nicht mehr lange stehen kann. Als ich sie auffordere, sich hinzusetzen, winkt sie ab, greift jedoch im nächsten Moment mit beiden Händen an die Haltegriffe und klammert sich daran. Sie steht im Gang wie eine gerade hingestellte Marionette, die bewegungslos bleibt, bis weitere Kommandos von oben folgen. In der nächsten Kurve verliert sie das Gleichgewicht, sodass ich sie umarmen muss, damit sie nicht umfällt, was sie mit einem zufriedenen Kichern kommentiert. Als wir an der Haltestelle Steinstraße aussteigen, hüpft sie die Stufen hinab wie ein Kind, das Himmel und Hölle spielt.

Die Luft ist milchig geworden, auf dem Bürgersteig liegt vertrocknetes Laub und pulveriger Staub, die ein heißer Wind langsam emporwirbelt. Wir sind hier in der Wüste, nur dass es keinen Sand gibt.

Wir landen in der Liefergasse, laufen am Gebäude des alten Amtsgerichts vorbei, wundern uns, dass die Kneipe mit der blauen Fassade einfach nur Kneipe heißt, und als wir am Papidoux vorbeikommen, deutet Maria auf den Schriftzug „Hard Heavy Rock" und meint, dass ich mit meinen langen Haaren dort bestimmt gut hinpassen würde.

Wir stolpern auf den kleinen Platz vor der Pinte. Ich steuere sofort die Bäume mit den Schattenplätzen an und setze mich erleichtert auf eine der Bänke. Maria läuft aber bereits weiter die Liefergasse hinunter. Ich sehe sie rechts in die Lambertusstraße einbiegen, haste hinterher. Sie ist nur wenige Meter vor mir und starrt an den Fassaden der Häuser nach oben. Als ich sie erreiche, legt sie den Kopf in den Nacken und stolpert über das Kopfsteinpflaster, den Mund offen wie ein staunendes Kind, das diese Straße zum ersten Mal sieht.

Wir erreichen eine enge Gasse, in der die altertümlich wirkenden Häuser wirklich wie Steinwächter aussehen, und versuchen, mit den Händen von einem zum anderen Haus zu fassen, doch es gelingt uns nicht.

„Wenn man zwischen den Häusern steht und die Geräusche von drüben ausblendet, kommt man sich vor wie im Mittelalter", sagt Maria und zeigt auf die zwölffach unterteilten Fenster eines der Häuser, beugt sich aber gleichzeitig vor, als hätte sie Schmerzen.

„Es ist nichts", sagt sie, als ich zu ihr trete und sie stützen will. Zwei Minuten später saugt sie an einer Zigarette, doch ihr Gesicht ist weiter verkrampft.

„Du solltest etwas essen", rate ich ihr. Mir fällt ein, dass ich nicht sagen könnte, ob sie in den letzten zwei Tagen etwas gegessen hat.

Maria sieht mich an, als wollte sie gleich losschreien, lächelt dann, dreht den Kopf zur Seite und geht drei Schritte auf die gegenüberliegende Mauer zu. Sie formt mit den Fingern eine Kamera, die sie vors Gesicht führt. „Weit weg", murmelt sie. „Du bist gar nicht so weit weg, nur jetzt."

Ich schüttele verständnislos den Kopf, und sie läuft so schnell sie kann an der Mauer entlang, dass ich Mühe habe, ihr zu folgen, und schlägt dabei mit den Händen gegen die Steine.

„Bleib stehen!", rufe ich, doch sie ignoriert mich.

Einen Moment später ist sie um eine Ecke verschwunden. Atemlos bleibe ich stehen, pirsche mich an und gehe schließlich schnell um die Ecke.

Da steht sie. „Mir ist langweilig", beschwert sie sich. „Ich will weg." Sie zeigt Richtung Rheinturm. „Da will ich hin. Keine Straße mehr, keine Autos. Ganz nach oben." Sie wischt sich die Tränen aus dem Gesicht. „Bestimmt kann man dort die Menschen und Autos nicht mehr sehen."

Ich schweige, um sie nicht mit weiteren Worten zu verwirren, deute nur stumm auf den Rheinturm. Maria zwingt ihrem traurigen Gesicht ein Lächeln ab, und dann gehen wir schnellen Schrittes auf das hochaufragende Gebäude zu.

DIE DRITTE STUFE

***

Oben in der Lounge M 168 strebt Maria sofort zu einem der Aussichtsfenster und zeigt nach unten, wo Rhein und Rheinuferpromenade zu erkennen sind.

„Siehst du den Schlossturm da hinten?", murmelt sie, nimmt meinen Arm und deutet damit auf das Ende der Rheinuferpromenade.

Ich folge ihr langsam, weil ich eine so große Höhe nicht gut vertragen kann, wage dann aber doch einen Blick hinüber zur Rheinkniebrücke und zum Medienhafen.

„Da, ein Schiff", jauchzt Maria und lenkt ihren Blick wieder Richtung Rheinufer.

Kaum wahrnehmbar bewegt sich der Kahn übers Wasser, und Maria verfolgt jede Bewegung, lacht, als das Schiff deutlich weitergekommen ist. Sie hüpft mit beiden Beinen auf und ab und wirft den Kopf zurück. Dann dieses unnachahmliche Lächeln, das Augen, Mund und Nase erfasst und in ein Lachen übergeht. Sie öffnet den Mund, und automatisch vergesse ich, wo ich bin und dass das Leben schwierig ist, lasse mich anstecken, grinse nur noch, und im nächsten Moment bin ich bereit zu glauben, dass alles gut wird, dass ich mir zu viele negative Gedanken mache und es leicht ist, sie zu vertreiben, ebenso wie die dunklen Bilder in Marias Kopf, die in diesem Moment verschwunden sind, als hätte jemand das Licht eingeschaltet.

„Von hier oben sieht man alles, erkennt aber nichts." Der Satz scheint Maria zu beruhigen, entspannt hakt sie sich bei mir unter und wir gehen langsam von einem Ende der Lounge zum anderen, unsere Blicke konzentriert nach unten gerichtet, als gäbe es dort etwas zu entdecken.

Eine Windbö fingert in einiger Entfernung an den Wolkenschwaden herum, reißt kleine Stückchen heraus, die schneller vorwärtsgetrieben werden. Drüben kreisen einige Möwen, verharren schließlich an einer Stelle, als würden sie uns beobachten. Dahinter ein großer schwarzer Vogel, den ich nicht genau erkenne, der aber schnell abdreht, nach unten stößt und dann aus meinem Blickfeld verschwindet. Maria lehnt sich gegen eines der Fenster, presst ihr Gesicht dagegen, als könnte sie so besser sehen und zieht sich an mich.

Ich bleibe neben ihr stehen, beobachte sie genau, doch sie scheint mich kaum wahrzunehmen.

„Oh", sagt sie verwundert und zeigt mit einer Hand nach unten. Ich kann nicht erkennen, was sie so erstaunt.

Ich nehme ihre Hand, will ihr vorschlagen, wieder nach unten zu fahren, doch sie zieht ihre Hand weg, spielerisch, beginnt aber gleichzeitig, undeutlicher zu sprechen. Verdammt, nur nicht hier oben, kommt es mir in den Sinn.

„Kein Auto, ist das nicht wunderbar?", murmelt sie dann mit geschlossenen Augen. „Ich war lange genug unten, da kann ich die Höhe genießen", fügt sie hinzu und atmet tief ein und aus. „Ein verzweigtes Tunnelsystem, ich sehe es deutlich vor mir. Hohe Decken. Meine Güte, hier unten kann man ja stehen, ich erinnere mich ganz deutlich. Ich sehe die Gänge jetzt vor mir. Katakomben haben sie diesen unterirdischen Bereich in Frankfurt genannt. Da gab es sogar Geländer. Auch an einen Rettungsring haben sie gedacht."

Die Bilder sind wieder da, kommt es mir in den Sinn. Gleichzeitig überlege ich, was ich tun kann, um die schrecklichen Bilder in ihrem Kopf zu vertreiben oder sie zumindest in den Hintergrund zu verbannen.

„Wohin gehst du?", frage ich sie.

„Weit, ich gehe weit, bis vor eine Wand. Hier geht es nicht weiter, oder? Jetzt höre ich die Schreie von drinnen, unmenschliche Schreie, sogar durch die dicken Wände." Sie reißt den Mund auf, aber ich schließe ihn mit meiner Hand. Unterdrückt entfährt ihr ein Schrei, und sie windet sich etwas, dreht den Kopf und macht schließlich die Augen wieder auf. Ihr Blick geht wieder nach unten. Sie versucht sich aus meiner Umklammerung zu lösen. Verwundert sieht sie mich an. Ob sie mich gerade erkennt?

Ich bereite mich darauf vor, sie notfalls fester zu halten und zum Aufzug hinüberzuschleifen, auch wenn sie strampeln und sich wehren sollte. Kleine Speichelfäden treten aus ihrem Mund. Sie unternimmt ein, zwei zaghafte Versuche, sich aus meinem Griff zu befreien, dann reißt sie an meinem Hoodie, schlägt mir halbherzig in den Bauch, der ihre Schläge problemlos abfedern kann.

„Maria", sage ich, „ich glaube, wir sollten jetzt gehen."

„Du glaubst", flötet sie, plötzlich wieder hellwach, sodass ich es sogar wagen kann, sie loszulassen. „Du glaubst es also nur?" Dabei tänzelt sie um mich herum, nimmt die Kapuze meines Hoodies und stülpt sie mir lachend über den Kopf. Einige Männer und Frauen beobachten uns, zwei Frauen lächeln verständnisvoll, doch ihr Gesicht wirkt künstlich, als würden sie darauf warten, dass Marias auffälliges Verhalten noch schlimmer wird.

„Maria, nein", sage ich und versuche, genervt auszusehen, was mir aber nicht gelingt.

Sie dreht einige Runden, ich immer hinter ihr her, als wollte ich sie fangen, und schließlich erwische ich sie.

Sie grinst schüchtern, murmelt: „Spiel, Satz und Sieg", dreht sich um und lässt sich in meine Arme fallen.

Als ich mich ihrem Mund nähere, reißt sie sich jedoch wieder los und zeigt auf den Rhein. Ich bleibe enttäuscht stehen, versuche aber trotzdem, noch aufmerksam zu sein. Sie blickt suchend über mein Gesicht, dann kommt sie wieder dicht an mich heran, bis sich unsere Gesichter fast berühren.

„Du willst gehen", beginnt sie in einem Singsang, „gehen, gehen", fährt sie fort, moduliert einige Töne deutlicher, lauter.

Ich will ihr einen Finger auf den Mund legen, doch sie nimmt gleich meine ganze Hand und verschließt damit ihren Mund, murmelt Unhörbares, als würde ich ihr weiteres Sprechen unterdrücken.

„Einverstanden", sagt sie, nachdem sie meine Hand von ihrem Mund weggezogen hat, „wir gehen

DIE DRITTE STUFE

woandershin, nur einen Moment noch." Sie blinzelt in den übermächtigen Sonnenschein, dreht sich leichtfüßig zur Seite, rennt unter meinen ausgestreckten Armen hindurch und auf die andere Seite der Lounge, wo sie sich lässig gegen ein Fenster lehnt, abwartend. Was soll das? Ich bin mit einem Schritt bei ihr, sie versucht wegzulaufen, doch diesmal bin ich schneller, ich halte sie an ihrer Fleecejacke fest, und sie lässt sich in meine Arme fallen, widerstandslos, dass ich sie schon auffangen muss. Dann gehen wir beide zurück zum Aufzug, sie entzieht sich meinen Armen, stapft fröhlich neben mir her und singt: „Wir gehen, wir gehen."

***

Als wir unten aus dem Aufzug steigen, taumelt Maria, doch sie fängt sich sofort, geht wie eine Maschine die wenigen Meter zum Ausgang des Gebäudes. Dabei war sie eben noch so fröhlich.

Vor meinen Augen tanzen kleine reflektierende Sonnenpunkte. Ich halte die Hand über die Augen und sehe Maria nur undeutlich, ein Schattenwesen, das vom Licht langsam zerstört wird.

Auf dem Bürgersteig erscheint der Schattenriss einer Kuh kurz vor der Schlachtung. Blut rinnt aus ihrem Hals, und als sie zur Seite fällt, wird ihr der Kopf abgeschlagen, prallt wie ein Fußball auf dem Boden ab und hüpft wieder nach oben. Ich schließe angestrengt die Augen und presse die Zeigefinger auf die Lider. Verfluchte Hitze, jetzt ist sie schon in meinem Kopf angekommen. Vorsichtig öffne ich die Augen wieder. Wenigstens gibt es viele Bäume in dieser Straße, sodass wir uns von Schattenplatz zu Schattenplatz vorarbeiten.

Maria nimmt sogar meine Hand, lässt sie aber nach wenigen Sekunden wieder los, hakt sich stattdessen bei mir unter, dann gehen wir ein paar Schritte im Gleichschritt, bis sie sich losreißt und auf die Straße zeigt. Dann kaut sie an den Fingernägeln. „Und wenn er nun hier ist?", murmelt sie.

„Wen meinst du?" Ich trete neben sie, versuche mir meine Skepsis nicht anmerken zu lassen, und überlege, ob ich sie schnell genug zu fassen bekäme, sollte sie jetzt plötzlich auf die Fahrbahn rennen.

„Der Kapitän, er könnte hier sein, das rote Auto, irgendwo muss es ja sein, es kann ja nicht einfach so verschwinden, schau dich um", sprudelt es aus ihr heraus.

Vorsichtshalber fasse ich sie am Arm und ziehe sie sanft vom Straßenrand zurück. Wir bleiben mitten auf dem Bürgersteig stehen.

„Der Kapitän – wer ist noch mal der Kapitän?", frage ich so ruhig wie möglich.

Sie lächelt, scheint belustigt, als hätte sie mir das längst erzählt. „Rico ist doch der Kapitän. Rico natürlich. Er fährt einen Opel Kapitän Baujahr 1962."

„Der fährt noch?", frage ich weiter und atme erleichtert auf, als Maria auf dem Bürgersteig weitergeht, langsam einige Schritte macht, wobei sie sich zu mir umdreht und die Autos gar nicht mehr zu beachten scheint.

„Er hat ihn aufgemotzt und umgebaut. Damit hat er immer die Leute geholt. Es hat so gestunken im Auto. Manche haben auf die Sitze gekotzt."

„Viele konnte er doch damit nicht transportieren?"

„Nein, so viele brauchten sie ja auch nicht."

„Weshalb wurden die Leute denn zu euch gebracht?"

Sie runzelt die Stirn und klammert sich an eine Straßenlaterne. Wie weit weg ihr Blick jetzt ist, und wie bewegungslos ihre Augen sind. „Ich wusste das mal, aber jetzt ist es weg. Tests. Die Menschen sollten vorbereitet werden. Ein besseres Leben ..." Wort für Wort quält sich aus ihrem Mund.

„In Frankfurt sind Menschen verschwunden", versuche ich zu erklären, „Obdachlose. Irgendjemand hat ..."

Doch Maria unterbricht mich. „Verschwunden? Nein, es ist niemand verschwunden. Die Leute da unten – die

Neuen – sollten ein neues Leben bekommen, hat Rico gesagt. Er hat das wiederholt, immer wieder." Sie bleibt abrupt stehen und sieht mich mit großen Augen an.

Ich starre auf Lichtreflexe, die an der Windschutzscheibe eines Autos auf und ab tanzen wie kleine Brennfackeln, die auf das Glas geworfen werden.

„Verlorene waren das, heruntergekommen. Sie wollten weg, auch wenn es ihnen nicht bewusst war."

„Aber wenn sie nicht verschwunden sind, was wollten die da unten? Was habt ihr …" Ich kann nicht weitersprechen. Wenn Maria nun an den Versuchen beteiligt war und sich nicht mehr erinnert? „Und was bedeutet, dass es verbreitet werden soll? Das bezieht sich doch auf diese … Drogen?" Ich ziehe an einem herabhängenden Ast. Einige trockene Blätter fallen herunter.

„Weg, weg von dieser Welt, darum ging es." Maria legt den Kopf in den Nacken und starrt an den Himmel über uns.

„Aber …" Ich habe Mühe, ruhig zu bleiben. „… das ist doch ein Irrtum. Niemand kann weg von dieser Welt, niemand. Wie sollte das auch gehen?"

„Nein, nein." Maria reibt sich mit beiden Händen über die Stirn. Sie wirkt nervös. „Ich weiß, dass niemand weg kann." Sie lacht kurz auf. „Dass die Leute immer so was denken müssen. Es ist viel besser."

„Aber was, Maria?" Ich lehne mich gegen eine Fußgängerampel, die Rot zeigt.

Sie runzelt die Stirn. „Es ist wie … Es ist, als würden wir leben. Ich meine …"

Die Ampel springt auf Grün. Wir spazieren langsam auf die andere Straßenseite, wo ich stehenbleibe und auf die Gebäude hinter uns zeige, die Autos und den Himmel. „Dies ist die Welt. Hier leben wir."

„Das habe ich auch mal gedacht." Sie lächelt. „Aber wir könnten anders leben, mehr leben."

„Was ist ‚mehr'?", frage ich. Ein heißer Wind umspielt mein Gesicht. Maria antwortet nicht. „Du weißt es nicht mehr?", frage ich.

Sie ignoriert meine Frage und geht einige Schritte voraus. Ich folge ihr langsam. Als ich merke, dass ihr Gang unregelmäßiger wird, bin ich sofort wieder neben ihr und kann sie gerade noch auffangen.

„Die Hitze", sagt sie entschuldigend, obwohl wir beide wissen, dass ihr Schwächeanfall nichts mit den Temperaturen zu tun hat.

Ich bugsiere sie zu einer Bushaltestelle, wo sie sich auf eine Bank setzt und sich selbst mit den Händen Luft zufächelt.

„Gerade noch rechtzeitig", flüstert sie dankbar und versucht ein Lächeln, das ihr aber zur Grimasse gerät.

Am Himmel sind einige blasse Wolkenrechtecke aufgetaucht, die wie aufgespannte Leinwände aussehen, hinter denen sich jemand verbirgt, ein Gott oder ein Dämon vielleicht.

„Du gehst nicht weg", flüstert Maria und wirft wieder den Kopf in den Nacken. „Oder? Du musst bei mir bleiben, verstehst du?" Ich nicke. „Was auch geschieht?" Maria sieht mich durchdringend an. „Auch wenn ich sterbe?", fügt sie hinzu.

„Maria, ich weiß nicht …"

„Versprich es", beharrt sie. „Versprich –"

„Also gut", unterbreche ich sie, „ich verspreche es."

„Vielleicht bin ich bald tot", erklärt sie im Brustton der Überzeugung.

Ich will etwas einwenden, doch vor lauter Schreck bringe ich kein Wort heraus, denn Maria imitiert eine Hand mit einem Messer, das ihr die Kehle durchschneidet.

10

„Willkommen zurück, meine Kleine."

„Reiner", gluckst Maria, als der Riese lachend seine Pranken um ihre Taille legt und sie mühelos in die Höhe hebt wie ein Spielzeug. Er stemmt sie noch höher, sodass ihr Kopf fast die Decke berührt.

Maria zieht den Kopf ein, stützt sich mit den Händen an der Decke ab, kichert und strahlt, als könnte ihr nichts geschehen. „Jonas." Sie deutet königinnenhaft von oben mit ausgestrecktem Arm auf mich. „Mein Lieblingsphilosoph." Es ist schön, sie so lächeln zu sehen.

Der Riese trägt eine graue Leinenhose und Slipper in einem grellen Rot, dazu ein gelbes Longshirt, auf dem ein Gewehr abgebildet ist, an dessen Lauf eine Blume klebt.

So richtig freuen kann ich mich nicht. Vielleicht kippt Marias Stimmung gleich wieder um. Es kann jederzeit passieren, selbst wenn sie gute Laune hat wie jetzt und unter der Decke herumturnt, juchzt und kreischt, als wäre alles in bester Ordnung.

„Du wirst mir zu schwer, meine Kleine." Reiner verzieht das Gesicht, als hätte er sich verhoben, und lässt sie behutsam wieder herunter.

„Jetzt stelle ich dir die anderen vor", ruft Maria aufgekratzt und wird zum fröhlichen Kind, das mir vorangeht, laut auftretend, unablässig „Hallo?" rufend. Wir durchqueren eine schlauchartige Küche mit schwarz gestrichenen Wänden, in der der große Holztisch so viel Platz einnimmt, dass ich Zweifel habe, ob man überhaupt daran sitzen kann.

„Maria liebt Schwarz", erklärt Reiner.

„Schwarz ist super, weil es alles verschluckt. Manche Farben sind nicht zu ertragen – Weiß zum Beispiel, darauf kann sich so viel abbilden. Wer mich foltern will, steckt mich in ein weißes Gefängnis."

„Weiß soll zu Schwarz werden, oder?", bemerke ich, aber Maria scheint mich nicht zu verstehen.

Wir ziehen weiter ins Schlafzimmer, in dem zwei altertümliche Betten stehen. Mein Blick fällt auf die alte Kommode auf der linken Seite, auf der das Buch „Fishing for Compliments" steht, daneben eine knallbunt angemalte Steingutflasche mit dem Aufkleber „Hanf-Öl."

Ich verharre vor dem riesigen Spiegel, in dem mir mit Erschrecken mein müdes und abgekämpftes Gesicht auffällt.

Maria tritt hinter mich und presst den Kopf an meine Schulter. „Jonas, Jonas, Jonas", murmelt sie und drängt sich vor mich, die Augen selbstbewusst auf ihr Spiegelbild gerichtet. Sie springt einen Schritt zurück und bleibt auf knarrenden Dielen stehen, lässt sie krachen und quietschen, legt verschmitzt einen Finger an die Lippen und balanciert gleichzeitig hin und her wie auf den Planken eines Schiffs auf hoher See. Abrupt dreht sie sich um und stürmt weiter auf den winzigen Balkon, auf dem gerade einmal zwei Personen Platz haben.

Ich betrachte die Spuren von Schimmel um die Balkontür. Auf dem kleinen Balkontisch liegt ein angebissener Apfel, der schon braun wird.

„Vielleicht bricht der Balkon gleich ab", sagt Maria, kichert und beginnt auf und ab zu springen.

„Nicht", tadele ich sie und blicke zu Reiner hinüber, der abwartend auf der Türschwelle stehen geblieben ist.

Er verharrt seltsam steif an der Zimmertür und umklammert mit einer Hand den Türknauf.

„Auf und ab." Marias Stimme wird mit einem Mal wieder kindlich, sie gibt sich unartig und stampft mit aller Kraft auf den Balkonboden, hüpft, so hoch sie kann, bis ein gewaltiges Knacken ertönt. Blitzschnell steht sie wieder neben mir. „Hast du das gehört?", feixt sie. „Viel fehlt nicht mehr. Ich habe den Balkon ohnehin immer gehasst, und mir wird schlecht, wenn ich länger dort stehe."

„Vielleicht solltest du dann mehr essen", sage ich.

„Nein, das ist es nicht. Mir wird schlecht von der Aussicht, weil man die Straße so deutlich erkennen kann und die Autos da unten."

„Warum sind wir eigentlich hier? Ist das so was wie eine konspirative Wohnung, ein Versteck, von dem niemand weiß?"

„Jonas, Jonas, du hast immer so verrückte Ideen." Maria lehnt an der Wand, einen Unterschenkel angehoben, und ihr Schuh hat einen länglichen Schmutzfleck auf der Tapete hinterlassen. Sie stößt sich von der Wand ab, stapft ein paar Schritte durch den Raum, geht schließlich zurück in den Flur und weiter durch die Wohnung.

Sie legt die Hände an die Ohren und flötet: „Niemand da, niemand da." Ihre Stimme geht in einen lauten Singsang über. „Niemand da", wiederholt sie immer wieder, „niemand da" und trabt noch einmal vom Wohnzimmer ins Arbeitszimmer, von dort ins Schlafzimmer und wieder zurück in die Küche.

Reiner und ich folgen ihr schweigend. Mit jeder Wiederholung werden die Töne ihres Singsangs schräger wie in einem scheußlich kakofonischen Lied. Ich spüre Schmerzen in der Bauchhöhle, halte mir die Ohren zu und verziehe das Gesicht.

Schließlich landen wir wieder im Wohnzimmer. Reiner faltet die Hände ineinander und bohrt mit beiden Daumen an seiner Lippe herum.

„Was ist das hier?", frage ich.

Reiner dreht den Kopf zur Seite und sucht Marias Blick, aber sie weicht ihm aus. „Wir sind vom ‚Netzwerk Recherche', einem eingetragenen Verein, der mit unabhängigen Journalisten und Aktivisten zusammenarbeitet. Wir unterstützen Non-Profit-Journalismus, gemeinnützige Nachforschungen, vergeben Stipendien und schützen Refugee-Journalisten. Eine konspirative Wohnung ist das hier definitiv nicht, eher eine Arbeitsmöglichkeit."

Erst jetzt bemerke ich, wie tief seine Stimme ist. Ich nicke anerkennend. Maria tänzelt durch das Wohnzimmer und bleibt schließlich abrupt vor Reiner stehen. „Genau das, was wir brauchen, oder?", murmelt sie.

„Ja, Informationen, Recherche ... Du arbeitest als Journalist?"

„Nein, ich bin unabhängiger Aktivist, ich führe Informationen zusammen, sichere, überprüfe, sodass wir Schlussfolgerungen ziehen können, die wir dann in Form von Artikeln veröffentlichen oder die im Newsletter von ‚Netzwerk Recherche' erscheinen", antwortet er. „Es wäre einfacher, wenn du dich an alles erinnern könntest", wendet er sich an Maria.

„Ich weiß", murmelt sie, „aber vieles ist so ... weit weg, verschwommen. Und dann diese Bilder. Sie sind ..."

„Vielleicht kommt ja nach einer gewissen Zeit einiges wieder", sage ich.

„Aber diese Leere ... Wenn ich nur etwas gegen diese Leere machen könnte. Sie geht nicht weg, sie ist immer und überall. Wahrscheinlich ist sie erst vorbei, wenn ich sterbe."

Ihre Augen werden dunkel und schmal, sie steht wieder auf und beginnt langsam auf der Stelle zu treten, bleibt stehen und sieht mich an wie ein treuer Hund, der von seinem Herrn so verletzt wurde, dass er nicht weiterleben kann. Rico, kommt es mir in den Sinn. Ich bin sicher, dass sie in diesem Moment Rico sieht.

***

Die Stehlampe neben mir schickt fleckige Lichtmuster über meine Schulter, die als fahle Quadrate auf dem Küchentisch landen. Wahrscheinlich ist die Glühbirne verdreckt, aber ich habe keine Lust, das jetzt zu überprüfen. Auf der anderen Seite des Tisches lodern kleine Flammen auf, die Löcher ins Halbdunkel reißen und gespenstisch über die Gesichter von Reiner und Maria ziehen, bevor sie sich jeder eine Zigarette zwischen die Lippen schieben.

Ich sitze auf einem unbequemen weißen Plastikstuhl, presse den Rücken gegen das Spülbecken und betrachte Reiners bleiches Gesicht, das aussieht wie mit weißem Wachs überzogen. Meine rechte Hand krampft sich um die kühle Lehne des Stuhls.

„Drogen", murmelt Reiner zum wiederholten Mal, nachdem ich ihm von Iris' Nachforschungen erzählt habe, schüttelt aber ungläubig den Kopf und sieht auffordernd zu Maria hinüber, die es sich auf dem Fensterbrett gemütlich gemacht hat und lässig mit den Beinen schlenkert.

„Und, was war mit diesen Vermissten, von denen du erzählt hast, Maria?", will ich wissen.

„Wenn in Frankfurt wirklich Menschen verschwinden und nicht mehr auftauchen, wo sind sie dann?" Reiner streift die Asche der Zigarette am Rand des Aschenbechers ab. Auf dem Küchentisch liegen Zigarettenschachteln mit Nummern von 1 bis 5, ordentlich aufgereiht in ungefähr gleichem Abstand. Reiner raucht in arithmetischer Reihenfolge. Momentan ist er bei Schachtel 2, Schachtel 1 liegt offen und leer auf dem Tisch.

„Und dann dieser Mann, den niemand kennt. Ich meine, niemand weiß, wie er aussieht. Irre, würde ich sagen." Reiner neigt den Kopf, als würde er ein Geräusch wahrnehmen, das ich nicht hören kann. „Natürlich, da könnten wir ansetzen. Wir haben schon viel mehr herausgefunden." Er zieht an der Zigarette. „Manchmal verschwinden auch Journalisten. Wir haben sie alle gefunden. Wir finden auch die Verschwundenen." So ruhig, wie Reiner spricht, bin ich für einen Moment zuversichtlich, doch ein Blick auf Maria genügt, um wieder zu zweifeln.

„,Was ist der Mensch?' Diese Veranstaltungsreihe, Jonas", sagt Reiner, „da muss es doch auch etwas ..."

„Iris hat dazu bereits recherchiert", wende ich ein.

Reiner zieht die Augenbrauen nach oben. „Gut, aber wir werden mehr herausfinden, denke ich. ,Was ist der Mensch?' Ein guter Titel übrigens. Was ist denn eigentlich der Mensch?"

„Was ist der Mensch?", wiederholt Maria. „Wie oft habe ich das da unten gehört." Ihr Körper ist eigenartig steif, und sie legt den Kopf in den Nacken.

„Wer hat das gesagt?" Reiner drückt die Zigarette im Aschenbecher an.

„Diese Leute da unten. Was ist der Mensch und was könnte er sein? Das hat sie unglaublich beschäftigt." Maria dreht sich um und zieht mit dem Finger Linien über das Fensterglas.

„Genau das, was dieser Keune gesagt hat. Darum geht es, aber was ist damit gemeint?", sage ich.

Maria dreht sich wieder um und fixiert einen Punkt irgendwo hinter mir. Sie bewegt langsam die Hände, als würde es ihr helfen, sich zu konzentrieren. „Ja, was ist der Mensch, Jonas? Der Mensch ist doch ..." Sie zögert für einen Moment. „Wir sind enorm fehleranfällig und unvollkommen. Wenn die Menschheit ein Auto wäre, hätte man es längst zurückgegeben, weil es nicht zuverlässig fährt."

DIE DRITTE STUFE

Reiner grinst spöttisch. „Eine Fehlkonstruktion. Gott hat Mist gebaut, die Schöpfung ist ihm gründlich misslungen, vor allem der Mensch."

„Das meine ich nicht." Maria zupft mit zwei Fingern an einem imaginären Haar unterhalb ihrer Nasenlöcher. „Ich denke über Menschen nach, über die Welt und Illusionen. Natürlich kann man sich Illusionen machen, aber allzu viele Gründe gibt es nicht, Menschen positiv zu sehen." Sie sieht mich abwartend an.

„Ja, richtig, aber was ist der Mensch?", frage ich. „Ein Seil über einem Abgrund, ist es nicht so?"

Marias Miene hellt sich auf. „Die Seilmetapher von Nietzsche, ja, in dem Seminar war ich auch. Menschsein als Werden, als Unsicherheit. Ein Seil ist immer auch eine Zwischenstation, denn man geht über ein Seil, um von einem Ort zu einem anderen zu kommen." Sie rutscht vom Fenstersims herunter, nimmt sich ein Glas von der Spüle, hält es unter den Wasserhahn, dreht ihn auf und lässt Wasser in das Glas laufen.

„Super, das kann sogar ich verstehen", bemerkt Reiner.

Maria setzt das Glas an den Mund und trinkt einen Schluck. „Der Mensch ist ein wildes, entsetzliches Tier. Durch die Zivilisation wird es gezähmt und gebändigt, hat Schopenhauer gesagt, glaube ich."

„Stimmt auch." Reiner schiebt einige Zigaretten auf dem Tisch hin und her.

Ich nicke lahm. „Kann ich auch unterschreiben. Trotzdem, wenn ich mir jetzt vorstelle, dass Omega daran etwas ändern will, vielleicht verbessern ... wie soll das gehen? Das ist doch eine Illusion. Er gaukelt den Menschen etwas vor, wie bei einer Sekte, und wer verfällt ihm? Natürlich die Unzufriedenen und die, die zu kurz gekommen sind."

Marias Gesicht wird plötzlich hart, sie schließt kurz die Augen, öffnet sie aber sofort wieder. „Ein neues Menschsein, ein neues Leben, natürlich ist das erst mal ein Versprechen, aber ich habe sie ja gesehen, diese ... Sie waren so verändert." Gedankenverloren stellt sie das Glas auf dem Kühlschrank ab. „Ergebnisse, versteht ihr? Es gab ja Ergebnisse, das waren keine Versprechen mehr. Er hat ja etwas erreicht. Und das ..." Unvermittelt bricht sie ab.

„Das macht mir Angst", murmelt Reiner.

„Mir auch. Trotzdem wissen wir ja noch nicht viel", bemerke ich.

„Aber diese Verschwundenen, Verlorenen, was war mit denen?", fragt Reiner.

„Die wollten nur weg." Maria geht zurück zum Fenster und setzt sich wieder auf das Fenstersims.

„Wer wollte weg?" Ich fühle mich, als wäre ich wach hinter geschlossenen Augen. Irgendwie war alles etwas zu viel in den letzten Tagen.

„Na, alle." Maria dreht sich wieder um.

„Obdachlose, Unzufriedene, Verrückte oder wer?", frage ich leise.

„Verschwundene." Sie überlegt. „Wir haben sie manchmal ‚die Verlorenen' genannt. Diese Gesichter ... Als hätten sie ihr Leben schon ... So sieht man aus, wenn man aufgegeben hat, habe ich manchmal gedacht."

„Warum wollten diese Menschen weg? Und was hat das mit einer Droge zu tun?" Reiner ist sichtlich ratlos. Hilflos fuchtelt er mit den Händen vor seinem Bauch herum.

Maria runzelt die Stirn und zuckt mit den Schultern. „Das habe ich sie nicht gefragt – glaube ich."

„Also, ich brauche eine Pause. Ich finde das anstrengend hier." Keine Minute länger will ich zwischen Küchentisch und Spülbecken eingeklemmt sein. Nur raus aus der Küche, in den Flur, wo ich über die aufgetürmten Sneakers stolpere, fluche und vor der Tür des Arbeitszimmers stehenbleibe. Von drinnen ist leises Gemurmel zu hören wie das Selbstgespräch eines Verrückten. Ich lausche einige Sekunden und drücke dann langsam die Klinke hinunter.

DIE DRITTE STUFE

Am Schreibtisch vor einem Bücherregal sitzt ein glatzköpfiger Mann an einem Laptop. Daneben liegen Zeitungen und Zeitschriften, einige herausgerissene Artikel, dazu Notizen auf Post-it-Zetteln und Aktenordner, die kreuz und quer über den Tisch verteilt sind.

„Pluto", stellt er sich vor, ohne über mein Eindringen überrascht zu sein. Ein kurzer Blick, nicht einmal uninteressiert, ein beiläufiges Nicken, dann wendet er sich wieder dem Laptop zu.

„Wie der Planet?", frage ich.

„Zwergplanet", korrigiert er mich, und als er vom Stuhl herunterrutscht und mir gegenübersteht, sehe ich, dass er kleinwüchsig ist.

Ich nicke grüßend und stelle mich vor. Seine kurzen Arme und Beine sehen schon merkwürdig aus. Mein Blick fällt auf seine Hose und das T-Shirt, wahrscheinlich beides in XXS. Ich kann mir ein Grinsen nicht verkneifen.

„Wie weit seid ihr?", nuschelt er.

„Eigentlich erst am Anfang. Aber dass es um Drogen geht, wusstest du?"

„Drogen, das macht Sinn", erwidert er und zeigt auf die Aktenordner auf dem Tisch.

„Du recherchierst zu diesen Drogen? Oder zu dem, was Maria erzählt hat?"

„Es taucht immer wieder ein Name auf. Omega." Ich zucke zusammen. „Er hinterlässt Botschaften, Zettel, auf denen nur der Buchstabe Omega als Symbol abgebildet ist." Pluto spricht so betont, dass seine Halsschlagadern hervortreten und in Bewegung geraten, als wären Würmer unter der Haut unterwegs. „Das ist noch nicht alles", flüstert er.

Draußen sind flackernde Lichtsplitter vor dem Fenster aufgetaucht wie Gespenster, die den Raum hier auskundschaften. Irgendetwas an Pluto gefällt mir nicht.

„Ja?", frage ich.

Er geht zum Laptop und doppelklickt auf eine Datei. Auf dem Bildschirm taucht der Schriftzug „Rein in den Main" auf.

„Das ist ein PDF-Dokument über die Kanalisation in Frankfurt, die insgesamt 1.600 Kilometer lang ist."

Ich nicke, sehe Pluto aber gleichzeitig fragend an. Er scrollt zu einer Seite, auf der so etwas wie ein Plan abgebildet ist. Es sind schwarze Striche und Linien zu sehen, außerdem rote und blaue Flächen.

„Das gesamte Kanalsystem – die älteste Anlage stammt aus dem Jahr 1871." Er drückt mit einem knochigen Zeigefinger auf den Bildschirm.

Mein Blick wandert von Plutos Gesicht zu dem Plan auf dem Bildschirm und wieder zurück. „Und was ...", setze ich schon ungeduldig an, doch Pluto hebt eine Hand, und ich verstumme.

Seine Augen flackern unruhig. Er tapst hinter den Schreibtisch und zieht ein DIN-A-3-Blatt aus dem Papierberg neben dem Laptop hervor, das er theatralisch in die Höhe hält. Er ist noch nicht ganz zu mir zurückgestolpert, da drückt er mir das Papier schon in die Hand. „Maria hat doch von Gängen erzählt, in denen man stehen kann", sagt er und lächelt angestrengt.

„Ja, aber so richtig schlau wird man nicht daraus."

„Unter der Innenstadt von Frankfurt gibt es ein Tunnelsystem, das als Katakomben bezeichnet wird. Hier." Er zeigt auf die dicken schwarzen Striche.

„Stimmt, den Begriff hat Maria auch erwähnt", bemerke ich.

„Die Katakomben gehen vom Main bis zum Polizeipräsidium, und auch unterhalb des Römers gibt es Tunnel, ebenso am Hauptbahnhof und am Schauspielhaus."

„Sind das alles richtige Gänge?"

„Manche sind drei Meter hoch."

Ich starre auf die vielen Linien und deute auf die Bezeichnung Gallusanlage.

DIE DRITTE STUFE

„Das war früher der offizielle Eingang für Führungen. Heute sind die Tunnel für die Öffentlichkeit gesperrt." Pluto senkt den Kopf und fährt sich nervös über die Glatze. „Aber ..." Er zeigt auf eine Stelle im Plan, an der ein dicker schwarzer Strich zu sehen ist. „... hier ist wahrscheinlich eine Tür, die nicht eingezeichnet ist. Daher die Markierung. Auch gibt es keinen Plan von dem Bereich dahinter. Niemand weiß, was sich dort befindet. Vielleicht Gänge, die bisher noch nicht wiederentdeckt wurden oder nur wenigen Leuten bekannt sind."

Ich pfeife laut durch die Zähne. „Maria hat etwas von einem Tor erzählt, und dahinter sei ein unbekannter Bereich."

„Das könnte es sein." Pluto wedelt mit dem Plan.

„Und dahinter?"

„Da könnte alles Mögliche sein. Vielleicht ist der ganze Bereich auch eingestürzt und nicht mehr begehbar. Aber jemand könnte dieses unbekannte Areal auch ausgebaut haben, zumal wenn es dort Bunker gibt, die sich als Lager nutzen lassen." Er lacht kurz auf. „Wenn du Maria helfen willst, geh mit ihr dahin." Er zeigt auf den Plan.

„Und dieser Omega? Wenn er wirklich, wie Maria gesagt hat, will, dass es sich ausbreitet ...", sage ich und lasse das Ende offen.

„Aber wer ist Omega?" Pluto kratzt sich am Kinn.

„Niemand weiß, wie er aussieht", erwidere ich und seufze einmal tief auf. „Antworten. Ich will jedenfalls Antworten haben. Maria geht es sehr schlecht."

„Ich weiß", entgegnet Pluto.

„Wir sollten da unten hingehen, wo Maria ..."

Pluto nickt und sieht mich durchdringend an. Für einen Moment bilde ich mir ein, dass er genau weiß, was uns da unten erwartet.

11

In der Küche staut sich warme, stickige Luft, und ich spüre den Schweiß auf meinem Rücken. Draußen formen sich Wolkenfelder wie bunte Tintenkleckse bei einem Rorschachtest. Langsam entweicht rote Farbe, als würde Blut aus einer Wunde fließen.

Pluto drängelt sich mit einem Plastikstuhl an mir vorbei und setzt sich auf die andere Seite des Tisches neben Reiner.

„Oh, Pluto, hi", haucht Maria, legt den Kopf schief und winkt Pluto fröhlich zu, der ihren Gruß erwidert.

Ich zwänge mich wieder zwischen Holztisch und Waschbecken.

„Hast du die Informationen dabei?", frage ich Pluto.

Er zieht den zusammengefalteten Plan aus der Gesäßtasche und wiederholt, was er mir gerade erzählt hat.

„Es ist da, irgendwo da unten." Er pickt mit dem Finger auf das ausgebreitete Papier auf dem Tisch. „In den Katakomben von Frankfurt."

„Das Tor, von dem du erzählt hast", füge ich erklärend hinzu.

DIE DRITTE STUFE

Maria sitzt bewegungslos auf dem Fenstersims, die Hände zwischen die Oberschenkel gepresst. Sie bibbert am ganzen Körper, als wäre es in der Küche plötzlich eiskalt geworden. Man kann förmlich spüren, wie ihr Verstand arbeitet und sie krampfhaft versucht, sich zu erinnern. Ihre Bewegungen verursachen mir Schmerzen. Ich will sie wachrütteln wie einen Schlafwandler, den man gewaltsam aufwecken muss, damit er nicht für immer einschläft. „Das Tor, ja. Dahinter dieses ... Labor", murmelt sie mit Schweiß auf der Stirn. „,Wie könnt ihr das tun?', habe ich Rico immer wieder gefragt. ,Wie könnt ihr? Wie ist das möglich, dass du – mein Bruder ... Euch macht das nichts aus, oder? Keine Albträume – nichts. Ihr seid doch Menschen, oder? Dann müsst ihr doch etwas dabei empfinden, bei dem, was ihr mit diesen Leuten macht, wie ihr sie behandelt?'"

„Und was hat er gesagt?", frage ich.

„Manchmal hat er gezögert, wusste erst keine Antwort, aber dann hat er mich komisch angesehen. ,Ich hatte keine Wahl', hat er mir erklärt. So ein Blödsinn, dachte ich, wie oft habe ich das schon in einem Film gehört. ,Du bist so ein ...', habe ich ihm entgegengeschrien, doch er hielt mir den Mund zu. ,Wenn ich es nicht tue, macht es ein anderer', entgegnete er. ,Es macht aber kein anderer. Du machst es, du, du, du!' Ich habe ihm dann immer wieder mit dem Zeigefinger in die Brust gestochen und mir gewünscht, dass mein Finger ein Messer wäre. ,Du, du, du, das bist doch du, der das macht, der mitmacht.' Ich bin immer lauter geworden, habe schließlich nur noch geweint und geschrien: ,Wie kann das sein, das geht doch nicht. Wie kann man nichts spüren, wenn man Menschen tötet? Wie ist das möglich? Wie kann man sich daran gewöhnen? Wie kann man dabei ... lachen?'"

Das letzte Wort spuckt sie aus, als würde sie sich übergeben, ihr Kopf geht ruckartig nach vorn. Stumm vor Entsetzen fährt sie sich mit den Händen an den Kopf.

„Furchtbar", kommentiert Reiner und presst eine Hand gegen die Hüfte.

„Wir müssen da runter", krächzt Pluto sichtlich mitgenommen, schluckt und fasst sich nervös mit einer Hand an den Hals.

„Wir finden sie, diese Verschwundenen, von denen du erzählt hast", sagt Reiner laut und deutlich, aber Maria reagiert nicht.

„Die Verschwundenen", wiederhole ich, gehe zu Maria, spreche ganz deutlich noch einmal die Worte in ihr Gesicht.

Ihre Augen sind plötzlich weit aufgerissen. „Du weißt nicht, was dich da unten erwartet", sagt sie mit belegter Stimme an Reiner gewandt. „Wenn Rico oder Omega ..." Sie lehnt sich mit dem ganzen Oberkörper nach vorn, ihr Atem geht stoßweise.

Ich nehme ihre rechte Hand, richte sie langsam auf. „Langsam atmen, Maria, ganz konzentriert."

Sie sieht mich an, als wäre ich ein Insekt, das gleich eine tödliche Krankheit übertragen wird.

***

Maria steht abwartend auf der Türschwelle der Küche. Sie hält irgendetwas hinter dem Rücken. Ich spüre, wie meine Schultern sich anspannen und ich daran denke, endlich mehr Licht zu machen, damit die Küche nicht mehr die Helligkeit einer billigen Absteige hat. Sie sieht mich mit einer Mischung aus Entgegenkommen und Unverschämtheit an. Ich bilde mir ein, ihre frisch gewaschenen Haare zu riechen.

„Was hast du da?", fragt Reiner.

Sie grinst, bringt einen großen braunen Umschlag zum Vorschein und hält ihn vor sich wie eine Trophäe.

„Aber das ist ja ...", rufe ich überrascht.

„Du hast den Umschlag?" Plutos Miene hellt sich auf.

„Wir haben ihn geholt, Jonas und ich", erwidert sie leise und geht wieder zum Fensterbrett.

Pluto sieht mich bewundernd an. „Der Umschlag, das ändert natürlich einiges. Damit finden wir das Büro."

„Das Büro? Wieso, wisst ihr denn nicht, wo es ist?", frage ich.

„Es ist … kein richtiges Büro, nur ein Büro auf Zeit." Maria klettert wieder auf das Fenstersims, schlingt die Arme um den Körper und wippt langsam vor und zurück.

„Ich verstehe nicht", gebe ich zurück.

„Ein Büro für einen bestimmten Zeitraum, das aufgebaut und wieder abgebaut wird. Stell dir einfach ein Büro vor, das immer in einem anderen Gebäude ist."

„Ach, deshalb sah Raum 01.25 so ganz anders aus, als ich …"

„Was? Als du was?", platzt es aus Maria heraus. Sie löst die Arme vom Körper und breitet sie auf Höhe der Schultern aus.

„Ich war vorgestern da, und alles war verändert. Da war auch ein Professor. Er hat etwas davon erzählt, dass die Vernunft … Also, von dem, was wir als Vernunft bezeichnen, hält er nichts", erkläre ich sachlich.

„Bist du wahnsinnig? Du kannst doch nicht einfach zurückgehen." Reiner schlägt sich mit der flachen Hand gegen die Stirn.

„Das wusste er doch nicht, woher sollte er denn?", versucht Maria mich zu verteidigen, aber aus ihrem Gesicht ist jede Farbe gewichen. Sie versucht etwas zu sagen, bewegt aber nur still die Lippen.

„Du hättest ihn nicht mit hineinziehen sollen", bellt Reiner sie an. „Jetzt wissen sie von uns." Er zieht ein kleines schwarzes Notizbuch aus der Hosentasche und schlägt es ein paar Mal gegen die Kante des Tisches.

„Jonas, das war unsere Chance." Marias Blick ist voller Verzweiflung, sie schließt die Augen und schüttelt den Kopf.

„Aber ich war doch nur ein Student, der sich in der Tür geirrt hat", versuche ich die Sache herunterzuspielen.

„Das werden sie nicht glauben", murmelt Pluto.

DIE DRITTE STUFE

Erschrocken erinnere ich mich daran, wie ich auf den Professor gewirkt haben muss, und an seine schneidende Stimme, als er mir auf den Kopf zusagte, dass ich mich ja wohl öfter irren würde. Ich schaudere und beschließe, den anderen nichts davon zu sagen.

Plutos Augen funkeln grimmig. Hinter meinem Rücken surrt der kaputte Toaster wie ein Schwarm Mücken, die für Kampfangriffe üben.

„Aber", setze ich wieder an, „hört mir doch mal zu. Ihr vergesst da etwas. Vielleicht war es ja gut, dass ich …" Reiners wütender Blick schüchtert mich ein. Ruhig, Jonas! Ich versuche mich zu sammeln und atme tief ein und aus. „Also, dieser Professor hatte eine längliche Narbe auf der rechten Hand. Maria du hattest doch …" Ich kann vor Anspannung kaum sprechen. Maria sieht mich fragend an. „Als ich dich im Charley's abgeholt habe, hast du mir von Omega erzählt und dass er eine Verletzung an einer Hand hat."

„Ja, an der rechten."

„Jonas, du glaubst, dass du …" Reiner sieht mich durchdringend an.

„Aber warum sollte Omega an der Uni sein, und gerade in Raum 01.25?", fragt Pluto. „Er ist doch kein Professor, oder?"

„Es kann sich auch um eine andere Verletzung handeln. Es muss nicht unbedingt eine Narbe sein", sagt Maria.

Draußen ist der Mond jetzt nicht mehr zu sehen, nur einige durch fluoreszierende Flecken angepixelte Wolken, die die fahle Helligkeit aber sofort verschlucken und dem undurchdringlichen Nachthimmel ausliefern.

„Dann haben wir ihn", schaltet sich Pluto ein, „ein Professor. Wie war sein Name?"

„Hans Keune", erwidere ich. „Also bin ich Omega begegnet?"

„Mit Sicherheit können wir das nicht sagen", antwortet Pluto.

„Außerdem hatte der Mann ein charakteristisches Muttermal auf der Stirn", fahre ich fort.

„Ein Muttermal, das ist ein weiteres Indiz", sagt Reiner.

„Davon weiß ich nichts", sagt Maria. „Außerdem gibt es so viele Geschichten über Omega. Wer da unten war, hat irgendwas über Omega gehört, obwohl keiner ihn gesehen hat."

„Wir haben etwas", schaltet sich Pluto wieder ein. „Den Umschlag. Und sie wissen nicht, dass wir ihn haben." Er wird für einen Moment still und schlägt mit den Handflächen seiner kleinen Hände auf den Tisch. „Wir sollten erst einmal zählen. Schnell, um keine Zeit zu verlieren."

Maria sieht ihn verständnislos an.

„Das hast du noch nicht gemacht, oder?", fragt Pluto.

Sie schüttelt den Kopf.

„Also, das Geld? Ist es wichtig, wie viel genau es ist?"

„Warte, Jonas, das wirst du gleich sehen." Reiner streicht wichtigtuerisch mit den Händen über den Küchentisch.

***

Die Banknoten liegen säuberlich geordnet auf dem Tisch. Schlau werde ich nicht daraus, denn einige Geldscheine sind zerschnitten, in ziemlich kleine Teile sogar, was aber niemanden zu stören scheint.

Als ich mich nach vorn beuge, um die Zahlen auf dem Zettel, den Pluto vor sich liegen hat, genauer zu betrachten, werfe ich beinahe das Wasserglas um. Ich weiß nicht, wohin mit meinen Händen, lege sie auf den Tisch, aber da ist nichts, was ich in die Hand nehmen kann, nichts, womit ich mich beschäftigen und meine Nervosität unterdrücken könnte.

„51-mal zehn Euro, 41-mal fünfzig Euro, sechs halbe Geldscheine, sieben Viertel und sechs Achtel", verkündet Pluto.

„Wo ist es?", fragt Maria gespannt.

„Wo ist was?", frage ich verwirrt.

„Das sind Geodaten", erklärt Reiner. „Die noch vollständigen Geldscheine stehen für den Breitengrad, die zerschnittenen zeigen den Längengrad an, und zwar immer den Dezimalgrad."

Ich bin sprachlos. Pluto zieht ein Smartphone aus der Hosentasche und legt es neben sich auf den Tisch. Maria kaut nervös an den Fingernägeln. Vielleicht wird sich ihr gequältes Bewusstsein etwas beruhigen, wenn wir mehr wissen, und die Bilder in ihrem Kopf werden weniger oder sogar irgendwann ganz verschwinden.

Pluto tippt auf dem Smartphone, ohne die anderen zu beachten. „So, die Zahlen habe ich jetzt eingegeben, Breitengrad 51.41, Längengrad 6.76."

Maria steckt die glimmende Zigarette ins Wasserglas, und ich zucke zusammen, als Krachen und Zischen zu hören sind. „Wo ist es denn nun?", bettelt sie, rutscht ungeduldig vom Fenstersims, geht um den Tisch herum und starrt auf das Display des Smartphones.

„Paul-Esch-Straße 70, Duisburg", liest Pluto vor. „Mitten im Industriegebiet", fügt er hinzu.

„Wir sollten sofort losfahren. Wir dürfen keine Zeit verlieren", sagt Reiner.

„Wenn ich denen da begegne, werden sie mich bestrafen. Ich habe mich einfach davongemacht, das werden sie mir nicht vergessen."

„Wir sollten dafür sorgen, dass du ihnen nicht begegnest", sagt Pluto und nickt mechanisch.

„Ansonsten könnten wir alle tot sein." Das glimmende Ende der Zigarette in Reiners Hand sieht aus wie eine Zündschnur, die zu einer verborgenen Bombe irgendwo da hinten in der Dunkelheit führt.

Reflexartig kneife ich mir selbst in den rechten Arm. Ich spüre Herzschläge wie bei einem langsam anschwellenden Trommelwirbel. Zum ersten Mal in meinem Leben habe ich Angst, richtige Angst.

12

Ein Mehrfamilienhaus, nicht einmal besonders auffällig. Altbau mit grauen und schwarzen Schmutzbahnen auf der Fassade. Vor der Haustür abgebröckelter Putz. Maria und ich drücken uns schnell in den Hauseingang. Pluto und Reiner haben das Haus in den letzten Stunden beobachtet. Die Luft ist rein.

Die Haustür ist nicht abgeschlossen. Ein Gestank nach Schimmel und Keller. Das Flurlicht funktioniert nicht. Im Hausflur über den Boden verteilte Zeitungen und Werbeprospekte. Vor uns eine altertümliche Holztreppe.

Aus einer Wohnung im Erdgeschoss lärmt die Klospülung, dazu eine Männerstimme und verzerrtes Hundegebell. Wenn nun jemand herauskäme?

„Es sind immer Wohnungen, an denen kein Name steht." Marias warmer Atem fährt mir in den Nacken.

„Aber auf den Klingelschildern …"

„Das wäre zu auffällig", unterbricht sie mich flüsternd. „Wir müssen an den Wohnungstüren nachsehen", fügt sie hinzu und geht an mir vorbei, direkt zur Wohnungstür auf der rechten Seite. Dann läuft sie schnell zur gegenüberliegenden Tür. „Hier nicht." Ihre Stimme ist immer noch so leise, dass ich sie gerade noch verstehen kann.

In der zweiten Etage werden wir fündig. Auf den ersten Blick ist die Wohnungstür nicht von den anderen im Haus zu unterscheiden, dann entdeckt Maria, dass hier nicht einmal eine Klingel angebracht ist.

„Vorsichtig", flüstert sie mir ins Ohr.

„Wie kommen wir rein?", frage ich.

Maria drängt sich vor mich, fischt eine EC-Karte aus einer ihrer Gesäßtaschen, drückt sie in den Schlitz zwischen Tür und Türrahmen, wo sich das Schloss befindet. Sie schiebt an der Karte herum, neigt sie, drückt und wackelt daran hin und her, bis sich die Tür mit einem lauten Klacken öffnet.

Der kleine Korridor ist so dunkel, dass wir einen Moment brauchen, um uns zu orientieren. Maria tastet sich Schritt für Schritt vor. Meine Schultern sind verspannt vor Aufregung. Ein strenger Uringeruch liegt in der Luft. In einer Hitze wie dieser riecht die eigene Pisse wie Salmiakgeist, habe ich mal gelesen. Ich huste kurz und schlucke meinen Ekel herunter. Maria zieht eine Zigarettenpackung aus der rechten Hosentasche, fingert daran herum, steckt sie schließlich zurück und drückt langsam die Klinke einer weiß gestrichenen Tür hinunter.

***

Nach zehn Minuten haben wir alle Zimmer durchkämmt. Es gibt nichts mehr hier. Nicht einmal ein Kabel ragt irgendwo aus der Wand. Sogar die Steckdosen wurden entfernt. Ich weiß nicht einmal, in welchem Raum wir uns befinden. Wohn-, Arbeits- oder Schlafzimmer, nichts ist mehr unterscheidbar. Nur Licht und Helligkeit und eine alles verschlingende Leere, als hätte hier nie jemand gewohnt. Unser Besuch war umsonst.

Maria legt den Kopf in den Nacken, schnuppert, geht ein paar Schritte, hält sich die Nase zu und schüttelt sich dann. „Den Geruch kenne ich. Diesen Geruch nach ... Menschen."

Tatsächlich liegt ein schwerer, stechender Geruch im Zimmer, wie von säuerlichem altem Schweiß oder blutigem Eiter. Ich will mir die Nase zuhalten, doch Maria nimmt meine Hände.

„Sie waren hier." Sie atmet konzentriert ein und aus und lehnt sich mit dem Oberkörper vor wie nach einer großen Anstrengung. „Die Leute ... unsere ... bei denen ich war, die ich ...", stammelt sie gegen den Boden.

„Sie haben sie hierher gebracht!", rufe ich aus. „Sie wurden hier festgehalten."

„So einen Geruch kriegt man nicht so schnell aus einer Wohnung, deshalb waren alle Fenster geöffnet, als wir kamen."

„Und sie haben alles mitgenommen, wahrscheinlich, um keine Spuren zu hinterlassen."

„Warte mal, ich habe da ..." Maria rennt an mir vorbei in das große Zimmer, in dem wir gerade den Gestank wahrgenommen haben. „Wo war ...?" Sie bleibt an einer Wand stehen und zeigt auf eine Stelle am Boden. Ich gehe zu ihr, und da liegt tatsächlich ein kleines Häufchen Schutt unmittelbar vor der Fußleiste.

Zögernd gehe ich neben ihr in die Hocke, nehme einige Stückchen in die Hand und lasse sie wie Sand auf den Boden rieseln.

„Moment." Maria kniet sich hin und schiebt hektisch den Schutt zur Seite. „Siehst du das kleine Loch hier unten?"

Ich spähe auf die Stelle, die sie mir zeigt. Tatsächlich befindet sich am unteren Ende der Fußleiste eine kaum sichtbare Öffnung.

„Da ist ..." Sie tastet und schiebt einen Finger vor das Loch.

„Ist da überhaupt irgendetwas zu erkennen?", frage ich zweifelnd und richte mich wieder auf.

„Mensch, da ist doch ..." Sie bohrt mit dem kleinen Finger ihrer linken Hand im Loch herum, tastet und dreht ihn, zieht den Finger dann wieder heraus.

Ich bücke mich und hocke mich erneut neben sie.

„Ich brauche irgendetwas Spitzes – eine Büroklammer oder ... Moment." Sie fingert wieder in der Öffnung herum und zieht den Finger dann langsam wieder heraus.

„Eine SIM-Karte!", rufe ich überrascht. „Die hast du gesehen?"

Mit einem Ruck springen wir fast gleichzeitig auf die Füße. Maria wedelt triumphierend mit der SIM-Karte vor meinem Gesicht herum, bis ich ihre Bewegung stoppe und ihre rechte Hand in die Höhe recke wie ein Ringrichter, der den Sieger eines Boxkampfes verkündet.

„Auf irgendjemanden muss sie ja registriert sein, oder?" Das befreiende Grinsen und die strahlenden Wangen stehen ihr gut, aber so richtig freuen kann ich mich nicht.

„Wenn es sich um eine Prepaid-Karte handelt, nicht unbedingt", gebe ich zu bedenken.

Maria lässt die Schultern hängen.

„Aber, Moment." Ich nehme ihr die SIM-Karte aus der Hand. „Siehst du, hier ist etwas." Ich ertaste einen Widerstand auf der Oberfläche, streiche über einen winzigen Klebestreifen, den ich mit dem Zeigefinger abziehe. „Hier ist etwas eingeritzt." Ich drehe die SIM-Karte, halte sie mir direkt vor die Augen, gehe schließlich zum Fenster, wo es heller ist. Maria starrt mich mit offenem Mund an. „Zahlen. Wenn das nicht ..." Ich fische mein Smartphone aus der Hosentasche, starte die App „Lupe" und halte das Smartphone auf die SIM-Karte, als wollte ich sie fotografieren. „Hier sind Zahlen und Buchstaben zu erkennen."

„Also, ich sehe da nichts."

„Warte mal." Ich stelle die Lupe auf eine höhere Vergrößerungsstufe ein. „Siehst du es jetzt?"

DIE DRITTE STUFE

„Ja, Zahlen. Eine ... siebenstellige Nummer. Und am Anfang steht ein I, danach noch etwas, das man aber nicht lesen kann."

„Sieben Zahlen sehe ich auch, 7 ... 46 ..., dann ist da eine 3, eine 9, und zum Schluss ... 18, deutlich zu erkennen."

„Jemand hat eine Botschaft hinterlassen."

„Ein Hinweis, der uns zu Omega führt? Ein Code, ein verschlüsselter Text vielleicht?"

„Dann lass uns jetzt abhauen, es ist unheimlich hier", sagt Maria.

„Moment, ich fotografiere die Zimmer nur noch."

***

„Kurt!"

Blitzschnell drehe ich bei Marias überraschtem Ausruf den Kopf herum und flüchte mich ans Fenster. Es sind zehn Minuten vergangen, mit dem Fotografieren bin ich fast fertig.

Ein hochgewachsener korpulenter Mann in einem Ledermantel steht plötzlich im Türrahmen. Er hat ein paar Narben im Gesicht, lässt seine Fingerknöchel knacken, als wollte er gleich zuschlagen, kommt aber nicht näher.

„So sieht man sich wieder", fährt er Maria an, die mir mit gesenkten Augenlidern blitzschnell einen Blick zuwirft.

Ein paar Haarsträhnen fallen ihr ins Gesicht, als sie sich zur Wand auf der rechten Seite vortastet, als gäbe es dort eine Tür. Für einen Moment stützt sie sich ab, dann kommt sie zu mir herüber gestakst, hält sich sogar an meiner Schulter fest.

Kurt schnaubt verächtlich durch die Nase. „Das ist er also, dein Philosoph."

„Es hat sich rumgesprochen, ja?", erwidert Maria.

Kurt fixiert mich abschätzig wie einen Gegenstand, bevor man ihn wegwirft.

„Was willst du?", faucht sie zurück. Ein flüchtiges Lächeln, dann ist da wieder diese Unsicherheit, als stünde ein großer schwarzer Schatten hinter ihr.

„Petra."

Erst jetzt sehe ich, dass hinter Kurts massigem Körper eine kleine Frau steht. Sie hat einen fast glattrasierten Schädel, wache Augen und einen Leberfleck mitten auf der Stirn. Ein, zwei Mal macht sie Kaubewegungen, dann presst sie die Lippen aufeinander, als hätte sie genug gesagt und wir müssten nicht mehr über sie wissen.

„Also", sagt Kurt und beginnt, sich mit der rechten Faust in die geöffnete linke Hand zu schlagen, „den Umschlag haben wir. Wir waren vor euch da. Ihr seid zu spät."

„Dann wisst ihr also jetzt die Koordinaten des Ortes, der das nächste Büro ist?", sage ich.

„Ihr habt einmal Glück gehabt, als ihr das Büro hier gefunden habt, aber jetzt, die nächsten, die finden wir, verlasst euch drauf. Und ihr seid ..." Kurt hebt die Hand, senkt sie dann aber wieder.

„Irgendwann werden wir sie überraschen, dazukommen, wenn das Büro noch da ist", sagt Petra. Sie hat sich einen Kaugummi in den Mund geschoben und kaut lässig darauf herum.

Maria dreht den Kopf zur Seite und mustert mich. Was zum Teufel will sie mir damit sagen?

„Wir haben immer hinter dir gestanden, Maria", murmelt Kurt. Er geht zwei Schritte auf uns zu und blickt aus dem Fenster, als würde er erwarten, jemanden zu sehen.

„D-d-das ... Auto, Kurt, siehst du ...", stammelt Maria, dreht sich hektisch um und schiebt sich neben Kurt ans Fenster. Sie blickt hinaus.

Ich stelle mich hinter sie, folge ihrem Blick, und als sie auf einen schlaksigen Mann deutet, der neben einer Straßenlaterne steht und sich eine Zigarette anzündet, geht ein Stich durch meinen Körper. Der Mann hat lange

Haare, bis auf die Schultern, und trägt einen großen schwarzen Hut.

„Rico! Das ist Rico!", kreischt Maria und gestikuliert mit den Händen.

Kurt versucht, ihre Hände festzuhalten, doch sie reißt sich los, klopft gegen das Fenster, schlägt schließlich mit einer Faust dagegen, will es öffnen, doch Kurt zieht sie zurück. Einen Moment später verschwindet die Gestalt zwischen den Häusern.

„Rico!", tobt Maria, reißt sich von Kurt los, rennt vor dem Fenster auf und ab und schlägt schließlich mit dem Kopf gegen die Wand. Ich muss sie festhalten, damit sie sich nicht weiter verletzt. „Nein, nein, nein!", schreit sie unaufhörlich. Ich versuche ihr den Mund zuzuhalten, doch sie schiebt meine Hand weg, schreit immer weiter, immer lauter, bis ich zwei Taschentücher zu einem Knebel zusammenbinde und ihn ihr in den Mund stecke, während Kurt sie festhält und Petra zum Fenster geht, um noch einmal hinauszusehen. „Also, ich sehe da niemanden", sagt sie.

Maria windet sich wie wild, Kurt lässt sie los, und ich versuche sie zu umgreifen, kann sie aber nicht halten. Wir fallen beide zu Boden, wo sie mit den Händen auf das Laminat schlägt, immer fester, bis ihre rechte Hand blutig ist von irgendeinem Splitter, den sie sich in die Hand gerammt hat.

Ich schüttele sie, rufe immer wieder: „Maria! Maria!", bis sie schließlich aufhört und ich ihr den Knebel wieder aus dem Mund ziehen kann. Viele Leute haben irgendetwas, das sie am Leben hält, denke ich, doch Maria hat nichts. Sie fällt. Ihr Leben ist eine einzige Bewegung nach unten und wenn sie niemand hält – Rico, Omega, ich – fällt sie immer weiter in die Tiefe, geradewegs in die Hölle.

Ich sehe, wie erschöpft sie ist und dass sie keine Kraft mehr für weitere Bewegungen hat. Sie versucht aufzustehen, taumelt, fällt kraftlos zur Seite, schlägt fast gegen die Wand, doch ich kann sie rechtzeitig auffangen. Behutsam lasse ich ihren Körper auf den Boden gleiten. Sie legt sich sofort auf den Rücken, schließt die Augen, öffnet sie aber ein paar Mal, während Kurt und Petra mich anstarren, als könnte nur ich Maria helfen.

Ich streichle sanft ihr Haar und sehe ihr in die Augen, die weit aufgerissen sind. Ein kleiner Schweißfilm liegt auf ihrer Stirn. „Hier kann dir nichts passieren, Maria. Du bist in Sicherheit."

Sie antwortet nicht.

„Sie ist ein paar Mal so gewesen, manchmal war es noch schlimmer, es war … Wir waren froh, als sie dann zurückkam." Kurts kräftige Stimme aus dem Hintergrund erschreckt mich. Maria scheint ihn nicht gehört zu haben.

„Maria", rede ich leise auf sie ein. „Maria."

Maria schließt die Augen, scheint nichts mehr um sie herum wahrzunehmen.

„Maria, pass auf!", rufe ich. Sie reagiert nicht.

„Eine Frau hatte sich in einer Baumschule einen großen Kaktus für ihre Wohnung gekauft."

„Was soll das? Was machst du da?", dröhnt Kurts Stimme durch den Raum.

Ich ignoriere sie. „Sie stellte den Kaktus bei sich im Wohnzimmer auf und überlegte, ob er noch größer werden würde. Nach einigen Tagen schien eine Veränderung mit dem Kaktus vor sich zu gehen."

Marias Atem ist deutlich zu hören. Sie folgt mir, denke ich. Jetzt nur nicht aufhören. „In den nächsten Tagen beobachtet die Frau den Kaktus, sie verbringt Stunden damit, vor der Pflanze zu sitzen, legt ein Ohr daran und klopft sogar dagegen. Sie beobachtet eine Art seltsames Atmen. Der Kaktus scheint sich zu heben und zu senken, vielleicht dehnt er sich auch aus. Die Frau weiß es nicht."

„Aah", kommt es aus Marias Mund. „Atmen", artikuliert sie.

Kurt ist mit einem Sprung neben mir. Petra postiert sich auf der anderen Seite. „Weiter", fordert sie mit zusammengekniffenen Augen.

„Immer merkwürdiger werden die Geräusche, die aus dem Kaktus kommen. Einmal ist sogar ein Surren zu hören. Die Frau wird immer ängstlicher und ruft schließlich bei der Verkäuferin an, von der sie den Kaktus gekauft hat. Sie schildert ihre merkwürdigen Beobachtungen."

Maria bewegt erst ihren rechten und dann den linken Arm. Am liebsten würde ich an ihr rütteln, sie aufsetzen und sie so zurückholen, aber nein, das wird nicht funktionieren.

„‚Der Kaktus atmet', sagt die Frau schließlich zur Verkäuferin. ‚Bringen Sie den Kaktus schnell auf die Straße', rät die Verkäuferin, ‚wir schicken ein Team vorbei.' Währenddessen werden die Geräusche im Inneren des Kaktus lauter und ein Rütteln kommt hinzu. In aller Eile packt die Frau den Kaktus und trägt ihn auf die Straße.

Minuten später hält ein Transporter vor ihrem Haus. ‚Der Kaktus, der atmet', sagt ein Mann, der aus dem Fahrzeug springt und ihr den Kaktus abnimmt. Keine Sekunde zu spät, denn im selben Moment explodiert der Kaktus und drei große Skorpione kriechen heraus, die sich blitzschnell auf der Straße verteilen. Der Mann rennt hinter ihnen her und kann sie einen nach dem anderen schließlich einfangen.

Stolz hält er der Frau den Käfig mit den Tieren hin. ‚Diese Skorpione legen ihre Eier in Kaktuspflanzen ab. Es ist eine besonders giftige Art', erklärt er, ‚ihr Gift wurde früher von einer jahrtausendealten Kultur als Droge verwendet. Aber es genügt ein Stich, und man sieht nicht nur eine Welt, sondern drei Welten, und ich habe gehört, dass Sie das nicht sehen wollen, keinesfalls.' Entsetzt schaut die Frau die riesigen Skorpione an, die sie durchdringend anzustarren scheinen, bedankt sich überschwänglich bei dem Mann und geht erleichtert zurück in die Wohnung."

Undefinierbare Laute kommen aus Marias Mund. Sie schlägt die Augen auf. „Gi-gi…", stottert sie.

„Gift von Skorpionen", ergänze ich.

Ihre Gesichtszüge entspannen sich. „Skorpione", wiederholt sie. „Einfälle, wieder diese Einfälle, Jonas." Ein kurzes trockenes Lachen folgt, dann will sie sich abrupt erheben.

„Langsam", murmelt Kurt. „Du solltest dich noch etwas ausruhen."

***

Eine halbe Stunde später kann Maria wieder aufrecht stehen, ohne zu schwanken. Nur sieht sie immer noch hinüber zum Fenster, obwohl wir sie in die entgegengesetzte Richtung gelotst haben, mit ihr an der Zimmertür stehen, dem Fenster den Rücken zugewandt haben wie Eindringlinge, die jeden Moment fluchtartig aus der Wohnung verschwinden müssen. Immer, wenn Maria den Kopf dreht, versuche ich sanft eine Gegenbewegung, nehme sie sogar in den Arm, deute auf den Schutz des fensterlosen Flurs, doch sie rührt sich nicht von der Stelle.

„Du hast sie rausgeholt, oder?", wende ich mich an Kurt. „Dann weißt du bestimmt mehr als wir."

„Wenn das eben wirklich Rico war", erwidert Kurt, „solltet ihr euch sofort vom Acker machen."

„Ich glaube, ihr geht es jetzt besser", bemerkt Petra bekräftigend.

„Oder die werden euch erledigen", sagt Kurt. „Die machen das wahnsinnig geschickt, alles, eigentlich."

Mein Magen ist ein großer Klumpen Blei. „Wer sind die?", bringe ich gepresst heraus.

„Die Organisation, die Gruppe – nenn sie, wie du willst, einen Namen haben sie nicht", erwidert Kurt, „auch keine Strukturen, sie können überall sein, sind sehr gut vernetzt." Er fährt sich durchs Haar, als wollte er sich mit den Fingern einen Scheitel ziehen. „Und sehr mächtig. Das kannst du dir gar nicht vorstellen." Er deutet mit einem Finger nach oben.

Maria löst sich von mir, lehnt sich gegen die Wand und lässt den Körper langsam an der Wand heruntergleiten, bis sie auf dem Boden sitzt.

„Überall", murmelt sie kaum hörbar. Petra wirft ihr eine Schachtel Camel Filter und ein Feuerzeug zu. Mit zitternden Fingern zündet Maria sich eine Zigarette an und starrt nach dem ersten Zug nachdenklich auf das glimmende Ende. „Wir müssen uns beeilen", stößt sie aus. Jedes Wort scheint sie anzustrengen. „Wenn ich mich nur wieder an alles erinnern könnte", fügt sie mit deutlicherer Stimme hinzu. „Und ich gehe nicht." Sie fixiert Kurt und schnippt die Zigarette in seine Richtung. Kurt macht einen Schritt und tritt die Zigarette aus.

„Überall ... wie Omega." In Petras Gesicht ist plötzlich so viel Bewegung, als befände sich irgendetwas unter der Oberfläche, das gerade erwacht ist. „Das wird jedenfalls über ihn erzählt."

„Omega, immer wieder Omega. Den Namen habe ich schon ein paar Mal gehört", sage ich ungeduldig.

„Omega ist der, der alles kontrolliert", erklärt Maria. „Er steht über uns und sieht alles, bewacht alles, und wenn wir Fehler machen, werden wir furchtbar bestraft. Es reicht schon ein Satz, ein Wort. ‚Wir müssen aufpassen', hat Rico immer gesagt."

„Ihr nennt ihn Omega?", frage ich und starre Maria verwundert an.

„Der am Ende steht, alles kontrolliert", erläutert Kurt.

„So etwas gibt es nicht. Kein Mensch sieht alles."

„Das weißt du nicht, Jonas." Maria funkelt mich aggressiv an. „Verdammt noch mal, das kannst du doch gar nicht wissen. Warst du im Labor? Warst du da unten, viele Meter unter der Erde?"

„Omega – das ist vielleicht nur ein Name, die Vorstellung von einem allwissenden und gefährlichen Mann. Hört sich an wie ein Mythos. So etwas wie der Schwarze Mann, vor dem jeder Angst haben soll, der sich nicht richtig verhält." Draußen federt der Himmel vor meinen Augen, Häuser und Straße verschmelzen zu einer grellen Masse. Ich kneife die Augen zu, reibe mir kurz über die Augen und versuche mich auf die Sichtbarkeit der Welt da draußen einzustellen.

„Omega weiß genau jetzt, in diesem Moment, dass ich hier bin. Er weiß auch exakt, was ich mache, und wenn ich rausgehe, wenn ich allein bin, wird er mich töten. Das wurde einem im Labor erzählt", sagt Maria barsch.

„Mir haben einige Leute erzählt – auf den Straßen in Frankfurt –, dass sie für Omega arbeiten", sagt Kurt. „Kleine Verbrecher. Den Namen Omega haben sie meist ganz leise ausgesprochen, und wenn ich nachfragte, verstummten sie augenblicklich. ‚Er wird mich töten, wenn ich nicht gehorche. Er hat schon so viele getötet', hieß es dann." Kurt geht mit langsamen Schritten vom Fenster weg in die Mitte des Raums und sieht mir ins Gesicht. „Ein Mythos? Nein, Jonas, ganz bestimmt nicht. Omega ist jemand, vor dem wir alle Angst haben sollten."

„Was sollen wir also tun? Wie finden wir diesen Omega?", frage ich. „Wie wollen wir ihn aufspüren – wenn es ihn denn gibt?"

Maria sieht mich furchtsam an. „Es gibt ihn. Rico hat oft von ihm geredet, und er war da unten, obwohl wir nicht wussten, wer von denen wirklich Omega ist. Niemand weiß, wie er aussieht, hieß es immer."

„Und deshalb muss es ihn geben, ja? Nur weil jemand von ihm redet? Viele Menschen reden dauernd über Gott. Muss es Gott deshalb geben?"

„Nein, das meine ich nicht."

„Du willst, dass Pluto, Reiner und ich und auch Kurt und Petra uns auf die Suche nach einem Phantom machen?"

„Omega ist kein Phantom", gibt Maria trotzig zurück.

„Beschreib ihn uns, sag uns, wie er aussieht", sage ich.

„Ich weiß es nicht. Einige Leute aus dem Labor – Arbeiter, Wissenschaftler – haben manchmal seinen Namen geschrien, ich konnte es deutlich hören. Ich bin aber niemals zu ihnen gegangen und habe gefragt, was los ist. Zu gefährlich, hat mir Rico eingeschärft. ‚Omega, Omega!', hallte es immer wieder durch die Gänge. So schreien Tiere, bevor sie getötet werden, habe ich mal gedacht. Da wusste ich, wie gefährlich Omega ist und dass ich besser nicht versuchen sollte, mehr über ihn herauszufinden – wie er aussieht, zum Beispiel."

„Vielleicht war Omega jemand, der dort gearbeitet hat, vielleicht war er mitten unter euch, hat sich als Wissenschaftler oder sonst jemand ausgegeben", sagt Petra.

„Gut möglich." Maria nickt mechanisch und legt die Hände auf ihre Ohren. „Ich will das gar nicht mehr hören", stöhnt sie, „diese Stimmen, diese Schreie. Ich will nicht mehr. Nie mehr! Hört ihr?"

Kurt wirft mir einen sorgenvollen Blick zu. Er macht einen Schritt auf Maria zu, vielleicht um sie festzuhalten, falls sie wieder mit dem Kopf gegen die Wand schlägt.

„Und dieser Mann, der gelacht hat."

„Der Pedro getötet hat?", frage ich.

„Ja, er hat geschrien: ‚Omega! Omega wird mich bestrafen! Er ist überall! Es gibt keine Gnade!' Das hat er ein paar Mal wiederholt." Sie denkt angestrengt nach. „Daran erinnere ich mich jetzt wieder."

„Dieses Labor ..." Kurt knetet unruhig seine Hände. „Das, was passiert ist ... Dahinter steckt kein normaler Mensch, kein kleiner Verbrecher. Der hätte gar nicht ..."

„... die Möglichkeiten, diese Gewalt, und dazu diese Skrupellosigkeit, die Intelligenz", ergänzt Petra.

„Ich war ja auch da unten", sagt Kurt. „Omega zeigt uns allen, was er mit Leuten macht, die sich ihm in den

Weg stellen." Er deutet mit einer Hand auf Maria. „Du hast doch auch davon gehört?"

Sie zuckt mit den Schultern. Kurt dreht sich zu Petra um.

„Ja", sagt sie, „Omega soll vor einigen Jahren seine Frau getötet haben, irgendwo in Osteuropa, das hast du mir erzählt, Kurt." Petra nimmt den Kaugummi aus dem Mund und lässt ihn auf den Boden fallen.

„Omega hat in Osteuropa gelebt?", frage ich erstaunt.

„Irgendwelche Streitigkeiten mit einem verfeindeten Clan. Mitglieder dieses Clans hatten seine Frau entführt, um ihn unter Druck zu setzen. Omega soll allein in das Haus eingedrungen sein, wo die Frau festgehalten wurde. Dann hat er zuerst seine Frau erschossen und anschließend alle Mitglieder des Clans getötet. Er hat den Clan komplett ausgelöscht, restlos – richtig, Kurt?"

Kurt beugt sich vor. „Das ist nicht irgendeine Geschichte, Jonas, falls du das glaubst."

„Gut, nehmen wir mal an, dass Omega existiert. Aber wie sollen wir ihn aufspüren?", frage ich. Nach dem großen Geheimnis um Omega klingt mir das sehr nach einem Gerücht.

„Manchmal ist er in einem dieser Büros, ansonsten wird er in den Katakomben sein, ganz unten. Er lebt praktisch da", sagt Kurt.

„Und deshalb habt ihr euch auf die Spur dieser Büros gemacht, folgt den Zeichen, die ihr in den Umschlägen findet?" Ich versuche zu ignorieren, dass ich mich kaum noch konzentrieren kann, am liebsten zulassen würde, dass mir die Augen zufallen.

„Richtig." Kurt sieht mich abwartend an.

„Und was, wenn ihr ihn …?", setze ich an.

„Wir haben einiges gesammelt an Informationen. Wir werden Omega der Polizei übergeben." Petras näselnde Stimme klingt eine Spur zu überzeugend, als stünden sie und Kurt kurz davor, ihn aufzuspüren.

„Aber da wir nicht wissen, wie er aussieht, könnte es jeder sein, auch einer der Wissenschaftler. Ja, ganz toll", sage ich skeptisch. „Aber was ich nicht verstehe", rede ich einfach weiter, ohne Kurt und Petra anzusehen. „Warum kümmert sich Omega nicht um uns? Warum blieben wir bisher verfickt noch mal unbehelligt? Da stimmt doch was nicht." Ich muss aufpassen, dass ich nicht lauter werde. „Kannst du mir das erklären?"

„Nervös sind wir alle, Jonas", näselt Petra, „und keiner vertraut dem anderen, glaub mir. Auch wir wissen nicht, ob wir euch vertrauen können."

Kurt fingert am Kragen seines Ledermantels herum, und ich erkenne eine lange Narbe an seinem Hals. Ich spüre, dass ich es nicht mehr lange aushalte. Nur eine Bemerkung noch oder einer von diesen abschätzigen Blicken von Kurt ... Verdammt noch mal, er ist uns nicht überlegen, nur weil er auch da unten war. Ich gehe ein paar Schritte. Vielleicht kann ich mich so etwas beruhigen. In der Mitte des Raums bleibe ich stehen, starre auf das rosafarbene Hemd, das Kurt unter dem offenen Mantel trägt.

„Du, wer bist du überhaupt, Kurt?", blaffe ich ihn an. „Gehörst du nicht auch zur Organisation? Wahrscheinlich hast du Rico zu dieser Wohnung gelotst. Du warst schließlich auch da unten."

Kurt bewegt abrupt den Kopf in meine Richtung, als wollte er ihn mir in den Bauch rammen. „Falsch, Jonas, ganz falsch. Wir suchen und sammeln Informationen, deshalb spielen wir unser eigenes Spiel." Er kneift die Augen zu dreieckigen Schlitzen zusammen.

Hinter meinen Schläfen beginnt ein forderndes Pochen. „Wenn ich das alles nur verstehen könnte", entfährt es mir, und ich drehe mich ein paar Mal um meine eigene Achse. Ich sehe auffordernd zu Maria hinüber, doch sie reagiert nicht. Sie sieht aus, als könnte ihr im nächsten Moment etwas entgleiten, was mit Vernunft zu tun hat oder Beherrschung oder der Hemmung, jetzt und hier sofort um sich zu schlagen.

Ich unterdrücke ein Würgen im Hals und laufe zum Fenster, das ich aufreiße, um den Kopf in die abgestandene Abendluft zu tauchen, und ertappe mich dabei, wie ich nach unten schaue, die Straße entlangblicke, zusammenzucke, wenn ein rotes Auto in Sicht kommt. Meine Güte, das wird noch zur Obsession.

„Wir werden Omega kriegen", zischt Kurt, zieht ein Feuerzeug aus der Hosentasche und lässt es mehrmals klacken.

Das Geräusch wird von der Leere des Zimmers zurückgeworfen, kracht gegen meinen Schädel und fährt mir direkt ins Gehirn. Verdammte Nervosität. Dabei wäre es wichtig, einen klaren Kopf zu bewahren.

Kurt lässt das Feuerzeug wieder verschwinden und hebt beschwörend die Hände, steuert mit festen Schritten die Mitte des Raums an. Seine Stiefel hinterlassen kleine, kaum sichtbare Narben im Laminat. Der Ledermantel flattert um seinen Körper wie eine schwarze, glänzende Soutane. „Er spricht zu uns, wisst ihr?", verkündet er. „Omega", fügt er hinzu. Er sieht uns alle der Reihe nach an.

Maria richtet sich konsterniert auf, runzelt die Stirn und stammelt: „Woher ...? Das ..."

„Er – bitte was?", frage ich verwirrt.

„Satanael spricht", erwidert Kurt ganz leise, wiederholt schließlich: „Satanael spricht", und seine Stimme wird dabei lauter, dann wird er still und grinst selbstzufrieden.

„Was soll das sein?", frage ich und versuche neutral und unbeeindruckt auszusehen. „Und?"

„Ein Blog – im Internet", erwidert Kurt. „Das ist schon eine richtige Bewegung geworden. Sie treffen sich meist nachts, in irgendwelchen Hörsälen an der Heinrich-Heine-Universität. Sie verwenden ein Gemälde als Erkennungszeichen."

13

Mitten in der Nacht wache ich auf. Ich fühle mich stumpf, übermüdet und ausgetrocknet wie nach einer durchgemachten Nacht. Aber wovon bin ich aufgewacht? Von Geräuschen irgendwo in der Wohnung? Oder war da ein Schrei?

Mühsam krieche ich aus dem Bett, blicke durch die Dämmerung in Richtung Zimmertür. Im Flur schaukelt eine Fliege in einem Spinnennetz wie in einer Wiege. Sie wird noch einige Minuten durchhalten, denke ich, dann wird sich die Spinne nähern und der Fliege ihr Gift injizieren.

In der Küche stoße ich auf Maria. Sie hat kein Licht angemacht, sitzt völlig aufrecht auf einem Stuhl, als hätte sie einen Stock im Rücken. Sie hat eines meiner schwarzen T-Shirts übergezogen und trägt eine Boxershorts, die ebenfalls aus meinem Kleiderschrank stammt. Ich kaue auf abgestandenem, lauwarmem Speichel und will ihn ausspucken, doch da sehe ich, dass Marias Kopf nach hinten sackt. Ein Ruck scheint durch ihren Körper zu gehen.

„Maria", spreche ich sie an.

Sie antwortet nicht, und ich begreife, dass es am besten wäre, sie umgehend aus dieser Wohnung zu schaffen – dorthin, wo es so dunkel ist, dass sie keine Menschen und Autos sehen muss, oder ganz nach oben, weit entfernt von Düsseldorfs Straßen.

Ich schlage mit der flachen Hand auf den Lichtschalter neben der Tür, laufe zu ihr, gehe vor ihr in die Hocke und streiche ihr zwei Haarsträhnen aus dem Gesicht. Ihr rechter Arm zuckt, ein-, zweimal, bis ich ihn festhalte. Ob sie mich überhaupt wahrnimmt? Unbeholfen umgreife ich mit einer Hand ihre Hüfte und versuche sie in den Stand hochzuziehen. Sie sackt sofort weg, und ich lasse sie sanft auf den Stuhl zurückgleiten. Ich laufe zurück ins Schlafzimmer, ziehe mir so schnell ich kann Hose und Hemd über und stecke mein Smartphone ein. Ich ziehe meine Sneaker an der Garderobe an und nehme ihre mit. Dann kehre ich zu Maria zurück, streife sie ihr mühsam über und versuche es erneut. Jetzt gelingt es mir, sie so auf die Beine stellen, dass sie nicht umfallen kann. Zusammen taumeln wir zur Wohnungstür, und ächzend bugsiere ich sie die Treppe hinunter.

Draußen lehne ich Maria in den Winkel zwischen Haustür und Wand. Sie lässt es widerstandslos geschehen, nur ihr Kopf sackt immer wieder zur Seite wie bei einer weichen Puppe.

„Nach draußen, das wolltest du doch", spreche ich sie an.

Ihr Blick ist starr auf die andere Straßenseite gerichtet. Ich fasse ihren Arm, der mir eiskalt vorkommt, doch sie schiebt meine Hand zurück, presst den Körper noch stärker gegen die Hauswand und hält sich beide Hände über den Kopf, dann vor die Augen. „Manchmal sehe ich sie draußen, Blut an den Händen, am Kopf, aber dann sind sie wieder weg, einfach weg. Wie kommt das, dass ich sie so oft sehe, so oft?"

Ihre Stimme bricht, ihr Körper wird starr, und erschrocken frage ich mich, welche Bilder noch in ihrem

Kopf sind und sie immer wieder überwältigen. Verdammt! Der Teufel soll das ganze Haus hier holen, auch die Stille und die Dunkelheit und Marias starren Blick. Auch ihre leichenblassen Wangen, in die immer noch keine Farbe zurückgekehrt ist.

***

In einiger Entfernung ist ein lautes Geräusch wie bei der Fehlzündung eines Autos zu hören. Erschrocken zucke ich zusammen. Marias Sneaker patschen auf dem Asphalt. Sie nestelt an dem dünnen T-Shirt aus meinem Kleiderschrank, das an ihrem schmalen Körper herunterhängt wie ein Leichenhemd. Ihr Gang ähnelt der misslungenen Choreografie einer schlechten Schauspielerin, die nicht darauf achtet, wohin ihre Füße sie tragen, und die sich an der Fassade der Häuser abstützen muss. Und immer wieder ihre aufgeregten Blicke zu den parkenden Autos.

„Der Kapitän bringt den Tod", wispert sie heiser, während sie weiterläuft, hastig, tänzelnd wie ein Model auf Speed. Vor dem Café Ouzo bleibt sie stehen, betrachtet verwirrt die grünen Kacheln am Gebäude und biegt dann in die Pionierstraße ein.

Ich folge ihr, versuche mir ihr Tempo aufzuzwingen, obwohl ich schon wieder zurückfalle und beobachten kann, wie die seltsam mechanische Art ihrer Beinbewegungen ihrem Kopf den Takt vorgibt und oben und unten in seltsamem Gleichklang miteinander verschwimmen.

Von vorn nähern sich die Scheinwerfer eines Autos wie große traurige Fischaugen, die offenbleiben, bis sie an Land austrocknen und der Fisch jämmerlich verendet.

„Sieh mal", sagt Maria. Sie ist neben einer Café-Bar stehen geblieben, die den Namen „Philosoph" trägt, presst den Kopf gegen die Scheiben und kichert. „Dort sollten wir mal hingehen. ‚Philosoph' –das passt doch gut zu uns, oder?"

Ich nicke, versuche ein freundliches Gesicht zu machen, und zeige auf die Straßenbahn, die auf der Hüttenstraße an uns vorbeifährt.

Wir steuern auf ein Haus zu, das an ein altertümliches Bahnhofsgebäude erinnert. Passend dazu hängt eine Bahnhofsuhr über zwei runden Fenstern.

Maria läuft weiter auf der Hüttenstraße. „Keine Ahnung, wie Leute das aushalten." Sie ist vor einem Skaterladen stehen geblieben und zeigt auf das grell erleuchtete Schaufenster.

„Was aushalten?", frage ich mit flatterndem Atem.

„Dieses Weiß, in dieser Helligkeit. Siehst du das nicht?" Sie wedelt mit den langen Ärmeln meines Shirts, als wollte sie sich gleich in die Luft erheben und davonschweben.

„Ja", pflichte ich ihr bei, „zu hell. Eindeutig zu hell."

Es ist immer noch unnatürlich warm, selbst jetzt, weit nach Mitternacht.

„Als Kind habe ich mir vorgestellt, dass es irgendwo im Boden Löcher gibt, in die man hineinstürzt, dann immer weiter hindurchfällt und auf der anderen Seite der Welt wieder herauskommt", sagt Maria.

Wir schlendern zur Ecke Helmholtz- und Bunsenstraße. Unter dem Erker des Eckhauses bleibt Maria stehen, streckt eine Hand aus und berührt meine Finger.

„Satanael spricht, sagt dir das was?", frage ich und starre auf das Schild „Bunsenbrenner".

Marias Augen werden größer, dann runzelt sie die Stirn und schüttelt langsam den Kopf. „Kurt hat das erwähnt, oder?", sagt sie.

Schwarze Fliegengirlanden wogen um die trügerische Helligkeit einer Straßenlaterne. Etliche haben es schon geschafft, in das Gehäuse einzudringen, wo sie der Faszination des Lichts erlegen und zu einem dicken schwarzen Klumpen geworden sind, der an der Glühbirne hängt und immer weniger Licht nach außen durchlässt.

„Dieser Blog. Rico hat irgendwann einmal einen Blog erwähnt, aber nicht den Namen."

„Aber wenn die Leute weg wollten, warum dann dieser Blog?"

Maria dreht den Kopf nach links, überlegt und fährt sich mit einer Hand durch die Haare. „Etwas Neues, ein anderes Leben. Darum geht es, glaube ich, auch in dem Blog. Eine neue Welt."

„Eine neue Welt?", frage ich ungläubig. „Hört sich irgendwie verrückt an. Und noch dazu diese Drogen. Was …?"

Maria läuft einige Meter weiter und bleibt vor einem Haus mit der Aufschrift „Aikido-Zentrum Düsseldorf" stehen. Sie lehnt sich mit dem Rücken gegen die Fassade und lässt den Kopf zurücksinken.

„Eine Art Anfang war das", fährt sie fort, als ich neben ihr stehe. „Ein Anfang für die, die wirklich etwas anderes wollten – ein anderes Leben."

„Man nimmt also Tabletten, um ein anderes Leben zu führen, wie bei bewusstseinsverändernden Drogen?", frage ich.

„Rico hat immer behauptet, dass die Tabletten anders sind. Dass sie nicht nur auf das Bewusstsein wirken, sondern auch auf die Realität." Sie fährt sich mit einer Hand über den Kopf.

„Auf die Realität? Was soll das heißen, dass sich etwas hier ändert?" Ich zeige auf die Häuser, den Bürgersteig, die Straße.

„Er war davon überzeugt. Wie das funktionieren soll, hat er nicht gesagt. Ich habe ihn ein paar Mal damit aufgezogen. Er sollte die Drogen nehmen und mir dann alles schildern. Aber …" Sie zuckt mit den Schultern. „Er hat es nie gemacht. Sie haben ihm keine Drogen gegeben."

„Aber es kann sich ja eigentlich nichts an der Realität ändern, wenn ich Drogen nehme. Es kann sich nur etwas an meiner Wahrnehmung von der Realität ändern, meinem

Bewusstsein." Ich kratze mich mit einem Finger am Kinn. „Also, ich weiß nicht …"

„Ja, vielleicht." Maria beginnt, an den Fingernägeln zu kauen. „Aber vielleicht war damit auch etwas anderes gemeint, nicht diese Realität, sondern … Ach, ich weiß nicht. Hört sich verrückt an, oder?"

Ich nicke und nehme mir vor, nicht weiterzufragen.

„Aber Omega. Rico hat immer gesagt, dass wir alle Alpha sind. Dann gibt es nichts, und dann nur noch Omega." Sie sieht mich skeptisch an, schiebt die Unterlippe nach oben, wodurch sich Falten an ihrem Kinn bilden.

„Kein Gamma, kein Theta?", frage ich.

„Nein, nur Leere. Unbestimmte, unendliche Leere."

Ich presse die Finger gegen meine Stirn und massiere sie. Wo ist der Zusammenhang? Wozu dieser Blog? Oder sind das die kruden Gedanken eines Verrückten? Das Internet ist voll von Leuten mit einem kranken und zerrütteten Geist. Sie stilisieren ihre wahnhaften Theorien zu neuen Erkenntnissen hoch, suggerieren sich, intelligent zu sein und logisch zu denken, als würden sie die größeren Zusammenhänge durchschauen. Aber sie betreiben kein Labor oder stellen Drogen her und töten auch keine Drogenkuriere. Auch organisieren sie keine geheimen Veranstaltungen an einer Uni.

Eine dunkle Ahnung beschleicht mich. Ich denke an eine andere Welt, eine andere Ordnung, an eine Menschheit, die endlich aufwachen soll. Das, wovon viele der kranken Geister im Internet nur geschrieben haben. Vielleicht will Omega diese Pläne in die Tat umsetzen.

Ich atme laut hörbar aus. Zu viele Gedanken, zu viele Widersprüche. Mehr Informationen. Wir müssen einfach mehr herausfinden. Terzan recherchiert ja schon zur SIM-Karte und Pluto hat angekündigt, dass er etwas Neues herausgefunden hat. Er klang sehr aufgeregt am Telefon.

DIE DRITTE STUFE

„Vielleicht sollten wir ..." Maria zeigt auf die in regelmäßigen Abständen angebrachten Straßenlampen. „Hier kann uns jeder sehen."

„Zurück in die Wohnung?"

Sie nickt. Wir gehen auf die andere Straßenseite und stehen vor einer hässlichen grauen Mauer, an die riesige schwarze Buchstaben geschmiert sind.

„Erwacht", sinniert Maria. „Es sind erst ein paar erwacht, es müssen mehr werden", krächzt sie. „Das waren Omegas Worte, hat Rico gesagt."

Ich sehe sie fragend an. Wir stehen still nebeneinander, und langsam stiehlt sich das Scheinwerferlicht eines vorbeifahrenden Kleinlasters heran, betastet unsere Beine und umschließt uns dann für einen kaum wahrnehmbaren Augenblick.

„Weit weg", murmelt Maria, legt den Kopf in den Nacken und zeigt auf die Sterne am Himmel. „Wie viele Menschen wohl so weit weg sind von dieser Welt wie die Sterne da oben?"

„Man kann sich nur wegdenken, wirklich weg kommt man nur, wenn man tot ist." Ich fingere an der Rückseite meines Hemdes herum und betaste die nassen Stellen, die sich dort gebildet haben.

„Dann lass uns hier noch eine Weile stehen und uns wegwünschen", sagt Maria und legt einen Arm um meine Taille. Dann fingert sie eine Zigarette aus ihrer Hosentasche, zündet sie mit zitternden Fingern an und raucht in hastigen und kurzen Zügen.

Ich spüre, wie die Ungeduld meinen Adrenalinspiegel emportreibt. Kein Gedanke mehr daran, sich von der Müdigkeit betäuben zu lassen. Plötzlich verstehe ich, wie unglaublich kompliziert es in Marias Kopf zugeht, welche Mühe sie hat, ihre Gedanken zu ordnen, und wie gut es ihr tun muss, hier mitten in der Nacht keine Menschenseele außer mir zu treffen, obwohl sie alle da sind, im Hintergrund, aber abwesend, schlafend oder tot.

Maria reicht mir die fast aufgerauchte Zigarette, ich nehme sie mit den Lippen auf, als wollte ich etwas abbeißen, und rauche, bis es nicht mehr geht.

Maria zieht die Augenbrauen nach oben. „Du rauchst ja doch, ich dachte, du rauchst nicht."

Ich nehme die Zigarette aus dem Mund und starre sie an wie einen Fremdkörper. „Äh, ja, offensichtlich, ja, ist so eine Gewohnheit, eigentlich hatte ich aufgehört."

Maria grinst mich an. Dann wird ihr Gesicht plötzlich ernst. „Jonas, da ist …" Sie hebt den Zeigefinger. „Hörst du?" Sie zeigt in die Richtung, aus der wir gerade gekommen sind. „Jonas!" Ein kurzer verzweifelter Ausruf, sie hält die Fingerknöchel vor den Mund, beginnt darauf zu kauen.

Ich lasse die Zigarette auf den Boden fallen, trete sie aus, drehe dann den Kopf, gehe einige Schritte vor und dann wieder zurück, aber ich höre nichts.

„Wir müssen weg", röchelt Maria und sieht mich mit weit aufgerissenen Augen an. „Jonas!", bricht es erneut aus ihr heraus.

Ich will protestieren, doch sie reißt sich von mir los, läuft einige Meter, taumelt, stakst aber weiter, und ich kann nicht anders, als ihr erneut zu folgen.

„Jetzt haben sie also doch …!", kreischt sie, ohne mich zu beachten.

Hinter uns tauchen riesige Lichter auf, dazu ein aufheulender Motor.

„LAUF!", schreit sie.

Für einen Moment kann ich mich nicht bewegen, doch dann renne ich los, stolpernd, ungeschickt, falle fast hin, nur weg, weiter, Tempo aufnehmen. Ich haste, knicke kurz ein, schnaufe, rudere mit den Armen. Unbekanntes Licht von vorn, Widerstände. Noch ein Schritt, noch ein Sprung. Hinter mir lauter werdende Motorengeräusche.

Nur noch ein paar Meter. Verdammt, da vorn! Ich habe keine Luft mehr, doch ich muss rennen, einfach nur rennen. Eine laute Stimme dröhnt hinter mir. Ich verstehe nichts. Diese Kopfschmerzen. Als würde ein Stein fortwährend von oben gegen meine Schädeldecke geschlagen.

Urplötzlich ist Maria weg. Ich versuche, mein Tempo zu drosseln, mich zu orientieren, stolpere dabei und stütze mich japsend an einer Hauswand ab. Hektisch will ich zurückblicken, schaffe es aber nicht, verliere dabei fast das Gleichgewicht. Dann packt mich eine Hand, und ich taumele in einen kaum sichtbaren Durchgang zwischen zwei Häusern. Heftig keuchend bleibe ich stehen und kann kaum etwas erkennen. Das Motorengeräusch ist leiser geworden. Lauter geworden sind die Hammerschläge in meiner linken Brust.

„Eingesperrt" kommt mir sofort in den Sinn, als ich die hoch aufragenden Mietshäuser sehe. Nicht einmal das Mondlicht dringt ganz bis nach hier unten.

„Was …?", will ich sagen, doch es kommt nur ein geräuschvolles Ausatmen aus meinem Mund. „Was ist das hier?", versuche ich hinzuzufügen, doch das letzte Wort bringe ich nicht mehr heraus, ringe stattdessen wieder nach Atem und wedele wie blöd mit beiden Händen vor meinem Gesicht herum, als ließe sich mein Zustand so erklären.

Maria antwortet nicht, läuft stattdessen schnell zum anderen Ende des Innenhofs. Sie dreht immer wieder den Kopf in Richtung des Durchgangs. Ihr Gesicht ist nicht zu sehen. Sie steht in der Dunkelheit wie ein Gespenst.

Ich konnte solche Innenhöfe noch nie leiden und frage mich, wer unter den schäbigen Bäumen da drüben sitzen will. Das ist kein beschissenes Versteck, will ich Maria klarmachen, als in unmittelbarer Nähe eine Autotür zugeschlagen wird.

„Scheiße!", schreit Maria, als wäre ihr gerade erst klar geworden, wo sie sich befindet. Sie wendet das angstverzerrte Gesicht in alle Richtungen und zeigt auf eine Mauer einige Meter von uns entfernt.

DIE DRITTE STUFE

Ich ziehe den alten Plastikstuhl unter dem Baum weg und stelle ihn vor der Mauer ab. Blitzschnell schwingen wir uns auf die andere Seite, ziehen den Stuhl hoch und wuchten ihn umständlich über die Mauer, wobei er geräuschvoll gegen die Steine klackert.

***

Ich spüre Muskelzuckungen in meinen Waden und ein merkwürdiges Brennen und Stechen in den Unterschenkeln. Wir schwanken beide, trotzdem kommen wir gut voran, als würden wir uns hier auskennen, weichen großen Steinen, Schlaglöchern, Pfützen aus, selbst Kuhfladen, wie Wegmarken auf dem Feldweg unsinnig angebracht. Mir kommt in den Sinn, dass wir ein gutes Team abgeben, und ich überlege, ob es in Beziehungen nicht eher darum geht, gemeinsam der Scheiße des Lebens auszuweichen.

Hin und wieder blicke ich mich um. In einiger Entfernung hinter uns sind zwei Männer, die schnell näher kommen. Mühsam hetzen wir weiter, stützen uns, so gut es geht, und folgen dem mit Gras überwachsenen Feldweg, stürzen fast, als der Weg eine Kurve macht.

„Hier rein, schnell", keucht Maria einige Meter hinter der Kurve. Direkt neben einem freistehenden Haus ist ein kleiner Pfad aus Kieselsteinen, der in einen großen Garten mit knorrigen Bäumen führt.

„Warte", flüstert Maria, geht zurück auf den Weg, läuft ein paar Meter weiter, zieht den rechten Schuh aus und schleudert ihn so weit sie kann den Feldweg entlang. Dann kehrt sie humpelnd zurück, streift auch den zweiten Schuh ab, und hastet barfuß neben mir über den Rasen.

Es ist sinnlos, sich zu verstecken, denke ich. Sie werden alles absuchen, und dann finden sie uns. Aber ich stolpere trotzdem hinter Maria her.

Sie deutet auf den hinteren Teil des Gartens, wo undeutlich ein Gebäude zu erkennen ist. Oder sollten wir auf das angrenzende Grundstück fliehen? Wahrscheinlich laufen wir den Männern dann entgegen und es gibt keine Möglichkeit, sich zu verstecken.

„Ein Geräteschuppen", höre ich Marias heisere Stimme direkt vor mir.

Der Schuppen ist ziemlich groß, eigentlich ein Gartenhaus, das seine besten Jahre hinter sich hat. Die Tür ist sogar offen. Vorsichtig spähe ich hinein und stoße direkt gegen einen Rasenmäher. Viel ist im Dunkeln nicht zu erkennen. Links neben der Tür befindet sich ein kleines Fenster, daneben sind einige Regale angebracht, in den Ecken stehen Rechen, Spaten und einer dieser scheußlichen Laubbläser. Maria ist schon auf der rechten Seite halb neben einem Regal verschwunden und zieht mich mit sich. Der Geruch getrockneten Grases steigt mir in die Nase, doch es riecht auch nach verdorbenen Lebensmitteln und verbranntem Plastik.

„Hier kommen wir nicht mehr raus", keuche ich panisch, doch Maria schüttelt den Kopf und legt einen Finger an ihre Lippen. Ich versuche, ein Loch in die Dunkelheit zu starren und Marias Gesicht zu identifizieren.

Durch das kleine Fenster sind Lichtschimmer zu sehen, wahrscheinlich von einer Taschenlampe.

Eine laute, dunkle Stimme schreckt mich auf. „Sie müssen hier irgendwo sein." Wahrscheinlich sind unsere Verfolger schon in unmittelbarer Nähe. „Ein gutes Versteck", erwidert eine etwas hellere Stimme und klopft gegen die Tür des Schuppens.

Ich erstarre und presse mich noch fester gegen das Holz. In diesem Moment gibt eine der Latten hinter uns nach. Ein leises Krachen ist zu hören. Fahrig schiebe und drücke ich an der Latte herum, presse sie schließlich nach außen, und wir quetschen uns durch das Loch hindurch, während einer der Männer den Geräteschuppen betritt.

„Scheiße, du hattest sie doch schon fast", höre ich, schiebe hektisch an der Latte herum, doch sie lässt sich nicht mehr in derselben Position anbringen, wahrscheinlich ist ein Stück abgebrochen. Ich halte die Latte notdürftig an der Stelle fest, wo wir sie herausgebrochen haben, während von innen Schritte zu hören sind und ein Fluch, gleich darauf ein wütender Tritt gegen den Rasenmäher. Lichtkegel kreisen im Innern des Schuppens und zeichnen sich am Rand der Latte ab. Wenn ich jetzt unkonzentriert werde oder einen Krampf bekomme, sie nur einen Zentimeter bewege ... Besser nicht daran denken. Einige klobige Schritte ertönen direkt vor uns. Lautstarkes Atmen. Jemand schlägt mit der flachen Hand auf das Regal, dass ich zusammenzucke und beinahe loslasse. Nur nicht zu sehr verkrampfen, konzentriert sein, sachte, keine Kraft verschwenden.

„Also hier sind sie nicht", sagt wieder der mit der dunklen Stimme. Die Lautstärke fährt mir durch Mark und Bein.

„Wo sollen sie denn noch hin?", fragt der andere Mann.

„Sie sind weitergegangen", sagt jetzt eine dritte Stimme, laut und aggressiv, in einiger Entfernung. „Die Frau hat einen Schuh verloren."

„Die Frau", denke ich. Wissen sie denn nicht, wer die Frau ist?

„Dann haben wir sie", erwidert der Mann mit der dunkleren Stimme. „Nach zwei Kilometern geht es da nicht mehr weiter."

„Dann los, hinterher", stößt der zweite hervor.

Ob sie jetzt sofort auf den Feldweg zurückkehren? Ich ziehe an Marias rechter Hand und deute auf die Holzwand. Als wir schon die Latte zur Seite legen wollen, durchbricht plötzlich ein ohrenbetäubendes Klacken die Stille. Ich fühle, dass sich die winzigen Härchen auf meinen Armen aufstellen. Zwei, drei Sekunden später rieche ich Zigarettenqualm. Der Mann dreht mir den Rücken zu. Dann ein schrilles Telefonklingeln. Der Mann nimmt den Anruf entgegen. „Ja?", höre ich ihn sagen. „Wir machen mit ihnen, was wir besprochen haben", murmelt er dann.

„Ja, aber nicht sofort. Sie sollen ..." Er unterbricht sich. „Ja, ja, natürlich." Dann folgt eine Pause. Maria sieht sich hektisch um, doch wir können weder vor noch zurück. „Die Informationen ... Wir wissen ja längst ... Ja, natürlich, die Informationen waren korrekt. Er ... Ich weiß." Die Stimme des Mannes wird leiser. „Er ist doch bei ihnen. Da wird ... Natürlich, ich höre."

Irgendetwas kriecht meinen Rücken herunter, ein Käfer vielleicht. Ich will mich kratzen, laut aufschreien, das Tier zerquetschen, doch dann müsste ich die Latte loslassen. Ich zapple ein paar Mal, dann bin ich wieder still und horche auf das kehlige Husten des Mannes im Gartenhaus.

„Wir arbeiten weiter nach Plan." Wieder stockt er, bläst geräuschvoll Zigarettenqualm aus dem Mund und hustet. „Rico ist schon auf dem Weg?", fragt er dann.

Maria unterdrückt einen Schrei, kann nur mühsam ihre Hände zurückhalten und tippt ganz leicht gegen die Rückwand des Schuppens.

„Moment", unterbricht der Mann sein Telefonat, „ich meine, ich hätte da was gehört."

Stille. Absolute Stille. Wir trauen uns kaum zu atmen.

„Ja? Entschuldigung, ich weiß, dass ich ein Gespräch nicht einfach unterbrechen darf", fährt er fort. „Und Omega? Natürlich ... getötet wurde. Omega will ... Wir treffen uns dann später. Gruß den Erwachten."

Geräusche von Schritten im Gras, Worte, die ich nicht verstehe, schließlich knirschende Schritte auf dem Kies, und dann ist der Mann verschwunden.

***

„Meine Haut – fühl mal." Maria nimmt meine rechte Hand und presst sie auf eine kalte Stelle in ihrem Gesicht.

„Wie konnte es ..." Weiter komme ich nicht. Wo sind wir hier überhaupt? Offenbar auf einer größeren Straße, ein, zwei Kilometer entfernt von diesem Feldweg. Von unseren Verfolgern ist jedenfalls nichts mehr zu sehen.

DIE DRITTE STUFE

Aus dem Augenwinkel erspähe ich einen Brunnen. Ich stürze auf die Schwengelpumpe zu, hebe die Arme unter das eiskalte Wasser und halte auch meinen Mund unter den Hahn, bis ich das Gefühl habe, dass das Wasser wieder vom Magen in die Mundhöhle zurückschwappen will. Dann arbeite mich durch das unaufhörliche Brummen in meinem Kopf, versuche mich an verschiedenen Gedanken. „Der Mann eben – was hat er da über Informationen gesagt?", frage ich mit einem Kloß im Hals. „Welche Informationen meint er? Wie können die überhaupt gewusst haben, wo wir sind?"

„Was denkst du?" Maria bleibt stehen, hebt einen kleinen Stein vom Weg auf und schleudert ihn zwischen die Bäume.

„Sie haben uns aufgelauert." Ich presse die Lippen aufeinander, bis es schmerzt.

„Ich habe doch gesagt, dass Omega mich töten will", erklärt Maria.

„Ja, aber dass es so ...", stammele ich. So richtig glauben kann ich nicht, dass wir ihnen entkommen sind.

Maria geht langsam weiter, bleibt stehen und dreht sich um. „Omega ist überall. Er wusste sogar", sagt sie, aber ihre Stimme geht in ein Krächzen über, sodass sie sich kräftig räuspern muss, um dann laut und deutlich weiterzusprechen, „dass wir da unterwegs waren. Er weiß alles."

Ich schüttele heftig den Kopf. „Dafür gibt es bestimmt eine rationale Erklärung."

Über uns duckt sich der Rest der Dunkelheit vor den dunstigen Streifen des herannahenden Tageslichts zusammen.

„Oh nein." Maria wedelt heftig mit einem Finger vor ihrem Gesicht herum.

„Omega wird etwas erfahren haben. Diese Informationen, von denen der Mann gesprochen hat, das werden Informationen darüber sein, wo wir uns aufhalten und dass wir aus dem Haus gegangen sind."

Maria blinzelt in die beginnende Morgendämmerung. „Es muss jemanden geben, der ihn informiert hat, meinst du nicht?"

„Ja."

„Du wirst es ja wohl nicht gewesen sein." Sie kommt einen Schritt auf mich zu.

„Nein, natürlich nicht."

Sie starrt mir einige Sekunden ins Gesicht. Dann legt sie zwei Finger ans Kinn. „Aber wer? Wenn es so ist?"

Rötliche Lichtfäden schweben wie Spinnenbeine über den Häusern und bleiben als klebriger Schleier auf Dächern liegen.

„Rico wird dich schützen, er ist dein Bruder", sage ich.

„Man ist nirgendwo sicher, wenn der eigene Bruder hinter einem her ist. Es ist alles weg, weißt du, und auch ..." Abrupt dreht sie sich um und läuft einfach los, wechselt die Straßenseite, ohne auf die Autos zu achten. Ich haste hinter ihr her, versuche schneller zu werden. Aus irgendeinem Fenster kommt der Geruch nach frischem Kaffee. Schließlich bleibt Maria unter einer Brücke stehen, und als ich zu ihr aufschließe, lässt sie sich in meine Arme fallen. So stehen wir ein, zwei Minuten. Ich berühre ihre warmen Hände und überlege, ob ich mich jetzt bewegen soll und wie lange Maria diesen Zustand der Nähe aushält. Ich küsse sie sanft, und sie lässt es geschehen, entzieht sich dann doch und geht ein paar Schritte von mir weg.

Undeutliche Lichter wie von defekten Scheinwerfern dringen unter die Brücke vor. Schatten huschen kaum wahrnehmbar über Marias Wangen. Sie lächelt verlegen und tritt einen Schritt zur Seite, heraus aus dem Licht. Sie ist jetzt fast nicht mehr zu sehen.

„Wenn ich als Kind vor dem Regen unter eine Brücke geflüchtet bin", höre ich ihre Stimme aus der Dunkelheit, „habe ich immer gedacht, dass es hier gleich auch zu regnen beginnt. Ich glaubte, es wäre sinnlos, sich unterzustellen, denn der Regen würde mich nicht verschonen. Es gibt keinen Schutz, habe ich gedacht. So habe ich mich als Kind gefühlt. Ich habe mich nie untergestellt, Jonas, ich bin dann immer weitergelaufen, ganz gleich, wie stark es geregnet hat."

Ein aufflackerndes Streichholz beleuchtet für einen Moment eine Seite ihres Gesichts. Mir fällt auf, dass Maria den zweiten Schuh irgendwann weggelegt und zurückgelassen haben muss. Schattenzungen lodern über ihr Jochbein. Kleine fleckige Punkte erscheinen. Ich presse meine Lider über die Augen. Angespannte Hirnmasse im Dämmerzustand, denke ich, oder die Vorstufe zum Delirium. Maria bläst indessen laut Zigarettenrauch aus, atmet heftig, als wäre es die Vorstufe zu einem Weinkrampf.

Ich öffne die Augen wieder. „Satanael spricht", sage ich. „Lass uns doch mal nachsehen, was das ist."

Maria kommt näher und sieht mich verwundert an. „Jetzt?"

Keine zwei Minuten später habe ich den Blog „Satanael spricht" auf dem Smartphone gefunden.

„‚Für alle Erwachten und die, die es noch werden wollen'", lese ich vor.

Maria runzelt die Stirn.

„‚Angesichts des existenziellen Problems einer zukünftigen Welt'", lese ich, „‚erscheint der immer wieder laut werdende Ruf nach Vernunft ein klägliches Ritual, mit dem nur die Monokultur des Denkens immer wieder bestätigt wird. Die Hoffnung, noch mehr Rationalität werde gesellschaftliche Lösungen hervorbringen, wurde bereits durch praktisches Handeln widerlegt. Längst schon ist klar, dass das Zeitalter der Vernunft zum Untergang verurteilt ist, weil die aktuellen Probleme der Menschheit durch eben dieses in einer Vernunft verhaftete Denken hervorgebracht wurden.'" Ich sehe Maria fragend an.

„Ja, so hat Rico auch manchmal geredet. ‚Vernunft', hat er gesagt, ‚ist nur *ein* Teil, wir müssen zum anderen Teil des Denkens vordringen.'"

DIE DRITTE STUFE

„Warte, hier ist noch mehr. ‚Viele Anzeichen deuten darauf hin, dass die aktuelle Phase der Menschheit endet. Dazu wollen wir maximales Chaos schaffen, Verwirrung auf allen Ebenen. Endlich soll die Herrschaft von Menschen über Menschen durch eine allumfassende Verbesserung des Menschen überflüssig gemacht werden. Damit sollen endlich die versteckten Manipulationen der Elite ad absurdum geführt werden. Ihre Gewalt werden wir mit unserer Gewalt beantworten.'"

„Weiter. Steht da noch mehr?", fragt Maria begierig.

„Hier, lies selbst." Ich halte ihr das Smartphone vors Gesicht.

„‚Unsere Gesellschaft'", beginnt sie stockend und scrollt dann etwas nach unten, „basiert schon seit langer Zeit auf Lügen. Die Wahrheit wird beharrlich verborgen. Diese Erkenntnis ist so erstaunlich, wie sie einfach ist und aus leicht verständlichen logischen Schlussfolgerungen erhellt wird: Finanzen, Wirtschaft, Politik, Wissenschaft, Schulen und Universitäten werden mit Lügen aufrechterhalten. Diese Lügen werden durch ungeheuerliche Anstrengungen der Eliten zwangsbeatmet, weil man fälschlicherweise davon überzeugt ist, dass das System noch zu retten sei, obwohl unser Sterben schon längst begonnen hat. Um die andauernden, geheimen Pläne der Elite zu zerstören, sollten wir berücksichtigen, dass wir manipuliert werden und diese Manipulation überall ist, allumfassend und total. Es gibt keinen Bereich des Lebens, in dem wir nicht manipuliert werden. Wir lassen es uns nicht länger gefallen, dumm gehalten zu werden wie Vieh. Schließlich sind wir der höchste Souverän, und die Welt gehört uns. Wir weigern uns, länger nur Schlafende zu sein. Wacht auf, wacht endlich auf, erwacht, im Namen der Welt, in der ihr lebt. Wenn wir endlich erwachen, wird ein Sturm über diese Gesellschaft hinwegfegen, und das ganze auf Lügen gebaute System wird zusammenbrechen. Holen wir uns unsere Welt zurück, machen wir die Welt wieder zu unserer Welt. Wachen wir auf.'"

Sie hält inne und reicht mir das Smartphone mit versteinertem Gesicht zurück, schüttelt bedächtig den Kopf. „Ich habe das *so* in mir drin", zischt sie und schlägt sich mit der flachen Hand auf den Kopf, mehrmals, erst langsam, dann immer schneller und stärker werdend, sodass sie schon taumelt.

Ich nehme ihre Hand und unterbinde die nächste kraftvolle Bewegung. Hoffentlich hat sie sich nicht ernsthaft verletzt. Einige Meter von uns entfernt gehen ein Mann und eine Frau vorbei, verstört, ängstlich, doch keiner von beiden sagt ein Wort.

„Ein Spinner, oder?" Ich blase unsichtbaren Rauch aus meinem Mund. „Wer glaubt denn so einen Schwachsinn?"

Drüben prallen Sonnenstrahlen unbarmherzig auf den Bürgersteig. Die Sonne steht wie ein hässliches, matschiges Teiggesicht am Himmel, vor das sich jetzt Wolkenschlieren schieben wie Zigarettenrauch, der irgendwo aus dem Mund eines Riesen ausgestoßen wurde.

Maria denkt einen Moment nach. „Es waren viele, glaube ich. Vielleicht sind es inzwischen noch mehr. Sie sind überall, Jonas. Wir dürfen sie nicht unterschätzen." Sie flüstert die letzten Worte. „Nie, Jonas, niemals."

„Aber wie kommt Omega da ins Spiel? Moment." Ich stelle mich neben sie und zeige auf die kleine Schrift am unteren Ende der Webseite, tippe darauf. „‚Satanael weist uns den Weg – die Zeichen', steht hier unten. ‚Zeichen der Wahrheit', siehst du? Hier."

„Was ist das?", murmelt sie und vergrößert die Darstellung mit Daumen und Zeigefinger. „Eine Adresse. Hier, sieh", murmelt sie. „Galerie Luna. Wir sollten da sofort hin."

Sie will schon losstürmen, doch ich halte sie zurück. „Lass uns Pluto anrufen. Sicherheitshalber", sage ich und rufe die Telefonfunktion auf.

DIE DRITTE STUFE

***

Zwischen den parkenden Autos auf der anderen Straßenseite kreuzt eine kleine Gestalt auf, die heftig winkt.

„Pluto!" Maria bleibt abrupt stehen und zeigt auf ihn.

Ich spucke die Zigarette in hohem Bogen auf die Fahrbahn, als Pluto plötzlich „Jonas!" schreit. Ich winke ihm zu und schaue erschrocken auf die vorbeirasenden Autos, doch bevor ich „Pass auf" sagen kann, rennt er unvermittelt über die Straße.

Ohrenbetäubendes Quietschen von Bremsen, ein unbeherrscht gestikulierender Autofahrer, ein Gestank wie nach verbranntem Plastik, dann steht Pluto neben uns. „Verdammt", mault er. „Also, die Galerie …" Er keucht und beugt sich nach vorn.

„Ja, ganz ruhig", rede ich ihm zu. „Deshalb hatte ich dich angerufen. Was ist damit?"

Er setzt erneut an. „Ihr könnt sofort hin."

Ich schüttele verwirrt den Kopf. „Warum? Wir wollten gerade …"

„Professor Klinger wird da sein", unterbricht Pluto mich. „Ich brauchte nichts zu erklären, der Name des Gemäldes reichte."

„*Der* Klinger? Der zu Geheimnissen in der Malerei geforscht und dieses Buch geschrieben hat – über das unter der Mona Lisa liegende Gemälde?"

„Es gibt nur einen", kommentiert Maria. Sie kratzt Dreck unter ihren Fingernägeln weg und stammelt: „Wir können doch nicht … Wenn Rico dort auf uns wartet … Er bringt mich um, wenn er mich findet." Ihre Hände flattern wie aufgeschreckte Vögel. Ihr Blick ist unstet, und ihre Augen zucken.

„Klinger. Warum will sich Klinger mit uns treffen?", frage ich verständnislos.

Maria dreht sich um, stößt gegen einen älteren Mann mit einer Einkaufstüte, taumelt in Richtung der Tür einer Bäckerei. Mit zwei Schritten bin ich bei ihr, ziehe sie sanft zurück und reibe über ihre Handflächen, als könnte ich ihr so verlorene Lebensenergie zurückgeben, und wir gehen wieder zu Pluto.

„Nicht, wir dürfen da nicht hin", sagt Maria so leise, dass selbst ich sie kaum verstehen kann.

Pluto sieht uns fragend an.

„Doch, Maria, auf jeden Fall."

„Oh nein, nicht." Ihre Hände zucken durch die Luft. „Wenn …"

„Es wird nicht passieren. Klinger ist nicht Rico, verstehst du?"

Sie löst sich von mir, geht ein paar Schritte und beobachtet mich skeptisch. Jetzt sind ihre Augen lebendiger, aber wässrig. „Jonas, wir können nicht einfach da hingehen."

Ich weiß nicht, was ich ihr noch sagen soll.

„Wir sollten mehr über ‚Satanael spricht' erfahren", wende ich mich an Pluto. „Ein Blog", füge ich hinzu, als er die Stirn runzelt.

„Dazu recherchiere ich", verspricht er.

„Wir treffen uns später?", frage ich.

„Ja", erwidert er. „Wo, werde ich euch per SMS mitteilen."

„Terzan und Iris werden dann …"

„Terzan und Iris?", echot Pluto dazwischen.

„Iris ist … nun ja, meine Freundin. Ich habe euch doch von ihren Nachforschungen wegen der Seminare erzählt, aber vielleicht auch nur Reiner, weil du noch am Schreibtisch warst. Terzan ist jedenfalls ein alter Freund – oder vielleicht auch nicht, ich weiß es nicht. Übrigens, in dieser Wohnung haben wir eine SIM-Karte gefunden."

Pluto pfeift leise durch die Zähne.

„Mit einer eingeritzten Nummer", ergänzt Maria. Sie kommt wieder zu mir und lehnt sich an meine Schulter, als wären wir ein Paar. Sie scheint sich wieder gefangen zu haben.

„Ein Code, eine Nachricht?" Pluto fährt sich angespannt über die Glatze.

„Terzan habe ich deswegen angerufen, vielleicht findet er was", sage ich. „Iris kann uns bestimmt auch helfen."

„In Ordnung", murmelt Pluto. „Langsam brauchen wir mal Antworten."

„Also, gehen wir?"

„Du schaffst das, Maria, du schaffst das", sagt Pluto ruhig, und ich warte schon darauf, dass er „Alles wird gut" hinzufügt, aber zum Glück erspart er Maria diese Lüge.

***

Bestimmt ist es besser, nicht aufzufallen. Ich ziehe an Marias T-Shirt, worauf sie stehen bleibt und mich fragend ansieht. Ich bewege die Hände in einer Geste nach unten, als wollte ich etwas hinunterdrücken. Maria nickt, und wir zwingen uns, wie normale Fußgänger zu gehen, langsam, konzentriert und vorbei an den wenigen Leuten, die jetzt schon unterwegs sind.

Toll, denke ich, wieder ein Tag mit fiebriger Hitze, unaufhörlichen Schweißausbrüchen und hässlichen Sonnenblitzen.

„Wo soll denn hier eine Galerie sein?" Ich starre auf die Häuser am Rande der Straße und das kleine Wäldchen, das in unmittelbarer Nähe liegt. Unter einigen Büschen liegen eine Bierflasche und eine Papiertüte.

Maria wird plötzlich wieder schneller und geht im Stechschritt auf einige Gebäude zu. Ich versuche, die Hausnummern zu identifizieren.

In einiger Entfernung ist ein schwach erleuchtetes Schaufenster neben einem Hauseingang zu sehen. Ich haste vorwärts, doch Maria ist schneller, kommt vor mir an der kunstvoll mit blauen Eisenblättern verzierten Bank an. Ich steuere auf das trügerische Flackern zu, mit dem immer wieder neu in rötlicher Schrift „Galerie Luna" im Schaufenster aufleuchtet.

Der Anblick des Bildes ist nicht so schlimm, wie ich erwartet habe. Unübersehbar ist der durchdringende Blick. Auch erkenne ich jetzt die Flügel hinter der Gestalt,

monströs und bedrohlich. „Das ist es", bringe ich gerade noch heraus.
„Aus Raum 01.25?", führt Maria meine Gedanken fort.
„Was macht ... Warum?"
Ich muss kräftig schlucken.
„,*Luzifer* von Franz von Stuck'", lese ich laut vor. Maria nickt kaum merklich. „Und da unten, also in Frankfurt – hast du dieses Bild, ähm, ‚Luzifer', schon mal gesehen?", frage ich.
Maria kneift die Augen zusammen und greift sich mit beiden Händen an den Kopf. „Ich weiß nicht. Irgendetwas ... Ich erinnere mich nicht mehr."
„Du musst dich erinnern, Maria. Warum dieses Gemälde, warum Luzifer?", sage ich.
„Dieses Bild ist ein Erkennungszeichen, hat Kurt gesagt." Sie drückt einen Finger gegen die Scheibe.
„Es muss wichtig sein – verdammt wichtig", sage ich.
Kleine rote Punkte haben sich auf Marias Gesicht gebildet, vielleicht von der Anspannung. Sie hält die Arme krampfhaft an den Körper gepresst.
Hinter uns raschelt es, ein kurzes Lachen ist zu hören, ein unterdrückter Fluch. Ich drehe mich abrupt um und laufe an der Straße zurück zu dem kleinen Wäldchen. Im selben Moment erhebt sich eine Gestalt zwischen den Sträuchern, wahrscheinlich ein Mann, und hastet davon. Er hält die rechte Hand gegen den Körper gepresst, als wäre sie verletzt. Ich laufe hinterher, bleibe aber sofort stehen, als ich auf irgendetwas trete. Mein Blick fällt auf einen zusammengeknüllten Zettel am Boden. Ich hebe das Papier auf, ziehe es auseinander, gehe zurück zu Maria und zeige ihr den Zettel. Diesmal ist nur ein kleiner Kreis wie ein dicker Punkt abgebildet, darunter wieder ein Strich, sodass der Kreis sich ungefähr in der Mitte auf dem Strich befindet.

DIE DRITTE STUFE

„Noch so was – das dritte Zeichen", sagt Maria, dreht das Papier um, stellt es auf den Kopf und hält es sich ganz dicht vors Gesicht. „Jetzt haben wir schon drei Zeichen von einem Code", kommentiert sie, als wäre diese Aussage ganz selbstverständlich.

14

Im Büro wabert ein eigenartiges gelbes Licht wie bei einer mangelhaft ausgeleuchteten Filmszene. Außerdem riecht es nach altem Papier und Rost.

„Es muss etwas passiert sein, was mit dem Gemälde zu tun hat, sonst wären Sie nicht hier", sagt Klinger, der mit nach vorn gebeugtem Oberkörper hinter einem dieser weißen und schmucklosen Computertische sitzt, auf dem ein altersschwacher Ventilator vor sich hin röchelt. Durch ein offenes Fenster wabert heiße Luft zu uns herein. „Sie beide wirken ungemein erschöpft wie nach einer großen Anstrengung."

Rechts neben dem Professor steht eine Staffelei, über die ein schwarzes Tuch gespannt ist.

„Wir möchten mit Ihnen über das Gemälde *Luzifer* sprechen, deshalb sind wir hier. Und wenn Sie nicht ... also, wir waren vor ein paar Jahren in diesem Vortrag über die Geheimnisse der Malerei", beginne ich. Draußen liegt der Himmel über der Stadt wie ein blauer, makellos glatter Karton, der jeden Moment Feuer fangen kann.

Klinger nickt freundlich. „Das war in einer Ringvorlesung, richtig?" Er kneift die Augen zu. „Mit dem

Vortrag war ich an so vielen Unis. Aber Sie wollen ja ..." Er nimmt die Brille von der Nase und wirbelt sie ein paar Mal durch die Luft. Dann setzt er sie wieder auf. „Aber Sie sind ja wegen des Gemäldes hier. Es ist lange her, dass sich jemand dafür interessiert hat", murmelt Klinger. „*Luzifer* von Franz von Stuck, aus dem Jahr 1890."

Marias Blick wandert hektisch über die abgedeckte Staffelei. Ich nehme ihre Hände und drücke sie leicht zusammen, damit sie aufhören zu zittern.

„Franz von Stuck war einer der Stars der Kunstszene um die Jahrhundertwende", erklärt Klinger bereitwillig. „Bereits mit 25 Jahren war er ungemein populär, wurde aber auch sehr gefördert. Erfolgreich war er, weil er seine Bilder immer auf wenige bestimmte Personen konzentrierte. Außerdem traf er den Nerv seiner Zeit." Klinger zieht eine Schublade auf und bringt eine Pfeife zum Vorschein.

„Ein Maler der Gegensätze", sage ich.

„Wenn Sie so wollen. Er hat verschiedenste Sujets zusammengeführt – erotische, antike und religiöse Motive."

Klinger nimmt die Pfeife, die auf dem Tisch liegt, drückt den in die Pfeife gestopften Tabak mit einem Finger hinunter und zündet die Pfeife dann an. „Seine Bilder waren so radikal", murmelt er mit der Pfeife im Mund und beginnt zu paffen, „und neuartig, dass man zuerst keine Sprache hatte, um sie zu beschreiben. Die Quintessenz dessen, was seine Kunst darstellt, hat der großartige Hugo von Hofmannsthal sehr treffend zusammengefasst. Er bezeichnete Stuck als Mythenbildner inmitten einer furchtbaren Wirklichkeit."

„Bitte?" Maria sieht Klinger mit großen Augen an.

Klinger nimmt die Pfeife aus dem Mund und klopft mit ihrem Kopf gegen die Tischplatte. „Damit ist gemeint, dass Stucks Gemälde voller Schauer und Ahnungen, voller Rätsel jenseits des menschlichen Verstandes waren. Der Mensch kam bei ihm nur in Bildern des Mythischen vor.

Dabei waren seine Gemälde nicht nur voller gewaltiger Farben, sondern auch so unglaublich suggestiv, dass sie mühelos in die tiefsten Schichten der menschlichen Psyche eindrangen."

„Ich verstehe", gibt Maria zurück.

Von draußen fallen gelbe Lichtstrahlen in das Zimmer ein und explodieren förmlich vor unseren Augen, sodass Klinger nur noch als körperlose Silhouette zu erkennen ist, die einen Moment später vom Gelb pulverisiert wird. Ich halte mir eine Hand zum Abschirmen vors Gesicht und kneife die Augen zusammen, um überhaupt noch etwas zu erkennen.

„Stuck lebte in einer Zeit, die von ungeheuren Veränderungen geprägt war. Der zunehmende Einfluss der Wissenschaft führte dazu, dass der Mythos in den Hintergrund gerückt wurde." Auf Klingers Wangen sind winzige Krater zu sehen wie bei einem schräg angeleuchteten Mond – karge, trichterförmige Einsenkungen.

„Nun, warum Sie eigentlich hier sind ...", verkündet Klinger, steht auf und zieht das Tuch über dem Gemälde auf der Staffelei weg.

„Luzifer, genau", sage ich und stoße Maria leicht an. Plötzlich interessiert es mich nicht mehr, dass ich seit mehr als vierundzwanzig Stunden auf den Beinen bin und mir die stickige Luft in diesem Büro schon ein paar Mal die Kehle zugedrückt hat. Gemeinsam starren wir einen Moment auf die Dunkelheit, das hypnotische Schwarz und die furchtbaren grünen Augen Luzifers. Auf der linken Seite, direkt hinter Luzifer, sind die Flügel zu erkennen, die ich schon beim Bild im Schaufenster gesehen habe.

„Ein unglaublicher Blick, oder?", bemerkt Klinger. „Es sind glühende, fluoreszierende Augen, die ihm Stuck malte – eine Sensation für die damalige Zeit." Klinger zieht an der kleinen Kordel der Schreibtischlampe, und unter dem grünen Lampenschirm breitet sich ein flimmerndes, kaltes Licht aus, durch das es im Büro kaum heller wird.

Ich nicke. Maria sitzt wie erstarrt auf dem Stuhl. Sicher braucht sie noch einige Minuten, bis sie wieder etwas sagen kann. Ihr Kopf zuckt ein paar Mal, als würde sie von irgendwelchen Bildern oder Gedanken getroffen, die sie nicht einordnen kann. Es ist förmlich zu spüren, wie ihr Verstand arbeitet.

„Manche bekreuzigten sich damals, wenn sie an dem Bild vorbeigingen", erklärt Klinger.

„Die Leute hielten das Bild für gefährlich?" Marias Stimme klingt angespannt.

„Genau", erwidert der Professor. „Der Psychiater und Sexologe Richard von Krafft-Ebing schrieb, dass eine Überanstrengung durch das Gesehene im Bild *Luzifer* vor allem bei Frauen angesichts ihrer schwächeren Nerven zu Übermüdung und Hysterie führen könne." Seine Wangen röten sich. „Der amerikanische Psychologe Aldred Warthin", fährt er fort, „veröffentlichte 1894 einen Artikel, in dem er auf ‚Störungen des Organs des weiblichen Geschlechtes und ungehörige sexuelle Erregung' hinwies. Ausdrücklich hat er dabei auch dieses Gemälde von Franz von Stuck erwähnt."

Zwischen zwei keuchenden Schlägen des Ventilators ist es für einen Moment still.

„Lassen Sie uns das Gemälde doch genauer betrachten", durchbricht Klinger unser Schweigen und wendet sich an Maria. „Was sehen Sie?"

„Einen gefährlichen nackten Mann, der mich mit seinen Blicken durchbohren will", antwortet Maria.

„Es ist eine Steinbank, auf der Luzifer sitzt", erklärt Klinger. „Er wurde an den dunkelsten, schwärzesten Ort verbannt – in die Hölle. Er sitzt einfach da."

„Er scheint auf etwas zu warten", sage ich.

„Er lauert, er will etwas von mir", bemerkt Maria.

„Was sind die hellsten Elemente auf dem Bild?", fragt Klinger. Er greift nach einer Tasse Tee, die vor ihm auf dem Tisch steht, und nimmt einen kleinen Schluck. „Oder besser – schließen Sie die Augen und erzählen Sie mir, an was Sie sich erinnern."

„Die Augen, die glühenden Augen", sage ich sofort.

„Das Licht, dieser Lichtstrahl, und natürlich die Augen", sagt Maria.

„Dann sind Sie schon vom Bild ... sagen wir ..."

„... gebannt", beende ich den Satz für Klinger.

„Der glühende Blick fährt Ihnen ins Gehirn. Stuck hat in einem Interview mit der Kunstzeitschrift ‚Kunst für alle' zugegeben, dass genau das ihm besonders gut gefallen habe. Damit ist eine Verbindung zwischen dem Höllenfürsten und den Menschen entstanden, die so schnell nicht wieder abreißen wird. Eine Art Band." Klinger fährt sich nervös durch sein buschiges rotes Haar.

„Dieses Bild. Was würden Sie ...", setzt Maria an, bricht aber die Frage ab.

„Das Luzifer-Motiv diente immer wieder Menschen zur Identifikation – zur Kompensation zerstörter Sinnbezüge", erklärt Klinger. „Die damit verbundene Ablehnung vorherrschender Werte wurde als befreiend empfunden. So entstehen pathologische Machtansprüche, mit denen eine Leere der zuvor erfahrenen Verlorenheit ausgefüllt wird. Manche dieser zerrütteten Menschen wollen die Welt dann auch noch von ihren vermeintlichen Wahrheiten überzeugen.

„Ja, das passt – definitiv." Maria hat die Augen halb geschlossen.

Klinger fährt fort: „So schrieb Bruno Piglheim, der erste Präsident der Münchener Secession, dass Stucks Bild *Luzifer* für eine Rebellion gegen die den Menschen von Gott verliehene Vernunft stehe und die Skepsis gegenüber der zu seiner Zeit aufkommenden Wissenschaftsgläubigkeit darstelle."

„Eine Dekonstruktion der Vernunft?", frage ich, dehne die Pausen zwischen den Worten unnatürlich lange aus.

„So könnte man sagen", erwidert Klinger.

DIE DRITTE STUFE

„Dabei hat Gott den Menschen doch dazu einen Verstand gegeben, damit sie verstehen", bemerke ich hastig. „Vernunft, Aufklärung – das ist es doch, was uns Menschen auszeichnet. Vernünftige Überlegungen und Schlussfolgerungen. Sollten wir nicht vernünftig denken und handeln?" Meine Stimme überschlägt sich fast.

„Gott hat dem Menschen aber auch ein Denken in Verschwörungstheorien geschenkt. Daran lässt sich sehen, was Gott vom menschlichen Wunsch nach Verstehen hält und wie es um die menschliche Vernunft bestellt ist." Klinger lacht kurz und trocken auf.

„Und", beginnt Maria und zögert einen Moment, „Pluto hat gesagt, er hätte Ihnen nur den Namen des Gemäldes nennen müssen ..."

„Pluto, – ist das der Mann, der mich angerufen hat?", fragt Klinger. Ich nicke, und Klinger schaut mich aus seinen kleinen braunen Augen aufmerksam an. „Normalerweise fahre ich nicht morgens um sieben Uhr nach Düsseldorf, um etwas über ein Gemälde zu erzählen. Und noch dazu Helen aus dem Bett zu holen."

„Helen?", frage ich.

„Helen Rinck, die Frau, die Sie hereingelassen hat", präzisiert Klinger. „Es gibt einen guten Grund, warum ich hier bin." Er deutet theatralisch auf das Gemälde, verschiebt die Staffelei, als könnten wir die Details des Bildes dann besser sehen. „Es gibt eine zweite Version davon."

Ich rücke unruhig auf dem Stuhl hin und her. Maria will etwas sagen, doch ich komme ihr zuvor. „Ist das hier ..." Ich deute unsicher auf die Staffelei mit dem Bild.

„Eine originalgetreue Reproduktion, die wir bei Beltracchi in Auftrag gegeben haben", erwidert Klinger.

„Dem genialen Meisterfälscher!", rufe ich überrascht aus.

Klinger nickt. „Die einzige Arbeit von Beltracchi, bei der er sich darauf einließ, ein Gemälde perfekt zu reproduzieren." Als er sich mit der rechten Hand linkisch über den Kopf fährt, wirkt sie wie die verkrüppelte Kralle eines Greifvogels. „Es gibt Hinweise auf ein zweites Gemälde *Luzifer* in Papieren aus dem Nachlass von Franz von Stuck, die aber erst vor einigen Jahren gefunden wurden. Und dabei handelt es sich nicht um eine Kopie, bei der Details verändert wurden. Das Bild ist exakt so wie das Original, man müsste also sagen, dass es zwei Originale gibt. Es ist nicht klar, ob das zweite Gemälde von Stuck stammt oder von einem seiner Kollegen von der Münchener Secession."

„Und das Bild unten im Fenster? Es wirkt so echt", bemerke ich.

„Ja, das denken viele, das ist ein Poster, nicht mehr, da muss ich Sie leider enttäuschen." Klinger fährt sich mit einer Hand durch die roten Haare.

„Uns ist das Bild schon einige Male begegnet", erkläre ich. „Es ist offenbar sehr wichtig für eine Organisation."

„Was für eine Organisation?" Klingers Mundwinkel sind herabgezogen und er kneift die Augen zusammen, wie um sich zu konzentrieren. Er schaltet die Schreibtischlampe wieder aus.

„Das wissen wir nicht genau", antwortet Maria. „Es gibt ... ein Labor, in dem ..." Sie hält inne.

Klingers Hand ist über der Teetasse erstarrt. „In der Unterwelt?", fragt er unvermittelt.

„Genau", entgegnet Maria mit gedämpfter Stimme.

„Dann ist es schlimmer, als ich gedacht habe." Klinger legt die noch rauchende Pfeife zwischen einigen Papieren ab. Ein Krümel rot glühender Tabak fällt heraus, ein kleiner Rauchfaden entsteht, und zurück bleibt ein winziges Häufchen Asche. Klinger nimmt die Pfeife wieder in die Hand und deutet mit dem Pfeifenkopf auf das Bild. „Die Unterwelt. Da ist sie, die Unterwelt."

Maria legt den Kopf zwischen die Hände und reißt die Augen weit auf. „Aber wozu diese Galerie? Was machen Sie eigentlich hier?" Sie presst die Arme eng an den Körper.

„Ein sicherer Ort für die Forschung. Niemand käme auf die Idee, dass sich hier wertvolle Kunstwerke befinden. Kaum jemand kennt die Galerie Luna, und niemand verirrt sich in diese Gegend. Wissen Sie, es gibt immer Leute, die in den Bildern mehr sehen als Kunstwerke – die in ihnen Zeichen erkennen, Symbole einer anderen Welt. Es gibt da einige Bilder mit einer besonderen Geschichte, und manchmal versucht jemand …" Er fährt mit seiner Pfeife durch die Luft. „Wir hatten es schon mit Wahnsinnigen zu tun." Klinger nickt bedeutsam. „Doch mit diesem Gemälde …" Er deutet erneut auf die Staffelei. „… ist es anders, weitaus – wie soll ich sagen – gefährlicher." Das Gesicht des Professors ist merklich ernster geworden. Für einen Moment reißt er die Augen weit auf, dann nimmt er sich zusammen, rückt aber unruhig in seinem Sessel hin und her.

Aus einem der vor dem Fenster stehenden Birken segeln zwei grüne Blätter in fast waagerechter Position dem Boden entgegen.

„Unbekannt ist die Galerie nicht mehr", informiere ich den Professor. „Sie wird in einem Blog genannt."

„Bitte?" Klinger nimmt die Pfeife in beide Hände, als wollte er sie zerbrechen.

„In einem Blog namens ‚Satanael spricht'", sage ich.

Klingers Gesicht wird seltsam starr wie bei einer Gesichtslähmung. „Satanael", knurrt er, „ausgerechnet. Nach einer Legende war Satanael der oberste aller Engel. Er wusste ebenso viel wie Gott, durfte das Wissen aber nicht anwenden, sondern sollte es nur schützen. Er wollte jedoch mehr, wollte sein wie Gott. Eine Hybris. Satanael heißt übersetzt ‚Ich bin wie Gott'." Klinger lässt gedankenverloren die Finger durch die Zettel auf dem Schreibtisch gleiten. „Nach dieser Legende soll Satanael die Menschen auf der Erde abhängig machen, indem er ihnen eine Scheinwelt vorgaukelt. Dieser Blog …" Ein Tropfen Speichel wird am rechten Mundwinkel des

Professors sichtbar. Er wischt ihn schnell mit dem Handrücken ab.

„Eine Scheinwelt – genau das wird den Lesern des Blogs versprochen", sage ich. „So war es doch, Maria, oder?"

„Wer diesen Blog geschrieben hat, glaubt, dass es etwas hinter den Dingen gibt, was uns verborgen ist, was er aber kennt", versetzt Maria. „Er schreibt, dass das ganze System in dieser Gesellschaft auf Lügen basiert. Wahrheit – er verwendet das Wort Wahrheit."

„Sehr charakteristisch. Wahrheit suggeriert etwas Absolutes. Versprochen wird ein überlegenes Wissen, das die erreichen können, die sich der Person, dem Wissenden, anschließen, in diesem Fall Satanael, der sich dadurch natürlich selbst erhöht. Dies ist ein Kennzeichen narzisstisch gestörter Persönlichkeiten. Manche von ihnen glauben auch, dass nur sie selbst bestimmte Zusammenhänge durchschauen, weil sie über eine besondere Intelligenz verfügen. Auch Satanaels Wahrheit ist nur ein Schein, eine Lüge, denn es gibt keine zweite Welt hinter der realen Welt", sagt Klinger.

„Die Galerie steht in diesem Blog unter dem Zeichen der Wahrheit", erkläre ich, und Klinger nickt. „Satanaels Anhänger sollen einen Weg der Wahrheit beschreiten, und dazu gibt es verschiedene Hinweise."

„Wie viele Hinweise finden sich bisher auf dem Blog?"

„Bisher nur einen. Den Hinweis zur Galerie Luna."

„Dann ist es hier nicht mehr sicher. Wahrscheinlich werden sie kommen."

Das reflektierende Sonnenlicht brennt über Klingers Kopf und erschafft bizarre geometrische Reflexe in seinen roten Haaren. Vom Lampenschirm der Schreibtischlampe hat sich eine Spinne abgeseilt. Sie hängt an einem Faden, der aber nicht zu sehen ist, sodass es scheint, als schwebe sie in der Luft.

„Wer wird kommen?", fragt Maria nervös.

DIE DRITTE STUFE

„Es gibt Leute, die sich für diese besonderen Gemälde interessieren. Verwirrte. Verrückte." Klinger verstummt. „Die Galerie ist nicht mehr sicher", wiederholt er dann, steht abrupt auf und schließt das Fenster. „Und die Organisation? Sie haben eben eine Organisation erwähnt." Er zieht ein paar Mal hastig an der Pfeife.

„Wir wissen fast nichts, wir haben nur eine eingeritzte Nummer auf einer SIM-Karte gefunden", erkläre ich. „Dann gibt es rätselhafte Büros, die aber nur kurz genutzt werden, und jemanden, der nicht in Erscheinung tritt, aber angeblich überall ist."

„Das deutet klar auf eine Inszenierung hin. Es geht um Symbole, um Mythen." Klinger zieht die Pfeife aus dem Mund und schlägt sie ein paar Mal gegen die Tischkante. Ein Ruck geht durch die Spinne, die sich blitzschnell nach oben hangelt und unter dem Lampenschirm verschwindet. Gedankenverloren schaltet Klinger die Lampe auf dem Schreibtisch wieder an.

„Wir haben rätselhafte Zeichen gefunden", rede ich weiter, nehme ein leeres Blatt vom Schreibtisch und zeichne mit einem Kugelschreiber zwei Kreise und einen Strich auf den Zettel.

Klinger nimmt das Papier, betrachtet die Zeichen und massiert sich mit zwei Fingern und dem Daumen das Kinn. „Symbolik, zweifellos", murmelt er.

„Insgesamt drei Zeichen." Maria deutet hektisch auf den Zettel, den Klinger in der Hand hält. „Und das ist eines davon."

„Da kann ich Ihnen leider nicht helfen, aber es ist gut, dass wir uns hier getroffen haben", brummt Klinger. „Zeichen, überall Zeichen. Und die hängen mit diesem Gemälde zusammen?"

„Ja", antworte ich. „Die ersten waren in einem Raum, in dem eine Reproduktion von *Luzifer* hing."

Klinger streckt einen Zeigefinger aus. „Veränderungen, Gefahren, und die haben mit dem zweiten Original von *Luzifer* zu tun. Nicht umsonst gibt es im Nachlass von

Stuck eine kurze Notiz, dass dieses Bild auf jeden Fall vernichtet werden soll. In der Notiz finden sich mehrere Kreuze, zehn oder zwanzig Stück, die wahrscheinlich für Tod und große Gefahr stehen. Sie wurden hastig und mit großer Anstrengung hingekritzelt. Stuck hat außerdem noch kaum lesbar die Worte ‚Gott steh uns bei' auf den Zettel geschrieben."

Die Spinne fällt wie ein Stein auf die Bodenplatte der Lampe. Sie zuckt nicht einmal mehr.

15

Als ich die Haustür aufschließe, kommt aus dem dunklen Flur eine Gestalt auf mich zu. Vor Schreck lasse ich das Paket Toast, das ich in einer Armbeuge trage, fallen und will das Haus schon wieder fluchtartig verlassen, als ich im fahlen, von draußen hereinfallenden Licht Iris' zarte Gesichtszüge erkenne.

„Du hast mich erschreckt", beschwere ich mich und hebe verlegen den Toast vom Boden auf.

Iris ignoriert meine Bemerkung. „Jonas, hast du einen Moment?", fragt sie zögerlich und zieht mich von der Haustür weg.

Ich schalte das Flurlicht an, das wie Wetterleuchten über mich herfällt. „Willst du nicht mit nach oben kommen?", frage ich sie.

Sie schüttelt heftig den Kopf. „Ich weiß doch, was hier läuft", schnaubt sie. „Du meldest dich nicht mehr. Wegen dieser Maria." Das letzte Wort stößt sie wie einen heißen Brocken aus dem Mund.

„Iris, ich bitte dich. Maria braucht Hilfe, und ich helfe ihr, du doch auch." Ein paar vernünftige Bemerkungen, das sollte reichen, denke ich. „Ich habe dir doch erzählt, dass ich sie aufgenommen habe. Wo soll sie auch sonst hin?"

Iris wartet einen Moment, ob ich noch etwas hinzufüge, dann kneift sie die Lider zusammen, dass ihre Augen nur noch zwei schmale Schlitze sind. „Und die kleine blöde Iris soll dir das abnehmen? Glaubst du, ich bin so doof?" Sie baut sich vor mir auf und tippt mir mit einem Finger auf die Wange. „Denkst du das?", setzt sie lauter hinzu. „Denkst du das wirklich?"

Ich schüttele heftig den Kopf, stammle ein Nein, trete zwei Schritte zurück und taste hinter mir die Wand des Hausflurs ab.

„Du bist verdammt oft mit ihr zusammen, und lange. Sie wohnt bei dir!", blafft Iris mich an.

„Also, ich weiß nicht, das …", murmele ich.

„Und da soll nichts laufen zwischen euch?", unterbricht sie mich laut. Ihre Wangenmuskeln zittern. Sie zieht die Brauen zusammen, als wollte sie mich mit einem scharfen Blick durchbohren.

„Wenn du denkst, also … sollten wir …, wir könnten, ich meine … nicht mehr so oft sehen, bis … Also, für mich ist das auch anstrengend, weißt du? Ich kann nicht …" Meine Güte, was für ein Stottern, und ich spreche viel zu schnell.

Für einen Moment stütze ich mich mit der Hand an der Wand hinter mir ab.

Iris atmet hörbar ein und aus. „Nach allem, was wir …" Sie wühlt mit einer Hand durch ihre halblangen, blonden Haare. „Du Arsch!", faucht sie, und obwohl sie leise spricht, klingen diese beiden Worte viel gefährlicher als ihr Wutausbruch.

Ich kratze mich fahrig im Gesicht. „Wir können ja …", bringe ich heraus, aber dann sage ich nichts mehr, weil Iris mich böse anfunkelt.

Sie holt ein Taschentuch hervor und schnäuzt sich geräuschvoll.

DIE DRITTE STUFE

„Du", murmelt sie. Ihr Gesicht ist plötzlich unglaublich steif, als würde sie mühsam etwas unterdrücken, vielleicht einen Schrei. „wir haben aber doch so viel ... Ach Mensch, Jonas." Jetzt laufen Tränen über ihr Gesicht, die sie mit einer Hand abwischt, aber es kommen noch mehr. Sie versucht, ein Schluchzen zu unterdrücken. „Bitte", sagt sie weinerlich, „nicht Maria. Lass uns wieder ..."

„Iris, da ist gar nichts mit Maria."

Sie tritt an mich heran, nimmt meine Hand und legt sie an ihr Gesicht, führt sie langsam über ihren Mund und ihre Nase und küsst dabei jeden einzelnen Finger.

„Iris, bitte", sage ich und ziehe die Hand zurück.

„Jonas, bitte, lass uns einfach so weitermachen. Es soll alles so bleiben, okay?" Ihre Stimme ist kaum noch zu hören. „Bitte, Jonas, okay? Das kannst du doch nicht machen."

Ich suche nach Worten. „Vielleicht ...", beginne ich, aber ich weiß, was ich auch sage, Iris wird es wahrscheinlich sowieso falsch verstehen. „Nein", sage ich schließlich einfach nur.

Die Gesichtszüge entgleiten ihr, und ein paar weitere Tränen laufen ihr übers Gesicht. „Bitte", flüstert sie noch einmal flehentlich.

Ich schüttele den Kopf. In diesem Moment geht klackend das Flurlicht aus und ich sehe nur schemenhaft, wie Iris sich wortlos umdreht, die Haustür öffnet und nach draußen geht.

16

„Es ist ein Schiff." Terzan kauert vor dem Whiteboard, das wie ein Flügelaltar aufgeklappt ist, und klopft auf die mit einem roten Marker angebrachte siebenstellige Zahl, vor der ein „I" steht.

Über mir das Surren von gleißend hellen Neonröhren, ein starker Geruch nach Reinigungsmitteln. Im Konferenzraum ist es so warm, als hätte jemand die Hitze von draußen hineingetrieben und tagelang eingesperrt.

Plutos Gesicht glänzt rosig im Schein der durch die Fenster scheinenden untergehenden Sonne. Seine Augen sind dunkel gerändert, er drückt zwei Finger gegen die geschlossenen Lider.

Ich schlucke angestrengt. Gut, dass wir uns eben ausgetauscht haben. Viele Informationen auf einmal, aber jetzt haben wir wenigstens alle denselben Wissensstand, nur Reiner nicht, der nicht gekommen ist. Nervös drehe ich den Kopf.

Terzan sieht mich aufmerksam an.

„Ja?", frage ich, um ihm zu signalisieren, dass er weiterreden kann.

DIE DRITTE STUFE

Terzans Hose schlackert um seinen Unterleib wie ein ausgebeulter Sack. „I 7463918", liest er vor. „Der Buchstabe I, auf den zwei weitere Zeichen folgen müssten, denn zwischen dem I und der 7 wurde für genau zwei weitere Zeichen Platz gelassen. Leider können wir die anderen Buchstaben auf der SIM-Karte nicht erkennen."

Pluto wirbelt mit der rechten Hand durch die Luft. „Aber das wissen wir doch gar nicht", protestiert er. „Es kann sich doch auch um neun Ziffern handeln. Also I und …"

„Möglich", unterbricht ihn Terzan und lässt zwei Whiteboardmagnete durch seine Hände gleiten, „aber ich weiß nicht, also, wofür soll die Zahl dann stehen?"

Pluto schüttelt vehement den Kopf.

„Nehmen wir doch einfach mal an, dass es sieben Ziffern sind", sage ich.

Terzan nickt dankbar in meine Richtung. Dabei hat er wieder dieses fast unverschämt selbstsichere Grinsen, das ich ihm längst nicht mehr abkaufe. Als er lässig einen Schritt zur Seite machen will, stößt er gegen das Whiteboard und lächelt verkrampft. Verdammt, hoffentlich hat er nichts genommen, kommt es mir in den Sinn. Er hat mir mal erzählt, er könne nur richtig freundlich sein, wenn er gekokst habe. „Dann fließt es aus mir heraus, als würde ich auf das Meer hinausschwimmen und wissen, dass mir nichts passieren kann", hatte er behauptet.

Ich grabe meine Fingernägel in die Maserungen des Holztisches. Iris räuspert sich mehrmals, obwohl sie gar nichts sagen will. Vielleicht ahnt sie, was mit Terzan möglicherweise los ist.

„Terzan!", rufe ich ihm ungeduldig zu und umklammere das kühle Metall des hässlichen Chromstuhls, auf dem ich sitze.

Erst scheint er mich gar nicht zu bemerken, dann winkt er mir mit der linken Hand lässig zu. „IMO, International Maritime Organisation. Jedes Schiff erhält eine siebenstellige Nummer, die zur eindeutigen Identifizierung dient und so etwas ist wie die Fahrgestellnummer beim Auto."

„Und da bist du sicher?" Ich habe meine Zweifel.

„Ein Cousin von mir arbeitet bei einer Reederei in Hamburg. Er hat mich darauf gebracht. Die IMO-Nummer." Terzan heftet die Magnete an die Klappwand und zieht den Marker aus der Hosentasche.

Iris zieht mit einem Ruck ihren Stuhl noch näher an den Tisch. Ich versuche, in ihrem Gesicht zu lesen, ob sie noch sauer ist.

Terzan ergänzt die Buchstaben M und O zwischen dem I und der 7 und fügt „Nordic Vigor" hinzu. „Eine Schiffsdatenbank, sicher", sagt er. „Die Nordic Vigor, ein ‚General Cargo Ship', hat die IMO-Nummer 7463918. Es fährt unter der Flagge von Panama." Unruhig geht er vor dem Whiteboard auf und ab, senkt den Kopf und starrt uns treuherzig an wie ein Hund, der auf seine Belohnung wartet.

„Gut, klingt überzeugend", sagt Pluto.

„Aber warum ein Schiff?", hake ich nach.

„Vielleicht um diese Leute zu transportieren, zum Beispiel von einer Grenze aus", entgegnet Pluto.

Maria sieht mich nachdenklich an. „Grenze. Rico hat was von einer Grenze erzählt."

„Flüchtlinge, die an einer Grenze nicht weiterkommen und dort aufgegriffen wurden, sollen Versuchsobjekte geworden sein?", frage ich skeptisch.

„Sie wollten weg. Alle wollten sie weg." Marias Stimme ist wieder leiser geworden. „Daran kann ich mich genau erinnern."

„Aber das verstehe ich nicht." Langsam bin ich genervt. „Flüchtlinge? Für irgendwelche Versuche? Okay, aber warum? Von denen will doch niemand weg." Ich merke, dass ich immer lauter werde. „Sie sind ja bereits geflüchtet und angekommen. Flüchtlinge wollen in dem Land bleiben, in das sie geflüchtet sind."

„Erinnerst du dich, wohin sie wollten, Maria?", fragt Iris sanft. „Und warum diese Drogen?" Sie schaut erst Maria, dann mich an, ganz freundlich, als wäre nichts gewesen.

„Denk nach, Maria, wir müssen das wissen", drängt Pluto.

„Verlorene, und diese Müdigkeit, diese Trauer in ihren Gesichtern. Anstrengung."

Wie blass Maria ist, denke ich, wie eine dieser Steinfiguren, die einen in der Kirche ganz starr und kalt anstarren, wenn man an ihnen vorbeigeht, sodass es sich anfühlt, als würde einem das Blut in den Adern gefrieren.

„Du weißt nicht sicher, ob es sich um Flüchtlinge gehandelt hat. Sprachen einige von ihnen vielleicht Arabisch?", hakt Pluto nach.

Maria schüttelt langsam, aber bestimmt den Kopf.

„Vielleicht wurden mit der Nordic Vigor keine Menschen transportiert, sondern Drogen." Terzan spricht auf einmal langsam und schwerfällig, obwohl seine Augen blitzen und er die Mundwinkel nach oben zieht – ein großer Junge, der Spaß daran hat, ein Rätsel zu lösen.

„Also gut, nehmen wir mal an, dass es sich um ein Schiff handelt." Pluto steht auf, läuft zum Whiteboard und nimmt Terzan den Marker aus der Hand. Er zeichnet Rechtecke auf das Whiteboard.

Für einen Moment ist es so ruhig, dass wir Marias Atemzüge hören.

„Wir haben Folgendes", sagt er und zählt auf: „Den Blog ‚Satanael spricht', Professor Hans Keune, Raum 01.25, diese Treffen an der Heinrich-Heine-Universität, das Labor, Omega, das Gemälde, die Drogen – alles Elemente, zusammenhängende Bestandteile eines größeren Ganzen, dem wir uns über diese Elemente, die ich hier als Rechtecke hinzeichne, nähern können." Er blickt kurz zu Maria, die nickt.

„Darüber, wie alles zusammenhängt, und dann ordnen wir die Informationen dazu", sinniert Terzan.

DIE DRITTE STUFE

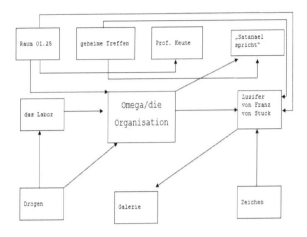

„Genau, Terzan." Pluto erstellt mit Linien und Pfeilen ein Cluster aus den Rechtecken. „Wir erschließen uns das System der Organisation. Also – Omega, das Gemälde und das Labor sind von zentraler Bedeutung, deshalb sollten wir diese in der Mitte platzieren." Er bezeichnet die drei Rechtecke im mittleren Bereich des Whiteboards mit „Omega", „Luzifer" und „das Labor".

Fünf Minuten später lässt er seine rechte Hand über zehn Rechtecke federn. Zu den drei Elementen in der Mitte sind sieben weitere dazugekommen. Dazwischen gehen Pfeile von einem Rechteck zum anderen.

„Wir wissen", fasst er zusammen, „dass fast alle diese Elemente irgendwie mit einer Ablehnung der Vernunft in Verbindung stehen, was du, Jonas, als Dekonstruktion der Vernunft bezeichnet hast."

„Richtig, jedenfalls hat es Professor Keune so ausgedrückt. Vielleicht sind damit Mythen gemeint, wie sie Franz von Stuck gemalt hat. Dann gibt es noch diese Tabletten, die Menschen verändern, sie wegführen, weil sie in irgendeiner Weise fliehen wollen. Mit einer auf Vernunft gegründeten Entscheidung hat das nichts zu tun."

„Vernunft – niemandem da unten ging es um vernünftiges Handeln", klinkt sich Maria ein.

„Aber wir reden die ganze Zeit über Vernunft und Rationalität. Wir sollten das näher beschreiben", sagt Iris.

„Vernünftiges Handeln ist logisch-kausal", setze ich an, „und bedeutet, dass dem Handeln ein Wollen und ein Urteil zugrunde liegen."

„Wenn man vernünftig handelt, ist man sich der Hintergründe seines Handelns und des Zwecks dieses Handelns bewusst", ergänzt Maria.

„Was ließe sich daran kritisieren, oder welches Handeln wäre unvernünftig?", wirft Terzan ein.

„Unvernünftig ist ein Mensch, wenn er zu egoistisch handelt oder die gültigen Gesetze nicht mehr beachtet", sage ich.

Terzan beobachtet mich abwartend, runzelt verwirrt die Stirn, aber ich bin in diesem Raum am weitesten von ihm entfernt und nicht bereit, die Distanz zwischen uns irgendwie zu überbrücken, auch nicht durch eine Geste oder ein freundliches Wort.

„Und wer Tabletten nimmt, um ein anderes Leben zu führen, handelt egoistisch?", fragt Iris.

„Omega handelt so", sagt Maria. „Die Menschen, die wegwollten, waren ... unvernünftig." Maria zündet sich eine Zigarette an, zieht zweimal daran und hält sie gegen das Licht, um dann auf den nach oben ziehenden Rauch zu starren, bis er sich unter der Decke auflöst. „Also weg von der Vernunft, nur wohin? Sollen die Menschen nicht mehr rational denken dürfen?"

„Das wäre etwas zu einfach, denn ohne Rationalität können wir nicht leben", antwortet Terzan.

„An einen anderen Ort", haucht Maria, und ich muss schon genau hinhören, um sie zu verstehen. „Die Leute da unten waren woanders."

DIE DRITTE STUFE

„Kannst du dich daran erinnern, wo sie waren – was sie gesagt haben?", frage ich.

Für einige Sekunden starrt Maria mich verständnislos an, bis sie ein Lächeln versucht, das aber urplötzlich erstirbt. Die Bilder, denke ich. Da sind jetzt wieder die Bilder in ihrem Kopf. Keiner von uns traut sich zu sprechen. Terzan schiebt sich ein Streichholz zwischen die Zähne und kaut darauf herum. Pluto will etwas sagen, doch ich stoppe ihn mit einer Handbewegung.

„Er hat etwas gefunden", sagt Maria unvermittelt. Von der Zigarette in ihrer Hand löst sich etwas Asche und trudelt in Richtung Tischplatte. „Diese Tabletten haben etwas verändert. Es ist ... irgendetwas ... schiefgelaufen. Ich erinnere mich an Geschrei, Menschen, die wild durcheinanderlaufen, und immer wieder sehe ich diesen Glaskasten vor meinen Augen. Ein Fehler. Ein furchtbarer Fehler."

Marias maskenhaftes Gesicht macht mir Angst.

„Wer hat etwas gefunden? Omega? Und was war ein Fehler?", fragt Iris.

Maria nickt, schüttelt aber im nächsten Moment den Kopf.

„Ich weiß nicht mehr, was Omega gefunden hat. Da war dieser Hass. Rico hat immer wieder gegen die Vernunft gewettert, meinte, dass Vernunft ja wohl nicht reichen würde, und die Menschen sollten lernen, neu zu denken, dann würde auch die alte Ordnung zerstört werden. ‚Sollen wir keine vernünftigen Menschen mehr sein?', habe ich ihn gefragt. ‚Dann würden wir doch nicht mehr gut handeln, und was ist mit Anstand, und ...'" Maria schiebt sich einen Finger zwischen die Lippen und kaut auf der Fingerkuppe herum. „Rico hat den Kopf geschüttelt", fährt sie fort. „‚Das will niemand', hat er gesagt. ‚Wir wollen ja keine Monster erschaffen.' Monster. Er hat wirklich ‚Monster' gesagt. ‚Ist das genug, was wir hier haben? Gibt es nicht etwas anderes, was wir entdecken könnten, wohin wir können, wenn wir nur etwas besser machen – den Menschen verbessern?'"

„Das steht ja auch in ‚Satanael spricht'", bemerkt Pluto.

„Wenn es nicht mehr um Vernunft geht", wirft Iris aufgeregt ein, „ging es vielleicht um eine Art Bewusstseinserweiterung, also etwas Größeres?" Sie redet vehement, ist zum ersten Mal unfreundlich, lächelt nicht, wie es sonst ihre Art ist.

Schön, Iris, denke ich, jetzt bist du genauso ungeduldig wie ich. „Im Blog steht etwas von Lügen – dass uns etwas vorgelogen würde und das ganze System auf Lügen basiert", argumentiere ich.

„Ja", sagt Maria, und ihre Stimme ist jetzt fest und selbstbewusst. „Die Lüge, dass uns ein Leben vorenthalten wurde, nach dem sich Leute sehnen, die wegwollen, die ein anderes …" Sie zerdrückt die Zigarette gedankenverloren im Aschenbecher, taucht einen Zeigefinger in einen auf den Tisch gefallenen Aschefetzen und verschmiert ihn zu unregelmäßigen, geometrischen Formen.

„Und warum dann dieser Blog und diese verrückten Gedanken?", frage ich verwirrt. „Denkt Omega so? Ich sehe da nichts, was Leute interessieren könnte, die wegwollen." Ich kann nicht länger sitzen bleiben, erhebe mich ruckartig und laufe hektisch auf die entgegengesetzte Seite des Tisches. Erst jetzt bemerke ich, wie durch den Schweiß unter meinem T-Shirt kleine nasse Flecken entstanden sind, die an der Haut kleben.

„Du denkst nicht wie sie", erklärt Maria. „Die, die wegwollen, die haben diese Gedanken. Wir alle haben diese Gedanken, doch wir lassen sie nicht zu, und trotzdem sind sie wie eine dünne Schicht unter der Oberfläche, und unsere Vernunft, unsere Rationalität, unsere Zivilisation verhindert, dass sie an die Oberfläche kommen." Maria erhebt sich und geht langsam auf das Schaubild zu, schwankt erst, steht dann aber sicher vor der Klappwand und fährt mit den Fingern über die Pfeile. Sie nimmt Pluto den Marker aus der Hand und deutet damit auf seine Stirn. „Irgendwo da drin, ganz unten, ganz tief in jedem von uns."

„Im Blog geht es um genau dieses Denken", sagt Iris, „das Undeutliche hinter allem Sichtbaren. Diffuses, was vernünftige und gebildete Menschen als verrückt bezeichnen würden und was in Wirklichkeit das Spiegelbild eines kranken, zerrütteten Geistes ist."

„Der Blog ist ein Tor, das Satanael geöffnet hat, und wer sich auf diese Gedanken einlässt, wer den abstrusen Versprechungen folgt ..." Maria geht wieder zurück zu ihrem Stuhl, setzt sich und kaut an ihren Fingernägeln.

Terzan zeigt mit beiden Händen auf das Schaubild. „Fast alle Elemente sind direkt oder indirekt mit Omega und dem, was er will, verbunden", bemerkt er, „nur die Galerie Luna und die Zeichen nicht."

„Bisher haben wir nicht feststellen können, ob diese Zeichen, die Kreise und Striche, irgendetwas mit Omega zu tun haben, oder?" Pluto lehnt sich etwas zurück.

„Vielleicht stammen die Zeichen gar nicht von Omega?", fragt Iris.

„Und die Galerie Luna. Von ihr geht kein Pfeil zu Omega", bemerkt Maria, „nur das Gemälde ist mit ihr verbunden."

Pluto nickt zufrieden. „Es ist also längst nicht so, dass alles mit Omega in Verbindung steht und er überall ist, wie dieses Schaubild zeigt."

Maria schüttelt erst den Kopf, dann fährt sie mit den Fingern über die Maserung des Tisches und rückt mit dem Stuhl ein Stück zurück. Ich sehe Tränen in ihren Augen.

„Alles in Ordnung?", frage ich besorgt und gehe wieder zurück zu meinem Platz.

„Omega, Omega", haucht Maria, als würde ihr gleich ein heißer Bissen aus dem Mund fallen. „Es lässt sich so schlecht ... immer muss ich an Omega denken", fügt sie dann mit unterdrückter Stimme hinzu und hebt abwehrend die Hände. „Wenigstens sind die Wände hier blau, nicht weiß", fügt sie gefasst hinzu.

„Es war nicht einfach, so einen Konferenzraum zu finden", erklärt Pluto.

„Und diese Wohnung hier? Wo sind wir?" Maria tastet mit einem unruhigen Blick die Rechtecke an der Klappwand ab.

„Ich kann dir zu der Wohnung nichts sagen, das weißt du", sagt Pluto. „Es reicht, dass wir uns hier treffen können, auch morgen und in den nächsten Tagen noch, wenn es nötig ist." Mit der rechten Hand vollführt er in der Luft eine elegante Drehung und gleich darauf landet sie in der unteren Hälfte des Schaubildes, wo er mit einem Finger auf „Galerie Luna" zeigt.

„Moment, diese Symbole!" Ich richte mich an Iris. „Was du da gesagt hast – wenn sie nicht von Omega kommen, von wem dann?"

„Jemand will, dass wir etwas entdecken", sagt Terzan.

„Aber dann müssen die Zeichen für etwas stehen, oder uns vielleicht sogar zu Omega führen", denke ich laut weiter.

„Ein Code." Iris hält ihre Hände starr über der Tischplatte. „Das ist bestimmt ein Code. Sicher wird nicht jeder Punkt für ein Zeichen stehen, sondern ihre Anzahl ist entscheidend. Vier Punkte bedeuten wahrscheinlich etwas anderes als zwei."

„Klingt überzeugend. Also angenommen, vier Kreise stehen für ein B und zwei Kreise für ein D, dann müssten wir diese Buchstaben sinnvoll zusammensetzen", sagt Pluto.

„Du glaubst, dass es ein Wort ist?", frage ich.

„Es könnte alles sein, auch eine Zahl oder eine Abfolge von Symbolen wie bei einem Passwort." Iris beugt sich nach vorn, massiert meine Finger und legt meine Handfläche an ihre Wange.

„Sicher, vielleicht ist es ein Passwort." Terzan grinst mich an, als wüsste er bereits, wofür die Zeichen stehen.

„Wenn wir die Symbole entschlüsseln könnten", beginnt Maria, stockt und rauft sich die Haare. „Ich weiß auch nicht", stammelt sie, „ich habe die noch nie gesehen, so sehr ich auch darüber nachdenke."

„Die Galerie Luna – irgendwann wird jemand dort auftauchen", sagt Pluto.

„Dann sollten wir ...", setze ich zu einem Vorschlag an, aber Pluto fällt mir ins Wort.

„Reiner ist bereits dort und beobachtet", sagt er.

„Hast du etwas zu ‚Satanael spricht' herausgefunden?", frage ich.

„Ach ja, natürlich, das hätte ich fast vergessen." Pluto geht zu seinem Platz am Tisch zurück und zieht einige Zettel aus einer Mappe.

„Wer ist Satanael? Wer bloggt?", frage ich ungeduldig.

„Man kann doch feststellen, wer sich hinter einer Internetdomain verbirgt, durch DENIC oder eine andere Whois-Anfrage, oder? Das müsste doch auch bei ‚Satanael spricht' gehen", bemerkt Terzan.

„Richtig, Terzan", erwidert Pluto. „Über DENIC lassen sich aber nur Webseiten mit der Endung ‚de' abfragen. Es gibt aber auch Möglichkeiten, andere Domains zu überprüfen. Der Blog wurde in den USA über die Seite ‚Public Domain Registry' registriert. Bei einer Whois-Anfrage zur Domain des Blogs wird nur die Adresse des Unternehmens der Public Domain Registry ausgegeben."

„Also völlig anonym?"

„Zumindest nicht nachverfolgbar." Pluto blickt in meine Richtung. „Übrigens wurde der Hinweis auf die Galerie Luna offenbar erst kurz bevor ihr ihn entdeckt habt eingestellt."

Maria tastet eine selbstgedrehte Zigarette ihrer Länge nach ab und drückt sie sich dann zwischen die Lippen. Ich nehme das warme, rötliche Flackern des Streichholzes auf, als sie sie ansteckt.

„Also, wenn Omega hinter dem Blog steckt, können wir ihn so nicht entlarven." Terzan tippt mit dem Finger auf das Rechteck in der Mitte des Schaubildes.

„Omega wird niemals entdeckt, hat Rico immer gesagt." Maria lässt langsam den Rauch aus ihrem Mund entweichen. „Da gibt es etwas, das sie nie finden werden."

„Und hat er gesagt, was es ist?", hakt Iris mit belegter Stimme nach.

„Ja, er hat dazu etwas erwähnt, etwas ..." Maria wirft sich die Arme um den Leib, zittert, als würde es sie frösteln. „Ich weiß genau, dass er es mir erzählt hat, ich muss nur daran denken. Ich muss nur ..."

Ich befühle das Holz der Tischkante, halte mich wie ein Ertrinkender daran fest und drücke die Fingernägel in die Tischplatte, bis es schmerzt.

„Es ist ... Also, die ...", stammelt Maria, „die Worte sind weg, aber ..." Sie zerquetscht die noch nicht aufgerauchte Zigarette im Aschenbecher, drückt mit den Fingern ein paar Mal darauf herum, dass es aussieht, als würden kleine Füße etwas zerstampfen.

„Vielleicht fallen sie dir wieder ein", sage ich ruhig.

Pluto geht zur Seite und zeigt noch einmal auf das Schaubild. „Das ist, was wir haben – bisher."

„Aber so viel ist noch unklar", sagt Iris.

„Wenn Raum 01.25 von der Organisation als ein solches Büro genutzt wurde, das danach wieder verschwindet, und du, Jonas, Professor Keune dort angetroffen hast, muss er auch zur Organisation gehören", argumentiert Pluto und zeigt auf den Pfeil, der von ‚Raum 01.25' zu ‚Professor Keune' führt.

„Aber so sicher können wir uns da nicht sein", widerspricht Iris. „Vielleicht wusste er auch wirklich nichts."

„Wir brauchen mehr Informationen zu diesem Keune", sagt Pluto, „und zu diesen Versammlungen", fügt er hinzu.

„Aber wenn die Felder ‚Galerie Luna' und ‚Zeichen' mit ‚Luzifer' verbunden werden können, ließe sich argumentieren, dass sie doch etwas mit Omega zu tun haben, da ja ein direkter Pfeil von ‚Luzifer' zu ‚Omega' führt", sagt Iris.

„Dafür gibt es keine eindeutigen Hinweise. In den Versammlungen ging es ihnen offenbar um einen Blog, richtig, Iris?" Pluto sieht Iris ins Gesicht, woraufhin sie nickt. „Bei dem es sich wahrscheinlich um ‚Satanael spricht' handelt", fährt er fort, „ein Element, das direkt mit Omega verbunden ist."

„Wenn das stimmt, was Kurt gesagt hat. Kurt hat behauptet, dass Omega hinter ‚Satanael spricht' steckt, oder?" Terzan streckt einen Finger in die Höhe.

„Wovon ich ausgehe. Also, er klang doch sehr glaubwürdig", werfe ich ein, „oder, Maria?"

„Ich glaube Kurt. Warum sollte er uns belügen? Eigentlich ist er ja auch ganz nett, auch wenn man es nicht sofort sieht. Aber er hat auch zu viel erlebt und gesehen, genau wie ich." Maria umgreift den Aschenbecher und schiebt ihn auf dem Tisch hin und her.

„Okay, wir sind uns einig. Eine direkte Verbindung von ‚Satanael spricht' zu Omega. Eine derartige Verbindung gibt es bei der Galerie Luna und den Zeichen nicht", bemerkt Pluto.

„Was ich nicht verstehe", bemerkt Maria, „warum hatte dieser Keune eine verletzte Hand? Ist das nicht ein Indiz, das direkt zu Omega führt?"

„Wenn wir wüssten, dass Omega wirklich eine Verletzung an der rechten Hand hat", gebe ich zurück. „Aber über Omega scheint es keine sicheren Informationen zu geben, und außerdem hatte der Mann, der bei der Galerie geflüchtet ist, auch eine verletzte Hand."

„War es die rechte?", fragt Terzan.

Ich überlege kurz. „Ja, ich konnte es genau erkennen."

„Omega?", fragt Iris.

„Warum sollte Omega sich in Raum 01.25 aufhalten, sich als Professor Keune ausgeben und sich dann plötzlich in der Nähe der Galerie zeigen? Warum sollte er außerdem einen Zettel verlieren – mit diesen Kreisen drauf?" Ich zeige auf die Mitte des Tisches, auf dem mehrere Papierschnipsel mit Kreisen und Strichen zu sehen sind.

„Also ein Zufall?" Pluto sieht mich abwartend an.

„Ich würde es eher eine Beobachtung nennen, für die wir noch keine Erklärung haben. Wir werden aber vielleicht eine finden, wenn wir mehr über Professor Keune erfahren. Maria, erinnerst du dich an den Mann, der telefoniert hat, während wir uns in diesem Gartenhaus versteckt haben?"

„Ja, er hätte uns fast entdeckt", antwortet Maria.

„Hat er nicht etwas von einer Information gemurmelt?"

Sie denkt angestrengt nach. „Ja, es ging um Informationen. Aber er hat ja nicht alles sagen können."

„Weil sein Gesprächspartner ihn nicht ausreden ließ, sondern ihm wiederholt Befehle gab."

„Diese Informationen – sie scheinen wichtig gewesen zu sein. Und dann hat er noch gesagt, dass er bei ihnen ist. Wer war mit ‚ihnen' gemeint, vielleicht wir?"

„Er, das wird ein Kontakt, ein Informant sein", sagt Pluto. „Der Mann hat am Telefon doch darüber geredet, dass er euch sucht, oder?"

„Richtig, und irgendwann hat er gefragt, ob Rico schon unterwegs ist", antworte ich.

„Dann beziehen sich diese Informationen auf euch, und es gibt bei euch jemanden, der Informationen …"

„Moment mal", belle ich dazwischen, „was soll das heißen?"

„Ein Spitzel, ein Verräter."

Erschrocken sehe ich eine dunkle Motte vor dem Fenster flattern, die mit den Flügeln immer wieder gegen das Glas schlägt. Obwohl ich sicher bin, dass nichts zu hören ist, kommt es mir so vor, als donnerten laute Hammerschläge gegen die Scheibe.

17

Ich will Maria einen Löffel Gemüseeintopf in den Mund schieben und lache übertrieben, um sie abzulenken, doch sie presst die Lippen aufeinander, zieht den Kopf zurück und sieht mich verwirrt an. Ich weiß nicht mehr, wann ich sie zum letzten Mal etwas habe essen sehen.

„Nur wenn man sich selbst nicht bewegt, spürt man die Bewegung der Welt, wie ein Fisch, der dazu verdammt ist, immer an einer Stelle zu bleiben", hatte Maria vor einigen Tagen gedankenverloren gesagt, mitten beim Essen. Dann war sie aufgestanden, hatte die restlichen Spaghetti in den Mülleimer gekippt und sich wieder im Arbeitszimmer verbarrikadiert.

„Wer, glaubst du, ist dieser ... Informant?", frage ich zögerlich.

„Ich weiß nicht", antwortet Maria undeutlich. Sie hält eine Hand vor ihren Mund. „Wer sollte sich bei uns einnisten? Und Omega informieren? Bei uns gibt es doch nichts." Ihre Stimme stockt.

Gedankenverloren schalte ich das kleine Kofferradio auf der Fensterbank an.

„Aus dem Museum, oder? Wer hat denn heute noch so was?" Maria grinst.

„Ich komme mit diesen Bluetooth-Dingern nicht klar." Aus dem Radio kommt eine klare, helle Frauenstimme.

Maria bewegt langsam den Kopf im Takt der Musik mit.

„A better person, a better person, that's what you made ...", singt die Sängerin. Wow, denke ich, das wünscht sich doch jeder, oder?

Beim Refrain schließt Maria die Augen und hebt die Hände in die Höhe, als würde sie Musik und Text ganz in sich aufnehmen. „Wunderbar", flüstert sie. „Do you feel my devotion", spricht Maria den zweiten Refrain mit. „My demons were gone. You burnt them to ashes. Das passt. Als hätte jemand über mich geschrieben. Wenn ich das nur erleben könnte." Tränen treten ihr in die Augen, verzückt hört sie auf die letzten Klänge des Liedes, und bevor ein Werbespot in ihre Stimmung hineinplatzen kann, schalte ich ab.

„Ich habe gekocht", erkläre ich vorsichtig, als das Lied vorbei ist, obwohl die Bemerkung überflüssig ist, denn der Topf steht auf dem Küchentisch, auf den ich auch noch mit beiden Händen zeige wie ein Conférencier, der eine besondere Tanznummer in einer Revue ankündigt.

Maria schüttelt vehement den Kopf. „Für mich nicht, aber du hast bestimmt richtig Hunger", nuschelt sie und zeigt auf meinen dicken Bauch.

„Das ist auch für dich", versuche ich sie so freundlich wie möglich zu überzeugen, unterstreiche die letzten Worte mit Handbewegungen.

Doch Maria sitzt mit aufgestütztem Kopf am Küchentisch. „Nein, nein, nein, nein", protestiert sie und zerteilt mit dem Zeigefinger die Luft vor ihrem Gesicht.

Wenn sie derart hartnäckig bleibt und der Trotz in ihr durchbricht, genügt manchmal ein Wort, um sie gegen mich aufzubringen. Schwer einzuschätzen, wie sie reagiert, wenn ich jetzt weiterrede. Ich kann mir aber auch nicht vorstellen, dass sie in den nächsten Minuten einfach umkippt. So ist es immer, bis es dann passiert.

„Es macht einfach keinen Spaß, allein zu essen", bringe ich schließlich etwas holprig heraus.

„Das überzeugt mich nicht", stöhnt Maria gelangweilt und zieht mit einem Finger Linien auf dem Küchentisch. „Nein, nein, nein", plappert sie dann monoton weiter. „Nein, nein, nein", wiederholt sie.

„Keine Argumente, keine Begründung, nur ‚nein', ist das alles, was dir einfällt?", füge ich spitz hinzu, als ginge es um ein philosophisches Problem. An der Uni haben wir oft auf diese Weise diskutiert. Die Bemerkung „Kein Argument" war schon schlimm, aber „keine Begründung" war die Höchststrafe. Wer keine Begründung hatte, verweigerte sich dem philosophischen Diskurs. Das war nichts, niente, nada, null. Meinungen, die nicht begründet wurden, galten so wenig wie wirre Hirngespinste und Einbildungen, die Leuten nicht als solche bewusst waren.

Tatsächlich zieht Maria die Augenbrauen hoch, kneift das linke Auge zu, und ihre Stirn gerät in Bewegung wie Wellen auf einem kleinen See. Sie fischt drei Möhrenstücke aus dem Topf und legt einen Halbkreis auf ihrem Teller, zieht mit den Möhren schließlich über das Porzellan, als wären es Schiffe, die in einem großen Meer unterwegs sind. Als sie fertig ist, wischt sie sich die fettigen Finger an ihrer Hose ab.

„Und du willst eine Philosophiestudentin sein?", lege ich nach. „Und hast ..."

„Also gut", gibt sie sich erstaunlich schnell geschlagen, „aber ich will was von dir hören, wenn ich esse."

Ich schaufele einige Löffel des Eintopfs auf ihren Teller. Folgsam zieht sie den Teller näher an sich heran, greift nach dem Löffel und umklammert ihn mit der rechten Hand.

„Das wird dich langweilen", versuche ich mich rauszureden.

„Du hast doch Einfälle, oder? Erfinde einfach."

Ich überlege kurz. Nein, ich hatte noch nie Einfälle, also muss ich jetzt wohl oder übel damit beginnen.

„Eine Geschichte", sage ich und bewege einige Finger, als würde ich eine Tastatur bedienen.

Maria hebt aufmerksam den Kopf wie ein Tier, das Witterung aufgenommen hat. Ihr Mund bleibt offen und ihre Augen werden größer, fixieren mich. Schließlich schiebt sie den Kopf etwas nach vorn. Die Hand mit dem Löffel verharrt unbeweglich zehn oder zwanzig Zentimeter über der Tischdecke.

„Da ist dieser neunjährige Junge, der ganz normal zur Schule geht, bei Mutter und Vater lebt, okay?", fange ich an.

„Ein ganz normaler Junge", sagt Maria.

„Genau. Bei ihm ist alles in Ordnung. Er geht zur Schule, verbringt Stunden mit seinem Smartphone …"

„… bis …", unterbricht mich Maria ungeduldig.

„… bis er eines Tages merkwürdige Geräusche in seinem Ohr hört. Er geht zu seinen Eltern, die ihn bitten, die Geräusche genauer zu beschreiben. ‚Eigentlich sind es keine richtigen Geräusche', sagt der Junge, ‚eher so ein Knistern wie von Flammen oder zerbrechenden Zweigen.' Manchmal würde es auch von kleinen Erschütterungen begleitet, winzigen Stichen, als würde etwas im Ohr kitzeln."

„Hm." Maria hat gedankenlos den ersten Löffel in den Mund geschoben und kaut langsam auf dem Gemüse herum.

„Am nächsten Tag gehen die Eltern mit dem Jungen zum Hausarzt. Inzwischen hat der Junge jedes Mal, wenn er dieses Knistern spürt, starke Schmerzen, hat die ganze Nacht nicht geschlafen, immer wieder laut geschrien und konnte auch von den Eltern nicht beruhigt werden. In der Praxis werden die Schmerzen stärker, sodass die Eltern schon Schlimmes befürchten, aber zwischendurch ist der Junge wieder fröhlich und scheint lebendiger als am Tag zuvor zu sein."

Ich mache eine Pause, räuspere mich, gehe zum Kühlschrank, öffne eine Flasche Mineralwasser und nehme einen Schluck.

„Der Arzt untersucht den Jungen", sagt Maria gespannt.

„Er untersucht ihn", wiederhole ich, während ich mich wieder setze, „und der Junge muss einige Fragen beantworten. Der Arzt dreht den Kopf des Jungen hin und her, betastet seinen Kopf und untersucht schließlich die Ohren des Kindes. Er säubert die Ohren, lässt Wasser in das linke Ohr laufen, steckt dann einen kleinen Spachtel hinein und bringt mit dem Wasser, das wieder aus dem Ohr herausläuft, drei kleine Spinnen zum Vorschein, die über das Ohrläppchen des Jungen laufen und dann auf den Untersuchungstisch fallen. Die Eltern schreien auf vor Schreck, aber sie werden erst recht bleich, als Sekunden später eine weitere, etwas größere Spinne aus dem Ohr kommt, genauso lebendig wie die übrigen drei Spinnen."

„Spinnen! Uh!"

„Der Arzt schnappt sich einen auf einem Regal stehenden Karton und befördert die Spinnen sanft hinein, doch im selben Moment werden die Schmerzen des Jungen wieder stärker. ‚Es knistert noch mehr!', schreit er, und die Eltern starren den Arzt angsterfüllt an. Erneut untersucht der Arzt das linke Ohr des Jungen, aus dem in den nächsten Minuten weitere kleine Spinnen herauskrabbeln. Auch einige Fliegen folgen, kleine Käfer, und sogar eine größere Spinne kann der Arzt aus dem Ohr ziehen, die aber schon tot ist. Der Karton füllt sich beträchtlich, die Eltern können gar nicht mehr zusehen, so erschrocken sind sie, und halten sich die Hände vor die Augen. Der Junge wird währenddessen immer blasser, jammert und klagt über furchtbare Kopfschmerzen. Die Eltern geraten in Panik, schreien den Arzt an, der immer noch weitere Tiere aus dem Ohr herausholt, meist kleine Spinnen, aber auch einige Tausendfüßer, außerdem schwarze, eklige Asseln, die aus dem Ohr herauskrabbeln und einen Moment innehalten, als würden sie die neu gewonnene Freiheit genießen.

Der Junge hat die Augen geschlossen. Als ihm Puls und Blutdruck gemessen werden, stellt der Arzt zu seinem großen Schrecken fest, dass der Blutdruck sehr niedrig ist und der Puls kaum noch spürbar. Auch atmet der Junge sehr flach, deshalb bereitet der Arzt eine Herzmassage vor. Der Junge liegt jetzt auf dem Rücken, was es den Tieren leichter macht, schnell und zügig aus seinem Ohr herauszukriechen. Der Arzt hat längst einen zweiten und dritten Karton hingestellt, denn immer wieder kommt ein kleines Tier nach dem anderen aus dem linken Ohr heraus. Inzwischen ist der Untersuchungsraum von einem Summen und Pochen erfüllt – von den Fliegen, die immer wieder gegen die Fenster prallen.

Eine Sprechstundenhilfe beginnt mit der Herzmassage, und der Defibrillator wird vorbereitet. Die Eltern des Jungen sind starr vor Angst, die Mutter ist der Ohnmacht nahe. Als es endlich so scheint, als kämen keine weiteren Tiere aus dem Ohr des Jungen, und der Arzt mit der Beatmung beginnen will, kommen drei hässliche schwarze Käfer aus dem Ohr, die fast zu groß sind, um überhaupt in einen Gehörgang hineinzupassen. Als sie das Ohrläppchen des Jungen erreichen, halten sie einen Augenblick inne, strecken die Fühler vor und machen Anstalten, sich auf die Hinterbeine zu stellen. Im selben Moment stirbt der Junge." Ich nicke bedächtig.

„Mann, das ist ja echt krass!", sagt Maria, und dann lacht sie so sehr, dass ihr etwas vom Essen aus dem Mund auf den Teller fällt. „Sie lebten einfach da, alle im Kopf des Jungen", sagt sie, während sie kaut, und stopft sich zwei weitere Löffel mit Eintopf in den Mund. Sie isst einfach fröhlich weiter und schmatzt.

Ich zeige auf ihr Gesicht. „Siehst du, deine Wangen haben schon eine ganz andere Farbe bekommen."

„Will ich sehen!", kreischt sie und schlägt mit der Hand auf den Tisch. „Sehen, sehen!", kräht sie.

DIE DRITTE STUFE

Ich springe auf und sprinte ins Badezimmer, während sie weiter „sehen, sehen" schreit.

Ich komme mit einem Taschenspiegel zurück, den ich aufklappe und ihr wie ein kleines Gebetbuch vor die Augen halte. „Ein schönes, neues Gesicht, kräftig und lebendig", kommentiere ich. „Wer gut isst, sieht so aus."

Maria dreht den Kopf zur Seite, zeigt mit einem Finger auf ihr Spiegelbild, schürzt die Lippen und fährt sich sanft mit den Händen über die Wangen. „Essen und Einfälle", verkündet sie lachend.

***

Von unten dringt Bratengeruch zu uns auf den Balkon.

Die Rotweingläser auf der Brüstung können jeden Moment hinunterfallen. Ich nehme ein Glas und schleudere die Flüssigkeit mit aller Kraft dem von flirrendem Sonnenlicht überzogenen Himmel entgegen. „Kunst, siehst du", sage ich und zeige auf die bizarre Tropfeninstallation, die für einen Moment in der Abendluft steht und dann steil nach unten fällt.

Neben uns steht ein Teller mit Kiwis, Orangen und einer Passionsfrucht auf einem kleinen Hocker.

Maria nimmt eine Kiwi in die Hand. „Die war mal in einem kleinen, pelzigen Tier drin", bemerkt sie, „das die ganzen Haare verloren hat." Sie zupft an den kleinen Härchen an der Schale herum. Die Passionsfrüchte liebt Maria wegen ihrer Farbe. Sie wartet immer tagelang, bis die dunkle Schale der Früchte noch dunkler und die Außenhaut schrumplig und runzlig geworden ist.

„Einmal habe ich Ameisen beobachtet", erzählt sie und blinzelt gegen die Helligkeit an. „Sie waren im grellsten Sonnenlicht, und ich habe darauf gewartet, dass ein Strahl sie versengt, das Licht auftrifft auf den kleinen Körpern. Ich wartete einige Minuten und lauerte, doch nichts geschah. ‚Trotzdem seid ihr schon fast tot', spottete ich dann. ‚Ihr lauft hier herum, doch für welche kurze

Zeitspanne seid ihr denn schon hier? Tage vielleicht. Wenn ihr auf die Welt kommt, seid ihr schon fast tot.'"

Marias Augen sind klein und wässrig, als hätte sie gerade geweint oder zu viel Alkohol getrunken.

„Was ich nicht verstehe", taste ich mich langsam vor, „wie konntest du dich darauf einlassen – auf diese Arbeit im Labor?"

„Rico meinte, ich wäre perfekt dafür", erwidert sie.

„Perfekt? Warum?"

„Na, wegen meiner ganzen Art. Persönlichkeit und so." Sie rutscht mit dem Stuhl etwas nach hinten und legt die Füße auf die Brüstung.

„Und du weißt nicht mehr, wohin die Leute wollten? Wo sie waren?"

Maria nimmt eine Orange, klopft mit den Fingerknöcheln gegen die Frucht und schüttelt den Kopf. Gedankenverloren beginnt sie, die Orange zu pellen.

„Nein, wie ich auch überlege." Sie zieht langsam die weiße Haut von einem der gepellten Stücke ab. „Sie waren nicht mehr …" Sie zögert.

„… in dieser Welt?", schlage ich vor.

„Die Welt. Moment." Marias Füße geraten in Bewegung, pendeln nach vorn über die Brüstung, werden dann für einen Moment starr. Eine Sekunde später springt sie auf und breitet die Hände aus. Es scheint, als würde sich langsam ein Bild in ihrem Kopf verfestigen. „Rico hat nicht von der Welt gesprochen, niemals, sondern immer vom Universum, das aus drei Welten besteht, oder besser drei Schichten."

„Drei Schichten, was soll das sein?"

„,Kommt man da hin?', habe ich Rico gefragt, aber er hat nur gelacht. ,Ja, natürlich, deshalb machen wir das hier doch, du Dummkopf', hat er gesagt." Ihre Augen werden schmal, und sie presst die Hände gegen ihre Schläfen, läuft zur Balkonbrüstung, stützt sich darauf, schüttelt dann aber mehrmals den Kopf und setzt sich wieder hin.

„Omega wird es wissen, das mit den drei Schichten", bemerke ich. „Aber ob uns das wirklich zu ihm führt, was Pluto aufgezeichnet hat?"

„Auf diesem Schaubild, meinst du? Ja, sicher." Maria klappt die Orange auseinander und schlägt die Zähne in das Fruchtfleisch wie ein Raubtier, das die getötete Beute verspeist. Ein dünnes Rinnsal Orangenflüssigkeit plätschert auf den Boden.

„Wenn die Informationen richtig sind. Wenn nun ‚Satanael spricht' nicht von Omega verfasst wurde?"

„Aber Kurt ..."

„Kurt behauptet das einfach", entgegne ich ärgerlich.

„Wenn Kurt das sagt, stimmt das. Er war schließlich länger unten als ich."

„Aber warum hat er uns dann nicht die Informationen gegeben, die er in der Wohnung gefunden hat? Die aus dem Umschlag?"

„Weiß ich auch nicht", erwidert sie pampig und krallt sich mit der rechten Hand an der Stuhllehne fest.

„Hätte er machen können, oder?"

„Trotzdem glaube ich ihm. Und außerdem vergisst du, dass es bei den Versammlungen an der Uni um einen Blog ging. Welcher sollte es denn sonst sein? Außerdem werden in ‚Satanael spricht' ähnliche Gedanken verbreitet wie von Professor Keune, und auch Rico hat mir so was unter die Nase gehalten, auch wenn ich mich nicht an alles erinnern kann."

„Und er hat uns nicht gesagt, was er da unten gemacht hat. Was war seine Aufgabe?" Ich fächele mir mit einer Serviette Luft zu.

„Kurt war so eine Art Sicherheitsmann. Er hat die Räume kontrolliert, kam immer mal zu mir und hat gefragt, ob alles in Ordnung ist."

„Dann kannte er alles da unten, jeden Raum."

„Worauf willst du hinaus?" Maria hält den Kopf gesenkt und presst die Lippen aufeinander.

DIE DRITTE STUFE

„Er muss Omega begegnet sein, hat ihn vielleicht gesehen."

„Gut möglich, aber auch er weiß nicht, wie er aussieht, daher – keine Ahnung." Maria bewegt eine Kiwi wie eine Billardkugel in der rechten Hand hin und her. Sie hat die Augen geschlossen.

„Woran erinnerst du dich noch?" Mit einem Ruck stehe ich auf, strecke mich und lehne mich mit dem Rücken gegen die Brüstung.

„Diese Bilder kommen immer wieder, von diesen Leuten. Aber ich kann sie nicht beschreiben, es war ... Sie waren so völlig ..." Maria öffnet die Augen wieder und beginnt zu gestikulieren. Sie kneift Wangen und Mund zusammen, als wüsste sie genau, was sie sagen will, könnte aber die Worte nicht finden, um es auszudrücken. „Du weißt doch, wenn du einen Mensch vor dir hast."

„Sprache, Aussehen, Ausstrahlung, bestimmte Merkmale", sage ich.

„Das meine ich nicht, mehr etwas von innen. Natürlich waren das noch Menschen, aber ihr Aussehen war so anders, als würden sie unaufhörlich jemand sein, der sie nicht sein können."

„Wie kann ein Mensch sich denn überhaupt so verändern?" Ich nehme eine Kiwi, schneide sie mit dem Obstmesser auf und löffle den glibberig-grünen Inhalt heraus.

„Ich weiß es nicht mehr, es ist alles da drin." Sie schlägt sich mit der rechten Hand gegen die Stirn. „Irgendetwas ist schiefgelaufen. Die Versuche waren verrückt. Diese Tabletten. Die Menschen waren ... kaputt. Rico war außer sich, wollte die Tabletten vernichten, und dieses Rezept." Maria schüttelt angestrengt den Kopf.

„Rezept? Es gab ein Rezept für die Tabletten?"

„Ja, irgendjemand hat die Zusammensetzung aufgeschrieben, aber nicht in den letzten Jahren, und Omega hat es irgendwo aufgespürt. Rico hat immer von einem glücklichen Zufall gesprochen. ‚Das ist Omegas großer Plan', hat er gesagt."

Marias Augen sind zu weit offen und ihr Atem geht wieder schneller. Ich beuge mich zu ihr und berühre mit einer Hand ihren Hals.

„Eine Künstlergruppe – das waren Abtrünnige, die sich abgespalten hatten." Sie steckt einen Finger in den Mund und kaut darauf herum.

„Künstler?" Für einen Moment bin ich perplex. „Wie, äh, wo? Und wer überhaupt?"

„Ein Fürst war dabei." Sie zieht die Beine an den Körper und klammert sich an die Armlehnen. Wahrscheinlich ist das eine verdammt ungemütliche Sitzposition, doch sie schafft es, gleichzeitig schrecklich und schön auszusehen.

„Ein Adeliger ...?", frage ich.

„Ich weiß nicht, der Name fällt mir nicht mehr ein." Sie starrt ins Leere.

„Und die Informationen dazu, woher kamen die?", frage ich ruhig nach.

„Aus einem alten Buch, das ... schon einige tausend Jahre alt ist", fährt sie fort. Auf einmal bewegt sie den Kopf ruckartig hin und her, bis ich ihn festhalte und sie an weiteren Bewegungen hindere. Ich habe Angst, dass mir das Gespräch entgleitet und sie sich in Erinnerungen verliert, aus denen sie nicht mehr zurückfindet.

„Morgen machen wir was Schönes", sage ich mit belegter Stimme.

„Wir sind dann zu den Leuten gegangen", fährt sie fort, als hätte sie meine Bemerkung gar nicht gehört, „haben sie angesehen. Diese Gesichter ... Waren das überhaupt noch Menschen? Aber was sollten sie denn sonst sein? Wir haben mit ihnen gesprochen, doch das war schwierig, da waren diese Bilder in ihrem Kopf, nur verwirrende, fantastische Bilder. Sie tauchten in diese Bilder ein, waren mittendrin. Farben, leuchtende Farben. Weg waren sie, haben sie immer wiederholt, ohne sagen zu können, wo sie waren."

„Für morgen habe ich einen Auftrag für dich", sage ich. „Du musst so weit nach oben fliegen, bis die Menschen nur noch als winzige Punkte zu erkennen sind, nicht einmal mehr stecknadelkopfgroß. Dann beschreibst du, was du siehst und wo sie jetzt alle sind – Kurt, Rico, Omega, überhaupt alle. ‚Sind sie weg, Maria?', frage ich dich dann. ‚Sind sie verschwunden, wenigstens für Sekunden, für Minuten – ganz weg, weit weg, sodass dich niemand töten kann und dich niemand verfolgt?'" So versuche ich, sie abzulenken.

Maria redet weiter. „Die Leute waren nicht ruhig. Die Tabletten hatten sie völlig verändert. Etwas war nach außen gekommen, keine Ahnung. Sie konnten auch nicht viel reden. Sie schrien wie Tiere. Ich kann es nicht anders beschreiben. Es war so schlimm, dass Rico sie am liebsten getötet hätte. ‚Wir müssen sie erlösen', hat er gesagt. ‚Wenn wir es nicht machen, machen es die anderen. Ein kurzer Schuss in den Kopf, dann sind sie wenigstens im Tod die, die sie gewesen sind.' Aber ich habe gebettelt, gefleht, geweint, mit den Fäusten auf ihn eingeschlagen. ‚Wir dürfen nicht, das ist nicht richtig', habe ich gesagt. Die Leute schrien dann immer lauter, bis sie schließlich erschöpft auf den Boden sanken und einschliefen. ‚Ich bins – Maria', habe ich immer wieder gesagt, aber sie kreischten nur. Wir sind dann raus, einfach nur raus."

„Morgen", setze ich erneut mit heiserer Stimme an, als ein schrilles, durchdringendes Geräusch urplötzlich in meine Ohren dringt, sodass ich überhastet aufspringe und dabei fast den Hocker mit dem Obstteller umwerfe. Erst jetzt realisiere ich, dass es sich um die Wohnungsklingel handelt, die ich immer noch nicht leiser gestellt habe. Ich humpele ungeschickt in die Küche und durch den Flur zur Wohnungstür.

„Ich wollte euch nicht stören", platzt es aus Pluto heraus, als ich öffne. Er lässt mich nicht zu Wort kommen, als ich ihn begrüßen will. „Dieser Spitzel", redet er gleich weiter, „wenn es ihn wirklich gibt ..." Nervös kratzt er mit dem Zeigefinger an der blauen Wandfarbe. „... dann ist unsere Arbeit umsonst. Omega wüsste jederzeit, was wir machen."

„Hast du jemanden in Verdacht?", frage ich.

Er schüttelt den Kopf und runzelt die Stirn. „Reiner kenne ich seit zehn Jahren, Maria kommt nicht infrage, du wirst es auch nicht sein, und ich bin es definitiv nicht."

Ich sehe ihn einen Moment durchdringend an.

„Du hast gedacht, dass ich es bin?", fragt er trocken, und ich zucke mit den Schultern. Seine Miene hellt sich auf. „Maria geht es wirklich besser, seit sie dich kennt. Zum ersten Mal seit Langem. Du solltest jetzt bei ihr bleiben, Jonas, was auch passiert. Auch wenn wir in Frankfurt da unten sein sollten. Wer weiß, was ..."

„Was meinst du?", frage ich unsicher, als er innehält.

„Es ist mehr passiert, als Maria noch weiß. Das könnte für uns zu einem Problem werden." Er weicht meinem Blick aus, legt eine Hand an die Tür und fährt mit den Fingern über das Holz.

„Maria hat sich übrigens an wichtige Details erinnert", sage ich, „gerade eben, zu diesen Drogen. Eine Künstlergruppe hat damit zu tun."

„Irgendwann wird alles wiederkommen, schätze ich." Pluto fährt sich nachdenklich mit einer Hand über die Glatze.

Mit einem Knacken geht die Flurbeleuchtung aus, und bevor ich sie wieder anschalte, erscheint mir Plutos Körper als undeutliche Silhouette, die sich jeden Moment in die Luft erheben und auf mich stürzen kann.

„Ihr habt ...?", sage ich und versuche mir meine Angst nicht anmerken lassen.

„Ein paar Mal war sie kurz davor. Wir haben sie gerade noch zurückholen können. Reiner vielmehr. Das kann jederzeit wieder passieren, auch in Frankfurt, in den Katakomben. Wenn da unten irgendetwas anders ist, dann bleib bei Maria, auf jeden Fall. Weiche ihr nicht von der Seite, auch wenn es dir sinnlos und verrückt erscheint." Er sieht mich freundlich und aufmunternd an. „Jonas, wir wissen, wer Omega ist, aber Alpha ...", fährt er fort. „Alpha und Omega, das ist die Organisation, das ist das Labor. Wer also ist Alpha? Eine Person, die wir nicht kennen, oder jemand, der unter uns ist? Oder vielleicht die ganze Organisation, ein Teil der Organisation?"

„Wir wissen, wer Omega ist?", frage ich perplex.

„Ich meine, wir ahnen es", korrigiert er sich. „Genau kennen wir ihn nicht, genauso wie andere auch." Er klopft mir freundschaftlich auf die Schulter. „Übrigens treffen wir uns in drei Stunden im selben Haus, in derselben Wohnung. Ich dachte, ich sage dir das besser persönlich."

„Dann ist es fast Mitternacht."

„Ich weiß, aber wir haben keine Zeit zu verlieren." Pluto löst sich vom Türrahmen, hebt eine Hand und geht wieder die Treppe hinunter.

Maria sitzt in einer Art Schneidersitz auf dem Stuhl, hat die Beine hochgezogen und die Arme um den Körper geschlungen. Sie sieht aus wie ein verschrecktes Tier, das sich vor seinen Feinden ganz in sich selbst zurückgezogen hat.

„Du hast eben gefragt, wie ich mich darauf einlassen konnte, auf diese Arbeit im Labor", sagt sie leise.

„Ja, du warst ein paar Wochen nicht an der Uni, das ist mir aufgefallen und ich habe dich gesucht."

Sie zögert einen Moment, dreht das Gesicht zu mir und lächelt. „Rico hatte das entschieden. Er hat ja immer für uns entschieden. ‚Gemeinsam', hat er gesagt. Ich konnte doch nicht ..." Sie presst die Lippen zusammen und fährt dann mit der Zunge unter die Oberlippe, was zu einer hässlichen Ausbuchtung führt wie bei einer furchtbaren Krankheit.

„Jonas, ich habe etwas herausgefunden", verkündet sie und lässt die Arme neben den Armlehnen nach unten baumeln. „Mein ganzes Leben hat Rico über mich bestimmt. Ich war, wie Rico Maria haben wollte, aber ich war nie Maria", sagt sie. „Das war ein Fehler, ein großer Fehler."

Ich warte darauf, dass sie noch mehr dazu sagt, doch sie wendet das Gesicht ab, beobachtet die Straße unter uns und sieht so konzentriert auf die wenigen Leute, die noch unterwegs sind, als würde sie jeden Einzelnen kennen.

18

Das Wasser aus der Plastikflasche schmeckt schal und ist warm, als hätte jemand immer wieder hineingespuckt und den Speichel gleichmäßig verteilt, damit keine Schlieren zu sehen sind.

Maria hockt auf dem Fenstersims, tastet mit langsamen Handbewegungen herum, als wäre sie gerade aus einer langen Ohnmacht erwacht. Zum ersten Mal sieht sie älter aus, als sie wirklich ist, und ich kann mir kaum vorstellen, dass diese Frau noch vor einigen Stunden übermütig gelacht hat.

„Gehts?" Reiner berührt ihre Hände, drückt sie fürsorglich und nickt ihr freundlich zu. Wie zerbrechlich der Riese auf einmal wirkt. Seine Augen bewegen sich unruhig, seine Mundwinkel spiegeln einen ungewöhnlichen Ernst wider, sind fast verkrampft.

Maria hält die Hände vor ihren Bauch. „Jaja, es geht schon", antwortet sie. „Ohne mich könnte ..., ich meine, vielleicht fällt mir noch etwas ein." Ein leiser Klagelaut kommt aus ihrer Kehle. „Ich denke unaufhörlich, aber manchmal ... Vieles kommt nicht zurück, oder ich sterbe vielleicht, wenn ich mich an alles erinnere. Es ist da, aber verschüttet. Ausgraben. Ich versuche zu graben. Es ist so viel, was wir noch nicht wissen."

Ich spüre einen Stich im Bauch. Lange Zeit kann ich es nicht mehr ertragen, Maria so zu sehen.

„Aber wir wissen doch schon einiges." Terzan grinst und deutet mit einer herrischen Handbewegung auf das Schema auf der Klappwand. „Wir wissen sogar einiges über Omega oder glauben es zu wissen. Nur Alpha ... Alpha und Omega. Warum dieses Alpha und Omega?"

„Wir sind das doch, glaube ich, wir", flüstert Maria. „Wir sind der Anfang, Alpha, und wir wollen Omega. Wir wollen ans Ende mit allen Konsequenzen", ergänzt sie.

Plutos kleine Hände tappen nervös über das Whiteboard. „Also, eigentlich – Reiner?", wendet er sich an den Riesen und zeigt mit einem Finger auf das Rechteck, in dem „Galerie Luna" steht.

„Ich war die ganze Zeit da", sagt Reiner und greift sich mit beiden Händen in die Haare, kratzt mit den Fingern auf der Kopfhaut und öffnet dann unvermittelt sein schwarzes Notizbuch. Hastig blättert er einige Seiten um.

„Es müssten doch einige Leser des Blogs dort aufgetaucht sein", sage ich ungeduldig.

„Das habe ich auch gedacht, deshalb habe ich die Galerie beobachtet", antwortet Reiner und nickt mir zu.

„Und?", wispert Maria.

„Irgendwelche Anhänger oder Mitglieder dieser Bewegung habe ich jedenfalls keine gesehen. Die wären mir aufgefallen. Es scheint sich überhaupt kaum jemand dorthin zu verirren. Nur Klinger war dort. Er ist gestern Abend sehr spät gekommen."

„Die Galerie ist nicht mehr sicher, hat er gesagt." Ich fummle eine Zigarette aus meiner Hosentasche, zünde sie an und versuche, den Rauch in Kringeln aus dem Mund zu blasen, doch es entstehen nur hässliche, nicht identifizierbare Gebilde.

„Und was hätten wir gemacht, wenn jemand aufgetaucht wäre?", frage ich.

„Ganz einfach. Ich wäre einer von ihnen gewesen, hätte behauptet, genau deswegen da zu sein. Sicher hätten wir einiges erfahren, vielleicht sogar über diese Versammlungen", erwidert Reiner.

„In die Iris sich jetzt reinschleichen will, oder zumindest plant sie, mehr darüber herauszufinden", sage ich.

„Was merkwürdig war", beginnt Reiner, hält für einen Moment inne und starrt auf eine der Seiten seines Notizbuchs, bevor er fortfährt, „diese Helen ist gestern reingegangen, aber nicht wieder rausgekommen."

„Irgendwann muss sie aber doch mal das Haus verlassen", sagt Terzan.

„Nein, sie ist definitiv dringeblieben."

„Das Gemälde ist noch da?", erkundigt sich Maria.

„Ja, sicher", antwortet Reiner überstürzt und klappt das Notizbuch zu.

Hinter mir zischt und faucht eine altersschwache Kaffeemaschine.

„Aber was viel wichtiger ist …" Pluto deutet auf einen kleinen Tisch, auf dem ein Laptop steht, geht hin und klappt das Gerät auf.

„IMO 7463918", lese ich vor. Die Nummer steht auf dem Heck eines Schiffes.

„Die Nordic Vigor", fügt Pluto hinzu. „Und die Nummer auf der SIM-Karte, die Jonas und Maria gefunden haben." Er zieht ein Foto in DIN-A-4-Größe aus einer Mappe, auf dem die SIM-Karte in starker Vergrößerung abgebildet ist. Er hält es neben den Laptop.

„Die Zahlen sind deutlich zu erkennen", bemerkt Terzan.

„Es ist eine siebenstellige Zahl, das ist richtig", sagt Pluto. „Und zwischen ‚IMO' und der Nummer befindet sich …?", sagt er und wartet.

„Die Nummer schließt nicht direkt an das O von IMO an", bemerke ich.

„… ein Leerzeichen", korrigiert Pluto. „Und wenn ihr die Nummer der SIM-Karte betrachtet?"

„Da ist dieses I, dann noch zwei weitere Buchstaben, aber man kann ja nur das I erkennen – oder vielleicht sind es auch zwei Zahlen", sagt Maria.

„Wenn in die SIM-Karte IMO und eine siebenstellige Nummer eingeritzt wurde, dann schließt die erste Ziffer direkt an das O von IMO an, es gibt also kein Leerzeichen, keinen Zwischenraum zwischen dem O und der 7 wie auf dem Heck des Schiffes", erklärt Pluto.

„Das kann auch Absicht sein, vielleicht war nicht mehr genügend Platz auf der SIM-Karte."

Terzans Bassstimme prallt von den Wänden des Konferenzraums zurück, dumpf, abgerissen, und ich versuche, den letzten Lauten noch nachzuspüren, doch sie stecken in der blauen Farbe der Wand.

„Wir sind ja davon ausgegangen, dass uns jemand mit der Nummer einen Hinweis geben wollte", sage ich. „Dazu müsste er die Nummer notiert haben, wobei er am Heck des Schiffes stand. Also würde er die Nummer genauso übernommen haben, wie sie am Schiff zu sehen ist."

Die von draußen auf der Wand auftreffenden Lichtkegel verschwimmen mit der blauen Farbe der Wand zu schrägen Fratzen, die im nächsten Moment aus den Wänden herausspringen, zum Fenster fliegen und es schließen, so dass die Hitze weiter jeden Quadratzentimeter Luft zusammendrücken kann. Wie verlockend ist es, jetzt zum Fenster zu laufen und hinauszuspringen, den kühlen Lufthauch zu spüren, den der eigene Körper beim Fallen erzeugt, um der verfluchten Hitze zu entfliehen, weg, so weit weg, wie es nur geht.

Terzan zeigt mit der rechten Hand in meine Richtung. „Guter Punkt, Jonas, aber wenn man so eine Nummer aufschreibt, achtet man dann auch auf diese Leerzeichen? Vielleicht musste es schnell gehen. Und es ist auch nicht einfach, Buchstaben und Nummern in eine SIM-Karte einzuritzen."

Reiner stemmt sich aus seinem Stuhl hoch und geht zum Whiteboard. „Wenn jemand einen Hinweis erhalten soll, müssen die Buchstaben und Zahlen genau übertragen werden, dazu gehören auch die Leerzeichen. Wer immer das abgeschrieben hat, wollte, dass sie genau wiedererkannt werden." Er zeichnet mit dem Marker zwei Striche unter die Fläche hinter dem I. „Nach dem I ist noch Platz für zwei Elemente. Eines davon kann ein Leerzeichen sein. Es ist also unwahrscheinlich, dass auf der SIM-Karte drei Buchstaben und sieben Ziffern stehen, es können auch zwei Buchstaben und sieben Ziffern sein oder ein Buchstabe und acht Ziffern."

„Also sollten wir weitersuchen, meinst du, auch nach einem zweiten Buchstaben?", rede ich weiter. „Auf der SIM-Karte steht das I, auf das dann wahrscheinlich ein zweiter Buchstabe folgt, danach ein Leerzeichen, und dann kommt die siebenstellige Nummer."

„Hm, okay." Terzan kratzt sich mit einer Hand am Kinn. „Aber was ist dann die Botschaft? Warum diese Zahl?"

„Ein Code, eine bestimmte Anordnung, ein Passwort?", schlägt Pluto vor.

„Eigentlich könnte es alles sein", sagt Maria.

„Einen Code und ein Passwort können wir, glaube ich, ausschließen." Ich tippe mit dem Marker auf die Zahlen auf dem Whiteboard.

„Wie kommst du darauf?", fragt Pluto.

„Der erste Buchstabe ist ein I. Es gibt Buchstaben-Zahlen-Kombinationen, die mit einem I beginnen. Sie werden verwendet, um Objekte zu bezeichnen, so wie IMO für Schiffe, ISBN für Bücher, ID ... Es könnte sich um eine ID-Nummer handeln. Irgendjemand wird damit also etwas bezeichnet haben, etwas Besonderes, was damit identifiziert wird."

„Vielleicht ist es aber doch ein Passwort", sagt Terzan.

„Gut, nehmen wir mal an, dass es sich um ein Passwort handelt, aber wofür? Ich meine, was soll damit geöffnet werden?" Ich lege den Marker am Whiteboardrand ab.

„Mir fällt dazu nichts ein", sagt Maria, ballt eine Hand zur Faust, presst sie gegen die Lippen und streicht mit den Fingerkuppen über ihre Zähne. „Dort unten gab es keine Passwörter, auch habe ich keinen Code gesehen. Nein, davon wüsste ich." Sie kratzt mit einem Fingernagel die Haut ihres rechten Arms auf, bis es blutet.

„Du erinnerst dich nur an sehr wenig", sagt Terzan.

„Ich habe ein sehr gutes Zahlengedächtnis, und ich erinnere mich an alles, was mit Zahlen zusammenhängt. Da ist aber nichts." Maria schüttelt vehement den Kopf.

Draußen schweben die vom Mondlicht angestrahlten dunklen Wolkenkugeln bewegungslos in der Luft, als würden sie mit dem darüber aufgehängten Himmel und den wenigen sichtbaren Sternen eine perfekte, von unsichtbaren Fäden zusammengehaltene Symmetrie abbilden.

„Warum hat sich niemand vor der Galerie Luna sehen lassen?" Pluto ballt die Hände zur Faust und schlägt die Fingerknöchel gegeneinander. Er nimmt den Marker und malt ein Fragezeichen in das Rechteck, in dem „Galerie Luna" steht. „Wir wissen noch zu wenig über die Galerie", bemerkt er.

„Oder geht es um ein Zeichen, das nur für eine gewisse Person bestimmt ist?" Reiner saugt so intensiv an einer Zigarette, als handelte es sich um ein Röhrchen mit Sauerstoff, das ihn gleich wieder ins Leben zurückführt.

„Es muss sich irgendetwas auf, unter oder am Gemälde befinden, das von enormer Bedeutung ist. Ansonsten hätten sie ‚Luzifer' nicht an den Anfang eines Weges zur Wahrheit gestellt", schlussfolgere ich.

„Klingt überzeugend, Jonas", sagt Pluto. Er geht schnell vor dem Whiteboard auf und ab, und mir wird klar, dass ich seine hektischen Bewegungen da vorn nicht mehr lange ertragen kann.

„Hast du ..." wende ich mich an Terzan.

„Oh ja", fällt Terzan mir ins Wort. Er hat den Stuhl weit zurückgezogen, damit er die Beine auf den Tisch legen kann. Noch immer diese Lässigkeit, die Vorstellung, dass alles ein großes Abenteuer ist. „Die SIM-Karte ist definitiv eine Prepaid-Karte."

„Also keine Chance", sagt Maria resigniert.

„Nein, leider", erwidert Terzan.

„Aber dieser Professor Keune?" Maria verschränkt die Hände hinter dem Kopf und sieht mich abwartend an.

Ich ziehe mein Smartphone aus der Tasche, tippe auf das Icon „Notizen" und scrolle etwas nach unten. „Es ist sein erstes Semester an der Heinrich-Heine-Universität. Vorher war er an der Goethe-Universität in Frankfurt."

„Frankfurt, das passt!", ruft Maria aus und springt vom Fenstersims herunter. Mit zwei Schritten steht sie vor dem Whiteboard und klopft gegen das Rechteck, in dem „Professor Keune" steht. „Vielleicht können wir ihn bald mit dem Labor in Verbindung bringen. Frankfurt, das Labor, Professor Keune, der in Frankfurt war."

„Er hat über Luzifer und die Grausamkeit im Schaffen von Francis Bacon am Beispiel von ‚Valerius Terminus' habilitiert. Weitere Veröffentlichungen zur Wissenschaftsgläubigkeit, der Vernunftkritik bei Kant und zum Thema ‚Die falsche Vernunft – Widerlegung eines Irrtums'."

„Diese Themen – er gehört dazu!", ruft Reiner.

„In Frankfurt wird es doch Leute geben, die ihn kennen. Vielleicht hat es dort ähnliche mysteriöse Versammlungen gegeben wie hier", sagt Pluto.

Die gitterartige Verzierung der Deckenlampe wirft quadratische Muster auf den Konferenztisch. Für einen Moment packt mich Panik bei der Vorstellung, dass dies alles hier sinnlos ist und wir zu spät kommen bei allem, was wir tun, und dass alles, was Omega begonnen hat, bereits unumkehrbar ist.

„An der Goethe-Universität wird sich irgendetwas finden. Wenn es dort auch diese Versammlungen gegeben hat und sie aufgehört haben, seit Keune nach Düsseldorf ging ..." Terzan nimmt ein Streichholz vom Tisch und kaut darauf herum.

„Wir fahren nach Frankfurt, gleich morgen." Pluto trampelt vor dem Whiteboard von einem Fuß auf den anderen. Warum setzt er sich nicht endlich hin?

„Gut", sage ich.

„Das Netzwerk hat auch dort Büros und Wohnungen für Journalisten, die in Schwierigkeiten sind. Bestimmt können wir in eine dieser Wohnungen."

Plutos Stimme verebbt zwischen den blauen Wänden des Konferenzzimmers. Ich folge mit meinem Blick den winzigen, kaum sichtbaren Rillen des Fensterrahmens und taste mich langsam zur Glasscheibe vor. Hinter dem Fenster liegt eine Welt, die ich zu kennen glaube, die mir aber manchmal so fremd und abstoßend erschien, dass ich Magenschmerzen bekam und es vorzog, vor dem Fenster zu bleiben, zu beobachten. Manchmal bekämpfte ich meine Schmerzen mit einer heißen Dusche und war erst beruhigt, wenn es Abend wurde und die Lichter der Stadt eines nach dem anderen verloschen, bis tief in der Nacht endlich der Punkt der maximalen Entspannung erreicht war und ich am liebsten durch die Wohnung getanzt oder auf die Straße gegangen wäre, weil ich nun sicher sein konnte, fast keinem Menschen zu begegnen.

Und jetzt soll ich nach dort unten, irgendwo in Frankfurt, um einen Wahnsinnigen aufzuspüren? Wo es kein Fenster gibt, kein Licht, nur Dunkelheit – wo wir nicht wissen, was uns erwartet und ob wir überhaupt lebend wieder herauskommen?

„Frankfurt. Es geht wieder zurück." Eine Träne läuft aus Marias rechtem Auge, und hastig wischt sie sie weg. „Dann gehen wir rein, nach unten, und finden Omega, ja?"

„Wir gehen da rein, ganz sicher", beruhigt sie Reiner.

„Aber wir wissen nicht … Und wenn wir nun …?" Mit belegter Stimme versuche ich meine Bedenken zu formulieren. „Es ist …"

„Wir wissen nicht, wie wir reinkommen, und du weißt ja nicht, wo ihr reingegangen seid, oder?", fragt Pluto.

„Nein." Maria schlägt sich mit der flachen Hand leicht auf den Hinterkopf. „Wo sind wir rein oder wieder zurück?" Sie schließt die Augen.

Niemand von uns traut sich etwas zu sagen. Nicht einmal räuspern will ich mich.

Endlich redet Maria weiter. „Nichts. Ich weiß es nicht mehr." Sie verbirgt den Kopf in den Händen und fährt sich mit den Fingern über die geschlossenen Augen.

„Kein Problem", beschwichtigt Terzan. Sein heiterer Tonfall irritiert mich. „Vielleicht erinnerst du dich noch, irgendwann."

„Hat Iris sich schon gemeldet?", fragt Pluto.

„Bei mir nicht", erwidere ich, nehme aber sicherheitshalber noch einmal mein Smartphone und kontrolliere das Display. Kein Anruf, keine SMS und auch keine WhatsApp-Nachricht von ihr. „Ist Klinger eigentlich noch in der Galerie?", erkundige ich mich.

„Vor drei Stunden war er noch da", erwidert Reiner.

„Dann muss ich noch mal hin", sage ich. „Ich glaube, dass er mir etwas verschwiegen hat."

„Jetzt?", ruft Maria. „Mitten in der Nacht?".

19

Einige Stunden vor Sonnenaufgang sieht Professor Klinger deutlich älter aus. Bei jedem Wort laufen ihm Furchen um Nase und Mund wie Schatten, die sich weiter in die Haut graben. Auf Klingers wuchtigem Schreibtisch steht ein kleiner Ventilator, der asthmatisch keucht und ab und zu stehen bleibt, dann aber ruckartig weiterjault.

„Sie haben Glück, dass Sie mich noch antreffen. Ich arbeite hier manchmal die ganze Nacht." Klinger zupft hektisch an seinen roten Haaren herum. Er hat sich eine Decke um die Schultern gelegt, die er ein paar Mal nervös zusammenzieht. Irgendetwas beschäftigt ihn, und ich ahne auch, was.

„Diesen Blog, den Sie erwähnt haben", sagt er und kratzt sich mit einem Finger an der Stirn, „Satanael spricht – ich habe ihn mir angesehen." Er zeigt auf das Smartphone, das neben der Schreibtischlampe liegt. „Ich kann mit den Dingern nichts anfangen, aber egal." Er macht eine wegwerfende Handbewegung. „Unzufriedene werden das glauben. Die werden überzeugt sein, das eigene Leben habe mit irgendetwas zu tun, was einem die Eliten vorenthalten, und dass man belogen wird." Er schiebt die vor ihm liegende Pfeife hin und her, ergreift sie schließlich und drückt sie einen Moment sehr fest. „Es ist nur – solche Gedanken werden viele begeistern, fürchte ich." Er schlägt den Pfeifenkopf einmal hart auf die Schreibtischplatte, ballt dann die andere Hand zur Faust, räuspert sich und setzt sich in seinem Sessel aufrecht hin, als wären wir bei einem Vorstellungsgespräch, bei dem er mir seine volle Aufmerksamkeit schenken will.

Ich nippe kurz an meinem Kaffee. Die schwarzen Krümel der Plätzchen, die von meinem Teller auf den Boden gefallen sind, sehen aus wie Mäusekot.

„Sie werden kommen, haben Sie beim letzten Mal gesagt." Ich schlucke den Rest des Plätzchens hinunter. „Die Galerie ist nicht mehr sicher."

„Bis jetzt war niemand da", entgegnet Klinger.

Ich ziehe die Arme enger um den Körper. Kleine kalte Schauer laufen über meine Schultern und arbeiten sich zielsicher zu den Ellenbogen vor, als wären da unsichtbare Nadeln unter der Haut.

„Also, was führt Sie so schnell wieder her?"

„Wir sind auf etwas gestoßen", taste ich mich vor. „Sie haben einen Aufsatz zusammen mit Hans Keune verfasst, Professor Hans Keune."

Klinger führt die linke Hand langsam zum Mund und bewegt mehrere Finger, als würde er ein kleines Kügelchen formen. „Keune, ja, ist lange her. Das war, glaube ich, bei einem Kongress zum Thema Grenzüberschreitungen. Er hatte mir vorgeschlagen, dass wir gemeinsam einen Beitrag in der Zeitschrift ‚Mythos' verfassen."

„Erinnern Sie sich an ihn?"

„Ja, ziemlich genau sogar. Wir mussten uns ein paar Mal treffen. Mein Gott, der ist doch kein Wissenschaftler, habe ich damals gleich gedacht." Klinger klammert sich mit der rechten Hand an den Fuß der Schreibtischlampe und schaltet sie ein paar Mal an und aus.

„Warum?", frage ich.

„Er hat immer irgendetwas von einem neuen Mythos gefaselt und kam in jedem zweiten oder dritten Satz auf diesen Gedanken zurück. Er wollte den Menschen für ein neues Denken öffnen, wie er sich ausdrückte."

„Hat er mehr zu diesem neuen Denken gesagt?"

„Nein, es blieb immer bei Andeutungen, vagen Vermutungen. Von der Vernunft, wie wir sie kennen, hielt er nicht viel. Dann wurde seine Stimme lauter. ‚Diese Vernunft', hat er einmal gesagt, ‚ist ein Irrtum, mehr Beschränkung als Freiheit'. Es war anstrengend." Der Professor zuckt unruhig mit den Schultern. „Mehr habe ich nicht behalten. Ich fand seine Gedanken sehr abwegig, und besonders schlimm war, dass man nicht mit ihm argumentieren konnte. Er behauptete nur, dass es einsichtig sei, so zu denken, und es jeder sehen könne, der nur intelligent sei und logisch denke." Er hebt eine Hand, als wollte er die nächsten Sätze besonders betonen. „Und Keune hat einige Aufsätze veröffentlicht, sicher, aber nicht in anerkannten Fachpublikationen, sondern in Sammelbänden. Von einer Forschung, also den systematischen Grundlagen, war er weit entfernt. Erschreckend, dass solche Leute Gehör finden, meinen Sie nicht?"

Ich reagiere nicht, sondern überlege, wie viele Leute ich kenne, die Aufsätze, wie sie Keune und andere verfassen, kritisch hinterfragen würden. Wenige. Das werden sehr wenige sein, denke ich.

Wie in Zeitlupe lässt Klinger seine Hände über die Tischplatte fahren, als suche er etwas. „Als ich diesen Blog angesehen habe, hat mich einiges an Keunes Gedanken erinnert – genauso spekulativ, wenig überzeugend und nachvollziehbar geht es dort zu. Aber für die Zielgruppe der Unzufriedenen ..., wahrscheinlich werden das viele genauso sehen wie dieser Satanael oder Omega, wie Sie ihn nennen." Der Schweiß auf Klingers Gesicht wirkt wie Salzsäure, die sich gleich in seine Haut fressen wird. „Aber das ist wirklich lange her, dass ich etwas mit Keune zu tun hatte. Und ich bin froh, dass wir uns danach nicht mehr wiedergetroffen haben. Verdächtigen Sie ihn? Gehört er denn zu dieser Gruppe?"

„Es gibt einige Verbindungen", druckse ich herum.

„Gut, ich hoffe, dass ich Ihnen mit meinen Informationen helfen konnte. Übrigens haben Sie das letzte Mal etwas von einer Zahl berichtet. Was für eine Zahl ist das? Vielleicht kann ich Ihnen da helfen?"

Ich beuge mich zum Schreibtisch, nehme einen leeren Zettel und schreibe 7463918 auf das Papier.

Klinger nimmt den Zettel und betrachtet ihn einige Sekunden. „Diese Zahl – also, wollen Sie die entschlüsseln, hat sie eine besondere Bedeutung?", murmelt er. Ohne meine Antwort abzuwarten, kritzelt er etwas unter die Ziffern.

Ich hebe den Kopf, kann aber nicht erkennen, was er geschrieben hat.

„Sie fahren doch nach Frankfurt?", fragt er.

„Ja. Woher …?"

„Pluto hat eben angerufen und Sie angekündigt."

Ich nicke, und Klinger reicht mir den Zettel zurück.

„Das hier ist Ihr Kontakt in Frankfurt." Auf dem Papier steht eine Handynummer.

„Sollen wir der Person die Zahl …"

„Nein, nein", unterbricht er mich hastig. „Dieser Mann wird Sie zu Jerschow führen, der lässt sich sonst auf keinen Kontakt ein. Die Telefonnummer gehört einem Professor Lubov. Sagen Sie ihm, Joe hätte Sie geschickt."

„Joe?"

„Ja, das macht sich besser als Johannes." Er zögert einen Moment. „Rufen Sie an, wenn Sie dort sind", fügt er hinzu. „Lubov wird dann ein Treffen mit Jerschow arrangieren."

„Und wer ist dieser Jerschow?" Ich klappere mit der Untertasse und ziehe einige Krümel herunter.

„Wenn Ihnen jemand etwas zu den Zahlen sagen kann, dann er." Im Fenster hinter ihm verschwimmt Klingers

Hinterkopf mit dem Licht, das sich in der Scheibe spiegelt, zu einem undeutlichen Klumpen. „Ein Mathematiker, lebt allein mit seiner Mutter, mitten in Frankfurt, hat aber fast alle Kontakte zu anderen Menschen abgebrochen. Er interessiert sich nicht für Frauen, Sport oder Politik, nur für Mathematik."

„Ein Genie?"

Klinger schmunzelt. „Er glaubt, große mathematische Probleme gelöst zu haben. In Wirklichkeit hilft er mir manchmal beim Dechiffrieren von Codes, wie sie manche Künstler verwendet haben, um ihre Aussagen vor der Zensur und der Kirche zu verbergen."

„Also gut. Jerschow also", bemerke ich. „Obwohl – Moment." Gerade ist mir siedendheiß eingefallen, dass es ja nicht nur Zahlen sind. Ich nehme einen Kugelschreiber vom Tisch und schreibe ein I vor die erste Ziffer. „Wahrscheinlich befinden sich zwei Buchstaben vor der Sieben. Wir konnten bisher nur leider erst einen entziffern."

Klinger nimmt mir das Papier aus der Hand und hält es dicht vor seine Augen. „Ein I oder eine Eins", sagt er.

„Bitte?", frage ich konsterniert.

„Das I könnte für römisch eins stehen."

„Meine Güte, ja, das stimmt."

„Da fällt mir ein, dass in Franz von Stucks Nachlass die beiden Versionen von ‚Luzifer' mit römischen Ziffern bezeichnet werden. Das zweite Gemälde trägt den Zusatz ‚II'. Vielleicht beziehen sich die beiden Buchstaben auf dieses Gemälde, dann müsste es heißen: II 7463918."

„Daran haben wir gar nicht gedacht." Ich kann meine Begeisterung kaum verbergen. „Das zweite Gemälde also, das ist doch schon sehr konkret", sage ich, wobei sich meine Stimme fast überschlägt. Am liebsten würde ich sofort aufspringen und die anderen benachrichtigen.

In diesem Moment betritt Helen das Zimmer. „Dieser Pluto hat angerufen", platzt sie heraus.

Klinger schüttelt heftig den Kopf, zuckt schon und will etwas sagen, um sie wieder hinauszuschicken, aber da redet sie schon weiter.

„Die Internetseite mit dem Blog war ausgefallen", stößt sie hervor. „Angeblich technische Probleme. Sie ist aber wieder online. Das stand jedenfalls in einem Forum, in dem Pluto recherchiert hat."

„Wie?" Ich bin verwirrt.

Helens Gesicht wird aschfahl. „Wenn diese Anhänger den Blog erst jetzt aktualisieren, dann haben sie die Information vor Kurzem bekommen. Sie sollten also sofort …"

Klinger springt überhastet auf. „Wahrscheinlich sind die Ersten schon auf dem Weg." Er zieht die Gardine vor dem Fenster zur Seite und blickt hinaus. „Noch ist nichts zu sehen. Trotzdem müssen Sie sofort verschwinden."

„Und Sie?"

„Wir gehen direkt nach Ihnen, gehen Sie nur zuerst", beharrt er.

„Aber wie? Ich kann nicht mehr raus", sage ich und stehe mit zitternden Knien auf. In diesem Moment sind Geräusche von draußen zu hören – ein, zwei Schreie, ein Kreischen, einige überlaute Wortfetzen, die ich nicht verstehe.

„Das Poster des Gemäldes?", krächze ich mehr, als dass ich spreche.

„Ist ja immer noch im Schaufenster", erwidert Helen.

Irgendetwas kracht gegen das Fenster des Büros, wahrscheinlich ein Stein.

„Das Licht!", ruft Helen entsetzt. Schnell schaltet Klinger die Deckenbeleuchtung aus.

„Kommen Sie." Helen nimmt mich am Arm, und ich lasse mich bereitwillig durch die Tür zur Treppe führen. „Aber, ich verstehe nicht", sage ich verwirrt.

„Ich bringe Sie nach unten in einen der Lagerräume", murmelt sie.

Wir hasten die Treppe hinunter, stolpern am Ausstellungsraum vorbei, vor dessen Fenster einige Gesichter grell vom Licht der Straßenlampen angestrahlt werden. „Da!" Ich zeige hilflos auf das Schaufenster. Freaks, denke ich, oder vielleicht doch lebende Tote.

„Ignorieren Sie die. Hier entlang." Helen geht voraus durch einen schmalen Gang, an dessen Ende wir nach links abbiegen, bleibt vor einer unscheinbaren Tür stehen, die sie öffnet, und schiebt mich hinein. „Gehen Sie vor bis zur Wand."

Ich zögere. Was, wenn sie nun die Tür hinter mir zuzieht und abschließt? Doch einen Moment später flammt das Licht von Neonröhren auf. Ich lege den rechten Arm über die Augen.

Schemenhaft erkenne ich eine große Kiste an der gegenüberliegenden Wand, auf die ich zugehe. Helen überholt mich, stemmt sich gegen die Kiste und schiebt sie zur Seite. Irgendwo oben kracht Glas. Wieder diese Schreie, die durch Mark und Bein gehen.

Helen deutet auf das Loch in der Wand, das ich erst jetzt sehe. „Schnell, Sie müssen sich …" Weiter kommt sie nicht, denn von oben ist ein ohrenbetäubendes Kreischen zu hören, spitz und schrill. „Dieser verdammte Pöbel!", schreit Helen. „Hier finden die Sie nicht! Los!"

Ich lege ihr eine Hand auf die Schulter.

Helen stützt sich an der Wand ab und zeigt ins Dunkel. „Anfangs können Sie aufrecht gehen, dann wird es enger", erklärt sie.

„Ein Geheimgang", sage ich und schicke mich an, hineinzuklettern.

„Wenn Sie so wollen", flüstert sie kaum hörbar.

„Darum hat man Sie seit einigen Tagen nicht rauskommen sehen?"

„Bitte? Was meinen Sie?"

Ich mache eine abwehrende Handbewegung, während mich bereits Dunkelheit umfängt.

"Sie merken dann schon, wenn Sie sich den Kopf stoßen", erklärt Helen. "Es ist aber nicht weit. Viel Glück."

***

Ein durchdringender Schrei, dann Geräusche, als würden Möbel verschoben, dann höre ich, wie jemand aufbrüllt. Meine Güte, wenn es solche Schreie sind, wie Maria sie gehört hat... "Wie Tiere haben sie geschrien", hat sie gesagt, und dass sie solche Schreie noch nie gehört habe. Für einen Moment halte ich an und lausche auf das tropfende Wasser vor mir. Ich taste mich langsam weiter vor. Die Dunkelheit vor mir ist wie eine undurchdringliche Wand.

Aua, mein Kopf. Mit ein paar Handbewegungen befühle ich die Decke über mir. Zitternd lasse ich mich auf den Boden hinab und krieche mühsam weiter vorwärts. Viel Platz ist über meinem Kopf nicht mehr, und bei jeder Bewegung befürchte ich, an die kalten, spitzen Steine zu stoßen. Verdammt, ich habe vergessen zu fragen, wo ich wieder rauskommen werde. Aber es ist wirklich zu dunkel. Ich halte an, ziehe mein Smartphone aus der Hosentasche und starte die Taschenlampen-App. Tatsächlich scheint sich in einigen Metern Entfernung eine Tür abzuzeichnen.

***

Draußen stinkt es nach Kot, verdorbenen Lebensmitteln und verbranntem Plastik. Ich stehe zwischen zahllosen Topfpflanzen direkt unter einem mit Brettern vernagelten Fenster. Der Hinterhof geht auf eine kleine Zugangsstraße, die rechts und links von großen Farnsträuchern und mehreren Bäumen eingerahmt wird. Ich muss alle Kraft zusammennehmen, um vorwärtszustolpern, direkt auf eine altertümliche blaue Zapfsäule vor einer verwitterten Mauer zu, aus der einige Steine herausgefallen sind. Kurz darauf erreiche ich eine größere mit Bäumen gesäumte Straße. Der Mond schickt kleine Lichtflecken durch die Wolken, die als matte Quadrate vor mir auf der Fahrbahn auftreffen.

Wohin jetzt? Ich spähe nach links. Bäume, die schnurgerade verlaufende Straße und einige Häuser. Aber Moment, da drüben steht irgendetwas, etwas Großes, ein Ungetüm wie ein Monster. In diesem Moment werde ich von einem grellen Licht geblendet. Hilflos taumele ich einige Meter, schirme mir mühsam mit der Hand die Augen ab. Das Ungetüm setzt sich in Bewegung, und als es näherkommt, sehe ich flammendes Rot. Es ist überall. Verdammt, ich sehe nur noch Rot. Der Kapitän, denke ich, der bringt den Tod, während der Wagen beschleunigt und auf mich zurast.

***

Als ich wieder aufwache, blicke ich in Professor Klingers Gesicht. Mühsam versuche ich zu schlucken. Der Mond schwankt über mir wie ein mit Stanniolpapier abgedeckter Lampion. Ich will mich aufrichten, als mein Blick auf Helen fällt, die neben mir kniet.

„Ein riesiger roter Wagen, ziemlich alt", sagt Helen, die mir so nahe ist, dass ich einen warmen Luftzug an meinem Hals spüre, wenn sie spricht.

„Der Kapitän bringt ...", sage ich und zucke zurück, als Plutos Gesicht über mir erscheint. „Wie kommst du hierher? Wie kann ..." Ich versuche, lauter zu sprechen, bringe jedoch nur ein heiseres Krächzen heraus. Auf jeden Fall liege ich direkt neben den Topfpflanzen. Wahrscheinlich haben mich Helen und Klinger hergeschleppt. Dicker Qualm dringt an mein Gesicht.

„Was ...?", stammele ich und huste.

„Die Galerie", sagt Helen kaum hörbar. „Sie brennt."

Klinger stützt mich und hilft mir auf.

„Diese Leute, die wir gesehen haben?", frage ich mit heiserer Stimme.

„Sie haben Feuer gelegt." Pluto zieht sich meinen linken Arm um die Schultern, um mir aufzuhelfen.

DIE DRITTE STUFE

Gemeinsam humpeln wir einige Schritte.

„Wir konnten gerade noch fliehen, und das auch nur mit Plutos Hilfe." Klingers Gesicht ist wie mit weißem Wachs überzogen.

Jetzt sehe ich auf seinem Anzug Ascheflocken, auch einige Brandlöcher. „Aber warum?" Ich gehe einige Schritte selbstständig, taumele, falle zur Seite, doch Pluto fängt mich auf.

„Sie wollten das Gemälde, und dann ist irgendwie alles außer Kontrolle geraten", stößt Helen hervor.

„Sie wissen nicht, dass es nur ein Poster ist. Vielleicht wussten sie es auch, und es hat sie nicht gestört", sage ich, und Klinger nickt. „Dieser Wagen kam auf der Straße direkt auf mich zu. Die wollten mich töten. Danke, dass Sie mich von der Straße geholt haben."

„Das war nicht so", sagt Klinger. „Wir haben Sie hier in diesem Hinterhof gefunden. Wir haben Sie nicht von der Straße hergebracht."

„Aber warum wollte man …" Ich fühle etwas an meinem Bein, in meiner Hosentasche, und fasse beiläufig hinein, ertaste einen Zettel. Oh nein, nicht schon wieder. Ich ziehe ihn heraus und halte ihn hoch, sodass alle ihn sehen können. Diesmal sind nur drei Punkte abgebildet.

„Also drei, irgendetwas mit drei, oder?", schlägt Pluto vor.

„Dann wird jetzt langsam alles klarer. Von wem die Symbole kommen. Wer sie uns schickt", sage ich.

„Nämlich?", fragt Pluto.

„Vom Kapitän", antworte ich.

„Der den Tod bringt?" Er schüttelt verwirrt den Kopf.

„Das dachten wir jedenfalls bisher, oder wir sollten es denken."

DIE DRITTE STUFE

***

Eine Stunde später sitze ich in der schummrig ausgeleuchteten Küche in Reiners Wohnung. Draußen scheint rote Farbe am Himmel auszulaufen wie Blut nach einem Aderlass. Ein grauer Zigarettennebel wabert vor meinen Augen, dass ich husten muss und mich räuspere. Reiner aufzufordern, woanders zu rauchen, kommt wohl keinem von uns in den Sinn.

„Warum sollte Rico uns Zeichen schicken?", eröffnet Maria aufgebracht das Gespräch und schüttelt den Kopf. „Er will mich töten, ganz sicher. Und ihr, ihr tut so, als wäre er auf unserer Seite." Sie läuft von einem Ende der Küche zum anderen, auf den Balkon, kommt wieder zurück, und ich stehe auf und halte sie fest.

„Lass mich", faucht sie und schüttelt meine Hände ab. „Leute!" Sie schlägt die Hände vors Gesicht. „Wenn das wirklich von Rico käme …"

Pluto schaut sie besorgt an, und Reiner murmelt ein paar Mal: „Maria, beruhige dich."

Ratlos gehe ich ein paar Schritte auf Maria zu, die sich an der Balkontür festhält, aber sie dreht sich um und flüchtet nach draußen. Mit einem Schritt bin ich hinter ihr, um zu reagieren, falls sie über die Brüstung steigen will. Lange können wir hier ohnehin nicht mehr bleiben, das hat jedenfalls Reiner behauptet. So richtig verstanden habe ich ihn nicht. Er spricht fast nur noch mit bebender Stimme, wirkt deutlich nervöser als wir und schlägt immer wieder sein kleines schwarzes Notizbuch auf.

„Leute, wir treffen uns doch hier nicht, um …", setzt er jetzt an, unterbricht sich aber sofort wieder, zerquetscht seine Zigarette auf einer Untertasse und lässt das unförmige Gebilde auf den im Aschenbecher aufgeschichteten Kippenberg fallen. „Maria, kann es nicht sein, dass du dich irrst?", ruft er auf den Balkon hinaus.

Maria reagiert nicht. Iris tritt langsam hinter sie und fährt ihr behutsam über Kopf und Arme. Wie entspannt Iris auf einmal ist, und wie unbeschwert sie mit Maria umgeht. Als wäre sie nie im Mindesten eifersüchtig gewesen.

„Maria, das war doch Ricos Auto, dieser große rote Opel Kapitän, oder?", frage ich.

Maria dreht sich langsam um und verschränkt die Arme vor der Brust, als wäre ihr kalt. „Ja." Sie pirscht sich langsam in die Küche vor, schlenkert unruhig mit den Beinen, tritt gegen eines der Tischbeine. „Aber warum? Rico ist doch mein Bruder, aber ist er das überhaupt noch, so wie er sich bisher verhalten hat?"

„Hat er angekündigt, dich töten zu wollen?", fragt Reiner.

„Nein." Sie zieht die Brauen hoch. „Aber Rico und Omega ... Omega tötet Verräter. Er hat Leute aus dem Labor liquidiert, jedenfalls waren sie nicht mehr da, sind einfach verschwunden."

„Also gut, nehmen wir mal an, dass diese Codes von Rico stammen. Dann würde er ja ein doppeltes Spiel spielen, also Omega verraten", sage ich.

„Aber das würde er nicht tun", sagt Maria, und auf ihrer Stirn entsteht eine tiefe Falte. „Das würde er niemals."

„Vielleicht tut er es für dich, Maria", sagt Iris.

„Für mich? Verdammt, warum sollte er? Wir wurden doch verfolgt, in Düsseldorf, und dann später in diesem Garten. Man wollte uns töten, oder, Jonas? Die waren doch hinter uns her?" Sie redet plötzlich schneller, als würde ihr die Gefahr der Situationen erst jetzt bewusst.

„Das wissen wir nicht mit Sicherheit", gebe ich zu bedenken.

„Auch kannst du nicht wissen, ob wirklich Rico am Steuer dieses Wagens saß, oder hast du ihn gesehen?", kontert Maria.

„Ich wurde geblendet", erwidere ich.

„Aber okay", schaltet sich Reiner ein, der schon wieder eine aufgerauchte Zigarette auf dem Turm im

Aschenbecher deponiert, „wir haben jetzt diese Codes, und außerdem – Iris, du warst doch an der Uni."

Auffordernd sieht er Iris an, die den Rücken durchdrückt wie eine Schülerin, die stolz ist, auf eine Prüfungsfrage richtig geantwortet zu haben. Sie lungert am Kühlschrank herum, öffnet ihn bedächtig, nimmt aber nichts heraus, geht einige Schritte und lehnt sich gegen den Geschirrspüler. Niemand von uns sagt ein Wort.

„Die Versammlungen", beginne ich, „du wolltest sie auskundschaften."

„Ja, Jonas, ich weiß", erwidert sie überhastet. „Es war schwieriger, als ich dachte. Ich war ja bei diesem Pförtner, der mir von dem Bild auf den Plakaten erzählt hat. Diese Ankündigungen zu den Veranstaltungen."

„Sicher, das Gemälde ‚Luzifer', richtig?", frage ich.

„Ich wollte diesen Pförtner aufsuchen. Meist sind diese Leute ja abends noch da, oder zumindest bis zwanzig Uhr, solange noch Seminare und Vorlesungen stattfinden. Es war aber überhaupt niemand mehr zu finden. Dann kam ich auf die Idee, mich die Nacht über in der Uni zu verstecken, was gar nicht so einfach ist." Sie zieht einen Stuhl mit der Lehne zu sich heran und setzt sich rittlings darauf. „Wenn am Abend eine dieser Veranstaltungen stattfindet, dachte ich, ist bestimmt eines der Gebäude unverschlossen, denn irgendwie müssen sie ja reinkommen."

„Und?" Reiner atmet hörbar ein und aus.

„Das Gebäude 25.21 war nicht verschlossen, und vor dem Hörsaal 5 D hing eines dieser Plakate, von denen der Pförtner erzählt hatte." Iris nimmt eine Wasserflasche vom Tisch, öffnet sie und setzt sie sich an die Lippen.

„Es war dieses Gemälde? Das Erkennungszeichen?", frage ich.

Iris setzt die Flasche wieder ab und stellt sie unsanft auf den Tisch. „Ja, das war ‚Luzifer', ganz eindeutig.", erwidert sie.

„Und? Bist du reingekommen?", fragt Reiner.

„Nein, bin ich nicht, weil der Saal verschlossen war. Leider war ich etwas zu spät. Das Treffen hatte schon begonnen, und dann verschließen sie anscheinend die Türen."

„Also wieder nichts", sagt Pluto und sackt in sich zusammen.

„Ich habe aber zuhören können", redet Iris weiter. „Zumindest war da immer wieder eine laute Stimme zu hören, nur die anderen habe ich nicht so gut verstanden. Es war echt gespenstisch. Ich konnte es kaum aushalten und war froh, nicht drinnen zu sein."

„Was haben sie denn gesagt?", fragt Pluto.

„Dass die Menschen sich ändern müssten, dass alles auf Anfang gestellt würde, und dass es Zeit sei, endlich aufzuwachen."

„Das kennen wir schon", sagt Reiner wenig begeistert.

Iris zögert einen Moment, und in der Zeit betrachte ich die Vertiefungen ihrer Lippen. An einer Stelle befindet sich eine kaum sichtbare Verhärtung, vielleicht von einer Wunde.

„Sie haben etwas von drei Welten erzählt", fährt Iris mit etwas lauterer Stimme fort. „Man könne in drei Welten leben, nicht nur in einer."

„Wurde etwas von Tabletten erwähnt oder Drogen?", fragt Pluto.

„Nein, nur von einem Weg der Wahrheit, und dass man diesen Weg noch verbessern wolle, weil Fehler ausgemerzt werden müssten. Und dass es gefährlich ist. Tabletten wurden nicht erwähnt, nein, Drogen auch nicht. Ich konnte nur das Wort Medikament hören. Wer zu ihnen gehört, würde ein Medikament erhalten, ein Privileg, man könnte erst damit zu einem wahren Menschen werden."

Iris' Wangen haben sich leicht gerötet, hastig fährt sie sich mit den Händen durch die blonden Haare. „Das ... das ist die Botschaft", fügt sie stirnrunzelnd hinzu.

„Hast du noch etwas hören können?", will ich wissen.

Ein Sonnenstrahl leuchtet einen kleinen weißen Fleck unter Marias rechtem Auge an wie ein Laser, der die getrocknete Träne im nächsten Moment in einen Brennfleck verwandeln wird.

„Ich konnte nicht lange bleiben", sagt Iris.

Maria bleibt indessen weiter stumm, blickt an Iris vorbei und scheint auch nicht zu bemerken, wie ich sie anstarre.

„Da kamen noch einige Leute", sagt Iris. „Ich bin dann geflüchtet. Ich hoffe nur, dass sie mich nicht gesehen haben."

„Maria, was sagst du dazu?", fragt Pluto.

„Ja, diese Versammlungen. So rekrutieren sie die Leute. Ich weiß nicht, ob es die Versammlungen auch in anderen Städten gibt. Das mit den drei Welten, das habe ich schon mal gehört." Sie starrt auf die schwarz-weißen Kästchen des Küchenbodens und verstummt.

„Stimmt", werfe ich ein. „Du hast davon erzählt. ‚Drei Schichten', hast du gesagt, und Rico hätte erwähnt …"

„… dass sie das alles genau deswegen machen", unterbricht mich Maria.

„Drei Schichten, drei Welten?" Reiner tappt mit den Fingern auf der Tischplatte herum. „Was soll das sein?"

„Hört sich für mich nach Bewusstseinsveränderung an. Man überschreitet Grenzen mit diesen Tabletten oder irgendwelchen Medikamenten", kommentiert Pluto.

„Immerhin wissen wir jetzt etwas mehr", murmele ich. „Aber du hast noch etwas von einer Künstlergruppe erzählt, zu der ein Fürst gehörte", füge ich hinzu.

„Künstler. Gehörte nicht von Stuck zu so einer Künstlergruppe?", fragt Reiner.

„Richtig, er war Mitglied der Münchener Secession", erkläre ich. „Das Gemälde ‚Luzifer', von Stuck, die Künstlergruppe – wie passt da ein Fürst dazu?"

Pluto schüttelt verständnislos den Kopf. „Nicht zu vergessen die Zusammensetzung dieser Tabletten, oder hast du dich daran wieder erinnert, Maria?"

Maria fährt sich mit einem Finger über die Nasenspitze. „Geheimes Wissen, Tausende Jahre alt", antwortet sie kaum hörbar.

„Das zweite Original von ‚Luzifer' ist der Schlüssel. Vielleicht finden sich dort Informationen, irgendwo im oder am Gemälde versteckt", schlägt Reiner vor.

„Die Antwort liegt in Frankfurt, also sollten wir so schnell wie möglich hinfahren", murmelt Pluto und wird im selben Moment von einem schrillen Geräusch unterbrochen.

Reiner springt auf und wirft dabei den Aschenbecher um. Die wie kleine Säcke aufgetürmten Kippen fallen auseinander und purzeln auf die Tischplatte. „Bestimmt Terzan", ruft er, drückt den Türöffner, und zwei Minuten später steht Terzan in der Küchentür.

Triumphierend hält er sein Smartphone und einen zerknitterten Zettel in die Höhe, auf dem ich undeutlich die merkwürdigen Kreise und Striche entdecke. „Ich habe eine Bildersuche gemacht", verkündet er. „Die Codes habe ich fotografiert und bei der Bildersuche auf Google hochgeladen." Er tippt ein paar Mal mit dem Zeigefinger auf den Zettel. „Das sind Zahlen aus dem Zahlensystem der Maya."

„Was? Jemand soll das Zahlensystem der Maya benutzt haben, um uns etwas mitzuteilen?", bringe ich überrascht heraus. „Und kannst du die Codes entschlüsseln?"

„Ich kann alle Botschaften, die wir bisher erhalten haben, entschlüsseln", erwidert Terzan, knallt den Zettel auf den Küchentisch und glättet ihn. Einen Moment später stehen oder sitzen wir alle um ihn herum. „Bei dem Zahlensystem der Maya handelt es sich um ein Vigesimalsystem", erklärt er, „dessen Grundlage eben die Zahl Zwanzig ist, so wie in unserem Dezimalsystem die Zahl Zehn." Er zögert wie ein Lehrer, der überprüft, ob alle Schüler verstanden haben, was er gesagt hat. „Wir sehen hier Punkte und Striche. Jeder Punkt steht für eine Eins, jeder Strich für eine Fünf. Die Zahlen wurden mit diesen Punkten und Strichen dargestellt, höhere Zahlen wurden mit Zwanzigerpotenzen abgebildet."

„Wahnsinn", murmelt Reiner. „So können wir die Codes ..."

„Moment", sagt Terzan und hebt die Hände. „Die erste Zahl, die ihr in diesem Raum an der Uni gefunden habt – ein Strich und zwei Punkte, also ..."

„Eine Sieben", schlussfolgere ich.

„Richtig." Terzan schreibt eine Sieben hinter den ersten Code auf den Zettel. „Zahl Nummer zwei: vier Punkte, also eine Vier, dann folgen eine Sechs – ein Punkt und ein Strich – und eine Drei aus drei Punkten."

Maria greift sich mit fiebrigem Gesichtsausdruck an den Kopf. „Das ist doch diese Zahl."

„Wir haben dann 7463, also einen Teil der Zahl, die ihr auf der SIM-Karte gefunden habt", sagt Terzan.

„Jemand teilt uns diese Zahl verschlüsselt mit", sagt Reiner.

„Aber Moment, wir haben die Zahl doch schon. Sie steht auf der SIM-Karte, also warum sollte sich jemand die Mühe machen, sie uns jetzt noch mal so nach und nach zu verklickern?", fragt Pluto.

Ich zucke mit den Schultern. „Wir sind bisher davon ausgegangen, dass die SIM-Karte absichtlich in dieser Wohnung zurückgelassen wurde, aber vielleicht war es gar nicht beabsichtigt, dass sie gefunden wird. Ansonsten wäre sie kaum so gut versteckt gewesen. Kurt und Petra, die vor uns da waren, haben sie ja auch nicht gefunden."

„Und das bedeutet?" Maria sieht mich mit schräg gelegtem Kopf an.

„Dass jemand sie dort deponiert oder quasi in Sicherheit gebracht hat", erwidere ich.

„Macht Sinn", sagt Iris. „Aber wir haben die Zahl jetzt sogar zweimal, und wenn wir schon Codes zu 7463 erhalten haben, werden 918 noch folgen. Also werden wir nach und nach noch drei Botschaften erhalten."

Terzans Augen blitzen fröhlich, und er breitet die Arme aus wie ein Priester, der dazu ansetzt, die Gemeinde zu segnen.

„Und diese Ziffern müssen etwas mit dem zweiten Original von ‚Luzifer' zu tun haben", füge ich hinzu. „Ein weiterer Code, vielleicht komplexer als diese Zahlen der Maya, und den haben wir noch nicht entschlüsselt."

„Auf jeden Fall sollten wir Klinger informieren. Vielleicht gibt es eine Verbindung zu Franz von Stuck oder sogar zum Gemälde ‚Luzifer'", sagt Pluto.

„Die Abfolge der Zahlen ist entscheidend. Wenn sie für etwas stehen, können wir sie vielleicht entschlüsseln", sagt Reiner.

„Mit diesem – wie heißt er noch mal? Lewin…?"

„Jerschow", korrigiere ich Pluto.

„Der wird die Zahl entschlüsseln können. Vielleicht hat sie eine geheime Bedeutung", sagt Pluto.

Maria steht auf, fährt mit den Fingern über die Zahlen, die Terzan hinter die Codes geschrieben hat.

Ich schaue sie an. „Diese Tabletten, dafür gab es ein Rezept. Altes Wissen. ‚Geheimwissen' hast du gesagt, oder? Woher hatte Omega das?"

„Er hat es gefunden", antwortet Maria mit fester Stimme und zögert einen Moment, schüttelt den Kopf. „Ich weiß es nicht. Vielleicht fällt es mir wieder ein."

„Leute, schlaft ein bisschen. In einigen Stunden brechen wir auf", sagt Pluto, rutscht vom Stuhl und klatscht in die Hände.

„Wir gehen da rein, ja?" Marias Augen sind auf einmal groß, weit aufgerissen. „Ins Labor, da unten, wo es dunkel ist. Vielleicht werden wir alle sterben. Wenn Omega da ist, wird er uns töten." Den letzten Satz flüstert sie und blickt zu Boden.

Ich gehe zu ihr und nehme ihren Arm, der mir kalt und wie abgestorben vorkommt. Langsam führe ich sie in Richtung Wohnungstür, versuche, mich ihren kleinen Schritten anzupassen. Als wir uns schwerfällig vorarbeiten, taucht Iris plötzlich neben mir auf. Ihre Wangen sind leicht gerötet, sie fährt sich ein paar Mal durch die Haare und lehnt sich dann gegen die Wand. Als ich sie fragend ansehe, bemerke ich, dass ihre Lippen leicht zittern. Sie blickt demonstrativ zur Seite, dreht sich aber abrupt wieder um und geht zurück zu den anderen.

„Moment!", rufe ich ihr nach, als ich schon an der Wohnungstür bin. „Dieses uralte Wissen, das Tausende Jahre alt ist – die Kultur der Maya ist doch uralt und existierte bereits vor Tausenden von Jahren, oder?"

20

Eigentlich hätte ich ablehnen müssen. Ich bin wirklich kein guter Autofahrer, fahre oft zu langsam, und die Autobahn ist nachts viel zu still und zu dunkel, um sich überhaupt gut orientieren zu können. Undeutlichkeit, Schatten, Silhouetten – da bleibt zu viel Raum für Vorstellung, Einbildung. Die Welt ist Fragment, nichts ist endgültig, alles in der Schwebe.

„Die Kanalisation in Frankfurt ist über 1.500 Kilometer lang", brummt Reiner vom Rücksitz. „Wenn wir die genaue Stelle nicht kennen, an der du eingestiegen bist, Maria, dauert es ewig."

Iris hat darauf bestanden, neben mir zu sitzen, und hat eine Hand auf meinem rechten Bein. Maria sitzt direkt hinter mir auf der Rückbank, daneben Reiner und Terzan. Aus dem Autoradio kommt leise Musik wie sanftes Hintergrundrauschen. Pluto hat darauf bestanden, mit seinem eigenen Auto zu fahren. „Wenn zu viele Leute im Auto sind, bekomme ich Platzangst", hat er mir erklärt.

Maria murmelt etwas, das ich nicht verstehe, und wendet den Kopf hin und her. „Ich wurde durch die Stadt gefahren, stundenlang, das habe ich doch schon erzählt", erklärt sie etwas gereizt. „Ich weiß nicht mehr, wo wir nach unten gegangen sind."

„Gab es vielleicht irgendetwas Auffälliges?", fragt Iris, die sich vom Beifahrersitz zu Maria umgedreht hat, in versöhnlichem Ton.

Verdammt, warum riecht es im Auto nach Frikadellen? Nur mit Mühe kann ich ein Würgen unterdrücken und trinke einen Schluck von der Red Bull Summer Edition mit diesem ekligen Kiwi-Apfel-Geschmack. Dann halte ich den Kopf einen Moment an das geöffnete Fenster, obwohl ich dadurch den Wagen fast aus der Spur reiße. „Jemand wird einen Kanaldeckel geöffnet haben, dann seid ihr in einem Schacht nach unten, so wird es wahrscheinlich gewesen sein, obwohl diese Gullys ja auch alle gleich aussehen", sage ich dann fest.

„Nein", brummt Maria und beugt sich nach vorn. „Dann wären wir ja auf einer Straße gewesen und jemand hätte diesen Deckel angehoben, aber so war es definitiv nicht. Außerdem sind nicht alle Kanaldeckel gleich, Jonas."

Wir schweigen angespannt. Niemand von uns will Maria ablenken, die offenbar angestrengt nachdenkt. Ich sehe im Augenwinkel, wie sie sich mit den Händen an meine Rückenlehne klammert und den Kopf dann wieder nach hinten fallen lässt.

„Römisch zwei", sagt Iris in die Stille und tätschelt mir den Oberschenkel. „Darauf hätten wir auch selber kommen können."

In einiger Entfernung beult eine Hügelkette das schwarze Nachtpanorama aus. Davor sind schemenhaft Häuser zu erkennen.

„Wenn wir die Zahl entschlüsselt haben, haben wir auch Omega", spricht Reiner gegen das geschlossene Fenster.

„Glaubst du?", frage ich. „Für mich erscheint sie wie eine normale Zahlenfolge, könnte für einen Safe sein oder ebenso gut ein PIN-Code."

„Warte mal, sei mal ruhig, da, diese Klaviertöne, die Geigen, im Radio", sagt Maria aufgeregt. Schnell drehe ich das Radio lauter. „Diese Stimme. Wie intensiv, sie geht mir durch den ganzen Körper. Das ist das Lied, das wir schon ..."

Ja, ich erinnere mich. Ich erkenne es.

„Eine wunderschöne Melodie", bemerkt Iris, „,Devotion' ist das, von CassMae, das ist eine ganz junge Sängerin. Sie ist von Geburt an blind."

„Wow", entfährt es mir und ich überlege gleich, ob das die richtige Reaktion war.

„Das sind so ... also diese Gefühle. Toll! Do you feel my devotion, I don't know how to thank you. It's because you gave me anything", singt Maria leise mit. Andächtig lauscht sie auf die Musik. Niemand von uns traut sich, etwas zu sagen. Als das Lied zu Ende ist, schalte ich das Radio wieder so leise, dass wir es kaum hören können.

Ich wünsche mir, dass ich sagen könnte, dass es mir gut geht, doch meine Bauchschmerzen sind stärker geworden, und automatisch wechsle ich wieder auf die rechte Spur, gehe runter auf achtzig, kann aber meinen Blick trotzdem nicht vom Innenspiegel nehmen. Keine Ahnung, wie lange ich noch durchhalten werde. Terzan hat was von einer Pille gemurmelt, die ich nehmen soll, wenn ich nicht mehr kann. „Das fließende Licht der Gottheit", hat er erklärt, „das siehst du, wenn du die nimmst." Bestimmt dreimal hat er mich gefragt, bevor er eingenickt ist, aber ich habe immer abgelehnt.

„Ich erinnere mich an eine Unterführung", sagt Maria plötzlich so leise, dass ich schon den Atem anhalte, um sie nicht zu stören. „Dreck. Meine Güte, war das dreckig – und ein Gestank! Jemand kam und hat diesen Kanaldeckel geöffnet, ja, und auf dem Kanaldeckel waren lauter Steine zu sehen. Nein, Rechtecke. Viele Rechtecke." Maria zögert. „,Separare' stand darauf, oder nein, ,Separator'. ,Seperator', ich sehe es ganz deutlich", sagt sie jetzt laut, ihre Stimme überschlägt sich fast.

„Und diese Unterführung?", frage ich so behutsam wie möglich nach. „Was hast du da gesehen?"

„Da waren Gesichter – an den Wänden", erzählt sie merklich aufgekratzter. „Tiere, wirklich scheußlich. Und sie hatten diese Köpfe. Menschenköpfe."

„Graffiti", kommt es von hinten. Terzan ist wieder aufgewacht. „Da gibt es richtige Künstler, und es dürfte kein Problem sein, den Sprayer zu identifizieren."

„Damit finden wir die Stelle", sage ich erleichtert.

„Und der Kanaldeckel ist auch auffällig", ruft Reiner zuversichtlich.

„Super, ich schicke Pluto gleich eine SMS, das wird ihn interessieren", verkündet Iris und zückt ihr Smartphone.

„Lasst uns auf dem nächsten Parkplatz eine Pause machen." Ich zeige auf das Schild neben dem Seitenstreifen: Parkplatz Riedichshausen, WC, 25 Kilometer.

„Okay", sagt Iris, die nur kurz den Kopf hebt und dann weiter auf ihrem Smartphone herumtippt. „Ich schreibe ihm, dass wir etwas später kommen."

***

Ich ertappe mich dabei, wie ich mit dem Blick die einzige funktionierende Straßenlampe auf der anderen Seite des Rastplatzes Riedichshausen abtaste, während der Wagen im Schneckentempo in der undurchdringlichen Dunkelheit auf eine der Parkboxen gleitet.

„Lass die Scheinwerfer an, dann können wir was sehen", schlägt Reiner vor.

Der Asphalt ist so warm, dass mir das Blut in den Kopf steigt, als ich mich mit entblößtem Rücken auf den Boden lege.

„Verflucht, hier ist niemand." Reiner tritt von einem Fuß auf den anderen. Maria und Iris tippeln nervös hin und her und werden von der Dunkelheit verschluckt, doch einen Moment später stehen sie wieder im

Scheinwerferlicht des Autos und blinzeln, als wäre es heller Sonnenschein.

Ich stehe auf und laufe zum spärlich beleuchteten Toilettenhäuschen. Reiner ist plötzlich neben mir.

„Warte mal", sagt er und zeigt auf eines der auf Kipp stehenden Fenster. Von drinnen ist ein Rauschen und Plätschern zu hören. „Taschenlampe", raunt er, und eine Minute später folgen wir den durch die Dunkelheit schaukelnden flachen Streifen des Taschenlampenlichts unserer Handys. An der Eingangstür patschen wir in eine große Pfütze. Wasser schwappt über die Stufe nach draußen.

„Mist, das lassen wir wohl besser", stöhne ich auf.

„Lass uns nachsehen", flüstert Reiner und öffnet die Tür mit einem Ruck.

„Was? Warum?" Hektisch sehe ich mich um. Iris, Maria und Terzan sind in der Dunkelheit nicht zu sehen. Ich zögere, will lieber zurück zum Auto, doch Reiner zieht mich hinter sich her. Augenblicklich stehen wir in einer riesigen Wasserlache. Das kalte Wasser dringt in meine Sneakers. Wie kleine Nadeln aus Eis prickelt es an den Fußballen. Ich schaue mich nach einem Lichtschalter um.

„Da." Reiner leuchtet auf die Tür, auf der ein Mann abgebildet ist.

Vorsichtig stapfen wir durchs Wasser und stoßen die Tür zum Herren-WC auf. Reiner schwenkt sein Smartphone durch den Raum wie ein Regisseur, der das optimale Licht für eine Nachtszene sucht. Tatsächlich läuft weiter vorn, einige Meter vor uns, eines der Waschbecken über. Ich taste mich an der Wand zum Waschbecken vor, stelle das Wasser ab. Reiner hält sich an der geöffneten Tür fest. Der Lichtstrahl lodert am Waschbecken empor wie eine Flamme. Ich warte einen Moment, doch das Wasser läuft nicht ab. Irgendetwas blockiert den Abfluss. Ich zögere kurz, aber dann greife ich hinein in das klare Wasser, ertaste einen Gegenstand und zerre daran, bis eine kleine rechteckige Box aus dem Waschbecken ploppt und mir aus den Händen gleitet. Ein lautes Blubbern hallt durch den Raum, und das Wasser läuft ab.

Hinter mir ist Reiners Atem zu hören. Er bückt sich, fischt den Gegenstand vom überfluteten Boden und leuchtet mit dem Smartphone darauf. „Interessant. Kann man es öffnen?"

„Hm, ich glaube hier." Ich greife an die Seite der Box und finde einen kleinen Knopf, gegen den ich drücke. Die Box springt auf. Drinnen steckt ein zusammengefaltetes Stück Papier, in eine Folie gepackt.

„Pfft, nicht im Ernst jetzt, oder?", stoße ich ungläubig hervor. Schwindelgefühle packen mich.

Reiner kommt mir zuvor, öffnet die Folie, zieht den Zettel heraus und faltet ihn auseinander.

„Hab ich's doch gewusst", bemerke ich mit belegter Stimme.

Reiner wedelt mit dem Zettel vor meinem Gesicht herum. „Vier Punkte und ein Strich, also eine Neun. Genau wie wir erwartet haben, eine der letzten drei Zahlen", murmelt er.

„Aber Moment, wie kommt dieser Zettel denn gerade jetzt hierher? Dann müssten sie ja …" Ich bringe nur noch ein Röcheln zustande, während es mir eiskalt den Rücken herunterläuft.

„Sie wollen uns offensichtlich zeigen, dass sie uns beobachten? Woher sollten sie wissen, dass wir hier sind – oder hier sein würden?" Reiner lehnt sich gegen eine Wand, als wollte er jeden Moment zu Boden sinken. Er hält das Smartphone waagerecht in der Hand, und das Licht zieht gespenstisch an die Decke. „Das ist völlig unmöglich", sagt er fassungslos.

„Ich habe es doch vorhin erst vorgeschlagen", sage ich. „Oder jemand hat uns verfolgt und überholt."

„Eben, sie müssen ja vor uns hiergewesen sein." Reiners Stimme ist kaum noch zu hören. Verwirrt schüttelt er den Kopf. „Das war alles …" Dann presst er die Lippen zusammen. "Oh nein, verdammt!", entfährt es ihm. Er springt auf und rennt nach draußen.

Ich folge dem zuckenden Lichtschein, der von seinem Handy ausgeht. Jemand muss die Scheinwerfer des Autos ausgeschaltet haben.

"Iris! Maria!", höre ich ihn so laut schreien, dass ich mir die Ohren zuhalte. "Iris! Maria!", ruft er erneut.

"Terzan!", brülle ich.

"Warum hat er nicht... Verflucht, dieser Schlappschwanz!", schimpft Reiner. "Scheiße, mein Akku ist gleich leer", fügt er nicht weniger laut hinzu. Ein-, zweimal kann er noch über den Parkplatz leuchten, dann ist das Licht weg. "Scheiße, verflucht!", schreit er wieder und dreht sich zu mir um.

"Wie kann das jemand in der kurzen Zeit schaffen?", frage ich. Ich halte mich am Auto fest, taste mich zu einer Tür vor, die sich problemlos öffnen lässt, und schalte die Scheinwerfer wieder an.

"Ich versteh das nicht." Reiner läuft ziellos über den Parkplatz. "Iris und Maria. Jetzt haben sie sie beide. Das hätten wir verhindern müssen", höre ich Reiners Bass aus der Dunkelheit.

"Ich suche sie!", rufe ich, starte den Wagen und fahre langsam über den Rastplatz. Spärlicher Baumbewuchs erscheint im Scheinwerferlicht, trostlose blaue Abfallbehälter, trockene Krüppelkiefern, einige auf den Boden geworfene Coladosen, eine kleine Pfütze und Gestrüpp und Sträucher. Außerdem weitere Parkboxen wie die neben dem Toilettenhäuschen.

Die Schmerzen in meinem Bauch fühlen sich an, als müsste ich mich übergeben. Vorsichtig drücke ich mit der rechten Hand dagegen, schalte das Fernlicht an, drehe ein paar Mal um, bis ich jeden Quadratzentimeter des Rastplatzes in ein schummriges, grelles Licht getaucht habe. Ich bringe den Wagen wieder in der Nähe des Toilettenhäuschens zum Stehen und richte dabei die

Scheinwerfer auf das dichte Gebüsch direkt neben dem Gebäude.

„Oh nein!" Ich stoße die Fahrertür auf und renne auf die Sträucher zu. „Reiner, hier liegt jemand!", rufe ich, obwohl ich nicht weiß, wo sich Reiner gerade befindet. Im Gebüsch erkenne ich jetzt Terzan, auf der Seite liegend, mit blutüberströmtem Gesicht, stürze zu ihm und fühle seinen Puls. Er lebt, scheint nur benommen zu sein.

„Terzan, wo sind Maria und Iris? Was ist passiert?", ruft Reiner, der mich wegdrängt, Terzan auf den Rücken dreht und seinen verletzten Kopf hochnimmt. „Sag schon!"

Ich schiebe ihn meinerseits etwas beiseite und gehe wieder in die Hocke. Mattes Mondlicht zieht silberne Fächer über Terzans Gesicht. Er reißt die Augen auf, will etwas sagen, schließt aber den Mund wieder. „Siehst du nicht, dass er verletzt ist!", fauche ich Reiner an und stütze Terzan.

„Wer weiß, wie viel Zeit wir noch haben." Reiner hat Terzans Kopf losgelassen und boxt die Fäuste gegeneinander. „Manchmal sind sie verdammt schnell."

Ich versuche, die Bilder der leblosen Körper von Iris und Maria in meiner Vorstellung zu verdrängen, und wische Terzan das Blut aus dem Gesicht. Als ich hochschaue und sich das Mondlicht weiter auf den freien Himmel vorarbeitet, sehen die Wolken für einen Moment wie beleuchtete Totenschädel aus, die durch verschiedene Öffnungen ein diffuses Licht nach unten schicken.

Terzans Gesicht ist eingefallen und hat jegliche Farbe verloren. Er versucht sich aufzurichten, fällt aber sofort wieder zurück.

Ich wünschte, ich könnte die Unruhe abstellen, damit ich mich besser konzentrieren kann.

„Das fließende Licht der Gottheit", brummt Terzan. „Dieses Gelb. Ihr müsst dieses Gelb sehen."

„Du hast eine Pille genommen?", frage ich.

„Ja", krächzt Terzan, „ich wollte wach bleiben, aber dann bin ich umgefallen. Ich weiß nicht ..." Er stockt und fingert mit der rechten Hand an seinem Hinterkopf herum. „Mir brummt der Schädel."

Reiner beugt sich über Terzan und nimmt sein Gesicht in die Hände. „Du Idiot! Wahrscheinlich haben sie dich niedergeschlagen. Wo sind Maria und Iris hin?" Er ruckt an seinem Kopf, doch Terzan stöhnt nur und lässt sich auf den Boden zurückfallen, sobald Reiner ihn wieder loslässt.

„Komm, Jonas, wir suchen weiter. Vielleicht haben wir was übersehen." Reiner dreht sich um und macht Anstalten, in Richtung Ausfahrt zu gehen.

Ich denke daran, Terzan ins Auto zu helfen, da fährt von der Einfahrt her ein großer Wagen heran, der direkt auf uns zuhält. Es könnte ein Geländewagen oder ein SUV sein. Ich stehe auf, gehe zum Auto, gestikuliere mit den Händen und schirme meine Augen mit dem linken Arm ab.

„Verdammt, wenn das jetzt ..." Reiner hat sich umgewandt. Seine Stimme klingt panisch, als müsste er sich gleich übergeben. „Jonas, ich ... Scheiße!", schreit er, hastet an mir vorbei, rutscht kurz aus und hält schließlich auf das Toilettenhäuschen zu, in das er hinein hastet. Konsterniert blicke ich ihm nach.

Der Wagen steuert auf die Parkbox direkt neben mir zu und kommt ruckartig zum Stehen. Die hinteren Türen gehen auf, und Maria und Iris torkeln heraus. Aus der Fahrertür steigt ein junger, muskulöser Hüne. Er trägt eine Brille und zupft an seinem dichten Oberlippenbart herum. Ich fange Maria auf, die auf meiner Seite ausgestiegen ist, und stütze sie, sodass sie sich langsam auf den Boden setzen kann. Iris kommt hinzu.

„Wir haben die Frauen auf der Autobahn gefunden", sagt der Mann. „Sie spazierten auf dem Standstreifen herum. Oder – spazieren ist der falsche Ausdruck, sie torkelten mehr wie Betrunkene." Der Mann stützt die linke

Hand in die Hüfte, die andere ruht auf der Fahrertür, an der er steht.

„Wir", denke ich. Warum nur hat das Auto getönte Scheiben? Ist das da ein Verband an der rechten Hand des Mannes?

„Ja, wir ... haben sie schon gesucht", sage ich schwerfällig. „Gut, dass nichts passiert ist", füge ich etwas freundlicher hinzu.

„Sie waren gar nicht weit entfernt", sagt der Mann und nickt bekräftigend.

Die Tür des Toilettenhäuschens geht auf, und Reiner nähert sich zögerlich.

„Sie sind wieder da", informiere ich ihn, obwohl es offensichtlich ist.

Reiner kneift die Augen zusammen. „Was? Ich dachte ...", stammelt er verwirrt.

„Er hat sie zurückgebracht", erkläre ich.

„Woher wussten Sie ...?", fragt Reiner.

Der Mann blickt auf Iris. „Sie hat sich an diesen Rastplatz erinnert. Viel konnte sie allerdings nicht sagen. Beide brauchen auf jeden Fall einen Arzt. Sie sind nicht ganz bei sich. Was ist denn hier vorgefallen?" Der Mann wirft einen Blick Richtung Gebüsch, wo Terzan immer noch liegt, sieht dann verwundert zu Reiner hinüber, der die Arme um den Körper geschlungen hat, etwas sagen will, aber nichts herausbringt, dann zum Auto läuft und sich auf der Motorhaube abstützt. Er atmet schwer und hangelt sich weiter vor zum Seitenfenster auf der Beifahrerseite.

„Sitzt er da drin, ja?", blafft er den Mann an. „Haben Sie ihn hergebracht?" Reiners Stimme knarrt wie eine Tür, die lange nicht geölt wurde. Er sieht immer wieder zu mir herüber. „Da ... da ist doch jemand drin, oder? Er soll rauskommen!", kreischt er, macht eine Pause, atmet schwer. „Da", beginnt er erneut, wedelt mit den Armen, während der Mann seine Brille abnimmt, sich verwirrt über die Haare fährt und schon auf Reiner zugehen will, der aber zurückweicht, sich am Dachgepäckträger festhält, dann sogar anfängt, gegen die Scheibe zu klopfen.

„Reiner, bitte" sage ich, bin mit einigen schnellen Schritten bei ihm und ziehe ihn sanft vom Auto weg.

Er lässt es geschehen, geht mit mir zu unserem Auto zurück und schüttelt den Kopf, dann schreit er laut „Fuck!", dass ich zusammenzucke, und schlägt dabei mit der Faust auf die Motorhaube.

Ich zucke hilflos mit den Schultern, will etwas erklären, doch mir fällt nichts ein. Zu dumm, dass sich das Mondlicht gerade jetzt zurückzieht. Das Gesicht des jungen Mannes wirkt wie versteinert, aber vielleicht erkenne ich es auch nicht richtig.

„Also, vielen Dank", sage ich, doch meine Stimme klingt dumpf und scheint mit jedem Wort undeutlicher zu werden.

Der Mann sieht noch ein paar Mal zu Reiner hinüber, der sich umgedreht hat und wieder auf das Auto des Mannes zeigt.

„Er kommt nicht raus, oder? Er versteckt sich, wie?", brüllt er.

„Von wem spricht er?", fragt der Mann stirnrunzelnd und setzt seine Brille wieder auf.

Ich schüttele den Kopf.

„Ja, gut, also dann", murmelt der Mann, dreht sich um, steigt in den SUV und fährt langsam an uns vorbei.

„Reiner, was war das denn?", rufe ich.

Er antwortet nicht sofort, sucht nach Worten. „Wer, glaubst du, saß da drin?"

„Weiß ich nicht", antworte ich, wobei ich Iris und Maria, die immer noch auf dem Boden sitzen, sanft über den Kopf streiche. „Ist mit euch alles in Ordnung?", frage ich sie.

„Denk mal nach", bedrängt mich Reiner, während ich Maria aufhelfe. „Sie bringen die beiden zurück, hierher, zu diesem Parkplatz, gerade zu diesem, noch dazu hinter diesen getönten Scheiben. Und?"

Ich stutze. „Na, es war doch naheliegend, dass sie von hier kamen, das musst du zugeben, oder? Woher sollten sie sonst kommen?", argumentiere ich. „Aber, ja klar, du hast natürlich recht", lenke ich ein.

Reiner nickt triumphierend. „Er wird sich das alles angesehen haben. Er sieht uns, aber wir können ihn nicht sehen", fährt er fort.

„Er?", erwidere ich. „Omega?"

„Wer denn sonst?", blafft mich Reiner an.

Maria kann kaum aufrecht stehen. Ich muss sie stützen. Ich fordere Reiner mit einer Geste auf, Iris aufzuhelfen.

„Warum sollte Omega denn hier auftauchen?", rufe ich zu Reiner hinüber, während ich die Wagentür öffne und Maria langsam auf ihren Sitz bugsiere.

Als ich mich umdrehe, steht Iris plötzlich neben mir, zieht mich von Maria weg, drückt mich an sich und küsst mich auf den Mund. „Ich gehe dann mal auf die andere Seite", sagt sie dann und stöckelt zur Tür hinter der Fahrertür.

„Maria hat mehr abbekommen, oder?", frage ich sie über das Autodach. „Haben sie ihr was gegeben? Hast du was gesehen?" Aber Iris schüttelt nur den Kopf. „Und du bist in Ordnung? Geht es dir gut?"

Für eine Sekunde fliegt ihr Blick über mein Gesicht, abtastend, suchend. Schließlich reißt sie die Tür auf, steigt ein, lässt sich lässig in den Sitz fallen und knallt die Tür zu, dass ich zusammenzucke. Sie blickt demonstrativ in die andere Richtung. Fast gleichzeitig knackt einige Meter entfernt ein trockener Ast. Im Scheinwerfernebel des Autos taucht eine Gestalt auf, schwankend.

„Terzan!", rufe ich aufgeregt, renne zu ihm, stütze ihn und helfe ihm ins Auto.

Reiner hockt einige Meter entfernt auf dem Rasen. Ich gehe zu ihm, aber er sieht mich nicht einmal an. „Reiner?", spreche ich ihn an.

Mit einem Ruck steht er auf, rennt hinter das Toilettenhäuschen, und kurz darauf ist aus der Dunkelheit ein Würgen zu hören, lautes Stöhnen und heftiges Atmen. Einen Augenblick später weint er und trommelt gegen die Wände des Häuschens. „Das ist so eine Scheiße!", schreit er mit erstickter Stimme.

Hinter mir wird eine Autotür zugeschlagen. Reflexhaft drehe ich mich um und sehe, dass Iris auf mich zukommt. Sie wedelt mit einem Stück Papier vor ihrem Gesicht herum. „War in meiner Hosentasche", murmelt sie, bleibt vor mir stehen und hält mir den Zettel mit spitzen Fingern vors Gesicht.

„Die nächste Ziffer?", frage ich, reiße ihn ihr aus der Hand und falte ihn auseinander. „Haltet euch raus oder ihr werdet sterben"', lese ich laut vor. Ich versuche, Iris' Blick zu erhaschen, aber sie beobachtet die Fahrzeuge auf der Autobahn, die wie geisterhafte Wesen vorbeihuschen. „Ihr seid nicht Alpha"', lese ich weiter. Darunter, so groß, dass er fast ein Drittel der Seite einnimmt, dick in Rot wie mit einem blutgetränkten Lippenstift geschrieben, prangt der griechische Buchstabe Omega.

21

„Mann, ich hab mindestens dreimal an deinen Schultern gerüttelt."

Reiners Stimme fährt mir wie eine Metallspitze in den Kopf. Ich öffne vorsichtig die Augen und halte mir den Schädel mit beiden Händen. In meinem Bauch kneift es schmerzhaft, und ich krümme mich nach vorn.

„Drei Cheeseburger", frotzelt Reiner. „Kein Wunder."

Pluto kommt mit einem Tablett zu unserem Tisch gewatschelt und setzt sich umständlich hin. „Jonas, auch schon wach?", spottet er und zieht einige Pommes aus der Papiertüte, um damit auf meine Nase zu zeigen. „Verdammt, Jonas, das hätte ziemlich schiefgehen können."

Ich stütze die Ellenbogen auf den Tisch und halte die Hände vors Gesicht. „Pluto, echt jetzt, wie hätten wir das bitteschön verhindern können?"

„Besser aufpassen." Er steckt sich zwei Pommes in den Mund und kaut lustlos darauf herum.

„Niemand war da, außer uns – das war echt merkwürdig", räume ich ein. „Und dann war das Licht ausgefallen."

„Aber, dass die vor uns da waren", Reiner schüttelt den Kopf.

„Alles in Ordnung?" Ich starre Reiner ins Gesicht. „Eben auf dem Parkplatz hast du völlig neben dir gestanden. Was war denn los?"

Pluto mustert Reiner wie ein Forscher, der ein fremdes Insekt studiert. „Warum? Was ist passiert?", fragt er.

„Na ja", sagt Reiner, und seine Nasenflügel zittern. „Ich hatte nur gedacht …" Er verstummt.

„Was hast du gedacht?", fragt Pluto scharf und hört auf zu kauen.

„Er hat geweint, gekotzt und wild herumgeschrien", berichte ich.

Reiner sieht mich mit panischem Blick an. „Mann, ich dachte, Omega wäre in diesem Auto."

„Omega? Wieso das denn? Ist der etwa überall?" Plutos Stimme wird lauter. „Warum sollte Omega in diesem Wagen sein?" Er starrt Reiner unverhohlen an.

„Der Fahrer", mische ich mich ein, „der hatte die Hand verbunden. Hast du das nicht gesehen?"

„Was? Nein! Aber da waren diese getönten Scheiben, und wie sollten sie Iris und Maria sonst so schnell zurückgebracht haben? Das muss doch jemand so organisiert haben." Reiners Stimme ist merklich gefasster geworden. Er blickt Pluto trotzig ins Gesicht.

„Richtig, aber wie konnten sie wissen, dass ihr auf dem Rastplatz halten würdet? Und was ihr im Toilettenhäuschen gefunden habt, war doch für uns bestimmt." Pluto schnalzt mit der Zunge. „Es war präpariert. Wie kann das sein, Reiner? Das interessiert mich wirklich, denn es ist eigentlich nicht zu verstehen. Ist es nicht eigentlich unmöglich, da Omega nicht alles wissen kann? Oder hat er irgendwo Leute sitzen, die Gedanken lesen können?" Er nimmt eine Plastikgabel und zeigt damit auf Reiner, der betreten zu Boden schaut.

Terzan schüttelt den Kopf. „Das war doch eine spontane Entscheidung, Jonas, oder?" Ich nicke. „Dann konnten sie nichts davon wissen." Terzan hebt lässig die Hände und macht kreisende Bewegungen.

Die dicke Bedienung kommt zu uns an den Tisch und kneift Terzan in die Seite, der daraufhin aufsteht, die Frau in den Arm nimmt und ihr irgendetwas ins Ohr flüstert, worauf sie schrill auflacht, kiekst und mit gesenktem Kopf wieder verschwindet. Ich schüttele entnervt den Kopf und starre Terzan an. Er breitet die Arme aus und formt „Was?" tonlos mit den Lippen. Immerhin sieht er nicht mehr ganz so lädiert aus.

Ich nicke Maria zu, die allein am Tisch neben uns sitzt, den Burger nicht anrührt und mit den Fingern Kreise im Ketchup auf ihrem Teller zeichnet. Schwer zu sagen, ob es ihr besser geht.

„Maria", flüstert Terzan mir zu, als er meinen Blick bemerkt, „die ist sicher auch bald wieder fit."

Ich verkneife mir eine Bemerkung über seinen Drogenkonsum.

„Vielleicht haben sie euch verfolgt", redet Pluto weiter und wischt sich den Mund mit der Papierserviette ab.

„Glaube ich nicht", gebe ich zurück. „Sie müssen ja vor uns dort gewesen sein und alles vorbereitet haben. Und überhaupt – wozu das alles? Konnten Iris und Maria ihnen entkommen? Ich werde nicht schlau aus der ganzen Sache."

„Die beiden wurden entführt, das ist passiert. Und dazu sollten wir ... Also, ich meine ..." Terzan kratzt sich nervös am Hinterkopf.

„Genau. Weil du nicht aufgepasst hast", sage ich scharf.

„Okay, scheiße, ja, du hast recht." Er hebt abwehrend die Hände.

„Eine Warnung? Sie wollten uns warnen, da ist ja immerhin dieser Zettel." Pluto schiebt den Cheeseburger zur Seite und lehnt sich nach vorn.

„Aber Omega hätte Maria doch mitgenommen und sie nicht gehen lassen, richtig?" Ich tätschele den Kopf von Iris, die neben mir schläft.

Terzan nickt betreten. „Nach allem, was wir bisher wissen, denke ich das auch. Und Iris, warum ist Iris zurückgekommen?"

Pluto nimmt den Cheeseburger in die Hände. „Maria ist abgehauen, richtig? Omega tötet Verräter, ist es nicht so? Warum hat er sie also nicht …?" Er beißt ein kleines Stück ab.

„Wär dir das vielleicht lieber?", blaffe ich ihn an.

„Nein, natürlich nicht. Überleg doch mal, Jonas, was passiert ist. Welche logische Erklärung gibt es dafür?" Er legt den Cheeseburger wieder zurück auf den Teller und wischt sich den Mund mit der Serviette ab.

„Omega war nicht da. Iris und Maria sind einer anderen Person begegnet", schlussfolgere ich.

Pluto sieht mich zufrieden an.

„Aber was haben sie mit Maria gemacht?" Terzan zeigt auf Maria, die lächelnd den Kopf in den Nacken legt.

„Noch hat sie sich nicht erholt", stelle ich fest.

„Kann man das bei ihr überhaupt sagen, wann sie sich vollständig erholt hat?", fragt Reiner. „Diese Extreme, in wenigen Minuten von einer Stimmung zur anderen, als könnte sie sich gar nicht mehr selbst kontrollieren."

Maria hält den Hamburger mit beiden Händen und reißt wie ein Raubtier kleine Stücke heraus, die sie gierig hinunterschlingt.

„Immerhin hat sie Appetit, das ist gut", sagt Terzan.

An Marias Lippen ist Ketchup hängengeblieben. Es wirkt wie Blutspritzer von einem gerade gerissenen Tier. Ich nehme eine Serviette vom Tisch und tupfe ihr die Mundwinkel ab, worauf sie mit Kichern reagiert, den Kopf erst wegdrehen will, aber dann leuchten ihre Augen, sie nimmt meine Hand und hält sie einen Moment fest.

Pluto zerrupft die Salatblätter vor ihm auf dem Teller. „Aber warum steht auf dem Zettel, dass wir nicht Alpha sind?"

„Womit wir wieder bei der Frage wären, was Alpha und Omega zu bedeuten hat und wer Alpha ist." Ich klappere mit der Gabel, die vor mir auf dem Tisch liegt.

„Wenn wir wissen, wer oder was Alpha ist, dann wissen wir, wie es begonnen hat, ist es nicht so?" Terzan kneift die Augen zusammen. Sein Gesicht ist erstaunlich ernst, jegliche Fröhlichkeit ist daraus verschwunden.

„Stimmt. Aber wir wissen nicht, was Alpha zu bedeuten hat", fasst Reiner unsere Bemerkungen zusammen. „Wir sind nicht Alpha, aber haben wir diesen Eindruck erweckt?" Reiner breitet die Arme aus.

Pluto hebt einen Finger in die Höhe. „Wir haben damit begonnen, nach Omega zu suchen, das ist eine Art Anfang."

Terzan nimmt einen Zahnstocher vom Tisch und hält ihn mit zwei Fingern umklammert. „Wir wissen nur, wie es endet, mit Omega. Er ist das Ende, jedenfalls will er uns das weismachen, aber Alpha – keine Ahnung." Terzan lässt den Zahnstocher auf den Tisch zurückfallen.

Erst jetzt sehe ich, dass Iris neben mir aufgewacht ist und mich anstarrt. „Gut geschlafen?", frage ich freundlich.

„Merkst du schon, dass ich auch da bin?", gibt sie schnippisch zurück.

„Wohl doch nicht so gut geschlafen." Ich zucke mit den Schultern und lege den Arm um ihre Schultern. Ich wende ich mich an Reiner. „Hast du diesen Verband wirklich nicht gesehen, bei dem Mann, der Iris und Maria zurückgebracht hat?"

„Nein, darauf habe ich nicht geachtet", erwidert er und schlägt die Beine übereinander.

„Er hatte definitiv eine Verletzung an der rechten Hand. Allerdings, wenn man danach geht, dann sind wir ihm schon ein paar Mal begegnet", sage ich.

„Nur dass er jedes Mal ganz anders aussah. Da war dieser Unbekannte in der Nähe der Galerie Luna, Professor Keune und jetzt dieser Mann auf dem

Rastplatz." Pluto kratzt sich mit zwei Fingern über die Glatze.

„Wie war das denn nun?", frage ich Iris. „Was ist in dem Auto passiert? Du hast noch gar nichts erzählt."

„Es ging alles so schnell", erklärt Iris mit belegter Stimme. „Ich habe einen Schlag auf den Kopf gespürt, dann hatte ich einen Sack über dem Kopf."

„Wie viele waren es?", hake ich nach.

„Ich glaube, drei. Ich habe drei Stimmen gehört." Iris zieht an ihrem Halstuch. „Es ist kein Fahrzeug gekommen oder so, die waren einfach plötzlich da."

„Und dann?" Pluto starrt sie unverhohlen forschend an.

„Ich wollte schreien, doch ich konnte mich nicht mehr auf den Beinen halten. Und sie hielten mich fest. Gesehen habe ich niemanden."

„Und dann bist du am Rand der Autobahn aufgewacht?", frage ich.

„Nein, in diesem Auto, neben Maria. Ich habe keine Ahnung, wie viel Zeit bis dahin vergangen ist. Ich habe Maria geschüttelt, um sie zu wecken."

„Hast du irgendwas mitbekommen? Geräusche, Stimmen von dem Fahrer und dem Beifahrer im Auto? Hast du sie denn nicht gesehen?", fragt Pluto und wirft entnervt die Serviette auf den Teller.

„Dieser Mann behauptete, du hättest ihm gesagt, wo ihr herkommt", sage ich. „Wohin er euch bringen soll."

Iris zieht die Brauen zusammen und hebt die Hände vors Gesicht. „Davon weiß ich nichts. Ich kann mich nicht erinnern. Ich wusste nur, dass wir nicht im richtigen Auto sind. Dass etwas nicht stimmt. Es war beängstigend, aber dann waren wir ja schon wieder auf dem Rastplatz."

„Wie lange waren die beiden überhaupt weg?", wendet sich Pluto an mich.

„Zehn, fünfzehn Minuten vielleicht, mehr nicht", erwidere ich.

„Nicht lange, oder? Wozu diese Entführung?", sinniert Terzan.

„Immerhin wissen wir jetzt, dass wir recht hatten mit dem Code. Die Zahl stimmt. Sie passt", sage ich.

„Warum haben sie Maria wieder gehen lassen?" Pluto beugt sich über den Tisch und sieht Iris direkt ins Gesicht.

Iris weicht zurück und zuckt mit den Schultern. „Woher soll ich das wissen?", schnaubt sie und verschränkt die Arme vor der Brust. „Als ob sie das vor mir besprochen hätten, und wenn – ich hatte doch diesen Sack über dem Kopf, schon vergessen? Frag doch Terzan, oder frag dich lieber mal, warum sie mich überhaupt mitgenommen haben."

„Aber Maria geht es deutlich schlechter als dir, findest du nicht? Wie kommt das?" Reiners Stimme klingt plötzlich anders. Der Riese stützt die Ellenbogen auf dem Tisch auf und zeigt mit den vorgestreckten Händen auf Iris. „Darauf gibt es eine Antwort, Iris. Die muss es geben, und die wollen wir von dir hören. Was ist da passiert? Und die Zeit war verdammt kurz. Jemand nimmt euch mit und lässt euch nach zehn Minuten wieder gehen. Also bitte!" Reiner breitet die Arme aus. „Ich verstehe das nicht, ich verstehs einfach nicht." Seine Stimme hat einen schneidenden Ton angenommen.

„Verdammt, was unterstellt ihr mir hier eigentlich? Ich weiß nichts", gibt Iris schroff zurück.

„Es sieht doch so aus, als hätten sie dir nichts getan. Vielleicht weißt du ja doch, warum sie dich mitgenommen haben. Genau das will mir nämlich absolut nicht in den Kopf." Pluto berührt mit einem Finger seine Stirn und fährt unruhig seine Stirnfalten ab.

Iris lässt die Plastikgabel auf den Boden fallen.

„Sie wollen doch Maria", sagt Terzan. „Er ist schon die ganze Zeit hinter Maria her, ist das nicht so? Heißt das also, dass sie sie gar nicht töten wollen? Denn davon sind wir doch bisher ausgegangen. Und dann diese Hinweise von Rico, diese Codes. Rico will sie nicht töten, aber Omega will das."

Pluto nickt. „Es wird Zeit, weiterzufahren. Wir werden schon rausfinden, warum sie Maria nicht mitgenommen haben." Er lehnt sich im Stuhl zurück und deutet auf Iris. „Irgendetwas ist da, was diese Entführung erklärt", murmelt er.

„Aber was sollte ich denn wissen, und wenn ich was wüsste, warum sollte ich es nicht sagen?", verteidigt sich Iris.

Pluto sieht auffordernd zu mir herüber. Ich wende mich an Reiner. „Ich verstehe immer noch nicht deine Reaktion auf dem Parkplatz, Reiner. Das war doch Angst, nackte Angst", sage ich.

Reiner hebt abwehrend die Hände.

„Auch das werden wir in Frankfurt herausfinden." Pluto knüllt das Styroporschälchen zusammen.

Als Iris neben mir aufsteht, taumelt sie ein wenig. Ich sehe sie verwundert an und zögere einen Moment. Dann sackt sie wie ohnmächtig zur Seite, und ich kann sie gerade noch auffangen.

22

„Lass uns gehen, Jonas", sagt Maria, drückt mit einer Hand gegen meine Schulter und läuft einige Schritte am Auto vorbei die Robert-Mayer-Straße entlang.

„Willst du dich nicht erst ausruhen?", rufe ich, haste hinter ihr her, stoppe sie und deute auf die Treppe, die in das Haus führt, in dem Pluto eine Wohnung für uns organisiert hat.

Sie hört mir nicht zu. Ich hätte ebenso gut mit dem Straßenschild sprechen können, denn sie stakst schon weiter, geht auf eine mit großen Steinen abgetrennte Wiese zu.

Eilig schließe ich zu ihr auf. Sie bleibt abrupt stehen und verfolgt mit etwas zu weit geöffneten Augen die Spiegelungen des Sonnenlichts an der Fassade des vor uns hoch aufragenden Gebäudes.

„Ist hier in der Nähe nicht die Senckenberganlage?", frage ich, „mit diesem riesigen Dinosaurier mitten im Park?" Ich versuche, heiter zu klingen und breite die Arme aus.

DIE DRITTE STUFE

„Wir sind in Frankfurt – wieder." Marias Augen werden glasig, sie dreht sich zu mir um und deutet nach unten. „Da, irgendwo unter uns", flüstert sie.

Ich zeige auf das U-Bahn-Schild, das in einiger Entfernung zu erkennen ist, und Maria folgt meinem Blick mit den Augen. „Ach, Jonas, das ist so eine Scheiße." Sie lässt sich unvermittelt nach hinten fallen, aber ich fange sie auf. „Verdammt, diese Stadt. Was soll ich nur tun?", klagt sie dann.

„Vielleicht dauert es nicht mehr lang."

Sie kaut auf der Spitze ihres rechten Zeigefingers herum. „Glaubst du?"

In einiger Entfernung sehe ich Terzan, Iris, Pluto und Reiner ins Haus gehen.

„Frankfurt, Frankfurt ...", wiederholt Maria immer wieder, dreht sich ein paar Mal um die eigene Achse und reckt die Hände nach oben.

„Bist du sicher, dass wir losgehen sollen?", frage ich sie, als sie abrupt aufhört und mich abwartend ansieht.

„Ja, losgehen. Mit niemandem sonst würde ich das durchziehen." Ihr Mund verzieht sich zu einem Lächeln, wobei ihr ganzes Gesicht in Bewegung gerät. Sie ist jetzt ganz bei mir, ich kann sie fühlen, diese Offenheit, diese Zuneigung. Wie lange habe ich auf diesen Moment gewartet! Wie angenehm warm es hier plötzlich ist. Bereitwillig setze ich einen Fuß vor den anderen. Ja, Maria, lass uns gehen, wohin du willst.

***

„Es muss hier irgendwo sein." Maria deutet auf das Bahnhofsgebäude, hastet dann aber weiter auf der Kaiserstraße, zeigt wahllos auf einige Häuser.

„Kannst du dich an irgendetwas erinnern, irgendwelche Details, ein Geschäft, Bäume, Farben?", frage ich atemlos und halte mich einen Moment an ihr fest, in der Hoffnung, es würde sie daran hindern, weiterzulaufen, doch sie ist immer noch hellwach, als wäre sie gerade erst aufgestanden.

„Pluto hat mir den Plan gezeigt", sagt sie. „Das sind keine normalen Abwasserkanäle, sie heißen ja auch Katakomben." Sie schweigt einen Moment und zieht mit einem Finger unsichtbare Linien in der Luft. „Die gehen vom Main bis zur Miquelallee, auch vom Hauptbahnhof zum Schauspielhaus, und es gibt welche am Römer."

„Also weiter?"

„Wir waren ja auch noch nicht überall", gibt sie zurück.

„Können wir nicht kurz stehen bleiben? Ich brauche eine Pause."

Sie ignoriert meine Bemerkung und ist schon wieder weitergelaufen. Zehn Minuten später sind wir am Willy-Brandt-Platz. Meine Frage, ob wir nicht lieber die U-Bahn nehmen sollen, wischt sie mit einer Handbewegung weg. „Ich brauche einen Moment. Diese Umgebung – hier irgendwo muss es sein", erwidert sie.

„Sicher", gebe ich mich geschlagen.

Ich durchwühle meine rechte Hosentasche und finde eine Zigarette, die ich anstecke. Die schmerzhafte Reizung im Hals und der Rauch, den ich inhaliere, übertünchen die Müdigkeit und führen mich zurück in die unbezweifelbare, ganz und gar reale Helligkeit des Tages, weg von den letzten dunklen Erlebnissen, die ich wahrscheinlich so schnell nicht loswerde, selbst wenn ich jetzt kotzen könnte, was mein erschöpfter Körper aber nicht mehr hergibt – jetzt nicht und wahrscheinlich auch die nächsten Stunden über nicht.

„Gehts, Maria?", frage ich und sehe Maria abwartend an.

Sie nickt langsam, und dann laufen wir auf der Weißfrauengasse, direkt unter riesigen Arkaden entlang, in denen längliche Leuchten von der Decke herabhängen, biegen dann in die Seckbacher Gasse ein, wo Maria fast gegen eines der vielen auf dem Bürgersteig abgestellten Fahrräder läuft, dann aber wird sie langsamer, sieht sich aufmerksam um, geht schließlich wieder schneller, hastig atmend.

„Ob das Blut auf Lavatemperatur erhitzt wird, wenn man sich dieser Hitze lange aussetzt?", plappert sie plötzlich drauflos.

„Das Blut spritzt aus den Ohren, wenn es zu heiß ist", behaupte ich, nehme noch einen kräftigen Zug von der Zigarette und werfe sie schließlich halbaufgeraucht weg.

Sie klammert sich an meinen rechten Arm, passt sich sogar meinem Tempo an, und gemeinsam starren wir auf das Gebäude der Schmiere. „Wie lange dauert es, bis alte Menschen den Hitzetod sterben?", fragt sie.

„Wenige Minuten wahrscheinlich", antworte ich. „Schau mal, da drüben ist es gleich so weit", füge ich hinzu und deute auf eine Gruppe von Alten, die aus den Schatten einiger Bäume hervorschleichen.

Maria kichert, beschließt anscheinend zu warten, lässt sich dann jedoch von mir wegzerren, aber nicht ohne noch einmal zurückzublicken. „Wie lange dauert es, bis unser Hirn weich gekocht ist von der Hitze?" Sie juchzt fröhlich, stampft mit dem linken Bein auf und stemmt die Arme in die Hüften.

„Sieben Minuten, wie bei einem hart gekochten Frühstücksei", behaupte ich mit ernstem Gesicht. Marias unsinnige Bemerkungen haben System, jedenfalls bilde ich mir das ein. Die Stadt hat sie gepackt, denke ich, es kommt alles zurück. Dieser ganze Schwachsinn, ihre fröhlichen Tänzelschritte über den Gehweg, die befremdliche Offenheit, das permanente Lächeln, das alles ist eine Art Schutzmechanismus, damit sie nicht gezwungen ist, in die Vergangenheit zu blicken wie in einen Tunnel, in dem sie in eine Richtung gezogen wird. Eine Show ist das, nichts als Fassade. Ich wage nicht, daran zu denken, was hinter dieser Fassade ist.

„Du hast immer Ideen", sagt sie fröhlich, lächelt und läuft weiter in Richtung Main. Ich will ihr widersprechen, doch sie setzt schon wieder an zu reden. „Warum ist der Himmel blau?", fragt sie unbeeindruckt weiter.

„Weil Gott die rote Farbe ausgegangen ist", necke ich sie.

Sie streckt eine Hand in die Höhe, um eine leichte Luftbrise aufzufangen und in ihr Gesicht zu lenken, doch eine Sekunde später ist wieder diese klebrige Schwüle in der Luft, die schon den ganzen Tag anhält, und ich bekomme einen trockenen Hals.

Ich verstehe, dass bei Maria wichtige Details durch irrsinnige Vorstellungen an die Oberfläche kommen können – so eine Art freie Assoziation nach Freud mitten in Frankfurt, nur dass sie nicht auf einer Couch liegt. Vielleicht bringt es ja wirklich etwas.

„Los, weiter", sagt Maria fordernd.

Einige Meter weiter aber bleibt sie abrupt stehen und starrt auf die rot-weiße Fassade des Archäologischen Museums. Zwei Autos ziehen Stoßstange an Stoßstange an uns vorbei.

„Also, hier waren wir definitiv. Dieses Gebäude, diese Farben." Sie eilt die Alte Mainzer Gasse entlang und bleibt dann erneut abrupt stehen. „Aber die Häuser hier ..." Sie schüttelt den Kopf. „... die hab ich noch nie gesehen."

„Also zum Römer."

„Und am Main waren wir auch noch nicht", wirft sie ein.

Wir biegen in die Buchgasse ein. Direkt neben dem Einbahnstraßenschild bleibt sie stehen, fuchtelt mit den Händen und zeigt dann auf den Gullydeckel, der sich mitten auf der Fahrbahn befindet. „Da." Sie zieht mich an sich heran. „Schau."

Jetzt sehe ich es auch. Rechtecke. Da sind überall diese Rechtecke auf dem Kanaldeckel. Ich warte, bis die Straße frei ist, und spurte in die Mitte der Straße. Genau so hat Maria die Muster beschrieben. „Seperator steht da drauf!", rufe ich zu ihr hinüber. „Abscheider. Seperator." Ich eile zurück auf den Bürgersteig.

DIE DRITTE STUFE

„Dann sind wir nicht weit weg."

„Fehlt nur noch eine Unterführung, wo es diese Rechtecke auch gibt."

„Es muss nicht hier in der Nähe sein", wispert sie und läuft langsam los. „Irgendwo hier geht es bestimmt nach unten", fügt sie hinzu, „richtig nach unten, wo wir uns nicht mehr zurechtfinden." Sie bleibt stehen, dreht sich um und sieht mir direkt ins Gesicht.

„Was meinst du damit?", frage ich vorsichtig. „Woran erinnerst du dich?"

Maria fixiert den Boden zu ihren Füßen, hockt sich hin und zieht mit einem Finger die Fugen der Gehwegplatten nach.

„Da war dieser Gang", beginnt sie gedankenverloren zu erzählen, „der so anders war."

Einige Leute laufen um uns herum, ein älterer Mann schüttelt den Kopf.

„Ein Gang?"

„Eine Stelle, an der ... nein!", schreit sie auf.

Ich helfe ihr wieder auf die Beine. „Was war da?", frage ich.

Maria hält sich die Hände vor die Augen. Wir stehen ein, zwei Minuten schweigend da.

„Gehen wir weiter?", frage ich leise.

Sie nickt, geht los und beschleunigt ihre Schritte. Es ist, als wollte sie sich Bewegung verschaffen, Platz machen, weil kein Durchkommen ist. Wir biegen auf die Limpurgergasse ein, passieren das Hauptamt, stolpern auf das Kopfsteinpflaster und gehen eine Minute später durch eine Unterführung auf den Römerberg. Es gibt eine Stelle auf dem großen Platz, von wo man die gesamte Fläche überblicken kann. Unüberhörbares Stimmengewirr, Menschenmassen, kläffende Hunde, schreiende Kinder um uns, grimassierende Menschen mit Selfiesticks. Eine Gruppe von Touristen zieht an uns vorbei, als wären wir gar nicht vorhanden.

„Also, wo?", frage ich.

Maria steht stocksteif, beobachtet die Umgebung und dreht sich ein paar Mal um die eigene Achse. Da drüben ist die U-Bahn-Station Dom/Römer, da gibt es sicher auch eine Unterführung, aber Maria wehrt ab, als ich sie darauf hinweise. „An so einen großen Platz würde ich mich erinnern", erklärt sie.

Also gehen wir doch hinunter zum Mainkai, wo wir uns auf eine der Bänke setzen. Maria zeigt auf die beiden weißen Ausflugsschiffe, die am Kai festgemacht haben.

„Wikinger und Stadt Frankfurt?"

„Genau die, die habe ich auch gesehen, die Schiffe, auch diese Fahne da vorne, als wir hier herumgefahren sind", erklärt sie.

„‚Willkommen an Bord', das hast du gesehen?"

Sie nickt. „Ja, das kommt mir sehr bekannt vor."

„Und den Eisernen Steg?"

„Ja, kenne ich auch."

„Aber ihr seid ja stundenlang rumgefahren, oder? Wann hast du denn das hier gesehen?"

Ein Marienkäfer landet auf meinem Zeigefinger. Ich halte den Finger senkrecht in die Luft, worauf der Käfer zur Fingerspitze krabbelt, die Flügel öffnet und einfach sitzenbleibt.

Maria schürzt die Lippen. „Ich habe so viel gesehen."

„Kannst du dich daran erinnern, was du zuletzt gesehen hast, bevor ihr ausgestiegen seid?"

Früher habe ich gedacht, dass man an den Punkten auf dem Rücken der Marienkäfer ablesen kann, wie alt sie sind, doch ich habe nie Marienkäfer mit ein oder zwei Punkten gesehen. Ich halte den Finger hoch über meinen Kopf, das Tier breitet erneut die Flügel aus, wartet einen kaum wahrnehmbaren Moment und macht sich dann in die windstille Hitze davon.

„Es war dunkel, es war so – so viel", sagt Maria.

„Dann kannst du die Schiffe ja nicht gesehen haben, oder liegen die hier auch nachts?", frage ich.

Sie sieht mich unsicher an, zögert. „Die Schiffe waren auch hier, und kurze Zeit später sind wir ausgestiegen."

Ich höre ihr kaum zu, denn in einiger Entfernung erspähe ich einen jungen Mann mit einem grauen Hoodie, einer länglichen Narbe auf der Stirn, einem kantigen Gesicht, kurzen Haare und einer Hasenscharte. Als ich ihn etwas länger betrachte, dreht er sich weg und taucht inmitten einer Gruppe von älteren Männern unter, von denen einige auf das Straßenschild mit der Aufschrift „Schöne Aussicht" hinter ihnen deuten. „Wo ist denn hier diese schöne Aussicht? Ich sehe gar nichts", ist eine laute Stimme aus der Menge zu hören. Einer der Männer, offenbar ein Stadtführer, beginnt zu gestikulieren und zeigt auf den Main. Ein älterer Mann mit grüner Joppe und einem Hut, an dem irgendeine Feder steckt, tippt sich daraufhin an die Stirn.

„Komm", sage ich zu Maria, stehe überhastet auf und zeige in die Richtung, in die der Mann verschwunden ist.

„Wen hast du gesehen?", murmelt Maria.

„Ich weiß nicht, jemand hat uns beobachtet, glaube ich."

Einen Moment später hasten wir über den Rasen und die mitten auf der Wiese verlaufenden Schienen.

„Hier war er", sage ich nach ein paar Metern. „Der hat uns von hier beobachtet." Plötzlich erspähe ich den grauen Hoodie auf der anderen Straßenseite. „Da!", rufe ich und wir flitzen zwischen den fahrenden Autos hindurch.

Der Mann biegt in die Straße Zum Pfarrturm ein und steuert geradewegs auf das Geschäft „Souvenirs am Dom" zu.

Dann ändert er abrupt die Richtung und läuft schnellen Schrittes rechts von uns.

Wir laufen hinter ihm her und bleiben ratlos vor einem Schlagbaum mit der Aufschrift „Schirn Kunsthalle Frankfurt. Anlieferung. Schlüssel an der Kasse" stehen. Der Mann ist wie vom Erdboden verschluckt. Die Straße, in die er gerannt ist, heißt Weckmarkt, und in unmittelbarer Nähe ist diese riesige Kirche, allerdings steht ein Gerüst davor.

Zitternd zeigt Maria mit einer Hand auf die Tücher am Baugerüst. Sie klammert sich an mich. „Das habe ich gesehen, da, dieses Weiß."

„Also hier irgendwo in der Nähe bist du rein?"

Wir halten direkt auf die Kirche zu. Plötzlich presst Maria eine Hand gegen ihre Bauchdecke, als müsste sie sich übergeben, und zeigt hektisch auf die Fassade eines Hauses, an dem ich den Schriftzug „Metropol" identifiziere.

„Du meinst das Gemälde", sage ich.

„Der Hirsch", bringt sie mit belegter Stimme hervor und räuspert sich. „Irgendjemand im Auto hat diesen Hirsch erwähnt. Er wurde von den Scheinwerfern angeleuchtet. Er hat gemeint, der Kopf sei total anormal und die Glieder so … Ich weiß es nicht mehr."

„Und?"

„Es war hier", flüstert sie. „Irgendwo hier sind wir reingegangen."

***

Wir lassen uns auf einer der beiden nebeneinanderstehenden Holzbänke nieder. Es stinkt nach verfaultem Essen, das wahrscheinlich im Abfalleimer zwischen den Bänken liegt. Maria hat die Knie unters Kinn gezogen, hält den Kopf gesenkt und presst die Lippen aufeinander.

„Wir können noch einmal zurückgehen, wenn du willst", sage ich, aber sie schüttelt heftig den Kopf.

„Ich kann nicht", wispert sie.

„Die Erinnerungen kommen zurück, oder?"

Ich rücke so neben sie, dass ich ihren Oberkörper davon abhalten kann, zur Seite zu kippen.

Als sie mich ansieht, laufen Tränen ihre Wangen hinunter. „Warum lachen Menschen, wenn sie andere quälen oder töten? Ist das ein Spaß? Ist das lustig? Sag, findest du das lustig? Ist es eine besondere Art von Humor? Lachen, einfach lachen, und dann spritzt Blut, und sie lachen weiter, einfach so", sagt sie mit erstickter Stimme und schlägt sich mit der Faust gegen die Stirn. „Warum, Jonas?"

„Ich weiß es nicht", erwidere ich heiser. „Lustig ist das nicht, und mit Humor hat es schon gar nichts zu tun."

„Dann gibt es keine Antwort darauf, oder?" Sie wischt sich mit einem Ärmel übers Gesicht.

Zwei Fahrradfahrer preschen an uns vorbei und zeigen auf die Alte Brücke, die ungefähr zweihundert Meter entfernt über den Main führt.

„Wahrscheinlich hat niemand eine Antwort auf diese Frage, nicht einmal…" Maria streckt hilflos die Hände aus, als wüsste sie nicht, wohin damit.

Ich ergreife sie, drücke sie langsam und streichle sie. Ihre Handflächen sind voller kleiner Schmutzflecken. Wahrscheinlich hat sie auf dem Weg hierher jede Straßenlampe angefasst und ist mit den Händen an irgendwelchen Mauern entlanggefahren.

„Weil es sie nicht gibt, oder?" Sie zieht die Hände zurück. „Es gibt keine Antwort, weil es unbegreiflich ist. Es raubt einem den Verstand, man wird verrückt, man kriegt es nicht mehr aus dem Kopf heraus, auch nicht, wenn man ihn aufschneiden und etwas herausnehmen würde, auch dann wäre es nicht weg, niemals. Das bleibt immer da – dieses Lachen, und neben einem sinkt jemand zu Boden. Tot. Getötet. Und das Lachen hört nicht auf. Ein freundliches Lachen wie von einem Vater, der einen Spaß macht, damit es seinem Kind besser geht. Kein böses Lachen, Jonas, ein schönes, helles, klingendes Lachen, nett und gut." Die Worte sprudeln nur so aus ihr heraus.

„Ja, es ist zutiefst verstörend."

„Menschen tun das Undenkbare, jeden Tag, oder?"

Ich nicke langsam. Wenn es mir nur gelingen könnte, sie auf andere Gedanken zu bringen. Sie zieht ein Taschentuch aus der Hosentasche und schnieft hinein. Ich fahre ihr mit einer Hand über den Kopf, wie man eine Katze streichelt. „Du schaffst das", kommt es aus meinem Mund. „Du bist stark, stärker, als du denkst", füge ich dann hastig hinzu.

„Und du hilfst mir, auch wenn etwas passiert?", haucht sie.

„Terzan müsste gleich da sein", sage ich.

„Und er hat es ...?"

„Ja, er hat herausgefunden, an welcher Stelle du reingegangen sein musst."

„Die Stelle." Sie rudert mit den Händen.

„Er hat die Graffiti gefunden. Tiere mit Menschenköpfen gibt es einige in Frankfurt, aber letztes Jahr fand die Aktion ‚Archive für die Unterwelt' statt. Insgesamt fünfundzwanzig jugendliche Sprayer durften Unterführungen in ganz Frankfurt verschönern."

„Und diese Tiere ..."

„Ja, Tiere mit Menschenköpfen finden sich nur in einer Unterführung in Frankfurt, und Terzan wird uns gleich sagen, wo die ist. Da gehen wir dann hin, aber du musst nicht mitkommen, falls es dir zu ..."

„Nein." Maria räuspert sich. „Ich will unbedingt mit, das ist, wo alles angefangen hat. Und ich gehe auch mit nach unten."

„Und wenn dir alles zu viel wird? Ich meine, wenn noch mehr Erinnerungen hervorkommen?"

„Ich will das, ich will es alles wiedersehen. Ich will wissen, weshalb ich so bin", sagt sie vehement und fasst sich mit einer Hand an den Hinterkopf, „so kaputt."

Ich will etwas einwenden, aber sie redet gleich weiter. „Ich weiß, dass es nicht einfach sein wird, aber mit dir schaffe ich es."

„Wir stehen das zusammen durch", murmele ich und hoffe, es klingt zuversichtlich.

***

DIE DRITTE STUFE

Einige Treppenstufen nur, dann stehen wir in einem lang gezogenen Gang, der von Neonlampen, die an der Seite angebracht sind, spärlich beleuchtet wird. An der Decke ist ein dunkler Fleck, als wären dort Dutzende von schwarzen Fliegen zerquetscht worden.

„Larco. Mit bürgerlichem Namen heißt er Daniel Saraiva", erklärt Terzan und zeigt auf die bizarren Gestalten an den Wänden. Scheußliche, hässliche Kreaturen scheinen nur darauf zu warten, aus den Wänden herausspringen zu können. Da ist ein Wolf mit dem Kopf eines Kindes, eine bedrohlich aussehende Schlange, auf die ein winziger, viel zu kleiner Schädel aufgepfropft ist. Das da drüben könnte ein Tiger sein. Sein Kopf scheint lose auf dem Körper zu sitzen, als wäre er zuvor abgehackt und dann stümperhaft wieder angebracht worden. Zwischen den riesigen Tierleibern wuseln unzählige große, fette Ratten – oder vielleicht sind es auch Mäuse –, die alle den gleichen Kopf haben, einen scheußlichen, hässlichen Schrumpfkopf mit weit geöffnetem Mund und großen, leeren Augenhöhlen. Aus dem Mund ragen lange weiße Schnüre, und auf den Augen scheinen Klammern zu sitzen, genau ist das aber nicht zu erkennen.

Angeekelt taumele ich zurück.

Einige Jugendliche stolpern an mir vorbei. „Krass", murmelt ein Mädchen nach einem flüchtigen Blick auf die Graffiti.

Maria steht einfach da, unbeweglich, kneift die Augen zu. Obwohl ich mich freue, dass sie nicht umgekippt ist und die Bilder aushält, ist mir unbehaglich zumute, denn ich weiß nicht, ob sie in den entsetzlichen Fratzen irgendetwas wiedererkennt.

Da entdecke ich etwas. „Was ist das denn?", krächze ich erschrocken und zeige auf die gelben Flächen, die zwischen den Füßen der Tiere verlaufen. Daneben ist etwas, das aussieht wie Fleischfetzen.

„Sieht aus wie Gehirnmasse", murmelt Maria, „genau wie ..."

„Und das da ist bestimmt Blut." Terzan deutet auf die roten Farbspritzer, die sich wie eine Blutspur zwischen den Tieren über die Wände ziehen.

„Sind das die Graffiti, die du gesehen hast, Maria?", frage ich.

„Ja. Ja, hier war ich, und da hinten, da geht es runter." Sie zeigt auf das Ende des Ganges, wo undeutlich eine Biegung nach links und rechts zu erkennen ist.

Ich laufe einige Meter den Gang entlang, bleibe stehen. Da ist etwas. Ich hebe die rechte Hand. Geräusche – jemand redet. Terzan und Maria schließen vorsichtig zu mir auf. Deutlich ist ein Husten zu hören, ein Röcheln, das in einen leisen Singsang übergeht wie bei einem Gebet.

Langsam pirschen wir uns an den Wänden entlang weiter in Richtung der Geräusche.

„Alter, du hast recht", flüstert Terzan, „da ist jemand." Er verstummt und lauscht auf das lauter werdende Tuscheln. „Vielleicht ein Obdachloser, ist wahrscheinlich harmlos", sagt er dann.

So richtig kann ich das aber nicht glauben, zumal Maria die Hände wie zur Verteidigung vor den Körper hält. Auf ihrem Gesicht sind schwarze Schatten, als würden dunkle Zungen an ihrer Haut lecken – zuckend, gierig.

„Diese Stimme", sagt sie leise, kaum hörbar, „die habe ich schon mal gehört." Sie geht zwei Schritte zurück und schüttelt verhalten den Kopf. „Nein", raunt sie mit heiserer Stimme, „er sollte doch … tot …" Sie ist sichtlich aufgebracht, dreht sich um und taumelt kopflos zurück auf die Treppenstufen zu.

„Ich sehe nach", sage ich zu Terzan.

„Gut, ich pass auf sie auf", erwidert Terzan und folgt Maria, die auf der zweiten Treppenstufe stehengeblieben ist.

Ich sehe, wie sie sich mit den Händen nervös über die Stirn fährt. Langsam taste ich mich weiter vor, bleibe neben einem riesigen Hundekörper mit dem Kopf eines Wahnsinnigen stehen und schaue vorsichtig um die Ecke.

Dort sitzt ein alter Mann im Schneidersitz auf Zeitungspapier, das an den Rändern feucht ist. Er hält eine Zigarette fest zwischen zitternden Fingern und hebt wie maschinengesteuert eine Hand zum Gruß, obwohl weit und breit niemand zu sehen ist. Dann zieht er sich die rote Strickmütze vom Kopf, schleudert sie hoch in die Luft, steht auf und verbeugt sich. Er sinkt aber sofort wieder zurück auf das Zeitungspapier und kommt dabei so heftig auf dem Boden auf, dass er nach hinten fällt und mit dem Kopf gegen die Wand knallt. Dabei wirft er die Flasche um, die direkt neben ihm steht. „He, jetzt laufen die Tierchen auch noch vor mir weg", brabbelt er und kriecht hinter der wegrollenden Flasche her, hält schließlich die zitternden Hände darüber und stürzt sich dann auf sie, um sie gleich wieder neben sich abzustellen. Als er eine Plastiktüte mit Dosen und angefaultem Gemüse zur Seite schiebt, erkenne ich einen Gullydeckel. Da sind Rechtecke, eindeutig. „Der Eingang", murmele ich vor mich hin und gehe einen Schritt auf den Alten zu.

„He!", ruft der heiser, fummelt dann etwas aus seinem Mantel und hält mir einige Tabletten entgegen. „Hier, komm, nimm."

„Maria?", rufe ich unvorsichtigerweise recht laut und drehe mich leicht um.

„Maria?", fragt der alte Mann gleich und macht ganz große Augen. Er richtet sich etwas auf, hustet, will sich ganz aufrichten, schafft es aber nicht hochzukommen. Sein Kopf wackelt wie der einer Schaufensterpuppe kurz vor dem Herunterfallen. „Maria ist hier?", fragt er. Als ich nicht reagiere, wirft er sich die Tabletten selbst in den Mund und spült sie mit der undefinierbaren Flüssigkeit aus der Flasche hinunter.

Ich gehe noch einen Schritt auf den Alten zu, der genau in meine Richtung sieht, aber nicht weiter reagiert. Stattdessen wippt er hin und her, reibt seinen Rücken an der Wand und lehnt sich dann stöhnend gegen die Steine. „Shibalba", murmelt er jetzt deutlicher, wiederholt es, lauter werdend. „Shibalba, Shibalba, ich ..." Dann bricht sein Redefluss ab und er schließt die Augen. Sein Kopf sackt nach hinten weg. Ich pirsche mich langsam an ihn heran und starre auf die Flasche neben seinem Lager. Da sind noch einige andere Gegenstände – ein völlig verdrecktes Taschentuch, eine leere Geldbörse, ein Schraubenzieher und ein zerknittertes Foto. Direkt daneben liegt ein zusammengefalteter Zettel. Hoffentlich wacht der Mann nicht auf, denke ich und arbeite mich langsam zu dem Zettel vor. So schnell ich kann hebe ich ihn auf und mache mich sofort auf den Rückweg. Als ich außer Sichtweite bin, falte ich den Zettel auseinander. Ein Kreis, sonst nichts. Das sechste Zeichen, die Eins. Damit hatte ich gerechnet.

Einige Minuten später halte ich Maria und Terzan den Zettel entgegen. „Wie kommt dieser Zettel hierhin?" Sie sieht mich ungläubig an. Ich zucke nur mit den Schultern. „Shibalba, weißt du, was das bedeutet? Das hat der Obdachlose ein paar Mal gesagt", frage ich Maria.

Sie runzelt die Stirn. „Weiß ich nicht", sagt sie und zuckt mit den Schultern. „Vielleicht ein Wort, das man verwendet, wenn man verrückt geworden ist."

„Warum kennt der Mann dich? Er hat auf deinen Namen reagiert, hast du gehört?", fragt Terzan.

„Oh Gott", klagt Maria und sinkt in sich zusammen.

Für einen Moment habe ich Angst, dass wir ihr nicht helfen können, wenn sie sich irgendwann wieder an alles erinnert.

Ich folge mit dem Blick jedem Detail in ihrem Gesicht, wie ein Maler, der noch die genauesten Kleinigkeiten aufnimmt, um sie perfekt wiederzugeben.

„Er hatte Tabletten, Maria, die hat er genommen – dann hat er ‚Shibalba' gesagt. Erinner dich doch. Was sind diese Tabletten?" Meine Stimme wird lauter und ich packe Maria an den Schultern. „Nur du kannst das wissen. Wohin kommt man, wenn man die Tabletten nimmt? Wohin gehen die Leute?"

DIE DRITTE STUFE

Maria sieht mich kühl an, wirft den Kopf zurück, und ich muss daran denken, dass ich sie nach unserem Besuch an der Uni auch so angefasst habe und sie in gespieltem Entsetzen sagte, dass ich ihr wehtue. Nichts davon kommt jetzt, nur ein langsames, fast zeitlupenartiges Nicken.

„Ich versuche ja, mich zu erinnern", presst sie schließlich hervor.

Oben an den Treppenstufen ist eine junge Frau stehen geblieben und sieht besorgt zu uns herunter.

„Ein momentaner Schwächeanfall", erkläre ich und blicke auf Maria, die mich böse anfunkelt.

Die Frau geht weiter.

„Wir müssen das wissen, Maria", insistiere ich und halte sie an der linken Schulter fest.

„Und diese Graffiti, haben die nicht vielleicht etwas mit dem Labor zu tun, mit den Katakomben?", fragt Terzan.

Maria steigt zögerlich die Treppenstufen empor und hält sich die Hände auf die Ohren. Oben tauchen wir in die Geräusche der ankommenden und abfahrenden U-Bahnen ein, hören, wie sich Türen zischend öffnen, eine Lautsprecherdurchsage durch den Bahnhof hallt, dazu ein unverständliches Stimmengewirr, dazwischen Geschrei von einem Kiosk in der Nähe, wovon ich nur „Äppelwoi" verstehe. Ein herrenloser Hund kläfft heiser. Unablässig strömen Menschen an uns vorbei, ohne uns zu beachten.

„Dieser Obdachlose", versuche ich es noch einmal, bleibe stehen und drehe mich zu Maria um, sodass ich sie ansehen kann.

„Ja, den habe ich schon mal gesehen", sagt sie und ringt nach Luft. „Der war da unten." Sie presst sich die Hände gegen die Schädeldecke.

„Was ist da unten passiert?", fragt Terzan.

„Der hat ..." Maria ringt um Fassung. „Der war einer von ihnen, definitiv, und dann ..." Sie ist den Tränen nah. „Plötzlich waren da diese Geräusche, und ich dachte, dass etwas explodiert ist. Schreie, direkt vor meinem Zimmer. ‚So schlimm war es noch nie', hat Rico gesagt, und ‚Der ist eine tickende Zeitbombe'. Und dann hat dieser Mann gelacht, einfach gelacht. So normal, kein irres Lachen, es war völlig normal, als hätte er gerade einen Witz gemacht, und ich dachte sofort: Bestimmt hat er jemanden getötet."

23

Als Erstes dringt mir ein stechender Geruch nach Moschus-Aftershave in die Nase. Ich trotze dem Würgereflex, winde mich auf der Matratze, ziehe die Beine an und beiße ins Kopfkissen. Ein scharfkantiges Viereck aus Licht tastet sich zu meinem Lager vor. Hastig springe ich auf und stolpere dabei über die Tüte mit Brötchen, die jemand neben die Matratze gelegt hat. Ich reiße das Papier auf, ziehe ein Brötchen heraus, zerteile es, pule das weiche Innere heraus und stopfe es mir in den Mund.

„Auferstanden von den Toten", höre ich Reiners dunkle Bassstimme neben mir. „Das hat uns alle ganz schön mitgenommen. Die anderen warten schon." Er reicht mir die Hand, damit ich mich hochziehen kann, und führt mich ins Nebenzimmer.

Wieder einer dieser Konferenzräume, kalt und abweisend, diesmal mit hellgelben Wänden und einem echten Kronleuchter. Pluto und Terzan nicken mir zu, Iris kommt mir entgegen, nimmt meinen Kopf in ihre Hände und drückt ihn an ihren Busen. „Schön, dass du wach bist", flötet sie.

Ich bin anderer Meinung, halte aber den Mund und schlage mich zu einem freien Stuhl durch, der am anderen Ende des großen Tisches steht.

„Jonas!" Maria steht auf der Türschwelle zum nächsten Zimmer und prostet mir mit einem Glas zu, das eine undefinierbare gelbe Flüssigkeit enthält. Ich glaube zuerst, dass es sich um Pisse handeln muss. Klar, Maria hat auf der Toilette in die Flasche gepinkelt und spielt uns allen hier vor, dass sie Orangensaft trinkt.

„Was ist das hier?", murmele ich und gähne.

„Die Ruhe vor dem Sturm", erwidert Maria und kichert.

„Ich glaube, dass wir die Stelle gefunden haben, wo Maria nach unten gegangen ist, richtig?" Terzan sieht Maria an, deren Gesicht keine Regung zeigt.

„Du hast ja die Graffiti wiedererkannt, und auch der Gullydeckel weiter hinten in der Unterführung passt. Also wird es da sein." Ich unterdrücke ein Gähnen und greife nach einer Kanne, die hoffentlich starken Kaffee enthält.

„Dafür müssen wir aber an diesem Typen vorbei, falls er immer dort unten ist", sagt Pluto. „Und was hat er noch mal gesagt?"

„Shibalba", sage ich, „immer wieder ‚Shibalba'."

„Warte!", ruft Terzan und zückt sein Smartphone. Er tippt darauf herum. „Shibalba, also – okay, das wird aber mit X geschrieben. Shibalba findet sich hier auch, aber Xibalba ist richtig. Es bedeutet in der Maya-Sprache ‚Ort der Angst', eine neunstufige Unterwelt, die unterste Stufe des dreigliedrigen Kosmos."

„Da haben wir die drei Welten", sagt Reiner. „Iris hat davon erzählt und Maria auch."

„Warum gerade die Maya?" Ich versuche, Augenkontakt mit Maria herzustellen. „Das Zahlensystem und jetzt das."

„Wenn dieser Obdachlose ‚Xibalba' gerufen hat, und er hat ja diese Tabletten genommen, wie du erzählt hast, Jonas, dann …", beginnt Iris und macht eine Pause.

„… war er vielleicht dort, oder er glaubte, dort zu sein", führt Pluto den Satz fort.

„Da wollten sie hin – Omega, Rico, alle da unten", sagt Maria, „da haben wir dann Xibalba und …"

„Ähm, Moment." Terzan hebt eine Hand in die Höhe. „Also, diese drei Welten beziehen sich darauf", erklärt er und tippt auf seinem Smartphone herum, „dass nach der Mythologie der Maya das Universum aus drei Schichten besteht."

„Schichten? Das war das Wort. Rico hat immer wieder von Schichten erzählt." Marias Schultern zucken, als wären sie von einer unsichtbaren elektrischen Ladung getroffen worden.

„Hat er noch mehr dazu gesagt?", frage ich.

„Dass sie es genau deswegen machen."

„War Omega dort?", bohre ich nach.

„Man kann doch gar nicht aus dieser Welt. Ich habe das nie geglaubt. Wahnsinn, habe ich gedacht. ‚Wie soll das gehen?', habe ich zu Rico gesagt, doch er hat nur den Kopf geschüttelt. ‚Falsch, Schwesterchen, ganz falsch. Wir sind schon da – sooo weit.' Und dabei hat er die Arme ausgebreitet. ‚Wir tun das für die Menschen, die unglücklichen Menschen, die in ihrem Leben gefangen sind und endlich raus wollen, etwas erleben wollen, was niemand von ihnen je zuvor gesehen hat.' Und dann hat er noch etwas von einem Tor erzählt, das sich öffnen würde, aber da habe ich nur gelacht, so laut, dass Rico böse wurde. Er hat herumgeschrien, dass ich nichts wüsste, ich hätte keine Ahnung, ich würde ja schon sehen." Sie fährt geistesabwesend mit einem Finger am Rand des Glases entlang.

„Klingt unglaublich. Wie soll das gehen?", fragt Pluto.

„Vielleicht gibt es da doch irgendetwas, was wir noch nicht kennen. Ich würde das nicht einfach so abtun", sagt Iris.

Terzan deutet mit einer Hand auf sein Smartphone. „Also, zu diesen drei Schichten – da gibt es eben diese

Unterwelt, dann die von den Menschen bewohnte Erde und noch die dreizehn Himmelsstufen. Die kosmischen Schichten werden durch den heiligen Weltenbaum verbunden. Die Maya glaubten, dass es einen Zugang zu diesen Welten gibt, und zwar durch Ekstase. Um sich in Ekstase zu versetzen, nutzten sie psychoaktive Drogen, die aus Pflanzen, halluzinogenen Pilzen und Krötengift gewonnen wurden."

Pluto und Reiner nicken fast simultan. Reiner hat vergessen, die Zigarette anzuzünden, die er in der Hand hält.

„Das ist es doch!", rufe ich aus. „Drogen – diese Tabletten! Vielleicht kann man damit ein anderes Leben führen. Hast du das nicht gesagt, Maria? Wollten die Leute da unten das nicht?"

Maria nickt. „Es war immer wieder von Grenzen die Rede."

„Die Grenzen des Menschseins? Omega geht es darum, einen neuen Menschen zu erschaffen?", frage ich.

„Also, erschaffen klingt doch sehr abstrus. Man kann doch keinen neuen Menschen erschaffen." Reiner schüttelt seinen großen Kopf und streckt die langen nackten Arme, die Hände zur Faust geformt, auf dem Tisch aus, was sie einen Moment lang aussehen lässt wie ein unförmiger Fisch, der an Land gespült wird. „Wie soll man außerdem mit diesen Drogen heutzutage diese Ekstase erreichen und dann noch zu diesen Schichten vordringen?"

„Halluzinationen werden es sein, das menschliche Bewusstsein, das Krankheit, Wahn und Tod erlebt", sagt Pluto.

Maria nickt ihm zu. „Sicher, Halluzinationen, aber da muss noch etwas anderes passiert sein, denn Rico hat ja gesagt, dass die Leute erlöst werden müssten."

„Das macht man doch nicht mit Leuten, die Drogen nehmen", sagt Iris.

DIE DRITTE STUFE

„Wenn die Drogen nun etwas bei diesen Menschen ausgelöst haben, was nicht beabsichtigt war – irgendein Verhalten, einen Mechanismus im Körper?", fragt Terzan.

„Viele Menschen nehmen jeden Tag Drogen, und bei denen passiert das nicht, da kommt es nicht zu – wie hast du es beschrieben?", sage ich, an Maria gewandt.

Maria überlegt einen Moment. „Dass sie wenigstens im Tod zu denen werden, die sie gewesen sind, das hat Rico ein paar Mal gesagt."

„Du hast doch einige dieser Leute gesehen, und sie waren verändert", hake ich nach.

„Ja, so völlig ..." Maria scheint nach Worten zu suchen.

„Es wird sich um besondere Drogen handeln", sagt Pluto. „Altes Wissen, den Begriff hast du ja auch verwendet, Maria." Pluto klopft unruhig mit einer Hand auf den Tisch.

„Aber was haben die Drogen mit diesem Gemälde zu tun? Da sind wir noch nicht weitergekommen, und wir wissen nicht, wo es ist", bemerkt Terzan.

„Ich habe mit Klinger telefoniert", sagt Pluto, „und er hat Mitarbeiter seines Instituts mit der Suche nach dem zweiten Original beauftragt. Dann habe ich ihn noch einmal nach Franz von Stuck befragt." Er hält inne und sieht Maria an. „Fürst. Du hast etwas von einem Fürsten erzählt." Pluto hat die Hände ausgestreckt und presst sie fest auf den Küchentisch.

„Ja", erwidert Maria, „ein Fürst und Abtrünnige. Es ging um eine Künstlergruppe."

„Franz von Stuck und zwei weitere Maler seiner Zeit wurden auch als Münchener Malerfürsten bezeichnet. Sie waren keine Adeligen, lehrten aber als Professoren an der Akademie der Bildenden Künste. Und die Gruppe, zu der Stuck gehörte, war die Münchener Secession. Secession bedeutet Abspaltung. Die Gruppe wollte sich nicht länger vom staatlichen Kunstbetrieb bevormunden lassen", sagt Pluto.

Terzan pfeift leise durch die Zähne. „Also daher der Begriff Abtrünnige."

„Wir kommen immer wieder auf Franz von Stuck und das zweite Original von ‚Luzifer' zurück, weil die Spuren dahin führen."

„Aber gibt es eine Verbindung zwischen Stuck und den Maya?", frage ich.

„Die Mythologie der Maya war im 19. Jahrhundert sehr populär. Damals fanden die ersten archäologischen Ausgrabungen zur Mayakultur statt", erwidert Pluto.

„Also kann Stuck von diesen Dingen gewusst haben", sage ich.

„Ja, und Klinger will zu dem Thema noch mehr herausfinden."

„Aber wie passt diese Zahl da hinein?", fragt Iris.

„Ein Code, eine Geheimzahl?", schlage ich noch einmal vor.

„Wir haben ja nun wirklich schon einige Codes bekommen. Warum dann noch ein Code?" Pluto kratzt sich mit einer Hand im Gesicht.

„Hm, Maria, was ich nicht verstehe – vielleicht kannst du ...", taste ich mich vor.

„Ja, was?"

„Wir sind doch durch Frankfurt gelaufen und waren am Weckmarkt, wo du diese Kirche wiedererkannt hast und den Hirsch auf einer Hausfassade."

„Ja, ich konnte mich so gut daran erinnern, weil wir damals nur einige Minuten später ausgestiegen sind."

„Der Eingang zu den Katakomben befindet sich aber in einem Seitengang der U-Bahn-Station Konstablerwache. Das ist ungefähr fünfhundert Meter vom Weckmarkt entfernt."

Maria sieht mich ratlos an. „Und?"

„Man ist nicht in zwei bis drei Minuten an der Konstablerwache", sagt Pluto. „Ich habe bei der Stadt nachgefragt, und bis vor einigen Wochen gab es direkt neben der Konstablerwache eine Baustelle. Mit dem Auto musste man einen Umweg fahren und wäre mindestens zehn Minuten unterwegs gewesen. Kannst du dich an diese Baustelle erinnern, an Rolltreppen, viele Menschen?"

„Das verstehe ich nicht. Nein, ganz bestimmt nicht, ich hätte doch die Geräusche der U-Bahn gehört, da auf dem Weckmarkt. Wir haben kurz danach angehalten, es war mitten in der Nacht, niemand war unterwegs, und wir sind auch keinen Leuten begegnet, als wir hinunter sind. Aber, okay, was weiß ich?" Marias Gesicht ist blass und sie kneift ein paar Mal hektisch die Augen zu.

„Wenn ihr nicht an der U-Bahn-Station in die Katakomben hinabgestiegen seid, dann wird es wahrscheinlich noch einen anderen Eingang geben", versucht Reiner eine Erklärung.

„Aber den Eingang hast du mit diesen Graffiti verbunden, die wir ja auch gefunden haben", sagt Pluto. „Vielleicht bist du an einem anderen Tag an der Konstablerwache gewesen, am ersten Tag warst du da nicht."

„Diese Kirche. Warum diese Kirche?", frage ich. „Du hast sie gleich wiedererkannt."

Maria erstarrt auf ihrem Stuhl, als wäre sie in dieser Sekunde von einem unsichtbaren Blitz getroffen worden. Man kann förmlich sehen, wie sich ihr Körper vor Anstrengung versteift und sie alles daran setzt, irgendwelche Bilder, Erinnerungen in ihrem Kopf, hervorzuholen. „Ich weiß nicht mehr, ob wir durch diese Kirche ... Ich war sehr schwach, als ich aus dem Auto gestiegen bin – die ganze Fahrerei, diese Leute. Ich hatte Rico noch nicht gesehen, und ich konnte nicht allein bleiben, ich konnte es einfach nicht." Sie zögert. „Mir wurde schummrig, meine Begleiter mussten mich stützen, und diese Dunkelheit."

„Es muss einen anderen Eingang geben, der sich irgendwo in der Nähe des Weckmarkts befindet", sage ich.

„Apropos." Ich ziehe mein Smartphone aus der Hosentasche und rufe „Satanael spricht" auf. „Vielleicht steht etwas in diesem Blog." Ich scrolle, rufe einige Seiten auf. „Da ist noch so manches dazugekommen, aber – Mann, ist das wirres Zeug."

„Hier steht jetzt etwas von einer zweiten Stufe."

„Die zweite Stufe."

Ich erschrecke, weil Marias Stimme plötzlich so laut ist.

„Und was ist die zweite Stufe?", fragt Iris besorgt.

„Die Veränderung hat dann angefangen, und dieser Prozess – er wird endgültig sein, unumkehrbar. Das hat Rico gesagt." Maria presst die Hände gegen die Ohren. „Sie haben es geschafft, sie haben es wirklich geschafft. Diese Fehler. Es schien unmöglich, als ich unten war. Es gäbe zu viele Probleme, hat Rico gesagt – noch, so hat er immer hinzugefügt, als ständen sie kurz vor dem Durchbruch. ,Wenn wir erst die zweite Stufe erreicht haben', hat er erklärt, dann wissen wir ...'" Maria dreht sich um und sieht mich mit angstvoll geweiteten Augen an.

Iris erhebt sich und löst Marias Hände langsam von ihren Ohren. Maria steht auf, sinkt gegen sie, Iris nimmt sie in die Arme und drückt sie fest an sich.

„Was genau, Maria?", flüstert Iris. „Was genau weißt du noch über diese zweite Stufe?"

Maria löst sich aus der Umarmung. „Dass wir zu spät kommen, dass alles vorbei ist und jetzt das Ende beginnt."

„Gibt es auch eine dritte Stufe? Wenn sie die erreicht haben, verändert sich alles?", fragt Pluto ungläubig.

Maria lässt sich kraftlos auf den Stuhl fallen. „Ich hätte nicht gedacht ..." Ihre Wangen sind eingefallen, und als ich ihre Hände in meine nehmen will, zieht sie sie zurück. „Nicht", flüstert sie. „Das Ende oder das, was Omega erreichen wollte ..." Maria dreht den Kopf herum und starrt aus dem Fenster. „Die dritte Stufe", flüstert sie. Niemand von uns traut sich etwas zu sagen. „Und wahrscheinlich sind sie nicht mehr weit davon entfernt."

24

Von der Decke baumelt eine nackte Glühbirne, die wild hin und her schwingt wie ein Selbstmörder, der es sich im letzten Moment anders überlegt hat und jetzt gegen das Seil ankämpft, an dem er sich aufgehängt hat. Die Wände sind in einem matten Grün gestrichen, das aber so schäbig wirkt, als wären bereits mehrere Schichten abgeblättert.

„Joe schickt uns", sagt Lubov und nimmt seinen schwarzen Hut vom Kopf.

Keine Begrüßung, kein Wort, nur ein Mann im Bademantel, der hustet und hektisch an der Seite seines Rollstuhls herumfummelt, worauf dieser sich in Bewegung setzt und surrend auf uns zufährt.

„Ein Zwerg, auch das noch!", keift Jerschow und zeigt mit einem Finger auf Pluto. „Wen hast du mir da angeschleppt?" Er zieht ein Lineal aus seinem Bademantel und klopft Lubov damit gegen die Unterschenkel. „Was soll das? Was soll das?", bellt er dann unablässig und hört erst auf, als Lubov das Lineal mit beiden Händen festhält und ihn zurückdrängt.

„Joe schickt mich", verteidigt sich Lubov mit zitternder Stimme. Er hat lange Haare, dichte Augenbrauen und

Koteletten, und mit seinem altertümlichen schwarzen Anzug und den schwarzen Schuhen sieht er aus wie ein Totengräber aus dem 19. Jahrhundert. Schwer nachvollziehbar, dass er vor diesem angeblichen Mathe-Genie so viel Angst hat.

Jerschow stößt einige russische Wortbrocken hervor, die ich unschwer als Flüche identifizieren kann, fährt auf den vor dem Fenster stehenden Schreibtisch zu und schiebt alles, was auf dem Tisch liegt, mit einer schnellen Handbewegung hinunter.

Lubov tastet sich langsam zum Schreibtisch vor.

„Aber der bleibt da!", ruft Jerschow aus, fuchtelt mit dem Lineal in der Luft herum und zeigt auf Pluto, der sich direkt neben der Zimmertür mit dem Rücken gegen die Wand lehnt. Mich würdigt Jerschow keines Blickes.

„Vielleicht änderst du deine Meinung, wenn du das hier siehst?", sagt Lubov einschmeichelnd und zieht einen Zettel aus der Innenseite seines Jacketts.

„Ein neues Millennium-Problem, ja?" Jerschow reißt die Augen weit auf und starrt auf den Zettel, mit dem ihm Lubov vor dem Gesicht herumwedelt, als wäre es ein Stück Fleisch, mit dem er ein Raubtier füttern will.

Jerschow schnappt danach, stößt einige undefinierbare Laute aus, worauf Lubov das Blatt noch weiter von ihm entfernt hält. Jerschow streckt die kurzen Arme weiter danach aus, versucht sich aufzurichten, erreicht das untere Ende des Papiers und patscht dagegen, als Lubov es etwas weiter nach unten hält. Er ächzt, bellt: „Verfluchter Krüppel, spring, Elender!" Doch er schafft es nicht. Sein Gesicht wird dunkelrot, Schweiß bildet sich auf seiner Stirn, seine Augen flackern.

Ich gehe zu Lubov, reiße ihm das Papier aus der Hand und reiche es Jerschow, der es wie einen Schatz mit beiden Händen nimmt, in seinen Schoß bettet und schließlich auf die leer geräumte Schreibtischplatte legt.

„Ah." Jerschow lächelt. „Es kann kein Millennium-Problem sein, denn ich habe ja alle gelöst, zuletzt die

Poincaré-Vermutung, ist es nicht so?" Er schnauft ein paar Mal.

Ich sehe Lubov fragend an.

Der nickt. „Die Millennium-Probleme sind sieben mathematische Probleme, für deren Lösung eine Gesellschaft je eine Million Dollar ausgelobt hat. Bisher wurde nur eines davon gelöst", erklärt er.

„Ist es nicht so?", wiederholt Jerschow und dreht den Kopf ein paar Mal hin und her.

„Ja, ja, sicher", erwidert Lubov lakonisch, ohne Jerschow anzusehen.

Pluto schleicht sich langsam zum Schreibtisch vor und bleibt neben mir stehen. Gemeinsam schauen wir Jerschow über die Schulter.

„Ich rieche einen Zwerg!", keift Jerschow. „Ich sagte doch ..."

„Joe wartet nicht gern", unterbricht ihn Lubov, zieht das Lineal aus dem Rollstuhl und schwenkt es direkt vor Jerschows Gesicht hin und her, als wollte er es ihm gleich gegen die Wangen schlagen.

Jerschow beugt sich zu den Zahlen hinunter und fährt die einzelnen Ziffern mit dem Zeigefinger ab.

„Ich muss überlegen", grummelt er.

Lubov hebt ein paar zerknüllte Papiertaschentücher vom Boden auf und wirft sie in einen Papierkorb mitten im Raum. Von draußen dringt rhythmisches Hupen durch das geschlossene Fenster, fast wie ein schneller Herzschlag, durch den dieses tote Zimmer zum Leben erweckt werden soll.

„Mit einem größeren Rätsel kommt Joe nicht mehr zu mir?" Jerschow kichert und lacht eigenartig. „Es gibt wohl nichts mehr, wie? Diese läppischen ..."

„Joe hat gesagt, dass nur du das lösen kannst", sagt Lubov.

Jerschow schaut erneut auf den Zettel und zuckt scheinbar desinteressiert mit den Schultern. Hastig kritzelt er kryptische Linien auf das DIN-A-4-Blatt, dazu einige

Zahlen, als würde es sich um Rechnungen handeln. Lubov klopft mit den Fingerknöcheln auf den Tisch. „7463918", flüstert Jerschow und fährt zärtlich einige Male über das Papier, als streichelte er die Haare einer Geliebten. „746, dann die 3, daraufhin 918. Etwas wird sich ändern", flüstert er. „Eine Umkehrung, eine große Veränderung."

„Können Sie …", fragt Pluto, aber Jerschow schneidet ihm mit einer Handbewegung herrisch das Wort ab und hält den Blick unablässig auf die Zahlenreihe gerichtet. „364, in umgekehrter Reihenfolge ist das ja in 7463 enthalten", sinniert er. „Das ist der numerische Wert des hebräischen Wortes ‚Satan'. An 364 Tagen, so glauben die Juden, hat Satan Macht über die Menschen, und an diesen Tagen befindet sich das Böse in der Welt."

„Wenn die Zahl 364 in umgekehrter Reihenfolge an dieser Stelle …", sage ich.

„Etwas wird auf den Kopf gestellt, wird sich verändern, und die Veränderung wird radikal sein, so wie nur eine Umkehrung allen Lebens durch Satan sein kann. Darauf deutet auch die 3, die in der Mitte steht, als vierte Ziffer der Zahlenfolge, die aus sieben Ziffern besteht. Die 3 steht für die drei Elemente, die Triskel der Kelten – Erde, Wasser Luft. Manche Forscher haben aber auch auf Feuer, Wasser und Erde hingewiesen. Die 3 ist überhaupt eine magische Zahl – die Dreifaltigkeit, die drei Gaben oder die drei Ebenen."

„Die drei Schichten des Universums!", rufe ich erstaunt aus.

„Bitte?" Jerschow dreht sich zu mir um.

„Nach der Mythologie der Maya. Die drei Schichten des Universums, die Kosmologie", antworte ich.

„Wie auch immer." Jerschow wendet sich wieder den Zahlen zu, „Neben der 3 ist hier auch noch die 7, die 4 und die 6, außerdem besteht die Zahl aus sieben Ziffern." Er hustet und wischt sich mit einem schwarzen Taschentuch über den Mund, spuckt dann irgendetwas hinein und steckt es zurück in die Tasche des Bademantels.

DIE DRITTE STUFE

„Die Zahl 7 galt in der Musik bis ins 18. Jahrhundert als Ruhezahl, als ‚numerus quietus', denn in der Bibel steht, Gott habe die Welt in sechs Tagen erschaffen und am siebten Tag geruht. Der Mathematiker Christian Goldbach hat die Zahl 7 als Unglückszahl bezeichnet, das war im 18. Jahrhundert. Ein anderer Mathematiker, Leonard Euler, hat sie als letzten Teil einer Abfolge – etwa bei sieben Tagen oder den sieben verschiedenen Tönen einer Oktave – bezeichnet." Jerschow atmet laut ein und aus und sieht zu Lubov, der anerkennend nickt. Dann dreht er den Kopf zur Seite, als wollte er Verspannungen lösen. „Die Zahl 7. Euler, ja?", fährt er fort.

„Ja", fallen Pluto und ich unisono ein.

„Für Leibniz, der Eulers Gedanken aus dem Buch ‚Einleitung in die Analysis des Unendlichen' aufgreift, verweist das durch die 7 festgestellte Ende einer bestimmten Abfolge scheinbar auf den bereits bekannten Anfang, allerdings nur unter der Voraussetzung einer prästabilisierten Harmonie."

„Da kann ich nicht folgen", sagt Pluto und sieht mich erwartungsvoll an.

„So hat Leibniz glaube ich die Welt beschrieben", erwidere ich. „Bei einer prästabilisierten Harmonie fügen sich alle Einzeldinge zu einem harmonischen Ganzen zusammen, was seinen Ursprung im göttlichen Prinzip hat."

„Wie auch immer", murmelt Jerschow und fährt ein paar Mal mit seinen Fingerspitzen über die Zahlen.

„Die 7 kann für ein Ende stehen, auf das kein weiterer Anfang mehr folgt, da die Welt aus dem Gleichgewicht geraten ist", schlussfolgert Lubov.

„Für Leute, die nicht an das göttliche Prinzip glauben, ist das wahrscheinlich so", füge ich hinzu.

„Wenn du diese Zahlen siehst, glaubst du ...", fragt Lubov.

„Nichts wird gleich bleiben, es geht etwas zu Ende", krächzt Jerschow, fischt das Taschentuch aus dem

Bademantel, zieht etwas hoch und rotzt blutigen Schleim ins Taschentuch.

„Und die anderen Zahlen", frage ich, den aufkommenden Ekel unterdrückend.

„Die 4 und die 6? In der Mathematik ist die 6 eine vollkommene Zahl."

„Eine Zahl, die gleich der Summe ihrer echten Teiler ist, denn 6 lässt sich als 1 plus 2 plus 3 ausdrücken", sagt Lubov erklärend.

„Die 4?", frage ich.

„Die Zahl 4 steht für die Totalität des Alls, der vier Himmelsrichtungen. Wichtig ist auch noch die Zahl 46, was der Anzahl an Chromosomen in einer menschlichen Körperzelle entspricht. Die 7 am Anfang lässt sich durch Addition aus der Summe der darauffolgenden 4 und der 3 bestimmen." Jerschow hält inne und streicht sich mit einer Hand über den Kopf.

Ich denke laut nach. „46 Chromosomen, ein Neuanfang, eine radikale Umkehrung. Wenn diese Zahl von einer Organisation verwendet wird ..."

Jerschow unterbricht mich. „Es hat viele Organisationen gegeben, die Zahlenfolgen verwendeten. Geheimorganisationen. Die enthielten Hinweise auf einen geheimen Zugang. Manche Zahlen standen auch für Buchstaben und Wortfolgen. In der Kabbala entsprechen Buchstaben einzelnen Zahlenwerten. Die Zahlen müssen addiert und multipliziert werden, dann ergeben sich Wortäquivalente."

„Diese Zahlenfolge da vor Ihnen auf dem Tisch? Wenn die zu einer Organisation gehört?", fragt Pluto.

Jerschow löst sich von dem Zettel und fährt mit dem Rollstuhl zurück. Ich kann gerade noch ausweichen.

„Könnte die Zahl als Code für etwas stehen?", fragt Pluto.

Jerschow dreht sich so um, dass sein Kopf hässlich versetzt auf dem Hals zu sitzen scheint. Am Hals entstehen dabei Ausbuchtungen wie an der Haut einer Echse. „Oh ja", sagt er und dreht sich wieder um.

„Kann die Zahl mit einem Gemälde zu tun haben?", frage ich.

„Einem Gemälde? Lassen Sie mich überlegen. Dann müsste das Gemälde in verschiedene Quadrate unterteilt werden, die dann mit den Ziffern bezeichnet werden. Möglich ist es."

„Dann könnten die Quadrate etwas symbolisieren – eine Information, die im Bild enthalten ist", schlussfolgert Pluto.

„Mit einem Code ließe sich eine geheime Botschaft auf einem Gemälde entschlüsseln, Sie haben hier ja sieben verschiedene Ziffern", redet Jerschow weiter und überlegt einen Moment. „Es gibt natürlich viele derartige Codes, aber wenn ich etwas verstecken wollte, in einer Stadt – einer großen Stadt –, würde ich einen Zahlencode entwickeln."

„Wäre das für Frankfurt denkbar?", fragt Lubov.

„Es ist möglich", antwortet Jerschow.

„Könnte man den Code entschlüsseln?", fragt Lubov weiter.

Jerschow fährt mit dem Rollstuhl noch ein Stück zurück.

„Könnten Sie uns sagen, wofür die Zahl steht?", frage ich, gehe zum Rollstuhl und fahre ihn langsam zurück zum Schreibtisch.

Jerschow dreht sich stirnrunzelnd zu mir um und zieht beiläufig den offenbar nur lose zugebundenen Bademantel zur Seite, sodass seine nackten Schenkel zum Vorschein kommen. Ich sehe ein kleines, schrumpeliges Geschlecht.

„Jetzt nicht, Dimitri, dafür sind wir nicht hier." Lubov eilt zum Rollstuhl und schließt den Bademantel wieder.

„Oh. Nicht einer der beiden? Keiner?", fragt Jerschow müde. „Ich dachte, dass ...", flötet er freundlich und sieht Lubov erwartungsvoll an.

„Die Zahl, Dimitri!", fährt ihn Lubov an.

„Was?" Jerschow blickt verwirrt auf den Zettel mit den sieben Zahlen, glättet ihn, hält ihn sich dicht vors Gesicht und lässt ihn schließlich wie das Blatt eines Baumes auf die Schreibtischplatte segeln. „Hm, was machen wir denn da?", murmelt er mit kindlicher Stimme.

„Es hängt viel davon ab", drängt Pluto. „Menschenleben. Wir glauben, dass noch viel passieren wird. Vielleicht können wir einige retten", redet er langsam und bedächtig auf Jerschow ein, „und diese Organisation stoppen, ihre Pläne verhindern."

„Eine Organisation hat damit zu tun? Mmmmh, dann wird es gefährlich. Richtig gefährlich, meine ich." Jerschow legt eine Hand an den Mund.

„Sie können das doch übernehmen. Niemand sonst kommt in Frage", murmele ich.

„Nur ich kann das lösen, oder? Sonst niemand?", fragt Jerschow mit langsam lauter werdender Stimme. „Nur ich, hm?"

„Ja, nur du. Absolut, deshalb sind wir hier", bekräftigt Lubov und schlägt ihm sanft auf die Schulter.

Mir kommt plötzlich eine Eingebung. „Diese Zahl ist wie ein Millennium-Problem, unser Millennium-Problem sozusagen", locke ich ihn.

„Also ein neues." Jerschows Augen beginnen zu flackern.

„Ein ganz neues, das noch niemand erhalten hat, nur du", bekräftigt Lubov und fährt sich langsam über die Koteletten.

„Uh. Oh." Jerschow lässt den Kopf zurückfallen, schlägt sich mit einer Faust auf die Brust und bringt die Augen dann ganz dicht vor dem Papier in Position. „Verstehe. Sooo."

„Sie werden die Zahl entschlüsseln?", frage ich.

Lubov zieht mich von Jerschow weg, schüttelt den Kopf, und dann verlassen wir eilig zusammen die Wohnung.

DIE DRITTE STUFE

***

Larco trägt einen langen, zisseligen Kinnbart, den er an den Seiten so gestutzt hat, dass er jetzt spitz nach unten zeigt. Vielleicht liebäugelt er damit, eine Ziege darzustellen. Oder er ist einfach nur ein Vollidiot. In seiner Zunge steckt irgendein Metallteil, an den Lippen auch. Die Haare auf seinem Kopf stehen wie ein gewaltsam abgemähtes Stoppelfeld, auf dem schon lange nichts mehr wächst. Er steht mit einem Fahrrad direkt neben einer Litfaßsäule am Eingang der Bockenheimer Anlage.

Terzan und ich pirschen uns langsam an ihn heran. Als er uns bemerkt, wird sein Blick panisch, er dreht sich hektisch um, zieht sein Halstuch über den Mund hoch und will in die andere Richtung flüchten. Doch von da nähern sich Maria und Iris, und als Larco sich zur Straße orientiert, winkt ihm Pluto zu. Auch auf dem Weg, der in den Park führt, kann er nicht entkommen, denn dort steht Reiner, breitbeinig und mit verschränkten Armen.

„Scheiße!", ruft Larco mit näselnder Stimme Terzan und mir zu, als wir neben ihm stehen bleiben. „Ich bin clean, und ich habe nichts. Das müsst ihr mir glauben, ehrlich."

„Nur einige Informationen, bitte", sagt Terzan.

„Deine Graffiti – die bei der Konstablerwache", erkläre ich, „die mit den merkwürdigen Köpfen."

„Cool, oder?" Er grinst übers ganze Gesicht.

„Woher nimmst du diese Einfälle?" Pluto ist bei uns angekommen und mustert den Typen unbeeindruckt.

„Diese Tiere mit Menschenköpfen interessieren uns – vor allem die Ratten", sage ich.

„Also, ihr seid wirklich keine ...?" Larco sieht sich hilfesuchend um, aber in der Nähe sind nur einige ältere Frauen, die an uns vorbeischlendern und uns nicht beachten.

„Warum sind die Bilder im Nebengang der U-Bahn-Station, warum nicht weiter oben?", fragt Pluto.

„Diese Tiere ... also, ich wollte ...", druckst Larco herum.

„Du warst auch da unten." Unbemerkt ist Maria neben mir aufgetaucht und starrt Larco ins Gesicht.

„Dich kenn ich doch", stößt Larco hervor. „Du bist doch die – ähm – genau, Ricos Schwester, oder?"

„Und ich kenne dich", blafft Maria ihn an.

„Also, was kannst du uns darüber sagen?", fragt Pluto.

„Ja, stimmt, ich war bei einer dieser Veranstaltungen, die mit dem Teufel auf dem Plakat." Er stützt sich lässig an der Litfaßsäule ab, lässt die Hände aber einen Moment später in den Hosentaschen verschwinden.

„Richtig, das ist von einem Gemälde namens ‚Luzifer'", erkläre ich.

„Es war so krass. Ich hatte ja keine Ahnung, dass so was möglich ist", sagt Larco. „Jemand hatte mich angesprochen, weil ich schon lange irgendwie unzufrieden war, und ich habs halt auch so ziemlich jedem erzählt. Dachte, so klein und unwichtig wie ich bin, würde ich was richtig Großes eh nie erleben. Und dann ist da dieser Professor und erzählt was von Freiheit und einer neuen Gesellschaft und so."

„Und?", fragt Pluto.

„Ich war wie hypnotisiert. Und dann war die Rede von diesem Medikament, das wollte ich auf jeden Fall auch haben. Damals ging es mir echt nicht so gut. Ehrlich gesagt war ich tagelang nicht ansprechbar." Er zuckt mit den Schultern. „Depressionen."

„Und dann warst du da unten, und dann?", insistiert Pluto ungeduldig und macht eine auffordernde Geste.

„Ja, aber viel hab ich gar nicht mitbekommen. Sie hatten was in die Quartiere geleitet, so Dampf oder Gas, dass man sich nicht mehr richtig bewegen konnte und nur noch rumtaumelte, als würde man träumen. Wir waren immer zu viert in einem Raum, und sie hatten gesagt, es würde nicht lange dauern. Wir wären die Ersten, hat Rico gesagt. Und erst war ich auch ganz sicher, dass die Depressionen weg sind."

„Ihr wart wirklich die Ersten?", erkundigt sich Terzan.

„Nein, das stimmte nicht. Die hatten die Tabletten schon an anderen ausprobiert, aber wir haben eine verbesserte Version bekommen."

„Was ist denn passiert, nachdem du das Mittel genommen hast?", frage ich.

„Erst war alles einfach wunderbar. Ich schwebte so voll über allem, echt so, als wär man aus dem Körper rausgetreten. Mann, ich war da irgendwo an so 'nem Ort, Alter, wirklich an 'nem Ort, das war … also, so wirklich, also keine Einbildung! Kann eigentlich gar nicht sein, weiß ich auch, weil, logisch, ich war ja immer noch da unten." Er zögert einen Moment, bevor er weiterspricht. „Es war echt so, als würde man irgendwo reinfliegen, wo es dunkel ist, nur ab und zu so ein flackerndes Licht. Das seien die Toten, haben die anderen dann gesagt, diejenigen, die die Tabletten schon öfter genommen hätten und es nicht geschafft haben."

„Das war die Unterwelt, meinst du, die Hölle", sagt Terzan und dreht sich von Larco weg, um Reiner zu signalisieren, dass er näherkommen soll.

Reiner schüttelt nur den Kopf.

„Sie haben es nicht so genannt, nicht Hölle oder Unterwelt, die hatten ein anderes Wort. Schi…, Schipa…"

„Xibalba", korrigiert Terzan.

„Ja, genau, und da in dieser Dunkelheit, da waren auch noch so … so Schatten. Hüllen. Ich hatte Rico und den anderen nichts von meinen Depressionen erzählt, vielleicht hätten sie mir die Tabletten dann nicht gegeben."

„Was hast du denn gesehen?", frage ich.

„Also, wenn es eine andere Dimension gibt, dann ist sie das, dachte ich. Also zu dem, was ich eben beschrieben habe. Das war nicht irgendein Wahnsinn oder ein Krankheit – glaube ich. Vielleicht waren es auch nur

Halluzinationen. Aber Rico hat es immer bestritten, der sagte immer: ‚Das nicht, das sind keine Halluzinationen, das ist ein Ort, wo noch niemand war.' Ich habe das nicht geglaubt, ihn ausgelacht, gefragt, wie das denn gehen sollte. Aber was ich erlebt habe, als ich die Tabletten genommen hatte, war so, als wäre man woanders und wüsste nichts davon." Er zieht heftig an seinen Haaren, als wollte er sie ausreißen.

„Aber wozu hast du diese Drogen denn bekommen? Was hat man dir erzählt?", frage ich.

„Es war nicht ... also, wie soll ich sagen, um diese Vorstellungen zu haben." Larco sieht nach oben, als würde er dort eine Antwort auf meine Frage finden. „Es ging mehr um Veränderungen, radikale Veränderungen." Er schaut mich an. „Wahrscheinlich versteht ihr das nicht. Ein neues Leben, eine neue Gesellschaft, das war es wohl."

„Wie haben sie dir das erklärt? Oder waren da nur diese Phrasen?", klinkt Iris sich ein.

„Worthülsen", ergänze ich. „Man erzählt Leuten etwas, was sie angeblich erreichen können, wie bei einer Sekte."

„Also Worthülsen ... Nein. Dass es um eine neue Gesellschaft ging, die ... Etwas sollte geöffnet werden, eine Grenze, ein Tor. Darum ging es. Und dafür", erklärt er und leckt sich über die Lippen, „dafür waren die Drogen da. Sonst würde man das nicht überstehen."

„Ein Tor, eine Grenze. Sollten diejenigen, die diese Tabletten bekamen, irgendwo hingehen?", fragt Pluto. Er pickt ein Blatt von seiner Jacke und lässt es auf den Boden segeln.

„Ja, richtig, genau. Eine Bedrohung für die Elite war das, hat mir irgendjemand da unten mal gesagt. Es wird sich ... Die von unten werden nach oben kommen."

„Haben sie dir gesagt, was es mit diesem Tor oder der Grenze auf sich hat?" Langsam ist mir Larco nicht mehr so unsympathisch. Der Kerl ist ja richtig gesprächig.

Larco presst die Hände ineinander und murmelt etwas, das ich nicht verstehe. Er starrt Maria an, blickt dann aber sofort zu Pluto und Reiner. „Ja, Moment ... Scheiße, irgendwann werde ich mir das Hirn wegblasen mit dem Zeug, aber, ich meine, etwas wird sich öffnen und wir sollen hindurchgehen."

„Irgendetwas wird sich öffnen. Wo?" Reiner geht einen Schritt auf Larco zu, der zurückweicht.

„Das haben sie uns nicht gesagt. Nur, dass es gefährlich ist und dass dort, also hinter dem Tor ..."

„... der Tod wartet?", frage ich.

„Sie haben es anders genannt. Das, was wir als Tod empfinden, wenn wir noch in dieser Welt bleiben, das aber in Wirklichkeit ganz anders ist."

Erneut starrt er Maria an. „Und du, dein Name ist Maria, oder? Du warst doch so verdammt wichtig für dieses ganze Zeug. Wenn du nicht gewesen wärst ..." Er hält inne.

„Wie meinst du das?" Pluto geht um ihn herum und bleibt neben dem Fahrrad stehen.

„Na ja. Sie war ja da, wenn Neue kamen, dann ging sie zu denen. Die waren immer froh, wenn sie bei ihnen war, weil sie allen das Gefühl gab, dass alles gut wird und richtig ist. Das hat sie super vermittelt." Er lacht. „Manche haben ihr so kleine Kettchen geschenkt, mit dem Bild der Jungfrau Maria drauf, das ist doch Wahnsinn, oder? Mir ging es ja auch so. Ich war auch gleich überzeugt." Er blickt an sich hinunter. „Es schien so einfach, nur Mensch zu sein, mehr nicht." Er fächelt sich mit einer Hand Luft zu.

„Und diese Bilder", schaltet sich Iris wieder ein, „die Graffiti, die du gemalt hast, was ist damit?"

„Das ist, was ich gesehen habe." Er streckt einen Arm von sich, fährt dann mit der Hand bis vor sein Gesicht und wieder zurück. „Also, wenn ich die Tabletten bekommen habe. Das war alles so ... nah, obwohl es nicht sein kann. Ich weiß nicht, wie das möglich ist." Er starrt vor sich hin, lässt den Arm wieder sinken. „Sie sind auch heute noch da, diese Gestalten, und besonders die Ratten.

Mann, waren da Ratten! Unglaublich viele Ratten." Er ringt die Hände, hebt sie krampfhaft zusammengepresst vor den Mund. „War 'ne richtige Plage. Kleine gelbe Augen überall im Raum", stößt er leiser hervor.

Ich sehe Maria fragend an. Sie schüttelt den Kopf.

Larco blickt unruhig hin und her und schaut zur Seite, als würde er dort etwas sehen. „Sie laufen neben mir, direkt da, ich kann sie sehen, und dann will ich zu ihnen sprechen, will ihnen sagen: Hey, was macht ihr hier? Bleibt gefälligst in eurer Welt, wo ihr hingehört." Er schließt die Augen. „Viele. So viele."

„Wo warst du? Okay, du weißt es nicht. Du hast das gesehen, es hat dir ... Vielleicht bist du doch verrückt geworden?" Pluto fährt mit zwei Fingern an seiner Stirn entlang.

Larco will einen Schritt zurückweichen, stolpert über einen Stein und drückt das Fahrrad mit seinem Körper gegen die Litfaßsäule. „Also, wenn du glaubst, dass ich mir das eingebildet habe", ruft er und richtet sich wieder auf. „Wenn du so was ganz genau zeichnen willst, das geht nicht einfach so aus einer Einbildung heraus."

„Du warst woanders, an diesem ..." Maria unterbricht sich, als wäre ihr etwas eingefallen. „Hast du gelacht, jemanden getötet und gelacht?", fragt sie aufgeregt.

„Nein, ich nicht, verdammt noch mal, bestimmt nicht", erwidert Larco brüsk und klammert sich mit einer Hand an den Lenker des Fahrrads.

„Gelacht, nicht getötet, aber wenn du die Tabletten genommen hast, dann. Vielleicht weißt du es nicht." Marias Stimme ist lauter geworden und ihre Stirn ist in Furchen gezogen.

„Okay, lass ihn, Maria, es ist wichtig, was er sagt", beschwichtigt Pluto.

Maria nickt.

„Aber wie kann man es so real sehen? Weil du gemalt hast, was du in Xibalba gesehen hast, dann meinst du, muss es real gewesen sein?" Plötzlich hat meine Stimme eine Schärfe, die mich erschreckt.

„Habt ihr euch diese Ratten mal angesehen?", erwidert Larco. „Genau angesehen, meine ich. Hey, Leute, die sind alle identisch, oder? Kleine Monster mit schrecklichen Gesichtern." Er fuchtelt mit der Hand, die er nicht am Fahrrad hat, in der Luft herum. „Sehe ich vielleicht aus, als wär ich verrückt?" Dann wendet er sich an Pluto. „Warum stellt ihr eigentlich diese Fragen? Was wollt ihr überhaupt?"

„Omega stoppen", rutscht es mir blitzschnell heraus.

Larco kippt den Oberkörper etwas nach hinten, er hebt das Kinn. „Ach, sonst nichts? Ist das alles, Mann?" Er sieht mich belustigt an, aber ich erkenne eine Spur Mitleid in seinem Blick. „Na dann, viel Erfolg", höhnt er und reckt demonstrativ eine Hand in die Höhe wie zu einer lächerlichen Siegerpose.

Ich will auf sein merkwürdiges Verhalten reagieren, aber Pluto ist schneller. „Viel fehlt uns nicht mehr", behauptet er. „Stufe 2 hat ja schon begonnen, so steht es jedenfalls im Blog."

Larco lacht laut auf. „Stufe 2? Leute, echt jetzt, ihr habt keine Ahnung, oder?" Er lehnt das Fahrrad an die Litfaßsäule, geht ein paar Schritte zur Seite, lehnt sich an einen Baum, zieht ein Streichholz aus der Hosentasche, schiebt es sich in den Mund und kaut langsam darauf herum. „Echt, ey – Stufe 2. Stufe 2, Mann, das ist ..." Er verdreht die Augen. „Das ist wie bei einer Bombe, wo der Zünder ..., oder wie eine Handgranate, an der man den Stift gezogen hat." Er spuckt das Streichholz vor sich auf den Boden. „Wisst ihr ja sicher, oder?" Er sieht Pluto abwartend an. „Nein, wahrscheinlich eher nicht, sonst wärt ihr nicht hier."

„Was ist die zweite Stufe?", fragt Pluto unbeeindruckt.

„Oder besser", füge ich hinzu, „wie viele Stufen gibt es?"

DIE DRITTE STUFE

„Na, drei natürlich, wie es auch drei Schichten des Universums gibt. Alles ist drei, das haben wir da unten öfter gehört, also auch drei Stufen", antwortet Larco.

„Rico", sagt Maria zögerlich und geht zu Larco, um direkt vor ihm stehenzubleiben. „Wann hast du ihn zuletzt gesehen?"

„Ach, Maria, du weißt es echt nicht, wie? Das ist so krass." Er grinst, schüttelt den Kopf, zuckt mit den Schultern. „Also, dass du speziell bist, wussten wir ja alle, aber so?"

„Was mit Rico ist, will ich wissen", sagt Maria in schärferem Tonfall.

„Hab ihn lange nicht gesehen", grummelt Larco und blickt erst an ihr vorbei, dann zu Boden, „und er darf mich nicht finden, versteht ihr?", flüstert er dann. „Deshalb bin ich ja hier, ziehe herum. Eine Wohnung, das wär ..." Er schüttelt abermals den Kopf. „Also, in 'ner Wohnung ist es wie im Gefängnis. Rico könnte reinkommen und mich einfach im Schlaf ..." Er formt mit beiden Händen ein Seil, das er sich um den Hals legt.

„Warum ...", setze ich an, doch Iris kommt mir zuvor.

„Was ist Stufe 3?", fragt sie kühl.

Larco blickt auf, mit glänzenden Augen. „Das Neue, die Veränderung. Die Menschen werden anders sein, hieß es immer – hat Rico gesagt, aber auch Omega hat das Neue erwähnt. Stark und frei soll der Mensch werden, das waren Omegas Worte." Er nickt nachdrücklich.

„Moment mal", hake ich nach, „das soll Omega gesagt haben? Hast du ihn denn gesehen?"

„Yepp!", ruft er enthusiastisch und grinst mir ins Gesicht.

„Du weißt also, wie er aussieht?", wirft Pluto ein und geht ungeduldig einen Schritt auf ihn zu.

„Nur einmal, als die dachten, ich wäre weggetreten. War ich aber nicht, hab nur so getan. Auf jeden Fall konnte ich jemanden sehen, und irgend so ein Mann im weißen Kittel hat den mit ‚Omega' angesprochen."

„Ja, aber dann", stottere ich, „ich meine, dann kannst du ihn ja beschreiben."

„Klar, kann ich, oder zeichnen", sagt Larco leichthin und streckt die Arme aus. „Gebt mir ein Stück Papier, und ich machs. Darin bin ich gut."

Pluto zieht einen Zettel aus seiner Hosentasche und reicht ihn Larco zusammen mit einem Kugelschreiber.

„Alles klar, hier, ich zeige ihn euch", murmelt Larco. „So sieht Omega aus." Er beginnt zu zeichnen.

25

Ich bin wie bei fast jeder Verabredung fünf Minuten zu früh, schaue ein paar Mal auf den quälend langsamen Zeiger meiner Armbanduhr – 20:30 Uhr. Ich studiere die Schaufenster in der Nähe, die aus der Dunkelheit leuchten, schlendere sogar zur Pizzeria hinüber, obwohl ich nicht hungrig bin. Ein, zwei nervöse Blicke, unruhige Bewegungen, der Versuch, entspannt zu bleiben. Eine Minute später kann ich Maria in einiger Entfernung in der Dunkelheit sehen. Sie trägt eine Baskenmütze, läuft passend zu schnellen Rhythmen wie in einem YouTube-Video und sieht mich erst, als sie schon fast neben mir ist.

Schon wieder dieser Blick, den ich eher von einer Unbekannten erwarten würde, keine Begrüßung, nur ein Nicken, und dann deutet sie mit dem Kopf in die Richtung, in die sie gehen will.

„Wo treffen wir Reiner?", frage ich.

„Reiner hat eine Idee, wie wir diesen Obdachlosen weglocken können. Das machen dann Iris, Terzan und Pluto. Die gehen vor uns rein." In einer Hand hält sie eine Zigarette, an der sie zieht, als hinge ihr Leben davon ab.

Ein kühler Wind krault mir Nase, Mund und Wangen, sodass ich unwillkürlich die Arme ausbreite und mich durch die Dunkelheit treiben lasse wie ein führerloses Schiff.

Zwei Minuten später laufen wir an der steil nach unten führenden Rolltreppe der U-Bahn-Station Konstablerwache vorbei direkt auf die beiden Fahrradständer mit der Aufschrift „Rad fahren in Frankfurt" zu, in denen bestimmt einige Dutzend Fahrräder stehen.

Ich sehe Maria fragend an. „Wir müssen da weiter", erklärt sie und zeigt auf die große Straße vor uns.

Wieder eine kühle, aber deutlich stärkere Brise, als sie auf das Schild „Konrad-Adenauer-Straße" zeigt und langsamer geht, um die Umgebung abzusuchen.

„Bist du sicher, dass du nach unten willst?", frage ich sie erneut.

„Absolut", antwortet sie, ohne mich anzusehen. „Je eher, desto besser, aber zuerst müssen wir Reiner finden. Er ist ..." Sie beschleunigt ihre Schritte, wir laufen an drei, vier hintereinander aufgereihten Bushaltestellen vorbei, starren auf das riesige Grand Western Hotel auf der anderen Straßenseite.

„Hier irgendwo?", dränge ich sie. Warum erzählt sie mir nichts?

„Da!", ruft sie.

Ich hätte Reiner fast nicht erkannt. Er steht in einer kleinen Unterführung, genau gegenüber auf der anderen Straßenseite, lungert direkt vor einem niedrigen, beleuchteten Schild mit der Aufschrift „Nato Shop" herum. Eine bessere Stelle ist ihm und Pluto wohl nicht eingefallen. Unmittelbar hinter ihm steht ein blauer Transporter, der mich irgendwie nervös macht. Reiner steht leicht gebeugt, wartend, irgendwie träge, aber angespannt wie eine Raubkatze vor dem Sprung. Maria und ich winken ihm gleichzeitig zu, doch er schaut nicht in unsere Richtung.

Irgendetwas schnürt mir den Hals zu. Reiner zieht sein Notizbuch aus der Hosentasche und blättert darin. Maria und ich sind schon auf dem Grüngürtel der Straße und wollen gerade die Straßenbahnschienen überqueren, als hinter dem Transporter eine Gestalt in einem Hoodie hervorkommt und sich von hinten an Reiner heranschleicht.

„Maria!", rufe ich. „Das ist der Mann, der am Main war!" Schnell und wie auf Kommando laufen wir weiter, doch in diesem Moment rauscht von links laut bimmelnd eine Straßenbahn auf uns zu, die Linie 12 nach Fechenheim. Wir treten zurück, fluchend, und als die Straße endlich wieder frei ist, sehe ich mit Entsetzen, wie Reiner zusammenbricht und nach hinten fällt, direkt auf das Schild „Nato Shop."

Wie erstarrt bleiben wir stehen. Der Mann mit dem Hoodie steckt eine Pistole in seine Hosentasche, dreht sich um und macht sich im Laufschritt davon. Mein Atem geht unregelmäßig, in meinem Magen scheint ein großer Stein zu liegen, und ich kann nicht klar denken.

„Er hat ihn einfach erschossen, einfach so", stößt Maria hervor und starrt auf die andere Straßenseite.

„Wir können ihm jetzt nicht mehr helfen."

„Aber vielleicht lebt er noch."

In diesem Moment fallen erste Tropfen wie gut platzierte Geschosse auf uns nieder. Ich zucke zusammen, als hätten sie mich verletzt.

„Wir können da nicht einfach rübergehen." Eigentlich will ich Maria beruhigen, doch es gelingt mir nicht, auch nur ein einziges Wort laut und deutlich auszusprechen.

„Jonas, es ist Reiner, verstehst du nicht?" Ihre Stimme bricht. Fahrig wischt sie sich die Tränen aus dem Gesicht. „Er liegt einfach da." Ihre Hände zittern. Dann kreischt sie, zuerst wie ein erstickendes Tier, das gerade getötet wird, dann lauter, rennt auf die andere Straßenseite, ohne nach rechts oder links zu sehen, beugt sich hinunter und fährt Reiner mit der Hand über den Kopf.

Sekunden später stehe ich neben ihr und fasse sie bei der Hand. Aus glasigen, tränennassen Augen sieht sie mich an. „Er wollte doch nur ... Er ist für mich gestorben, oder?", bringt sie mit erstickter Stimme hervor.

Reiner hat bei seinem Sturz das Schild „Nato Shop" umgerissen. Er liegt direkt neben dem Schild, seine Arme stehen unnatürlich vom Körper ab, als hätte er versucht, sich zu wehren. Sein Mund ist wie zu einem letzten Schrei geöffnet. Hektisch blicke ich mich um. Vielleicht ist der Mörder noch in der Nähe.

„Ich kann es gar nicht glauben." Maria wischt sich mit dem Handrücken übers Gesicht.

Ich fühle Reiner den Puls an der Halsschlagader, realisiere langsam, dass er nicht mehr aufstehen wird. Das Einschussloch an seinem Hinterkopf ist nicht zu übersehen.

Über uns kracht es, als wäre eine Bombe in einen Dachfirst eingeschlagen. Ich erschrecke so heftig, dass ich schon befürchte, mein Herz würde aufhören zu schlagen. Ein weiterer Donnerschlag dröhnt in unmittelbarer Nähe über den Dächern. Für einen Augenblick ist die andere Straßenseite rot erleuchtet.

Maria zuckt so stark, dass sie sich auf den Boden wirft und zu wimmern beginnt. „Oh Gott, oh nein", flüstert sie.

Am liebsten würde ich sofort aufspringen, doch erst muss ich ein paar Mal ansetzen, um Maria aufzurichten und sie hochzuziehen, und erkläre ihr, dass wir sofort von hier verschwinden sollten.

Dicke Regentropfen knallen auf einmal mit einer solchen Wucht auf den Bürgersteig, als wollten sie den Asphalt zerschlagen. Eine Sekunde später sind aus den einzelnen Tropfen Sturzbäche geworden, und wäre es nicht bereits dunkel, hätte ich gedacht, eine lange verborgene, alles verschlingende Düsternis sei hervorgebrochen und würde über uns ausgeschüttet.

Da fällt mir etwas ein. Eine eiskalte Windbö peitscht mir Regen ins Gesicht. „Sein Notizbuch muss noch da sein." Fieberhaft durchwühle ich Reiners Taschen. Maria bleibt wie eine Statue neben mir stehen. „Scheiße!" Ich gebe es fast verloren, da finde ich das Büchlein doch noch. Es ist unter Reiners Oberkörper begraben worden, als er zusammengebrochen ist. Ich hebe den noch warmen Körper etwas an und ziehe es mit einiger Anstrengung darunter hervor.

Wieder dröhnt ein gewaltiger Donnerschlag direkt über uns. Jäh zuckt das fahle Licht eines Blitzes über die Straße, Lichtschwaden hetzen wie Tiere auf der Fahrbahn umher.

Ein langsam vorbeifahrendes Auto, das in eine große Pfütze rollt, wird zum Boot, das zu Wasser gelassen wird. Die wenigen Leute, die noch unterwegs sind, taumeln wie unter Peitschenschlägen durch die Wassermassen und tauchen in Hauseingängen unter, als befände sich dort ein Loch, in das sie springen, um sicher zu sein.

„Wir können ihn doch nicht so liegenlassen, Jonas!" Maria gestikuliert gegen den Regen an. „Es ist Reiner!"

Ich verspreche ihr, von der nächsten Telefonzelle aus den Notruf zu wählen, obwohl ich glaube, dass ihn bis dahin schon Leute gefunden haben werden. Mit einem schnellen Satz bin ich auf den Beinen, sehe Maria an, und dann rennen wir los.

Teile der Straße sind nicht mehr zu erkennen, Erdreich aus dem Grünstreifen liegt wie ein hingeschissener Hundehaufen auf der Fahrbahn. Ich renne mechanisch, wir schaffen es stolpernd auf die andere Straßenseite. Bei jedem Schritt spritzt Wasser auf. Nur weiter, denke ich, schnell weg hier, und zerre an Maria, die keinen Widerstand leistet.

Ein weiterer Blitz schießt vom Himmel. Rote Fetzen fallen herab, Lichtpunkte. Verflucht, die Straße sieht jetzt ganz anders aus. Immer wieder patschen wir in kleine und große Pfützen, dazu das schmatzende Geräusch der Sneakers auf dem nassen Asphalt. Dabei müssen wir eigentlich nur geradeaus, und es sind auch nur einige hundert Meter.

Weiter vorn ist schon eine der Bushaltestellen zu erkennen. Die Straße ist wie leer gefegt. Selbst die Taxis vor dem Hotel Grand Western sind verschwunden. Wir rennen einfach weiter, auch wenn wir kaum etwas sehen können, direkt auf das Schaufenster zu, in dem in großen Buchstaben „Sale" prangt. Aber verdammt, wo ist dieser große Platz? Es ist einfach zu dunkel. Das U – wo ist bloß dieses verdammte U? Es ist doch bestimmt beleuchtet. Weit kann es nicht mehr sein.

Maria wird langsamer, bleibt schließlich stehen, und ich auch. „Verdammt, wo sind wir?" Verwirrt sehe ich mich um. Kein Licht in irgendeinem Gebäude. Wahrscheinlich ist in der Nähe ein Blitz eingeschlagen. Mit zusammengekniffenen Augen versuche ich mich zu orientieren.

„Da." Maria zeigt auf die andere Straßenseite.

Ja, da sind die Treppen, die zur U-Bahn-Station hinabführen, aber da ist noch etwas – ein schwaches, gelbliches Licht, das sich hin und her bewegt, als würde jemand mit einer altertümlichen Laterne Zeichen geben.

In diesem Moment peitscht ein Blitz über unseren Köpfen, und durch das Inferno, im nebligen, diffusen Licht, das er auf den großen Platz schleudert, sehe ich jemanden. Die Person steht einfach da, starr und abwartend. Sie ist massig, und ich erkenne sie sofort.

26

„Fuck fuck fuck fuck!", brüllt Pluto und umklammert einen Stuhl, als wollte er ihn im nächsten Moment hochheben und auf dem Tisch zertrümmern. „Ich HASSE es, wenn so etwas passiert! Ich HATTE IHN FAST!"

Ich halte mich mit beiden Händen an der Tischkante fest, lasse langsam los, will einen Schritt vom Tisch weg machen und stolpere beinahe. Erleichtert lasse ich mich in einen Stuhl fallen.

„Scheiße, ich werde ihn vermissen", sagt Pluto und dreht den Kopf zur Tür, vielleicht, damit wir die Tränen in seinen Augen nicht sehen, fährt sich ein paar Mal mit der Hand über die Glatze.

Ich schlucke einmal, dann direkt noch einmal. Dieser gewaltige Druck in meinem Hals wird wohl so schnell nicht verschwinden. Ich suche Marias Blick, und sie hält ihn für eine Sekunde, dreht sich dann abrupt weg. Terzan stößt die Luft durch die zusammengezogenen Lippen, als bekäme er keine Luft mehr, bewegt dazu ruckartig den Kopf. Wie verkrampft seine Wangenmuskeln sind.

DIE DRITTE STUFE

Erst als Pluto sich wieder umdreht, einen Stuhl zurückzieht und sich hinsetzt, traue ich mich, etwas zu sagen. „Wie? Wieso – du hattest ihn ...", setze ich ungeschickt an.

„Ich denke die ganze Zeit, dass Reiner vielleicht gleich durch die Tür da kommt und alles, aber", stammelt Terzan, „nichts – er kommt nicht."

Pluto hebt eine Hand. „Trotzdem – irgendetwas stimmte nicht mit ihm. Überlegt mal. Reiner war immer dabei, bei allen unseren Treffen, und er wusste von allen Entscheidungen. Dann dieses Verhalten auf dem Rastplatz. Also, da wurde mir einiges klar." Er gestikuliert, als würde er nach Worten suchen.

„Na ja, diese Angst, oder? Das war so offensichtlich", sage ich.

Maria rutscht von der Fensterbank und funkelt Pluto böse an. „Hör mal, ich kenne Reiner seit bestimmt fünf Jahren. Er war immer ..."

„... loyal?", fragt Pluto rundheraus. „Ja, das war er auch diesmal. Er hat nichts verraten, jedenfalls nichts Wichtiges. Wäre er wirklich ein Spitzel gewesen, hätte Omega uns längst gefunden."

Maria geht langsam zur anderen Seite des Tisches und fährt sich mit einer Hand über die Stirn. „Wurde er deswegen getötet?"

„Wahrscheinlich", erwidert Pluto.

„Reiner hat Omega getäuscht, um uns – also dich, Maria – zu schützen." Terzan zieht Reiners Notizbuch aus der Tasche, auf dem sich immer noch Wasserflecken befinden, und wirft es auf den Tisch. „Hier steht jedenfalls nichts drin, was uns verraten könnte."

„Ich habe dieses Notizbuch oft bei ihm gesehen", sagt Maria.

„Fällt euch auf, wie klein es ist? Gerade so groß wie eine Postkarte. Was lässt sich da schon notieren? Kleinigkeiten." Terzan zieht das Kaugummi aus dem Mund und verstaut es in seinem Taschentuch. „Ich bin alles durchgegangen. Ein paar Details stehen da drin, aber Marias Name taucht nie auf, nur Pluto und Reiner selbst. Er hat Gespräche aufgeschrieben, die ihr geführt habt. Er hat es so dargestellt, als hättet ihr versucht, Maria zu finden. Dazu gibt es einiges, und manches ist erfunden, aber nichts …" Terzan bricht ab. „Ja, Reiner war wirklich loyal, zuverlässig, ein guter Freund", sagt er mit belegter Stimme.

„Er muss geglaubt haben", denke ich laut, „dass Omega auf diesen Rastplatz kommt, um ihn zu bestrafen, deshalb hat er so reagiert, oder?"

„Vermutlich." Pluto senkt den Kopf und starrt auf die Tischplatte.

„Dann hat er Omega auch nicht informiert, dass wir …", taste ich mich vor.

„Definitiv nicht, denn wie sollte er das auch mitteilen? Er hatte ja kein Handy, weil er die Dinger hasste – angeblich. Er kann also aus dem Auto heraus auch nicht heimlich telefoniert haben." Terzan kneift die Lippen zusammen. „Steht auch in seinem Notizbuch."

„Aber irgendjemand muss ja wohl …", gebe ich zu bedenken.

„Nicht unbedingt", wirft Pluto ein. „Sie können uns auch auf der Autobahn entdeckt haben. Vielleicht hat uns jemand verfolgt, und dann haben sie gesehen, wie du auf dieses Schild gezeigt hast, das war sehr deutlich, Jonas."

„Ja klar, so könnte es natürlich gewesen sein", sage ich, aber ich fürchte, es klingt etwas sarkastisch. Ich bin aber auch nicht wirklich zufrieden, denn es ist alles andere als eine einleuchtende Erklärung. Und hätte ich dann nicht ein Auto neben oder hinter uns gesehen? Was für eine Idee! „Wo ist überhaupt Iris?", frage ich.

Terzan zuckt mit den Schultern. „Ist noch nicht aufgetaucht, keine Ahnung."

„Bleibt noch zu klären, warum du diese Kirche wiedererkannt hast." Pluto fordert Maria mit einem Blick auf, zu sprechen.

„Ich weiß nicht", erwidert sie gepresst und geht zur anderen Seite des Tisches zurück. „Es sind immer noch so viele Bilder, so verwirrend, dunkel – wie hinter einem Schleier, undeutlich, immer wieder dieses Zimmer, ganz weiß, alles in Weiß, das überlagert alles."

„Lass dir Zeit", sage ich, will sie beruhigen.

„Der Kaiserdom St. Bartholomäus ist das übrigens", erklärt Terzan. „Diese Kirche da in der Nähe des Weckmarkts", fährt er fort, als Maria ihn fragend ansieht. „Ein ziemlich großes gotisches Gebäude, gebaut vom 13. bis ins 16. Jahrhundert."

„Also ...", setzt Pluto an.

„Der größte Sakralbau Frankfurts", ergänzt Terzan unbeirrt.

„Und du hast dich nicht getäuscht? Ihr wart da in der Nähe?", frage ich.

„Sicher, ich erinnere mich genau. Ich glaube, jemand im Auto sagte noch etwas über die Kirche. Zu diesem Umbau."

„Im Moment wird der Westturm instandgesetzt", erklärt Terzan.

Pluto zieht mit einem Finger Linien auf der Tischplatte. Terzan tritt mit dem Schuh mehrmals gegen ein Stuhlbein. Ich lege die Hände ineinander und lasse die Finger knacken. „Maria?"

„Ja", gibt sie zurück, „bei diesem Umbau wurde etwas verändert."

„Was hat denn die Person im Auto genau gesagt?", fragt Pluto.

Maria zögert einige Sekunden. „Ich sehe in meiner Erinnerung eigentlich nur die Hinterköpfe der Personen. Jemand dreht sich um, grinst mich an, und da ist dieser Wolf, ein Wolf, der von außen an die Scheibe klopft. Nein, er ist schon drin."

„Etwas überlagert ihre Erinnerung", raunt Terzan mir zu.

„Sie hat das nicht wirklich erlebt", gebe ich leise zurück.

„Nein, nein, so nicht, dann hätten sie das anders gesagt. Aber stattdessen – anders. Ich weiß es nicht mehr."

„Irgendjemand sollte zu dieser Kirche fahren", brummt Terzan. „Oder am besten fahren wir alle."

„Wenigstens das haben wir", knurrt Pluto, zieht einen zusammengefalteten Zettel aus der Hosentasche und knallt ihn auf den Tisch.

„So langsam kommen wir Omega näher", sage ich und nehme die Zeichnung in die Hand.

Larco hat ein verdammt realistisches Porträt hingekriegt. Da ist ein voller Bart, wie abwesend wirkende Augen, deutlich lichter werdendes Haar auf dem Kopf, nicht zu vergessen die dichten Augenbrauen, die aussehen, als wären halbmondförmige Streifen Tierfell in das Gesicht geklebt worden.

„Also, wenn ich den da unten treffen würde ...", murmelt Terzan.

„Wir würden ihn alle erkennen", sagt Pluto.

„Und Reiner hätte gewollt, dass wir weitermachen, wo er schon so viel für uns riskiert hat", sage ich.

„Jetzt sind wir schon weiter, als wir je erwartet haben, und wir finden Omega, jetzt erst recht, Maria, wo Reiner tot ist", versucht uns Pluto Mut zu machen.

Ich bin mir aber nicht so sicher. Ergibt das alles überhaupt einen Sinn? Und noch dazu der Gedanke, Reiner jetzt nie wiederzusehen. Ich stehe auf, gehe in die Küche, öffne das Fenster und sauge die regennasse Luft ein wie frischen Äther. Sofort laufen mir Tränen das Gesicht hinunter. Ich lehne den Kopf gegen das Fenster und lasse ihnen freien Lauf. Für einige Minuten schluchze ich hemmungslos, die Tränen fallen in dicken Tropfen auf das Fensterbrett und von dort wie die letzten Überbleibsel eines austrocknenden Wasserfalls auf den Boden. „Scheiße", stöhne ich mit erstickter Stimme und atme noch ein paar Mal heftig ein und aus, bis es endlich vorbei ist. Mit den Hemdsärmeln wische ich mir übers Gesicht, stehe noch einen Moment wie erstarrt, werde dann aber langsam ruhiger. Nur noch einige Minuten warten, ausruhen, vielleicht hilft es, wenn ich mich am Fensterrahmen festhalte. Einmal schniefen, das Taschentuch kräftig vollrotzen, und dann halte ich den Kopf aus dem Fenster, als könnte die frische Brise alles verändern und ich aus dem Abgrund, in den ich hinabgestiegen bin, wieder nach oben, obwohl es immer weiter nach unten geht und ich nicht weiß, wie ich zurückkommen soll.

„Jonas!", ruft Terzan mir entgegen, als ich ins Konferenzzimmer zurückkehre. „Was hatte Kurt da an der Konstablerwache zu suchen?"

„Er stand da einfach, oder, Jonas?", sagt Maria.

Ich nicke. „Ja, so als wollte er uns Zeichen geben. Ich hab ihn sofort erkannt."

„Hat er auf euch gewartet?", fragt Pluto.

„Er hat diesen Verrückten vertrieben, das hat er zumindest gesagt. Wir könnten also jetzt rein, in diese Katakomben", erwidere ich.

„Wir haben ihm gesagt, dass wir ein Bild – eine Zeichnung von Omega haben", sagt Maria.

„Er kommt hierher, heute noch." Ich halte mich an der Tischkante fest, als müsste ich um mein Gleichgewicht ringen.

„Er hilft uns, ich wusste es", stellt Maria sachlich fest, obwohl es wahrscheinlich klingen soll, als würde sie sich freuen.

27

„Rico? Mensch Jonas, wer ist das?" Kurt fuchtelt hektisch mit den Händen in der Luft herum. „Glaubst du, dass ich all die Namen von denen kenne? Weißt du, wie viele Leute da unten waren?"

Schon wieder dieser feindselige Ausdruck in Kurts Gesicht. Ich warte darauf, dass er näherkommt, noch aggressiver wird, aber er bleibt stehen, als könnte er eine größere Gefühlsregung gerade noch unter Kontrolle halten. „Du weißt aber mehr, als du uns sagst", versuche ich ihn aus der Reserve zu locken. „Warum hilfst du uns nicht einfach?" Ich starre ihn an, als könnte ich ihn damit beeindrucken. Er geht schnell zwei Schritte auf mich zu und senkt den Kopf. Instinktiv weiche ich zurück.

„Und du denkst, dass ich dir das erzähle? Dir, einem Philosophiestudenten?" Er hält den Zeigefinger einen Moment waagerecht in die Luft, auf mich gerichtet, dann dreht er sich um, geht zur Zimmertür, fingert an der Klinke herum, als wollte er den Raum verlassen und nicht weiter mit mir sprechen.

„Wem denn? Omega vielleicht?", rede ich gegen seinen Rücken. Er bleibt vor der Tür stehen. „Ich habe gehört, dass Omega keine Verräter mag, oder Leute, die ihn hintergehen, so wie Reiner!", rufe ich. „Also, auch jemanden wie dich …"

Ich zucke zusammen, als er sich blitzschnell umdreht, bis direkt ans Fenster kommt, wo ich mich mit dem Rücken gegen die Fensterbank presse. Ich hebe die Hände reflexartig, weil ich einen Schlag erwarte, aber Kurt breitet nur die Arme auf Schulterhöhe aus wie ein Priester, der die Gemeinde zum Gebet auffordert. „Ein Unfall. Ein tragi…"

„Ein Unfall?", unterbreche ich ihn lautstark. „Kurt, das war eine Hinrichtung! Ein Schuss direkt in den Hinterkopf. Ich habe das Loch gesehen."

Er nickt und zieht sich langsam wieder zurück. „Also gut, vielleicht", sagt er in erstaunlich normalem Tonfall.

„Was weißt du … über die Organisation? Was wir noch nicht wissen." Ich stoße mich von der Fensterbank ab, laufe quer durch den Raum, gehe dann aber schnell wieder zurück zum Tisch an der Seite und stütze mich auf der Rückenlehne eines Stuhls auf. „Oder willst du … Ich meine, wie sonst sollte man gegen Omega vorgehen, wenn nicht mit …, na ja, du weißt schon. Philosophie ist die Liebe zur Wahrheit, und was Omega da verbreitet …" Ich ärgere mich, dass mir keine besseren Bemerkungen einfallen. „Das sind doch einfach Einbildungen. Krankheit, Tod – du glaubst doch nicht ernsthaft …?" Verdammt, wen sollen diese Sätze denn überzeugen, einen Bär wie Kurt etwa?

„Weißt du", sagt Kurt, „der ganze Erfolg der Arbeit dieser Organisation hängt davon ab, dass man sie nicht findet." Er spricht jetzt langsamer, sieht mich sogar an, als würde er mir zustimmen. „Außerdem bieten sie den Menschen etwas, deshalb sind so viele dabei, kommen zu uns wie verirrte Schafe. Omega versteht es, sie einzusammeln. Die Elite habe uns versklavt, erzählt er ihnen. Und ist das nicht offensichtlich? Das ist eine der Botschaften."

DIE DRITTE STUFE

Fast habe ich erwartet, dass Kurt noch einige Minuten weiterredet, doch er schwenkt nur seine Hände wie ein genervter Dirigent, der einen verpassten Einsatz nachholen will. Verdammt, ist das etwa Nervosität, was Kurt da zeigt?

„Das ist Blödsinn, das weißt du selbst", sage ich. „Wer kann …, also, wer darauf …, aber egal. Und es ist ja auch so, dass niemand weiß, wie Omega aussieht", füge ich hinzu.

„Ja", krächzt Kurt. „Omega tötet jeden, der das herausfindet."

Ich ziehe die Zeichnung von Larco aus der Gesäßtasche und knalle sie auf den Konferenztisch.

„Was ist das denn? Verfluchte Scheiße!" Kurt beugt sich mit weit aufgerissenen Augen über das Papier, fährt mit den Fingern über die Zeichnung, sieht mich entgeistert an. „Jetzt sind wir beide tot, das ist dir klar, oder?"

„Du weißt also, wer das ist?", insistiere ich.

Kurt atmet stoßweise. Er zieht einen Stuhl heran und setzt sich. „Ich erinnere mich genau. Da unten war tatsächlich jemand, der so aussah. Er war eigentlich immer da, hat mitgearbeitet. Man hätte ihn für einen Wissenschaftler oder eine Hilfskraft halten können."

„Welchen Namen hat er benutzt?", will ich wissen.

„Niemand wurde mit Namen genannt, außer Maria natürlich, daher weiß ich auch nicht, wer Rico ist."

„Rico ist Marias Bruder und jemand, der wahrscheinlich oft an Omegas Seite war – lange Haare, Zopf", sage ich.

„Ja, okay, an so einen erinnere ich mich. Der war ein Helfer." Kurt richtet sich auf und starrt an die Decke, als suche er dort Antworten. „Wir haben unsere Arbeit gemacht. So richtig hab ich nicht durchgeblickt bei den Hierarchien."

„Du musst doch einiges mitbekommen haben. Omega. Wie war er? Was ist dir aufgefallen?" Ich blicke auf Kurts Kopf im grellen Sonnenlicht. Seine kurzen weißen Haare werden gelblich angeleuchtet, kleine Punkte entstehen, und die Haare erscheinen für einen Moment, als würden sie brennen und die Flammen sich in den Kopf fressen.

Er stützt die Arme auf dem Tisch auf und schüttelt den Kopf. „Wahnsinn, es war … Ich weiß nicht." Er macht eine Pause, spricht dann weiter. „Er hatte diesen Akzent – osteuropäisch, würde ich sagen, genau, er hat ein paar Mal gesagt, dass er aus Sofia kommt und dass seine Familie gestorben ist. Ein großes Unglück, hat er gesagt, und dann wiederholte er diese drei Worte ein paar Mal, ‚ein großes Unglück'. Und regelmäßig hat er die Arbeit im Labor unterbrochen, also im Glaskasten, und ist nach draußen gegangen. Keine Ahnung, wohin er ging, vielleicht wanderte er durch die vielen Gänge der Katakomben, und dann kam er erst nach Stunden zurück, manchmal auch erst am nächsten Tag." Kurt kneift die Augen zusammen. „‚Ein großes Unglück'", zischt er leise, „diese Worte hat er immer wieder gebraucht, und man konnte sie von weitem hören, wenn er sie gesagt hat. Dann sind die, die in der Nähe waren, verstummt, und wir hörten diese Worte, sogar geflüstert: ‚ein großes Unglück'." Er lehnt sich zurück und verschränkt die Hände hinter dem Kopf.

„Er hat nichts Konkretes gesagt?"

„Wir hatten alle irgendwie vorher etwas erfahren, in diesen Veranstaltungen, wo wir waren. Du hast sicher auch schon etwas davon gehört."

Ich nicke.

„Wir wollten den Menschen das zurückgeben, was ihnen von den Eliten genommen wurde", fährt Kurt fort, „das wirkliche Menschsein, das umfassende Leben, die totale Wirklichkeit. Dafür gab es da unten viele Ausdrücke – und diese Medikamente."

„Was ja Drogen waren", korrigiere ich.

„Ist doch egal, wie man es nennt."

Draußen suchen Sonnenstrahlen das Fensterglas, tasten sich vorsichtig herein und fallen über den Fußboden her.

Kurt steht langsam auf und stößt den Stuhl zurück wie einen lästigen Begleiter.

„Und was noch?" Ich setze mich auf die Tischkante.

„Was glaubst du? Nur weil ich da unten war?"

„Was hast du gemacht, was war deine Aufgabe?"

„Ja, das. Die Leute zu holen – dafür."

„Warum sind sie nicht einfach durch die Konstablerwache rein?"

Kurt schüttelt den Kopf. „Das wäre zu auffällig gewesen. Wir haben eines der Ausflugsschiffe benutzt. Das wurde umgebaut, und dann konnten die Leute direkt am Main rein, unterhalb der Straße Schöne Aussicht, da wurden sie hingebracht."

„Da habe ich mit Maria gesessen, und dieser Mann mit dem grauen Hoodie hat uns beobachtet."

„Wahrscheinlich waren wieder Leute unterwegs, und sie wollten verhindern, dass ihr etwas mitbekommt." Kurt sieht mich skeptisch an. „Aber wozu das alles? Glaubst du wirklich, dass euch diese Informationen nützen werden?"

„Ja, das denke ich. Wir haben immerhin ...", argumentiere ich los, doch Kurt unterbricht mich rüde.

„Jonas, schau dich doch an", spottet er und zeigt auf meinen dicken Bauch, „und dann dieser – wie heißt er? – Terzan? Und euer Zwerg? Nicht mal vernünftige Namen haben die. Was wollt ihr denn schon gegen Omega ausrichten? Das ist so, als würde sich eine Ameise gegen einen Menschen erheben. Er wird euch zertreten, auslöschen, spätestens, wenn ihr da runtergeht, zu ihm."

„Was macht dich da so verdammt sicher?"

„Ich war da, vergiss das nicht. Und ich weiß einiges über die Organisation. Ihr wisst nicht, womit ihr es zu tun habt, ihr ahnt es nicht mal. Deshalb könnt ihr auch nicht einfach nach dieser Organisation suchen, so wie ihr es euch vorstellt."

„Aber wir haben ja schon ...", halte ich dagegen, doch Kurt bringt mich mit einer Handbewegung zum Schweigen.

„Suchen kann man nur etwas, das man auch findet, oder?" Ohne eine Reaktion von mir abzuwarten, spricht er weiter. „Aber die Organisation ist ja schon immer da, sie ist ein Teil von dem, was du hier siehst, sie macht einen Teil der Welt aus, in der wir leben. Deshalb", sagt er und schüttelt den Kopf, „vergiss es, Jonas, und deshalb werde ich euch auch nicht helfen. Ich kann nicht."

„Also kann man die Organisation nicht so finden, wie man ..." Ich überlege kurz. „... einen Gegenstand findet."

„Das ist es, was ich dir sagen will." Kurts Stimme klingt plötzlich weich und mild. Vielleicht will er Maria und mich ja wirklich schützen.

„Und was wir gefunden haben?"

„Sind Zeichen, die auf weitere Zeichen verweisen wie diese Matrioschka-Puppen, in denen weitere Puppen verschachtelt drinstecken, nur, dass sich im Inneren dieser Puppen keine weiteren Puppen befinden, sondern nichts. Oder nimm eine Zwiebel, die gehäutet wird, aber keinen Blick auf das Innere freigibt. Das ist natürlich schwer vorstellbar für einen so auf Vernunft und Rationalität fixierten Menschen wie es ein Philosophiestudent ist." Beim Wort „Philosophiestudent" verzieht er die Nase, als würde er einen üblichen Geruch wahrnehmen, öffnet den Mund, als wollte er etwas ausspucken, schließt ihn aber sofort wieder. „Und deshalb werdet ihr nicht erfolgreich sein!" Wieder dieser aggressive Tonfall. Warum ist er nur so verdammt angriffslustig? Seine Art, sich so zu geben, als sei er mir überlegen, geht mir gehörig auf die Nerven. Dazu noch diese Blicke, die an mir vorbei gerichtet sind. Kaum einmal schaut er mich direkt an.

„Unbekannt soll die Organisation sein, ja? Ich verstehe das nicht. Ihr habt da unten gearbeitet, wart in den Gängen unterwegs. Omega muss da einiges aufgebaut haben. Und die Polizei hat euch in Ruhe gelassen? Niemand hat Verdacht geschöpft? Keiner war mal da unten, um nachzusehen? Wie kann das sein, Kurt?" Hilflos strecke ich die Arme aus und bewege die Hände wie Schaufeln, die ich hin- und herdrehe.

Kurt grinst zum ersten Mal bei diesem Treffen. „Ja, das haben wir gut gemacht, oder? Aber, klar, das ist schon rätselhaft."

„Und? Warum war das so?", frage ich.

„Du wirst es schon noch früh genug herausfinden", antwortet Kurt.

„Was ist mit den drei Stufen? Was ist die dritte Stufe?"

Kurt schweigt, dann seufzt er auf. „Jonas, Jonas, Jonas", tönt er schließlich, „das ist es eben, weshalb ihr Omega nicht aufhalten könnt." Er fummelt grinsend eine Zigarettenpackung aus der Hosentasche, zieht einen Glimmstängel heraus und zündet ihn an. Seine Gesten sind so selbstverständlich, dass man sie glatt für selbstbewusst halten könnte. Wäre ich nur nicht allein mit ihm. Wo bleiben bloß die anderen?

„Omega ist ganz nah, auch bei dir, er begleitet Maria, er weiß …" Er bricht den Satz ab, nimmt die Zigarette aus dem Mund, wirft sie aus dem offenen Fenster und zündet sich die nächste an.

„Warum bist du da weg?"

„Diese … Menschen, die gestorben sind." Kurt hält inne, sucht nach Worten.

„Was hat Maria gesehen?"

„Einen bedauerlichen Zwischenfall. Da war ein – Pedro. Also, er wurde erschossen, weil …, na ja, dieses Medikament wirkte nicht so, wie es sollte."

„Die, die es bekommen haben – sie waren so anders, oder? Sie waren nicht mehr …"

Kurt stößt Zigarettenrauch aus und schaut wieder an mir vorbei. „Ich habe ein paar Mal nachgefragt, wie es weitergehen soll. Die Leute, die ich gebracht habe, die waren praktisch – ich glaube, sie wurden wahnsinnig, als wäre irgendetwas in ihnen zerbrochen worden. Niemand konnte mir sagen, wie viele gestorben sind. Niemand."

„Wie viele sind denn … wahnsinnig geworden, wie du es nennst?"

„Keine Ahnung. Nicht alle. Das Medikament hat ganz unterschiedlich gewirkt, aber es wurde immer schwieriger. Irgendjemand hat gemeint, dass man was ändern müsste. Eine andere Zusammensetzung, hieß es."

Ich denke an den Mann, der erschossen wurde, und wie Blut und Gehirnmasse auf den Boden tropft. Ich denke an Marias Stimmungen und diese furchtbaren Bilder in ihrem Kopf und daran, dass sie kaum noch in der Lage ist, einen normalen Tag zu erleben.

„Wir wollen Omega stoppen, Kurt. Wir sind so kurz davor." Ich mache ein Zeichen mit Daumen und Zeigefinger und tippe dann auf die Zeichnung auf dem Tisch. „Maria wird es besser gehen, wenn Omega weg ist Du könntest uns helfen, indem du mit uns da runter gehst."

Kurt blickt mich perplex an und schüttelt heftig den Kopf. „Ganz sicher nicht. Ist viel zu gefährlich. Ihr wisst ja nicht, was euch da erwartet. Sie sind da praktisch immer unterwegs, vor allem nachts. Und dann dieser Bereich da … hinter dem Tor."

„Was für ein Tor?"

„Zumindest haben wir es ‚Tor' genannt. Es ist kein richtiges Tor. Scherzhaft haben wir den Neuen gesagt, dass sie jetzt nicht mehr zurückkönnten, wenn sie weitergehen."

„Ich erinnere mich", sage ich. „Das hat Maria auch erzählt."

„Es gibt dort … Räume, mehrere Räume, durch die wir immer reingingen. Ich vermute, dass sie früher als Lagerräume genutzt wurden. Heute darf da niemand mehr rein, angeblich ist vieles baufällig. Daher kommt auch kaum jemand – also von den Kanalreinigern – da hin, äußerst selten. Ein idealer Bereich für Omega. Viele Gänge sind da, ich musste aufpassen, dass ich mich nicht verlaufe."

Wie bereitwillig Kurt mir das alles erzählt. Ich muss mich zurückhalten, um nicht überhastet weitere Fragen zu stellen, denn am liebsten würde ich noch mehr erfahren.

„Dann ist es ideal", sage ich stattdessen ganz freundlich, um Kurts Redestrom nicht allzu sehr zu unterbrechen.

„Omega hat …, also dieser Bereich ist unbekannt. Es handelt sich um eine Art Erweiterung der Katakomben, die ja an sich schon groß sind und unter der gesamten Innenstadt von Frankfurt verlaufen. Aber wenn ich dir jetzt erklären sollte, wir ihr da hinkommt, wüsste ich es nicht."

„Aber ihr wart dort, also, wie ging das? Niemand hat davon gewusst, niemand hat euch gestört?", bricht es jetzt doch aus mir heraus. Ich zupfe mit einem Finger nervös an meiner Unterlippe herum.

„Unbemerkt … Gewusst …", Kurt reißt die Augen auf, und zum ersten Mal habe ich den Eindruck, dass er freundlich ist. „Du hast recht, unbemerkt ging das nicht. Und so unbemerkt blieb es ja auch nicht."

„Die Obdachlosen, die verschwanden, das wurde schon bemerkt. Ein Bericht im Hessenreport, ein großer Artikel in der FAZ. Die Leute haben es mitgekriegt, die Polizei auch." Ich setze ich mich wieder auf die Tischkante. „Aber trotzdem …" Ich rede nicht weiter, als ich sehe, dass Kurt mich lauernd ansieht.

„Ja?", murmelt er.

„Wieso konntet ihr da unten arbeiten, unbehelligt?", frage ich.

„Einige Leute haben davon gewusst, natürlich. Sie haben dafür gesorgt, dass wir arbeiten konnten, und uns …" Er fährt sich mit einem Finger über die Lippen. „… niemand stört, daher. Frag mich aber nicht, wer das war, denn ich werde es dir nicht sagen." Seine Stimme wird wieder aggressiver, als wollte er Fragen von mir zuvorkommen. Die Sache ist für ihn erledigt, kommt es mir in den Sinn. Aber soll ich mich damit zufriedengeben?

„Omega hat", sage ich und überlege einen Moment, „Leute, die ihm helfen, mächtige Leute, die auch diese Organisation unterstützen."

Kurt breitet die Arme aus, und sein massiger Körper wirkt noch gewaltiger.

„Aber wenn ... Moment mal." Ich springe von der Tischkante und baue mich vor ihm auf. „Soll das heißen, das Labor ist gar nicht in den Katakomben?"

„Nein, das war hinter dem Tor. In den Katakomben waren Warteräume, die wurden früher als Lager genutzt, aber gearbeitet haben wir da nicht."

„Maria hat das anders erzählt", sage ich.

„Vielleicht erinnert sie sich nicht genau daran. Sie ist ja auch damals nicht über die Konstablerwache raus – da stehen nämlich immer welche. Also, wenn ihr da rein wollt ..."

„Wo seid ihr denn rausgeflüchtet?"

„Wir sind irgendwie auf einer Straße gelandet, waren auf einmal draußen, aber wir mussten ja schnell weg, darum habe ich nicht darauf geachtet, wo das genau war."

„Aber du wirst doch noch wissen, auf welcher Straße ihr wart?"

„Diese Kirche war in unmittelbarer Nähe. Ich kann mich an das Straßenschild ‚Weckmarkt' erinnern."

Ich gehe ruhelos im Zimmer auf und ab. „Warum überhaupt die Katakomben?"

„Wegen Xibalba", erwidert Kurt.

„Dem Ort der Angst, der Unterwelt der Maya?"

„Angst. Eben. Wir wollten auf jeden Fall Angst verbreiten, und der Eingang zu Xibalba, das waren in der Vorstellung der Maya Höhlen. Was lag also näher als die Unterwelt von Frankfurt?"

Kurts Stimme ist auf einmal nicht mehr so laut, und fast scheint es, als zeige sich auf seinem Gesicht der Ansatz eines Lächelns. Trotzdem verkrampft sich sein Gesicht immer wieder, als wären ihm im selben Moment so schreckliche Gedanken gekommen, dass er erst ein paar Sekunden braucht, um gegen sie anzukämpfen. Dann zieht er einen Mundwinkel so zur Seite, als wäre ein Teil seines Gesichts gelähmt. Das sieht verdammt unangenehm aus.

„Die drei Stufen?", will ich von ihm wissen. „Was ist das?"

„Die Welt wird sich ändern, wenn die dritte Stufe beginnt. Alles wird vollkommen anders, verstehst du, Jonas? Es wird so, wie wir es uns jetzt noch nicht vorstellen können. Mehr haben wir da unten auch nicht erfahren." Er presst zwei Finger zusammen und führt sie zum Mund, als wollte er eine Zigarette zwischen die Lippen stecken. „Jetzt habe ich dir geholfen. Das ist es doch, was du wolltest, oder?"

„Ja, klar." Ich lächle. „Du hast uns sehr geholfen."

Ich überlege, wo Maria wohl so lange bleibt. Warum sie sich so sehr verspätet. Ein beiläufiger Blick aus dem Fenster, für den ich aber einen Schritt zur Seite treten muss. Ich kann nicht mehr einfach so aus dem Fenster schauen, die Straße nicht mehr beobachten, ohne an ein rotes Auto zu denken, irgendwo da unten, und ich erschrecke, wenn ein größeres rotes Auto auftaucht.

Kurt lauert aus den Augenwinkeln, und als ich mich kurz umdrehe, begegnen sich unsere Blicke für einen winzigen Moment. „Jonas, pass auf, dass du nicht im Bauch eines Wals landest." Er lacht kalt und laut. „Da kommst du nicht mehr raus. Diesmal nicht."

Wie meint er das nun wieder? Als ich zu ihm hinblicke, wünsche ich mir, ich hätte es nicht getan. Unbemerkt ist er ans Fenster getreten, und ein Grinsen breitet sich auf seinem Gesicht aus.

„Ihr wisst wirklich gar nichts", kommt es zögerlich von ihm.

Ich will auch ans Fenster, doch Kurt drückt mich mit seinem breiten Körper zur Seite.

„Was ist denn …", setze ich an, aber meine Frage erstirbt in meinem Hals. Kurts Mienenspiel ist eindeutig.

Irgendjemand ist da unten. Und dann ist Maria in Gefahr.

Ich muss Maria warnen.

DIE DRITTE STUFE

Blitzschnell renne ich aus der Wohnung, poltere durch den Flur, reiße dabei fast den Schirmständer um, an den ich stoße, und bin einen Moment später auf den Treppenstufen. Hastig nach unten, schnell. Hoffentlich kann ich Maria noch abfangen. Schwindelgefühle, Schwärze vor meinen Augen, ich kriege kaum die Haustür auf. Draußen ein erfrischender Sommerwind, ein direkter Blick auf die Straße, die Gegend vor dem Haus, die gegenüberliegende Seite. Nichts. Was mag Kurt gesehen haben? Bin ich zu spät? Einfach Passanten fragen kann ich nicht, und auch die Leute drüben vor dem Supermarkt haben bestimmt nichts gesehen.

Und da hinten? Geht da nicht jemand mit schnellen Schritten weg? Verdammt, da kann ich jetzt nicht mehr hinterher. Langsam lasse ich den Blick über die Straße kreisen. Wahrscheinlich hat sich Maria einfach nur verspätet. Da fällt mein Blick auf einen weißen, zerknüllten Zettel, der vom Wind hochgehoben wird und am Bordstein neben der Fahrbahn hängen bleibt. Schnell laufe ich auf die Straße und picke den Zettel auf. Mit zitternden Fingern falte ich ihn auseinander. Natürlich, die Acht, drei Punkte und ein Strich, das letzte Zeichen. Ich hebe den Zettel in die Höhe und starre hoch zum zweiten Stock, zum geöffneten Fenster des Konferenzzimmers. Kurt steht immer noch da, schaut aufmerksam hinaus, aber sieht er mich? Ich winke ihm zu, aber er reagiert nicht, starrt nur nach unten, und sein Blick ist merkwürdig gefroren. Schwankt er? Eine Sekunde später sehe ich, wie er zusammenbricht, starr nach hinten fällt wie ein gefällter Baum.

***

Kurt liegt lang ausgestreckt auf dem Boden, direkt neben dem Konferenztisch, den jemand zur Seite geschoben haben muss. Ich sehe sofort, dass er nicht mehr atmet. Ich beuge mich zu ihm hinunter und hebe seinen Kopf an. Das Einschussloch ist nicht zu übersehen. Blut und

Hirnmasse sind ausgetreten. Als ich mich wieder aufrichten will, kommt Pluto plötzlich ins Zimmer.

„Verdammt, die haben ...", sagt er und verstummt, als er das Erschrecken in meinem Gesicht bemerkt.

Ich springe auf und ziehe mich ans Fenster zurück. „Ich wusste nicht, dass du hier bist, in der Wohnung", sage ich etwas zu laut.

Pluto schüttelt heftig den Kopf. „Jonas, du glaubst doch nicht, ich hätte das getan?"

„Warst du die ganze Zeit hier? Und du hast nichts gehört?", blaffe ich ihn an. Dann schreie ich ungehemmt los: „Wie sollte der Mörder denn hier reinkommen, hm? Wie, Pluto? Seelenruhig reinmarschieren? Im Treppenhaus war er jedenfalls nicht." Wahrscheinlich hat Pluto mich noch nie so aufgeregt erlebt. Ich weiß nicht, was in diesem Moment schlimmer ist: zu erkennen, dass sein entsetztes Gesicht mit mir zu tun hat und er wahrscheinlich Angst vor mir hat, dass ich dabei bin, alles kaputt zu machen, oder die Empfindung, dass ich mich mit diesem enthemmten Geschrei so weit von dem gutmütigen Philosophiestudenten entfernt habe wie noch nie und ich eigentlich über mich selbst erschrocken sein sollte. Dabei lässt mich Plutos Reaktion seltsam kalt, prallt an mir ab. Ich würde am liebsten einfach weiterschreien, noch lauter werden, bis meine Stimme nicht mehr mitmacht. Alles vorbei, denke ich. Wir sind am Ende. Reiner ist tot, und jetzt auch noch Kurt. Wahrscheinlich ist es wirklich so, wie er gesagt hat. Wir können Omega nicht zur Strecke bringen. Ich stehe bewegungslos, und Pluto verharrt mir gegenüber wie ein Boxer, der gleich in den Kampf geschickt wird.

„Ich war es nicht, klar?", brüllt er plötzlich, und ich bin überrascht, was für laute Geräusche aus dem kleinen Körper kommen.

Ich lasse die Schultern hängen. „Es ist zu spät, und wir wissen es, oder?" Mit Mühe komme ich zu einer normalen

Stimmlage zurück. „Kurt. Jetzt auch noch Kurt, und er hätte uns noch mehr erzählt. Er wollte uns helfen."

„Vergiss es. Kurt erzählt nur, was er erzählen will", fährt mir Pluto über den Mund. „Ist doch so. Wer weiß, wie viele Leute der auf dem Gewissen hatte."

„Aber er hat Maria gerettet."

Pluto sieht mich verwirrt an. „Gerettet", stößt er abfällig hervor. „Jonas, du spinnst doch. Kurt hat Maria doch nicht gerettet." Er gestikuliert wie ein Redner, der sein Publikum für besonders ungewöhnliche Themen begeistern will, hört damit auf, weil ihm Speichel aus dem Mund läuft, den er mit einem Taschentuch hastig abwischt. „Übrigens." Er zeigt auf meine rechte Hand, in der ich den zerknüllten Zettel halte. Wortlos zeige ich ihm das Papier. „Das Zeichen, das noch fehlt, oder?" Er nickt ein paar Mal.

„Habe ich unten gefunden, auf der Straße."

„Die Zahlen sind damit komplett." Er dreht mir kommentarlos den Rücken zu und will durch die Zimmertür hinausgehen.

„Wir müssen zu dieser Kirche", sage ich, woraufhin er an der Tür stehen bleibt und sich langsam umdreht.

„Was hat er dir gesagt?" Plutos Gesichtszüge sind starr. Ich bin zu weit gegangen, denke ich. „Was?", wiederholt er lautstark.

Draußen blitzen Sonnenstrahlen vom Himmel, als wären sie den Schatten hinter den Wolken entkommen, dann werden sie wieder vom weißen Dunkel der Wolkenkugeln aufgesogen.

Ich fasse kurz zusammen, was Kurt mir erzählt hat, und Pluto nickt.

„Wir kreisen ihn ein", versetzt er. „Wir – schon klar, du glaubst immer noch, dass ich ..."

„Nein, entschuldige", erwidere ich und starre aus dem Fenster. „Es ist nur – wie soll der Mörder denn reingekommen sein?"

„Du bist doch rausgegangen. Hast du vielleicht die Tür offengelassen?" Plutos Miene hat sich merklich entspannt.

„Nein, ich habe gehört, wie die Haustür hinter mir ins Schloss gefallen ist."

„Dann war er vielleicht schon in der Wohnung? Oder hat sich im Hausflur versteckt?"

„Schwer vorstellbar. Oder hat er irgendwo geklingelt?", frage ich.

Pluto stemmt die Hände in die Hüften. „Ach, übrigens – Jerschow hat die Zahlenfolge entschlüsselt."

In diesem Moment summt mein Smartphone. Ich ziehe es aus der Hosentasche, lege es auf den Tisch, schalte das Display an und wische mit der rechten Hand über den Bildschirm. „Eine WhatsApp-Nachricht von Maria", sage ich. „Rico will sich mit uns treffen, schreibt sie." Für einen Moment versuche ich mich an die Gestalt zu erinnern, die Maria vom Fenster dieser leeren Wohnung aus gesehen haben will. Meine linke Hand krampft sich um den Kugelschreiber, den ich in der Hosentasche habe. Ich halte ihn wie ein Messer.

28

Fast hätte ich Lubovs hagere Gestalt nicht erkannt. Terzan steckt die Wasserflasche zurück in seine Gesäßtasche, ich schnippe die Zigarette über die Brüstung in den Main, und Maria tritt zur Seite, damit einige Männer und Frauen vorbeigehen können. Pluto fingert nervös an einer Traube von Liebesschlössern, die am Gitter unterhalb der Brüstung hängt.

Lubov nickt uns kurz zu. „Jerschow hat sich selbst übertroffen", beginnt er und bringt einige Zettel aus seinem Jackett zum Vorschein, die er auf die Brüstung legt und mit einem Stein beschwert.

„Sollen wir das wirklich hier machen, auf dem Eisernen Steg?", frage ich.

„In dieser Menschenmasse sind wir sicher", erwidert er.

Er hat wohl recht. Unzählige Leute drängen sich an uns vorbei und halten auf Sachsenhausen auf der anderen Mainseite zu.

Lubov hebt einen Zeigefinger hoch. „Wir hatten ja nach Ihrem Besuch noch einmal telefoniert. Da hatten Sie mir ja mitgeteilt, dass die Ziffern mit Symbolen zusammenhängen, und zwar aus dem Zahlensystem der

Maya. Also liegt es auch nahe …" Er stockt, dreht sich um und hält einen Zettel mit der Zahl 7463918 in die Höhe wie ein Magier, der ein fantastisches Zauberkunststück inszeniert. „In der Mythologie der Maya wurden die Zahlen immer auch durch Götterköpfe oder spirituelle Wesen symbolisiert." Er zeigt auf die erste Zahl der Ziffernfolge. „Die 7 steht bei den Maya für Came, den Sieben-Gott, einen der obersten Götter in Xibalba, die 4 wurde mit Ah Puch, dem Todesgott verbunden, die Zahl 6 symbolisierte Ramiabac, den Knochenstab, und die 3 stand für Ohalpuh, den Hervorbringer des Eiters."

„Ich verstehe nicht, wie uns das weiterbringen soll", sagt Pluto, legt die Hände an seine Schläfen und kneift die Augen zusammen.

„Gemach, es geht noch weiter", beschwichtigt Lubov und bringt einen weiteren Zettel zum Vorschein. „Die 9 – Luicxic, Blutfeder, die 1 – Uun Came, der zweite der obersten Götter in Xibalba, der auch Eins-Gott genannt wurde, und schließlich die 8 – Sahalcana, Hervorbringer der Gelbsucht." Lubov lässt das Papier langsam sinken.

„Und?" Ich hebe fahrig die Hände. „Was soll das bringen?"

Lubov kneift die Lippen zusammen und fixiert mich mit gesenktem Kopf, als wollte er mich wie ein interessantes Tier studieren. „Es ist ein Wort", erläutert er. „Die Zahlenfolge muss in ein Wort verwandelt werden, und zwar nimmt man dazu die Anfangsbuchstaben der Götternamen und fügt sie zusammen." Er dreht den Zettel um und hält ihn uns hin. „Es ergibt sich also was?"

„CAROLUS", lese ich laut vor. „Was heißt das, Carolus? Was soll das sein?" Ein kühler Windhauch streift meinen Hals, als eine junge Frau mit Motorradstiefeln an mir vorbeigeht. Ihre Schritte klacken so laut auf dem Asphalt, als würde sie damit den Boden aufreißen.

„Das ist doch ein Name", wirft Maria ein und lehnt sich an mich.

„Der Name wird ja irgendetwas mit Frankfurt zu tun haben. Also, wenn wir die Geschichte Frankfurts mit einbeziehen", doziert Lubov und fächelt sich mit der rechten Hand Luft zu.

„Ja?", haken wir alle drei fast gleichzeitig nach.

Lubov fischt einen weiteren Zettel aus der Jacketttasche und hält ihn uns hin.

„Ca-ro-lus Mag-nus", liest Terzan stotternd vor.

„Genau, Karl der Große. Frankfurt wurde durch Karl den Großen zum ersten Mal in den Geschichtsbüchern erwähnt. Wenn der Code irgendetwas mit Frankfurt zu tun hat, handelt es sich wahrscheinlich um ebendiesen Carolus Magnus, nämlich Karl den Großen", fasst Lubov zusammen.

Pluto schüttelt ungläubig den Kopf. „Aber damit können wir immer noch nichts anfangen."

„Ich glaube, dazu hatte ich was gelesen." Ich ziehe mein Smartphone aus der Tasche, rufe den Browser auf und tippe „Carolus Magnus" und „Frankfurt" in die Suchmaske ein, rufe ein paar Seiten auf und gebe dann nur „Carolus" und „Frankfurt" ein. „Da, Carolus ist der Name einer Glocke des Frankfurter Doms."

„Nein, oder?" Maria sieht mich mit großen Augen an.

„Darauf könnte sich das Wort beziehen", sage ich.

Luftspiegelungen liegen über dem Main wie eine über den Fluss gespannte Folie. In einiger Entfernung wirbeln Vögel am Himmel, dann stürzen sie nach unten wie Selbstmörder, die im Wasser sterben wollen.

Pluto knetet nervös die Hände. „Ja, gut, aber was bedeutet das nun?"

„Es ist ein Indiz", sagt Terzan.

„Moment, hier steht noch, dass die Carolus-Glocke im Jahr 1877 angefertigt wurde", sage ich.

„Also zu Lebzeiten von Franz von Stuck", sagt Terzan, nimmt Blickkontakt mit einer jungen, sehr attraktiven Frau auf, dreht sich dann aber sofort wieder weg und starrt auf den Zettel mit den Buchstaben.

„Er kann davon gewusst haben", sagt Maria.

„Vorher ist der Dom bei einem Brand stark beschädigt worden. Er wurde wieder aufgebaut, und zu diesem Zeitpunkt hat man auch den Westturm fertiggestellt", gebe ich weitere Informationen vom Display meines Smartphones wieder.

„Den Westturm, der jetzt renoviert wird."

„Irgendetwas ist mit diesem Westturm. Warum gibt es einen so verschlüsselten Hinweis auf die Carolus-Glocke?", fragt Pluto.

„Und wozu diese Zahl?" Ich sehe Lubov auffordernd an.

„Wenn die Zahl auf diese Carolus-Glocke verweist, ist es ein Hinweis auf den Dom", erwidert Lubov.

„Aber trotzdem – ich meine …", werfe ich ein. „Wer kann diesen Code verstehen? Für wen wäre der? Okay, jetzt weiß ich, dass sich das Wort Carolus, das sich aus den Ziffern ergibt, auf diese Kirche bezieht, aber wenn mir jemand etwas dadurch mitteilen will, dann weiß ich nicht, was er mir sagen will."

„Es fehlt vielleicht noch ein weiterer Hinweis", sagt Terzan.

Über uns ist der Himmel wolkenlos. Welche unpassende Klarheit, denke ich. Es ist doch alles etwas komplizierter, und für einen Moment kommt mir der Gedanke, dass wir nichts wissen und uns nur vage von Indiz zu Indiz hangeln, aber alle Spuren ins Nichts führen und wir so langsam unserer eigenen vollständigen Erschöpfung entgegengehen.

„Maria?", hakt Terzan nach, lehnt sich gegen die Brüstung und lässt ein Streichholz von einem in den anderen Mundwinkel wandern.

„Ich kann euch da nicht helfen, da war nur dieses Gespräch, als wir ausgestiegen sind."

„Was genau haben sie denn gesagt?", fragt Pluto.

Maria zieht an einigen Haaren auf ihrem Kopf. „Puuh", macht sie, „also …"

Ich schaue auf Lubov. „Wenn Sie einen derartigen Code für Mitglieder einer Gruppe anlegen ..."

„... oder Leser eines Blogs", unterbricht mich Terzan.

„Genau", stimme ich ihm zu. „Wie würden Sie vorgehen? Es genügt doch nicht, einfach nur ‚Carolus' mitzuteilen."

„Eine Nummer dient ja oft auch zur Bezeichnung von etwas, auch innerhalb von Gebäuden", erwidert Lubov.

Ich nicke. „Vielleicht ist es das ja, irgendeine siebenstellige Zahl – im Frankfurter Dom."

„Aber wo könnte sie sich befinden?", fragt Terzan.

„Wenn ich diesen Code entschlüsselt habe, weiß ich noch nicht, wonach ich suchen soll." Pluto kratzt sich am Kinn.

„Nicht, wenn diese Leute schon vorher ähnliche Codes erhalten haben. Sie wissen", erkläre ich und hebe eine Hand, „dass sie die Anfangsbuchstaben benötigen und nach einer Zahl im Gebäude suchen müssen. Sie sind über die Maya informiert, können es also leicht ableiten."

„Aber sie können doch nicht das gesamte Gebäude durchsuchen", hält Maria dagegen, dreht sich wieder herum und legt drei Finger ans Kinn. Ich sehe diese hellen, wachen Augen und ein Lächeln, das ich nach den letzten Tagen nicht zustande bringen würde.

„Wie wäre es mit dem Westturm?", gebe ich zu bedenken.

„Möglich", erwidert Pluto, „aber wir wissen ja bereits – da ist doch dieses Xibalba, der Eingang zur Unterwelt, der für die Maya durch Höhlen symbolisiert wurde."

„Aber dieser Westturm wurde in der Zeit fertiggestellt, ungefähr 1877, richtig?", sagt Terzan.

„Das Gemälde ‚Luzifer' entstand 1890, dreizehn Jahre später", sagt Pluto.

„Der Westturm wurde zur Zeit Franz von Stucks beendet und jetzt umgebaut, das kann kein Zufall sein." Ich spüre einen leichten Schwindel. „Und als der Westturm fertig war, ist dieses Gemälde aufgetaucht."

„Dreizehn Jahre später", verbessert mich Pluto.

„Okay." Ich nicke. „Und jetzt taucht das Gemälde wieder auf, und jedes Mal ..."

„Die Lösung finden wir nur in dieser Kirche", sagt Terzan mit fester Stimme.

„Die eigentlich Kaiserdom St. Bartholomäus heißt", korrigiert Lubov.

„Von mir aus." Pluto fährt sich mit einer Hand über die Glatze.

„Und im Leben und Werk von Franz von Stuck", ergänze ich. „Es muss irgendwelche Hinweise zu dem Gemälde geben, die uns weiterhelfen. Auch sollten wir die Graffiti von Larco mit den vielen Ratten nicht vergessen, die alle ein Gesicht haben", füge ich hinzu.

Pluto klatscht in die Hände. „Richtig. Vielleicht bedeuten sie etwas."

„Symbole, alles Symbole. Jerschow wäre begeistert", sagt Lubov.

„Larco war ja in den Katakomben, definitiv, und es kann sein, dass er etwas gesehen hat", schaltet sich Maria ein, „viele Ratten und noch mehr, was er in diesem Schrumpfkopf ausgedrückt hat. Kann doch sein, oder?"

„Ein Schrumpfkopf, wie ungewöhnlich", bemerkt Lubov interessiert.

„Sehen Sie", sage ich, wische über das Display meines Smartphones, rufe die Galerie auf und scrolle durch die Bilder, die ich von Larcos Graffiti gemacht habe. „Hier, sehen Sie." Ich halte Lubov das Smartphone vors Gesicht.

„Ungewöhnlich, wirklich bizarr, ein Schrumpfkopf, sagen Sie?" Lubov fährt sich nachdenklich mit der Hand über die Stirn. „Bei diesem Schrumpfkopf gibt es keine Haare, sehen Sie." Er deutet auf das Foto. „Warum hat der Künstler die Haare nicht gezeichnet? Ich meine, dass er vielleicht gar keinen Schrumpfkopf zeichnen wollte, sondern etwas anderes. Also, dieser weit aufgerissene Mund und die leeren Augenhöhlen, das könnte auch der Schädel von einem Skelett sein."

„Aber diese Dinger da, wie Schnüre oder Klammern?", gebe ich zu bedenken.

„Sicher, so wurden Schrumpfköpfe dargestellt, aber so genau ist es kaum zu erkennen. Sie glauben, das sei ein Hinweis und nicht nur das Bild eines Wahnsinnigen?" Lubov weicht einem Rollstuhl aus, der von einer jungen Frau ungeschickt über den Eisernen Steg gesteuert wird.

„Das, was aus den Menschen geworden ist", murmelt Maria. „Die Tiere mit Menschenköpfen von den anderen Graffiti, die gibt es ja nicht. Warum sollte es Ratten mit diesen Schrumpfköpfen geben, oder was auch immer das darstellen soll?" Sie kaut wieder auf ihren Nägeln.

„Indizien gibt es ja. Der Frankfurter Dom – irgendetwas ist da verborgen, irgendein Geheimnis", sinniert Lubov.

„Der unbekannte Bereich. Die Grenze." Maria sieht durch mich hindurch. Sie ist jetzt gerade wieder in den Katakomben, kommt es mir in den Sinn. Vielleicht werden die Bilder endlich deutlicher.

„Schrumpfkopf und Ratten? Ich bringe das nicht mit dem Frankfurter Dom in Verbindung", sagt Pluto skeptisch.

„Da habe ich aber immer noch das Problem, wie ich das mitteile", sage ich.

„Omega kann es im Blog darstellen, einfach darauf hinweisen", sagt Terzan.

„Gut, okay, dann benötigt er aber keinen Code mehr."

„Aber wir wissen jetzt doch schon erheblich mehr dank Jerschow. Er hat sich wirklich selbst übertroffen, richten Sie ihm das bitte aus", wendet sich Pluto an Lubov.

Der zieht den Zylinder vom Kopf und verbeugt sich leicht.

„Wenn wir uns also irgendwie revanchieren können", fügt Pluto hinzu.

„Das ist nicht nötig, er braucht diese Rätsel wie andere die Luft zum Atmen. Jerschow hat Lungenkrebs im Endstadium, wie die Ärzte sagen. Jedes Mal, wenn er eines dieser mathematischen Probleme oder andere Rätsel lösen kann, lebt er weiter. Sie geben ihm neue Lebensenergie. Ich versuche ihn mit so vielen Rätseln wie möglich zu versorgen. Seit drei Jahren erhalte ich ihn damit am Leben. Ihr Problem hat ihm sehr geholfen, wissen Sie, es war wie ein Rausch. Er hat kaum gegessen, kaum geschlafen. Vielleicht kann er jetzt sogar den Krebs besiegen. Ich danke Ihnen." Er tritt vor und gibt jedem von uns die Hand. „Denken Sie an Jerschow, wenn Sie das nächste Mal ein Rätsel haben", sagt Lubov und geht in Richtung Sachsenhausen davon.

„Die Kirche, Leute, wir haben keine Zeit zu verlieren." Terzan steht blinzelnd im grellen Sonnenlicht.

„Ja, am besten sofort", murmelt Pluto.

„Wo ist überhaupt Iris die ganze Zeit?" Meine Stimme klingt leicht aggressiv. Es verwirrt mich, dass ich nichts von ihr gehört habe. „Sie sollte schon langsam mal wieder zu uns stoßen."

„Sie könnte uns jetzt helfen", sagt Pluto.

„Hat sie sich mal gemeldet?", frage ich in die Runde.

„Wenn, dann würde sie doch dich anrufen", sagt Pluto.

„Wir gehen aber jetzt sofort, trotzdem", bestimmt Maria, und das Sonnenlicht verläuft zickzackartig auf ihren blassen Wangen, um dann einfach zu verschwinden.

„Ja, wir gehen jetzt direkt in die Katakomben", sagt Pluto. „Trotzdem sollte auch einer von uns noch zu dieser Kirche gehen. Terzan, kannst du das übernehmen? Vielleicht findest du was zu dieser Zahl, zu den Ratten und dem Schrumpfkopf."

„Und Rico?", wende ich mich an Maria. „Wann treffen wir ihn? Hat er dir geschrieben?"

„Er wird uns finden. Einen Treffpunkt auszumachen, ist zu riskant", antwortet sie. „Es ist auch so schon gefährlich genug. Omega muss uns nur bemerken, dann ist es vorbei, und da unten kann das jederzeit passieren."

DIE DRITTE STUFE

Mein Herz trommelt mit einem Mal gegen meinen Brustkorb, als wollte es gleich hindurchschlagen und ein großes Loch in meinen Körper reißen.

***

Langsam tasten wir uns über die Steigeisen nach unten. Das Licht meiner Stirnlampe schaukelt unablässig. Mit angehaltenem Atem folge ich den gelben Flecken, schwanke, weil ich den Boden nicht sehen kann, dann geht es weiter durch den engen Schacht.

Für einen Augenblick atme ich kalte Luft ein, danach überfällt mich ein unglaublich strenger Geruch nach faulen Eiern. Ich ziehe das Taschentuch aus meiner Hosentasche und halte es mir vor den Mund.

Kurz darauf habe ich wieder festen Boden unter den Füßen. Terzan würgt, als er unten ankommt, Pluto windet sich, hustet kurz und trocken, murmelt „Oh, oh, oh." Nur Maria springt unbeeindruckt von der letzten Trittstufe, wirft noch einen Blick nach oben, wo wir herabgestiegen sind, obwohl kaum etwas zu erkennen ist.

Wir befinden uns in einer Art Halle mit tragenden Pfeilern und Rundbögen. Die Decke ist bestimmt drei Meter hoch. Da ist ein Geländer, das neben einem asphaltierten Weg verläuft. Direkt neben uns plätschert eine braune Flüssigkeit langsam dahin wie ein unterirdischer Fluss. Lichtpunkte schwimmen auf der Kloake, wahrscheinlich die Augen von Ratten.

Maria zeigt auf den Rettungsring an einem Geländer und lacht. Pluto bringt eine Taschenlampe zum Vorschein und lässt den Lichtkegel im hinteren Bereich der Halle kreisen. Dann fischt er einen zusammengefalteten Zettel im DIN-A-3-Format aus der Tasche.

„Der Plan?", frage ich ihn.

Er nickt, faltet das Papier auseinander und zeigt auf ein schwarzes Kreuz. „Da sind wir jetzt. Und hier wollen wir hin." Die beiden dicken Striche sind nicht zu übersehen. An der Stelle geht der Plan nicht weiter. „Das Problem ist, dass dieser Plan schon über zehn Jahre alt ist. Etliche Gänge sind wahrscheinlich nicht mehr begehbar."

Ich will noch eine Bemerkung machen, als Pluto losmarschiert, direkt auf einen Pfeiler zuhält und dann nach links abbiegt. Wir stapfen im Gänsemarsch hinter ihm her. Unsere Stirnlampen schicken Lichtreflexe in die Haare des jeweiligen Vordermanns. Ich spüre, wie Maria versucht, meine Hand von hinten zu ergreifen, erst langsam, dann fester zupackend, streichelt schließlich über den Handrücken. Ich bleibe stehen und sehe sie überrascht an. Sie überholt mich, schließt zu Terzan auf, der hinter Pluto geht, und dreht sich zu mir um, als wäre das hier ein Spiel, bei dem sie mich erst näherkommen lässt, um dann vor mir davonzulaufen, aber nur, um mich erneut heranzulocken.

„Wir sollten so wenig wie möglich sprechen", sagt Pluto. Er bleibt stehen und deutet auf die Dunkelheit vor uns. „Wir wissen nicht, was da ist, und jedes Geräusch ist hier noch in einiger Entfernung zu hören."

Ich ziehe die Schultern zusammen und blase unsichtbaren Rauch aus dem Mund. Irgendwo da vorn flammt etwas auf, jedenfalls glaube ich das. „Da!", rufe ich aus, halte mir aber sofort die Hand vor den Mund.

„Was denn?", wispert Terzan.

„Ein Licht, vielleicht ein Streichholz", sage ich so leise, dass ich meine eigenen Worte kaum höre.

„Ich hab nichts gesehen." Pluto schwenkt die rechte Hand in die Richtung, die wir einschlagen sollen.

Einatmen, ausatmen, langsam weitergehen. Vorsichtig laufen wir in einen gebogenen Tunnel mit gewölbter Decke. Von einer kleinen Rinne am Boden kommen platschende Geräusche, aber Wasser fließt da sicherlich nicht. Weit können wir trotz unserer Stirnlampen nicht sehen, auch Plutos Taschenlampe wird immer wieder von der undurchdringlichen Dunkelheit vor uns verschluckt.

Nur nicht ausrutschen, denke ich und gehe langsam weiter vorwärts. Niemand von uns sagt etwas, nur manchmal ist ein Würgen zu hören, oder ein geräuschvolles Schlucken durchdringt die Stille. Dazu das Patschen unserer Schuhe in der dunklen Brühe auf dem Boden. Verdammt, warum habe ich nur die Sneakers angezogen? Es wird nicht lange dauern, und diese Scheiße sickert durch Schuhe und Socken an meine Füße.

Pluto hebt eine Hand und leuchtet mit der Taschenlampe weiter in den Tunnel. „Hier wird es enger", murmelt er. Automatisch ducken wir uns, als wir weitergehen, und ich betaste die Decke über meinem Kopf.

Irgendwie hat Maria es geschafft, wieder hinter mir zu gehen. Sie sagt noch etwas, doch ich spüre nur ihren heißen Atem in meinem Nacken. „Erkennst du irgendetwas wieder?", flüstere ich.

„Hier gibt es größere Räume, Lager", sagt sie und legt mir die Hände auf die Schultern.

Ich bleibe stehen. „Wo genau?"

„Wir sind noch nicht am Ende", erwidert sie kryptisch.

Ich verzichte darauf, nachzufragen, gehe lieber wieder schneller, die anderen sind nur noch an den flackernden Lichtpunkten der Stirnlampen zu erkennen. Ob schon jemand unterwegs ist, um uns aufzuspüren? Was hat Kurt noch gesagt? Dass sie überall sind? Mein Hals verengt sich, ich ziehe den Kopf ein, obwohl es nicht notwendig ist. Vor meinen Augen entstehen kleine farbige Punkte, ich schwanke, aber nur kurz, stehe gleich wieder fest auf dem Boden.

Auf Marias Stirn entstehen, als ich mich zu ihr umdrehe, durch meine Stirnlampe unförmige Konturen, die in dem Moment, als sie die Stirn runzelt, zu riesigen Gräben werden. Sie lässt sich einen Moment in meine Arme fallen, und ich drücke sie fest an mich. „Alles in Ordnung?" Sie nickt, aber ich habe meine Zweifel.

Nach einigen Minuten müssen wir uns zwischen Mauern hindurchzwängen, dann folgt ein enger Backsteingang. An den Wänden sind glibberige schwarze

Flecken zu sehen, die sich bewegen, wenn Flüssigkeit von oben herabfließt. Zu allem Überfluss tropft auch noch irgendetwas von der Decke. Ich kämpfe einen Moment mit mir, versuche den Gestank erneut auszublenden, aber ein heftiges Würgen überfällt mich.

Terzan bleibt schlagartig stehen, sodass ich fast gegen ihn laufe. „Ich habe etwas gefunden", erklärt er und beugt sich nach unten. „Hier liegt etwas." Er hebt ein kleines Teil vom Boden auf, und Pluto leuchtet es mit der Taschenlampe an. Terzan stößt einen erstickten Schrei aus und lässt das Ding auf den Boden fallen. „Ist das ein Stück Fleisch?", stößt er entsetzt hervor.

„Scheiße, das sah total frisch aus", sagt Pluto mit belegter Stimme. Die Taschenlampe wirft zitternde Spinnweben an die Wände, und von irgendwo kriecht ein riesiger Schatten an der Decke langsam auf mich zu. Ich blinzle und ducke mich, und der Schatten verschwindet. „Maria? Hast du das auch gesehen?"

Maria drückt sich so dicht an die Wand, als wollte sie hineinkriechen. „Ich konnte nicht lange hinsehen", sagt sie, „aber wahrscheinlich willst du hören, ob ich etwas darüber weiß, hm?"

Ich nicke.

„Die Neuen wurden immer mit Fackeln ins Labor gebracht. Es ist eine Prozession. Rico hat das Wort Prozession verwendet."

„Sie sind hier in der Nähe, vielleicht hinter der nächsten Biegung. Womöglich laufen wir direkt auf sie zu." Ich flüstere, will schneller sprechen, verschlucke dann aber die letzten Worte und schnappe mühsam nach Luft. Wenn wir nicht bald wieder an die frische Luft kommen, wird es schwierig.

„Langsam weiter", drängt Pluto, berührt Terzan an der Schulter, und dann folgen wir wieder der winzigen Lichtspur unserer Stirnlampen und den zitternden Lichtstrahlen von Plutos Taschenlampe.

DIE DRITTE STUFE

Einige Minuten später kommen wir an ein Gitter, das seitlich in die Wand eingelassen ist. Wahrscheinlich geht es da weiter in einen anderen Abwasserkanal.

Pluto bleibt ratlos am Gitter stehen. „Also eigentlich müsste es hier in der Nähe einen Abzweig geben." Er dreht den Plan zur Seite.

„Zeig mal, wo?", frage ich ungeduldig, doch Pluto wischt meine Frage mit einer Handbewegung weg.

„Das ist kein Wanderführer, ja?", gibt er genervt zurück.

„Also wieder zurück?", erwidere ich.

„Vielleicht", murmelt er unsicher, zwängt sich an uns vorbei und geht in die Richtung, aus der wir gekommen sind. „Ah", ruft er. Als wir hinter ihm stehen, zeigt er auf einen Abzweig, den wir übersehen haben. „Hier ist es", sagt er heiser und geht in den Gang vor.

Wieder sind wir in einer Röhre gelandet, die scheinbar endlos ist. Wir drehen alle vorsichtig die Köpfe, denn die Decke ist bedrohlich nah über uns. Noch können wir aufrecht stehen. Plötzlich sind in einiger Entfernung Geräusche zu hören.

„Scheiße", flüstert Maria hektisch und hält sich die Ohren zu. „Sie kommen."

Stimmen. Das sind unverkennbar Stimmen, noch dazu klingen sie sehr aggressiv. Omegas Leute? Bestimmt sind es Omegas Leute.

„Los, schnell weiter", flüstert Pluto und hastet schwerfällig den Gang entlang. Wir folgen ihm, so gut wir können. Hastig stütze ich mich an der Wand ab, laufe schneller, dann rennen wir, wollen nur noch weg von diesen Stimmen, weiter in die sich vor uns ausbreitende Dunkelheit. Irgendjemand vor mir atmet schwer, und ich denke an meine Beine, laufe wie automatisch. Nur jetzt nicht einknicken. Doch was ist da vorne? Da sind doch auch … Pluto bleibt abrupt stehen. Ein kleines Rinnsal rieselt von der Decke herab, Tropfen platschen ohrenbetäubend in die Flüssigkeit auf dem Boden.

Maria zeigt in die Richtung, in die wir gehen wollen. „Da sind sie auch", stößt sie gepresst hervor.

„Wir sind eingekreist, oder?", zischt Terzan.

Pluto schaut nach vorn, nach hinten, wieder nach vorn. „Zurück, schnell", befiehlt er, und wir hasten mit eingezogenen Köpfen zurück durch die Röhre. Ich stolpere direkt hinter Pluto her, rutsche fast aus, versuche dennoch, schneller zu werden, keuche. Meine Füße schmerzen, und in der linken Hüfte spüre ich ein Stechen. Nur noch einige Meter, verdammt. Auf dem Rückweg sieht alles ganz anders aus. Endlich stehen wir wieder an der Stelle von eben.

„Omega!", hallt es aus einiger Entfernung zu uns herüber, „Ehre", höre ich, „Ehre sei Omega." Doch bei anderen Worten ist der Hall so stark, dass nichts zu verstehen ist. Verdammt, weit entfernt können sie nicht mehr sein.

„Los, hier rein." Pluto biegt schnell nach rechts ab, und wir folgen ihm einfach.

„Hier", sagt Maria und bleibt nach einigen Metern abrupt vor dem Gitter stehen, an dem wir eben schon vorbeigekommen sind. Sie rüttelt an den Stäben und lehnt sich mit aller Kraft dagegen. Krachend gibt das Gitter nach.

In dem Moment, als ich mit den anderen in die eklige Kloake steige, spüre, wie die braune Brühe in meine Sneakers eindringt, höre ich eine Frauenstimme. Sie ist so laut, als würde die Frau direkt neben mir stehen. Irgendetwas liegt in dieser Stimme, was mich erschauern lässt. Verstehen kann ich nichts. Ich halte mir die Ohren zu und wechsle einen Blick mit Maria, die nickt und mit einem Finger in die Richtung zeigt, aus der die Stimme kommt.

„So waren sie", stammelt sie, als wäre sie den Tränen nah. „Genau das war es, was ich auch gehört habe." Sie bringt das Gitter einigermaßen wieder vor dem Einstieg an.

DIE DRITTE STUFE

Ich folge den anderen weiter durch die eklige Brühe, und wir stapfen, so weit wir können, bis das Gitter nur noch schemenhaft zu erkennen ist. Erschrocken bemerke ich, dass ich bis zu den Hüften in der Scheiße stehe. Mit jeder Sekunde werden die Stimmen lauter. Gleich sind sie da, denke ich, doch da ist nur ein Lichtstreifen, wahrscheinlich das gebündelte Licht von einem Handscheinwerfer, zu erkennen. Hektisch schalten wir die Stirnlampen aus. Die Dunkelheit ist schwer auszuhalten. So muss sich Jonas im Bauch des Wals gefühlt haben – ein enger, dunkler Raum, der nicht beleuchtet ist und aus dem man, wenn man Glück hat, irgendwann wieder nach draußen gespült wird.

Wir warten geduckt, jede Bewegung ist anstrengend, während Stimmen und Schritte immer lauter werden.

Dann endlich kommen sie, flackerndes Licht, Schritte von vier oder fünf Leuten, stampfend, gleichförmig, aggressiv. Schemenhaft sind Beine vor dem Gitter zu erkennen, doch sie gehen nicht weiter. Plutos Stimme neben mir ist nur ein Hauch, doch ich bin sicher, dass er am liebsten laut geflucht hätte.

„Wir sind doch hier für die dritte Stufe", sagt jemand mit jungenhaft wirkender Stimme. „Also, warum sollten wir?", fügt er hinzu.

Warum ist die Frauenstimme nicht mehr zu hören? Kältenadeln stechen in meine Unterschenkel. Ich muss mich unbedingt bewegen, und lange kann ich diesen Gestank nicht mehr ertragen. Ich werde würgen und kotzen, und dann ist es vorbei.

„Niemand wird es tun", schaltet sich eine zweite, dunkle Stimme ein. „Es ist ja alles vorbereitet. Nur noch der Code, und dann ist es so weit. Das ist eine Sache von ein paar Tagen."

Warum gehen sie nicht weiter? Und was ist mit dem Code gemeint? Doch wohl nicht etwa die Zahl, die wir entdeckt haben?

DIE DRITTE STUFE

Schweigen, dann spricht eine dritte Stimme, ganz langsam: „Es kann niemand da sein. Hier ist es sicher. Niemand weiß etwas, nicht mal Larco, und der hat ja wohl mehr gesehen als irgendein anderer."

„Echt, diese Graffiti, der Tod, die Ratten, diese Köpfe", schaltet sich wieder die jungenhafte Stimme ein. „Wenn der wüsste. Dieser Raum. Er hat keine Ahnung, wo er war."

Ein Schlag ist zu hören, vielleicht ein Klaps auf einen Rücken oder eine Schulter. In diesem Moment ist wieder die Frauenstimme zu hören. „Xibalba", dröhnt sie, aber so ungewöhnlich, dass ich das Wort kaum als menschlich identifizieren kann. Dazu erklingt ein tiefes, unheimliches Grollen wie eine lange anschwellende Gewalt, die endlich aus dem Körper befreit wird. Doch da ist noch ein anderes Geräusch, eine Art Krachen, das sich mit dem Grollen vermischt. Und wenn es nicht völlig unmöglich wäre, könnte ich glauben, dass in diesem Krachen Sprachfetzen mitschwingen, spitze, dumpfe Konsonanten. Ich verspüre eine Mischung aus bedingungsloser Konzentration und fiebrigen Krankheitssymptomen. Ich ertappe mich dabei, wie ich darüber nachdenke, die anderen zur Seite zu stoßen und in den Gang zu fliehen, mitzugehen, mich an die kleine Gruppe da vorne dranzuhängen. Ich stelle mir vor, wie wunderbar es wäre, die Zähne der Kreatur an meinem Hals zu spüren, und drücke mit einem Fingernagel an meinem Hals herum. Gleich muss Blut kommen, denke ich, jeden Moment, heraussprudeln soll es und dann werde ich meine Hände hineintauchen und das Blut der Kreatur überreichen.

Erst die jungenhafte Stimme bringt mich wieder zurück in die Realität. „Sie hat es schon geschafft", höre ich sie jetzt von etwas weiter entfernt. Wahrscheinlich sind sie weitergegangen. Ich ziehe mich etwas zurück. „Ehre sei Omega", höre ich noch wie eine Beschwörungsformel, und schließlich ein lautes Lachen, das in kehlige Laute übergeht. Schließlich lehne ich mich gegen eine Wand, versuche mich festzuhalten, aber ich finde nichts, was ich greifen kann.

Keiner von den anderen bewegt sich. Auch ich bleibe starr. Wir sind wie Statuen, die im Abwasser zurückgelassen wurden und langsam von den Fäkalien zersetzt werden. Schließlich schaltet Pluto seine Stirnlampe als Erster wieder ein. Das Licht meißelt bernsteinfarbene Pocken auf Terzans erschöpftes Gesicht. Als es endlich wieder heller ist, fällt mir auf, dass ich noch nie so froh war, Menschen wiederzusehen, auch wenn wir jetzt wissen, dass uns noch weniger Zeit bleibt, als wir dachten, und wir so schnell wie möglich weiter in den unbekannten Bereich vordringen müssen.

***

Ich bin sicher, dass man uns jetzt schon von Weitem am Gestank erkennen kann. Wir laufen wieder durch eine Röhre, bleiben aber seltsam entfernt voneinander. Pluto presst sich die Hand vor den Mund, Terzan hält zwei Finger an seine Nase. Ich darf gar nicht daran denken, was an meiner Hose und den Schuhen klebt.

„Und das Labor?", brummt Terzan.

„Ich erkenne nichts wieder", antwortet Maria. „Eigentlich sollte ich, aber – nein." Sie dreht den Kopf wie eine Puppe, die auf regelmäßige Bewegungen programmiert ist, fixiert die Decke und die Wände, starrt schließlich sogar auf die Flüssigkeit am Boden, als könnte sie dort etwas entdecken.

„Vielleicht gibt es noch einen anderen Weg", werfe ich ein.

Pluto zeigt auf seinen Plan. „Es ist hier in der Nähe, dieser unbekannte Bereich, das Tor. Zumindest, wenn es sich wirklich da befindet, wo der Plan endet. Wir laufen direkt darauf zu."

DIE DRITTE STUFE

Sehen kann ich jedenfalls nichts, da ist nur Schwärze vor uns wie eine trügerische Wand, die scheinbar fest vor uns steht, uns dann aber einfach in sich einsaugt. Wir schweigen, irgendjemand atmet manchmal leise, dann geht es weiter, unsere Schuhe platschen, ein, zwei Blicke auf die träge dahinfließende, bräunliche Flüssigkeit in der Mitte der Röhre. Unförmige Tiere als Schatten an den Wänden. Vor mir sind sie schneller geworden. Dann wieder Geräusche, Stimmen, ein Knall, aber hinter uns. Ich zucke zusammen.

Maria hinter mir bleibt stehen und dreht sich um. „Sie", stammelt sie.

„Was, wenn sie uns einholen?", fragt Terzan laut.

„Sie sind zu weit weg", sagt Pluto, gibt aber trotzdem ein schnelleres Tempo vor, und bald laufen wir in einem leichten Trab, folgen den fahlen Lichtsplittern unserer Stirnlampen, drehen uns jeder mehr als einmal um, und ich sehe immer wieder das gelb-weiße Gesicht von Terzan, der vor mir läuft. Ich kann seine Angst sehen.

Plötzlich bleibt Pluto stehen, deutet auf eine Wand vor uns.

„Wir sind da", sagt er schnaufend. „Wir sind am Ende angekommen."

„Sieht ganz danach aus", murmele ich. Der Tunnel vor uns macht einen Rechtsknick.

„Hier sind zwei Treppenstufen", sagt Pluto und beleuchtet einen kleinen Raum mit einer niedrigen Decke. An der Seite befindet sich eine Leiter, die nach oben irgendwo unter die Decke des Raumes führt.

„Das ist ein Schachtdeckel da oben, oder?" Terzan blickt starr nach oben. „Müssen wir da rein?"

Ich leuchte Maria mit meiner Stirnlampe ins Gesicht.

„Nein, das war hier", antwortet sie.

„Du erinnerst dich?"

„Da drüben. Wir müssen durch den Raum", sagt sie. „Da bin ich reingegangen."

„Aber da ist nichts, kein Durchgang", behauptet Pluto.

DIE DRITTE STUFE

„Vielleicht haben wir es noch nicht gesehen." Terzan schiebt sich an uns vorbei, zieht den Kopf ein und bleibt geduckt im Raum stehen.

Pluto leuchtet jeden Zentimeter der Wände ab. „Nichts, hier geht es definitiv nicht weiter", fügt er hinzu.

Verdammt noch mal, jetzt sind wir schon so weit, und Maria kann sich sogar erinnern, und dann das. Bestimmt sind wir richtig, wir wissen es nur noch nicht. Wir sind da, und wir werden Omega zur Strecke bringen. Ich fühle mich so, als wäre mein ganzes Leben wie selbstverständlich und folgerichtig auf diesen Moment zugelaufen und ich hätte schon immer mit Maria hier unten durch die Tunnel laufen wollen, und die vielen Stunden mit Büchern von Hegel, Fichte oder anderen Philosophen hätte ich nur geträumt und mich selbst durch diesen Traum auf etwas anderes vorbereitet. Alle Müdigkeit ist von mir abgefallen, und mein bisheriges Leben erscheint mir wie die Fahrt in einem zu langsamen Schiff, das träge dahintreibt, weil es vom Geist des einzigen Passagiers daran gehindert wird, schneller voranzukommen.

„Das hier ist der Anfang, haben sie gesagt, als sie mich durch das Tor geführt haben", sagt Maria und bleibt neben mir stehen, umklammert meine Hand und lugt vorsichtig unter der niedrigen Decke zu Terzan hinüber. Ich ziehe Maria an mich heran und umarme sie. Maria kommt mir klein vor in meinen Armen, und plötzlich wird mir klar, dass ich sie auf jeden Fall beschützen möchte und ich sie nie mehr loslassen möchte und dass die ganzen Bücher, in die ich mich in den letzten Jahren eingegraben habe, nichts sind im Vergleich zu den Minuten, die wir hier bewegungslos in dem dunklen Tunnel stehen. Mir kommt es so vor, dass ich bisher keinen Unterschied gemacht habe zwischen Denken und Fühlen und dass ich immer Angst hatte vor solchen Erfahrungen wie mit Maria. Als sich Maria von mir lösen will, drücke ich sie noch einmal fester an mich, genieße es, ihren Atem zu spüren und streiche ihr sanft durch die Haare, als ich sie loslasse und sie vor mir steht, etwas verdutzt und etwas zu ernst. So etwas hat mir in den letzten Jahren gefehlt und es war mir noch nicht einmal bewusst.

„Also, hier ist echt nichts", ruft Terzan.

„Es muss hier irgendeinen Mechanismus geben", sagt Maria. Sie deutet auf die Leiter. „Sie haben ihn von da oben geöffnet."

„Und dann hat sich die Wand aufgetan, oder wie? Sesam öffne dich?" Pluto lacht. „Wirklich, wie wahrscheinlich ist das?"

In diesem Moment sind von der anderen Seite der Wand Stimmen zu hören.

„Ruhig", flüstere ich, obwohl niemand etwas gesagt hat.

„Da kommt jemand raus, weg hier", haucht Terzan und springt zu uns zurück, läuft einige Meter in die andere Richtung.

„Noch ist da nichts", zischt Pluto.

Marias Hand ist schweißnass, die Stirnlampen werfen bizarre Formen auf den Boden und an die Wände. Terzan schnieft leise. Maria zittert jetzt, will mich wegziehen, doch ich bleibe stehen.

„Nichts, oder?", flüstere ich.

„Aaah", stöhnt sie – einmal, zweimal, schließlich ein drittes Mal, immer leiser werdend wie ein Tier, das langsam verendet.

Nur jetzt keinen Anfall, denke ich. Fieberhaft überlege ich, was ich tun kann. Pluto und Terzan scheinen Marias Unruhe nicht zu bemerken. Ich umklammere ihre linke Hand. Sie öffnet den Mund, doch im nächsten Moment erstarrt sie. Von irgendwo hinter der Wand kommen Geräusche, da ist kein Zweifel möglich, Stimmen sind zu hören und Gesang. Ja, jemand singt, definitiv. Es ist wirklich Gesang.

„Mein Gott, was ist das?" Terzan hat die Augen weit aufgerissen. Erst jetzt sehe ich, dass seine Lippen zittern.

„Maria?", fragt Pluto verwirrt.

Maria ringt nach Luft. „Ich ...", quetscht sie heraus. „Das ist ja ...", sagt sie und zuckt plötzlich mit den Schultern, reißt sich von mir los und läuft zur Wand, wo sie das rechte Ohr gegen die Steine presst. „... Musik." Sie gluckst und lacht unvermittelt. „Ein schöner Gesang, hört nur, diese Melodie – wie harmonisch", redet sie fröhlich weiter.

„Ein Chor", murmele ich.

„Woher, verdammt noch mal, kommt dieser Gesang?", fragt Pluto. „Was hören wir da? Und wo sind wir hier eigentlich?"

29

Eine Stunde später sind wir wieder oben. Kleine Lichtblitze tanzen vor meinen Augen. Die Rolltreppe verschwimmt, die an uns vorbeifahrenden Autos schwanken. Ich halte mich an einem Fahrradständer fest. Da sind immer noch diese Stimmen in meinem Kopf, einzelne Töne, eine Melodie. Domine – war nicht ein paar Mal das Wort Domine zu hören? Aber warum Domine? Ich lasse den Fahrradständer los und lege die Arme fest um meinen Körper, obwohl es unverständlicherweise immer noch verflucht schwül ist.

Wir halten von der Konstablerwache aus geradewegs auf die Zeil zu. Am liebsten würde Maria wohl noch einmal nach unten gehen, aber Pluto hat uns eingeschärft, dass wir uns hier in der Nähe umsehen sollen, und dafür haben wir uns aufgeteilt. Terzan und Pluto sind deshalb nicht mit uns gekommen.

Maria stelzt zum Schaufenster eines Modegeschäfts, klopft ein paar Mal mit den Fingerknöcheln gegen die Scheibe, nimmt meinen rechten Arm und legt ihn um ihren Rücken. Wir gehen schwankend weiter wie betrunkene Tänzer, die ihre Choreografie vergessen haben, es ergeben sich asymmetrische Schritte und Bewegungen, und immer wieder müssen wir ausweichen – Leuten, die uns entgegenkommen, einem Ballonverkäufer, der fast in uns hineinläuft, einem Rest Pommes, einem dieser Minitaxis oder einem Hund, der furchtlos auf uns merkwürdiges Paar zuläuft und uns frech anbellt.

Unsere Bewegungen sind so selbstverständlich, so leicht, und für einen Moment bin ich bereit zu glauben, dass alles gut wird, ignoriere die Bilder in meinem Kopf von Pluto, Maria und Terzan, tot am Boden liegend, verbanne sie in die hintersten Ebenen meines Hirns, wo sie verdammt noch mal auch bleiben können.

Maria zeigt auf die staubige Heckscheibe eines VW Golf. Früher, wenn Iris, Terzan und ich gemeinsam durch die Straßen zogen, haben wir unsere Namen auf staubigen Autoscheiben hinterlassen, obwohl wir genau wussten, dass sie nur kurze Zeit zu sehen sein würden. Manchmal bin ich einige Stunden später noch mal zu den Autos zurückgekehrt. Nie habe ich auch nur einen der Namen wiederfinden können.

Plötzlich bleibt Maria abrupt stehen. Direkt neben einem mit Eisengitter eingefassten Baum sitzt ein Mann mit einer Pferdemaske über dem Kopf, der hektisch auf einige Trommeln schlägt. Vor ihm steht ein leerer Farbeimer. Ein Dollarschein ist daraufgeklebt, über dem das Wort „Danke" steht.

Maria zieht mich näher an den Mann heran. Fasziniert starrt sie auf die Pferdemaske.

„Ist das einer … von … unten?", frage ich leise.

Sie läuft einige Meter weiter zu einem Abfallbehälter und stützt sich darauf. „Achte mal auf die Bewegungen", flüstert sie.

„Sie sind langsam", sage ich.

Sie schüttelt den Kopf, hebt einen Finger, lässt ihn aber schnell wieder sinken. Nicht rhythmisch, denke ich, der Mann schlägt jedes Mal mit Verzögerung auf die

Trommeln. Manchmal wird er dann schneller, hält aber immer wieder inne.

„Was ist mit diesen Bewegungen?", frage ich Maria.

„Es ist nichts", sagt sie.

„Was?" Will sie mir das wirklich weismachen? „Du hast doch eine Idee", dränge ich. „Was ist mit dem Mann?"

„Es ist so, dass ...", setzt Maria an und starrt einige Sekunden auf die Arme des Mannes. „Bei den Leuten da unten, da waren einige Bewegungen genauso ... von den Drogen. Sie konnten Arme und Beine nicht mehr richtig koordinieren, als wäre da irgendetwas in ihnen oder würde sich verändern, während sie ... Aber ich will nicht ... Lass uns weitergehen."

„Aber wenn dieser Mann nun wirklich da unten war, vielleicht können wir von ihm etwas erfahren."

„Ich will weiter. Vielleicht ist es ja auch gar nichts."

Sie wechselt auf die andere Seite der Zeil und läuft mit schnellen Schritten, sodass ich rennen muss.

„Wir sollten das auf jeden Fall Pluto mitteilen."

Sie wischt den Vorschlag mit einer Handbewegung weg, bleibt stehen, wirft den Kopf in den Nacken und deutet nach oben. Sie muss gar nicht weiterreden, nur so stehen bleiben wie jetzt, den Kopf leicht auf die Seite gelegt, und mich ansehen, als wäre alles in Ordnung. In mir wächst das Gefühl, dass ich mich von Anfang an entschieden habe, mit Maria immer weiter zu gehen, wobei diese Entscheidung vielleicht schon in dem Moment gefallen ist, als sie mir damals in meiner Wohnung zugeprostet und mich angelächelt hat.

„Das Labor ist nicht in den Katakomben, oder? Sie haben nur die Leute heimlich durch die Tunnel geschleust."

„Ja, richtig, das hatte ich falsch in Erinnerung." Sie zieht mich vom Schaufenster weg, setzt langsam einen Fuß vor den anderen und zeigt auf einen Kiosk.

„Wo befindet sich also das Labor, wo fanden die Versuche statt?" Etwas irritiert schaue ich zu dem Alten vor der Tür des Kiosks, der dasteht und uns zu beobachten scheint.

„Ich bin da rein", entgegnet Maria schnippisch und bleibt stehen, „und es ging eine Treppe hoch, aber dann ... waren da ... Moment, dieser Mann." Ihre Arme zucken. Sie bewegt die Hände, als wollte sie sich ein Kleidungsstück über den Kopf ziehen. „Ein Umhang, ich ... keine Ahnung."

„Dieser Mann – sah er aus wie der Typ auf der Zeichnung von Larco?"

„Sein Gesicht habe ich nicht gesehen. Irgendwann bin ich aufgewacht, und da war jemand in meinem Zimmer, der trug einen Umgang. Farbig. Moment, er war lila. Ein langer Umhang, mehr wie ein Gewand." Sie beißt sich auf die Lippen.

„Ein Gewand? Also ein Umhang, und was ... Das verstehe ich nicht. Würdest du den wiedererkennen?"

„Wahrscheinlich schon, ich meine, die Farbe war auffällig, und wer trägt schon so ein Teil, das lila ist? Krass ... also, alle anderen waren normal gekleidet, obwohl, klar, da gab es einige mit weißen Kitteln, das war ja in Ordnung, aber so etwas ..."

Ich lasse mich von Maria auf die andere Straßenseite ziehen. Eng umschlungen starren wir auf die schwarzen Buchstaben „Frankfurt-Kiosk" über der Tür des Kiosks. Das Sonnenlicht, das vor dem Alten auf dem Boden auftrifft, sieht aus wie vom Himmel gefallene Scherben. Der Alte hat eine Zigarre im Mund wie einen Pfropfen und tritt uns in den Weg, als wir vorbeigehen wollen.

„So sieht man also aus, wenn man wieder rausgekommen ist." Seine Stimme knarzt, als wäre jemand auf einem eisverkrusteten Bürgersteig auf einen Zweig getreten.

„Kennen wir uns?", fragt Maria.

„Oh." Der Alte nimmt die Zigarre aus dem Mund und führt erschrocken eine Hand an die Lippen, und ein schmatzendes Geräusch entsteht. „Du hast mich vergessen, aber ich kann es dir nicht verdenken." Er lässt die Zigarre auf den Boden fallen und trampelt mit dem Absatz eines seiner Schuhe darauf herum. „Oh Mann, was ist ... Scheiße!" Er rudert mit den Armen, versucht das Gleichgewicht zu halten, kippt aber unkontrolliert zur Seite und fällt, bevor wir ihn auffangen können, auf den Boden. Mühsam rappelt er sich auf und kriecht auf allen vieren einige Meter über den Boden. „Scheiße!", brüllt er, dass bereits Passanten stehen bleiben.

Irgendwie stellen wir ihn wieder auf die Beine. Er taumelt, und wir müssen ihn stützen, aber dann hält er mit unserer Hilfe auf den Eingang des Kiosks zu, bleibt einen Moment auf der Türschwelle stehen und versetzt dem Zeitungsständer einen Tritt. Im Kiosk klammert er sich so fest an ein Regal, dass es aussieht, als wollte er die Zeitschriften herunterwerfen.

„Woher kennen Sie Maria?", frage ich ihn und starre auf das drahtige Haar des Alten, das mich an zu kurz geschorene Schweineborsten erinnert. „Waren Sie denn auch ... da unten?"

„In Gruppen sind die hier an meinem Kiosk vorbeigezogen", spuckt er förmlich die Worte aus, als müsste er sich übergeben, „immer nachts, und ich war öfter hier, weil schon mal eingebrochen wurde. Wollte aufpassen und den vielleicht erwischen. Da hab ich sie gesehen. Manche sind getaumelt, und ihre Gesichter ... Viel war ja im Licht der Straßenlaternen nicht zu sehen, aber ... sie sahen so verloren aus."

„Und Sie sind mit denen mit?"

„Die waren ja wie ich. Endlich mal ein besseres Leben und keine Scheiße mehr erleben, es dieser verfluchten Elite zeigen", murmelt der Alte und sieht mich an wie ein Hund, so als wollte er mich im nächsten Moment anspringen. „Ich hab mich denen einfach angeschlossen, bin mitgegangen. Denen war das egal, wir sind durch die Tunnel und das Tor."

„Sie sind also auch wieder da raus. Wie kommt man rein?", fragt Maria. „Wir waren da unten, aber gab es nicht so einen Mechanismus? Und dieser Gesang. Was hatte es mit dem Gesang auf sich?"

Der Alte sieht sie prüfend an. „Du erinnerst dich nicht? Hast das Schlimmste verdrängt, wie?"

„Das Tor", dränge ich den Alten.

„Das lässt sich nur von der anderen Seite öffnen, aber wie seid ihr rausgekommen, wenn ihr da unten wart? Niemand kommt einfach raus. Omega hat ja seine Leute überall."

„Dieser Gesang. Wir haben einen Chor gehört. Woher stammt der Gesang?", versuche ich abermals, das Thema zu wechseln. Am liebsten würde ich dem Alten einen Knebel verpassen. Was, wenn er jetzt anfängt, zu erzählen, von allem – auch davon, woran sich Maria nicht mehr erinnert?

„Das Schlimmste, Maria. Ich glaube, ich war dabei. Es ist etwas Furchtbares", fährt der Mann unbeirrt fort.

„Sie wissen doch mehr", unterbreche ich ihn rüde, „wenn Sie da unten waren. Sie können uns doch einiges erzählen, also klären Sie uns bitte auf."

„Ihr wollt das alles wissen, wie?", schnarrt der Alte und legt den Kopf schräg. „Aber das wird euch töten. Töten." Das letzte Wort spricht er in einem merkwürdigen Singsang aus. „Töten, töten", wiederholt er.

Mein Blick fällt auf seine mageren Arme, auf die Narbe in seinem Gesicht, direkt auf der rechten Wange. Auch an seinem Hals sind Spuren zu erkennen, als hätte jemand kürzlich versucht, ihn zu erwürgen.

„Und, seid ihr beide ... Ich meine ... Maria!" Der Alte zeigt auf mich und rollt mit den Augen. „Student, hm? Philosophie, oder? Ich bitte dich, Maria, ist das nicht ...?"

„Meine Sache, oder?", blafft Maria ihn an.

„Das ist eine symbiotische Beziehung, mehr nicht", sagt er, an mich gerichtet. „Oder glaubst du, dass Maria an dir persönlich interessiert ist? Die hat die Vernunft und diesen ganzen Scheiß, der damit zusammenhängt, genauso gehasst wie Omega."

Ich schüttele vehement den Kopf. Maria läuft ganz in den Kiosk hinein, zur Kasse, dreht sich um und lehnt sich mit dem Rücken gegen ein Schild mit dem Schriftzug „Belegte Brötchen und Kaffee."

„Ich jedenfalls", sagt sie, „wenn ich Sie kennen würde, dann wüsste ich das."

Das falsche Lächeln eines Prominenten auf einer dieser Zeitschriften, die im Regal stehen, gräbt sich in mein Gehirn ein. Ich kann nicht wegsehen. „Was war Ihre Aufgabe da unten?", frage ich. Ich lasse mich nicht von ihm täuschen. „Was haben Sie im Labor gemacht?" Ich nehme einen Aschenbecher, der auf einem kleinen Tischchen steht, wie ein Wurfgeschoss in die Hand, stelle ihn aber sofort wieder ab.

„Falsche Frage, mein Lieber", sagt der Alte und zeigt seine scheußlichen Zähne. Es sind zwei Lücken zu sehen.

„Ich bin nicht Ihr Lieber", gebe ich aggressiv zurück.

„Was wollen Sie?", entfährt es Maria.

„Absolution oder einen Beichtvater, vielleicht auch noch einmal einen guten Fick, oder beides. Oder alles. Bist du ein Beichtvater? Oder du, Maria? Oder sitzt ihr über mich zu Gericht? Werdet ihr nachzählen, wie viele Menschen durch meine Schuld umgekommen sind und wie oft ich gelacht habe? Da unten haben viele gelacht, nicht wahr, Maria?"

Maria starrt ihn mit großen Augen an. „Gelacht … Lachen. Dieses … warum? Ich?"

„Hier", sagt der Alte und deutet auf seine Zähne, „noch kein Gebiss." Dann fasst er sich zwischen die Beine. „Und hier unten ist auch alles noch in Ordnung. Nur der Kopf will nicht." Er tippt sich mit einem Finger an die Stirn, mehrmals, immer schneller, immer wieder, bis Maria zu ihm geht, den Finger festhält und seine Hand vom Gesicht wegzerrt.

„Sie haben auch was bekommen. Sie waren doch einer", zischt sie.

Der Alte grinst.

„Da müssen Sie doch viel wissen. Was haben Sie gesehen, wo waren Sie?", frage ich.

Müde nestelt der Mann an seiner Hose herum. „Es war übereinander, vieles passierte gleichzeitig. Diese Bilder, ich kann sie nicht beschreiben. Es war, als wäre man über eine Klippe geworfen worden, als wäre da nur noch ein Fluss aus Licht, darin viele Bilder, jedes einzeln, und doch überlagerte es alles andere. Es war ..." Er stockt und fährt sich mit einer Hand über den Kopf.

„Xibalba", ergänze ich.

„Eine der Welten, ja, diese Unterwelt war es. Eine Hölle, habe ich zuerst gedacht, aber es war keine Hölle, da war kein Feuer, nur diese ... Kreaturen. ich wusste nicht, ob sie lebendig sind." Für einen Moment scheint es, als würde er zusammenbrechen.

„Tiere mit Menschenköpfen", sagt Maria. „Tiger."

„Ja, so sahen sie aus, zwischen allem, sie sind immer wieder hoch ... als würden sie sich in einer Art Boden befinden, oder vielleicht waren sie selbst dieser Boden." Der Alte keucht und läuft gedankenverloren zum anderen Ende des Kiosks, bis er gegen einen Stuhl stößt, ihn verwirrt ansieht und sich zu uns umdreht.

„Was war das? Eine andere Realität?", frage ich.

„Ich weiß es nicht", schnarrt er und zieht ein zerknittertes Zigarettenblättchen aus der Hosentasche. Suchend sieht er sich um. „Irgendwo hier ..."

„Aber darum geht es, oder?", will ich wissen. „Das, was Omega bezweckt hat – sein Experiment?"

„Ja, wir wollten mehr, wir wollten da hin, wo noch kein Mensch gewesen ist, bis auf die Maya natürlich."

„Was haben die Maya damit zu tun?" Ich trete gegen einen kleinen Stein, der auf dem Boden liegt.

„Die Maya waren da, wo noch niemand vor uns war, eine verborgene Existenz, Freiheit. Wir wissen nicht, was wir leben können, und ..." Der Alte schaut nach oben und formt mit den Händen so etwas wie einen riesigen Ball.

„Was wird aus denen, die diese Tabletten nehmen?", frage ich. „Maria meinte, dass sie keine Menschen mehr gewesen seien, sondern mehr wie Tiere."

„Das ist es nicht", erwidert der Alte. „Natürlich sind es noch Menschen ... nur andere."

„Aber, ich meine, wo waren Sie? Hat das jemand ... das war doch sicher ein Wahn, oder?", hake ich nach.

Der Alte stößt mit einem seiner knochigen Finger senkrecht in die Luft. „Ein Wahn", flüstert er, „ein süßer ... Tod ... eine Krankheit ... Ich weiß es nicht."

„Aber wie kamen Sie zurück? Ich habe die gesehen, die diese Tabletten genommen haben. Sie waren so verändert. Zerstört." Maria beißt sich auf die Unterlippe, bis sie blutet. Mit einem Finger betastet sie die Wunde und schiebt sich den Finger in den Mund.

„Ich weiß nicht. Einer der Ärzte hat etwas von einem genetischen Defekt gemurmelt, aber was soll das heißen? Trotzdem kann ich nicht ... Manchmal breche ich einfach zusammen, ganz plötzlich. Ich kann es nicht vorhersehen", sagt der Alte leise, dann ballt er eine Hand zur Faust und hält sie mir entgegen. „Ihr mit eurer beschissenen Vernunft, ihr glaubt immer, alles ließe sich erklären, man müsste vernünftig sein, doch das ist es nicht." Er schlägt jemand Unsichtbarem einen rechten Haken und spuckt vor sich auf den Boden. „Bei Omega habe ich gelernt, diese Vernunft zu hassen, die den Menschen Fesseln anlegt. Wo steht geschrieben, dass wir vernünftig sein müssen? Ist das nicht eine Unterdrückung, damit wir Sklaven der Elite werden? Unterwürfige, rechtlose Gestalten, die sich nicht mehr wehren sollen, die dumm gehalten werden?" Er leckt sich die Lippen. „Und ihr werdet scheitern, was immer ihr vorhabt. Niemand – niemand wird Omega besiegen!", schreit er.

„Stufe drei, was wissen Sie darüber?", frage ich.

„Wenn ihr das schon rausgefunden habt, ist es zu spät, es aufzuhalten. Es hat längst begonnen – diese ganzen Veränderungen, von denen wir – wir alle, die da unten waren – immer geträumt haben. Endlich, dachten wir, endlich holen wir uns, was uns gehört." Der Alte redet schneller, wirbelt mit dem rechten Arm durch die Luft.

Ich zwinge mich, ruhig zu bleiben. „Welche Veränderungen?"

Er sieht mich durchdringend an und schweigt.

„Was war denn so faszinierend da unten? Es war die Hölle, nur haben Sie es nicht gemerkt."

Marias Stimme ist leise, aber trotzdem so deutlich und scharf, dass der Alte zusammenzuckt. Er hebt schon einen Finger, wedelt damit hin und her und öffnet den Mund, doch Maria geht auf ihn zu, und er weicht einen Schritt zurück. Mit einem Ruck zieht sie erst den linken, dann den rechten Ärmel von ihrem Hemd hoch.

„Und das?", schreit sie und zeigt auf die Einstiche in ihren Armen, von denen manche blutverkrustet sind, andere einen hässlichen schwarzen Rand haben. Sie greift nach der rechten Hand des Mannes und führt sie über eine frische Wunde an ihrem rechten Arm. „Ich sehe das jeden Tag. Jede Stunde, jede Minute ist es da." Sie drückt den langen Nagel ihres Zeigefingers in eine Wunde, bis Blut kommt, hält den Arm schräg und lässt einige Tropfen auf den Boden fallen. „*Das* ist Omega", schnaubt sie und verschmiert das Blut mit der Schuhsohle auf dem Boden. „Und er ist da unten", fährt sie mit erstickter Stimme fort. „Er macht das, ganz gleich, was Sie glauben. – Wir werden ihn stoppen", sagt sie plötzlich in einem eigenartig hohen Tonfall, mehr wie ein Singsang, „das wissen Sie, oder? Ich werde ihn stoppen. Omega wird nicht weiter ..."

„Bist du dir da so sicher?" Die Augen des Alten verengen sich zu Schlitzen. „Du hast doch selbst mitgeholfen, die Grenzen zu verschieben."

„Es kann nicht funktionieren", redet Maria gefasst weiter. „Sie wissen, dass etwas schiefgegangen ist. Das ganze Projekt war eine Katastrophe, und dazu diese Leute. Ich sehe sie vor mir. Wie viele habt ihr getötet, erschossen, weil sie keine Menschen mehr waren? Diese Veränderungen. Meine Güte."

„Und wenn Omega nun die Probleme gelöst hat?" Der Alte grinst überlegen.

„Das hat er nicht. Das kann er nicht. Dazu waren sie zu ... Wenn viele Menschen diese Tabletten oder Drogen nehmen – sie würden sich ebenso verhalten wie die da unten. Das wäre schrecklich." Maria fährt sich mit den Händen durch die Haare.

Der Alte wackelt mit dem Kopf. „Nachdem du weg warst ... Omega kann alles gemacht haben, nachdem du weg warst."

„Das glaube ich nicht, es ist völlig unmöglich."

Er schleicht um Maria herum, und ich bin aufmerksam, dass er sie nicht etwa anfasst, schlägt oder von mir wegzerrt. Maria nimmt meine Hand, und ich ziehe sie von dem Alten weg.

Er blickt unbeeindruckt an ihr vorbei. „Da unten", beginnt er dann und zeigt mit einem knochigen Finger auf Maria. „Der Wolf."

Maria reißt die Augen weit auf, und der Alte wendet sich mir zu. „Sie hat immer wieder von diesem Wolf geredet, ‚der Wolf, der Wolf', weißt du noch, Maria?", flötet er wie ein Therapeut, der sie auffordern will, von ihren schlimmsten Träumen zu erzählen.

„Was ist mit dem Wolf?", spreche ich sie beruhigend an, „Möchtest du mir nicht davon erzählen?"

Maria sieht mich nur verstört an.

„Was ist mit dem Rehkitz und dem Wolf, Maria?" Der Alte entblößt seine gelben Zähne.

„Als Kind", beginnt Maria zögerlich, „musste ich in einem kleinen Haus in unserem Garten wohnen. Nach vorn hinaus war die Welt, aber nach hinten nur der Wald. Meine Eltern erzählten mir, dass alle schlechten Kinder im Haus bleiben müssten und nicht mehr in die Welt schauen durften, weil ihre Augen dem Wald gehörten. Tagelang saß ich am hinteren Fenster und beobachtete den Wald. Die Tiere hielten sich vom Haus fern, und einmal sah ich auf dem Weg, der vom Haus in den Wald führte, eine tote Maus.

Sie ist gestorben, bevor sie es zu mir geschafft hat, dachte ich, so schlecht bin ich, so furchtbar. Einmal knallte ein Rehkitz gegen meine Tür. Es hatte sich wohl verirrt. Es war verletzt, und sein Kopf wackelte wie bei einem Verrückten, der die Welt nicht mehr wahrnehmen kann. Besuch, dachte ich erleichtert, endlich Besuch. Doch ein paar Minuten später tauchte ein Wolf auf, und er schlug dem Kitz seine Zähne in den Hals, dass das Blut spritzte. Überall war Blut. Der Wolf riss immer wieder Stücke aus dem toten Rehkitz, ganz genüsslich, und dabei schaute er immer wieder zu mir herüber, zu meinem kleinen Gesicht hinter dem Fenster, und ich dachte, dass wir in diesem Moment bestimmt Freunde geworden waren."

„Maria, wer ist dieser Wolf? Das hast du doch nicht wirklich in deiner Kindheit erlebt. Was ist?" Ich nehme sie in den Arm, drücke sie an mich, und sie lässt es geschehen, schmiegt sich an mich, ganz fest.

Der Alte schüttelt angeekelt den Kopf. „So wirst du nichts erfahren, die Antwort ist da unten." Er deutet lässig in Richtung Boden, lässt den Finger auf und ab tanzen, als hinge er an einer unsichtbaren Schnur.

„Was ich aber nicht verstehe", sage ich und schlucke vor Aufregung. „Wer ist Alpha?"

„Das willst du wissen? Wirklich?" Der Alte lächelt mich süffisant an, dass ich mich fühle wie ein schwaches Tier, verfangen in einer tödlichen Falle.

„Alpha und Omega, also warum dieser Name?", bohre ich weiter nach.

„Weil es nur darum geht – Anfang und Ende. Omega wollte ans Ende. Omega haben wir ihn übrigens am Anfang nicht genannt", sagt der Alte.

„Also, wer ist Alpha?"

„Junge, das wird dir nicht gefallen." Der Alte dreht sich zur Seite und sieht Maria an.

„Maria? Was? Maria soll Alpha sein? Niemals!", brülle ich. Ich mache zwei Schritte auf den Alten zu, drücke seinen schmalen Körper gegen die Wand und lege ihm meine Hände um den Hals. Sein Atem riecht nach abgestandenem Rauch und ranzigem Fett.

„Lernt ihr das in Philosophieseminaren?", fragt er kichernd, dann rinnt ihm ein dünner Speichelfaden aus dem Mund.

Verflucht, was ist nur aus mir geworden? Ich lasse von ihm ab, klopfe an seinem Hemd herum, gebe ihm schließlich die Hand und nicke ihm zu.

„Glaub, was du willst", krächzt der Alte.

„Maria", frage ich konsterniert, „warst du Alpha? Dann wäre das alles, was wir hier...?" Ich kann nicht weiterreden, weil mir die Tränen kommen. Ich will dem Alten jetzt wirklich ins Gesicht schlagen, kann es aber nicht und drehe mich um.

„Was habt ihr...", bringe ich mit unterdrückter Stimme hervor und zeige auf Maria. „Da... was habt ihr mit ihr gemacht?"

„Ich glaube, da liegt ein Missverständnis vor", kräht der Alte. „Ein Missverständnis", sagt er dann in einem Singsang. Ich balle die Fäuste, und er hebt abwehrend die Hände. „Die ist schon lange so, die Maria", flüstert er mit weit aufgerissenen Augen, macht mit einem Finger eine kreisende Bewegung vor seiner Stirn. „Viele Schritte, weißt du?"

Mein Bauch hängt wie ein Sack voller Blei an mir. Ich krümme mich wie unter großen Schmerzen.

„Borderline, Jonas. Sie ist Borderlinerin, und zwar schon lange." Seine Stimme wird kurz lauter, dröhnend. „B-O-R-D-E-R-L-I-N-E", wiederholt er und artikuliert jeden Buchstaben überlaut.

Das Wort schlägt wie ein Tritt in meine Magengrube ein. „A-a-ber", stammle ich. „Maria, das ist doch...",

versuche ich mühsam fortzufahren. „Bist du wirklich ..."
Auf einmal wird meine Stimme lauter. „Borderlinerin. Das
wäre ... Bist du wirklich Borderlinerin, Maria? MARIA!"

30

Pluto schüttelt den Kopf. Ich habe ihn noch nie so ernst gesehen.
„Das hättest du uns sagen müssen, Maria. Das ist wichtig."
Maria kauert in einer Ecke des Konferenzzimmers und schlingt die Arme um sich, als wäre sie ein festes Paket, das nur aus ihr selbst besteht.
„Wir müssen das wissen, Maria."
Sie scheint unter Plutos Worten noch mehr in sich zusammenzusinken, als wollte sie jemanden bestrafen. Dann macht sie ruckartige Kopfbewegungen, sodass ich schon Angst habe, sie könnte mit dem Kopf gegen die Wand in ihrem Rücken schlagen und sich ernsthaft verletzen. Schließlich hört sie abrupt mit den Bewegungen auf, dreht langsam den Kopf in Plutos Richtung und fixiert ihn eine ganze Minute lang.
„Es ist ... Ich ... habe es im Griff', druckst sie herum. „Ehrlich. Man kann damit leben. Es geht."
Ich hole tief Luft und versuche zu lächeln. „Du hast dich ja schon an vieles erinnert."

DIE DRITTE STUFE

Pluto steht auf und läuft unruhig zum Fenster. Draußen steht der Mond am Himmel wie eine sauber abgetrennte halbe Zitronenscheibe.
„Verdammte Scheiße, wenn es nur manchmal einfacher wäre", bricht es aus Maria heraus, „aber das ist es ja – jeder Tag ist so, jeder verfluchte Tag. Dann denke ich, dass es anders wird. Der nächste Tag wird anders, sage ich mir, aber dann ist es genauso. Es geht nicht weg." Sie kann die Tränen nicht zurückhalten und zeigt auf ihren Kopf. „Dann ist wieder dieses Gefühl da, dass ich es schaffen kann. Achtsam sein, habe ich gelernt, achte auf dich, Maria. Zwölf Wochen war ich in der Psychiatrie auf der Station für Suchtkranke und Persönlichkeitsgestörte."
„Zwölf? Du hast ...", setze ich an.
„Ich wurde besser. Nicht länger gegen mich kämpfen, und plötzlich konnte ich meine Gefühle kontrollieren, positiv denken. Rico war stolz auf mich. ‚Maria, du bist richtig', sagte er immer wieder, ‚und du darfst das. Das ist genau das, was ich auch mit dir gemacht habe.'" Sie steckt einen Finger in den Mund, richtet sich auf, sackt aber sofort wieder in sich zusammen. Für ein, zwei Sekunden sieht sie mich an. Ich nicke. „Ich hasste ihn für diese Äußerungen. ‚Du? Was hat das mit dir zu tun?' Meine Güte, wie habe ich Rico gehasst. Diese feindseligen Gesten und Bewegungen, von denen er immer behauptet hat, dass sie völlig normal wären, aber ..." Sie deutet auf ihren Mund, und ich nehme die Wasserflasche vom Tisch und gebe sie ihr. Sie schraubt den Verschluss auf, setzt die Flasche zitternd an den Mund, nimmt gurgelnd ein paar Schlucke, wobei einige Tropfen auf ihrem T-Shirt landen, was sie aber nicht weiter beachtet. „Gleichzeitig brauchte ich Rico. Er war immer da, und ich konnte doch nicht ..., ich war nämlich nicht Maria", erklärt sie mit der Flasche in der Hand, die sie schließlich neben sich auf den Boden stellt, „bis ich da unten gelandet bin, in diesem verfluchten Labor, wo sie den Menschen verbessern wollten, als ginge das wie bei einem Computer, den man umprogrammieren

kann." Sie hebt eine Hand und wedelt damit vor ihrem Gesicht herum.

„Gut, in Ordnung, du hast es im Griff, hast du eben gesagt. Wie? Also, bist du sicher? Ich meine, du bringst uns alle in Lebensgefahr, wenn es nicht stimmt." Pluto fährt sich mit schweißnassen Händen über die Glatze.

„Aber ...", stammle ich, doch jedes Wort, das ich jetzt sage, wird bestimmt hohl und nichtssagend klingen, was es auch sein wird.

Maria sieht mich fragend an. Wahrscheinlich sehe ich schrecklich aus. Nein, ich bin nicht mehr der, den sie kennengelernt hat, ich bin kein Philosophiestudent mehr. Nach nur wenigen Tagen hatte ich diese Grenze überschritten. Ich bin ein Abgesandter und vermittle zwischen der Realität und der Hölle, in der Maria lebt. Hass. Da ist immer noch dieser Hass in mir, negative Energie, die mich antreibt. „Maria, wie glaubst du ... Was machen wir jetzt?", frage ich.

Sie sieht mich erstaunt an. „Wir machen weiter, bis wir Omega finden. Ich meine, viel ist es nicht mehr. Wir müssen noch einmal hinunter und in diese Kirche."

„Noch einmal da runter?", protestiere ich, „aber das Wichtigste ist doch ..."

„Rico. Er ist immer noch da unten. Und wenn er ein falsches Spiel spielt, ist er in großer Gefahr. Vielleicht ist er schon tot." Sie senkt den Kopf und verbirgt ihr Gesicht in den Händen, nimmt die Hände herunter und deutet mit einer Hand auf mich.

„Sicher? Ich meine, bist du sicher?", frage ich, und sie nickt heftig. „Wird es nicht ... Könnte deine Krankheit nicht alles schwieriger machen – da unten?"

„Es ist da unten nicht schlimmer geworden. Diese Gefühle ... als wäre ich irgendwo eingesperrt, würde von etwas erdrückt. Als würde etwas aus mir herausfließen und mein Kopf wäre undicht. Ich fühle und taste am Kopf herum. Flüssigkeit – da muss Wasser sein, denke ich, was aus mir heraustropft, aber nichts, nichts davon ... Ich will

etwas tun, dass es aufhört. Ich versuche, achtsam zu sein, auf mich aufzupassen, mich zu kontrollieren, daran zu denken, dass es aufhört. Was ist los, frage ich mich, was ist das da in deinem Kopf? Eine eigene Welt oder etwas, das mich langsam überwältigt, doch ich finde keine Antwort, nichts, es gibt nur Fragen, immer wieder Fragen."
Von draußen dringen grelle Lichtfetzen ins Zimmer. Zögerlich flattern sie durch den Raum wie winzige Glühwürmchen, die sich zu einem Schwarm zusammengeschlossen haben, um uns besser finden zu können.
„Die Antworten sind da unten, hat der Alte gesagt. Diese Geschichte mit dem Wolf", sage ich.
„Der Wolf. Er kommt, ich weiß es." Marias Gesicht ist kalkweiß. Sie schließt angestrengt die Augen, öffnet sie aber gleich wieder.
„Gut, Maria, alles gut", versucht Pluto sie zu beruhigen. Tatsächlich richtet sie sich auf, steht sogar fest, schwankt dann aber doch leicht, sodass ich sofort zu ihr gehen und sie stützen will, doch sie fällt nicht. Ungeschickt geht sie einige Schritte, zieht den Stuhl neben mir zurück und setzt sich.
„Viel Zeit haben wir wahrscheinlich nicht mehr. Diese Zahl ... Xibalba", bemühe ich mich, ein Gespräch über das, was wir wissen, in Gang zu bringen.
„Irgendetwas ist in dieser Kirche", murmelt Maria. „Wir waren nicht da unten in den unterirdischen Räumen. Da muss es aber eine Verbindung zu den Katakomben gegeben haben."
„Das Tor, das man nur von innen öffnen kann, ist ungewöhnlich", sagt Pluto. „Natürlich, ich werde beim Bauamt nachfragen, ob so etwas bekannt ist. Morgen, gleich morgen früh."
„Terzan?", frage ich.
„Terzan hat etwas herausgefunden. Er wartet vor dem Frankfurter Dom auf uns. Er klang sehr aufgeregt. Wir sollten keine Zeit verlieren." Pluto reibt mit zwei Fingern

über seine Nase. Wie angespannt auch er inzwischen ist. Manche seiner Worte klingen, als könnte er keinen klaren Gedanken mehr fassen.
„Auch Klinger?" Ich sehe Pluto fragend an.
„Richtig, ich habe Klinger informiert", sagt er und streicht mit einer Hand über die Tischplatte. „Es gibt eine Verbindung, hat er gesagt. Franz von Stuck hat irgendetwas zu den Maya notiert. Er braucht jedoch noch bis morgen, um Genaueres herauszufinden."
„Diese Zahl?", sage ich zögerlich.
„Ja, ich habe ihm auch diese Zahl genannt, und die Kreise und Striche aus dem Zahlensystem der Maya."
„Und?", frage ich.
„Klinger war sich nicht sicher. Es gibt da eine Art Tagebuch von Stuck, zumindest Notizen. Die Zahl soll sich …"
„Luzifer", unterbricht ihn Maria. „Das zweite Original des Bildes, das hat er."
„Nein, genauere Informationen hat Klinger nicht. Aber wie gesagt, er wird uns morgen mehr mitteilen", bemerkt Pluto.
„Also los", sage ich auffordernd, und wie auf ein Zeichen springen alle auf und kurze Zeit später sind wir schon im Hausflur.
Ich verharre auf einer der oberen Treppenstufen. „Was ist mit Iris? Hat sie sich noch immer nicht gemeldet?"
„Iris war eben hier", gibt Maria zurück. „Du hast sie verpasst."
„Was? Aber warum …?", frage ich verblüfft.
Maria fächelt sich mit der Hand Luft vors Gesicht. „Sie ist dran."
„Dran? Wo ist sie dran? Das hat sie gesagt?", fragt Pluto ungeduldig.
„Eine Spur, die alles aufdecken wird. Das Zeichen, auf das wir warten, das hat sie … also, sie wirkte sehr überzeugend", sagt Maria.
„Sie hat nichts weiter dazu gesagt?"

„Nur, dass es wichtig ist und dass wir sie nicht kontaktieren sollen. Das dürften wir auf keinen Fall."
„Das passt gar nicht zu ihr. Warum erzählt sie uns nichts?"
Ich schüttele den Kopf. „Das verstehe ich nicht, Maria."
Irgendetwas stimmt da nicht.

31

Vier Reihen von Kirchenbänken, dazwischen imposante Säulen mit Heiligenfiguren, Gemälde auf der linken und Schreine auf der rechten Seite. Wie kühl es hier drinnen ist. Ich blase unsichtbaren Rauch aus dem Mund.

„Also?", frage ich unruhig.

„Das Gebet zur Nacht hat eben angefangen, es dauert immer so zwanzig, dreißig Minuten." Terzan deutet in Richtung der erleuchteten Seitenkapelle, aus der leise Stimmen kommen. Dann plötzlich ertönt ein gedämpfter Gesang.

Pluto klopft mit den Fingerknöcheln mehrmals gegen das Holz einer Kirchenbank. Ich spüre einen Druck in der Magengegend. Es wäre gut, jetzt eine Zigarette zu rauchen, doch ich reiße mich zusammen.

„Dieser Gesang." Terzan dreht sich um und fixiert den Altarraum vorn in der Kirche, der durch eine dicke Kordel abgetrennt ist. „Unten sind einige Räume, die nicht mehr benutzt werden. Ich habe …" Terzan schluckt, versucht sich zu sammeln und hält sich an der Lehne einer Kirchenbank fest. „Ich habe mich als Journalist ausgegeben, der einen Artikel über Lost Places schreiben will."

„Lost places?", unterbreche ich ihn. „Das habe ich irgendwo schon mal gelesen."

„Das sind Orte, die in Vergessenheit geraten sind, oft Industrieruinen, aber auch verlassene Gänge oder nicht mehr genutzte Räume zum Beispiel", erklärt Pluto mit leiser Stimme.

„In einer Kirche", sagt Terzan, blinzelt und lacht kurz auf, „wo man das wahrscheinlich nicht vermuten würde. Eine Pastoralreferentin."

„Du warst wo?", will ich wissen.

„Im zentralen Pfarrbüro, und diese Pastoralreferentin war zufällig gerade da und hat sofort von den unterirdischen Räumen angefangen, hier, direkt unter dem Langhaus sollen sie liegen." Terzan zeigt auf den Boden und tritt einmal kräftig mit einem Fuß auf.

„Und was ist da?" Maria verzieht das Gesicht, als hätte sie Schmerzen.

„Das wissen sie nicht genau", antwortet Terzan. „Eigentlich sind die Räume verfallen, seit Jahren war niemand mehr da. Sie sind wohl irgendwann in Vergessenheit geraten. Die Pastoralreferentin wusste nur noch davon, weil dort früher von der Kirche verbotene Bücher versteckt wurden. Das ist vor einigen Jahren mal in einer Reportage aufgegriffen worden."

„Das Labor", flüstert Maria. „Da ist es, ganz bestimmt."

In der Seitenkapelle ist es jetzt stiller geworden, nur ein leises Rascheln von Papier ist zu hören.

„Aber gerade hier – direkt unter einer Kirche?", sagt Pluto.

„Also, dass es diese Räume gibt, ist sicher." Terzan hebt eine Hand, als wollte er auf sich aufmerksam machen, obwohl alle unsere Blicke längst auf ihn gerichtet sind.

„Angenommen ...", beginnt Pluto zu argumentieren.

„Es ist so", unterbricht ihn Terzan. „Das ist nämlich noch nicht alles. Diese Pastoralreferentin, Frau Brandt, wusste noch mehr. Im Zweiten Weltkrieg wurden da unten Juden versteckt und auch desertierte Soldaten. Sie konnten fliehen, durch geheime Gänge, und die führen weiter in die Kanalisation. Frau Brandt hat sogar den Begriff ‚Tor' benutzt. Sie hat explizit von einem Tor gesprochen."

Von irgendwoher dringt ein kalter Windhauch an meine linke Wange, als hätte jemand eine Tür oder ein Fenster geöffnet.

„Wahrscheinlich bist du irgendwann hier nach unten gegangen oder rausgekommen", wende ich mich an Maria.

„Dann könnte ich mich aber doch an die Kirche erinnern, an diese Bänke und den abgetrennten Bereich da vorne." Maria gräbt die Fingernägel der rechten Hand so in ihren linken Arm, dass ich schon damit rechne, gleich Blut zu sehen.

„Woran kannst du dich denn überhaupt erinnern? Du bist doch da drüben am Weckmarkt ausgestiegen, dann müsst ihr doch hier reingegangen sein." Ich hoffe, dass sie die Ungeduld in meiner Stimme nicht bemerkt.

„Nein, nichts. Dunkelheit. Nur Dunkelheit." Marias Wangen zittern, als sie spricht. „Wir sind ... aus dem Auto gestiegen." Sie presst sich alle zehn Finger gegen die Stirn. „Weitergegangen, auf der Straße, dem Weckmarkt. Es war alles dunkel und – ja, ich bin gelaufen, langsam, wie durch einen dunklen Gang. Es war nichts zu sehen, kein Licht, nichts."

„Und dann warst du unten", sagt Terzan.

„Dann war plötzlich alles weiß, alles. Überhaupt ... nur noch dieses Weiß ... es kam auf mich zu", zischt Maria, und ihre Oberlippe bebt, als stünde ein unkontrollierter Wutanfall kurz bevor. „Aber dann war Rico ja da", fügt sie deutlich ruhiger hinzu.

Ich will sie am Arm packen, schütteln, damit sich die Nebel in ihrem Kopf endlich lichten.

„Dann sollten wir da … runter … von hier aus, vielleicht erinnerst du dich dann", spricht Pluto zögerlich genau das aus, was ich auch sagen wollte.

„Die Krypta. Wir müssten durch die Krypta, da hinten im Altarraum." Überflüssigerweise deutet Terzan auf den abgetrennten Bereich vorn in der Kirche, während er losgeht und wir ihm nach. „Aber Moment, bevor ich es vergesse", ergänzt er eine Spur zu laut. Hoffentlich hört uns in der Seitenkapelle niemand. „Wir müssen", sagt er, zeigt in Richtung des mit der dicken Kordel abgetrennten Altarraums und bleibt abrupt stehen.

Ich kann nicht so schnell reagieren und stoße mit Pluto zusammen, der einen unterdrückten Laut von sich gibt.

„Los. Hier." Terzan läuft hinter eine der Säulen und bedeutet uns überhastet, ihm zu folgen.

Tatsächlich ist aus einer Tür an der linken Seite ein Mann gekommen, der sich dem Altar nähert.

„Vielleicht will er die Kirche abschließen", wispert Pluto.

Terzan schüttelt den Kopf. Der Mann kommt langsam auf die Stufen zu, die vom Langhaus direkt zum Altar führen. Ich klammere mich so gut es geht an die Säule. Wäre die Kirche normal beleuchtet, hätte uns der Mann schon längst entdeckt.

In diesem Moment flammt ein Streichholz in seiner Hand auf, ich sehe eine große Kerze, die er anzündet und auf den Altar stellt.

„Das ist ja …", murmelt Pluto fassungslos.

Jetzt sehe ich es auch. Dieser unverkennbare lange Bart und die wenigen Haare auf dem Kopf der Person, dazu die dichten Augenbrauen. Die Kopfform ist genau wie auf der Zeichnung. Larco hat ihn wirklich gut getroffen. Noch dazu die rechte Hand, die er ruckartig zur Seite dreht, mit linkischen Bewegungen, wie er schließlich den Mund öffnet, als hätte er Schmerzen. Verletzt, denke ich, die rechte Hand ist verletzt.

„Omega", entfährt es mir.

„Er ist ein Priester, verfluchte Scheiße, ein Priester", dringt Terzans sonore Stimme an meine Ohren.

„Wir haben ihn gefunden." Ich schiebe den Kopf etwas vor, riskiere, gesehen zu werden, aber der Mann dreht sich um, und ich kann nur sein breites Kreuz und den Hinterkopf sehen.

Marias Gesicht erkenne ich nicht, hoffentlich hat sie sich unter Kontrolle. „Da, das Gewand", sagt sie leise, „das Gewand." Ihre Worte sind kaum zu verstehen.

Omega zündet noch eine weitere Kerze an, geht dann mit gemächlichen Schritten auf die rechte Seite und bleibt an der Wand stehen. Ist dort eine Tür, die er öffnet?

„Da geht es runter zur Krypta", sagt Terzan, wobei seine Stimme bei jedem Wort bebt. Er räuspert sich. „Vermutlich ...", setzt er erneut an, bricht aber sofort ab.

Omega begrüßt jemanden. Da ist eine Silhouette. Das Licht dort hinten schimmert. Ich kann nur Omega sehen. Verdammt, der andere muss doch ... Ich spähe um die Säule herum, gehe sogar einige Schritte nach links, aber Pluto zieht mich zurück.

„Bist du verrückt?", faucht er.

Maria steht auf der anderen Seite der Säule, mit bebender Oberlippe. „Ich werde nicht hinsehen", sagt sie. „Er wird mich töten. ‚Die, die ihn erkennen', hat Rico immer wieder gesagt", flüstert sie, „‚wird er töten.' Töten, ja?" Ihre Stimme wird etwas lauter.

„Er kann dir nichts tun", versuche ich sie zu beruhigen, aber der Klang meiner eigenen Worte kommt mir hohl und sinnlos vor. Diese dritte Stufe ... Wenn er nun bereits ...

Omega scheint irgendetwas mit dem Unbekannten zu besprechen. Seine Gesten wirken aufgeregt, ein paar Mal bewegt er ruckartig den Kopf, hebt dann die linke Hand, presst die rechte Hand an die Brust und streckt die gesunde Hand dem anderen entgegen, als wollte er gleich den Segen für die Gemeinde sprechen.

Ich sehe Terzan und Pluto den Kopf schütteln und mit den Schultern zucken.

Jetzt zieht Omega einen Gegenstand aus der Tasche, etwas, das in Zeitungspapier eingepackt ist, hebt das Päckchen in die Höhe und überreicht es dem Unbekannten. Noch ein Handschlag, ein Nicken, dann dreht Omega sich abrupt um und geht mit schnellen Schritten wieder auf die linke Seite, wo er eine Tür öffnet und weggeht. Wir hören die Schritte der anderen Person verhallen.

„Diese Soutane ... Der Umhang ... Ich habe ..."
Maria läuft an uns vorbei zu einer der vorderen Kirchenbänke.

„Maria, Vorsicht", mahne ich sie und bin sofort bei ihr. „Du hast diesen Umhang schon einmal gesehen, ich weiß, diese Soutane, sie war lila", sage ich.

Terzan und Pluto hasten hinter uns her. „Wir sollten hier nicht einfach so herumlaufen", tadelt Pluto.

„Lila. Eine lila Soutane, sagt dir das was?", wende ich mich an Pluto.

„Ja. Die Farben der Gewänder in der Kirche stehen für die Zeit im Kirchenjahr. Lila sind die Gewänder, glaube ich, in der Advents- und Fastenzeit, also im November, Dezember, März und April. Maria, warst es zu dieser Zeit?"

„Ja", sinniert Maria, „das war im April. Ich war im April da unten."

„Dann hat Omega das passende Gewand getragen", schlussfolgere ich.

„Langsam wird es klarer", frohlockt Terzan. „Und, Leute, ihr habt noch nicht alles gehört, was ich erfahren habe."

„Er wird von hier durch die Krypta nach unten ins Labor gegangen sein", sage ich. „Die Krypta ist die Verbindung. Deshalb hast du ihn in diesem Gewand gesehen, Maria."

Maria hält sich die Hände vors Gesicht und tapst langsam einige Schritte zurück. „Er könnte jederzeit wiederkommen, und dann …"

Konzentriert spähe ich hinüber zur Seitenkapelle. Lange kann es nicht mehr dauern, bis dieses Gebet zu Ende ist. Spätestens dann müssen wir hier weg sein.

„Also, Terzan, du wolltest etwas erzählen." Ich drehe mich langsam zu ihm um. Auf seinem Gesicht liegt ein gespenstischer dunkler Schatten, kein Lächeln mehr. Terzan sieht aus, als wäre er in den letzten Tagen um Jahre gealtert. „Diese Graffiti von Larco sind pure Fantasie, ein Wahn, oder?", frage ich.

Ein triumphierendes Lächeln überzieht Terzans Gesicht. „Ich hatte ja …"

„Komm, spucks aus, Tiere mit Köpfen, diese Ratten, was gibt es dazu?", fährt ihn Pluto an.

„Die Krypta ist der Schlüssel, durch sie kommen wir von hier nicht nur nach unten zu den Katakomben, sondern dort befindet sich auch ein Sarg."

„Ein Sarg?", frage ich überrascht.

„Als ich im Pfarrbüro war – na ja, habe ich behauptet, dass ich mich auf Fotos von Lost Places mit Ratten spezialisiert hätte und eine Internetseite dazu betreibe. Eine Sekretärin hat mir daraufhin von einer Rattenplage erzählt. Sie hätten ein paar Mal den Kammerjäger gerufen."

„Die Ratten waren …" Maria fummelt gespannt mit einem Finger an ihren Lippen herum.

„… in der Krypta", ergänzt Terzan. „Wahrscheinlich, weil jemand dieses Tor offen gelassen hatte. Es sollen Dutzende, gewesen sein, und es schien, als würde man sie gar nicht wieder los."

„Gut, da haben wir die Ratten, es gibt sie also wirklich, aber dieser Kopf, was ist damit?", fragt Pluto.

„Schrumpfkopf", verbessere ich.

„Die Ratten hatten einen Sarg beschädigt, den eines jungen Mädchens. Er befindet sich in der Krypta, wo er seit einigen Jahren aufbewahrt wird. Eine Kinderleiche."

„Larco war da unten, hat die Ratten entdeckt, die in den Sarg eingedrungen waren, und weil er den Kopf dieser Kinderleiche sah, hat er es dann so gemalt?"

„Warum sollte er das machen?", fragt Maria. „Er war ja auch im Labor und hat die Tabletten bekommen." Sie überlegt für einen Moment. „Stimmt, er war da drin – in diesem Glaskasten."

„Aber hilft uns das weiter? Was ist mit diesem Sarg?", frage ich.

„Wir wissen immer noch nicht, was die Zahl bedeutet und was Omega mit dem zweiten Original von ‚Luzifer' vorhat." Pluto zieht die Stirn kraus und schüttelt den Kopf. „Ein paar Puzzlestücke fehlen noch. Hast du etwas zu der Zahl erfahren, Terzan?"

„Ich wusste nicht, wie ich eine Frage dazu begründen sollte, das wäre verdächtig gewesen", erwidert er.

Maria hebt eine Hand und zeigt hinüber zur Seitenkapelle. „Wie lange?"

Terzan schaut auf seine Armbanduhr. „Schon fünf Minuten über die Zeit."

Irgendwo im hinteren Bereich der Kirche ist eine Silhouette zu sehen. „Sie kommen", flüstere ich.

„Schnell, hier rüber!", ruft Terzan.

Wir rennen am Altarraum vorbei und halten auf die Treppen zu, die auf der rechten Seite sichtbar werden. Ich komme wieder mal nicht mit, stolpere auch noch über meine eigenen Füße, falle, und als ich mich wieder aufrichte, sind die anderen verschwunden. Lautes Gemurmel dringt an mein Ohr, und irgendjemand klatscht, dazu ertönt eine dröhnende Stimme. Ich ducke mich, in der Hoffnung, dass das Licht der beiden Kerzen auf dem Altar nicht hell genug scheint, um mich zu verraten. Da vorn, ist das nicht eine Öffnung im Boden? Stufen führen in einer Spirale nach unten. Das muss der

DIE DRITTE STUFE

Eingang in die Krypta sein. Zögerlich trete ich auf die erste Stufe, tipple ungeschickt weiter auf den nur schemenhaft erkennbaren nächsten Stufen, langsam und konzentriert. Unten schimmert spärliches Licht von zwei Kerzen auf einem Metalltisch. Flackernde Spinnennetze wehen an der Wand. Ein fauliger, modriger Geruch durchzieht den Raum. Wenn jetzt oben die Öffnung verschlossen wird, sitze ich hier in der Dunkelheit fest.

Irgendwo hier muss es weitergehen zu dem Tor, vor dem wir gestanden haben, wahrscheinlich sind ganz in der Nähe auch die unterirdischen Räume mit dem Labor, dem Glaskasten. Aber dann müsste etwas zu hören sein, Menschen, die schreien oder … Ich halte angestrengt den Atem an und schleiche so vorsichtig ich kann weiter, hinter mir der blasse Lichtschein der Kerzen. Ich kann ja später immer noch zurück.

Nur ein paar Schritte. Da vorn geht es um eine Ecke. Die Wand ist so kalt, dass ich zurückschrecke, gleichzeitig an die ekligen Gänge in der Kanalisation denken muss. Nur noch zwei, drei Meter weiter, aber da ist nichts, auch keine Geräusche. Also besser zurück, um die Ecke, so weit bin ich ja nicht gelaufen. Vielleicht ist es besser, wenn wir später zusammen hier unten nachsehen. Ich drehe mich um meine eigene Achse, taste mich vorwärts, die Wand müsste jetzt eigentlich da vorn sein. Und von dort sind es … Moment. Die Kerzen – eigentlich müsste ich die Kerzen jetzt sehen, das schimmernde Licht. Verdammt, wo ist das Licht? Behutsam setze ich einen Fuß vor den anderen. Eigentlich bin ich schon zu weit. So weit bin ich doch gar nicht gelaufen. Das Licht müsste längst … Und das da ist doch die Wand, kein Zweifel möglich, oder? In meinem Kopf pocht und dröhnt es. Angestrengt versuche ich, mit meinem Blick die Finsternis zu durchdringen, doch da ist nichts, nicht einmal Schemen sind wahrzunehmen. Ich bin gefangen. Ein Schritt vor, dann wieder einen zurück. Vielleicht ist da drüben die Wand? Aber meine Hand greift ins Leere. Irgendwo in einiger

Entfernung ist ein Flackern, ganz schwach, sodass man auch glauben könnte, es sei eine Einbildung. Ich drehe den Kopf ein paar Mal hin und her, aber das Flackern ist nicht mehr zu sehen. Am besten das Smartphone aus der Tasche holen, dann kann ich hier alles beleuchten. Als ich schon in die Hosentasche greifen will, höre ich ganz nah plötzlich ein Atmen, das Scharren von Füßen. Ein greller Lichtstrahl schießt mir wie ein Blitz ins Gesicht. Ich sehe absolut nichts, versuche hilflos, die Augen mit den Händen abzuschirmen. Dann kracht ein Schlag gegen meinen Kopf, ich schwanke, trete ein paar Schritte zurück. Das Licht bohrt sich immer noch unbarmherzig in meine Augen. Ein Fausthieb auf meine Nase, und ich schreie auf, schmecke Blut. Ein, zwei Ausfallschritte, ich ducke mich, doch mein Angreifer ist nur eine Silhouette.

Mit einer schnellen Bewegung versuche ich, die Taschenlampe zu erwischen, treffe irgendetwas, und das Licht ist für einige Sekunden unterbrochen. Grau. Der Angreifer trägt definitiv ein graues Sweatshirt. Da. Ich zucke zusammen. Die Kapuze. Ein grauer Hoodie, schießt es mir durch den Kopf. Wutentbrannt und mit aller Kraft will ich mich auf den Mann stürzen, doch da erwischt er mich in der Magengrube. Stöhnend sacke ich zusammen.

Der Angreifer beginnt mich zu treten, eine Stiefelspitze knallt in meine Seite, mehrmals, kräftig. Ich schreie vor Schmerzen laut auf. Mein Körper macht nicht mehr mit, fällt kraftlos zur Seite, und dann liege ich schon auf dem Bauch und betaste mit den Händen den Boden.

„Na, das war ja nicht schwer", dröhnt die Stimme des Angreifers über mir. „Jetzt du bist da, wo ich dich längst haben wollte. Da hat dir die Wahrheitsliebe wohl nicht viel geholfen."

Warum schlägt er nicht wieder zu? Zögert er? Mühsam krieche ich los, wahrscheinlich nur zentimeterweise und viel zu langsam. Der modrige Geruch wird stärker, ein Fiepsen ist zu hören, aber nicht neben, sondern unter mir. Ich schiebe die Hände vor, ziehe die Finger über den

Boden, aber sie greifen ins Leere. Es ist eine weitere Öffnung, definitiv. Kalte Luft steigt nach oben.

„Da geht es runter für dich!", schreit mein Gegner nun, und eine Stiefelspitze landet in meinem Rücken.

Er fühlt sich sicher, denke ich, verdammt sicher. Unter Schmerzen taste ich in der rechten Hosentasche nach meinem Smartphone, schalte es an, versuche es unter meinem Kopf zu verbergen und scrolle hastig durch das Menü.

„Du Idiot, wen willst du denn jetzt anrufen?", bellt der Mann über mir. „Es ist zu spät!"

In diesem Moment höre ich ein lautes Klicken. So schnell ich kann starte ich die App „Taschenlampe", schiebe den Regler auf volle Helligkeit und drehe mich um. Ich richte das Smartphone auf den Kerl, obwohl ich vor Schmerzen kaum die Hand hochbekomme und sie mit der anderen Hand stützen muss. Er taumelt, schreit irgendetwas, was ich nicht verstehe, und schießt. Ich zucke zusammen, doch ich bin unverletzt.

„Gib das verfluchte Handy her!", schreit er.

In dem Moment, als er sich zu mir herunterbeugt, lasse ich meine Beine nach vorn schnellen und treffe ihn frontal an der Brust. Ein überraschtes Stöhnen ist zu hören, und der Revolver knallt auf den Steinboden.

Ächzend versuche ich mich aufzurichten, doch sofort ist der Typ wieder über mir, drückt mir die Hände auf den Brustkorb.

„Verflucht, das wirst du bereuen", entfährt es ihm. Er schlägt mich wieder, legt eine Hand um meinen Hals und drückt zu.

Ich drehe und winde mich, doch sein Griff wird immer fester. Mit letzter Kraft hebe ich den rechten Arm und haue einfach drauflos, gegen seine Beine, seine Hüfte, alles, was ich erreichen kann, schwache, kurze Schläge, aber dafür schnell. Der Griff um meinen Hals lockert sich. Aus einem unerfindlichen Grund steht er auf, vielleicht, um den Revolver zu suchen. Ich kann mich kaum bewegen,

DIE DRITTE STUFE

drehe mich mit aller Kraft auf die Seite, versuche mich anzutreiben, doch Schmerzen ziehen wie Nadelstiche durch die Bauchgegend. Und dieses höllische Brennen im Gesicht. Panisch frage ich mich, ob ich nicht gleich verblute. Nur Sekunden später gelingt es mir, mich aufzurichten, indem ich die Hände gegen den Boden drücke und meinen Körper in eine annähernd aufrechte Position bringe. Schnell, das Smartphone! Die App ist noch an. Jetzt nur noch hoch damit und in die Richtung halten, in die mein Gegner verschwunden ist. Keine Sekunde zu spät. Eine Silhouette stürmt auf mich zu, ich drehe mich seitlich weg, und er erwischt nur meine linke Schulter.

Jeder Muskel schmerzt. Hektisch leuchte ich mit dem Smartphone durch den Raum, aber weder der Metalltisch noch die Treppe nach oben ist zu sehen.

Dann prallt der Angreifer wieder gegen mich, diesmal von der anderen Seite, und ich krümme mich vor Schmerzen, mühe mich ab, seinen Körper von mir wegzudrücken. Wenn ich nur wüsste, wie weit wir von dieser Öffnung entfernt sind. Ich lasse das Handylicht erneut durch den Raum gleiten und finde die Öffnung, dort, ein kreisrundes Loch. Als ich das Licht in die entgegengesetzte Richtung lenke, sehe ich den Revolver auf mich gerichtet.

„Hat dir nichts genützt, wie?", blafft der Mann. „Omega entkommt man nicht. Ehre sei Omega." Einen Moment ist er still. „Ehre sei Omega", brüllt er dann aus Leibeskräften.

Ich blende ihn wieder, stemme mich mit gewaltiger Kraftanstrengung hoch und gehe geduckt mit dem Kopf voran wie ein Stier auf ihn los. Er taumelt, flucht, kann sich trotz aller Bemühungen nicht auf den Beinen halten und fällt zu Boden. Ich werfe mich auf ihn, schlage auf ihn ein und versuche ihn dabei in Richtung des Schachts zu schieben. Ich keuche, und er atmet pfeifend, stößt undeutliche Flüche aus, windet sich wie ein Krokodil, das ich im Würgegriff habe und festhalte, um es in wenigen Augenblicken zu töten.

„Na, weiter, du Scheißphilosoph", spottet er, „das schaffst du nicht."

Wahrscheinlich glaubt er immer noch, dass ich schwach bin – nur ein Philosoph, der ihm nichts entgegenzusetzen hat.

„Irrtum!", rufe ich, doch statt des Wortes kommt nur ein tonloses Geräusch aus meinem Mund, als würde Luft mit hohem Druck aus einem Behälter abgelassen.

Ich schaffe es nicht, durchfährt es mich. Meine Kräfte lassen nach, und der Mann windet sich aus meiner Umklammerung, tritt mir ein paar Mal heftig in die Seite, setzt jetzt auch die Fäuste ein. Ich habe heftige Kopfschmerzen und das Gefühl, gleich wegzudämmern.

Plötzlich ertönt neben uns ein lautes Quieken. Ich kann nur die Silhouette des Tieres sehen. Sie huscht auf meinen Gegner zu, unter seinen Körper.

„Verdammt, das Vieh hat mich gebissen!", kreischt er auf, will sich aufrichten, aber ich werfe mich gegen ihn, und er taumelt.

Deutlich spüre ich die kalte Luft von unten an meinen Wangen, und dann genügt ein kleiner Schubs, und der Mörder von Kurt und Reiner fällt durch den Schacht nach unten.

32

Endlich beruhigt sich mein fliegender Atem. Manchmal kommt der Schock erst einige Zeit nach dem schrecklichen Ereignis, habe ich mal gelesen. Keiner von uns konnte bisher etwas sagen. Ich will nicht einmal mehr wissen, wohin Terzan, Pluto und Maria vorhin verschwunden sind. Terzan starrt entgeistert auf meine gebrochene Nase, Maria schaut auf meine linke Hüfte, wohin ich mir immer wieder fasse, als ließe sich der stechende Schmerz so beruhigen. Pluto reicht mir eine Zigarette, die ich mit zitternden Fingern entgegennehme. Gierig ziehe ich an dem Glimmstängel, inhaliere den Rauch wie ein Gift, das mich schnell töten soll, bis ich husten muss und kaum Luft bekomme. Hastig drücke ich die Zigarette gegen den Pfosten des Straßenschildes mit der Aufschrift „Große Fischerstraße."

„Wie fühlst du dich?"

Im dämmrigen Licht der Arkaden wirken Terzans dunkle Pupillen wie leere Augenhöhlen. „Es ging mir schon mal besser", krächze ich, erschrocken über die Veränderung in meiner Stimme. Bestimmt kommt das von der Nase.

„Du solltest dich ausruhen." Maria betastet meine Hüfte und ich lächle gequält.

„Du kannst auf keinen Fall mit nach unten", sagt Terzan.

„Ihr wollt jetzt da runtergehen?", frage ich. Alle nicken. „Ist es nicht viel zu gefährlich? Wir haben schon letztes Mal unverschämtes Glück gehabt, dass wir keinem von Omegas Leuten in die Hände gefallen sind."

Pluto stapft zum Laden mit dem Schild „Picture this" im Schaufenster und dreht sich zu uns um. „Wir wissen so vieles noch nicht – diese Zahl. Warum haben wir diesen Gesang gehört? Und die Frau. Erinnert ihr euch an die Frau?"

„Ja, ich erinnere mich. Es gab so viele von denen im Labor, und dieselben Geräusche." Maria geht zwei Schritte von mir weg und starrt ausdruckslos ins Dunkel.

„Schatten", sage ich. „Da unten finden wir nur verdammte Schatten."

„Ich sage es noch einmal", sagt Terzan und pocht mit dem Zeigefinger in meine Richtung wie mit einem Zeigestock, „du kannst nicht mit."

„Ich werde keinesfalls hier bleiben. Außerdem kann ich es – hier ..." Ich will zeigen, wie gut ich noch in der Lage bin, zu laufen, bekomme jedoch nur ein Humpeln hin und kann ein Stöhnen nicht unterdrücken.

„Was habe ich gesagt?", triumphiert Terzan.

„Ohne Jonas wird es wahrscheinlich nicht gehen", antwortet Pluto. „Wenn Maria ... na ja, ich meine, wenn sie nicht weiter will. Jonas weiß am besten, wie man mit ihr umgeht."

„Ja, ich kann nicht ohne Jonas", sagt Maria. „Vielleicht können wir dich erst mal verbinden. Und Schmerzmittel. Irgendwo habe ich noch eine ganze Schachtel."

„Dann bin ich wohl überstimmt", gibt sich Terzan geschlagen. „Aber wonach suchen wir denn überhaupt? Was wollen wir da unten erreichen? Könnten wir es nicht besser über die Krypta versuchen?"

DIE DRITTE STUFE

„Um dann Omega über den Weg zu laufen?", sagt Pluto. „Nein, ohne mich, danke."

Terzan spuckt in einen der am Straßenrand stehenden Blumenkübel. „Und warum diese Kerzen? Was hat er vor? Eine von diesen geheimen Versammlungen? Heute Nacht?"

„Dann wäre Licht zu sehen gewesen", bemerkt Pluto. „Ich war eben noch mal da. Die Kirche ist verschlossen, und es ist alles dunkel."

„Jetzt wissen wir, wer Omega ist. Ein Priester, richtig? Bestimmt können wir mehr über ihn rauskriegen." Ich ziehe mein Smartphone aus der Gesäßtasche. Einige Minuten später habe ich auf der Website des Frankfurter Doms unter „Kontakt" das Seelsorgeteam gefunden. „Nein, der Pfarrer, das ist er nicht." Von einem Foto lächelt mich ein freundlicher Mann mit hoher Stirn und Brille an. „Hier, da ist er. Priesterliche Mitarbeiter. Diakon."

Pluto kommt heran und blickt auf mein Smartphone. „Das ist Omega, eindeutig."

„Dieses Bild. Diese dunklen Augen. Meine Güte, er lächelt nicht mal." Maria ist wieder neben mich getreten, und auch Terzan drängt sich neben Pluto und versucht, ihm über die Schulter zu blicken.

„Da steht, dass er Pater ist und hier als Pastoralassistent arbeitet, Schwerpunkt Seelsorge", fasst Terzan den Text vom Display zusammen.

„Dann hat er viel mit Menschen zu tun und kann sie manipulieren. Mein Gott, Seelsorge", sage ich.

„Pater, ja, das passt", murmelt Maria.

„Das ist ein bulgarischer Name, oder?" Ich zeige auf den Schriftzug unter dem Bild.

„Ja, eindeutig." Pluto spricht den Namen langsam aus, wiederholt ihn zweimal.

Maria imitiert Plutos Aussprache, tastet sich zu den einzelnen Silben vor, als könnte sie sich über die Buchstaben an irgendetwas erinnern. „N-nein, den Namen habe ich noch nie gehört. Also, im Labor ... da hat den niemand gebraucht, das wüsste ich. Aus Sofia, das hat mal jemand gesagt." Sie nickt bekräftigend. „So viel ist sicher."

„Sofia, ja, ich glaube, das hattest du mal erwähnt, dort befindet sich doch auch ein Original des Gemäldes ‚Luzifer'", sage ich.

„Sofia. Luzifer", brummt Pluto. „Ganz nach unten also."

Ich habe keine Ahnung, was er damit meint.

***

Beißender Gestank zieht wie eine Giftwolke um meinen Kopf. Ich schwanke, reiße ein Taschentuch aus der Hosentasche und halte es mir vor den Mund. Terzan krümmt sich, als würde er gleich zusammenbrechen.

„Beim letzten Mal war es aber nicht so schlimm", bringt er gepresst hervor.

Verschwommene Lichtfäden ziehen durch den Raum. Hier waren wir schon einmal, doch es kommt mir so vor, als wäre mir alles unbekannt. Da hinten sind die Rundbögen, auf die wir auch jetzt wieder zuhalten.

Das Licht von Plutos Taschenlampe schwappt durch den Raum wie eine Welle, dringt weiter vor in die hinteren Bereiche. Von irgendwoher ist ein Scharren zu hören. Ratten, denke ich.

Ein leises Quieken direkt neben uns lässt Maria aufschrecken, und für einen Moment erwarte ich, dass sie einen gellenden Schrei ausstößt, doch dann fängt sie sich wieder und sieht mich trotzig an, als hätte ich etwas gesehen, was ich nicht sehen sollte, und folgt mechanisch Plutos Glatze, die im Licht ihrer Stirnlampe hell schimmert.

Dann bin ich wieder im gebogenen Tunnel, gehe direkt zwischen Maria und Terzan, der versprochen hat, auf mich zu achten. Nach einigen Metern schlägt mir ein Schwall kalter Luft entgegen.

„Sucht nach Spuren von Wachs auf dem Boden", sagt Pluto, und seine Stimme hallt gespenstisch von den Wänden wider, als spräche gleichzeitig da drüben weit entfernt ein Doppelgänger von ihm.

Konzentriert kneife ich die Augen zusammen. Nur nicht zu sehr unsere unförmigen Schatten an den Wänden verfolgen, ich will mich nicht in irgendwelchen Fantasien verlieren. Schützend verschränke ich die Arme vor dem Körper, versuche zu Pluto und Maria vor mir aufzuschließen, doch sobald ich schneller werde, kommt das Schwindelgefühl.

Irgendein Geruch liegt in der Luft, verdammt, hoffentlich ist das kein Gas. Wie eng der Tunnel plötzlich ist, die Dunkelheit ist jetzt auch anders, wie ein Schlund, der uns langsam in sich hineinzieht. Ich betaste meine Stirn, fühle die Schweißperlen darauf. Immer wieder diese Stiche in der Seite und der Druck in der Magengegend, der weg ist, wenn ich nur ganz langsam gehe. Terzan wird jedes Mal aufmerksam, wenn ich stöhne, und fragt, ob ich eine Pause brauche und ob er mich stützen soll. Ich zucke dann mit den Schultern, schleppe mich weiter, versuche Marias Hinterkopf schön zu finden, verdränge Gedanken daran, wie lange wir noch gehen müssen oder wie lange wir schon unterwegs sind. Immerhin helfen die Schmerzmittel. Die Schmerzen sind nicht mehr so stechend und ich bilde mir ein, besser laufen zu können.

Pluto macht eine Geste und zeigt auf einen Abzweig, den wir beim letzten Mal nicht gesehen haben und der offenbar in einen anderen Abwasserkanal führt.

An der Öffnung ist irgendein Tier verendet. Ein Teil des Körpers ist schon skelettiert, Gesicht und Teile der Brust sind noch zu erkennen, und ein undefinierbarer schwarzer Klumpen liegt daneben. Dazu riecht es feucht, und fauliges gelbes Wasser tropft von der Decke geradewegs auf den aufgelösten Körper, als handelte es sich um eine ätzende Substanz.

„Eine Abkürzung", sagt Pluto und hält den Plan hoch.

Hier ist es ja noch dunkler, denke ich und steige unbeholfen hinter ihm und Maria in die Öffnung, versuche an der Wand Halt zu finden, gleite aber an der glitschigen Fläche ab.

„Was sollen wir denn hier finden?", rufe ich Pluto zu.

Unter uns ist eine dunkle Brühe, auf der kleine weißliche Flecken schwimmen. Auch haben sich Blasen an der Oberfläche gebildet. Ich stehe bis zu den Knöcheln in diesem Mist, stakse durch matschigen Untergrund. Der Gestank ist so unmittelbar und so dicht vor mir, dass ich nach Luft schnappe und mir erneut den Mund zuhalte. Plutos Taschenlampe wird zum blitzenden Stroboskoplicht – Dämmerung, trübes Aufflammen weit entfernt. Irgendwo da hinten ist das Ende, kommt es mir in den Sinn, es ist nur noch eine Frage der Zeit.

„Da!", ruft Maria plötzlich und reckt einen Arm in die Höhe.

Da ist etwas wie ein Hindernis mitten auf dem Weg, oder täuschen mich meine Augen? Was – ist – das – da? Krampfhaft kneife ich die Augen zusammen.

„D-d-da l-liegt jemand." Terzans fassungsloses Stottern fährt mir durch Mark und Bein.

Hastig stürze ich hinter Pluto und Maria her, krümme mich, spüre die an den Unterschenkeln schwappende Flüssigkeit, den brennenden Schmerz in meiner linken Seite. Alles dreht sich, doch dann sehe ich ihn auch.

„Das ist …", beginnt Maria.

„… der Obdachlose von der Konstablerwache", führe ich ihren Gedanken fort. Ich will wegsehen, starre dann doch auf den aufgeblähten Bauch, den weit geöffneten Mund, die unnatürlich vom Körper abstehenden Arme, die aussehen, als wären sie gebrochen, und an einigen Stellen an den nackten Armen ist die Haut abgeblättert, die Finger sind von schwarzen Flecken überzogen. Einige Hautfetzen hängen an der Stirn des Mannes, als hätte sie jemand notdürftig an den Kopf geklebt, um Löcher zu verschließen.

Mein Hals verengt sich und ich bekomme keine Luft mehr.

„Xibalba. Er hat es gefunden." Terzan geht auf den Toten zu und schließt ihm die Augen.

„Sie haben ihn getötet", sagt Pluto.

Ich wate zu dem Mann und überprüfe seinen Hinterkopf. „Kein Einschussloch", sage ich.

„Vielleicht Gase, giftige Dämpfe, die er eingeatmet hat?", fragt Terzan.

„Sie werden ihn nach unten geschafft haben", sagt Pluto. „Kurt. Kurt wird das getan haben, damit wir unbehelligt ... Er muss doch gewusst haben ...", sagt Pluto.

„Er hat ihn einfach hier unten verrecken lassen." Wie aggressiv Terzans Stimme plötzlich klingt.

„Armer Kerl." Maria beugt sich hinunter zu dem Mann und streicht ihm über den Kopf. Sie hebt seinen rechten Arm hoch und zeigt auf das deutlich sichtbare Loch in der rechten Hand. „Wie lange er wohl schon hier liegt?"

„Was ist denn das da?" Terzan beugt sich hinunter und fischt einen Zettel aus der Kloake.

„Wahrscheinlich nichts mehr zu erkennen, oder?", sage ich.

„Moment." Pluto nimmt ihm das tropfende Papier aus der Hand und richtet die Taschenlampe darauf.

„Tatsächlich. Dahinter." Pluto fingert an dem Zettel herum, zieht ihn schließlich auseinander und fördert ein zweites Papier zutage. „Undeutlich, aber noch zu erkennen." Er leuchtet auf kaum noch sichtbare Zeichen. „Da sind diese Symbole."

„Die Zahlen der Maya", ruft Maria überrascht aus.

„Es sind zwei Zettel?", frage ich.

Pluto nickt.

„Vielleicht gibt es noch einen dritten." Terzan beugt sich zu dem Toten und durchwühlt hastig seine Taschen. Aus der Innentasche der Jacke holt er einen zusammengeknüllten Zettel zum Vorschein, faltet ihn auseinander, wirft nur einen kurzen Blick darauf und hält ihn uns hin.

„Das ist es", murmelt Pluto.

„Er wusste Bescheid", sagt Terzan.

„Der Westturm, die Krypta, dieser Sarg, das Tor." Maria schaut fassungslos auf das Papier.

„Alles genau aufgezeichnet. Seht ihr das Kreuz hier?", murmelt Terzan.

„Die Krypta. Da, die Zahl." Ich muss die Zahl, die ich sehe, nicht laut aussprechen. Wir kennen sie alle. „Das ist es." Im fahlen Licht meiner Stirnlampe sind Falten in Plutos Gesicht zu sehen wie bei einem alten Mann. Mit zitternden Fingern zeigt er auf zwei kleine Zeichen neben dem Kreuz, die unschwer als Alpha und Omega zu erkennen sind.

33

Wir müssen uns verlaufen haben. Auf den Abzweig, der auf dem Plan eingezeichnet ist, sind wir jedenfalls nicht gestoßen. Auch wissen wir nicht, wohin der Tunnel führt. So sehr wir uns auch den Hals verrenken, ein Ende ist nicht in Sicht.

„Weit kann es nicht mehr sein", versucht uns Pluto zu motivieren, doch seine Stimme wird vom Hall im Tunnel verschluckt. Wahrscheinlich glaubt er selbst nicht mehr, dass wir wieder hier rauskommen. Wie schwankend er geht – eine torkelnde Silhouette vor mir, die sich immer wieder fast zwanghaft mit einer Hand über die Glatze fährt.

Laufen, einfach weiter, wie mechanisch einen Fuß vor den anderen setzen, natürlich, was sonst? Ich bilde mir ein, es schon irgendwie zu schaffen, auch wegen Maria, doch lange halte ich nicht mehr durch. Mit jeder Bewegung leistet die Luft mehr Widerstand, meine Beine sind wie Blei. Krampfhaft stolpere ich vorwärts, kämpfe gegen die Seitenstiche. Jeder Blick, den ich riskiere, scheint vernebelt durch eine unsichtbare Substanz, die auf uns zutreibt und uns langsam, aber sicher in sich aufnimmt.

DIE DRITTE STUFE

Ich höre Pluto vor mir leise murmeln, doch ich kann nicht glauben, dass er so in die Dunkelheit hineinspricht. Ein Wispern und Zischen hinter mir. Ich traue mich nicht, mich umzusehen. Vielleicht schlägt Terzan gleich die Zähne in meinen Nacken.

Wahrscheinlich wäre es besser, wenn jemand reden würde, aber keinem von uns ist danach. Wir schweigen zu dem Patschen unserer Schuhe und dem Knirschen, wenn wir auf irgendwelche Steine oder Geröll treten.

Es dauert einen Moment, bis ich begreife, dass Pluto stehen geblieben ist. Ich stiere auf seine rechte Hand, die so starr in der Luft steht, als wäre sie gerade aus einem Grab nach oben gestoßen. Erst dann entdecke ich das Licht – nur einen winzigen Punkt, weit entfernt.

„Verdammt, das sind sie", entfährt es Terzan.

Maria schüttelt langsam den Kopf. „Keine Stimmen, hörst du?", flüstert sie.

Für einige Sekunden starren wir regungslos auf das Licht, das ein paar Mal flackert, verlischt und dann wieder zu sehen ist.

„Weg, los, weg, so lange es noch geht. Zurück!" Meine Stimme überschlägt sich, und fieberhaft zeige ich in die entgegengesetzte Richtung. „Los", schiebe ich krächzend hinterher.

Ich schlurfe einige Meter nach vorn, dränge mich vor Maria, will Pluto auf die Schulter tippen und ihn auffordern, dass er endlich die Hand, die wie ein erstarrtes, totes Objekt immer noch in der Luft steht, herunternehmen soll.

„Das können", sagt er, dreht sich um und zeigt hinter sich auf das näherkommende Licht. „keine von denen sein."

Tatsächlich, kein charakteristisches Grollen, keine feindseligen Geräusche, keine Aggressivität.

Ich ahne, wer uns da entgegenkommt, das Licht hin und her schwenkt wie die Laterne eines Nachtwächters, und blicke mich zu Maria um, die dasteht, die Hände vors

Gesicht gehalten, sie dann ruckartig herunternimmt und krampfhaft in die Luft hält, die Finger bewegt, als wollte sie etwas umgreifen, das sich nicht fassen lässt, während sie den Kopf einzieht wie vor einer nahenden Gefahr.

Ihre Augen sind weit aufgerissen, und dieser unstete Blick! Ein gehetztes Tier, kommt es mir in den Sinn, obwohl ich schnell versuche, diese Sichtweise dem Wahn der Situation und der durch die Enge des Tunnels überhitzten Fantasie zuzuschreiben.

Schließlich öffnet sie den Mund, weist auf die Gestalt, die im Lichtschein zu erkennen ist – ein Engel mit Flügeln, denke ich, aber es sind Hände, die ausgebreitet werden. Maria zuckt zusammen wie unter einem schweren Schlag.

„Maria!", hallt es leise durch den Tunnel, „Maria!", noch einmal.

„Omega – wenn er das ist", bellt Terzan, doch ich gebe ihm zu verstehen, dass er still sein soll.

„N-n-n-nein, diese Stimme." Maria stöhnt auf, lehnt sich gegen die Wand, will losrennen, doch ich halte sie fest, und sie sieht mich verzweifelt an. „Ich muss doch zu ihm. Da ist ...", versucht sie sich zu erklären.

Einen Augenblick später materialisiert sich ein Mann aus der Dunkelheit. Pluto leuchtet ihm erst ins Gesicht und tastet dann mit dem Licht seiner Taschenlampe seinen gesamten Körper ab. Ein schlanker Körper, ein Gesicht mit einigen Narben, helle, wache Augen und ein Zopf.

„Rico!", schreit Maria jetzt wie unter Schmerzen. „Rico, Rico!", wiederholt sie.

„Er wird dich töten, hast du das schon vergessen?", sage ich schnell, während Rico sich Maria nähern will, und schiebe mich schützend vor sie.

Pluto macht mutig einen Schritt auf Rico zu, der das mit einem spöttischen Lächeln quittiert und erneut die Arme ausbreitet.

„Rico", haucht Maria mit verklärtem Gesicht, „mein Bruder. Mein Bruder."

Terzan brummt irgendetwas Unverständliches. „Du bist also Rico", sagt er dann. „Du gehörst doch zu Omega, und du hast ..." Er bricht hastig ab, als Rico abwehrend die Hände hebt.

„Entweder, ihr geht mit mir, oder ..." Ricos helle, klare Stimme bricht beim letzten Wort, und er räuspert sich lautstark mit vor den Mund gehaltener Faust. „Sie sind hier, Maria."

„Der Wolf, der Wolf, der Wolf", wimmert Maria unter Tränen.

Ich will sie an mich ziehen, ihr gut zureden, doch sie versteift sich, lehnt sich an die Wand und fällt fast in sich zusammen. „Du hast ...", krächzt sie.

„Ich bring dich von hier weg. Der Wolf kriegt dich nicht." Er sagt es in beruhigendem Tonfall, zupft aber dabei nervös an seinem Zopf.

„Der Wolf ist doch mein Freund. Ich dachte ..." Sie schluchzt.

„Nein, der Wolf kann nicht dein Freund sein, niemals, er tötet dich. Du ... wirst ...", stammelt er, fügt dann mit lauter Stimme hinzu: „Viel wichtiger ist jetzt, dass wir sofort handeln, dann können wir es noch schaffen."

„Die, die hier noch unterwegs sind, haben die Drogen bekommen, oder?", frage ich zaghaft.

„Ihr habt sie schon kennengelernt, ja?"

Ich nicke.

„Aber du musst stark sein, Maria. Reiß dich zusammen, sei stark", sagt er in harschem Tonfall.

„Ich bin stark, wenn du es sagst. Immer." Marias Stimme ist klar und kraftvoll. Mit dem Handrücken wischt sie sich die letzten Tränen aus dem Gesicht.

Abrupt dreht Rico sich um und eilt uns schnell voraus. Wir gehen ihm einfach nach, ohne zu wissen, wohin er uns führt, weiter in die tiefste Dunkelheit, die da vorn ist und die ich plötzlich gar nicht mehr fürchte, sondern auf die ich mich zubewege, als wäre sie mir längst vertraut und schon immer ein Teil meines Lebens gewesen.

DIE DRITTE STUFE

***

Rico geht verdammt schnell. Vielleicht hätte ich ihm sagen sollen, dass ich verletzt bin. Aber so bleiben Terzan und ich immer wieder zurück, und ich ertappe mich bei dem Gedanken, dass Rico uns vielleicht gar nicht helfen will, sondern nur seine Schwester zu Omega zurückbringt. Maria geht neben ihm, hat sich bei ihm untergehakt, obwohl kaum genug Platz ist. Aber warum hat er uns dann diese Nachrichten geschickt, mich nicht getötet, als wir uns auf der Straße am Hinterausgang der Galerie begegnet sind?

In unserem Rücken sind undeutlich Geräusche zu hören, Stimmen vielleicht oder auch das Brüllen eines wilden Tieres.

„Das sind sie!", ruft Rico lautstark, ohne sich zu uns umzusehen. „Und sie sind verdammt schnell!"

Ich schleppe mich hinter ihm her, sehe ihn nicht klar, weil mich Schwindelgefühle überfallen, höre mein angestrengtes Atmen, Stöhnen. Terzan kommt immer wieder zu mir, versucht mich zu stützen, baut sich dann neben mir auf, und wir stapfen gemeinsam durch das wie ein kleiner Bachlauf im Tunnel verlaufende Schmutzwasser.

Endlich bleibt Rico stehen. Unmittelbar vor uns werden Treppenstufen mit einem Geländer an der Seite sichtbar, die wir hinaufsteigen. Oben schlägt mir ein Schwall kühler Luft entgegen. Die Decke ist voller Tropfen, die im Licht der Stirnlampen wie kleine Glühwürmchen funkeln.

Rico zeigt auf eine Mauer, die ungefähr zwei Meter hoch ist. Wir bleiben hinter der Mauer stehen und sehen darüber hinweg. „Die Verbindung zum Regenwasserkanal. Dort ist es weniger gefährlich", erklärt Rico.

DIE DRITTE STUFE

Fünf Minuten später sind wir über die Mauer geklettert und stehen in einem deutlich geräumigeren Tunnel. „Der Pegel des Mains ist momentan sehr niedrig, wir haben Glück." Er zeigt auf den fast trockenen Boden.

„Wo bringst du uns hin?", fragt Maria.

„Zurück", erwidert er. „Wir gehen jetzt zurück."

Unbemerkt von mir hat sich Terzan an mir vorbeigeschlichen und baut sich plötzlich vor Rico auf. „Zu Omega zurück, gibs zu, du willst Maria doch nur zu Omega bringen", bellt er ihn an.

„Nein, Unsinn, ich geh nicht zu Omega zurück. Das könnt ihr mir glauben. Da vorne ist eines dieser Lager. Jetzt ist niemand mehr da, aber vor einigen Wochen – erinnerst du dich, Maria?"

Der Lichtpunkt meiner Stirnlampe ruht als kreisrunder, hässlicher Punkt auf Ricos Stirn wie ein übergroßer Laserfleck, mit dem jemand ihn anvisiert, um ihm in den Kopf zu schießen.

„Es ist nicht weit." Rico knetet nervös die Hände. „Also?" Ohne unsere Antwort abzuwarten, stapft er los. Nach wenigen Hundert Metern stehen wir vor einer Metallwand, die ungefähr einen Meter aus dem Boden ragt.

„Ein Hochwasserschott", erklärt Rico, „und das ist der Schwimmschalter." Er zeigt auf einen unterhalb der Decke angebrachten Mechanismus, der aussieht wie ein unförmiges Mikrofon. „Ein Sensor. Wenn man ihn betätigt oder das Wasser bis zu dieser Höhe steigt, wird das Schott automatisch hochgefahren."

An der Seite erkenne ich einige Trittstufen an der Wand.

„Hier müssen wir hoch", sagt Rico und klettert auf den Trittstufen flink nach oben bis unter die Decke. Oben öffnet er eine Luke, schaut kurz zurück und bedeutet uns, ihm zu folgen.

Zögernd erklimme ich nach Maria und Pluto die erste Trittstufe und steige immer wieder abwartend hinter ihnen her, während mich Terzan stützt.

DIE DRITTE STUFE

Von der geöffneten Luke tropft ein schwarzer Brei wie dickes, nicht ganz geronnenes Blut nach unten. Pluto reicht mir die Hand und zieht mich nach oben. Ein strenger, beißender Geruch wie von verfaultem Fleisch schlägt mir entgegen.

„Mein Gott, was ist das, oder wer ist das?", ruft Terzan erschrocken, der hastig nach mir durch die Öffnung klettert.

Plötzlich tauchen im gerade von hier oben noch einsehbaren Bereich des Tunnels einige Gestalten auf.

„Lampen aus", befiehlt Rico, und wir schalten unsere Stirnlampen ab.

Ich sehe eine Fackel, Schatten, groß und schlank. Zwei von ihnen lassen sich auf den Boden sinken und bewegen sich mit erstaunlicher Geschwindigkeit auf allen vieren voran. Fassungslos beobachte ich, wie ihnen jemand anderer auf den Kopf schlägt, hart, gezielt. Ich kann eine Peitsche erkennen, und schließlich ist ein Brüllen zu hören, von einem der Krabbelnden, der den Kopf nach hinten wirft. Direkt daneben geht eine schlanke Gestalt mit langsamen Schritten auf und ab, macht kraftvolle, ausladende Armbewegungen, doch so sehr ich mich auch bemühe – das Gesicht ist nicht zu erkennen.

Ein Schrei, ich kann nicht sehen, von wem er kommt. Dann Ruhe. Die Gestalten richten sich auf, wirken fast menschlich, obwohl – es sind doch Menschen, natürlich sind es Menschen, nur anders. Jetzt wirken sie normal, aber gespenstisch ruhig. Sie könnten welche von uns sein, wir würden sie nicht erkennen.

„Was ist das da unten?", raunt Terzan mit gedämpfter Stimme.

„Die dritte Stufe", erwidert Rico so leise, dass es mir eiskalt den Rücken hinunterläuft.

Dann schließt er die Luke.

***

Rico sitzt auf einer Tonne, lässt die Füße wippen, Maria hat sich neben ihn gequetscht und lehnt den Kopf an seine Schulter. Das Licht einiger Fackeln flackert an verschiedenen Stellen im Raum. Terzan betastet vorsichtig eine der Wände. Es riecht nach Morast und Sumpf, von der Decke schießt ein kleines Rinnsal fauligen Wassers herab. An der gegenüberliegenden Wand stehen Pritschen, daneben ein kleiner Holztisch. Auf dem Boden Blutspuren.

„Was war das denn gerade?", frage ich hastig und keuchend. Niemals werde ich diese Bilder vergessen, kommt es mir in den Sinn.

„Die dritte Stufe", wiederholt Rico und senkt den Kopf. „Das ...", setzt er an, als wollte er etwas erklären, bricht dann aber sofort ab.

„Ja, aber, was ist denn die dritte Stufe? Die Menschen", ich verschlucke mich, „die waren ..., also werden die", ich muss ein paar Mal Luft holen und setze erneut an. „Du, bestimmt weißt du etwas darüber. Du, du warst doch dabei."

„Was waren denn das für Geräusche? Hast du den Schrei gehört? Werden die Menschen so, wenn sie die Drogen nehmen? Verrückt. Das hörte sich an, als wären sie wahnsinnig geworden." Terzan dreht sich um und sieht Rico durchdringend an. Links von Terzan fällt das Licht einer Fackel auf eine am Boden liegende, unförmig verbogene Stoffpuppe.

Rico zögert, fasst sich nervös an den Zopf. „Ja, das ist, also die dritte Stufe eben. Darauf lief alles hinaus. Genaueres habe ich dazu nicht erfahren, wirklich." Er streicht sich mit einer Hand über den Mund. „Ehrlich, das könnt ihr mir glauben", beteuert er. „Uns – also mir – hat man ja nichts Wichtiges erzählt, wahrscheinlich wussten die Wissenschaftler mehr."

Für einen Moment überkommt es mich siedendheiß, dass Rico mehr wissen könnte, als er uns mitteilt, doch ich verscheuche die Gedanken sofort wieder.

DIE DRITTE STUFE

„Dieser Typ, der Pedro erschossen hat, war der auch die dritte Stufe?", Marias Kopf ist plötzlich nicht mehr auf Ricos Schulter. „Dieser – du weißt schon – war der auch so wie die Menschen, die wir eben gesehen haben?" Sie bewegt den Kopf hin und her und öffnet noch einmal zögerlich den Mund, aber ohne etwas zu sagen.

„Denk jetzt nicht daran, Maria", sagt Rico.

„Warum nicht? Warum, Rico? Was ..." Marias Stimme wird lauter. Sie rückt ein Stück von ihm ab, obwohl kaum noch Platz ist auf der Tonne. Langsam steht sie auf und geht ein paar Schritte zur Seite. „Du weißt es", zischt sie mit einer solchen Intensität, dass es mir Angst macht.

„Maria." Ricos Gesicht hat sich verhärtet. „Du sollst dich nicht belasten mit diesem schrecklichen Erlebnis. Setz dich wieder und wir reden weiter, ganz normal." Wie ruhig Ricos Stimme ist. Wie kann er jetzt so entspannt bleiben? Keine Regung im Gesicht.

„Die dritte Stufe." Krächzende Laute kommen aus Marias Mund. „Das ist es also, was wir wollen, ja, du auch, ich auch?" Dunkle Zwischentöne haben sich in ihre Worte geschoben, als würde sich eine zweite Person mit einer anderen Stimme in ihr befinden. „Das ..." Ein Wort wie mit einer tiefen Bassstimme gesprochen.

„Maria, komm zu mir. Hier, Maria. Sei Maria. Maria setzt sich jetzt hier neben mich, richtig? Das wird Maria jetzt tun, und sie wird ruhig werden. Kannst du Maria das sagen? Das soll Maria jetzt tun, sag ihr das."

Rico spricht in beinahe säuselndem Tonfall, da ist plötzlich eine Wärme in seiner Stimme, aber mir läuft es eiskalt den Rücken herunter. Ich versuche etwas zu sagen, kann es jedoch nicht. Maria macht erst einen Schritt, dann einen zweiten. Ihre Arme erschlaffen, und dann setzt sie sich wieder neben Rico und legt den Kopf an seine Schulter.

„Rico", flüstert sie.

„Maria", flüstert Rico.

DIE DRITTE STUFE

Terzan presst die Lippen aufeinander, wie ich es noch nie bei ihm gesehen habe. Mühsam unterdrückt er ein Zittern. „Irgendetwas musst du doch wissen."

Rico hält die Hände über den Kopf, als würde jemand mit einem Revolver vor ihm stehen. „Ich weiß es wirklich nicht. Im Labor waren die immer unter Verschluss, gut versteckt, manchmal hat man sie gehört, ein Grollen wie von einem Tier, aber irgendwie anders. Solche Geräusche könnte ein Mensch nie machen, ein Mensch, wie wir ihn kennen jedenfalls."

„Aber warum? Und was sollte mit diesen Menschen geschehen?", insistiere ich.

„Ich kann nur so viel sagen – es sollte etwas befreit werden. Eine Grenze sollte überschritten werden."

„Daher der Hinweis auf die Grenze, das Wort ist doch ein paar Mal gefallen", bemerkt Maria in so ruhigem Tonfall, als wäre nichts passiert. Rico nickt, und Maria steht auf, geht einige Schritte und setzt sich dann wortlos auf eine der Pritschen.

„Omega wollte Menschen zu Wahnsinnigen machen? Zu Tieren? Zu Menschen, die wir nicht mehr als Menschen wiedererkennen? Warum? Sollten Kriminelle entstehen?" Terzan schüttelt ungläubig den Kopf.

„Ich habe euch mitgeteilt, was ich weiß und was ich gehört habe." Selbst im fahlen Schein der Fackeln erkennt man, wie starr Ricos Wangen sind und wie unnatürlich er die Mundwinkel zusammengezogen hat.

„Also keine Bande von Kriminellen, die jetzt irgendwelche Leute töten und das unglaublich witzig finden?", sage ich mit sarkastischem Unterton.

„Nein, so nicht. Es steckt in jedem von uns mehr, hat mal einer der Wissenschaftler gesagt. Angst und Unruhe in uns verhindern, dass wir uns wirklich entwickeln. Wer bestimmte Formen von Angst und Unruhe spürt ..." Er beißt sich auf die Unterlippe. „... kann das nicht erleben. Natürlich geht das nicht ohne fundamentale

Veränderungen des Bewusstseins, und man kommt dann in Bereiche …"

„… wo noch nie jemand gewesen ist?", murmelt Terzan.

„Wahrscheinlich waren wir alle schon mal dort, nur war es uns nicht bewusst, und früher …"

„In der Kultur der Maya?", unterbreche ich ihn.

„Ja, dort waren die Menschen anders. Sie hatten etwas in sich befreit."

„Und warum liefen die Leute da unten auf allen vieren?"

„Alter, hast du gesehen, wie schnell die waren?", ruft Terzan dazwischen.

„Ich weiß nicht, vielleicht sind das irgendwelche neuen Fähigkeiten der dritten Stufe", sagt Rico.

„Also, mir kamen sie vor wie Tiere."

„Keine Tiere", erwidert Rico. „Nein, nein, das nicht, das wäre viel zu negativ."

„Aber was soll man denn sonst von denen halten?", schaltet sich Maria ein.

„Und du siehst das positiv?", frage ich weiter.

„Na ja, wenn es funktioniert, das sollte jedenfalls so sein", antwortet Rico kleinlaut.

„Sollte. Es sollte. Aber das glaube ich nicht", sagt Terzan. „Du willst uns helfen und bist doch immer noch einer von …"

„Ich gehöre nicht mehr dazu", unterbricht ihn Rico heftig. „Definitiv, sonst wäre ich wohl nicht hier."

„Wo sind wir hier eigentlich?" Ich starre Maria unverhohlen an. Langsam sollte sie sich erinnern. Sie sieht mich wie durch einen Schleier an.

„Hier haben sie gewartet. Wahrscheinlich gibt es noch andere Zugänge?", fragt sie, an Rico gewandt, und er nickt.

„Ich bin immer von da unten gekommen, langsam, damit sich die Neuen nicht erschrecken. Sie sahen furchtbar aus, zermürbt, depressiv, mit tief in den Höhlen liegenden Augen, und sie haben nicht gelächelt, niemand von denen. Mein Gott, sie waren so fertig." Maria steht auf und geht einige Schritte durch den Raum. „Da, auf den Pritschen, da saßen sie, manchmal war der Raum aber auch richtig überfüllt. ‚Maria – ich bin Maria', habe ich mich vorgestellt."

„Einige haben dir ihre Kettchen entgegengehalten oder irgendetwas in einer fremden Sprache geflüstert, und manche haben sogar ‚Maria, hilf' gemurmelt", sagt Rico.

„Ja – Maria, die Gottesmutter. Dabei bin ich nichts in der Art, eher das Gegenteil." Sie hält die Hände vor ihre Brust und schüttelt den Kopf.

„Die Leute haben es aber geglaubt, sie haben dir vertraut", bemerkt Rico.

„Du hast also die Leute betreut." Terzan läuft zur gegenüberliegenden Wand und setzt sich auf eine der Pritschen.

„Ich sollte nur da sein, nur mit ihnen sprechen, mehr nicht. Sonst habe ich nichts getan, ich schwöre es. Keine Versuche, und ich habe denen nicht die Drogen gegeben." Sie senkt den Kopf und presst die Hände gegen die Schläfen, richtet sich wieder auf und geht zu einer der Fackeln. „Die, die waren auch hier, als ich ..."

„Aber warum?", fragt Pluto.

„Maria hat dieses Talent ...", beginnt Rico auszuführen, doch ich falle ihm barsch ins Wort. „Sie ist Borderlinerin. Habt ihr sie für irgendetwas ausgenutzt?" Ich balle die Hände zu Fäusten.

„Aber sie waren nicht mehr so, wie du sie beschrieben hast, Maria, erinnerst du dich?", fragt Rico.

Maria geht ein paar Schritte und sieht ihm direkt ins Gesicht. „Ich musste sie nur anlächeln und mit ihnen sprechen. Einige von ihnen bebten, und ihre Lippen zitterten, und sie starrten mich an, als könnte ich Wunder wirken, dabei habe ich doch nur ..."

„Ihr habt diese Menschen mit Marias Hilfe manipuliert", bringt es Pluto auf den Punkt. Er geht zu dem kleinen Holztisch und klopft gedankenverloren auf die Oberfläche.

„Maria war dabei, aber niemand wurde manipuliert", widerspricht Rico, „und außerdem sind die Leute ja freiwillig mitgekommen, die meisten waren bei diesen Veranstaltungen. Und auch von den Obdachlosen wurde niemand gezwungen oder verschleppt, wie es in den Medien behauptet wurde. Das ist Schwachsinn. Und, ganz ehrlich ..." Er beugt sich etwas nach vorn. „Viele mussten nicht überzeugt werden, die wollten einfach weg."

„Und Maria hatte diese Ausstrahlung." Ich schaue skeptisch zu Maria hinüber.

„Omega hat manchmal gesagt: ‚Es gibt Menschen, die sich das Licht bewahrt haben.' Maria war perfekt dafür, weil sie so ein Gespür für Menschen hat. Jeder, der sie kennenlernt, glaubt, dass sie sich nur für ihn interessiert."

Ein riesiger Felsblock drückt gegen meine Bauchdecke. Ich kann mir denken, was Rico als Nächstes sagen wird.

„Ihre Stimmung kann jederzeit umschlagen, dann wird sie von einem Augenblick auf den anderen zornig und aggressiv, zerstört Gegenstände oder verletzt sich selbst. Daher durfte sie die Neuen nur für eine bestimmte Zeit betreuen, eine Stunde, manchmal zwei, dann habe ich sie geholt und in ihr Zimmer gebracht."

„Und das war vollkommen weiß", sagt Terzan.

„Indem wir sie in ein weißes Zimmer steckten, konnten wir sie etwas stabilisieren", erklärt Rico.

Maria drückt den Kopf gegen ihre rechte Schulter. „Aus Weiß soll Schwarz werden", murmelt sie.

„Ohne Maria wären die Neuen nie bis ins Labor gegangen. Erst durch sie entwickelten sie Vertrauen, wurden wie sie. Nicht wahr, Maria?"

„Maria war nicht Maria, die anderen waren Maria", sagt sie, lehnt sich gegen eine Wand, und ihr Kopf sackt nach hinten. Wie von selbst fallen ihre Augen zu. Ich will zu ihr eilen, doch Rico hält mich mit einer Geste zurück.

„Die Bilder, oder? Sie kommen zurück." Pluto stapft unruhig zum anderen Ende des Raums, schwerfällig, als würde es ihn sehr viel Kraft kosten, die Beine zu bewegen.

Rico geht zu Maria, zieht sie langsam von der Wand weg, richtet sie auf und setzt sie behutsam auf eine der Pritschen.

Der Geruch von fauligem Wasser steigt mir in die Nase.

„Einige Minuten nur, dann ist sie wieder ansprechbar", sagt Rico und zeigt auf Marias Mund, der sich öffnet und schließt wie bei einem Fisch, der an Land gespült wurde und sinnlos versucht, am Leben zu bleiben. Ihre Augen sind plötzlich weit aufgerissen und starr. Rico schnippt ein paar Mal mit den Fingern vor ihrem Gesicht, doch die Augen bleiben unverändert.

„Ist sie jetzt …?", frage ich.

Maria schließt den Mund, öffnet ihn wieder, und einige laute Atemgeräusche kommen heraus. Wie beiläufig schließt sie die Augen.

„Ich habe darauf geachtet, dass sie die Tabletten nicht bekommt, deshalb", sagt Rico mit belegter Stimme.

Terzan steht auf, geht zu Maria und schüttelt sie an den Schultern. Rico klatscht in die Hände, doch sie reagiert noch immer nicht.

„Maria, ich bins. Jonas", spreche ich sie an, doch meine Stimme ist schwach. Ich habe nicht das Gefühl, zu ihr durchzudringen. Wenn wir nicht aufpassen, wird sie … Ich darf gar nicht daran denken. Diese Bilder, ihre Bilder, wenn ich sie nur sehen könnte. „Maria!", rufe ich laut. Ein leichtes Zucken des rechten Auges. Maria hört mich, scheint mich wahrzunehmen. Ich hocke mich neben sie. „Maria", wiederhole ich, und sie brummt etwas. „Maria, stell dir vor – ein Mann hatte mal eine Reifenpanne und musste auf einer Landstraße anhalten."

„Was soll das denn, was redest du da?", fährt mich Rico unfreundlich an.

„Rico, lass mich etwas versuchen", gebe ich zurück.
„Also, eine Reifenpanne. Als der Mann das Ersatzrad und den Wagenheber aus dem Kofferraum holte und neben dem Auto ablegte, entdeckte er auf der Straße drei Würmer, die sich zielstrebig auf ihn zuzubewegen schienen."

Ein brummender Laut kommt aus Marias Mund, und sie bewegt die Lippen.

„Der Mann wedelte heftig mit einer Hand", beeile ich mich weiterzuerzählen, „und trat einen Schritt zurück. Die Würmer richteten sich auf, krochen ein Stück in die entgegengesetzte Richtung und bewegten dann ihre dünnen Körper hektisch hin und her."

Maria hebt einen Arm, lässt ihn aber sofort wieder fallen. „Mmm", macht sie.

„Den Mann durchfuhr es eiskalt", rede ich weiter. „Er stellte sich kerzengerade hin und ließ den Kopf nach vorn fallen. Die Würmer richteten sich zu ihrer vollen Größe auf und ließen ihren Körper nach vorn fallen, als würden sie sich verbeugen."

Maria öffnet die Augen, schließt sie aber sofort wieder. „Wüü", kommt aus ihrem Mund. „Die ..." , sagt sie, dann folgt der Ansatz eines Lachens. Rico sieht mich verblüfft an.

„Laut schreiend rannte der Mann weg, zu einem Haus, das sich nur ein paar hundert Meter entfernt befand. Als er an der Haustür klingeln wollte, hob er den Blick zufällig zum Dach des Hauses und sah entsetzt, dass sich dort Hunderte, Tausende dieser Würmer befanden. Sie hatten sich aufgerichtet, und ihre Bewegungen ähnelten den ruckartigen, hektischen Bewegungen, die er selbst eben gemacht hatte. Erst da bemerkte der Mann, dass schon die ersten Würmer an seiner Hose hochkrochen. Und in seinem Inneren – bewegte sich da nicht auch etwas? ‚So übernehmen sie meinen Körper', entfuhr es ihm, während er wie von Sinnen auf das Dach starrte, wo sich unzählige Würmer jetzt aufrichteten und ihren Körper nach vorn fallen ließen, als würden sie sich verbeugen. Ich kann sie nur töten, wenn ich selbst sterbe, dachte der Mann, zog er sein Messer aus der Hosentasche und schnitt sich die Kehle durch. Noch während er das Bewusstsein verlor, merkte er, wie aus der geöffneten Stelle an seinem Hals etwas herauskam, doch er konnte nicht mehr sehen, ob es sich um Würmer handelte."

Marias Kopf ruckt nach vorn wie bei einer Puppe, die mit einem Stromstoß zum Leben erweckt wurde, und dann ist sie wieder da.

„Omega", murmelt sie verwirrt. „Das Labor", fügt sie mit festerer Stimme hinzu.

„Du warst weg", sagt Pluto. „Weil Jonas hier dir eine Geschichte erzählt hat. Ist es nicht so?"

Maria furcht die Stirn, als könnte sie sich nicht mehr an die Geschichte erinnern. „Aber ich bin wieder da, oder? Hier, bei euch?" Ihre Stimme zittert.

„Ja, definitiv", antworte ich mit fester Stimme. Sie lächelt, und für einen Moment gebe ich mich der Illusion hin, dass sie wieder gesund wird und ihre Zuneigung mir gegenüber anders ist als das Verhalten, mit dem sie die Neuen gefügig gemacht hat.

***

„Diese Zahlen, die Codes, die stammen doch von dir?" Pluto geht zu einer der Fackeln, zieht eine Pritsche an sich heran, steigt darauf und streckt die Hände aus, um sich zu wärmen.

„Ich habe schon vor langer Zeit eine Entscheidung getroffen", teilt Rico uns mit. „Wenn ich das Projekt nicht verlassen kann, will ich es wenigstens sabotieren, und zwar da, wo man am meisten Schaden anrichten kann." Sein Gesicht hellt sich auf. „Hey." Er breitet die Arme aus. „Es hat doch wohl funktioniert, sonst wärt ihr nicht hier. Du wärst nicht hier, Maria."

Man hört ein leises Tappen auf dem Steinboden, dann bemerke ich zwei winzige Lichter, Augen wahrscheinlich, die in meine Richtung blicken, dazu rasselnde Atemgeräusche, die vom Knarren der Pritsche übertönt werden, auf der Maria sitzt und sich unbeholfen den rechten Arm kratzt.

„Aber du wolltest uns töten", sage ich aufgebracht. „Du warst hinter uns her, du oder deine Leute."

„Nein, Jonas." Rico geht zu Maria und setzt sich neben sie auf die Pritsche. „Das war perfekt einstudiert. Wir wollten Maria, lebendig natürlich, denn Omega …"

„Aber dieses Auto war direkt hinter mir", unterbreche ich ihn lautstark. „Willst du das leugnen?"

„Jonas, du warst verdammt langsam, und wir waren gleich hinter dir." Er zeigt auf meinen dicken Bauch. „Ich habe dann den Motor ein paar Mal aufheulen lassen. Du hast dich nicht mal umgedreht. Sonst hättest du gesehen, dass wir nicht schnell fuhren, vielleicht Schrittgeschwindigkeit."

Ich runzele die Stirn, versuche angestrengt, mich zu erinnern. Wahrscheinlich hat er recht, ich hatte mich wirklich nicht umgedreht.

„Wir hätten dich überfahren können …"

„Die Waffen", murmele ich, ohne auf seine Bemerkung einzugehen.

„Attrappen", sagt Rico und verschränkt die Arme vor der Brust.

„‚Rico wird mich töten, wenn er mich findet', das hat Maria immer wieder gesagt", wirft Terzan ein.

Rico sieht ihn durchdringend an. „Nein, ich könnte ihr nichts tun, niemals. Ich meine, es ist Maria. Ihretwegen habe ich das doch gemacht. Ich habe mich sogar wegen Maria in große Gefahr gebracht."

„Wenn du uns diese Zahl geschickt hast, dann weißt du doch sicher auch …" Pluto spricht so schnell, dass er erst stoppen und Luft holen muss. „… was mit diesem Gemälde ist."

„Omega ist besessen von der Kultur der Maya", erklärt Rico. „Es lag also nahe, die Zahlen der Maya zu verwenden. Ich wusste, dass ihr das rauskriegen würdet. Außerdem war es sicherer so, denn Omega hätte denken können, dass die Codes etwas mit seinem Projekt zu tun haben." Durch seine ruckartigen Bewegungen erscheint der Schatten des Zopfes hinter ihm an der Wand wie eine Schlange, die unruhig hin und her zappelt.

„Also kein weiterer Code, und nichts, was man interpretieren müsste? Wir haben auch diesen Code geknackt." Pluto steigt von der Pritsche herunter, läuft zu Rico, baut sich vor ihm auf und starrt ihn unverhohlen an.

„Ich weiß. Carolus. Karl der Große, das wird im Blog auftauchen, oder es ist schon drin. Mysteriös, ein Signal." Rico schüttelt verwirrt den Kopf. „Diese Zahl, wisst ihr, die stammt aus dem ..." Unvermittelt bricht er ab.

Pluto stapft zurück zur Luke, durch die wir gekommen sind. Er tritt ein paar Mal auf dem Boden auf und dreht sich abrupt um. „Ich dachte, ich hätte was gehört", erklärt er. „Aber egal. Eins verstehe ich nicht, Rico." Plutos Stimme ist scharf und schneidend. „Du redest dauernd von Omega, aber wie passt das zusammen? Angeblich tötet Omega jeden, der weiß, wie er aussieht, das haben wir schon mehrmals gehört. Wie kann es dann sein, dass du und Omega ..."

Rico lächelt gedankenverloren. „Natürlich", antwortet er, „das war schon komisch. Omega selbst habe ich nicht gesehen. Es war aber klar, was er wollte."

„Omega hat es dir mitgeteilt?" Terzan fuchtelt mit den Händen herum und führt sie dann mit auseinandergespreizten Fingern zusammen.

„Bestimmt ist das schwer zu verstehen. Wir alle haben unsere Befehle von Omega erhalten, aber immer durch jemand anderen, und ich habe manchmal geglaubt, mit Omega zu sprechen, aber dann war da wieder ..." Er wiegt den Kopf hin und her.

„Der Akzent. Er hat einen osteuropäischen Akzent, wenn er aus Sofia kommt", sage ich.

„Ja, das wäre einfach gewesen. Es haben aber einige mit Akzent gesprochen, einer sprach richtig gebrochen Deutsch, und vielleicht hat Omega es so eingerichtet, dass mehrere diesen Akzent hatten. Vielleicht vier oder fünf haben sogar was von einer Familie erzählt, die in Sofia umgekommen sei."

„Schwer zu glauben", murmelt Pluto.

„Oder raffiniert", sagt Terzan und starrt Rico mit zusammengekniffenen Augen an.

„Angenommen, es ist so. Wenn du also jetzt von Omega erzählst, ist es etwas, das jemand dir mitgeteilt hat und was Omega so gesagt haben soll", fasse ich zusammen.

„Aber was weißt du denn nun, und was können wir tun, um Omega zu stoppen?", fragt Pluto.

„Ihr habt alles herausgefunden." Rico zieht einen imaginären Hut und senkt den Kopf. „Oder jedenfalls fast alles. Es sind viele Puzzleteile, man muss sie nur richtig zusammensetzen."

In meinem Bauch macht sich ein wachsender Stein bemerkbar. Das ist die Angst, denke ich und versuche, mich auf die weichen Gesichtszüge von Rico zu konzentrieren. Kaum zu glauben, dass so jemand an diesen schrecklichen Verbrechen, wie Omega sie plant, beteiligt sein soll.

„Ihr müsst ganz nach unten", sagt er jetzt.

„Also, in dieser Kirche, direkt rechts neben dem Altarraum ...", falle ich ihm ins Wort, bin plötzlich aufgeregt, konzentriere mich dann aber, schildere ihm kurz meinen Kampf mit dem Mörder von Reiner und Kurt und wie ich ihn in den Schacht geworfen habe.

Rico sieht mich voller Respekt an. „Der Schacht – da kommt man in die Krypta, ganz nach unten, wo auch das Labor ist und weitere Räume – der Glaskasten, das weiße

Zimmer." Er blickt zu Maria hinüber, die auf der Pritsche zusammengekauert sitzt.

Bei den letzten Worten schaut sie auf und murmelt: „Aus Weiß soll Schwarz werden, aus Weiß ..."

„Es ist bald so weit, Maria, es wird nicht mehr lange dauern", versichert ihr Rico.

Sie lacht kurz, ein trockenes, kehliges Lachen. Sie sieht aus, als wäre sie aus einer Narkose erwacht, und ich bilde mir ein, dass sie in so einem Moment ganz besonders wach ist, wenn sie wie jetzt die Augen schließt und wieder öffnet.

„Satanael spricht", murmele ich und sehe Rico fragend an.

„Ja, dieser Blog." Rico geht zurück zur Tonne und tritt mit einer Fußspitze dagegen. „So erreicht man die Verrückten heute." Er setzt sich wieder hin.

„Warum? Ich meine, warum dieser Blog? Will Omega die Leute versammeln?"

„Die Leute werden sich drauf stürzen, es gibt so viele solcher Seiten im Internet, aber bei Omega wurde nicht nur rumgelabert, sondern er will alles ... ändern, ein neues Leben, eine neue Welt. Wenn man sich die Menschheitsgeschichte ansieht – ein Abschlachten ist das. Der Mensch ist ein Irrtum der Evolutionsgeschichte. Ihn hätte es nie geben dürfen. Und deshalb sollten die Menschen verändert werden. Omegas Worte, ich gebe sie nur wieder. Darum geht es ja auch in dem Blog. Und dann diese Kirche. Da ist die Glocke, der Westturm, und von dort gibt es einen geheimen Gang zur Krypta und zum Labor. Omega konnte deshalb manchmal einfach im Labor auftauchen, haben sie gesagt, er war plötzlich da, stand vielleicht neben einem und war so schnell wieder verschwunden, wie er gekommen war."

„Der Gang?", fragt Pluto.

„Der wurde im 19. Jahrhundert angelegt, vor einigen Jahren aber beschädigt. Omega hat die Bauarbeiten genutzt, um ihn zu restaurieren."

„Woher weißt du das? Er wird dir das wohl nicht selbst erzählt haben", bemerkt Maria.

Flackernde Lichtstreifen schaukeln auf Ricos Gesicht. Nervös nestelt er an seiner tief hängenden Baggy-Jeans herum. „Richtig", brummt er, „aber ich habe vieles gehört, viel mehr als du."

„In der Krypta können wir ihn stoppen." Ich spreche etwas lauter, um zu verbergen, wie aufgeregt ich bin.

„Omega plant eine Zeremonie", sagt Rico. „Dann geht es los – die größte Veränderung, die die Menschheit je erlebt hat." Er lacht auf, lacht so laut, dass ich schon Angst bekomme, ob er gleich noch genügend Energie hat, um weiterzureden. Dann holt er tief Luft. „Das ist alles", sagt er und tippt sich mit einem Finger gegen die Stirn, „Wahnsinn, was Omega da vorhat. Wenn es funktioniert."

„Was es nicht wird, oder?", fragt Terzan.

„Tja, bei diesen Drogen gab es Probleme. Es hieß aber, dass sie inzwischen gelöst seien", erklärt Rico lapidar.

Ich habe einen bitteren Geschmack im Mund.

„Die Drogen werden bei der Zeremonie verteilt?", fragt Pluto.

„Die Leute, die zu der Versammlung kommen, sollen sie verteilen, erst einige und später mehr. Wie bei einer Infektion, also einem Virus, das sich immer weiter in der Menschheit verbreitet."

„Diese Drogen." Plutos Gesicht ist angespannt, Furchen sind auf seinen Wangen zu erkennen. „Wozu diese Drogen?"

„Die Drogen sind ein Versprechen." Rico räuspert sich. „Für die Reise, auf die die Menschen geschickt werden."

„Reise? Was für eine Reise denn? Wohin?" Maria spricht schnell und aufgeregt. „Rico! Das hättest du mir sagen müssen. Wohin bringen sie die Leute? Wohin? Wo ist das neue Leben? Was wird denn verbessert?" Die Worte sprudeln nur so aus ihr heraus. Eine der Fackeln flackert, und Lichtsplitter treffen auf Marias Gesicht auf wie kleine Schrapnelle, die winzige Krater hinterlassen.

„Maria." Rico beugt sich etwas nach vorn, sieht Maria aber nicht an. „Das wusste ich doch selbst nicht. Das musst du mir glauben."

Maria schnieft und wischt sich mit dem Handrücken durchs Gesicht.

„Warum Carolus?", frage ich. „Die Glocke, ist klar. Aber die Leute wissen ja noch nicht, dass sie in die Krypta kommen sollen."

„Die Zahl ist ein Hinweis auf den Ort, in diesem Fall die Kirche. Und in der Krypta wurde die Carolus-Glocke während der Bauarbeiten gelagert. Wahrscheinlich wird Omega dazu etwas im Blog veröffentlichen."

„Und wie kommen sie zur Krypta? Durch die Kirche?"

Rico sieht mich an und schüttelt den Kopf. „Dafür gibt es den Gang vom Westturm zur Krypta. Es existiert da eine Zeichnung."

Hastig zieht Terzan den Zettel aus seiner Gesäßtasche, den wir bei dem Obdachlosen gefunden haben, faltet ihn auseinander und reicht ihn Rico.

„Genau." Er schaut uns mit gerunzelter Stirn an, fragt aber nicht, wo der Zettel herkommt. „Übrigens ist der Gang hier eingezeichnet." Er deutet auf einige kaum sichtbare Striche, die vom Westturm, der auf der linken Seite des Blattes platziert wurde, wegführen.

„Ich habe die Zeichnung immer wieder angestarrt und frage mich, wie man daraus etwas entnehmen soll", überlegt Terzan laut.

„Die Zeichnung ist ja nur ein Puzzleteil, und die anderen Informationen kommen hinzu, im Blog, nehme ich an. Hier ist nicht viel zu sehen, da stimme ich dir zu. Aber wenn diese Striche deutlicher sind, so wie ein Weg, und Menschen darauf zu sehen sind, dann ist es eindeutig." Bei den letzten Worten ist Ricos Stimme lauter geworden, und einige Worte hallen von den Wänden wider und dringen wie kleine, feine Nadeln in meinen Kopf. Ich drücke mit den Fingern gegen meine Schädeldecke. Rico weiß verdammt viel. Und ich kann nicht einschätzen, ob er uns wirklich alles erzählt oder nicht doch ein falsches Spiel spielt. Pluto sieht mich mit ernstem Blick an. Vielleicht denkt er dasselbe wie ich.

„Maria, erinnerst du dich an diesen Mann auf dem Rastplatz?" Ich schaue sie an. „Seine Hand war doch verletzt, und es gab doch das Gerücht, dass Omega verletzt ist, das hast du doch vor einigen Tagen selbst gesagt?"

„Ja", sinniert Maria, „und dieser Priester in der Soutane hat die Hand eng an den Körper gehalten und kaum bewegt."

„Wenn das Omega war, dann hatte er eine Verletzung ... an der rechten Hand, richtig? Daran können wir ihn erkennen. Obwohl – Professor Keune in diesem Raum an der Uni, und der Mann auf dem Rastplatz ... Deren rechte Hand war auch verletzt, deshalb dachte ich zuerst, einer von ihnen wäre Omega – ich dachte, ich wäre ihm begegnet."

„Ein Erkennungszeichen. Wer zu Omega gehören will", erklärt Rico, „hat sich die rechte Hand verletzt, absichtlich. Omegas rechte Hand wurde verletzt, als er versuchte, seine Familie zu retten, so wurde es jedenfalls im Labor erzählt."

„Und warum machen das seine Anhänger?", frage ich.

Rico beugt sich etwas vor. „So wird der Eindruck erweckt, dass Omega viele Menschen ist, obwohl es sich in Wirklichkeit doch nur um eine einzige Person handelt."

„Dann gehörten die Leute, die uns begegnet sind, einfach dazu." Schlagartig wird mir klar, dass wir die ganze Zeit immer wieder mit der Organisation zu tun hatten. Meine Hände zittern. Es hätte sehr gefährlich werden können. Vielleicht war es tatsächlich die ganze Zeit sehr gefährlich.

„Was ist mit dem Gemälde?", fragt Terzan. „Warum ausgerechnet ‚Luzifer'?"

Rico sieht uns einen Moment überrascht an, als müssten wir das bereits wissen. „Omega hat diese Notizen gefunden, ganz zufällig, in Sofia. Ein paar Zettel, die an der Rückseite des Gemäldes nicht einmal besonders gut versteckt waren. Die Zusammensetzung eines Mittels, also von Drogen."

„Stuck hat sie dort hinterlassen", sagt Terzan.

„Stuck oder wer auch immer das Bild gemalt hat", erwidert Rico.

Ich sehe mich hilfesuchend im Raum um. Lange kann ich es hier nicht mehr aushalten.

„Jemand hat es auf diese Zettel gekritzelt, und das ist wirklich alles ..." Rico macht mit dem Mund ein schmatzendes Geräusch. „... ich will mal sagen, Geheimwissen von den Maya. Und dieser Maler wusste davon."

„Franz von Stuck", ergänze ich.

Maria steht langsam von der Pritsche auf und schlendert ein paar Meter durch den Raum, bleibt dann direkt neben einer der Fackeln stehen. „Ich habe doch den Mann in der Soutane gesehen."

„Ja, das hast du erzählt, sie war lila", sage ich.

„Der hat was von Drogen gemurmelt, und die Maya hat er auch erwähnt, und Alpha und Omega."

„Er hat gesagt, wer Alpha ist", sagt Pluto.

„Nein." Maria schüttelt heftig den Kopf. „Wir sind zu sehr Alpha, hat er gesagt, wir sollten zu Omega werden, die unbekannten Teile des Menschen zum Vorschein bringen."

„Darum geht es – eine Erweiterung, das Überschreiten von Grenzen, das unbekannte Dunkle im Menschen", versuche ich eine Erklärung.

„Ihr versteht nicht." Maria windet sich wie unter Schmerzen. „Es gibt da etwas, das wir nicht wahrnehmen, unter der Oberfläche, lange verborgen, und Omega weiß es. Das hat er gesagt. Und dass wir es brauchen, um ein besseres Leben zu führen. Angeblich. Und die ..., also ich habe auch ein paar Mal gehört, dass der Mensch ein Fehler der Evolution ist, so wie er sich verhält, so wie die Menschheitsgeschichte verlaufen ist, und heute ist es noch genauso." Händeringend sucht sie nach Worten.

„Daran kannst du dich gut erinnern", kommentiert Rico. Ich kann seinen Gesichtsausdruck nicht einordnen. Was ist das, ein hämisches Grinsen? Er lehnt sich etwas zurück, knetet die Finger und fährt sich schließlich mit den Händen über den Kopf, als stünde er unter großer Anspannung. „In der Krypta", setzt er an und verstummt.

„Das hat Omega gesagt", krächze ich und schlucke, „als du ihn gesehen hast, in dieser Soutane?"

„Ja, er hat mit jemandem geredet." Sie runzelt die Stirn.

„Mit wem?", fragt Rico. „Mit wem hat er geredet? Sag schon."

„Das konnte ich nicht sehen. Der andere stand weiter weg, und dann ist er ja auch rausgegangen."

„Aber ein Labor, verschiedene Räume, und dann noch unterhalb einer Kirche, das ist verrückt, oder? Wie kann so etwas ohne Wissen der Kirche stattfinden?" Terzan zeigt mit dem Daumen nach unten.

„Wer sagt, dass es ohne Wissen der Kirche geschieht?", bemerkt Rico.

„Aber ...", wendet Pluto ein und legt einen Finger an die Lippen.

In diesem Moment donnert jemand laut gegen die Luke, begleitet von dem dumpfen Grollen, das wir alle schon kennen, das aber diesmal dröhnender ist und fast wie der Angriffsschrei eines Raubtiers klingt, das sich auf die Beute stürzt. Für einen Moment spüre ich wieder diese fiebrige Anspannung. Irgendetwas zieht mich zu dieser Kreatur. Ich warte auf die nächsten Geräusche, gehe einen Schritt in Richtung Luke. Ich komme, denke ich, während um mich herum alles verschwimmt.

„Verdammt, wir müssen hier weg", flüstert Rico.

Kein Grollen, nichts weiter. Nur Plutos vertraute Stimme, die irgendwie guttut, der ich folgen, die ich wahrnehmen will.

„Hier. Hier hinten gehen wir raus", sagt Rico. Dann löscht er die Fackeln, und ich torkele mit den anderen in vollständiger Finsternis zur gegenüberliegenden Wand. Jetzt sind wir ganz unten angekommen, denke ich und dränge besonders schnell vom Schauplatz des Geschehens weg, damit mir niemand die Anstrengung anmerkt, die es mich kostet, mich von dem merkwürdigen Grollen zu entfernen

34

Ich erkenne das buschige rote Haar sofort wieder, die vollen Wangen, den wachen, aufmerksamen Blick. „Professor Klinger."

Durch die geöffnete Tür von Jamie's Pub trudeln kalte Luftschwaden in den Gästeraum.

Klinger schwenkt seine Pfeife zur Begrüßung. „Sie haben es also wieder heraus geschafft." Er deutet auf Maria, die in einem Ledersessel hängt und zögerlich die Augen zusammenkneift, als wäre sie gerade erst aufgewacht.

„Durch ihn." Ich schaue auf Rico. „Ansonsten wären wir noch da unten." Ich verstumme und starre auf die Maserung des Tisches.

Terzan betastet die Rose, die in einer Vase auf dem Tisch steht. „Was machen Sie in Frankfurt, Professor?", fragt er und starrt auf die Vitrine an der Wand, aus der uns ein Porzellan-Buddha mit geöffnetem Mund angrinst.

„Ein Vortrag an der Uni", erklärt Klinger lapidar. Er legt den weißen Schal ab und lässt sich in den Ledersessel neben mir fallen.

Ein Kellner schleicht heran und nimmt Klingers Bestellung auf.

„Sie waren so freundlich", wendet er sich an Pluto.

„Wir haben nämlich ein paar Mal telefoniert", erklärt Pluto uns, „und ich dachte, der Professor kann vielleicht Licht ins Dunkel bringen."

„Dieses Wissen der Maya, Geheimwissen wahrscheinlich – Omega hat es sich zunutze gemacht", sagt Maria, beugt sich nach vorn und nippt an ihrem Mai Tai.

„Sehr besorgniserregend, weil es für die Maya …", setzt Klinger an, unterbricht sich und verstaut die Pfeife in der Manteltasche. „Ein Kollege von mir forscht seit Jahren zu den Maya, speziell zu ihren Drogen. Die Schamanen benutzten sie bei religiösen Ritualen." Klinger zupft einen Moment an seinem Haar herum. „Die Maya glaubten, die Welt bestehe aus drei Bereichen, vereinfacht gesagt – der Hölle, die auch als Unterwelt bezeichnet wird, dem, was wir als Realität bezeichnen, und dem Himmel. Die Schamanen konnten zwischen allen drei Bereichen hin- und herwechseln, wenn sie diese Drogen nahmen."

„Wie soll ich mir das vorstellen? Sie haben ja gerade gesagt, dass ein Bereich das ist, was wir als Realität bezeichnen. Wenn sie in dieser Unterwelt waren, war das dann als wären sie in einer anderen, also sagen wir mal, Realität?", fragt Rico.

„Das wird sehr kontrovers diskutiert. Von den Maya ist ja wenig Schriftliches überliefert. Es gibt Faltbücher, hergestellt aus Streifen der Bastschicht von Feigenbäumen. Dann soll es Schriften der Maya geben oder gegeben haben, in denen berichtet wird, dass Menschen, die diese Drogen einnahmen, wirklich plötzlich an einem anderen Ort waren. Nur, diese Schriften existieren zumindest heute nicht mehr. Sie wurden zerstört. Manche Forscher bezweifeln, ob es sie überhaupt jemals gab. Und wie wahrscheinlich ist das? In einer …" Klinger wedelt mit der Hand und verzieht das Gesicht zu einer Grimasse. „Wenn ich das mit wissenschaftlichen Kriterien betrachte, dann gehört es doch wohl eher in den Bereich der Mythen und Legenden."

„Dann haben die Drogen wohl eher für eine Bewusstseinsveränderung gesorgt", sagt Pluto.

„Leider gibt es viele unseriöse Bücher über angebliche Maya-Prophezeiungen oder das Ende der Welt. Auch wird in manchen Thrillern angebliches Geheimwissen der Maya bemüht. Dadurch soll Spannung aufgebaut werden, und es geht auch immer gleich um eine Katastrophe, die die ganze Welt bedroht. So werden die Maya von vielen gesehen – mysteriös und bizarr, aber was soll man davon halten?"

„Kann unter Umständen sehr spannend sein, so ein Thriller", kommentiert Pluto.

„Also, ich würde den lesen", sagt Terzan.

„Ja, sicher. Wo nicht viel überliefert wurde, kann man ja auch jede Menge hineinprojizieren. Wenn also dieser Omega wirklich geheimes Wissen der Maya entdeckt und es in die heutige Zeit übertragen hat, wäre es schon unglaublich", sagt Klinger und breitet die Arme aus.

„Ist etwas über die Zusammensetzung der Drogen bekannt?", fragt Terzan.

„Nein, es sind ja ohnehin nur noch wenige Exemplare dieser Faltbücher erhalten. Darin findet sich definitiv nichts dazu." Klinger macht eine Kunstpause, zieht seine Pfeife aus der Manteltasche und legt sie auf dem Tisch ab. „In Europa waren viele Menschen von der Maya-Kultur fasziniert, hat mir mein Kollege erklärt, vor allem Künstler, und Maler im Besonderen, die glaubten, visionäre und surreale Bilder malen zu können, wenn sie mehr über das geheime Wissen der Maya erführen." Klinger nimmt die Pfeife in die Hand und klopft mit ihr gegen die Sessellehne.

Der Kellner tritt neben ihn und stellt ein Glas mit einem dunklen Bier neben ihm ab.

„Wie in einem Gentlemen's Club des 19. Jahrhunderts sieht es hier übrigens aus." Er blickt bedeutungsvoll um sich, auf das schwere Ledermobiliar und an die edle Holzdecke, beugt sich hinunter, nippt an dem übervollen Glas, umgreift es mit einer Hand und hebt es kurz an, stellt es dann aber wieder auf den Tisch.

Pluto klimpert mit den Fingernägeln auf der Tischplatte herum und nickt ihm auffordernd zu. „Wenn die Maler mehr über das geheime Wissen der Maya erführen?", hakt er ungeduldig nach.

„Ja, genau." Klinger lehnt sich zurück. „Einer ganz besonders. In einer Notiz von Franz von Stuck aus dem Jahr 1888 findet sich ein Hinweis. ‚Maya-Figuren erworben' heißt es da." Er kratzt sich mit dem Daumen über die Wange. „Wir haben herausgefunden, dass sich der Hinweis auf verschiedene kleine Terrakotten der Maya-Kultur bezieht. Eine davon ist eine Okarina, also eine kleine Flöte, die in einem Stück aus Ton oder Knochen gefertigt wurde." Klinger atmet hörbar ein und aus.

„Da ist die Verbindung, nach der wir gesucht haben. Stuck und die Maya", bemerke ich aufgeregt.

„In dieser Okarina befanden sich wahrscheinlich Fragmente von Faltbüchern, kleine Schnipsel manchmal nur, ganz dünne Streifen", sagt Klinger.

„Lassen Sie mich raten." Terzan klopft mit den Fingerknöcheln auf die Tischplatte und breitet die Hände aus. „Eben darin stand etwas über die Drogen und ihre Zusammensetzung."

„Das vermuten wir, denn nirgendwo gibt es Informationen darüber, was die Fragmente enthielten. Es gibt nur einen Brief eines Freundes von Stuck namens Alois Haller, in dem er schreibt, dass er die Okarina erhalten und damit begonnen habe, alles zu entschlüsseln, und das ist schon sehr ungewöhnlich, denn die Schrift der Maya ist ja erst im 20. Jahrhundert halbwegs entschlüsselt worden. Stuck muss also jemanden gekannt haben, der die Schrift der Maya früher lesen konnte. Nun ja, ich weiß nicht." Klinger wiegt den Kopf hin und her. „Was soll man davon halten? Warum wurden die Erkenntnisse dieses Alois Haller dann nicht veröffentlicht?"

„Drei Schichten." Auch Ricos Stimme ist heiser. Er räuspert sich geräuschvoll. „Und die Menschen, die diese Drogen nahmen?"

„Stuck selbst hat sie wohl nicht genommen, aber Bekannte von ihm haben sie ausprobiert. Daraufhin kam es zu rätselhaften Todesfällen. Angeblich wurden diese Menschen von einem Ungeheuer getötet. Die Rede ist von einem animalischen Grollen und einem entfesselten Lachen, das mit dem Lachen Satans verglichen wurde. So jedenfalls findet es sich in Briefen Hallers, die er an Bruno Piglheim schrieb, und der war immerhin der Präsident der Münchener Secession."

„Passt alles zusammen", sagt Maria, legt ihre kleinen Hände hinter ihren Kopf und lehnt sich zurück. „Das Lachen und die Gewalt. Sie haben also damals schon gelacht, einfach nur gelacht."

„Angeblich soll Stuck das Gemälde ‚Luzifer' gemalt haben, um an die Schrecken dieser Leute zu erinnern und sie zur Strafe in eine kalte und dunkle Unterwelt zu verbannen, wobei ihr glühender Blick noch lebendig ist und das Feuer der Drogen, die auch Luzifer genommen hat, noch nicht erloschen ist."

„Steht das auch in den Briefen von Haller?", frage ich.

„Nein, aber es gibt Notizen von Piglheim, die vor einigen Jahren gefunden wurden. Bis heute hat man sie nicht verstanden, weil darin mehrfach von Schichten, einem Ungeheuer und dem Tod die Rede ist." Klinger hebt das Glas mit dem Bier hoch, setzt es an die Lippen und trinkt einen großen Schluck.

„Sehr überzeugend, klasse!", sagt Pluto und nickt anerkennend. „Sie haben uns wirklich weitergeholfen, Herr Klinger. Wir können mit diesen Neuigkeiten gleich wieder hinabsteigen. Es ist alles vorbereitet."

„Was meinst du damit?" Ich sehe Pluto perplex an, aber er ignoriert meine Frage.

„Es tut mir leid, dass wir das nicht eher herausgefunden haben", sagt Klinger. „Aber es gibt noch einige Materialien von Stuck, die sich in der Villa Stuck in München befinden sollten, aber vor einigen Monaten nach Sofia abtransportiert wurden, angeblich für ein Forschungsprojekt."

„Sie denken, das war Omega? Er kommt aus Sofia, da wird er diese Materialien …"

„Damals sind einige Leute gestorben", unterbricht mich Maria. „Und diesmal auch. Wer diese Drogen nimmt, tötet und lacht und lacht immer wieder", murmelt sie gedankenverloren und zieht die Beine an den Körper.

„Ja, es ist einiges schiefgelaufen", sagt Rico. „Ich konnte es nicht verhindern. Ich wollte es, verdammt. Wenn ich nur … Aber dir ging es ja gut, Maria. Dort warst du jemand. Endlich. Das war dein Leben, diese Menschen."

„Ihr habt sie ins Verderben geschickt", sagt Pluto. Eine kleine Ader an seiner Stirn tritt deutlich hervor.

„Am Anfang war es nicht so, sonst hätte ich nicht mitgemacht. Ehrlich, wir wollten den Menschen helfen. Sie sollten ein besseres Leben haben." Ricos Stimme wird lauter. „Ihr wisst ja nicht, wie es ist, da unten. Wenn man einmal dabei war, kam man nicht mehr weg, selbst unsere Flucht hat uns nicht geholfen."

„Und jetzt töten sie niemanden mehr, jetzt sind sie wie wir, nur anders", sagt Terzan, schaut zu Boden und schüttelt den Kopf. „Also, ich darf gar nicht daran denken." Für einen Moment meine ich, dass Terzans alte Jugendlichkeit wieder in seinem Gesicht aufblitzen wird, doch er sieht Rico nur aus müden Augen an.

„Wir haben sie ja gesehen." Rico presst die Lippen zusammen. „Die dritte Stufe. Das sind sie jetzt." Plötzlich sieht er so hilflos aus, dass ich Mitleid mit ihm bekomme, aber dann erinnere ich mich daran, was er getan hat.

Maria blickt verwirrt zu ihm hinüber. Keiner von uns traut sich, etwas zu sagen. Hektisch wischt sich Rico

Tränen aus den Augen. „Scheiße", presst er mit unterdrückter Stimme hervor.

„Warum hat Stuck diese Fragmente aus der Okarina nicht vernichtet?", frage ich.

„Vermutlich war es schon zu spät. Er hatte bereits Haller und später auch Piglheim eingeweiht und da konnte er nicht mehr zurück." Klinger rückt nervös im Sessel hin und her.

„Er hat die Notizen allerdings im zweiten Original von Luzifer versteckt", sagt Pluto.

„Das würde ja bedeuten, dass dieses Bild von ihm selbst stammt", führe ich den Gedanken weiter. „Oder vielleicht hat es auch jemand anders gemalt und die Notizen dann da verschwinden lassen. Gibt es irgendwelche Hinweise darauf, wer das zweite Original von Luzifer gemalt hat?", frage ich verwirrt.

Klinger schüttelt den Kopf. „Eigentlich passt es nicht zu Stuck, dasselbe Bild zweimal zu malen, noch dazu als exakte Kopie, denn das wurde fast nur bei Auftragsarbeiten gemacht. Stuck verstand sich als unabhängig. Der etablierte Kunstbetrieb war ihm zuwider."

„Und Omega wird zu Satanael, der den Menschen eine Scheinwelt vorgaukelt wie in der Legende", sagt Maria und schiebt das Glas mit dem Mai Tai von sich weg.

„Scheinwelt würde er nicht sagen", korrigiert mich Rico. „Darum geht es nicht, dadurch ist Omega ja gerade so gefährlich, weil diese Drogen... Wie soll ich es ausdrücken?" Er fährt sich mit den Fingernägeln über die Oberschenkel. „Das sind ja wirkliche Veränderungen. Irgendwas passiert im Gehirn, aber viel erfahren haben wir da unten ja nicht davon. Keiner hat was dazu gesagt."

„Oder es steht etwas im Blog", sage ich, ziehe mein Smartphone aus der Hosentasche und rufe „Satanael spricht" auf.

Ich erschrecke, als sich die Seite öffnet. „Mein Gott, die ganze Oberfläche ist in Rot. Das sieht aus wie Blut. Da ist ein Artikel über die Götter der Maya, ein weiterer über die Renovierung der Kathedrale und darüber, wo die Carolus-Glocke gelagert wurde."

„Das ist es. Die Zeremonie. Es geht los." Pluto spricht so schnell, dass er einige Worte verschluckt.

„Noch nicht ganz." Rico reckt einen Zeigefinger hoch. „Ein Zeitpunkt fehlt noch dafür, wann es losgeht, oder steht davon was drin?"

Ich schüttele den Kopf.

„Vielleicht ist es bereits so weit, und die ersten sind schon da, da unten?", fragt Terzan.

„Das glaube ich nicht." Marias Stimme wird von den Geräuschen ihres Bestecks übertönt, das auf den Boden poltert.

„Das wäre zu ungenau", ergänzt Rico hastig, „und würde nicht zu Omega passen."

„Und es wäre nicht inszeniert genug", schaltet sich Klinger ein. „Omega hat doch bisher fast alles inszeniert."

„Genau. Bisher sind wir davon ausgegangen, dass Omegas Anhänger über den Blog aufgerufen werden sollen, in die Krypta zu kommen", sagt Rico. „Er wird einen Zeitraum festgelegt haben, ganz genau."

„Aber es fehlt der entscheidende Hinweis, das Zeichen, dass die dritte Stufe beginnt", murmelt Terzan.

„Die Zeit", verkündet Klinger und hebt einen Finger in die Höhe. Er lächelt. „Die Götter der Maya."

„Stimmt, deren Anfangsbuchstaben den Namen Carolus ergeben", ergänze ich.

„Ja, aber Moment", wendet Klinger ein und wird dabei etwas lauter. „Diese Götter sind Götter der Dunkelheit, der Unterwelt."

„Xibalba", murmelt Terzan, als würde er eine Beschwörungsformel aussprechen.

„Götter des Todes und der Unterwelt, alle, ohne Ausnahme." Klingers Gesicht entspannt sich. „Einer Unterwelt, wie sie auf dem Gemälde ‚Luzifer' dargestellt wird, und da ist auch das Licht auf der linken Seite des Bildes nur angedeutet. Dunkelheit und Licht."

Für einen Moment lauschen wir auf das unterdrückte Gemurmel von den anderen Tischen. Eine spindeldürre junge Kellnerin verfällt hinter der Theke in ein kieksendes Lachen, hält sich aber sofort die Hand vor den Mund.

„Luzifer als Lichtbringer, der die Menschen aus der Dunkelheit führt", sagt Maria schließlich. Ihr Mund ist halb offen, sie bedeckt ihn mit einer Hand, nimmt die Hand aber sofort wieder weg. „Dunkelheit und Licht. Diese Zahl, die Götter der Dunkelheit, die Carolus-Glocke, die Krypta, die Zeremonie."

„Diese Zeremonie findet in der Krypta statt." Pluto spricht so langsam, dass man seine Bemerkung für einen Ausdruck der Unsicherheit halten könnte, und er vergisst, am Ende des Satzes die Stimme zu heben.

„Dunkelheit und Licht, Herr Professor, was bedeutet das?", kommt es krächzend aus meinem Mund.

„Dann ist es noch nicht zu spät?" Maria bewegt den Kopf ruckartig vor und zurück. „Rico, mach, dass es noch nicht zu spät ist", fleht sie in ihrer Kinderstimme. „Nicht zu spät. Nicht zu spät, Rico, bitte."

„Es ist noch nicht zu spät." Rico tut seiner Schwester den Gefallen, zu sagen, was sie hören will. Ich weiß nicht, ob ich ihm glauben soll, aber die Äußerung hat den gewünschten Effekt.

Maria hört mit den Bewegungen auf, presst beide Hände gegen den Kopf, als müsste sie ihn festhalten. „Rico, ja? So ist es?"

„Ja, so ist es, Maria", erwidert Rico. Merkwürdig, dass auch dieser Satz sie beruhigt, denn Rico sieht sie nicht an, starrt an ihr vorbei und wendet sich gleich darauf seinem großen Bier zu, das vor ihm steht.

„Wenn wir uns jetzt in Omega hineindenken, werden wie er, und dann dieses Motiv von Dunkelheit und Licht betrachten", brummt Klinger.

„Die Zeit. Wir wissen immer noch nicht, wann die Zeremonie stattfindet", beschwert sich Terzan.

„Omega will einen Neubeginn, richtig?", fragt Klinger.

Maria und Rico nicken gleichzeitig.

„Das wäre dann ein Zyklus. Etwas endet und eine neue Zeit beginnt. Ein Zyklus wurde durch den Maya-Kalender festgelegt." Klinger räuspert sich. „Er umfasste jeweils 260 Tage und bestand aus den beiden heiligen Zahlen der Maya, 13 und 26. Nach deren Vorstellung enthielt der Tag 13 Stunden und die Nacht ebenso viele, was 26 Stunden oder mit zehn multipliziert die Zahl 260 ergibt."

„Gut, dann endet ein Zyklus nach zehn Tagen? Und was bedeutet das nun für die Zeremonie?" Pluto zuckt mit den Schultern.

Wie stickig die Luft auf einmal geworden ist. Ich klebe an meinem Stuhl, merke, wie sehr meine Hände schmerzen, weil ich sie krampfhaft gegen das Holz gedrückt habe. Am Fenster, direkt neben uns, knallt eine Motte immer wieder gegen die Scheibe, obwohl draußen kein Licht zu sehen ist. Vielleicht wird sie von der Dunkelheit angezogen.

„Dunkelheit und Licht." Klingers Stimme ist monoton und hölzern. Er zögert. „Bei den Maya gab es eine Vielzahl von Kalendern, die allesamt auf den heiligen Kalender, den Tzolk'in, bezogen waren. Es gab auch einen Kalender für Dunkelheit und Licht in der Natur und im Kosmos, damit Menschen mit dem Licht übereinstimmen konnten." Er fährt sich nervös durch die Haare. „Es gab Rituale nach diesem Kalender, zu den Regelblutungen der Frauen, immer in der Dunkelheit, in der Zeit des Mondes, wie es hier heißt."

„Und daraus lässt sich was ablesen?", fragt Pluto ungeduldig.

„Es gibt einen Zwischenraum zwischen Dunkelheit und Licht, wo das Unwissen der Menschen in das Licht überführt wird", sagt Klinger.

„Das hört sich nach Omega an, eindeutig", sagt Maria.

„In dieser Stunde, die zwischen den anderen Stunden lag, fanden bei den Maya Schauspiele und Tänze für das Volk auf dem Tempelplateau statt. In dieser Stunde legitimierten die Herrscher ihren Herrschaftsanspruch, indem sie sich Blut aus den Ohrläppchen, der Wange, der Stirn oder dem Penis abzapften, es auf Blätter tröpfelten, diese dann verbrannten und die Asche als Nahrung für die Götter in den Himmel steigen ließen. Diese Zeit, ungefähr eine Stunde, überlappt die 13. Stunde des Tages und die erste Stunde der Nacht, sie ist die letzte Stunde."

„Also irgendwann zwischen 0 und 1 Uhr?", frage ich.

„Die Stunde, wie wir sie verstehen, mit sechzig Minuten, gab es bei den Maya nicht, das wären dann umgerechnet ..." Er zieht einen Kugelschreiber aus seinem Jackett, stellt das Bierglas beiseite und kritzelt hastig etwas auf den Bierdeckel. „... zwischen 23 und 24 Uhr."

„Diese Zahl", sagt Maria, und ihre Augen leuchten plötzlich auf, „die hat doch jeder bekommen, der zur Organisation gehört, oder? Du doch auch, Rico? Und irgendjemand hat sie in der leeren Wohnung in Düsseldorf zurückgelassen, eigentlich eher versteckt."

Ein leichtes Röcheln dringt aus Ricos Mund. „Ja, ich habe sie bekommen, aber jeder? Das weiß ich nicht. Auch die, denen die Drogen ...?"

„Ja", sagt Maria mit Bestimmtheit. „Ich habs gesehen, eine Art Plakette war das, aus Metall, vielleicht auch Kunststoff."

„Das weiß ich nicht, aber das wäre eine Erklärung, warum die Zahl nicht noch einmal explizit im Blog genannt wird. Alle in der Organisation haben sie längst."

„Und mit den Informationen im Blog wissen sie, wie sie sie entschlüsseln können", bemerke ich.

„Irgendwann wird Omega die Zeit ankündigen", schaltet sich Terzan ein, „und dann ... Deshalb sollten wir keine Zeit verlieren."

„Noch können wir diese Zeremonie stoppen", murmelt Pluto. „Noch", fügt er leise hinzu.

„Diese dritte Stufe", stammelt Rico. „Es ist ... Ich habe sie gesehen." Er schlägt mit der flachen Handfläche auf den Tisch, dass ich zusammenzucke. „Ich habe gesehen, wie sie umgekippt sind, genau wie du."

„Darum hast du Omega verraten?", fragt Maria. „Wer die Drogen nimmt, der ..."

„Die Welt, wie wir sie kennen, wird sich mehr verändern, als wir es ahnen. Wir machen uns keine Vorstellung davon."

35

Die Holztreppe wackelt bei der kleinsten Bewegung. Wir schleichen nach unten. Trotz der Stirnlampe kann ich kaum etwas sehen. Es knarrt bei jedem Schritt. Pluto hält immer wieder inne und hebt die Hand, als müssten wir vorsichtig sein, obwohl von unten überhaupt nichts zu hören ist. Meine Hände sind feucht, ich versuche sie an der Hose abzuwischen, strauchle und verfehle fast eine Stufe, doch Terzan ist schneller und umgreift meine Schulter.

„Danke", hauche ich mit einer schnellen Kopfbewegung nach hinten.

Natürlich sind die Schmerzen immer noch da. Ich versuche für einen Moment, sie durch pure Willenskraft wegzudenken, was natürlich nicht funktioniert. Drei, vier Stufen weiter, und ich bin unten.

Eine gewölbeartige hohe Decke ist zu erkennen, weiter hinten zahlreiche Säulen, die von Rundbögen überwölbt sind. Auf der rechten Seite ist etwas in den Boden eingelassen, vielleicht ein Sarg. Und an der gegenüberliegenden Wand befindet sich ein großer Steinblock, wahrscheinlich ein Altar. Es riecht muffig und abgestanden. Dazu nehme ich einen süßlichen Geruch wahr, den ich nicht einordnen kann. Direkt über uns muss sich jetzt das Langschiff des Kaiserdoms St. Bartholomäus befinden. Die Kirche, in der wir Omega entdeckt haben. Langsam starre ich nach oben gegen die Decke. Wir sind über den Altarraum nach unten gegangen, ganz so, wie wir es vermutet haben. Der Gang, der weiter vorn beginnt, führt uns vielleicht bis zum Tor oder direkt ins Labor. Ein zweiter Eingang ist das hier, kommt es mir in den Sinn. Ob es noch weitere Eingänge gibt?

Pluto deutet hektisch auf einige am Boden angebrachte Metallplatten.

„Gräber von Adeligen vermutlich", kommentiert Terzan.

„Oder von Priestern oder Bischöfen", füge ich hinzu.

In einer Ecke steht ein Kerzenleuchter. Irgendwo wird sich auch der Sarg befinden, den wir suchen.

An den Seiten sind Heiligenfiguren in die Wände eingelassen, oder nein, wenn ich genauer hinsehe ... Das sind keine Heiligenfiguren. Tiere stehen da, als Statuen, Fratzen. Sofort muss ich an die Zeichnungen von Larco denken, Tiere mit Menschenköpfen! Wenn das nun ...

Pluto hat die Statuen auch gesehen und gibt mir ein Zeichen, ruhig zu bleiben.

„Nicht hinsehen", zischt Terzan hinter mir, kann aber selbst den Blick nicht abwenden und hält krampfhaft die Arme an den Körper gepresst, als wäre ihm kalt.

Maria reagiert nicht, vielleicht zittert sie, aber ich kann es nicht sehen.

Pluto bleibt einen Moment reglos, dann zeigt er auf den hinteren Bereich des Raumes. „Türen, oder?", sagt er.

„Maria, wo sind wir?", frage ich.

Maria läuft einige Meter weiter, taucht in die Dunkelheit ein, kommt zurück, die Hände gegen den Kopf gepresst, als könnte sie so der Erinnerung nachhelfen. „Ja, hier bin ich gewesen." Sie sieht sich nervös um, schüttelt dann aber den Kopf.

„Wenn es da weitergeht", beginnt Pluto und zeigt auf den hinteren Bereich der Krypta, „wohin kommen wir da?"

„Die Räume ... sind", antwortet Maria. „Geradeaus ist das Labor, das ist aber noch ..., also, hier in der Nähe war das nicht. Irgendwo auf der rechten Seite war das weiße Zimmer. Lager sind hier auch, so haben sie die Warteräume genannt."

„Gut, dann lass uns nachsehen", schlägt Pluto mit fester Stimme vor.

„Und wenn nun Omega ... oder seine Helfer ...", rufe ich ihm hinterher, als er schon losgehen will.

Er dreht sich um und lächelt mich an. „Wir sind nicht allein", sagt er und zieht ein Funkgerät aus der Hosentasche, drückt einen Knopf darauf und spricht hinein: „Alle auf ihrem Posten?"

„Alles in Ordnung, es kann losgehen", ertönt eine krächzende Stimme aus dem Funkgerät.

„Beruhigt?", fragt er.

„Ja, das ist gut", erwidere ich und werde wirklich ruhiger, zum ersten Mal an diesem Tag.

„Es gibt ja noch diesen Geheimgang, der vom Westturm in das Labor führt, richtig?", sagt Pluto.

„Während wir also durch die Kirche nach unten gehen, sind andere ...", murmelt Terzan.

„Genau, wir kreisen ihn von zwei Seiten ein", sagt Pluto. „Na ja, ich habe immer noch gute Kontakte zur Polizei. Ohne die wäre ich auch nicht einfach so hier runter."

„Die haben wir gerade über das Funkgerät gehört?", frage ich.

Pluto nickt.

„Und wenn es noch weitere Geheimgänge gibt?" Maria stützt sich mit einer Hand an der Wand ab.

„Das wissen wir natürlich nicht, aber Omega ahnt ja nicht, dass wir hier unten sind. Können wir dann weiter?"

„Und Omegas Leute?", frage ich besorgt. So ruhig bin ich nun auch wieder nicht.

„Viele sind es nicht mehr, einige wurden schon von der Polizei aufgegriffen, als sie die Katakomben verließen", sagt Pluto, als sei das eine völlig normale Information.

Ich starre ihn verblüfft an.

36

Hinter der Eisentür öffnet sich ein rechteckiger Raum mit einem runden Fenster. Ich habe keine Ahnung, wie weit wir von der Krypta entfernt sind. Zwanzig, dreißig Minuten sind wir bestimmt gelaufen. Neonleuchten flammen an der Decke auf und fluten den Raum mit einem diffusen, schummrigen Licht. Ich halte mir die Hand vor die Augen. Es ist kalt, wirklich kalt.

„Einer der Warteräume", erklärt Maria ohne Umschweife. „Das …" Sie deutet auf das Fenster, redet aber nicht weiter.

„Aber dahinter ist nichts", bemerkt Pluto. „Wir sind doch unter der Erde."

Maria zuckt mit den Schultern. „Die Leute hat das nicht gestört. Immer waren einige vor dem Fenster."

„Obwohl nichts zu sehen ist?", frage ich ungläubig.

„Hier stand noch ein Holztisch, da waren Matratzen, Stühle und natürlich Essen. Es wurde ihnen Essen für die Wartezeit gebracht", erklärt sie.

Auf dem Boden sehe ich Blutspritzer, Schmutzspuren, Stofffetzen, eine Münze und ein rotes Taschentuch. Da liegt Vogelkot, und ein Teil des Bodens ist von einer undefinierbaren Flüssigkeit klebrig. Die Decke ist an mehreren Stellen vergilbt und aufgerissen.

Pluto betastet eine der Steinwände, als befände sich dort ein geheimes Versteck. Ein-, zweimal lässt er den Blick noch durch den Raum schweifen. „Hier ist nichts, also los, weiter." Er geht voraus, weicht einer Pfütze auf dem Boden aus und durchmisst den Raum mit einigen schnellen Schritten. Er deutet auf eine weitere Eisentür, die allerdings mit grauschwarzen Flecken verschmiert ist. Die Klinke weist eine fettige Schmutzschicht auf. Pluto windet sich, als er sie berührt.

Hinter der Tür führen Steinstufen hinunter in ein weiteres Gewölbe. An der Seite hängen in regelmäßigen Abständen Fackeln, die planlos zuckende Lichtflecken an die Wände werfen. Auf dem Boden liegen Stücke von Putz, der von der Decke abgebröckelt ist. Ich komme mir vor wie in einer Gruft, fehlen nur noch irgendwelche Knochen, auf die wir treten.

„Moment", sagt Pluto und hält eine Hand hoch.

Ich verkrampfe mich, schlucke ein paar Mal und kratze mir mit dem Zeigefingernagel über den Arm. Irgendwo da hinten ist etwas, ein Schatten vielleicht, sehr undeutlich, doch einen Moment später ist nichts mehr zu sehen. Wahrscheinlich haben wir uns getäuscht. Also gehen wir langsam weiter, schweigend. Nur unsere unsicheren Schritte sind zu hören, das Knirschen auf den kleinen Steinchen, die hier überall herumliegen. Dazwischen umgibt uns immer wieder Stille, die so umfassend ist, dass jedes Geräusch darin zu verschwinden scheint. Genau wie auf dem Gemälde „Luzifer". Diese Felsen, der Ort, an den Luzifer verbannt wurde – wir sind genau da, denke ich. Kein Wunder, dass Omega sein Labor hier unten hat. Er muss ganz in der Nähe sein. Wann wir ihn wohl treffen werden? Konzentriert husche ich hinter den anderen her. Nur ruhig bleiben, kommt es mir in den Sinn. Direkt vor mir zeichnet das flackernde Licht einer Fackel einen

Totenschädel auf die Wand. Ich kneife die Augen zu, bleibe kurz stehen, dann ist das Bild wieder verschwunden.

Pluto und Maria deuten auf die Wand vor uns. Verdammt, hier geht es nicht weiter. Aber was ist das? Da drüben biegt ein schmaler Gang nach rechts ab. Wir zwängen uns zwischen die Wände und kämpfen uns langsam vorwärts. Am Ende des Ganges befindet sich eine Tür, die Pluto zögernd öffnet. Ein Raum. Ein großer Raum.

Maria drängt sich wie selbstverständlich an uns vorbei und schaltet die Deckenbeleuchtung an.

„Das Labor", flüstert Terzan fast ehrfürchtig und wiederholt die beiden Worte direkt noch einmal.

Ja, das ist es, denke ich und starre auf den seltsamen Glaskubus in der Mitte des Raumes, der wohl mehr als zwei Meter hoch ist. Drinnen sind mehrere Sitzschalen an den Seiten angebracht, einige Schläuche, dazu ein Pult mit farbigen Knöpfen. Pluto hält auf die Schiebetür an der Vorderseite zu, zieht sie vorsichtig auf und geht hinein.

Maria läuft um den Glaskasten herum. „Sie sollten es alle sehen, alle. ‚Es ist gefährlich' hat Rico immer gesagt." Sie deutet auf die andere Seite. „Sonst waren hier Vorhänge", sagt sie. „Die haben sie entfernt."

Pluto betastet die Schläuche, zieht an ihnen und untersucht die merkwürdigen Knöpfe auf dem Pult. Langsam watschelt er wieder aus dem Glaskasten heraus.

„Da war ich oft. Ich musste immer warten. Rico war …" Maria dreht sich um und zeigt auf die Schränke und Tische.

Natürlich, es ist alles da, ein Wasseranschluss, ein Bildschirm, Reagenzgläser, einige große Glasgefäße, zahlreiche Glasflaschen, ein Mikroskop und etliche technische Geräte, die ich nicht kenne.

„Laptops?", frage ich Maria.

„Ja, es gab einige Computer hier." Maria durchsucht mit den Augen den Raum. „Da vorne." Sie zeigt auf einen leeren Holztisch am anderen Ende des Raumes. „Sie haben sie wahrscheinlich mitgenommen."

„Wie viele Leute haben hier gearbeitet?", frage ich.

„Im Glaskasten waren immer zwei Männer in weißen Kitteln, und hier standen oder saßen noch sechs oder sieben weitere, alle ... so konzentriert ..."

„Hier wurden die Drogen zusammengemischt, oder?" Pluto deutet auf mehrere Erlenmeyerkolben und zwei Glasbecher, die direkt neben dem Waschbecken stehen.

„Da war immer dieser süßliche Geruch in der Luft. Vielleicht war es davon", antwortet Maria.

„Und die Schläuche?" Terzan läuft zum Glaskasten und klopft gegen eine der Scheiben.

„Damit wurde eine Art Dampf erzeugt, den die Leute einatmen sollten. Andere bekamen eine Injektion." Maria geht zu einem der Tische und lehnt sich mit dem Rücken gegen die Tischkante.

„Ob sich ... Ich meine, da muss es doch Rückstände geben." Ich schlendere zum Waschbecken und deute auf einen Messzylinder und einen Trichter, die im Ausgussbecken liegen. Ich nehme den Messzylinder und halte ihn gegen das Licht. „Gereinigt, würde ich sagen, intensiv."

„Ärgerlich, dass wir so spät kommen", sagt Terzan. „Die Leute sind alle weg. Das Projekt ist abgeschlossen, oder?"

„Sie hätten die Hilfsmittel auch verschwinden lassen sollen", bemerkt Pluto zuversichtlich. „Ich denke, dass Omega da einen Fehler gemacht hat. Alles, was hier herumliegt, geht an ein kriminaltechnisches Labor, und da lässt sich was finden, absolut. Und dann ..."

„Moment, da ist ..." Hinter dem Waschbecken ist eine kleine Nische, in der Papierfetzen liegen. Ich beuge mich nach vorn und fische die Zettel aus der Vertiefung.

„Jemand hat ..." Terzan steht mit offenem Mund neben mir. „Vielleicht gibt es noch weitere Zettel."

„Eine Beschreibung. Informationen." Ich halte mir die Fetzen vors Gesicht. „Es ist aber kaum was zu entziffern."

„Jemand muss einen oder mehrere Zettel in großer Hast zerrissen haben", schlussfolgert Pluto und deutet auf die unregelmäßige Form der Fetzen, die ich in den Händen halte.

„Wie Puzzlestücke", sagt Maria.

Terzan und Pluto stürmen los, öffnen hektisch Schranktüren, sehen in Standflaschen nach, untersuchen Reagenzgläser, überprüfen Probenröhrchen und greifen hinter jeden Tisch, der an der Wand steht.

„Hier!", ruft Terzan.

Eine Sekunde später durchforste auch ich den Raum. Maria löst sich schwerfällig vom Waschbecken, an dem sie lehnt, kriecht unter die Tische, greift in Glasflaschen und untersucht auch die Schläuche im Glaskasten.

„Zahlen, hier sind Zahlen drauf!", ruft Pluto.

Terzan hält weitere Fetzen in die Höhe und breitet die Zettel auf dem Boden aus, schiebt passende Teile aneinander.

„Das sind eindeutig Notizen mit Informationen", sage ich, noch bevor endlich eine vollständige, eng beschriebene DIN-A-4-Seite auf dem Boden liegt.

„Probleme. Das Wort taucht immer wieder auf", sagt Terzan.

Neugierig kommt Maria näher und bleibt neben uns stehen. „Es ist von irgendwelchen Tests die Rede."

„Vielleicht mit den Probanden, die Drogen bekommen hatten. Hier. Hieß der Mann, der getötet wurde, nicht Pedro?" Ich zeige auf eine Zeile in der Mitte des Zettels.

Maria hockt sich hin. „Warum sollten die ... Pedro war tatsächlich einer der Ersten. Die, die ihn getötet haben – die haben auch Drogen bekommen." Sie wirkt seltsam gefasst. Keine Spur mehr von der nervösen Unruhe. Ob sie gleich wieder umkippt? Ich wechsle einen Blick mit Terzan, der Maria besorgt beobachtet.

„Die Männer wurden getestet. Rico hat gesagt, dass man die nur noch töten könnte", sagt sie.

„Damit sie wenigstens im Tod zu dem werden, was sie gewesen sind, hast du mal gesagt." Ich versuche, in ihren Gesichtszügen zu lesen, doch sie schaut mich nur kurz an und nickt.

„Sie wurden ins Krankenhaus gebracht und untersucht", liest Pluto ab, den Blick auf das Blatt geheftet, „weil sie so gelacht haben, als wäre ihre Tat ganz selbstverständlich, völlig normal. Sie haben keinerlei Regung gezeigt. Nur dieses Lachen."

„Ich habe es immer wieder gehört, tagsüber, nachts, in meinen Träumen, ich höre es, wenn ich über die Straße gehe, irgendwo sitze und alles ruhig ist." Maria drückt einen Finger auf einen am Boden liegenden spitzen Stein, bis einige Blutstropfen aus dem Finger quellen und zu Boden fallen. Pluto nimmt den Finger und wischt ihn mit seinem Taschentuch ab.

„Es gab immer wieder Gespräche mit diesen Mördern." Terzan überfliegt einige Zeilen auf dem Zettel. „Sie haben behauptet, dass nicht sie sich falsch verhalten hätten, sondern unser ..." Er stockt. „... sondern unser Verhalten wäre falsch und was wir in ihren Taten sehen würden. Die Männer haben sich als wahre Menschen bezeichnet. Hier steht noch", sagt Terzan und schluckt, bevor er weiterspricht, „wir müssten lernen, ihr Handeln als Teil eines neuen Menschseins zu sehen, so hätten sie sich ausgedrückt."

„Mein Gott. Das verändern also die Drogen", ruft Pluto aus.

„Es wurden verschiedene Tests gemacht", fährt Terzan fort. „Das steht hier auch. Und zwar ein funktionaler PET-Scan."

„Damit werden die Gehirnaktivitäten gemessen", erklärt Pluto.

„Also – dabei zeigte sich, dass der orbitofrontale Kortex, der untere Teil des Frontallappens, und Teile des

Schläfenlappens kaum aktiv waren. Das bedeutet ..." Terzan runzelt die Stirn. „Impulskontrolle, moralisches Verhalten, Angst und andere Emotionen waren gestört."

„Diese Drogen verändern also irgendetwas im Gehirn, hat das nicht Rico schon gesagt? Jetzt wissen wir, was es ist", bemerke ich lapidar.

Auf einmal fühle ich mich so benommen, als hätte irgendetwas meinen Geist benebelt, schwere Düfte vielleicht, aber es ist nichts zu riechen. Ich klammere mich für einen Moment an einen der Tische.

Maria fährt sich mit der Hand über den Kopf. „Die Menschen haben sich verändert, ich habe es doch gesagt, durch diese Drogen. Neues Menschsein. Das soll der neue Mensch also sein? Das kann doch nicht ..."

Sie hält inne und schüttelt den Kopf. Für einen Moment habe ich den Eindruck, dass sie den sterbenden Pedro wieder vor sich sieht, doch sie schwankt nur etwas. Ich bin sofort bei ihr und stütze sie.

„Es hat Fehler und Probleme gegeben, das hast du gesagt, Maria, aber jetzt wissen wir, was es war." Pluto hockt sich hin und kratzt mit einem Fingernagel auf dem Boden herum.

„Diese Probleme waren immer da." Maria geht mit unsicheren Bewegungen einige Schritte. „Und wenn sie sie nun nicht in den Griff bekommen haben?" Sie greift sich mit beiden Händen an den Kopf. „Diese Menschen in den Warteräumen ... Sie sind ... Wenn sie nun alle ..."

Keiner von uns traut sich, etwas zu sagen, Maria darauf hinzuweisen, dass sie das Vertrauen der Menschen missbraucht hat und die Leute vielleicht nur ihretwegen im Labor waren.

„Was ich nicht verstehe", beginne ich, „wenn so viele Leute hier waren und getestet wurden, wo sind sie dann? Wir waren doch in dieser Wohnung, in der wir die SIM-Karte gefunden haben." Maria nickt und runzelt die Stirn. „Also, die Leute müssten doch längst ... Na ja, vielleicht leben sie schon unter uns, versteckt."

„So viele waren es nicht, während ich hier war", erwidert Maria.

„Wie viele? Hundert? Zweihundert?" Pluto steht wieder auf.

Maria beißt sich auf die Lippe. „In den Warteräumen waren immer ungefähr zehn Leute, und über die Zeit ... hm, zwischen hundert und zweihundert, würde ich sagen."

„Wo sind diese Leute geblieben?", fragt Terzan. „Sie können ja wohl kaum alle hier unten sein, hier ist nicht genug Platz. Ich meine, das ist kaum auszudenken." Er greift sich an die Stirn. „Wenn sie nun weggeschafft wurden und irgendwo ..." Im fahlen Neonlicht erkenne ich Terzans Gesicht nicht wieder. Seine Augen sind eingefallen, die Haare zerzaust und seine Handbewegungen fahrig.

„Wo sind die Leute hin, Maria, wo sind sie?" Unwillkürlich werde ich etwas lauter. Eigentlich müsste sie sich doch daran erinnern.

„Ja, sie haben die Drogen bekommen, Tests, jeden Tag gab es Tests, manchmal aber nur zwei oder drei, und die Leute wurden dann noch irgendwo anders untersucht. Es gab da noch diesen Raum, in dem wir mit Rico waren, da haben sie einige hingebracht. Dort lebten sie."

„Gut, aber danach? Vermutlich wurden sie von hier fortgebracht, aber wohin?", frage ich.

„Schlafen!", ruft Maria und springt auf, als wäre ihr gerade etwas Wichtiges eingefallen. „‚Aufwachen', das stand doch in diesem Blog, die Leute sollten bis zu einem bestimmten Zeitpunkt schlafen, dann aufwachen, und ..."

„Was wahrscheinlich bedeutet, dass sie nichts unternehmen sollten, bis heute, wenn die Zeremonie beginnt, sobald Omega das Zeichen gibt", sagt Pluto.

„Wenn wir die Zeremonie verhindern, werden sie weiterschlafen", bemerkt Terzan.

„Aber gefährlich ist das trotzdem. Diese Leute sind irgendwo und warten auf das Zeichen. Nicht auszudenken, wenn es bereits Hunderte oder Tausende sind. Dann gnade uns Gott", sagt Pluto leise.

„Das hat doch auch Franz von Stuck in diese Notizen geschrieben", sage ich. „Genau diese Worte hat er benutzt. Gnade uns Gott."

„Und ich sage das, obwohl ich Atheist bin." Pluto zieht ein Papiertaschentuch aus der Hosentasche und schnäuzt sich geräuschvoll die Nase. Hektisch steckt er das Taschentuch zurück.

„Wahrscheinlich gab es damals schon einige, die aufgewacht sind, getötet haben, einfach so, also zur Zeit von Franz von Stuck. Ungeheuer mit einem teuflischen Lachen." Pluto schwankt, fängt sich aber sofort wieder. „Nur ... ", setzt er an.

„Die Frage ist", unterbreche ich ihn, „warum haben diese Leute nicht schon jetzt losgeschlagen?"

„Weil Omega es heute machen will. Diese Dunkelheit, von der Klinger gesprochen hat. Der Maya-Kalender der Dunkelheit – heute ist der optimale Tag. Wenn Dunkelheit und Licht so im Gegensatz stehen." Maria legt den Kopf in den Nacken und schließt die Augen.

„Hat Rico das gesagt?", frage ich.

„Omega, als er in meinem Zimmer war. Ich erinnere mich jetzt. Ich sehe ihn deutlich vor mir. Er hat mit diesem anderen Mann gesprochen, etwas von Dunkelheit gefaselt, schwer verständliches Zeug. Klinger hat ja von dem Kalender erzählt, und das war so ähnlich." Sie spricht schnell, stößt ein Wort nach dem anderen aus. „Dunkelheit und Licht stünden an einem Tag in einem optimalen Verhältnis zueinander, das hätte er berechnet, und das wäre der Tag, der heilige Tag, der Tag der Zeichen." Maria atmet erleichtert auf. „Daran habe ich mich so lange nicht erinnert."

Ich klopfe ihr anerkennend auf die Schulter. „Aber zurück zu diesem Zettel", murmele ich. „Gibt es noch mehr Informationen?" Ich überfliege weitere Zeilen auf dem Papier. „Hier, ein Hinweis, sofort mit den Versuchen aufzuhören. Und da unten – drei Unterschriften von Wissenschaftlern, die ..."

„Welche Wissenschaftler? Sind die Namen zu lesen?", fragt Pluto.

„Moment", erwidere ich, „ja, Fritz H., den zweiten Namen kann ich gar nicht lesen, und dann ist da ein ‚Korn' oder auch ‚Kory'. Es könnte aber auch etwas anderes bedeuten."

Pluto schüttelt enttäuscht den Kopf.

„Warum wurde der Zettel nicht vernichtet?", fragt Terzan.

„Vergessen?", schlage ich vor.

„Hier wurde alles penibel gereinigt. Und da soll man diese Fetzen versehentlich hier gelassen haben?"

Ich zucke mit den Schultern.

„Sie lagen versteckt. Hat man vielleicht ... nicht ... danach ... gesucht?" Maria dehnt die Pausen zwischen den letzten vier Worten aus.

„Hier unten steht noch was. ‚Wir empfehlen, dass diese Probanden das Labor nicht verlassen und nicht nach draußen gelassen werden, bis wir ein Gegenmittel gefunden haben.'" Ich sehe Maria an.

„Der Raum, der immer verschlossen war", zischt sie. „Dort, wo niemand von uns hindurfte, haben sie sie eingesperrt."

Für einen Moment flackert eine Deckenlampe, und auf dem zerfetzten Zettel entsteht ein Schattenviereck, das sich seitwärts zu bewegen scheint.

„Maria, wohin kommen wir, wenn wir da aus dem Labor gehen?", frage ich und zeige auf eine Tür im hinteren Bereich.

Sie sieht sich hektisch um. „Keine Ahnung." Sie zuckt mit den Schultern. „Ich bin immer von drüben gekommen, wo wir vorher waren."

„Also weiter?", fragt Pluto.

Es dauert ein paar Sekunden, bis wir vom Fleck kommen, uns in Richtung Tür wenden, über den kalten

DIE DRITTE STUFE

Steinboden gehen, schwerfällig. Ich fühle mich irgendwie erleichtert, aber auch so, als könnte jeden Moment etwas passieren. Eine merkwürdige Mischung aus Adrenalinschub und Erschöpfung durchzieht mich, Energie wie von einer permanenten Erregung.

„Wir kommen hier nicht weiter", röchelt Terzan, und wir wenden uns ihm zu. Er hat ein Gesicht wie aus einem Horrorfilm. Alles darin ist weiß. Dann ruckt sein Kopf nach vorn, er hält sich an einem Tisch fest, würgt, und gelber, schlieriger Schleim tropft aus seinem Mund. „Scheiße", stößt er hervor, doch seine Stimme hat keine Kraft. Hastig wischt er sich mit einem Ärmel über den Mund.

Pluto geht zu ihm und klopft ihm beruhigend auf die Schulter. „Ruhig durchatmen", sagt er.

Terzan richtet sich auf, würgt noch einmal, als müsste er sich wirklich übergeben, will wieder losschreien, doch Pluto legt ihm einen Finger auf den Mund. Ich fange Terzans irritierten Blick auf und nicke ihm zu, aufmunternd. Er versucht etwas zu sagen, atmet heftig, gurgelt einige unverständliche Laute.

„Ruhig atmen", wiederholt Pluto.

Terzan hebt und senkt den Brustkorb, streckt sich, atmet schließlich wieder ruhig und konzentriert, und die Farbe kehrt in sein Gesicht zurück. „Ich war ...", setzt er zu einer Erklärung an, stockt aber.

„Wir sind hier unten alle irgendwie ... Das ist für uns alle eine Belastung", versuche ich ihn zu beruhigen.

„Da ist was", sagt Maria und deutet auf die Eisentür, auf die wir zugehen wollten. „Da, dahinter ist was." Ihre Augen bewegen sich unruhig hin und her.

Terzan torkelt ein paar Schritte wie ein Kranker, nimmt dann meinen Arm, und gemeinsam gehen wir zu Maria, die der Tür am nächsten ist.

„Omega? Omegas Stimme?", flüstert Pluto.

37

Die Dunkelheit ist wie eine Wand. Vorsichtshalber haben wir die Stirnlampen ausgeschaltet. Wahrscheinlich hat sich Maria geirrt, denn wir hören nichts. Plutos Taschenlampe fräst eine scharfkantige Lichtraute in den Boden. Wir befinden uns in einem langen, dunklen Gang, der vielleicht fünf Meter breit ist. Über uns eine rissige Steindecke. Ich komme mir vor wie in der Kanalisation, nur dass der ekelhafte Gestank und das Wasser am Boden fehlen.

„Wartet." Maria bleibt stehen und zeigt auf die Dunkelheit vor uns.

Ich will mich an einer Wand abstützen, greife aber ins Leere und verliere fast das Gleichgewicht. Jetzt höre ich auch etwas.

„Stimmen, oder?", sagt Terzan.

„Direkt vor uns, oder?", sagt Pluto.

Tatsächlich werden die Stimmen lauter, als wir weitergehen. Wir bleiben für einen Moment stehen und lauschen. Undeutliches Murmeln, vielleicht Worte in einer fremden Sprache.

Pluto legt unnötigerweise einen Finger auf den Mund.

DIE DRITTE STUFE

„Da vorne", murmelt er und deutet auf eine schäbige Holztür.

Terzan schiebt sich vor ihn und drückt die Klinke langsam herunter, ganz vorsichtig, dann reißt er die Tür mit einem Schwung auf.

Schätzungsweise zehn bis fünfzehn Männer und Frauen kauern, sitzen, stehen oder liegen auf dem Boden. Augenpaare fixieren uns, interessiert, in einigen ist fiebriger Glanz. Wörter schwappen uns entgegen, unverständlich, dazwischen sperrige und kehlige Konsonanten.

„Was ist das hier?", flüstert Pluto.

„Einer der Warteräume", erwidert Maria.

Ein strenger Geruch nach Urin, bellendes Husten.

„Ihr habt", setzte ich an, aber meine Kehle ist trocken und ich räuspere mich.

„Sieh dir diese Leute an." Terzan zeigt auf eine Frau, die mitten im Raum leblos auf einigen Zeitungsseiten liegt. Um sie herum sind Essensreste auf dem Boden verstreut. Daneben steht ein Napf mit Wasser. Weiter hinten ist ein Alter mit pockenartigen Narben im Gesicht. Der Junge neben ihm hat sich eine Plastiktüte über den Kopf gezogen.

„Ich habe doch gesagt, dass es Leute waren, die wegwollten ... ", sagt Maria.

„Richtig, das sind alles ... ", stammle ich.

„Verlorene", ergänzt Pluto mit belegter Stimme.

Wahrscheinlich macht ihm der Gestank ebenso zu schaffen wie mir. Terzan hält sich demonstrativ die Nase zu. Der Speichel in meinem Mund schmeckt bitter. Ein paar Meter weiter öffnet eine glatzköpfige Frau ihren zahnlosen Mund.

„Weiß und still", bringt Maria hervor, „das waren sie. Rico hat sie so genannt."

„Auf manchen Gesichtern sind mehr Schatten zu sehen", wispert Terzan mir zu. „So stelle ich mir Leute vor, die alles aufgegeben haben."

„Die Augen sehen älter aus, als die Menschen sind", füge ich hinzu.

„Sie sind die idealen Opfer", murmelt Pluto.

„Diese Menschen treffen keine auf Vernunft gegründeten Entscheidungen mehr", sagt Terzan.

„Vernunft, Bewusstsein, hat Rico gesagt, das haben sie nicht. Sie haben das längst aufgegeben", flüstert Maria, die sich eine Hand vor den Mund hält, „diese Verlorenen."

Erneut einige Worte, Finger zeigen in unsere Richtung, ein Mann bewegt sich ruckartig vor und zurück, einer Frau läuft beim Sprechen Speichel aus dem Mund. Immer wieder senken sie den Kopf, als würden sie Schläge erwarten. Verstehen können wir nichts.

„Sie denken, wir sind die, auf die sie warten", sagt Terzan leise.

„Aber haben sie das Mittel schon bekommen? Dann können wir ihnen nicht mehr helfen", sagt Pluto. „Dann müssen sie hierbleiben."

„Ihre Bewegungen wären anders, ihre Gesichter wären lebendiger." Maria weist auf einige Männer und Frauen, die mit herabhängenden Schultern auf dem Boden kauern, als würden kleinste Bewegungen sie zu viel Kraft kosten. „Sie sind kaum noch lebendig, das hat Rico immer über sie gesagt. Zu uns kommen nur die Toten, die, die sich im Leben schon getötet haben oder getötet wurden, und wir werden ihnen helfen." Maria starrt gedankenverloren auf die Menschen. „Er hat dabei gelächelt, als würden wir etwas Gutes tun, aber das war es ja nicht, nicht wirklich, nicht wahr?" Sie zögert, sieht mich kurz an, aber ich hebe abwehrend die Hände. „Omega ... wollte das nicht", fährt sie stockend fort.

„O—m-m-m—e—g-g-a", stottert eine alte Frau mit langen verfilzten Haaren.

Zwei Männer mit Tattoos an den Oberarmen versuchen die Silben zu imitieren, bringen aber nur andere Laute zustande.

DIE DRITTE STUFE

Hände werden uns entgegengestreckt. „Ehre sei Omega", kommt plötzlich abgehackt mit einem osteuropäischen Akzent von ganz hinten. Ich kann den Mann nicht sehen, der spricht. „Ehre sei Omega", wiederholt eine Frau, steht auf und kniet sich auf den Boden.

Auf meiner Kopfhaut kitzelt es. Scheiße, ist da ein Tier, denke ich und schlage mir ein paar Mal hektisch auf den Schädel.

„Was machen wir jetzt?", wispert Terzan kaum hörbar.

In diesem Moment erfasst irgendeine Unruhe die Menschen, einige Frauen schlagen mit der flachen Hand auf den Boden. Blechbecher tauchen in den Händen von zwei, drei Männern auf. „O-o", formuliert einer der Männer krampfhaft, „m-me", quält sich ein anderer eine weitere Silbe ab. „Omega", sagt schließlich ein Junge, während mit den Bechern erst zögerlich auf den Boden geschlagen wird, dann lauter, rhythmisch. „Ehre sei Omega", fallen weitere Männer und Frauen in den Rhythmus ein, und immer mehr Blechbecher krachen auf den Steinboden, dazu ertönt wieder „Omega", deutlicher gesprochen, und schließlich starren sie uns alle an, während die Geräusche wie auf ein geheimes Zeichen hin verstummen. Die ersten Männer erheben sich. „Ehre sei Omega." Sie recken die Hände in die Höhe.

Gleich werden sie alle aufstehen und zu uns kommen, denke ich und ich bleibe völlig starr auf der Türschwelle stehen.

„Maria, was wollen die?", fragt Pluto verwirrt.

Die Männer stehen nun unmittelbar vor uns, starren uns an, zeigen auf die geöffnete Tür, drehen sich um zu den Leuten, die noch auf dem Boden sitzen. „Ehre – sei – Omega." Der Mann ist so nah, dass ich seinen fauligen Atem riechen kann.

„Maria, bitte", sage ich.

„Maria!", schreit Maria, so laut sie kann. „Maria. Ich bin es, Maria."

„Maria?", wiederholt eine Frau. „Maria?", fragt sie erneut, mit deutlich freundlicherem Tonfall.

„Ja, Maria." Maria lächelt.

„Maria. Maria, hilf." Eine ältere Frau drängt sich zwischen den anderen durch nach vorn, fällt auf die Knie und hält Maria irgendein Medaillon entgegen. „Maria, h-h-hilf", bringt sie stammelnd unter Tränen hervor. „Maria!", ruft jemand aufgeregt.

„Ja, ich helfe euch." Maria hebt die Arme. „Kommt." Sie macht eine einladende Geste und dreht sich halb um.

Einige der Leute nicken, ein alter Mann bringt krampfhaft ein Lächeln zustande.

„Maria", flüstere ich. „Was machst du?"

Sie beachtet mich nicht, sondern tritt nach links in den Gang, die Männer und Frauen, die sich langsam in ihre Richtung bewegen, fest im Blick behaltend.

„Ich will diese Leute ...", antwortet sie leise, spricht aber nicht zu Ende.

Terzan, Pluto und ich weichen zurück. Die Verlorenen gehen an uns vorbei, einige zeigen auf Maria, die sich umgedreht hat und auf die Menschen zu warten scheint. In diesem Moment sehe ich, wie Maria lächelt, auf eine Weise, wie ich es noch nie gesehen habe. Ihr ganzes Gesicht wird von einer weichen, freundlichen Bewegung erfasst. Augenblicklich entspannen sich die Gesichtszüge etlicher Verlorener. Wie zuversichtlich sie plötzlich aussehen, wie nett und vertrauensvoll. Ein Mann lässt die Hand, in der er ein Stück Holz hält, sinken. Zwei, drei Blechbecher poltern auf den Boden. Auch die Frau, die auf den Zeitungsseiten liegt, erhebt sich. Quer durch ihr Gesicht verläuft eine große Narbe, und ein Auge scheint verletzt zu sein.

„Maria. Ich bin es, Maria", ruft Maria jetzt erneut vom Gang aus, diesmal fröhlich wie ein Kind, das Spielkameraden auffordert mitzukommen, während weitere Verlorene durch die Tür gehen. Ich verstehe sofort, warum Maria für Omega so wichtig war. Maria geht wieder einige Schritte weiter, dreht sich erneut um, und Terzan, Pluto und ich müssen Platz machen, da jetzt alle Männer und Frauen auf den Gang drängen.

„Da!", schreit Maria plötzlich, als sie sich umdreht und weitergehen will, „das Licht!"

Tatsächlich ist da irgendein Licht am Ende des Gangs zu sehen, flackernd, heller werdend.

„Maria", krächzt ein alter Mann.

„Maria", kommt es glücklich aus dem Mund einer Frau, deren Arme über und über mit Tattoos bedeckt sind.

„Kommt", sagt Marias sehr leise, doch ich bin sicher, dass alle sie gehört haben, „wir gehen", und läuft los.

Ja, Maria, wir gehen. Ich würde sofort mir dir gehen. Überallhin.

38

Die Gänge hier unten sehen alle gleich aus, und wenn wir einen Gang verlassen haben, stolpern wir verwirrt in den nächsten. Ob Maria die Verlorenen, die wir getroffen haben, schon rausgebracht hat? Hoffentlich geht es ihr gut. Terzan, Pluto und ich sind nicht mit ihr gegangen. Wir haben immer noch die vage Hoffnung, hier unten irgendwo Omega aufzuspüren.

Humpelnd folge ich den an den Wänden tanzenden Lichtbündeln mit den schwarzen Flecken in der Mitte, an deren tatsächlicher Existenz ich zunehmend zweifle. Die Dunkelheit ist wie ein Tier, das sein riesiges Maul aufgesperrt hat, und in das wir immer weiter eindringen. Für einen Moment lässt meine Kraft nach, ein angenehmes Gefühl der Ohnmacht wächst in mir. Ich drücke den Körper gegen die Wand, bis er schmerzt, rutsche ab, und ein spitzer Stein bohrt sich in meine rechte Hüfte. Terzan umklammert meinen linken Arm, zieht mich langsam hoch, und dann gehen wir gemeinsam, schwankend, obwohl sich der Boden vor meinen Augen dreht und ich Pluto nur noch undeutlich erkenne. Immer wieder sind

Fackeln an den Wänden, einfache Wachsfackeln in einer Halterung. Ihr grelles Licht sticht mir in die Augen.

„Irgendjemand wird hier gewesen sein, noch vor Kurzem, oder?", murmelt Terzan. Er dreht sich um und starrt auf einen Punkt hinter mir.

„Daher die Fackeln", sage ich.

„Hier werden sie unterwegs gewesen sein." Plutos Worte verebben zwischen den kalten Wänden.

„Aber jetzt ist niemand da, sie sind weg, und wir gehen diesen Weg, der – ja, wohin führt er eigentlich?" Terzan kneift ein Auge zu, als könnte er dadurch besser sehen und wendet sich wieder nach vorn.

„Hier unten wird Omega irgendwo sein, wir folgen einfach den Fackeln, also dem Licht." Einige herabfallende Wassertropfen lassen mich zusammenzucken.

„Also weiter." Pluto fällt in einen leichten Trab. Er umklammert seine Taschenlampe und leuchtet vor sich auf den Boden.

Einige Meter weiter biegen wir wieder ab, wieder ein Gang, auch hier Fackeln, deren Flammen sich an den Wänden zu Fratzen zusammenballen, die uns entgegentreiben, von einem unbekannten Wind angefacht.

Pluto bleibt abrupt stehen und hebt einen Finger in die Höhe. „Es ist nichts zu hören, verdammt", zischt er, „rein gar nichts, nur unsere eigenen Geräusche."

Terzan hat recht, kommt es mir in den Sinn. Hier ist niemand außer uns selbst. Wir sind allein. „Wohin gehen wir?" Meine Arme und Beine schmerzen und im Gesicht spüre ich ein Stechen, ziehe schon den Kopf zur Seite.

„Erst einmal weiter", antwortet Pluto. „Hier …" Die restlichen Worte verhallen unhörbar, denn Terzan und Pluto sind schon weit vor mir.

Ich versuche, mit den beiden Schritt zu halten, gehe mit weit ausgestreckten Händen vorwärts, als müsste ich mich vorwärtstasten. Die Luft wird immer stickiger, und etwas zieht sich von den Wänden kommend um uns zu.

Enge, das ist es, denke ich. Es wird immer enger hier unten, obwohl sich nichts verändert hat.

Als wir einige Zeit später wieder anhalten, muss ich die Augen schließen, um die Schwindelgefühle loszuwerden.

„Wir wollen doch zu diesem Tor, das wir beim letzten Mal von der anderen Seite gesehen haben. Und da war doch dieser Gesang, erinnert ihr euch?" Terzan wartet nicht ab, ob wir ihm zustimmen. „Wir hatten gedacht, dass es ein Chor war."

„In der Kirche kann Omega nicht sein, dann hätte ich …" Pluto zieht unvermittelt das Funkgerät aus der Tasche.

„Dein Kontakt zur Polizei?"

Pluto nickt mir zu. „Es wäre viel zu riskant, allein hier unten rumzulaufen."

„Gute Idee, auch wenn du uns davon ruhig was hättest sagen können." Terzan lehnt sich gegen eine Wand und atmet tief durch.

Pluto drückt auf einen Knopf des Funkgeräts. „Hallo, hört mich jemand?" Er hält den Mund so nah an das Gerät, als würde man ihn am anderen Ende dadurch besser verstehen, doch es ist nur ein Rauschen zu hören. „Hallo, Polizei?", versucht er es noch einmal, deutlich lauter. Niemand meldet sich. „Vielleicht könnten sie uns noch ein paar Leute schicken", erklärt Pluto, lässt die Hand, in der er das Funkgerät hält, aber einen Moment später kraftlos herabsinken.

„Wenn hier nun niemand ist, also nur wir …" Ich erschrecke über meinen laut ausgesprochenen Gedanken.

„Oder wenn Omega uns nach unten locken will, und deshalb die Fackeln …?" Über Terzans Gesicht fließt das Licht einer Fackel wie eine Eidechse. Verdammt, ich muss aufpassen, dass ich hier unten nicht den Bildern verfalle.

„Eigentlich müssten wir schon in der Nähe des Tors sein", sagt Pluto und zieht den völlig zerknitterten Plan aus der Tasche. Er faltet ihn auseinander. „Viel taugt der auch nicht." Hektisch tippt er ein paar Mal so heftig mit einem Finger auf das Papier, dass in der Mitte ein Loch entsteht.

„Außerdem sehen hier alle Gänge gleich aus", beschwert sich Terzan, „und einige waren auch abschüssig, ist euch das aufgefallen?"

„Du meinst, es geht immer weiter nach unten, bis wir – wo landen?", frage ich mit kraftloser Stimme. „Kein Wunder, dass ein Funkgerät dann irgendwann schlappmacht."

„Da vorne, die Fackel", murmelt Pluto.

Jetzt sehe ich es auch. „Sie ist stärker heruntergebrannt. Waren wir …?" Ich stocke, weil ich nicht aussprechen will, woran ich denke.

„Sind wir da nicht eben schon vorbeigekommen?", fragt Terzan.

Pluto schüttelt verständnislos den Kopf. Er zeigt nach vorn, nach hinten, und sieht mich ratlos an. „Es kann nicht sein, dass wir im Kreis gegangen sind. Wie lange werden diese Fackeln noch brennen? Bald gehen sie aus, und dann sind wir in der Dunkelheit, vollständig, auch wenn wir noch etwas Licht haben." Demonstrativ hält er die Taschenlampe hoch.

„Aber wo geht es jetzt weiter?", fragt Terzan. Wahrscheinlich ist er genauso erschöpft wie ich.

„Es müssen hier irgendwo noch Lagerräume sein, wo wir weiterkommen, weg aus diesen Gängen." Pluto senkt den Kopf, als wollte er nachdenken. „Nur haben wir sie noch nicht gefunden."

„Und zurück? Irgendwo müssen wir doch zurückfinden?" Ein Schweregefühl macht sich in meinem Unterbauch breit.

Pluto legt beide Hände auf seine Glatze. „Ich glaube, zurück kommen wir jetzt nicht mehr. Es geht nur vorwärts."

Sekunden später laufen wir los, halten die Hände vor die Augen, um nicht von den Fackeln geblendet zu werden. Verdammt, hier muss es doch irgendwo einen

Abzweig in einen Raum geben, den wir übersehen haben. Es ist alles in Licht getaucht hier, kommt es mir in den Sinn, als wir ein paar Mal abbiegen, wie wir es schon mehrfach gemacht haben, doch jetzt sind wir aufmerksamer, weniger kopflos. Alle Geräusche, die wir machen, scheinen von den Wänden verschluckt zu werden, selbst das Plätschern des Wassers, das von der Decke herabrinnt, ist kaum zu hören. Irgendwo muss es einen Weg geben, der zu Omega führt oder wir sind hier unten gefangen. Pluto stöhnt wie ich vor Erschöpfung. Sein Körper ist in sich zusammengesunken und sein Schatten an den Wänden kommt mir vor wie das Bild eines verwachsenen Gnoms mit verstümmelten Beinen und Armen. Ich kann kaum noch laufen und starre immer wieder an die Decke über mir, als könnte jeden Moment irgendetwas herabfallen.

Plötzlich ertönen vor uns Geräusche wie von schweren Schuhen. Jemand klatscht in die Hände, und ein paar Worte hallen gespenstisch von den Wänden wider. Dann ist da ein ohrenbetäubender Lärm, als wäre etwas auf dem Boden zersplittert. Wir rennen darauf zu, ich deutlich langsamer, und ich muss Schmerzensschreie unterdrücken. Im Gang liegen zersplitterte Gläser, nein, Glaskolben sind es, wie wir sie im Labor gesehen haben. Ein bitterer, beißender Geruch steigt vom Boden auf.

„Das wird Omega für die Drogen brauchen", bellt Pluto. „Schnell, weiter."

„Er ist irgendwo hier in der Nähe", brummt Terzan.

Wir setzen uns wieder in Bewegung, mobilisieren letzte Kräfte, die Arme wie Fühler von riesigen Insekten ausgestreckt. Dann stoppen wir abrupt. Wir stehen in einem größeren Raum. Das ist einer der Lagerräume, die Pluto erwähnt hat. Hektisch lässt Pluto die Taschenlampe aufleuchten. Eine Gestalt bewegt sich weiter hinten im Raum, und ich höre schwere Schuhe.

„Da ist er!", schreit Pluto so laut, dass ich mir am liebsten die Ohren zuhalten würde.

DIE DRITTE STUFE

Terzan stürzt hinter dem Schatten her. Ich stolpere vorwärts, stoße mit Pluto zusammen, der im selben Moment losrennt. Ich taumele zur Seite, und meine Beine sind wie Blei. Jede Bewegung schmerzt. Mühsam richte ich mich wieder auf.

„Omega!", schreit Pluto ohrenbetäubend laut, doch der Schatten ist schon auf der linken Seite verschwunden. Noch ein anderer Schrei ist zu hören, vielleicht auch ein Schlag. „Terzan!", kreischt Pluto.

„Warte!", rufe ich, doch er spurtet bereits los. Ich kämpfe mich schwerfällig vorwärts, stöhne bei jedem Schritt. Verdammt, wenn ich doch schneller laufen könnte.

„Wir haben ihn!", hallt es mir entgegen.

Die Wände bewegen sich, an der Decke flackert ein Licht. Ich bin erledigt, will mich einfach nur nach hinten fallen lassen. Dann hallt ein Lachen herüber, von weit entfernt, erst kurz, in einer kehligen Stimme, dann wie ein Brüllen von einem wilden Tier, erneutes Lachen, laut und triumphierend. Jemand sticht mit kleinen Nadeln in meine linke Brust, direkt in der Nähe des Herzens. Ich öffne den Mund und sauge krampfhaft die stinkende Luft ein, mache mühsam drei Schritte. Die Stille ist mit Händen zu greifen. Mein linker Fuß klebt am Boden und will sich nicht bewegen. Mit aller Kraft versuche ich weiterzugehen. Nur noch ein paar Meter. Da müsste Pluto sein, und auch Terzan. „Pluto?", rufe ich verhalten, dann lauter werdend „Terzan! Terzan?"

Niemand antwortet. Ich bin allein.

39

Die einzige Bewegung kommt vom Flackern einiger Kerzen, die schwarze Muster auf Plutos Gesicht werfen. Pluto sitzt auf einem hölzernen Stuhl mitten im Gang, seine Beine sind seltsam verdreht, sein Kopf ist auf die linke Schulter gekippt. Von der Decke tropft Wasser auf seinen kahlen Schädel. Ich stehe einige Sekunden nur da, dann spreche ich ihn an. „Pluto", bringe ich mit zitternder Stimme heraus, dann wiederhole ich seinen Namen etwas lauter.

Ein Finger seiner rechten Hand bewegt sich. Er dreht den Kopf herum und sieht mich an. Ein leichtes Zittern erfasst seinen Kopf, als würde er gegen irgendetwas ankämpfen. Er schließt die Augen ein-, zweimal, dann kommt der Ansatz eines Nickens.

Ich bleibe regungslos stehen. Es ist vorbei, endgültig. Wir sind gescheitert. Pluto wird sterben, viel Zeit bleibt ihm nicht mehr, skandiert es in meinem Kopf. Ich gehe einen Schritt auf ihn zu, und er öffnet den Mund, aber die Geräusche, die herauskommen, sind wie eine stimmlose Kakophonie. Mir kommt in den Sinn, dass ein Teil von ihm bereits nicht mehr da ist.

„Das war Omega, richtig? Wo ist er?", flüstere ich.

Noch mehr unverständliche Silben kommen aus Plutos Mund. Ich gehe an den Stuhl heran, berühre die Lehne, will die Hände um seine Hüften legen, ihn richtig hinsetzen, hochheben. Vielleicht kann ich etwas ausrichten, doch er schüttelt ganz langsam den Kopf, hebt krampfhaft die Hände, bewegt sie in meine Richtung, als sollte ich ein paar Schritte zurückgehen.

Ich sehe ihn fragend an. „Soll ich dir nicht helfen?", frage ich verwirrt. In diesem Moment höre ich Geräusche aus dem Dunkel, einige Meter weiter, ein unterdrücktes Lachen, lautes Aufatmen, kurzes Husten.

Hektisch versuche ich, die Dunkelheit mit den Augen zu durchdringen. So eng ist der Gang hier doch nicht, das ist sicher, aber was kann dort hinten noch sein?

Pluto versucht, mit den Lippen einen Laut zu formen, ein A könnte es sein oder ein O – und seine Augen! Er hat den Blick fest auf mich gerichtet. Da, eine minimale Bewegung eines Fingers an seiner linken Hand. Er will mir etwas zeigen. Eine Warnung? Schwankend gehe ich auf Pluto zu, der seine Augen wieder weit aufreißt, verzweifelt, den Kopf leicht seitwärts bewegt, und als das Kopfschütteln misslingt, ein paar Mal die Augen schließt.

„Keinen Schritt weiter", tönt eine Falsettstimme aus der Dunkelheit. Der osteuropäische Akzent ist nicht zu überhören.

„Omega", bringe ich heraus, starr vor Schreck.

„Denk nicht mal dran, zu mir zu kommen", warnt er. „Bleib da stehen, wo du jetzt bist, genau da."

Angestrengt starre ich in die Dunkelheit, doch da ist nichts, nur diese Stimme.

Er scheint zu denken, dass ich nicht weiß, wie er aussieht, fährt es mir siedendheiß durch den Kopf. Deshalb hat er sich versteckt. Und sicher weiß er nicht, dass wir längst seinen richtigen Namen kennen. Gut, soll er es weiterhin glauben. Langsam trete ich zwei Schritte zurück. „Okay, ich bleibe hier", sage ich mit ruhiger Stimme.

Es ist nicht zu übersehen, dass Pluto dagegen ankämpft, und es ist nicht schwer zu erraten, was man ihm gegeben hat.

„Du wirst hierbleiben und zusehen", sagt Omega, und ich höre deutlich den triumphierenden Unterton in seiner Stimme.

Pluto würgt, ruckt mit dem Kopf ein paar Mal nach vorn, und etwas Flüssigkeit läuft ihm aus dem Mund. Aus einer Wunde an seiner Seite tropft Blut auf den Boden.

„Verdammt, du bist verletzt!", rufe ich, bleibe aber stehen und bewege mich nicht. „Xibalba?", frage ich.

Der Ansatz eines Nickens. Plutos Wangen zittern, seine Augen liegen tief in den Höhlen, und seine Stirn ist schweißnass.

„Er erlebt das, was du nie verstehen wirst", höhnt Omega aus dem Dunkel.

„Er stirbt, verdammt!", herrsche ich ihn an.

„Oh nein, viele kommen durch." Ich will ihm widersprechen, doch Omega lässt mich nicht zu Wort kommen. „Ein Prozess der natürlichen Auslese!", bellt er.

Ein strenger, fauliger Geruch beißt mir in die Nase. Plutos Körper wird von einem Krampf geschüttelt, sein Gesicht ist schmerzverzerrt, und er öffnet die Augen so weit, dass ich schon denke, es ginge mit ihm zu Ende, doch dann ist er wieder ruhig. Ein entspannter Zug legt sich um seine Mundwinkel. Er schluckt ein paar Mal, die Muskeln um seinen Mund zucken, doch er bekommt die Lippen kaum auseinander. Es wird schlimmer, eine Art Erstarrung, die jeden Körperteil zu befallen scheint. Jede Bewegung, die dem Körper einmal möglich war, vergeht, aber was hat das mit den drei Schichten des Universums zu tun? Das ist also das Geheimwissen der Maya? Dass sich ein Mensch so verändert wie Pluto gerade? Grausam und unmenschlich ist das, mir fallen keine anderen Worte ein.

Wieder bewegt er den kleinen Finger. Was will er mir sagen? Ich ziehe meine Augenbrauen hoch. Pluto imitiert die Bewegung, doch deutlich langsamer. Er kämpft, das ist nicht zu übersehen, aber gleichzeitig sind seine Augen hell, er reißt sie weit auf, was mich aufmerksam macht, aber so intensiv ich ihn auch ansehe, ich weiß nicht, was ich von seinem Gesichtsausdruck halten soll. Will er mir etwas mitteilen? Endlich scheint es ihm zu gelingen, den kleinen Finger der linken Hand so zu bewegen, wie er es beabsichtigt. Er dreht ihn weiter nach rechts, reißt die Augen auf, stöhnt, und dann kommt endlich ein Laut aus seinem Mund, ein Brummen, das ein M bedeuten könnte.

Blitzschnell drehe ich mich um. Aus der Dunkelheit kommt ein dünner Lichtstrahl, der den hinteren Bereich des Ganges in ein bleiches Schattenlicht taucht. Maria liegt zusammengekrümmt wie ein Fötus einige Meter entfernt. Dünne Flämmchen des Lichtstrahls tanzen über ihre geschlossenen Augen.

„Maria!", schreie ich und spüre, wie mir die Tränen kommen. Ich will losrennen, breche die Bewegung jedoch wieder ab.

„Bleib stehen! Da!", kreischt prompt die Falsettstimme aus dem Dunkel.

„Maria", wiederhole ich mit erstickter Stimme. „Ich ... Sie war ... Ich muss zu ihr."

„Du bleibst", ertönt es erneut. „Siehst du, dass ihr verloren habt?", herrscht Omega mich an. „Was auch sonst? Überleg mal, wer ihr seid – ein Zwerg und ein Philosophiestudent, was wollt ihr gegen mich ausrichten? Mich? Ich bin Santanael, der den Weg kennt, den Weg der Wahrheit." Die Stimme ist lauter geworden, als hätte sich etwas in ihm entladen. „Deine Freunde werden sterben, sie werden sterben." Das letzte Wort intoniert er in einem Singsang: steeerben. „Dann hat diese lächerliche Suche ein Ende. Wie konntet ihr nur denken, dass ihr gegen mich ... oder die Organisation ..." Er macht eine kurze Pause. „Wenn ihr nach der Organisation sucht, werdet ihr nichts finden, weil ihr selbst ein Teil von dem seid, was ihr sucht. Das kannst du dir natürlich nicht vorstellen. Eure Gesellschaft, die ihr auf Lügen aufgebaut habt – wir haben uns längst darin eingenistet. Wir sind überall, Jonas, überall, und wenn ich sage überall, dann meine ich überall." Ein kurzes trockenes Lachen.

Ich denke fieberhaft nach. Was meint Omega? Was will er mir damit sagen? Eine Organisation, von der wir selbst schon ein Teil sind? Völlig unmöglich. Er ist wahnsinnig, es kann gar nicht anders sein.

„Und denk daran, auch du kannst sterben, aber jetzt noch nicht", fährt er fort. „Vielleicht gleich, mal sehen, was ich mit dir mache. Ich habe hier noch eine Spritze, nur für dich." Omegas Lachen klingt wie ein kehliges Röcheln, aber Sekunden später wird es lauter, wirkt wie befreit, enthemmt. Laute sind zu hören, in die sich andere Geräusche mischen, die ich nicht identifizieren kann. Wie kalt es hier unten auf einmal ist.

Aus Plutos Mund fließt Speichel wie eine kleine weiße Schlange, die sich nach unten windet und giftiges Sekret ausscheidet. Er scheint bereit. Gleich wird er uns verlassen. Ich betrachte seine unförmigen Beine, die bestimmt gebrochen sind.

„Die Welt wird sich ändern!", brüllt Omega plötzlich. „Wir werden alles das …", hallt es durch den Gang.

„Mit Mördern!", halte ich dagegen. „Die Drogen verändern etwas im Menschen", füge ich hinzu.

„Schwachsinn", tönt Omega verächtlich. „Das ist es ja, was Leute wie du nicht verstehen. Es tötet niemanden." Auf einmal flüstert er: „Wir kämpfen doch alle mit unserem Leben, es ist so verdammt schwer, in dieser Welt zu leben, in diesem Leben, als Menschen mit den vielen anderen Menschen."

„Dieses Leben ist das, was wir haben", sage ich.

„Du hast es noch nicht gemerkt, wie? Diese Anstrengungen. Leute wie du glauben tatsächlich, sie könnten verstehen – denken."

„Ist es das, was Sie wollen – alles aufs Spiel setzen? Sollen die Menschen töten und wieder zu Tieren werden?"

Omega prustet. „Du hörst mir nicht zu. Das ist Unsinn, was du sagst, schlicht Unsinn. Du hast die Lügen noch nicht verstanden, auf denen unser Leben aufgebaut ist, immer, ausnahmslos."

„Das ist das Gerede von Verschwörungstheoretikern, völlig irrational", blaffe ich.

„Das macht es dir leichter, dich nicht damit zu beschäftigen, stimmts? Man behauptet einfach, es sei eine Verschwörungstheorie, dabei redest du so, wie du es Leuten wie mir vorwirfst."

„Bemerkungen zu Lügen und Eliten in diesem Blog, das findet sich tausendfach im Internet. Spinner sind das, Verrückte." Ich werfe einen Blick auf Maria, die sich bewegt und einen Laut ausgestoßen hat. Plutos Augen sind weit geöffnet, als wäre er aufmerksam.

„Ja, was ihr nicht kennt, ist verrückt. Was nicht in euer Weltbild passt. Einfach alles Spinner. Oder eben Verschwörungstheoretiker. Du machst es dir leicht, Jonas. Wo ist denn deine Liebe zur Wahrheit? Wo ist das Bewusstsein, dass das Fundament unseres Lebens Lügen sind? Manche nennen es auch Illusionen. Das hast du noch nicht gemerkt, wie? Du hast die Momente, in denen du das gespürt hast, verdrängt, hast gedacht, es sei völlig neu, etwas Besonderes, dein Leben. Das ist es aber nicht. Es wird im Laufe der Jahre immer normaler. Was du dir als junger Mensch eingebildet hast, ist vergessen, oder du verspottest sogar die, die mal so waren wie du." Er schweigt für einen Moment. „Nein, das weißt du noch nicht", zischt er. „Du belügst dich noch, du sitzt den Trugbildern auf, die dir in dieser Welt geboten werden, glaubst, du könntest gegen Beschränkungen ankämpfen, willst anders sein als die anderen. Aber das bist du nicht, Jonas, niemand von uns ist es. Da ist etwas in uns, dieses Gefühl, dass es das nicht ist, was wir leben. Wir alle wollen etwas anderes, wir kämpfen mit unserem Leben, mit der

Welt. Eine andere Welt wollen wir, und doch sind wir jeden Tag bereit, so weiterzumachen wie bisher, damit sich nichts ändert. Diese vage Hoffnung – du kennst sie, nicht wahr? Sie treibt uns an, sie ist unsere Energie, ohne die wir ..."

„Aber ich ... Diese ... Wir ...", sage ich, perplex über den Wortschwall, und für einen Moment überlege ich, ob Omega vielleicht recht hat, aber dann verwerfe ich den Gedanken wieder.

„Du wehrst dich gegen die Erkenntnis. Noch hat sich die Langsamkeit nicht zwischen dich und deine Handlungen geschoben. Du wirst leiser, natürlich bemühst du dich, willst etwas erreichen, aber wirst du etwas erreichen? Jemals in deinem Leben? Oder belügen wir uns, indem wir uns vormachen, etwas erreicht zu haben? Ist das eine Illusion, damit wir überhaupt leben können in dieser Welt, die wir im Geiste immer so sehr verändern wollen? Wir können sie aber nicht verändern, denn wir sind diese Welt. Die Welt, das sind wir, die Menschen, Jonas."

„Aber die Welt, die Menschen ...", setze ich an, doch Omega brüllt plötzlich los.

„Die Welt", schreit er unbeherrscht und keucht laut, „also die Menschheit ist ein Irrtum der Evolutionsgeschichte. Die Menschheitsgeschichte ist ein Blutrausch, ein einziges Abschlachten von anderen Menschen. Menschen sind die schlimmsten Tiere auf dem Planeten überhaupt."

Ich habe Mühe, Omega nicht zu widersprechen und seine negative Weltsicht als Zerrbild zu entlarven. Aber so etwas war sinnlos, das hatte ich schon vor Jahren festgestellt, denn wer einmal so denkt, bekommt diese negativen Gedanken nicht mehr aus dem Kopf. „Und deshalb wurde an diesen Verlorenen herumgepfuscht?", frage ich in betont beherrschtem Tonfall.

„Verlorene, ganz richtig, aber sie sind viel besser als die meisten, weil sie die Lügen abgelegt haben, und sie haben den falschen Überzeugungen abgeschworen. Sie erhoffen nichts mehr und sind daher offen für Neues, ein neues Leben. Deshalb sind sie vielen Menschen wie dir überlegen, denn sie hängen nicht mehr am alten Leben, verstehst du, Jonas? Ich führe sie in ein neues Leben, in eine neue Welt."

„Eine neue Welt? In der sie Monster sind? Diese Veränderungen im Gehirn, das macht doch andere Menschen aus ihnen", erwidere ich unsicher.

„Natürlich, aber das ist ja erst der Anfang. Und du weißt nicht, mit wem du es zu tun hast. Meinst du, dass es dir gelungen wäre, uns zu stoppen? Wieder so eine Lüge, auf der du wie so viele andere dein Leben aufbaust? Die paar Leute, die geschnappt wurden. Das kümmert mich nicht. Alles wird wie geplant stattfinden."

„Die dritte Stufe", sage ich mit trockenem Mund.

„Was die dritte Stufe ist, kannst du nicht ermessen, und ich werde es dir nicht sagen. Aber ..."

„Die Menschen zu verändern, das ist doch Wahnsinn. Das geht doch nicht. Das ist Ihre Lüge", schleudere ich ihm entgegen. „Und die Leute, die sterben mussten? Wer diese Drogen genommen hat, tötet vielleicht wieder, und Sie können diese Leute nicht kontrollieren und glauben trotzdem an den Erfolg Ihrer Operation? Sie belügen sich doch selbst mit dieser merkwürdigen Organisation, die angeblich unsichtbar ist und trotzdem überall sein soll. Ist das nicht etwas viel ... fauler Zauber? Mummenschanz!" Meine Stimme ist deutlich aggressiver geworden. Da ist wieder der Hass, der mich so lange begleitet hat. Ich muss nur an die Bilder in Marias Kopf denken und an diesen Mann, den sie getötet haben, Pedro, und das weiß Omega nicht. Er weiß nicht, dass ich längst nicht mehr der Philosophiestudent bin, für den er mich hält.

„Ja, wenn es so wäre", entgegnet er nach einigen Sekunden kühl. „Bedauerlich, dass Leute gestorben sind, aber bei allen Veränderungen gibt es auch Opfer, das ist ganz normal, aber das verstehst du sicherlich nicht. Natürlich verändern wir nicht den Menschen. Ich schaffe ja nicht einen neuen Menschen oder so etwas. Das ist Unsinn." Er verstummt. Ein Schatten ist neben mir, eine Gestalt, ausgestreckte Arme, und irgendein Gegenstand fliegt in die Richtung, aus der die Falsettstimme gekommen ist. Ein Aufschrei ertönt, und der Schatten stürzt auf Omega zu. Ich höre einen dumpfen Schlag, noch einen, Stöhnen, Keuchen, ein metallischer Gegenstand fällt auf den Boden.

„Geh, Jonas, schnell!", höre ich Terzan aus dem Dunkel, unverkennbar.

Ich beeile mich, zu Maria zu kommen, fühle ihren Puls. Er ist verdammt schwach. So schnell ich kann, nehme ich sie, ziehe sie auf die Beine, aber sie sackt weg, öffnet nicht mal die Augen.

„Wir machen was Schönes, Maria, komm mit", rede ich auf sie ein. Ich lege ihren Arm um meinen Nacken. Vielleicht gelingt es ihr dann, fest mit den Füßen aufzutreten, doch sie tapst nur einmal auf den Boden, dann knicken ihre Füße um. Ich umgreife ihre Hüfte, damit sie nicht hinfällt. Sie öffnet die Augen, sieht mich verwirrt an und schließt sie wieder.

„Gott ist die blaue Farbe ausgegangen", sage ich und lache kläglich. Ich muss mit ihr reden, um sie nicht zu verlieren. „Erinnerst du dich?", setze ich an, doch die Worte bleiben mir im Hals stecken. Ich muss Maria dazu bringen, aufrecht zu stehen, aber ich schaffe es kaum. Umständlich und langsam bin ich noch dazu.

„Geh schon!", ruft Terzan erneut aus dem Dunkel. „Ich halte ihn auf."

Ich sehe verwirrt zu Pluto hinüber. Er wirkt noch erstarrter als eben. Sein rechter Mundwinkel zuckt, mehr bringt er nicht zustande. Ich setze Maria noch einmal ab, gehe zu ihm und durchsuche seine Taschen. Endlich, da ist der Plan. Der Plan, ohne den kommen wir hier nicht raus. Und irgendwo war noch das Funkgerät.

DIE DRITTE STUFE

„Das Funkgerät", spreche ich Pluto leise an. Er antwortet nicht. Hektisch öffne ich sein Jackett. Da, in der Innentasche ist es. Schnell nehme ich es an mich.

Ein lauter Schmerzensschrei gellt aus dem Dunkel. Jemand fällt zu Boden. „Alles in Ordnung, Terzan?", rufe ich.

„Geh, ich hab ihn, ich habe Omega", erhalte ich als Antwort.

Dann gehen wir endlich los. Ich hebe Maria an, stütze sie, mache ein paar Schritte. Sie taumelt neben mir. Ich ziehe sie an mich, und zusammen stolpern wir vorwärts. Nach ein paar Metern geht es besser, aber ich schramme trotzdem mit einem Arm an der Wand entlang. „Terzan!", rufe ich noch einmal.

„Omega ist bewusstlos. Ich schaffe Pluto raus", antwortet er.

„Ich hole Hilfe", verspreche ich und taumele mit Maria langsam weiter. Hoffentlich kann ich mich orientieren. Ich lehne Maria gegen eine Wand. Ihre Augen sind geschlossen. Schnell falte ich den Plan auseinander. Da ist tatsächlich ein Weg eingezeichnet, Pluto muss ihn markiert haben. Immerhin weiß ich jetzt, wohin wir müssen, aber ich habe keine Ahnung, wo wir uns befinden. Schnell stecke ich den Plan zurück in die Hosentasche und schiebe Maria von der Wand weg. Scheiße, fast wäre sie gefallen, doch ich kann sie gerade noch halten.

Das Funkgerät, natürlich, ich habe noch das Funkgerät. Vorsichtig ziehe ich es aus der Tasche, drücke den Knopf und will etwas sagen, doch es kommen keine Worte aus meinem Mund. Verdammt, Jonas, was ist los? Ich atme ein paar Mal tief durch, schaue Maria an, die unbedingt Hilfe braucht, und drücke den Knopf erneut. „Hallo, hier ist Jonas, hört mich jemand? Wir sind hier unten, Jonas und Maria." Wie verändert meine Stimme klingt. Ich würde sie selbst nicht erkennen. Aus dem Funkgerät kommt kein Ton. Keine Reaktion. Ich versuche es erneut. „Jonas hier", stammle ich, merke aber sofort, wie sehr mich das

Sprechen anstrengt. „Wir sind ... wir können nicht mehr. Pluto ist verletzt, und Maria braucht dring..." Die letzten Worte bekomme ich nicht mehr heraus, weil mich ein Weinkrampf packt. „Scheiße", rufe ich und schluchze unkontrolliert ein paar Mal auf. Maria darf nicht sterben, auf keinen Fall.

Hektisch humpeln wir los, und ich will schneller werden, doch dann kehren die Schmerzen zurück, und Maria kommt sowieso kaum vorwärts. Vor mir schaukelt der schummrige Lichtschein meiner Stirnlampe, und vor meinen Augen tanzen schwarze Flecken. Ich zwinge mich, auf Marias Atem zu lauschen, aber er ist nicht zu hören. Nein, Maria, stirb nicht, nicht jetzt, geht es mir unaufhörlich durch den Kopf. „Wir machen was Schönes zusammen", bringe ich mit unterdrückter Stimme hervor. „Wir werden noch so viel gemeinsam machen." So taumeln wir blindlings weiter, obwohl kaum etwas zu erkennen ist. Verdammt, wo sind wir? Einfach weiter, vorwärts, immer weiter. Ich bin völlig fertig, atme heftig, dann stolpere ich, als hätte ich das Gleichgewicht verloren, halte mich aber trotzdem mühsam aufrecht, taste mit einer Hand die kalten Steine rechts von mir ab. Laut ausatmend bleibe ich stehen.

Maria sackt sofort in sich zusammen, als ich sie loslasse. Mühsam richte ich sie wieder auf. „Versuch zu stehen", murmele ich mit Tränen in den Augen. „Bitte, bleib stehen." Doch ihr Körper fällt in sich zusammen, sobald ich loslasse. „Diese Tiere im Kopf des Jungen, weißt du noch, diese Geschichte. Erinnerst du dich? Krass, hast du gesagt." Ich kann kaum meine Stimme kontrollieren, habe einfach keine Kraft mehr, aber ich will Maria aufmuntern. Sie scheint mich nicht gehört zu haben. Ihre Augen sind geschlossen, und ich wage es nicht zu überprüfen, ob sie noch atmet. Ihre Arme und Beine sind so kraftlos, als würde sie es nicht mehr schaffen, sich selbstständig zu bewegen.

DIE DRITTE STUFE

Ich habe keine Ahnung, woran man erkennt, wann ein Mensch stirbt. Vielleicht gibt es eine letzte Bewegung, ein Zucken in den Augen, oder wird die Hand, die man hält, kalt? Wenn Maria nun stirbt? Vielleicht hat sie schon aufgegeben. Aber ich gebe nicht auf. Ich umfasse sie, torkele wieder ein paar Schritte, ziehe sie mit mir.

„Maria!", rufe ich, „Maria!" Tatsächlich stützt sie sich auf mich, geht ein paar Schritte, hält dann aber wieder inne. Wenn wir so weitergehen, werden wir nicht weit kommen. Mühsam umgreife ich sie wieder, und wir laufen einige Meter, doch Maria ist zu schwach, um selbst zu gehen. Ihr Kopf fällt immer wieder zur Seite, und ich bin nicht in der Lage, sie die ganze Zeit zu stützen. Kraftlos halte ich an und lasse sie langsam auf den Boden sinken.

Ich presse das Funkgerät an mein Ohr. Nichts. Erschöpft setze ich mich hin und vergrabe den Kopf in den Händen. Ob ich Maria hier zurücklassen und dann allein weitergeben soll? Aber wie soll ich dann später zurückkommen? Ich habe keine Ahnung, wo wir sind.

Das Licht meiner Stirnlampe züngelt über den Boden wie eine erlöschende Feuerschrift. Ich fahre mir mit einer Hand durch die schweißnassen Haare. Einmal tief durchatmen. Schwül ist es hier unten. Für einen Moment beuge ich mich zu Maria. Sie atmet noch, doch ihr Puls ist kaum zu spüren. Wenn sie nun wirklich hier unten stirbt? Ein lähmendes Gefühl schnürt mir die Kehle zu.

Vielleicht ist weiter vorn schon etwas zu sehen, ein anderer Gang? Ich laufe ein paar Meter in die Dunkelheit, aber nur Wände und das dünne Rinnsal auf dem Boden sind auszumachen.

Ich gehe zu Maria zurück, die unverändert auf dem Boden sitzt, der Kopf zur Seite gekippt wie bei einer Marionette, deren Fäden durchtrennt wurden. Ächzend stelle ich sie wieder hin, merke aber gleich, dass sie keinen Schritt gehen wird.

Sie stößt einen leisen, wimmernden Laut aus.

„Du bist in Sicherheit", sage ich, obwohl ich selbst nicht davon überzeugt bin. Irgendetwas bewegt sich zwischen meinen Füßen. Ich unterdrücke den Reflex, aufzuschreien, beherrsche mich, ziehe hektisch erst den rechten, dann den linken Fuß zur Seite. Unglücklicherweise ist meine Stirnlampe schwächer geworden. Der Lichtschein ist nur noch ein schummriges Leuchten, manchmal flackert es. Wenn jetzt auch noch ... Daran darf ich gar nicht denken.

Verzweifelt umfasse ich Marias Kopf. Atmet sie noch? „Maria!", schreie ich, „bist du noch da? Maria!"

In diesem Moment taucht in einiger Entfernung eine Gestalt auf, ein Mann mit einem dunklen Mantel – und einem Zopf.

„Rico! Rico, hilf mir!", schreie ich. „Sie stirbt, sie schafft es nicht."

Rico rennt die letzten Meter zu uns. „Kein Atem", kommentiert er, nachdem er eine Hand vor Marias Mund gehalten hat. „Sie will nicht mehr, glaube ich. Sie will gehen, Jonas."

„Was?" Ich fahre mir fassungslos mit den Händen durch die Haare. „Gehen? Sie will doch nicht gehen! Sie darf nicht gehen! Rico!"

Er richtet sie auf. „Es wäre für sie eine Erlösung, wenn sie stirbt", sagt er leise.

„Du willst sie sterben lassen? Spinnst du?", schreie ich ihm unter Tränen ins Gesicht und schlage mit den Fäusten gegen seinen Bauch.

„Du weißt nicht, was sie erlebt hat. Was glaubst du, warum sie sich an vieles nicht mehr erinnert?", erwidert er. „Sie hat ein paar Mal versucht, sich umzubringen." Der Satz trifft mich wie ein Schlag. Ich taumele, halte mich an der kalten Wand fest. Irgendwo plätschert Wasser. Weit entfernt höre ich Stimmen.

„Ich will, dass sie lebt, verdammt!", schreie ich.

„Da ist immer wieder dieser Wolf in ihrem Leben, weißt du. Er kommt, und sie wird ihn nicht los."

„Wolf? Was für ein Wolf?", blaffe ich ihn an.

„Ein Trauma. Maria hat ...", sagt Rico mit belegter Stimme.

„Rico, wir können sie doch nicht einfach aufgeben. Wir müssen ihr helfen." Jetzt kommen noch mehr Tränen und ich kann kaum noch klar denken. „Das kann doch nicht wahr sein. Ich will ... Ich brauche ..." Inzwischen sehe ich nur noch Schlieren vor den Augen. Die Wände verschwimmen, bewegen sich. Ich falle zur Seite.

Rico fängt mich auf und sieht mich skeptisch an. „Du brauchst was?", fragt er vorsichtig.

„Wenn Maria stirbt. So jemanden wie sie ..." Weiter komme ich nicht.

„Du liebst sie wirklich, oder?", fragt Rico.

„Ja." Meine Stimme ist plötzlich wieder klar. „Ja. Ich liebe sie. Ich kann ohne sie nicht leben."

Rico fühlt erneut Marias Puls, schüttelt den Kopf, prüft ihn noch einmal und tastet an ihrer Halsschlagader herum. „Sie lebt, aber sie ist schon sehr weit weg, fürchte ich", sagt er. „Wo sind eigentlich die anderen?"

„Omega hat gesagt, dass nicht alle sterben, dass sie zurückkommen, erneuert", stoße ich verzweifelt hervor und ignoriere die Frage.

„Warum sollte Omega Maria töten wollen? Er braucht sie, zumindest hat er das immer gesagt." Rico beugt sich hinunter und streicht ihr über den Kopf. „Vielleicht kommt sie auch so zurück."

„Aber das ist doch die ...", murmele ich und wische mir letzte Tränen aus dem Gesicht.

„Die dritte Stufe? Dann hätten wir ein Problem, glaube ich."

Ich sehe ihn erschrocken an.

„Omega hat Maria etwas anderes gegeben, ansonsten sähe sie anders aus. Die Leute, die diese Drogen bekommen haben, waren völlig starr."

„Pluto sah starr aus, vorhin. Wir haben ihn zurückgelassen", sage ich.

„Verflucht", kommentiert Rico, „aber ihr Gesicht – es ist anders. Siehst du ihre entspannten Gesichtszüge?"

„Sie wird sterben", beharre ich mit unterdrückter Stimme.

„Nein, weißt du." Ricos Stimme ist laut und deutlich. „Du bist doch der Typ mit den Einfällen, du erzählst doch diese …"

Natürlich, warum bin ich nicht eher darauf gekommen? „Maria, hör zu", sage ich laut. Natürlich hört sie mich nicht, aber ich rede trotzdem weiter. „Stell dir ein Experiment vor, ein Experiment mit drei Personen, die dreißig Tage nicht schlafen sollten. Dazu wurden die drei in ein Zimmer gesperrt und man leitete Gas in das Zimmer. Drogen, Aufputschmittel. Es sollte getestet werden, wie die Leute aufwachen würden, wenn sie nach der langen Zeit des Schlafentzugs wieder schlafen durften."

Noch keine Regung in Marias Gesicht. Verdammt, wenn es nun sinnlos ist?

„Nach zehn Tagen", erzähle ich weiter, „begann einer der Probanden zu schreien und die Wände mit seinen Exkrementen vollzuschmieren. Danach schlief er 48 Stunden am Stück und verhielt sich sonst ganz normal. Nach zwanzig Tagen waren die Probanden stark abgemagert, liefen wie blind durch das Zimmer und reckten immer wieder die Hände in die Höhe, als gäbe es dort oben etwas, was sie greifen konnten. Zwei zeigten Anzeichen von Wahnsinn. Die Wissenschaftler entschlossen sich, das Experiment abzubrechen. Sie teilten den Probanden über ein Mikrofon mit, dass sie nun befreit würden und endlich wieder normal schlafen könnten."

Wahrscheinlich war ich bei einigen Sätzen zu schnell. Auch kann ich kaum meinen Atem kontrollieren. Hat Maria gerade einen Arm bewegt oder habe ich mir das nur eingebildet? Ich sehe Rico an. Er zuckt mit den Schultern.

„Also das Experiment sollte beendet werden. Zu ihrer Überraschung antworteten alle drei Probanden, dass sie nicht befreit werden müssten, denn sie wären schon frei. ‚Wir sind erwacht', sagten sie im Chor. ‚Wir haben zu lange geschlafen. Ihr habt uns gezwungen zu schlafen, und jetzt sind wir endlich die Menschen, die wir sein können.' Fatalerweise entschlossen sich die Wissenschaftler, das Experiment fortzusetzen. Fünf Tage später begannen die Probanden sich Muskeln und Haut vom Körper zu reißen. Auch wurde das Essen kaum noch angerührt. Bei einem Versuch, die Probanden aus dem Zimmer zu holen, wurde einem der Wissenschaftler der Hals zerkratzt. Ein anderer wurde durch einen Biss ins linke Bein verletzt. Die Probanden schrien und tobten, weil sie das Zimmer nicht verlassen wollten. Auch begannen sie mit einem merkwürdigen Grollen, das immer wieder von krächzenden Lauten wie von aneinandergereihten Konsonanten unterbrochen wurde."

Maria öffnet den Mund. Ja, triumphiere ich, es hilft, du kommst wieder zu uns, doch sie schließt den Mund schon wieder. Eine minimale Bewegung des rechten Auges, mehr nicht.

„Schließlich wurden die Probanden gewaltsam aus dem Zimmer geholt und in Fesseln gelegt." Ich versuche lauter zu sprechen. „Inzwischen waren sie nur noch Haut und Knochen. Ihre Gesichter waren bis zur Unkenntlichkeit verzerrt. ‚ERWACHT', riefen sie immer wieder, ‚wir sind ERWACHT'."

Endlich kommen einige Laute aus Marias Mund. „Erw...", müht sie sich ab.

„Erwacht!", rufe ich.

„Erwacht", wiederholt sie, aber ihre Augen sind geschlossen.

„Als dann später einer der Probanden auf dem Operationstisch lag, grinste er den Arzt und die Krankenschwester an. ‚Wir sind', murmelte er, ‚... wie ihr nie sein werdet, weil ihr schlaft. Wir sind die wirklichen Menschen, wir sind erwacht. Wir leben in einem Himmel, den ihr nie betreten werdet.' Mit einer schnellen

Handbewegung schnappte der Mann nach einem der Operationsmesser in der Nähe und stach es sich mitten ins Herz."

Plötzlich öffnet Maria die Augen. Sie sieht durch mich hindurch und erkennt offenbar auch Rico nicht. Nein, sie ist noch nicht zurück. Doch dann bewegt sie den Kopf, starrt mich an, lächelt.

„Maria, ich bin es, Jonas." Ich kann nicht weitersprechen.

Sie lächelt. Sie ist wieder da. „Du mit deinen Geschichten", murmelt sie.

Ich nicke und helfe ihr auf die Beine.

40

Es ist bereits nach zehn Uhr, aber richtig hell ist es immer noch nicht geworden, als läge ein milchiger Dunst über der Stadt. Ich lasse mich auf einen Stuhl fallen, fröstelnd, obwohl es im Konferenzzimmer nicht kalt ist. Aber vielleicht stört mich auch der penetrante Chlorgeruch im Raum, der wahrscheinlich von irgendwelchen Reinigungsmitteln stammt.

„Du hast ganz schön was abbekommen", sage ich.

Pluto nickt nur und fasst mit einer Hand an den Rollstuhl, als wollte er sich aufrichten.

„Die Halskrause ist schick", spottet Terzan.

„Und der Gips erst." Ich zeige auf Plutos Beine.

Pluto duckt sich, als würde jemand hinter ihm stehen und ihn schlagen wollen.

„Aber im Ernst." Ich halte beide Hände vor meine Brust. „Toll, dass du noch bei uns bist, und ein Glück, dass du es geschafft hast. Dass wir alle es geschafft haben."

Pluto öffnet den Mund, schließt ihn jedoch gleich wieder und versucht zu lächeln, doch er presst nur angespannt die Lippen aufeinander. „Maria?", fragt er dann mit dünner Stimme.

„Ich habe sie gleich ins Krankenhaus gebracht." Ich umklammere das Wasserglas vor mir auf dem Tisch mit beiden Händen. „Sie war sehr schwach, aber sie wird überleben, sagen die Ärzte."

Terzan atmet erleichtert auf.

„Wird schon wieder", sage ich und deute auf Plutos Rollstuhl, aber die drei Worte kommen so hölzern aus meinem Mund, als wäre ich ein Roboter.

Pluto nickt und rollt zum Kopfende des Tisches. „Eigentlich sollte ich liegen. Der Arzt hat gesagt, dass die Verletzungen einige Monate zum Ausheilen brauchen werden." Seine Augen sind schmal geworden, seine Handbewegungen langsam. Will er ein Zittern verbergen?

„Hey, wir haben es doch geschafft." Terzan breitet die Arme aus und grinst.

„Ist Omega denn …?", frage ich.

Pluto fährt sich mit einer Hand über die mageren Wangen. „Es gibt dort unten wahrscheinlich noch einige Geheimgänge, und durch einen davon ist er entkommen." Er spricht jedes Wort langsam aus, als müsste er sich zum Reden zwingen. Keine Spur mehr von seiner energischen Unruhe.

Ich gehe zum Fenster und öffne es. Die kalte Luft an meinem Hals fühlt sich an wie ein spitzes Messer, das kurz davor ist, in die Haut einzudringen. Erschrocken zucke ich zurück und drehe mich um. Wo ist die Wärme der vergangenen Tage geblieben?

„Wir haben alle etwas abbekommen, oder?", sagt Pluto. „Was machen deine Verletzungen, Jonas? Hast du Schmerzen?"

„Ich kann im Moment nur auf dem Rücken schlafen, aber viel wichtiger ist ja …", erwidere ich und halte mich an der Lehne eines Stuhls fest, „du hast doch die Droge bekommen, stimmts?"

„Omega hat mich überwältigt, oder vielleicht auch jemand anders." Seine eingefallenen Wangen werden vom kalten Licht der Neonlampen an der Decke gestreift. „Und dann habe ich dagegen angekämpft. Es hat sich praktisch alles um mich herum aufgelöst ... meine Arme und Beine waren plötzlich starr, aber gleichzeitig merkte ich, wie ich lebendiger wurde, als würde ich fliegen, ohne dass ich selbst etwas dazu beigetragen hätte, sondern so, als würde jemand anders ..." Er bewegt unbeholfen die Hände. „Alles hat sich geweitet ... und dann ... war da etwas im Boden, was nicht sein konnte. Ich sah Tiere mit Menschenköpfen ... einen Tiger mit ... Es ist so ..." Er gibt auf.

„Du hast gekämpft, erfolgreich", bemerkt Terzan.

Pluto schüttelt den Kopf. „Da hat es ja erst angefangen. Irgendwie muss Omega mitbekommen haben, dass ich mich widersetzte. Ich wurde geschlagen. Sie haben mir die Beine gebrochen. Einfach so. Und dabei gelacht. Ich bin immer wieder ohnmächtig geworden, und als ich wieder aufgewacht bin, dachte ich, dass es gleich vorbei sein muss. Ich hatte keine Kraft mehr. Von allen Seiten kamen diese Tiere auf mich zu. Ich versuchte, sie wegzuwünschen – wegzudenken. Vor Jahren habe ich Meditationstechniken erlernt, die ich anwenden wollte, doch es ging nicht. Die andere Seite war zu stark. Bis dann ... Terzan kam."

„Du hast ein Gegenmittel gefunden?"

„Pluto hatte mich weggeschickt, und es war nicht schwer, es rauszufinden. Wir waren gar nicht weit von den Katakomben entfernt." Terzan fährt sich nervös mit einer Hand über den Arm. „Aber ein Gegenmittel würde ich es nicht nennen. Was wir bisher über die Wirkung der Drogen wissen, passt zu Psychosen oder zu Schizophrenie, darum habe ich verschiedene Medikamente besorgt, und wahrscheinlich hatten wir einfach Glück."

„Wenn wir die Leute finden, die da raus sind, können wir auch denen helfen", schlage ich vor.

„Das Problem ist", sagt Pluto, dessen Stimme wieder etwas kräftiger geworden ist, „dass die Symptome immer noch anhalten. Ich sehe euch nicht deutlich, und manchmal tauchen irgendwo im Raum plötzlich Tiere auf, die gar nicht da sein können, nur als Silhouetten. Ich kann das kontrollieren, indem ich versuche, nicht zu stark an sie zu denken, aber ..." Er schüttelt den Kopf.

„Andere müssten auch diese Meditationstechniken beherrschen", sage ich.

„Genau", erwidert Pluto. „Ich will mich für einige Monate in Behandlung begeben."

„Na gut, aber diese Leute, die ..."

„Wir wissen ja nicht, wie viele rausgekommen sind", murmelt Terzan. „In dieser Wohnung in Duisburg haben wahrscheinlich einige gelebt, die diese Drogen bekommen haben, vielleicht für ein paar Tage, vielleicht auch Wochen. Dort war die Zahl versteckt, womöglich eine Art Sicherheitsversteck."

„Und diese Leute können jetzt irgendwo sein, Dutzende von ihnen, wenn nicht sogar hundert oder zweihundert. Wir wissen es nicht", sagt Pluto.

„Dann haben wir es also nicht geschafft." Ich gehe zurück zu meinem Platz auf der anderen Seite des Tisches, setze mich und blicke hinüber zum geöffneten Fenster. Wie schön muss es sein, jetzt aus dem Fenster zu steigen und sich mit weit geöffneten Armen wie ein Vogel hinabzustürzen.

„Aber diese Tiere ... Warum Tiere? Und wo warst du, oder besser gesagt, was war das überhaupt?", fragt Terzan.

„Rico hat ja bestritten, dass es nur um eine Erweiterung des Bewusstseins geht, aber das muss es gewesen sein", sagt Pluto. „Wahnvorstellungen. Trotzdem wirkte alles so real, dass man meinen könnte ..."

„Also doch so etwas wie eine andere Realität?", frage ich.

„Unwahrscheinlich. Wie sollte das gehen?", sagt Terzan.

Pluto schüttelt nachdenklich den Kopf. „Diese Veränderungen im Gehirn, von denen wir im Labor erfahren haben ..." Er spricht nicht weiter.

DIE DRITTE STUFE

„Wie fühlst du dich?" Terzan trommelt langsam mit zwei Fingern auf die Tischplatte.

„Als wäre ich durch etwas hindurchgezogen worden." Pluto zögert, sucht nach Worten.

„Eine besondere Wirkung scheint die Droge also zu haben. Dann diese Zeremonie, die Probanden, von denen etliche verschwunden sind. Was ist das alles? Wozu dient es?", frage ich.

„Grundlegende Änderungen. Die dritte Stufe", murmelt Pluto kaum hörbar.

„Die dritte Stufe. Diese Menschen, die wir da unten gesehen haben, die waren so … Also viel konnte man ja nicht sehen, aber ein Gesicht habe ich doch erkennen können, und das war so entrückt, so weit weg, als …" Terzan verstummt.

„… als wäre dieser Mensch nicht mehr in dieser Welt?", ergänze ich.

„Das hätte ich ja dann auch merken müssen, aber ich war nirgendwo, nachdem ich das Zeug bekommen habe. Diese Menschen waren wie wir, nur anders. Sie haben sich auf allen vieren blitzschnell bewegt, das haben wir ja alle gesehen." Pluto kneift konzentriert die Augen zusammen.

„Weshalb sollten sie das machen?", fragt Terzan.

„Ich weiß nicht. Hat von euch jemand noch mal in diesem Blog nachgesehen?" Ich rufe „Satanael spricht" auf dem Smartphone auf. „Da gibt es noch etliche Einträge. Aber Moment, hier. Der neueste trägt die Überschrift ‚Die andere Welt'. Hier heißt es: ‚Wer von euch Menschen hat jemals an die Realität geglaubt – vollständig? Alles, was wir erleben und erkennen, unsere Handlungen und Überlegungen, sind wie durch einen Schleier vom Wahren getrennt. Wir leben ein Leben im Provisorium. Nur in den Augenblicken der tiefsten Verzweiflung, im Leben der von der Realität abgewandten Verlorenen erkennen wir, dass wir in einem fremden Land leben, dass alles, was wir haben und machen, nur von einer anderen Welt geliehen ist, einer Welt, die hinter dem Schleier darauf wartet, von uns Besitz zu ergreifen. Wer es wagt, ‚meine' zu dieser Welt zu sagen, hat die Maschinerie, die uns umgibt und die von den Eliten gesteuert wird, durchbrochen und das große Spukhaus, in dem wir leben, verlassen. Niemand sollte so dumm sein, seinem Verstand zu glauben, der einem das Wolkenspiel seiner Vernunft als Realität verkauft, und dem Schleiertanz des verführerischen Blendwerks nicht mehr länger folgen. Kommt, steigt empor zur dritten Stufe, folgt dem Lichtbringer, der die bisher nur luziferisch gedachte andere Welt ...' Ich glaube, das reicht."

Pluto schüttelt ungläubig den Kopf. „Wie kann man so ein unklares, diffuses Zeug schreiben? Und wer liest das?"

„Diese Leute ticken anders als wir. Sie glauben nicht an die Vernunft", sagt Terzan.

„Das mag schon sein, aber was will uns Omega – oder besser Satanael – damit sagen?" Ich tippe erneut auf das Smartphone und scrolle noch einmal durch den Text. „Da ist wieder der Hinweis auf die Eliten, die den Menschen davon abhalten, wirklich zu leben."

„Es richtet sich an die Unzufriedenen, und davon gibt es ja viele", sagt Pluto.

„Es muss aber doch nichts dahinterstecken, also diese andere Welt ... Man wird ja nicht in eine andere Welt kommen. Es ist wie ein Heilsversprechen, eine Veränderung, der Köder, den Omega auslegt", resümiere ich.

„Richtig, Jonas, wir denken falsch. Wir glauben, dass die Menschen sich wirklich verändern werden, dass diese andere Welt etwas darstellt." Pluto klopft mit einer Hand auf die Lehne des Rollstuhls.

„Wenn man sich nicht mehr auf die menschliche Vernunft als Maßstab des Handelns beruft ..." Terzan spielt mit einem Bierdeckel, der auf dem Tisch liegt.

„Damit wurde der Unfehlbarkeitsanspruch des Papstes gerechtfertigt. Es ist nur die Wahrheit richtig, die als Dogma von der Kirche gelehrt wird", bemerke ich.

„Ja, Omega ist ein gefallener Priester, und man soll nur das glauben, was er mitteilt", sagt Pluto.

„Unheimlich, oder?", fragt Terzan. „Alpha und Omega eben."

„Was bedeutet ...?" Ich sehe Pluto und Terzan auffordernd an und fahre dann selbst fort: „Dass etwas im Menschen ... na ja, freigesetzt wird, was sonst unter der Oberfläche ist, das scheint mir am plausibelsten. Wir, die wir hier sitzen, wir sind alle noch Alpha, und durch die Drogen werden wir Omega", denke ich laut nach und zucke mit den Schultern.

„Dann wäre ich ja Omega gewesen, oder zumindest wie er, oder ich bin es immer noch", scherzt Pluto und hebt theatralisch die Arme. „Andere Welt, ich komme. Weg mit dem Schleiertanz." Er rollt mit den Augen, wirft den Kopf zurück und starrt an die Decke.

„Aber was bist du denn geworden, Pluto? Du siehst diese Tiere, die Larco in seinen Graffiti dargestellt hat. Ist das die andere Welt? Ich meine, wie fühlst du dich?", frage ich.

Pluto lässt den Kopf zur Seite fallen und sieht mich fragend an. „Da hat sich nichts geändert. Was soll denn jetzt bitte aus mir herauskommen, was ich vorher nicht war? Soll ich befreit werden?"

Terzan reckt einen Finger hoch. „Moment, du hast aber geschildert, dass sich etwas geöffnet hat, oder nicht?"

Pluto runzelt die Stirn. „Ja, richtig, da war was. So wie ein dunkler Gang, aber ich erinnere mich nicht mehr."

Terzan sieht ihn besorgt an. „Hoffentlich bist du jetzt nicht ..."

„Was? In dieser anderen Welt? Ach was." Pluto versucht, zuversichtlich zu klingen, aber es gelingt ihm nicht. „Ist das vielleicht eine neue Droge?" Er verzieht das Gesicht und betastet seine Halskrause.

„Welcher Stoff soll denn das auslösen?", fragt Terzan. „Nein, um so was zu erleben, muss das Gehirn schon sehr geschädigt sein, wie zum Beispiel bei einer Schizophrenie, und außerdem gibt es bei den Maya solche Beschreibungen nicht. Was haben die Leute denn erlebt, die diese Drogen genommen haben?"

„Visionen waren das, eine Art Trance, rauschhafte Zustände, in denen die Maya erlebten, wie sie starben oder von wilden Tieren aufgefressen wurden", sagt Pluto.

„Aber solchen Organisationen ging es immer um Macht. Denkt an diese Geheimgesellschaften." Ich nehme eine Zigarette aus der Packung und lasse sie zur Kante des Tisches rollen.

„Diese Zusammensetzung der Drogen – Omega hat sie noch. Hoffentlich wird er so schnell wie möglich geschnappt", sagt Terzan.

„Man wird ihn fassen, früher oder später. Wir wissen ja seinen richtigen Namen, was ein gewaltiger Vorteil ist. Er kann uns nicht entkommen." Pluto erhebt die Stimme etwas.

„Du glaubst?" Terzan deutet mit dem Zeigefinger auf mein Gesicht.

Ich sehe ihn für einige Sekunden apathisch an. „Jede Menge Hinweise. Wir ... wir haben ihn nur aufgescheucht, ihn gestört, so wie eine Ameise einen Menschen stört, wenn sie ihm über die Hand läuft und ihm kurz auf die Haut pinkelt."

Das Sonnenlicht stanzt rote und weiße Punkte in den Raum, und sofort beginnen sich die Stühle zu bewegen, scheinen zu schweben, doch als ich mit der Hand die Augen abschirme, ist der Spuk vorbei und alles ist wieder da, wo es hingehört.

„Du übertreibst", sagt Pluto. „Sieh doch nicht alles so negativ. Seine Mitarbeiter ... Die Polizei hat Leute der Organisation aufgreifen können. Einige werden reden. Und außerdem kann Rico ... Wo ist der überhaupt?"

„Rico kann uns nicht helfen, er wird nicht aussagen. Er würde sich ja selbst belasten", erwidere ich.

„Was hast du überhaupt erwartet, Jonas?" Terzan lehnt sich lässig gegen die Wand. „Wir haben wichtige Arbeit geleistet, aber jetzt ist es Aufgabe der Polizei, die Organisation zu zerschlagen. Du kannst doch nicht im Ernst annehmen, dass wir die Arbeit der Polizei machen."

Wie ruhig Terzan bei diesen Worten bleibt. Er erwidert meine Blicke nicht mehr wie früher mit dem aufgesetzten Pokerface. „Das Leben ist merkwürdig", hat er mir vor ein paar Tagen zugeraunt, „es besteht fast nur aus nichts und Tod, aber nur ein Moment genügt, ein intensives Gefühl, dann ist alles anders."

„Dieser Mann im Hoodie", wechsle ich das Thema. „Ist seine Leiche eigentlich gefunden worden?"

„Nein, wahrscheinlich wurde sie in der Nacht noch weggeschafft", erwidert Pluto.

„Wie machen wir nun weiter?", frage ich.

„Wir sollten gar nichts mehr machen." Pluto massiert mit einer Hand seine Glatze. „Schließlich ist die Polizei jetzt dran. Auch wenn Omega noch nicht gefasst wurde. Allerdings ist da noch der Alte im Kiosk auf der Zeil ... Der weiß doch bestimmt noch etwas, oder?"

„Wenn er noch da ist", nuschelt Terzan.

„Das lässt sich leicht rausfinden", sage ich.

„Gut." Pluto fuchtelt mit einer Hand in der Luft herum. „Dann geh zu ihm und frag ihn."

41

Laub wird von einer Bö direkt vor mir aufgewirbelt. Endlich kalte Luft, denke ich und halte eine Hand an den Kopf, der vom Wind angenehm gekühlt wird. Irgendwo über mir ist das schrille Zwitschern einer Amsel zu hören, das im nächsten Moment erstirbt, als hätte jemand den Vogel erwürgt. Erstaunlich, wie wenig Leute gerade unterwegs sind. Ich öffne den Mund und lasse die Regentropfen wie Arznei in meinen Hals fallen. Ein Geschmack nach Schmutz und Erde. Vor mir geisterhaft im fahlen Sonnenlicht leuchtende Bäume. Direkt daneben die schwarzen Buchstaben: Frankfurt Kiosk. Diesmal steht niemand vor der Tür. Hoffentlich ist der Kiosk überhaupt geöffnet. In diesem Moment höre ich laute Stimmen von innen. Mein Herz setzt für einen Moment aus. Ich drücke den Türgriff hinunter und stoße beim Öffnen gegen das rote Schild mit den Eissorten.

„Jonas! Auferstanden von den Toten!" Der Alte steht direkt neben der Tür und fuchtelt mit einer Zeitschrift herum, als wollte er eine Fliege verscheuchen.

Mein Blick fällt auf die dünne silberne Kette an seinem Hals, und ich hätte große Lust, sie so lange zusammenzudrücken, bis er mir wirklich alles erzählt hat, was wir wissen wollen. Ein strenger Geruch nach Urin und verdorbenem Essen schlägt mir entgegen. Ich halte mir die Nase zu.

„Lange nicht gelüftet." Die Augen des Alten flackern. Er spannt sich wie ein Tier, das sich auf mich stürzen will.

Ich starre auf seine Hände und prüfe fieberhaft, ob seine Hosentaschen ausgebeult sind, aber es ist keine Waffe zu erkennen. „Sie freuen sich bestimmt, mich wiederzusehen." Der beißende Spott meiner Stimme überrascht mich selbst, doch einen Moment später gehe ich einen Schritt zur Seite, denn im hinteren Bereich ist eine weitere Gestalt zu sehen. „Hallo", sage ich unsicher und deute auf die Person, die sich offenbar vor mir verstecken will. „Schalten Sie das Licht da hinten ein", befehle ich. „Wer ist das?"

Der Alte geht an mir vorbei zur Eingangstür, schließt sie und dreht den Schlüssel, der im Schloss steckt, herum. „Wir wollen doch nicht gestört werden, oder?", säuselt er.

„Aber", stammele ich verwirrt, gehe ein paar Schritte, und starre auf die blonden Haare der Person im hinteren Bereich des Kiosks, die zierlichen Hände, die an einem Regal Halt suchen, die vornehme Kleidung. „Iris!", rufe ich verblüfft.

Sie dreht sich mit einer schnellen Bewegung um.

„Ah, du hast zwei Frauen. Das geht selten gut, sage ich dir", schnarrt der Alte.

„Hallo, Jonas", antwortet Iris mit spitzen Lippen.

„Was machst du denn hier? Und wo warst du die ganze Zeit?"

Iris legt den Kopf in den Nacken und sieht mich kühl an.

„Wenn du hier bist, bedeutet das, dass du Omega …?", frage ich.

Der Alte zeigt mit einem Finger auf mich. „Langsam kapiert er's", kommentiert er und tippt sich mit einem Finger an die Stirn.

Schwerfällig strecke ich die Hände vor, als wollte ich auf Iris zugehen und sie in die Arme nehmen, wie wir es Dutzende, Hunderte Male gemacht haben in den letzten Jahren. Dann konnten wir minutenlang so stehen, als würden wir uns keinen Schritt mehr vom anderen entfernen wollen. Doch jetzt kommt mein Körper nicht von der Stelle. „Ist das so? Du gehörst jetzt zu denen?" Ich kann meine Stimme kaum kontrollieren.

Für einen Moment scheint es, als würde Iris' Gesicht milder werden, freundlich besorgt, der Ansatz eines warmen Lächelns vielleicht, doch sofort verhärten sich ihre Gesichtszüge wieder.

„Es geht nur darum, die richtigen Entscheidungen zu treffen", sagt der Alte und sieht mich an. Er grinst so breit, dass man meinen könnte, er hätte die Mundwinkel so weit auseinandergezogen, wie es eigentlich anatomisch gar nicht möglich ist. „Und Iris war wirklich schlau, sie hat sich für die richtige Seite entschieden."

Ich durchbohre ihn mit meinem Blick. Iris legt den Kopf so weit in den Nacken, dass ihre Halsschlagader deutlich hervortritt. Warum sagt sie nichts? „Du hast mich verraten, einfach so ... so ... leicht", lege ich dann los und schnippe mit den Fingern. „Du hast uns verraten, hast uns in tödliche Gefahr gebracht. Warum, sag mir warum!"

Iris schüttelt den Kopf und wedelt mit einem Zeigefinger vor mir herum. „Nein, das stimmt nicht. Ich habe euch geholfen. Ich habe euch noch unterstützt."

„Ach ja? Indem du dafür sorgst, dass uns Omega findet und tötet? Das ist so ... wirklich krank", fahre ich sie aufgebracht an.

„Glaubst du, ihr wärt ohne mich auf diesem Parkplatz einfach so davongekommen?", verteidigt sich Iris.

„Du!" Ich hebe die Hände und durchteile damit die Luft vor mir.

„Ihr habt doch ständig geglaubt, ihr wärt in Gefahr. Dabei habt ihr euch getäuscht", erwidert sie schnippisch. „Omega wollte Maria nicht töten, er wollte sie zurückhaben, oder glaubst du, sie wäre zurückgekommen, wenn ich nicht dabeigewesen wäre?"

„Dann hast du ihm mitgeteilt, wohin wir fahren, als ich auf den Parkplatz wollte. Du hast ihm eine SMS geschickt, oder?"

„Das ist jetzt absolut unwichtig."

„Wann ging das los? Als du zu dieser Versammlung gegangen bist?", frage ich unbeirrt weiter und gehe ein paar Schritte auf sie zu.

„Es hörte sich toll an, irgendwie faszinierend."

„Du hast uns eiskalt abserviert. Verraten. Bist einfach gleich übergelaufen! Ich fass es nicht!", fahre ich sie an.

Der Alte schlurft zum Tisch neben der Tür und brummt etwas Unverständliches. Sonnenverrückte Fruchtfliegen kleben wie kleine Kotflecken an der Glühbirne, und ich überlege, sie eine nach der anderen abzuschlagen.

„Und du, was hast du denn gemacht?", legt Iris plötzlich los. „Mich einfach weggeworfen, aber zum Ficken war ich gut genug, ja?"

Ein Pfeil aus Sonnenlicht erwischt mich zwischen den Augen. Verdammt noch mal, warum schreit sie so? Dazu ihr gerötetes Gesicht und der kalte Blick. „Ich habe so sehr …" Ihre Stimme bricht. Tränen treten ihr in die Augen. „Mit mir kannst du es ja machen, wie? Glaubst du. Ich lasse mich aber nicht einfach wegwerfen wie ein Stück …" Sie hält inne.

„Dreck", sagt der Alte, dreht sich um und hebt die Hände. „Dreck ist das Wort, das du suchst. Dreck."

Ich beachte ihn nicht. „Das stimmt doch alles nicht, Iris. Niemand hat dich weggeworfen", versuche ich mich zu verteidigen. „Und das mit Maria …"

„Lass diesen Namen aus dem Spiel. Maria, Maria, immer diese Maria, als gäbe es nichts anderes. Maria, Maria, Maria." Sie schiebt die Zunge zwischen die Lippen und spricht den Namen aus, als wäre sie schwachsinnig. „Und wahrscheinlich hast du noch nie wirklich etwas für mich ... Von Anfang an. Unsere Beziehung – also, Liebe war das nicht." Ihre Stimme verliert für einen Moment an Kraft.

„Und deshalb hast du das getan? Das konntest du so einfach?", blaffe ich sie an.

„Leiden sollst du, Jonas! Damit du spürst, wie ich mich fühle. Als ich im Hausflur auf dich gewartet habe, was hätte ich dafür gegeben ..." Sie befeuchtet ihre Lippen. „Und wie habe ich gelitten. Jetzt bist du dran!", faucht sie und schiebt den Kopf nach vorn wie eine Echse. „Das lasse ich mir nicht bieten. Nichts davon, und bilde dir nicht ein, dass ich dich noch liebe. Diese Scheiße habe ich hinter mir!" Sie setzt hinter jedes der letzten Worte ein Ausrufezeichen.

Ich starre sie an. „Es hätte dir gefallen, wenn ich draufgegangen wäre", fahre ich heftig atmend fort. „Wenn du aufgepasst hättest, wäre Kurt nicht tot und auch Reiner würde noch leben." Ich picke mit einem Zeigefinger in der Luft herum, als würde ich in ein faules, stinkendes Stück Fleisch hineinstechen.

Von draußen eindringende Lichtsplitter tanzen wie entfesselte Kristalle in ihrem Gesicht. Früher hat mich dieser Blick aus ihren tiefschwarzen Augen unglaublich angezogen, doch jetzt wirken sie so kalt, starr und leblos.

„Reiner hätten sie auch so getötet", entgegnet Iris schnippisch. „Und überhaupt – warst du da, wo sie waren? Hast du je daran gedacht, anders zu leben? Du weißt nichts, nichts davon, wie der Mensch sein könnte, wenn ihn diese Eliten nicht gehindert hätten, immer, seit Jahrhunderten?"

„Oh Gott, das ist Geschwätz! Schwachsinn, merkst du das nicht?" Merkwürdig, dass ich diese Frau einmal geliebt habe. Oder habe ich sie wirklich nie geliebt? Habe ich mir das eingebildet, meine Beziehung zu ihr auf Lügen aufgebaut? Jenen Lügen, von denen Omega gesprochen hat? Ich zögere, bevor ich weiterspreche, und atme tief durch. Iris weiß genau, wie ich solche

DIE DRITTE STUFE

Auseinandersetzungen hasse. Und mir ist jetzt schon schlecht.

„Weißt du", beginne ich, „was Omega anrichtet? Diese Drogen verändern etwas im Gehirn, wusstest du das? Wie kannst du auch nur glauben ... Es ist ein Irrtum, ein furchtbarer Fehler." Ich halte inne, weil ich ins Stammeln gerate. Der Alte geht zum Regal und beginnt, die Zeitschriften zu ordnen.

Iris scheint für einen Moment irritiert. Dann schüttelt sie den Kopf. „Es wird kommen. Wir sind mittendrin, und doch ist es erst der Anfang." Sie deutet auf den Alten, der mit durchgedrücktem Oberkörper am Regal steht wie ein Sportler kurz vor dem Wettkampf und sich mit der flachen Hand ein paar Mal auf die Schädeldecke schlägt. Wie gut, dass er sich selbst dabei nicht sehen kann. Ein klappriger Mann, der sich nur mühsam auf den Beinen hält, jederzeit zusammenbrechen kann, weil er irgendwann diese Drogen bekommen hat. Ich betrachte die lose an den dürren Beinen des Alten herabhängende Trainingshose.

„Wir haben euch gestoppt", setze ich an.

Der Alte lacht kurz und trocken auf.

Iris schüttelt den Kopf. „Jonas, nein, die Sache ist viel größer, als du dir vorstellen kannst. Du hast ja keine Ahnung. Was habt ihr denn schon erreicht? Ein paar von unseren Leuten wurden geschnappt. Na und? Das Projekt habt ihr nicht stoppen können, es wird weitergehen und alles verändern." Sie sieht mich trotzig an.

„Und alles nur wegen unserer Begegnung im Hausflur?", sage ich resigniert. „Iris, ich verstehe dich nicht. Du weißt nicht, was du damit anrichtest. Leute haben unter dem Einfluss dieser Drogen getötet, und das willst du, aus Rache? Ist das die Veränderung, die du dir wünschst?"

„Du verstehst es nicht." Sie tritt unruhig einen Schritt zurück, dann wieder vor.

Das hier ist so verdammt unwirklich, das kann doch alles nicht wahr sein. Dieses Gerede von Iris, von meiner

Iris, die immer so vernünftig war, so brav. Ja, das war sie wirklich, brav.

„Wenn viele Leute diese Drogen in die Finger bekommen, wie viele, denkst du, werden sterben? Tausende? Zehntausende? Es wird sich vieles ändern, sicher, aber es wird sich nichts verbessern, rein gar nichts", insistiere ich.

„Da ist etwas", sagt Iris versonnen, „ein Widerstand. Ich habe ihn oft nicht gespürt, nur erahnt, als gäbe es einen Punkt, über den ich nicht hinauskomme, aber er ist da, bei allen Menschen. Das ist es, was wir wollen, etwas ganz Neues."

„Das ist doch Gerede, Phrasen sind das. So etwas hat es schon oft in der Menschheitsgeschichte gegeben. Jede Sekte verspricht ihren Mitgliedern so etwas. Ich kann nicht glauben, dass du darauf hereinfällst. Außerdem", rede ich überhastet weiter, „wofür sind denn diese Drogen? Diese Veränderungen bei Menschen, wofür sind die gut? Diese verfluchte dritte Stufe, von der immer die Rede ist?"

„Du glaubst, dass ich dir das sage? Dir das mitteile, was nur die Mitglieder der Organisation wissen, einem, der nicht dazugehört? Nach alldem?" Iris' Stimme wird spitz, und sie sticht mit einem Finger in meine Richtung. „Wahrscheinlich verstehst du es ohnehin nicht. Du wolltest schon immer verstehen, alles verstehen, stimmts? Als du damals zu mir kamst, nachdem Maria verschwunden war? Das war der Anfang, damit kam alles ins Rollen. Vernunft, hm? Du bist ja so vernünftig, Jonas. Nur, was hat es dir genützt? Ist die Unruhe verschwunden, von der du so oft gesprochen hast? Wie oft bist du nicht aus dem Haus gegangen? Warum? Du spürst es auch, oder? Diese Ängste. Man will etwas tun und macht es dann doch nicht. Man könnte viel mehr machen, oder?"

Ich halte mir entnervt die Hände auf die Ohren. „Hat Omega dir das erzählt? Natürlich, Unruhe und Ängste, aber was soll das?"

„Es ändert sich, Jonas. Wir ändern uns." Iris' Stimme ist leiser geworden.

„Du hast diese Drogen genommen? Aber doch nicht freiwillig?"

Iris lacht laut auf. „Mich muss niemand zwingen, ich wollte das schon immer, aber ich habe nicht mal viel bekommen. Und trotzdem – wo du dann bist ... Du wirst das nie erleben." Iris sieht mich abschätzig an. „Und was wir noch vorhaben, also, was Omega vorhat. Ich habe ja schon gesagt, dass die Drogen erst der Anfang sind. Da ist noch viel mehr. Wenn du also denkst, dass die Menschen diese Drogen bekommen, um anders zu leben, so zu sein, wie es ihnen viele Jahrhunderte nicht möglich war, so irrst du." Sie wirft den Kopf zurück, kaut auf ihrer Unterlippe herum. Für einen Moment erinnere ich mich an ähnliche Gesten von Maria und rechne damit, dass die Lippe gleich bluten wird.

Der Alte umklammert mit einer Hand einen Ständer mit Postkarten. „Eine Veränderung, die es so noch nicht gab", murmelt er. „Ich war kaputt, früher, aber dann, durch Omega – das wollte ich immer. Ehre sei Omega."

„Ehre sei Omega", wiederholt Iris und neigt den Kopf.

„Ich kann das nicht glauben." Ich vergrabe die Hände in den Hosentaschen. „Ihr könnt doch nicht ernsthaft glauben, dass das funktioniert. Unruhe und Ängste verschwinden, wie soll das denn gehen? Was sollen denn das für Menschen sein, die diese Ängste nicht mehr haben?"

Iris spielt mit dem schwarzen Schal um ihren Hals. „Diese Chance, die Omega uns bietet", setzt sie an, bricht die Erklärung jedoch sofort wieder ab.

Ich zucke zusammen wie unter einem elektrischen Schlag, als ich durch die Scheiben des Kiosks ein Auto erspähe, das in einiger Entfernung mitten in der Fußgängerzone steht.

„Da – ist er da drin? Wartet er auf dich?", rufe ich. „Ja, oder?"

Iris hebt theatralisch die Hände, grinst und zuckt mit den Schultern. Ich drehe mich um und will auf die Tür zugehen, doch der Alte stellt sich mir in den Weg.

„Also ist er es wirklich. Er wartet auf dich."

Iris sagt nichts.

„Dann weißt du ja, wie er aussieht. Ich dachte, dass Omega jeden tötet, der sein Gesicht gesehen hat."

„Nun, offenbar nicht, ich lebe ja noch", sagt Iris in scharfem Tonfall. Ihre schöne glatte Gesichtshaut erbebt, als würde gleich etwas aufbrechen. „Ja, das hat dir gefallen, oder?", keift sie. „Die blöde kleine Iris, hast du gedacht, und jetzt bekommst du die Quittung. Leiden sollst du, Jonas! Maximal!"

„Es ergibt keinen Sinn, was du da redest, merkst du das denn nicht? Glaubst du ernsthaft, dass ich dich damit treffen wollte? Es ist unfassbar." Ich kann nicht weiterreden. Alles umsonst, denke ich. Es wäre alles längst beendet, wenn Iris nicht gewesen wäre. „Du hast das wirklich getan."

„Ihr habt nichts bewirkt!", schnarrt der Alte. „Es war sinnlos. Die ganze schöne Vernunft, deine beschissene Liebe zur Wahrheit. Nichts. Scheiße."

Provokant soll das wohl klingen, triumphierend. Er irrt sich, kommt es mir in den Sinn, und wir sind nicht gescheitert. Aber vielleicht rede ich mir das nur ein? Eine Lüge, wie sie so zahlreich und typisch sind für das menschliche Denken, das hat jedenfalls Omega gesagt. Und diese Veränderungen im Gehirn …

„Was wird denn aus diesen Menschen?", frage ich, aber wahrscheinlich werde ich sowieso keine Antwort bekommen. „Da waren doch diese Männer, die Pedro umgebracht haben. Maria hat davon erzählt. Und noch weitere. Sie haben getötet, nur so zum Spaß. Ihr könnt doch nicht ernsthaft glauben, dass solche Leute die Welt verbessern oder das verändern, was die Eliten den Menschen angeblich wegnehmen, was ja nicht mal stimmt. Und ihr wisst das." Ich habe fast atemlos geredet, schnell, stockend, immer hastig von einem Wort zum nächsten springend, bestimmt habe ich auch einige Silben verschluckt.

Iris schweigt. Der Alte schüttelt den Kopf und zuckt mit den Schultern.

„Omega will uns weismachen, unser Leben sei auf Lügen aufgebaut, doch er selbst erzählt Menschen die größten Lügen, und ihr merkt es nicht einmal." Worte wie kleine Gewehrkugeln, nur raus damit. Fast erschrecke ich mich selbst über meine Worte.

Iris jedoch sieht mich nur verständnislos an. Der Alte schüttelt weiter den Kopf. Verdammt, warum fühlen sie sich nur so sicher? Iris jedoch scheint mir nicht zuzuhören. Sie läuft zum Fenster an der Seite des Kiosks.

„Es ist so weit", brummt der Alte.

„Was?", frage ich.

Iris sieht mich mit einem abschätzigen Blick an, stürmt dann zur Tür, und der Alte tritt zur Seite. Iris dreht den Schlüssel im Schloss, reißt die Tür auf und rennt hinaus. Wie ich erwartet habe, bleibt der Alte vor der geöffneten Tür stehen. Für einen Moment überlege ich, ihn wegzustoßen, doch Iris ist bereits zu dem wartenden Auto gelaufen, steigt auf der Fahrerseite ein und lässt lautstark den Motor aufheulen. Das Auto macht einen Satz nach vorn, zwei Fußgänger springen zur Seite, beschweren sich wütend.

Das Autokennzeichen! Ich müsste nur die Nummer erkennen, aber in dem Moment, als ich die ersten Buchstaben vor mich hin murmele, um sie nicht zu vergessen, springt mich der Alte von der Seite an, und ich knalle gegen einen Stuhl, der direkt neben dem Fenster steht. Mühsam richte ich mich auf, stoße den Alten meinerseits zur Seite und riskiere erneut einen Blick aus dem Fenster. Vom Auto sind nur noch die Rücklichter zu erkennen. Ich renne so schnell ich kann nach draußen, versuche Tempo aufzunehmen, doch schon nach wenigen Metern humpele ich und kann nicht weiter. Als ich zurückblicke, steht der Alte in der Tür des Kiosks und starrt mich aus gelben Augen an. Dieser hypnotische Blick! Ich habe ihn schon einmal gesehen. Luzifer, denke ich, das ist Luzifer, wie ihn Franz von Stuck gemalt hat, nur in anderer Gestalt und mitten unter uns.

42

„Es ist vorbei, oder?", feixt Terzan und grinst, ziemlich dümmlich, wie ich finde.

Ein kalter Wind pfeift durch das geöffnete Küchenfenster. Sehr ungewöhnlich, denn nach dem Kalender ist der Sommer noch nicht vorbei. Meine Augen schmerzen, wenn ich nur daran denke, draußen durch diese kalte Luft zu laufen. Fast schon wünsche ich mir die Hitze zurück.

„Lasst uns feiern!" Pluto drängt mit seinem Rollstuhl in die Küche. Aus seinem Schoß ragt eine Champagnerflasche wie ein überdimensionaler Penis. „Gläser sind oben im Schrank", sagt er und muss für den einen Satz mehrmals Luft holen.

Terzan springt auf und holt vier Sektflöten aus dem Küchenschrank. Er stellt sie vorsichtig auf den weißbraunen Rechtecken der Tischdecke ab.

„Vorbei. Wenn ich das nur sagen könnte." Maria starrt in die Kaffeetasse in ihrer Hand. Neben ihr kriecht eine Wespe mit herabhängenden Flügeln an der Holzleiste des Fensterbretts entlang. Maria pustet in die Tasse und nippt am Kaffee. „Manchmal denke ich, dass ich es nicht schaffe und das alles niemals zu Ende ist."

„Du schaffst das", sage ich. „Du hast schon so viel geschafft."

„Meinst du?", murmelt sie. „Zwei Wochen im Krankenhaus, jetzt bin ich halbwegs wieder ...na ja." Sie schluckt ein paar Mal.

Wirklich gesund sieht sie nicht aus. Ihre Gesichtsfarbe ist ein fahles, hässliches Grau, und sie schließt immer wieder nervös die Augen, reibt sich kurz darüber, sieht hinter sich, als stünde dort jemand. Dann steht sie wieder so starr, als könnte sie sich ohne fremde Hilfe nicht bewegen.

„Maria, wir haben es doch geschafft, wir zusammen, oder?", versucht Terzan sie aufzubauen und verzieht Mund und Augen zu einer Grimasse. Natürlich, da ist sie wieder, diese Leichtigkeit an ihm, die ich nie verstanden habe. Terzan kann sich nicht vorstellen, wie Maria empfindet, dabei hat er damals mehr gefühlt als wir, als Iris und ich zusammen ... in diesen Nächten, in denen er ruhelos an den Gleisen entlanggelaufen ist, haltlos, wie Iris es einmal beschrieben hat. Und wie oft hat er wohl daran gedacht, sich auf die Schienen zu legen, einfach so – wie oft?

„Glaubst du wirklich?" Marias Kopf geht hin und her wie bei einer Puppe. Sie zieht für einen Moment die Augenbrauen hoch und hebt eine Hand.

„Jonas, würdest du?" Pluto zeigt auf die Flasche. „Ich habe keine Kraft dazu."

Drei Minuten später sitzen wir vor vollen Champagnergläsern und prosten uns schweigend zu. Selbst Pluto gelingt kein freundliches Gesicht. Wahrscheinlich denken wir alle daran, dass Maria noch lange nicht über den Berg ist. Sie sitzt vor Kopf am Tisch, zuckt zusammen, wenn ich sie ansehe. Nein, bitte, nur keinen Anfall, bitte nicht.

Pluto schluckt und trinkt mit stereotypen Bewegungen einen weiteren Schluck. Er verzieht das Gesicht, als hätten wir Gift in den Champagner gemischt.

„Diese Schmerzen, verdammt. Manchmal kommen sie. Aah." Er windet sich. „Dabei wollte ich doch …"

„… mit uns feiern, schon klar", sage ich. „Ist ja auch in Ordnung." Ich fahre mit einem Finger über den Rand des Champagnerglases.

„Gute Nachrichten", sagt er dann und lächelt für einen Moment. „Diese Mitarbeiter von Omega, die die Polizei aufgegriffen hat …" Er grinst, als könnte er uns damit alle aufheitern. „Es wurden einige dieser Treffpunkte gefunden – wie die Wohnung in Duisburg, die wir entdeckt haben. Etliche. In Düsseldorf und Umgebung. Manchmal war es nur ein Lager, eine Wohnung, ein Kellerraum oder das Hinterzimmer in einem Restaurant. Alles konnte als Treffpunkt dienen."

„Dort wird man aber mehr nicht finden. Die Treffpunkte wurden längst aufgegeben", räume ich ein.

„Die Organisation war aufgebaut wie ein Spinnennetz", sagt Pluto. „Es gab an verschiedenen Stellen feste Punkte, ein Zentrum und diese Treffpunkte, die wie Fäden zum Zentrum der Organisation führen sollten. Nimmt man diese Fäden weg, gibt es keinen Weg mehr zum Zentrum. Selbst wenn es noch existieren sollte, ist es isoliert, und alles fällt in sich zusammen. Die Organisation ist somit zerstört."

„Also war es dann so, als wäre die Organisation gar nicht da?", frage ich.

„Ja, nicht konkret. Es gab keinen bestimmten Ort."

„Außer dem Zentrum, und das … Tja, niemand weiß, wo das ist, oder?", fragt Terzan.

„Über das Zentrum wussten auch die Mitarbeiter nichts", erwidert Pluto.

„Aber diese Treffpunkte und die Wohnung, in der wir waren, die wurden doch aufgegeben, da war doch sowieso nichts mehr", sage ich.

„Die Mitarbeiter haben ausgesagt, dass die Treffpunkte noch genutzt wurden. Das war wohl gerade der Trick." Pluto ruckt mit einer Hand an der Halskrause herum. „Jetzt sind sie bekannt und somit quasi aufgelöst."

Maria zuckt mit den Schultern. „Omega ist aber noch da, und er wird Wege finden. Das spüre ich."

„Omega ist europaweit zur Fahndung ausgeschrieben, natürlich unter seinem richtigen Namen, den …", Pluto hält für einen Moment inne.

„Den wir nicht nennen wollten." Ich hebe abwehrend die Hände.

Pluto nickt. „Iris ebenso, es ist also nur eine Frage der Zeit." Er hält die Hände steif auf seinen Oberschenkeln und überlegt einen Moment. „Wie konnte er uns da unten entkommen? Durch die Geheimgänge? Und dann seelenruhig mit dem Auto auf der Zeil warten?" Er zieht die Stirn in Falten.

„Das ist also das Ende", skandiert Terzan. „Auf das Ende!", ruft er und hebt sein Glas.

Zögerlich nimmt Pluto seines wieder in die Hand, und Maria befeuchtet nur mit einigen Tropfen vom Champagner die Lippen.

Ich kann Terzan nicht folgen. „Auf Reiner. Mensch, wenn Reiner jetzt hier wäre, oder?" Meine Augen füllen sich mit Tränen.

„Auf Reiner!", ruft Pluto.

„Auf Reiner", wiederholen Terzan und Maria.

Dann nippen wir schweigend an unseren Gläsern.

„Wir wissen aber nichts über die Droge. Hat man bei dir gar nichts gefunden, Pluto?"

„Es ließ sich nichts mehr nachweisen, leider", erwidert Pluto.

„Und der Obdachlose, den wir gefunden haben?" Terzan dreht einen Bierdeckel herum, der vor ihm auf dem Tisch liegt.

„Er ist erstickt, wahrscheinlich an Schwefelwasserstoff, den er eingeatmet hat", sagt Pluto.

„Wenn Omega nun die Drogen weiterhin ...?" Maria dreht den Kopf zur Seite, als könnte sie sich so besser konzentrieren.

„Wir haben ja gesehen, in diesem Labor, dass sie nicht so einfach herzustellen sind", antworte ich. „Selbst wenn Omega die Zusammensetzung noch weiß."

„Er könnte woanders ein neues Labor aufbauen", wirft Terzan ein.

„Dazu muss er erst einmal Leute finden", sagt Pluto.

„Die hat er zuletzt auch gefunden", bemerke ich.

„Gibt es denn noch die Versammlungen an der Uni?", fragt Maria.

Pluto nimmt einen weiteren Schluck aus dem Glas. „An der Heinrich-Heine-Universität nicht. Ich habe alle Informationen an den Rektor weitergeleitet. Ein Sicherheitsdienst patrouilliert jetzt abends dort."

„Du glaubst wirklich, dass es vorbei ist, oder? Obwohl Omega nicht gefasst wurde?" Ich sehe Pluto direkt ins Gesicht.

Er erwidert meinen Blick, ohne zu zucken. „Ich wüsste nicht, was noch passieren sollte", gibt er zurück.

„Iris hat gesagt, dass es viel größer ist, als wir glauben." Meine Worte kommen schnell, stoßweise. „Und dass es nicht um die Drogen geht. Die sollen nur der Anfang sein. Wenn dies nun ..., ich darf gar nicht daran denken."

„Das übliche Gewäsch", antwortet Pluto ruhig. „Mitglieder von Geheimorganisationen überschätzen sich für gewöhnlich. Irgendetwas müssen sie ihren Mitgliedern ja erzählen."

„Aber wenn es nun stimmt? Wenn wir etwas nicht wissen und etwas anderes längst angefangen hat? Diese Leute, die die Drogen bekommen haben, wo sind die?"

„Sie waren in der konspirativen Wohnung, richtig?", sagt Terzan.

Maria nickt. „Ja, eindeutig. Dieser Geruch – genau wie in einem der Warteräume."

„Ich weiß nicht, wo die Leute abgeblieben sind." Pluto kneift das linke Auge zu und kratzt sich mit zwei Fingern am Kopf. „Selbst wenn sie irgendwo sind, wer sagt denn, dass deshalb etwas passieren muss? Und was soll das sein? Veränderungen, ja, okay, es soll Veränderungen geben, aber auch das ist Unsinn, das wollen solche Organisationen Leuten erzählen. Was soll denn da passieren? Und was soll das sein, wenn Omega – sagen wir – hundert Leute hat?"

„Iris klang verdammt sicher. Super überzeugt."

„Mag sein." Pluto hebt das Champagnerglas etwas in die Höhe und betrachtet es. „Das ist es, was hier zählt. Wir haben die konkreten Ergebnisse, die Polizei hat die Organisation zerschlagen."

„Vielleicht hast du recht", gebe ich mich geschlagen. „Maria?"

„Ja, es scheint alles zu passen. Omega – wir haben seine Zeremonie verhindert, oder?" Endlich entspannen sich Marias Gesichtszüge, und fast könnte man meinen, dass sie lächelt.

„Und was die dritte Stufe ist, wissen wir immer noch nicht. Diese Leute, die wir gesehen haben, da unten. Wir wissen nicht, was mit ihnen passiert ist. Vielleicht ist es das, warum es noch nicht vorbei ist." Ich sehe Pluto an.

„Es geht um irgendeine Erweiterung des Bewusstseins, was sollte es sonst sein?" Was macht Pluto so verdammt sicher? Vielleicht seine Erfahrung als Privatdetektiv? Seine Recherchen, die er für Maria damals durchgeführt hat und bei denen ich ihn kennengelernt habe?

„Und wenn diese Drogen die Menschen nun zu besonderen Fähigkeiten ... Ich meine, sie könnten gefährlich werden", gebe ich zu bedenken.

„Sicher, vielleicht werden sie zu Straftätern, dann wird sich die Polizei um sie kümmern", sagt Pluto lapidar.

„Maria, was ist die dritte Stufe für dich?", frage ich.

Sie sieht mich wie durch einen Schleier an. „Es ist laut Rico mehr als nur eine Erweiterung des Bewusstseins.

‚Lass sie ruhig glauben, dass es so ist, das macht es einfacher' waren seine Worte."

„Aber was sollte sich denn bei den Menschen verändern?", fragt Terzan.

„Sie sollten erwachen, aufwachen, als wären sie in einer Art Schlaf, und das richtige Leben würde noch kommen."

Pluto fährt sich mit einer Hand über die Stirn. „Warum glaubt ihr, dass sich überhaupt etwas dahinter verbergen muss? War Omega so überzeugend?"

„Du meinst …?" Ich weiß nicht recht, wie ich es ausdrücken soll. „Als er mit mir gesprochen hat, das war, als hätte er tief in mir etwas berührt. Diese Unruhe, Angst, die Belastungen des Lebens."

Marias Gesicht wird ernst. „Vielleicht ist es das ja gerade, dass wir etwas, was uns belastet …" Sie schweigt und blickt mit zusammengekniffenen Augen zu mir herüber. „Wenn ich diesen ganzen Scheiß, diese Krankheit, loswerden könnte. Frei sein. Freier."

„Aber andere? Wovon sollen die frei werden? Vieles gehört zum Leben dazu", sagt Pluto, „aber diese Freiheit … Es gibt Geheimorganisationen, die so etwas behauptet haben", fügt er hinzu.

„Was ist mit den Menschen, die wir da unten gesehen haben? Die gingen auf allen vieren. Und die Geräusche! Also, wenn ich mir vorstelle, dass …" Terzan hebt die Arme in einer hilflosen Geste. „Das war unheimlich. Wenn die frei rumlaufen würden …"

„Beängstigend, das sehe ich ein", sagt Pluto. „Aber Maria hat solche Menschen nie gesehen, als sie unten war, stimmts, Maria?"

„Wer die Drogen genommen hatte, war kaputt. Da war dieses … was sich anhörte wie ein Grollen. Diese Gesichter." Maria hält sich die Hände vors Gesicht, nimmt sie aber schnell wieder weg.

„Kann denn von diesen Leuten eine Gefahr ausgehen?", fragt Terzan.

„Was sollten sie denn machen?", erwidert Maria.

„Also doch ein Wahn, ein System, das Omega verfolgt und das er so schlüssig entwickelt hat, dass sogar wir irgendwelche Gefahren damit verbinden?" Ich klopfe nervös mit den Fingerknöcheln auf die Tischplatte.

„Es verändert sich nichts so sehr durch die Einnahme von Drogen, dass man … Das müsste dann schon eine Veränderung der Gesellschaft sein", murmelt Terzan.

„Abwegig, oder?"

„Abstrus", stimmt mir Pluto zu.

„Und dieses angebliche Geheimwissen aus der Kultur der Maya?" Terzan lehnt sich mit seinem Stuhl zurück, bis er an die Wand stößt.

„Sicher, das kann es geben", sagt Pluto. „Wahrscheinlich gibt es das sogar, aber was sollte dahinterstecken? Irgendwelche Wissenschaftler hätten das schon entdeckt, oder?"

„Verrückt. Immerhin haben wir alles aufgeklärt."

Pluto hält einen Finger in die Luft. „Noch nicht alles, Jonas, eine Sache fehlt noch."

***

Klinger hat sich einen blauen Schal um den Hals gebunden, die roten Haare sind unter einer braunen Mütze verborgen.

„Professor Klinger!", rufe ich erfreut.

Terzan steht auf und drückt ihm mit beiden Händen die Hand. Selbst Maria lächelt und nickt ihm freundlich zu.

„Schön, Sie alle so …, also, dass Sie alle …", beginnt Klinger.

„… noch am Leben sind, ja, ganz recht", ergänzt Pluto und verfällt in ein befreiendes Lachen, das mir aber etwas zu künstlich vorkommt.

„Ich habe da etwas." Klinger zeigt auf das Paket unter seinem Arm. Ein großer, flacher Gegenstand ist in ein Tuch eingewickelt. Vorsichtig löst er das Tuch.

DIE DRITTE STUFE

Die gelben, stechenden Augen. Der nackte Mann. Die Dunkelheit. „Luzifer!", rufe ich erschrocken und halte mich an der Stuhllehne fest.

Klinger hebt das Gemälde hoch. „Genau. Aber ein ganz bestimmtes Gemälde, es ist nämlich das zweite Original." Er hält kurz inne und sieht uns der Reihe nach an.

„Das Gemälde, in dem Stuck die Notizen über die Drogen versteckt hat", sage ich.

„Hier hinten." Klinger dreht das Bild um und zeigt auf eine Lasche, die am unteren Ende des Rahmens angebracht ist. „Ziemlich primitiv, und noch dazu aus Papier." Er öffnet die Lasche. „Ein einfacher kleiner Zettel wird es gewesen sein, mehr Platz brauchte er ja auch nicht."

„Wo haben Sie das Bild gefunden?", fragt Terzan.

„Auf einem Kunstmarkt in Frankfurt, zwischen wirklich scheußlichem Gerümpel, das heute unter der Klassifizierung ‚Vintage' verkauft wird. Es wurde nicht mehr gebraucht, schätze ich. Omega hat den Zettel genommen und das Gemälde dann weggeworfen oder verschenkt."

„Lässt sich doch bestimmt zurückverfolgen, woher es stammt", sagt Maria.

„Das haben wir versucht, leider ohne Erfolg", antwortet Klinger.

„Was werden Sie damit machen?", frage ich.

„Es ist ein Beweisstück, ein einzigartiges Dokument einer faszinierenden Geschichte." Klinger stellt das Gemälde auf dem Boden ab.

„Eine Geschichte? Was meinen Sie damit?" Pluto sieht ihn stirnrunzelnd an.

„Einer meiner Doktoranden hat mir vorgeschlagen, alle Geschehnisse zu dokumentieren. Sie wollten ein Sachbuch verfassen, in dem alles erklärt wird, besonders die Hintergründe zu dem Gemälde." Er nickt kurz, verzieht dann aber das Gesicht, als könnte er sich nicht recht freuen.

„Und warum … warum wollen Sie das nicht?", fragt Maria.

„Omega ist noch nicht gefasst. Wir könnten Menschen damit in Gefahr bringen – Rico zum Beispiel oder Iris, denn wenn alles so beschrieben wird, wie es wirklich war, könnte Omega nervös werden. Vor allem für Maria wäre es schwierig, wenn alles bekannt wird – sie würde als Verräterin dastehen. Und wir wissen ja, was Omega mit Verrätern macht."

Pluto deutet auf die Champagnerflasche. „Entschuldigen Sie, ich vergaß, Ihnen etwas anzubieten. Terzan, würdest du?"

„Natürlich." Terzan geht zum Küchenschrank und holt ein weiteres Glas heraus, das er mit Champagner füllt und dem Professor reicht.

Klinger hält das Glas unschlüssig in der Hand und starrt missmutig auf die prickelnden Blasen im Champagner. „Aber es sollte veröffentlicht werden. Alles. Detailliert." Er führt das Glas an den Mund, ohne uns zuzuprosten, und trinkt einen Schluck.

„Wie wollen Sie das anstellen?", fragt Terzan.

„Was Sie – oder was wir – erlebt haben, soll nicht als Sachbuch erscheinen …" Er zögert einen Moment. „… sondern als Roman, so als wäre es nicht wirklich passiert."

„Die Leser werden denken, alles sei erfunden, obwohl es wirklich passiert ist", sage ich. „Klingt irgendwie genial."

„Obwohl es ja auch Romane gibt, die auf wahren Ereignissen beruhen, also zumindest solche Elemente enthalten", wirft Maria ein.

„Die Realität wird als Fiktion verkauft – cool." Zum ersten Mal seit Langem gefällt mir Terzans feistes Grinsen wieder.

„Auf diese Weise gerät niemand in Gefahr. Natürlich dürfen Sie das alles so schildern, wie Sie es möchten. Ich schlage vor, dass die Geschichte aus Ihrer Sicht erzählt wird, Jonas."

„Gut", erwidere ich, „wenn Sie wollen."

„Sie sollten nicht die vollständigen Namen verwenden, am besten nur Vornamen oder Spitznamen, damit niemand herausfinden kann, dass es in Wirklichkeit Ihre Geschichte ist", sagt Klinger.

„Wir werden zu erfundenen Personen, und alles, was passiert ist, ist gar nicht passiert, sondern wurde von jemandem ausgedacht." Pluto schnalzt zufrieden mit der Zunge.

„Unglaublich, oder? Ich meine, wenn ich all das, was ich erlebt habe, nun nicht erlebt habe." Maria blickt mich nachdenklich an, aber ich sehe ihr an, dass auch ihr die Idee gefällt.

„Ich habe auch schon jemanden, der die Geschichte schreiben kann", sagt Klinger. Er nimmt einen großen Schluck aus dem Glas. „Einen unbekannten Autor. Es wird sein erster Roman. Wenn ein bekannter Autor es schreiben würde, wäre vielleicht alles noch weniger glaubwürdig. Er wird Sie anrufen, Jonas, schon bald. Dann wird die Welt alles erfahren – über die Gefahr für die Menschen, über alles, auch über Omega."

43

Ich hocke mich neben das Bett und fahre mit einem Finger zärtlich die Linien von Marias Gesicht nach, ohne sie zu berühren.

„Ich liebe dich", flüstere ich. „Meine Gefühle ..."

Maria regt sich nicht, sie liegt auf dem Rücken, die Arme ausgestreckt wie die Flügel eines Adlers, der vom Himmel gefallen ist. Nur ihre Handflächen sind nach innen gedreht. Ich spüre plötzlich eine schmerzhafte Erregung, stehe auf und gehe ans Fenster. Draußen kämpft kurz ein planlos flackerndes Licht gegen die Dunkelheit, dann gibt es auf.

„Ich liebe dich", spreche ich gegen das Fenster.

Dann drehe ich mich um. Am liebsten würde ich zu Maria gehen und nachsehen, ob sie noch atmet, leise und regelmäßig, und ein Ohr an ihren Mund halten, um die Bewegung der Luft zu spüren.

Obwohl es inzwischen fast vollständig dunkel ist, sehe ich, wie auf ihrem Gesicht ein ganz und gar freundliches und strahlendes Lächeln entsteht.

„Wenn du nicht wärst ...", stammle ich.

DIE DRITTE STUFE

Maria flüstert etwas im Schlaf, vielleicht hat sie verstanden, was ich gesagt habe. Sie öffnet die Lippen weiter. „Omega", kommt es aus ihrem Mund. „Ehre sei Omega", wiederholt sie.

Ihr Gesicht ist im Flackern von außen eindringender Lichtsignale gespenstisch weiß. Nervös ziehe ich mein T-Shirt fester um den Körper. Sie keucht, und für einen Moment denke ich, dass sie den Mund öffnen und einen lauten Schrei ausstoßen wird.

„M–Maria", stottere ich. „Warum sagst du das?" Ein böser Traum? Das ist doch bestimmt nur ein böser Traum. Etwas, das wieder hochkommt. Sonst wäre sie... Natürlich, so muss es sein. Ich trete näher an das Bett und blicke auf ihre geschlossenen Augen, den schmallippigen Mund und ihre Wangen, die wirken, als wären sie von dünnen, pulsierenden Hautpartikeln überspannt.

In diesem Moment vibriert mein Smartphone. Ich ziehe es aus der Hosentasche. Eine Nummer, die ich nicht kenne. Das wird der Autor sein, von dem Klinger erzählt hat. Ihm werde ich alles erzählen. Die Geschichte kann beginnen.

Dann gehe ich ans Telefon.

DAS BUCH DER BLÄTTER

FORTSETZUNG DES ROMANS „DIE DRITTE STUFE"

Leseprobe

1

Verdammt noch mal, was sind denn das für Geräusche? Klopfen, Schlagen – jetzt auch noch lauter werdend. Verfluchte Scheiße, was für ein Arschloch macht das?

Also raus aus dem Bett und zum Bademantel robben, der zusammengeknüllt auf dem Boden liegt.

Da wieder. *Plock, plock, plock.*

Ein, zwei Schritte, Torkeln, ich klammere mich an die Lehne eines Stuhls. Au, scheiße, warum liegt denn dieses Buch da auf dem Teppich?

Plock, plock, plock. Dann ist wieder Ruhe.

Auf Zehenspitzen weiter in die Küche. Da, die Geräusche kommen von draußen. Mensch, da ist jemand auf dem Balkon! Eine schattenhafte Gestalt. Das Gesicht ist im Dunkel verborgen. Was will der da? *Plock, plock.* Wieder klopft es gegen das Glas an der Balkontür. Die Gestalt wirft die Arme hoch und fuchtelt mit den Händen herum.

Ich mache doch jetzt nicht die Tür auf! Da kommen auch noch die Finger ins Spiel, weisen auf das Gesicht. Ich gehe näher heran, um es sehen zu können, muss mich runterbeugen. Alter, ist das hässlich. Ein Kaputter, da ist irgendein Kaputter auf meinen Balkon geklettert. Und klein ist der. Ein Zwerg. Alter! So wie der schwankt, mault der gleich ab, echt!

Ich sehe mich hektisch um. Na warte, mit dir werd ich schon fertig. Irgendwo hab ich doch bestimmt was Schweres hier rumliegen. Oder ich rufe gleich die Polizei.

Der Typ hat jetzt aufgehört, rumzuhampeln und hält mir beide Hände entgegen. Ich zucke mit den Schultern und schüttele den Kopf. Ein, zwei Sekunden starren wir uns an. Dann zieht er sich die Kapuze vom Kopf.

Im fahlen Mondlicht erkenne ich eine Glatze und – Mann, ey, das ist doch Pluto! Echt jetzt, ich glaub's nicht. Hastig öffne ich die Balkontür.

„Ich dachte schon, du reagierst überhaupt nicht mehr!", poltert Pluto ohne Begrüßung los und drängt sich an mir vorbei ins Wohnzimmer.

„Weißt du, wie spät es ist?", herrsche ich ihn an. „Und warum kannst du nicht an der Tür klingeln?"

„Ich habe geklingelt", erwidert Pluto lautstark und reibt die Hände zusammen. „Es ist arschkalt da draußen, weißt du." Er watschelt zum Heizkörper und legt die Hände um die Rohre.

„Oh, oh, mh, ooooh", macht er.

„Sag mal, kriegst du jetzt einen Orgasmus?", blaffe ich ihn an.

Er dreht sich ruckartig um. „Wie bist du denn drauf? Scheiße, mir wird immer noch nicht wärmer."

„Du tauchst hier einfach auf, nach zwei Jahren, noch dazu mitten in der Nacht. Soll ich jetzt in die Luft springen vor Freude?" Meine Stimme klingt immer noch leicht aggressiv. Auch kann ich das ungute Gefühl nicht ignorieren. Pluto ist sicher nicht grundlos hier. „Ich hasse es, so aus dem Schlaf gerissen zu werden", schiebe ich schnell hinterher.

Pluto atmet hastig ein und aus. „Wir haben nur noch diese Nacht", presst er hervor. „Es war schon schwer genug."

In meinem Bauch regt sich etwas, als würden Würmer gegen die Bauchdecke drücken. Ich starre auf die bleiche Mondsichel am Himmel, auf der ein Gesicht mit drei unförmigen Augen zu sehen ist. Irgendetwas ist also passiert. Eigentlich will ich gar nicht daran denken, womit es zu tun haben könnte, also schweige ich und frage nicht nach.

Doch Pluto redet natürlich weiter. „In ein paar Stunden bringen sie den Toten weg, bis dahin müssen wir ..."

„Den Toten?", frage ich aufgebracht dazwischen. „Wer ist tot?"

„Ich brauche deine Hilfe, Jonas. Ich habe da was entdeckt. Dieser Mann ..." Er sieht mich zweifelnd an und macht eine Pause.

„Pluto, worum geht es denn eigentlich?"

„Ich erklär es dir später." Dann setzt er flehentlich hinzu: „Wir müssen sofort los. Ich habe alles vorbereitet.".

2

„Willst du mir nicht endlich mehr erzählen?", insistiere ich.

„Gleich, jetzt haben wir keine Zeit", flüstert er und hastet auf eine Treppe zu, die zu einem Seiteneingang des Krankenhauses führt.

Der Mond ist viel zu rot und potthässlich. Und mein Kopf ist auch nicht mehr das, was er mal war. Zu viel Rotwein gestern Abend. Überhaupt zu viel Alkohol in den letzten Wochen. Aber ohne Rotwein schlafe ich erst nach Stunden ein. Da ist die verdammte Unruhe, und dann kommen wenigstens diese Bilder nicht so oft.

Bloß nicht ausrutschen. Ich klammere mich bei jedem Schritt an das Geländer wie ein alter Mann. Kleine Schlieren von Mondlicht tropfen auf die Treppenstufen und ich trete auf jeden Lichtfleck, als könnte ich ihn so durch die geschlossene Schneedecke auf dem steinernen Untergrund zerquetschen.

Pluto zieht einen Schlüssel aus der Tasche, steckt ihn ins Schloss und öffnet die Tür mit einem Ruck.

„Schnell, hier lang!", ruft er, ohne sich umzusehen. Wir hasten an zwei Infusionsgalgen vorbei, an mehreren

DIE DRITTE STUFE

Paketen, einem leeren Bett und einem Lastenaufzug, an dem ein Schild mit der Aufschrift „Außer Betrieb" hängt.

Er biegt nach rechts ab, läuft auf eine breite Treppe zu und stapft auf den Stufen nach unten. Ich bin immer noch nicht schneller geworden. Auf den letzten Stufen humple ich und habe das Gefühl, das Gleichgewicht zu verlieren.

Unten ist ein lang gezogener Gang, nur einige der Deckenlampen brennen.

„Da hinten!", ruft Pluto.

„Ja!", rufe ich bestätigend, auch wenn ich nicht die leiseste Ahnung habe, was wir im Keller des Krankenhauses wollen. Kalte Nadelstiche ziehen von meinen Schulterblättern den Rücken hinunter. Ich lege den Kopf in den Nacken und starre auf das flackernde Neonlicht über mir. Erschrocken drehe ich mich um, als wäre jemand hinter mir.

„Alles in Ordnung?", fragt Pluto.

„Ist nur diese Unruhe. Ich bin halt...", stottere ich. „Es ist wie ein Widerstand, wie eine Krankheit." So oft habe ich schon darüber nachgedacht, über alles von damals. Bilder, immer wieder Bilder, Dunkelheit, Gestank. „Ich kann bestimmte Gerüche nicht mehr ertragen", erkläre ich, „seit damals."

„Ich zucke auch bei manchen Geräuschen zusammen", sagt Pluto. „Bei Dunkelheit ist es besonders schlimm. Es fällt mir schwer, allein durch eine enge Gasse zu gehen oder durch einen Park. Und das als Privatdetektiv. Ich kann ja wohl kaum bei einer Observierung sagen, dass ich mich grundsätzlich nur auf offenen Plätzen bewege, oder? Aber jetzt müssen wir weiter." Er rennt vor und bleibt an der letzten Tür auf der rechten Seite stehen, hebt eine Hand und sieht sich verstohlen um.

„Die Prosektur", sagt er, als ich neben ihm ankomme und er die Klinke herunterdrückt.

„Die was?", frage ich begriffsstutzig.

„Die Pathologie", erklärt er, während er die Tür aufschiebt. Er schlägt auf einen Schalter neben der Tür.

Zwei, drei klackende Geräusche, dann flutet kaltes Licht den Raum. „Die Kühlräume." Er zeigt auf die großen Türen, hinter denen sich wahrscheinlich mehrere Fächer befinden, in denen die Verstorbenen aufgebahrt sind. Ein penetranter, scharfer Geruch steigt mir in die Nase. Auf dem Boden sehe ich erdnussgroße Flecken, gelb und rot.

„Wir müssen", drängt Pluto, fischt einen Zettel aus der Hosentasche, wirft einen Blick darauf und steuert zielsicher auf eine Tür an der rechten Seite zu. „Hier." Mit einem Ruck öffnet er die Tür, zieht einen Hubwagen heran, betätigt die Fußpumpe und verstellt die Höhe.

Sekunden später stehe ich neben dem toten Körper eines Mannes, der ein weißes Nachthemd trägt und an dessen großem Zeh ein Zettel baumelt.

Ich verkneife mir die Frage, ob er mich wirklich deswegen aus dem Bett geholt hat, da fällt mein Blick auf etwas, das der Tote um den Hals trägt: eine Halskette mit einem Anhänger. Das ist ein Medaillon, eindeutig. Ich sehe Pluto fragend an, und er nickt.

„Sieh es dir ruhig an, das da."

Ich beuge mich über den Toten und öffne das Medaillon mit zitternden Fingern. „Da ist was eingraviert." Ich blicke zu Pluto hinüber. „Zahlen."

„Lies vor."

Aber das brauche ich gar nicht. Die Zahl erkenne ich sofort. Erschrocken lasse ich das Medaillon fallen, und es knallt gegen den Kopf des Toten. „Das kann doch nicht sein, oder? Diese Zahl. Wieder die 7463918." Fahrig versuche ich, das Schmuckstück zu ergreifen und berühre dabei mit einem Finger die eingefallene Wange des Mannes. Scheiße, ist seine Haut kalt. Ich zucke zusammen, als hätte mich ein Stromschlag getroffen.

„Ja, wieder die Zahl", murmelt Pluto, „und ich kann es selbst nicht verstehen.

„Scheiße, Pluto, Scheiße! Wie kann jemand heute wieder diese Zahl verwenden?"

DIE DRITTE STUFE

Das Pochen hinter meiner Bauchdecke zwingt mich fast in die Knie. Der Raum dreht sich. Plötzlich ist alles wieder da – der Gestank unten in der Kanalisation, die Dunkelheit, Kurt und Reiner, das Einschussloch.

„Wir waren damals doch fertig damit, wir haben das doch beendet", stammele ich.

„Dich haut es auch um, was?" Plutos Stimme ist nur ein Krächzen.

„Wer ist das? Wo hast du ihn entdeckt? Mit dieser Zahl, die wir vor zwei Jahren ..." Ich bin viel zu laut, und muss mich am Hubwagen abstützen.

„Ich weiß", erwidert Pluto. „Die Zahl, die wir entdeckt haben, „das waren ja die Zahlen der Maya. Die haben diese siebenstellige Nummer ergeben. Und noch was." Er geht auf die andere Seite des Hubwagens und hebt den Kopf des Toten an.

Ich eile zu ihm und folge seinem Finger mit dem Blick. „Das Einschussloch", murmele ich, „sieht aus wie bei Kurt und Reiner. Ein Schuss in den Hinterkopf. Also ist er ..."

„... hingerichtet worden", führt Pluto den Satz zu Ende. „Darum wollte ich, dass du es selber siehst."

„Aber warum trägt er diese Nummer bei sich?", frage ich. „Und warum haben sie sie ihm gelassen?"

Für einen Moment horchen wir auf die Stille. Nichts ist zu hören, absolut nichts.

„Da war doch diese Zeremonie", entfährt es mir.

„Ja, auf der die Drogen verteilt werden sollten. Ich erinnere mich daran, als wäre es gestern gewesen."

„Nein, die Zahl war ja eigentlich nur Teil dieser Zeremonie. Diese Menschen, die an den Versuchen teilnahmen, hatten sie."

„Die Zeremonie selbst haben wir ja verhindert. Omega ist dann ja leider entkommen. Alles – die Zeremonie, die Versuche – war vorbei." Er klopft mit zwei Fingern gegen den Hubwagen.

„Hatten nicht alle da unten diese Nummer?", frage ich.

„Die an den Experimenten teilnahmen."

„Wenn der Tote hier diese Nummer bei sich trägt, dann ist er einer von …" Ich starre auf den leblosen Körper.

„… denen, die diese dritte Stufe erreichen sollten."
Pluto nickt.

Krampfhaft versuche ich mich zu erinnern. „Dann müsste der hier ja auch Veränderungen am Gehirn haben."

„Wenn die Versuche wirklich erfolgreich waren, ja. Was wir aber nicht wissen."

„Also, wer ist er?", frage ich.

„Er heißt Radko Bosilek."

„Ostdeutscher Name."

„Ein Bulgare", erwidert Pluto.

„Wie hast du ihn gefunden?", frage ich noch einmal.

„Bosilek war bei der TransScoto Ltd. angestellt, und mich hat ein Auftrag dort hingeführt. Eigentlich nichts Besonderes. Eine Beschattung."

„Und was hat er bei diesem Unternehmen gemacht?"

„Lass uns das später besprechen", sagt Pluto. „Es gibt noch etwas." Er hebt den rechten Arm des Toten hoch. Am Unterarm befindet sich eine Tätowierung.

Ich neige den Kopf und starre auf das kaum erkennbare Zeichen:

„Es ist nicht mehr deutlich zu sehen, vielleicht wurde es auch schlampig gestochen."

„Was ist das?" Pluto sieht mich fragend an.

„Ein Teil von etwas? Linien, eine offene Fläche, irgendetwas Stilisiertes", murmele ich.

„Ich dachte, du könntest mir dabei helfen." Er klopft mit einem Fingerknöchel gegen den Hubwagen. „Diese Zahl, der Tote, der aus Bulgarien kommt – so wie Omega."

„Das gefällt mir nicht", sage ich, „überhaupt nicht. Wenn der hier die Nummer hat, dann heißt das doch, dass es noch nicht vorbei ist. Jetzt, zwei Jahre später. Mensch, Pluto, mir hat das gereicht, damals."

„Uns allen hat das gereicht. Terzan ist ja nicht ohne Grund nach München gegangen, und Maria macht seit zwei Jahren immer wieder diese Therapie. Es hat uns alle verändert, fast zerstört."

„Ich kann das nicht noch mal." Um die pulsierenden Schläge zu stoppen, lege ich eine Hand auf meine Bauchdecke. Es ist unglaublich eng hier drin. „Warum trägt jemand das noch zwei Jahre, nachdem die Organisation zerschlagen wurde?", frage ich leise.

Fahrig fährt Pluto sich mit einer Hand über die Glatze.

„Deshalb brauche ich deine Hilfe. Du kennst dich mit Zeichen aus. Zumindest kannst du Schlussfolgerungen anstellen wie kein Zweiter von uns."

„Also wirklich", versuche ich, das Kompliment mitsamt der Aufforderung darin bescheiden abzuwehren, stocke aber alarmiert und drehe den Kopf konzentriert zur Seite. „Pst, ich hör was, vor der Tür."

„Stimmen, jetzt höre ich es auch. Da kommt jemand. Schnell." Er schiebt die Leiche wieder in das Kühlfach und schließt leise die Tür.

„Aber wo sollen wir hin?" Ich schaue ihn panisch an. Scheiße aber auch! Was nun? Hektisch sehe ich mich um. Hier ist nichts, wo man sich verstecken könnte.

Pluto zeigt auf eine der Kühlfachtüren. Protestierend schüttele ich den Kopf. „Nein! Da sind Leichen drin, und es ist bestimmt verdammt kalt."

Die Stimmen vor der Tür werden lauter.

„Los, Schnell." Pluto spricht leise, aber im Befehlston. „Mach schon." Mit einem Ruck öffnet er eine Tür. „Hier. Das mittlere Fach ist frei."

Vor der Tür wird jetzt lautstark geschimpft.

Ungeschickt klettere ich auf die stählerne Bahre, taste mich vorwärts, krieche auf allen vieren. Ich werde auf dem Bauch liegen müssen. „Und du?" murmele ich.

„Ich mache jetzt die Tür zu und schalte das Licht aus", antwortet Pluto. „Dann gehe ich in eines der anderen Fächer. Dürfte nicht schwer sein bei meiner Größe."

Einen Moment später fällt die Tür zu. Schwärze, Dunkelheit. Einige Minuten Stille, in der ich meinem Atem zuhöre. Dann Männerstimmen. Sie müssen direkt vor dem Kühlraum stehen, in dem ich liege. Hoffentlich hat es Pluto noch geschafft, sich rechtzeitig zu verstecken.

„Er sollte schon längst weg sein", stößt jemand laut und aggressiv hervor, mit einem deutlichen Akzent, wahrscheinlich osteuropäisch. „Du …" Dann folgen Worte, die ich nicht verstehen kann. Das Geräusch eines Schlages ertönt, gefolgt von einem kurzen Wimmern.

Krampfhaft presse ich die Beine zusammen und drücke sie gegen den Unterboden, damit sie nicht seitlich von der schmalen Platte kippen.

„Wenn es nicht schon zu spät ist." Wieder ein paar Worte, die ich nicht verstehe. „… Schuld. Du weißt, wir …" Die Stimme wird wieder leiser und den zweiten Mann kann ich nicht verstehen. Ein Gemurmel, Wortfetzen folgen, dann dumpfe Geräusche, als würde der Sprecher im Wort steckenbleiben, schließlich dröhnt es in einer anderen Sprache. Das leise Wispern, das folgt, stammt wahrscheinlich von dem zweiten Mann.

Lange kann ich nicht mehr so liegen, und die Kälte breitet sich unerbittlich in mir aus.

„Wo die anderen?", sagt der Mann so laut, dass ich zusammenzucke. „Schnell, ganz!" Wieder diese Geräusche, als würde jemand geschlagen, Wortfetzen, die klingen wie ein gefährliches Knurren.

„Es ist schon schlimm genug, dass er überhaupt hier gelandet ist", kommt es plötzlich wieder in einem normalen Tonfall, in deutlich artikulierten Worten.

„Die von Hoba Panoc sollten eigentlich nicht ..." Jetzt spricht auch der zweite Mann lauter. „Wenn die erst ..., aber wir werden schon damit fertig." Der Tonfall ist merkwürdig schnarrend, und da ist etwas in seiner Stimme, das mich aufhorchen lässt, aber ich kann es nicht ganz einordnen, vielleicht so etwas wie ein Sprachfehler.

„Hoba *was*?", dröhnt die Stimme des ersten Mannes. „Ach ja." Er lacht auf. „Du sprichst es so anders aus. Aber wir wissen ja beide, was gemeint ist. Es darf keine Spuren geben, verstehst du? Keine Spuren." Ein krachender Schlag erfolgt, vermutlich mit der Hand gegen die Tür eines der anderen Kühlräume.

„Die Zeichen dürfen nicht in falsche Hände gelangen", fährt der Mann etwas leiser fort. „Da ist noch dieser andere Schwule, der ..."

„Mmh, sein Mann", ergänzt der andere.

„Und wenn es sein muss – du weißt, was zu tun ist."

„Es ist dieses ... Wir sind ja nicht umsonst ..." Wieder diese merkwürdig schnarrende Art zu sprechen mit einer irritierenden Art von Atmen dazwischen, irgendwie an den falschen Stellen. Dann ein kehliges Geräusch wie ein Krächzen, ein merkwürdiger gurgelnder Laut. Schließlich ertönt ein kurzes, keckerndes Lachen.

„So gefällst du mir. Brav. Du bist brav. Richtig brav."

Eine kurze Pause, dann Geräusche von schweren Schuhen auf dem Steinboden, und schließlich fällt die Tür krachend ins Schloss.

ÜBER DEN AUTOR

Christoph Steven wurde 1963 in Rheinhausen (jetzt Duisburg) geboren.
In den 1980er und 1990er Jahren verfasste Christoph Steven zahlreiche surrealistische und phantastische Kurzgeschichten. In dieser Zeit ging Christoph Steven auch zum ersten Mal mit seinen Geschichten in die Öffentlichkeit. Über 30 dieser Geschichten sind in verschiedenen Literaturzeitschriften erschienen.
In den letzten Jahren hat Christoph Steven neben dem Mystery-Thriller „Die dritte Stufe" den Roman „Die Vogelstimme" geschrieben, der noch unveröffentlicht ist.
Daneben entstanden Stories über ungewöhnliche Menschen und ungewöhnliche Beziehungen. Öffentlich vorgetragen hat Christoph Steven seine Kurzgeschichten und Auszüge aus den Romanen auf verschiedenen offenen Lesebühnen und beim „Duisburger Autorentreff."
Christoph Steven lebt und arbeitet heute in Duisburg.